新高地军旅文学丛书
傅逸尘 主编

一塘莲

傅汝新 著

南方出版传媒 花城出版社
中国·广州

图书在版编目（CIP）数据

一塘莲 / 傅汝新著. -- 广州：花城出版社，2021.9
（新高地军旅文学丛书 / 傅逸尘主编）
ISBN 978-7-5360-9356-0

Ⅰ. ①一… Ⅱ. ①傅… Ⅲ. ①长篇小说－中国－当代 Ⅳ. ①I247.5

中国版本图书馆CIP数据核字(2021)第123946号

出 版 人：	肖延兵
丛 书 主 编：	傅逸尘　程士庆
责 任 编 辑：	欧阳蘅　蔡　安
技 术 编 辑：	薛伟民　凌春梅
封 面 设 计：	李晓玉

书　　　名	一塘莲 YI TANG LIAN
出版发行	花城出版社 （广州市环市东路水荫路11号）
经　　销	全国新华书店
印　　刷	佛山市浩文彩色印刷有限公司 （广东省佛山市南海区狮山科技工业园A区）
开　　本	787毫米×1092毫米 16开
印　　张	25.5　1插页
字　　数	498,000字
版　　次	2021年9月第1版　2021年9月第1次印刷
定　　价	59.80元

如发现印装质量问题，请直接与印刷厂联系调换。
购书热线：020-37604658　37602954
花城出版社网站：http://www.fcph.com.cn

"历史化"大叙事背影里的"个人化"想象

——《新高地军旅文学丛书》总序

傅逸尘　程士庆

一

因为战争本身的极端性与复杂性，以及对政治集团、民族国家甚至人类的生存发展走向起决定性影响，军事题材一直为文学叙事所青睐并不让人惊讶。但在世界文学的谱系里，军事题材始终是一个充满矛盾与魅惑的存在。战争本身可以说是冲突爆发的极端形式，敌对双方的立场与利益几乎无法调合，其目的往往也指向明确；但文学所关注的，或者说要表现的却是极其复杂丰富的存在与形态，它往往超越了战争本身二元对立的政治性诉求，在更为幽微的人性与哲学的向度上进行深入独特的探索与剖析。也因此，军事题材文学经典连绵不绝，既为不同时代的读者所钟爱，亦成为文学史不可或缺的重要一域。

中华人民共和国成立后七十余年的当代文学史中，军旅文学始终是一个巨大的存在，在不同的社会历史阶段，或不同的文学思潮中从未缺席，甚至可以说一直引领时代精神之先与文学思潮之头，亦不为过。从长篇小说的角度论，中国当代军旅文学有两个比较重要的时期，共同建构起当代长篇小说重镇之形象。第一个重要时期便是二十世纪五六十年代的革命历史小说，即"红色经典"中的军事题材作品。这些小说大都以抗日战争和解放战争为背景，以中国共产党领导下的革命武装为主体，书写的是艰苦卓绝、可歌可泣的战斗历程与流血牺牲的英雄人物，直接回应了新中国成立的合法性历史诉求，成为二十世纪五六十年代的

"主旋律"。

然而近年来，学术界尤其是文学史家的质疑和批判之声也不绝于耳，"英雄主义模式的限制，使这类创作只是在数量与篇幅上得以增长，却没有造成艺术上多样化的局面"（陈思和语）。在我看来，"红色经典"中的"红色"并非当下学界对其诟病的根本症结，更重要的问题在于"十七年"的军旅长篇小说始终笼罩着一层深重的"现代性焦虑"，围绕着组织一个现代民族国家的政治诉求而展开的集体想象与国家认同，导致其"非文学"的因素过多：缺乏活跃的感官世界（"身体"的缺席和情爱叙事的稀薄），缺乏超越性的精神维度（二元对立的思维方式及日常道德宣教），缺乏丰满立体的人物形象（概念化、脸谱化的人物塑造方式），缺乏日常生活经验（极端化的生存状态简化了生命的内在矛盾）等。因此，"红色经典"的一枝独秀在创造了一个繁荣神话的同时，也暗伏了随后的文学危机（尤其是近年来，在高校教师主导编写的多种当代文学史中，"红色经典"中的军事题材作品乃至于整个中国当代军旅文学的作家作品都被删除殆尽）。

第二个重要时期开启自二十世纪九十年代，"新历史主义"思潮影响下的"新历史小说"。"新历史小说"颠覆并解构了"红色经典"所描写的正统的、单向度的革命历史以及二元对立的意识形态立场，对战争情境中人性的复杂性与历史的偶然性等因素进行了探索性的开掘，为以往单向度的革命历史增添了某种暧昧与不无吊诡的意味——已经"历史化"了的革命历史遭遇了来自文学的重构或曰重新阐释。随着商品经济大潮席卷中国社会，世俗化、娱乐化成为文化主流，失去了政治的"荫蔽"，军旅文学不但逐渐退出了主流意识形态话语体系的核心，在文学领域也一再被边缘化。"农家军歌"无疑是二十世纪九十年代军旅文学的亮点，也可以说是"新写实小说"的军营别调，长期以来被宏大叙事所遮蔽的个体军人的现实生活与命运遭际开始被作家冷静客观地揭开。

进入二十一世纪，军旅文学没能沿着上述两个时期所建构的"文学传统"继续前行，而是堕入了世俗化与后现代主义混搭的，甚至是无厘头的欲望化叙事的泥淖。首先是"红色经典"在影视剧改编与重拍中"梅开二度"，随后而起的是抗战题材长篇小说热与抗战"神剧"热，这种热潮进而逐渐走向了迎合民族主义情绪与娱乐化消费心理的反智主义的极端。这些作品往往置常识于不顾，将英雄传奇妖魔化、反智化、戏谑化，严重损害和扭曲了革命历史小说的叙事本质与政治合法性诉求。消费时代的来临和大众文化的崛起，早已从根本上改变了当下文学的言说机制，自然也包括军旅文学创作。事实上，军旅影视剧的热播并不能表明军旅文学，尤其是军旅长篇小说的真正繁荣。二十一世纪的第二个十年，"新生代"军旅作家群开始整体崛起，以其独特的审美体验与视角，观照当代军人的生存境遇与情感状态，为和平时期的军旅文学写作开拓了新的空间与向度。然而遗憾的是，这批以中短篇小说出道且成绩优异的七〇后作家，在长篇小说领域还缺乏重量级、有代表性的力作，其社会影响力与前述两个时期的作品尚无法比肩。

在这样的历史坐标系和文学史背景下，军旅文学新的表现方式与叙事空间在哪里？这是一个极其迫切且无法回避的问题，也困扰着许多作家和批评家。花城出版社敏锐地发现了这一现象，并试图改变这一态势，以期重建中国当代军旅文学尤其是长篇小说的文学观念、叙事向度、话语方式以及美学风格。事实上，早在2006年，花城出版社就曾策划推出过"木棉红"长篇小说丛书，囊括了原广州军区十二位专业作家的十二部军旅长篇小说。当年的这套丛书，或以军营生活为中心，再现历史事件，记录时代风云，展示军人的精神世界；或以乡村都市为主题，描摹世道人情，绘写人生百态，凸显对民间的冷暖关怀，显示出一个创作集体自觉的使命感和审美追求，在军内外产生了广泛影响。十五个年头倏忽而逝，现如今，曾经的部队专业文艺创作室已不复存在，军旅专业作家群体也已经风吹云散。改革强军的进程中，军旅文学正在经历低潮和阵痛，期待着换羽重生，重整旗鼓。在这样的情势和背景下，花城出版社又一次站了出来，以一种老牌文艺出版社所特有的使命感和敏感性，策划推出"新高地"军旅文学丛书，试图以此为中国当代军旅文学赋能，进而掀起一轮以长篇文体为标识的文学潮动。花城出版社这一雄心勃勃的想法得到了军队和地方诸多作家的积极响应，并在各自的新作中进行了独特的探索与尝试。"新高地"这个丛书名，寄寓了编者和作者之于新时代军旅文学的新观念与新方法，希冀着新时代军旅文学创作能坚守住这块承载着光荣传统的重要阵地，进而呈现一片新的文学风景，攀上新的文学高度。

二

检视当下的军旅长篇小说创作，无论从数量还是质量上看，战争历史题材仍然占据主流。对此，一个通行的说法是这与长篇小说的文体特征有关，对生活的认知与经验的积累往往会导致创作的相对滞后。从小说叙述的角度论，包括正在发生的现实也已经成为历史，长篇小说从本质上讲就是历史叙事。在这样的逻辑前提下，当下的军旅长篇小说叙述或言说的就是历史本身，作家首先面对的是要对"历史化"进行一番祛魅。因为"历史化"是意识形态窄化的结果，换言之，是秉持某一意识形态立场与观念对历史认知进行的理性建构。也即，历史是由这一观念认知主体所描述和建构出来的，它并不与本真的历史存在严格对应，这其间存在着诸多断裂与缝隙。这些断裂与缝隙恰恰为那些试图探寻历史本相的严肃作家们提供了打捞历史丰富存在、发挥"个人化"想象的叙事空间。

历史当然不限于遗迹与文献的自然状态，很大程度上依赖言说或话语的操纵者，它是现实的折射，即克罗齐所谓"一切历史都是当代史"。福柯的"知识考古学"理论就不相信存在一个外在于历史的客观标准。福柯认为，历史的言说或话语是"权力"运作的结果。由于标准的不同，价值判断常常会变成立场与信仰的选择。批评家陈晓明认为，中国现代以来的文学获得了"历史化"的强大逻辑，革命历史叙事则是这样的历史化的最高体制。问题是，时间往往会消解"历史化"的意识形态，当意识形态的政治空间被打开时，历史便以我们不曾见过的姿态或面貌重新显现在人们的面前。所以，杰姆逊也试图用从第三世界理论去解释中国现代文学的"民族寓言"，个人的力比多终究被"民族寓言"所压抑，而政治显然是这种文学中最活跃的、起决定性的因素。回过头再来看"红色经典"中的军事题材长篇小说，由于作家大都是所叙战争的亲历者，尤其是他们此前都不是专业作家，因而作品所反映的历史还是真实可信的。然而，小说叙事和人物塑造的单向度，以及缺乏对战争复杂存在的形而上哲学思辨等问题，无疑影响了作品的文学性价值，这一点在与世界战争文学名著的比较中是显而易见的。

历史叙事当属宏大叙事，尤其是当代中国革命历史叙事，有如一股巨大的洪流，裹挟着那些最为原初和本真的涓涓细水与沙粒，一路高歌而去。最终留下的是冷硬骨感的巨石，而那些富于生命温度和生活情态的细水与沙粒，则早已消弭无迹。从文学的角度论，宏大叙事当然是历史叙事的主体或主流，主导着社会思想和时代精神，并产生过许多经典的史诗性巨著，如《战争与和平》《静静的顿河》《生存与命运》等等。不过，当我们仔细阅读这些名著的时候会发现，它们之所以成为经典，恰恰在于作品没有忽略那些普通人的个体生命存在，在于以细节的形式保留了大量战争中的日常生活经验，这使得宏阔诡谲的历史叙事有了可触摸、可感知的血肉。而"红色经典"中的军事题材长篇小说，何以至今仍为广大读者所青睐，也是因为作品中大量真实的生活细节。这些细节是历史的源头，丰富而真实；是积土与跬步，后来的高山与千里都来源于它们。也就是说，那些细水与沙粒可能更接近历史本相，或者说就是历史不可或缺的一部分。

中国革命历史尚未成为巨大的洪流时，或者已经成为巨大的洪流时，人的复杂性与历史的偶然性在革命历史的整体中都应该是巨大的存在，构成了革命历史的最初底色，也在某种程度上影响着革命历史的进程与走向。鉴于宏大叙事的某种缺失，"个人化"叙事，或叙事中的"个人化"想象，就尤其需要强调，不是反拨，而是丰富与拓展当下军旅长篇小说的叙事空间。这种"个人化"想象，不同于二十世纪九十年代的"私人化"叙事，强调的是以往英雄与传奇话语的背面，即更多地还原和展现"历史化"大叙事阴影下个体生命的生活与命运。

历史强调的是结果，即便有过程，也是概括性的。小说正相反，它要弥补的恰恰是历史所遗漏，或遮蔽的那些更为鲜活的细节。他们往往是被革命历史大潮裹挟着，或者随波逐流，或者搏击潮头，是多面的人生与故事。他们依照自身的逻辑在"革命"中翻滚，历史的不确定性，以及个体命运遭际的偶然性，构成了"革命历史"讲述中的"革命英雄传奇"的阴影部分，有如一枚硬币的背面。如果我们认可"所有的文学都是作家的自叙传"这句名言的话，那么"个人化"叙事，或叙事中的"个人化"想象，在小说的历史叙事中就具有无可争议的逻辑合法性。

历史与文学在中国文化传统中是截然不同的两个领域，有时甚至是对立的。历史是真实的存在，而文学则是虚构的文本。也因此，历史学家对作家写作的所谓历史小说常常是不屑的，他们诟病作家的时候也是义正而辞严，似一种居高临下的审问与批判。后结构主义历史学家海登·怀特认为：历史事件虽然真实存在，不过它属于过去，对我们来说无法亲历，因此它只能以"经过语言凝聚、置换、象征以及与文本生成有关的两度修改的历史描述"的面目出现。同样的历史事件，通过不同的情节编排，完全可能具有截然不同甚至相反的意义。虽然标榜"客观真实"的历史话语渴望与"科学"联姻，一再拒绝承认它和文学间的亲缘关系，然而在进行叙述建构时，它采用的却是以"虚构"为特征的文学创作中随处可见的"悲剧""喜剧""浪漫""讽刺"这类情节类型；在进行历史解释时，它使用的却是传统诗歌常见的"隐喻""换喻""提喻""反讽"这类语言表述模式。在海登·怀特的分析下，历史话语的文学性昭然若揭，历史和文学之间的界墙轰然倒塌。

鲁迅说《史记》是"史家之绝唱，无韵之离骚"，而且像《左传》等诸多历史著作中都有大量精彩的文学描写，有的干脆就是小说的虚构笔法。从这个角度论，当年关于余秋雨历史文化散文中小说化叙事过多的批评，似乎也陷入了历史与文学、真实与虚构的对立或暧昧之中了。就文学的本质而言，把真实作为标准，或将真实作为"现实主义"的同义词，显然是虚伪的，批评家没完没了地讨论、争辩作品的"真实性"或许也是虚妄的。进言之，当真实成为小说存在的前提的时候，文学性的意义就是无皮之毛了。

三

站在当今时代的立场，重建虚构叙事与战争历史的关系既是重要的，也是艰难的。事实上，对历史叙事真实性的强调已经在相当大的程度上转化为小说这一虚构文体中的纪实色彩，并在历史叙事中带动了跨文体写作时尚或风潮的兴起。毋庸置疑，在虚构叙事中增强纪实性的确是还原历史真实的一种简单直接且有力有效的手段。在这里，真实感与文学性似乎已成为某种难以超越的悖论。

由此想到了《保卫延安》和《红日》，这两部小说都选取了解放战争时期的著名战役，事件的真实性自不必说，其中的主要人物也都是真实的，但它们都没有受史实的束缚。作家充分发挥了小说的虚构性本质，展开文学性想象，既成功地还原了那两场著名战役，还塑造出诸多令人印象深刻的历史与文学人物形象。还有姚雪垠的历史巨著《李自成》，那不是在读历史，而纯粹是在看小说。人物形象与心理、细节、环境等文学性元素充盈在小说的所有空间，历史的进展似乎不再重要，重要的是人物的成长、命运的跌宕以至于生命的毁灭。不是说姚雪垠不重视史料，恰恰相反，姚雪垠在明史及清史史料的搜集与研究上是下了大气力的，为了增强写作时对环境描写的真实感，他甚至亲自考察了李自成率起义军与明、清官军征战的主要战场。但作者以"深入历史与跳出历史"的原则，成功地刻画了李自成、崇祯皇帝等一系列人物形象，使小说的文学性远远高于历史真实本身。而莫言的《红高粱家族》与"新历史主义"也不是一回事，多少受了点"寻根文学"的影响恐怕是事实。那是关于高密东北乡的一段尘封的历史记忆，莫言以其非凡的文学胆识与艺术想象力将其再现了出来。文学与艺术的本质就是虚构，真实并不是判断其水平高下的唯一标准，文学毕竟不可与历史划等号。真实性是某种前提，是基础，但绝非文学进行历史叙事的全部。不要说《史记》，连《二十四史》在多大程度上记录或曰复现了历史的真相都颇值得怀疑，何况一部以虚构为文体特性的长篇小说？也就是说，小说家首先应当沉入历史现场，最终又必须以文学性和想象力超越历史语法的束缚。在复现与超越这二重叙事伦理中间，文学的超越当然是小说家不须犹豫的唯一选择，亦是衡量战争历史叙事的终极标准。

从这个意义上，展开对新时代军旅长篇小说的某种瞻望与想象，或许包含如下关键词：现代性伦理、人生体验、独一无二的表现方法、一个不寻常的事情正在发生的幻觉、特别的尖锐性或目的论。理解这些关键词并不难，难的是创作主体对散落在"历史化"阴影中的历史碎片进行充分发掘、有效提炼与整体概括；难的是超越线性的历史观，让不同政治阵营中的人物在战争的极端情境和冲突中经受肉体、生活方式、价值判断、思想精神的互见与试炼；难的是创作主体基于现代性的写作伦理传递对历史更加全面的理解和更为深切的体认，进而表呈出新的文学趣味和气象；难的是在虚构叙事与现实真实的混沌关联中，用更加深刻、精准且有力的形而上思考建构起有意味的文学经验，最终以文学的方式超越历史的偏见和局限。

战争历史从来不是泾渭分明、光滑如镜，实则是乱世求生、紊乱繁复的欲望之海。我们往往习惯于关注奔流到海的大河，而选择性地忽视了如毛细血管般从各个来路汇入大河的支流，人心和人性永远是看似平静的水面之下那汹涌起伏的暗流。一个复杂、立体且有深度的人物形象，既可能是力抗历史洪流的自由灵魂，是觉醒的自由人，不断追寻未知的未来，也可能是命运之神所掌控的玩偶。作家们要想象和探寻的正是这种极具魅惑感的可能性。在这种探寻之下，历史本身的"实感"或许不再是叙事的重点，意识形态的藩篱也是需要突破和重新审视的对象。以"现代性"的、个人化的立场重新反思、阐释和建构错综复杂的历史，历史的可能性和人的存在感都将得到极大的释放。

将个人经验、日常生活与大的时代变局交织缠绕在一起，使读者感到历史既是经由人对外在世界变化的自发反应而展开的，又是在一连串重大、公开的事件中呈现出来的。如此，历史将不再被局限于彼时彼地的特定时空，而成为一种可以被当下通约和共享的情境，承载着作家对战争、对历史、对人的省察与思辨。军旅长篇小说对战争历史的虚构将不再单纯强调"逼真"的幻觉和认知的功能，而人的命运和生命存在的诸种可能性会越发受到正视和尊重，进而生成另一重历史的意义。于是乎，军旅长篇小说便不再是单向度的叙事，"个人"将被从历史中拯救、解放出来，重构与"民族国家"的关联也便成为可能。

"'现代性'不是一个肯定的概念，但也不是一个否定的概念，它是一个反思的概念。"（李杨语）事实上，对于军旅文学而言，无论是大历史还是个人化，终究可以归结为精神的胜利；而政治的、阶级的、党派的差别和裂隙终将被灵魂、信仰、理想、情感的意义消融、弥合、超越，完成"现代性"意义上的对战争历史的反思与重构，进而达至英雄叙事的存在与理想之境。

2021年5月

卷首诗

诗人们并不发明诗,

诗在那后面某个地方,

它在那里已经很久很久,

诗人们只是将它发现。

——詹·斯卡塞尔

目 录

1. 前夜 ………………………………… 001
2. 激战 ………………………………… 007
3. 买药 ………………………………… 012
4. 突变 ………………………………… 020
5. 莲塘 ………………………………… 026
6. 骤雨 ………………………………… 033
7. 求医 ………………………………… 040
8. 盛宴 ………………………………… 047
9. 遭劫 ………………………………… 058
10. 苇荡 ………………………………… 064
11. 接风 ………………………………… 074
12. 办班 ………………………………… 083
13. 偏师 ………………………………… 091
14. 出嫁 ………………………………… 100
15. 失踪 ………………………………… 110
16. 拒绝 ………………………………… 117
17. 醉酒 ………………………………… 124
18. 车祸 ………………………………… 132
19. 绝望 ………………………………… 140
20. 龃龉 ………………………………… 147
21. 情报 ………………………………… 155
22. 伏击 ………………………………… 161
23. 离别 ………………………………… 170
24. 豪赌 ………………………………… 177

25. 慰问 …………………………………… 183
26. 嫉妒 …………………………………… 190
27. 计袭 …………………………………… 196
28. 转战 …………………………………… 206
29. 诱惑 …………………………………… 213
30. 失手 …………………………………… 222
31. 驰救 …………………………………… 231
32. 被俘 …………………………………… 239
33. 巧遇 …………………………………… 245
34. 萧墙 …………………………………… 253
35. 陷阱 …………………………………… 262
36. 诱捕 …………………………………… 272
37. 心恸 …………………………………… 280
38. 摊牌 …………………………………… 286
39. 团聚 …………………………………… 292
40. 勾引 …………………………………… 299
41. 出走 …………………………………… 305
42. 雨夜 …………………………………… 311
43. 劫狱 …………………………………… 318
44. 迷乱 …………………………………… 329
45. 养伤 …………………………………… 338
46. 波荡 …………………………………… 346
47. 危情 …………………………………… 351
48. 错位 …………………………………… 359
49. 逃逸 …………………………………… 366
50. 畸变 …………………………………… 373
51. 困顿 …………………………………… 380
52. 逝水 …………………………………… 388
卷后诗 …………………………………… 393

1. 前　夜

　　高团长和警卫员小蔡，是在太阳斜挂在村西头那片高大的杨树粗壮密集的枝干中的时候，骑着马奔跑着一前一后进了团部大院的。

　　橘红色的太阳一副餍餍的样子，但那冬天少有的色泽却给村子里的房屋和树木染上了一层光辉，虽然有些寡淡，还是有些温馨。

　　站在团部办公室门口的机要员小王一眼就看到了高团长和警卫员小蔡，虽然离得有些远，但她还是清晰地看到了高团长一脸的严肃，而且脸色似乎比斜挂在村西头那片高大的杨树上的夕阳一点儿都不逊色，不知道是被天气冻的还是因为什么事儿激动的。

　　小王扭头对身边的警卫员小肖说，看样子不妙，赶紧告诉政委。说着，转身进了团部。

　　矮胖的警卫员小肖憨厚地笑笑，没吱声，仍然笔直地站在团部门口。

　　两匹高头大马在马厩前兜了一圈才停下。高团长骑的那匹枣红色高头大马两条前腿高高抬起，扬起头来，长长地嘶鸣一声，落地后又打了两个响鼻，这才低下头，看着自己的右前蹄在残留着薄薄的雪地上连续地刨着，嘴和鼻孔里像屋顶的烟囱般地向外吐着白色的热气。

　　高团长和警卫员小蔡几乎同时从马背上跳了下来。高团长将马缰绳生硬地甩给小蔡，一边往东边的团部快步走去一边说，让老张头赶紧给我们弄点吃的，再把马遛遛，消消汗。

　　小蔡答应一声，转身喊饲养员老齐。

高团长又回过头来，说，小蔡，再让老张头给我弄点酒。

小蔡说，知道啦，团长。

高团长大步流星地走到团部门口的时候，楚政委和李参谋长迎了出来。楚政委戴一副镜片如瓶底般的眼镜，见高团长脸色不对劲儿，便说，老高，看样子没捡到什么便宜？

高团长哼了一声，道，啥事也逃不过你老兄的眼睛。走，进屋说。说着，进了团部。

机要员小王已经将开水倒好，见高团长进来，连忙端起白色搪瓷茶缸递到高团长手里，有些谨小慎微地说，团长，您喝水。

高团长接过茶缸，两只粗大的手将茶缸握了握，递到嘴边，咚咚咚，几口就将半茶缸热水喝了下去，然后将空了的茶缸往长方桌上重重地一撂，转身走到挂在墙上的地图前，略微地看了看，高声说，老楚，你说啊，好不容易赶上一回硬仗，可是却把我们拨拉到一边去了。我们辽南独立师一团是后建的不假，但我们的班底却是八路军十六军分区的一个主力营啊！之前我们就不说了，自出关以来，我们一路上这几仗哪一个打得差啊？归地方怎么啦？归地方我们就成了软柿子啦？想咋捏就咋捏？

楚政委道，老高，上级把我派到你这来之前，我对你还是做了些功课的，你，还有你这个营可是非同小可。

高团长道，是吧？我没吹牛吧？

楚政委咧嘴笑了起来，回头对警卫员小肖道，让老张头赶紧把饭送来，先吃饭，然后再说。

高团长说，不用去啦，刚才我已经让小蔡去安排啦。

楚政委和李参谋长这时也都走到了地图前。

高团长在地图前看了一会儿，转过身来，坐到了长方桌前的长条凳上，从后腰上解下一个已经磨得溜光锃亮的牛皮口袋撂到桌上。高团长先是在牛皮口袋外的一个小口袋里捏出一条卷烟纸，然后又在牛皮口袋里抓出一撮碎烟叶放到纸条里，两手熟练地捋了捋，将烟卷好，从长条桌上拿起一盒火柴，点着卷烟，一边大口地吸着一边说，今天上午的会上，辽东军区首长传达林总近日讲话精神。林总说，自去年我们进入东北以来，在苏联红军的配合下，迅速占领了沈阳等重要城市，进行大规模清剿日伪匪患和土地改革，受到东北广大人民和各界人士的拥护，基本上实现了党中央、毛主席提出的在东北站住脚跟的战略思想。东北民主联军迅速发展，由出关时的几万人，发展到现在的近二十万人。这种局势让老蒋的光头上直冒冷汗，刚刚急调国军五大主力中的新六军和新一军，以及十三军、五十军、七十一军等嫡系精锐开赴东北，由杜聿明亲自指挥。现在，国民党十三军、五十军进占了公主屯、秀水河地区；新六军由沟帮子进至胡家镇，然后由其主力二十二师向我军驻守的盘山、台安、辽中发起进攻，其六十六团及教导队占领了沙岭子。他们迅速构筑工事，阵地上外壕、鹿寨铁丝网层层密布，村沿、街口修筑大量地堡，且有交通沟连接，纵深配备立体火力交叉网，在辽河西岸形成一道坚固防线。国民党军进攻北宁线两侧，总体想法是企图消灭我军于铁路沿线，为夺取沈阳创造条件。

说完这段话，高团长从长条凳上站起来，重新回到地图前。高团长用手指着辽河南岸的沙岭子接着说，辽东军区和东北民主联军的三纵、四纵领导程世才、肖华、罗舜初、曾克林、唐凯、吴克华、彭嘉庆等首长齐集海城，决定趁敌防守兵力分散，尤其是敌主力六十六团孤军驻防辽河东岸沙岭子之机，集中主力部队，以四纵五个团主攻沙岭子，三纵七旅于台安以南阻击盘山增援之敌，九旅两个团及八旅一个团集结于沈阳、辽中之间的小北河、大沙岭一带，狙击向辽阳前进之敌，干净彻底地歼灭沙岭子敌六十六团，以阻止敌人进占沈阳的步伐。16日，也就是大后天早晨6时整正式发起进攻。我们辽南独立师一团担任预备队，在台安南至大沙岭之间协助三纵七旅阻击盘山增援之敌。军区首长命令我们15日晚上，在夜色掩护下准时到达阻击前沿阵地。参谋长，明天一早派一个班的侦察员前去察看地形，回来立即向我报告。

楚政委和李参谋长都在一边听高团长讲，一边紧张地看着地图。高团长说完后，李参谋长立即说了声是，然后继续看地图。

楚政委右手扶了扶眼镜，有些狐疑地说，这六十六团为何如此狂妄，突前到辽河西岸？虽说冬季河面封冻，但河面光滑，一旦被我军三面攻击，想全身而退恐怕没那么容易，这一点难道他们看不明白？

高团长没有说话，两眼仍然看着地图，卷烟烧着手指了，这才激灵地抖了一下，将烟蒂扔到地上。

屋子里一下子安静下来，地炉子火势正旺，呼呼叫着的炉火声听得清清楚楚。

高团长的两眼从地图上离开，转向窗外，有些迟疑地说，这也是我从海城回来的路上一直想的问题。

楚政委眯起两眼，思绪似乎一直在延续着，说，老高，我有种预感，你说这会不会是敌人的一个诱敌之计？

高团长道，我没想好。

这时门开了，警卫员小蔡和炊事班长老张头一前一后走进来。小蔡手里拎着一瓶"腾鳌老窖"，老张头手里拎着一个水筲状的圆形木制盛食器，有点儿古董的感觉。

小王连忙迎过去，将老张头手里的盛食器接过来，放到长方桌上，然后对高团长说，团长，开饭啦！

高团长回过身来，走到桌前，一眼看到桌上放了一瓶"腾鳌老窖"，突然哈哈地咧开嘴大笑了起来，一把将酒抓到手里，送到眼前一看，立刻叫道，哟嗬，"腾鳌老窖"，好东西，60度，够劲儿。我听说这"腾鳌老窖"在辽南还是有点儿名气的。高团长抬头看着小蔡问，从哪儿淘弄来的？还有没有？

小蔡支吾了一下，没回答，扭头看老张头。

高团长看了看小蔡，然后也扭头看老张头，说，咋回事，老张头？跟我打埋伏？

老张头伸手指着小蔡道，你说你啊，你瞅我干啥？这下露马脚了不是？

小蔡脸一下子就红了，说，这个，我，我心里就是装不了事儿。

高团长道，我知道，肯定还有。小蔡，我可跟你说明白了，有多少都给我留着。高团长两手在一起搓了搓，问一旁的炊事班长，老张头，给我弄了点啥好吃的？

老张头嘿嘿笑道，你自己看，我那边还忙着哪。说完，转身匆匆推门走了。

高团长扭头看了一眼老张头的背影，笑道，这个老家伙，还埋上包袱了。

屋子里的人都笑了起来。

楚政委走到桌前坐下，说，老高，来，我陪你喝点儿。

高团长似乎有点儿惊讶，扭头看了看楚政委，说，咋的？对我不放心？楚政委笑道，哪里，你说这酒这么好，我也尝尝。

高团长道，哎，老楚，还真是的，你跟我好好练练，将来用得着。楚政委说，不用刻意练，近朱者赤，近墨者黑嘛！

高团长道，那一定我是墨，你是朱啦！说完，又哈哈大笑起来。

这时候，小王和小蔡已经将酒菜在桌上摆好了，一盘土豆丝，一盘炸黄豆，一盘蒸萝卜干。

小王说，团长，政委，开喝吧！

高团长端起斟了一半的白色蓝花粗瓷碗，往楚政委身前也斟了一半的一样花色的粗瓷碗上碰了一下，压低了声音道，老楚啊，这是一场硬仗啊！从海城回来的这一路上，我这右眼一个劲儿地跳，让我直门儿犯嘀咕啊！

楚政委突然大笑起来，说，老高，你怎么也信这个？来，喝一口！说完，端起碗送到嘴边，喝了一大口。这一口下去不要紧，楚政委被辣得连声地咳嗽起来，一边咳嗽一边说，嚯，这家伙，像一个火球似的，从嗓子一路滚下去，现在到哪儿了？

高团长哈哈地笑起来，半天才止住了笑，说，老楚，你这秀才出身就是不行，你看我，看我咋喝。说完，端起碗，咚咚咚，一气喝下三大口，然后用袖子抹了下嘴巴，吧嗒吧嗒嘴，说，好酒，这是纯高粱酒。高团长看了看小王，道，小王，你不来两口？

小王立刻摇头道，噢，不来，不来，我看着您和政委喝。

那天晚上，高团长喝了两个半碗酒，然后便跟楚政委和李参谋长研究作战方案，直到深夜。

天再一次黑下来，驻扎在镇海寺西北几个村屯里的辽南独立师一团一千四五百官兵同时出动，他们静悄悄地越过三四米高的浑河大堤，扑向冰冻的河面。月亮已经升起，映照着月亮迷蒙的光辉，河面闪着镜子般的寒光。黑压压的队伍踩踏在冰面上，发出清脆的嘎吱嘎吱的声音，不时有人跌倒，发出压抑着的尖叫。队伍已经散乱，轻重武器的碰撞声和人们的互相埋怨声从四面八方响起。半个多小时后，整个队伍越过了浑河，分三路向五六十里外的台安南至大沙岭一带奔去。

经过多半夜的行军，凌晨三点半钟队伍来到一个不知名的村子，高团长下令全团就地隐蔽休息。

这时，侦察排长匆匆赶来。

高团长问，老袁，这个村子叫啥名字？

袁排长回道，二道沟，在盘山东，距盘山四十多里。

高团长问，有多少户人家？

袁排长回道，不到二百户。

高团长问，群众基础咋样？

袁排长说，还不错，听说辽宁二地委已经组织辽南各县群众踊跃支前，这个村也早动起来了。

高团长问，三纵七旅的阻击阵地离这里有多远？

袁排长回道，西面五里地。

高团长说，走，你带我们到前面看看。

高团长、楚政委、李参谋长，还有警卫员小蔡、小肖，以及一个班的警卫员在袁排长的带领下，绕道村东头，来到村南的一条几米宽的河沟边上。

高团长问，这就是二道沟？袁排长说，是。

高团长一行人越过冰冻的二道沟，向前疾走了半个多钟头，就见月光下横着一条一米多高的土坡，黑乎乎的一直向东绵延而去。

站在高团长身边的袁排长说，高团长，七旅的头道狙击阵地就设在这条土坡的下面，南边十四五里便是辽河。

高团长伸手从小蔡手里接过望远镜，两手擎着往前方和东西两边看了一会儿，说，这一带是辽河平原，无险可守。

袁排长说，是。

楚政委道，老高，你有什么想法？

高团长说，我担心这道土坡阵地能否挡得住国民党军的增援部队。楚政委一愣，哦？说说看。

高团长说，这一带既然无险可守，那么就等于说敌增援部队没有退路，只能全力进攻。以敌人的美式装备而论，他们轻重武器俱全，我军能守得住吗？或者说，能守多久？

楚政委说，那你有什么好办法？

高团长摇了摇头，道，没有啥办法，我只不过是担心这场阻击战将会非常惨烈，我们要让战士们有充分的心理准备。

楚政委说，那好，上午让战士们好好休息一下，下午我们就以连为单位进行战前动员，把战士们的信心和情绪鼓动起来，打赢这场阻击硬仗，确保大沙岭歼灭战全歼国民党军六十六团，粉碎敌人进攻沈阳的战略企图。

高团长笑了笑，未置可否，然后转身向村子里走去。他的身后是一片皎洁的月辉和警卫班战士们杂乱的身影。

2. 激 战

  高团长起得挺晚，再有一个时辰太阳就到中天了。楚政委和李参谋长到各营布置战前动员工作，团部里就剩下小王和高团长。高团长简单匆忙地吃了口饭，他的情绪明显地有些焦躁，不停地端起白瓷茶缸喝水，喝完水就走到地图前，看一会地图就又回桌前喝水。然后就是不停地卷烟，抽烟，一支接一支。高团长敞着单薄的棉袄怀，几次让小王用湿煤把地炉子的火压上。屋子里烟气腾腾，呛得小王直咳嗽，不得不隔一会儿将门开一下，往外放烟。
  这个白天的太阳有些灰白，或者说是惨兮兮的样子，一点也不精神，像个醉了酒的老汉似的，在天上悠然地晃荡。
  楚政委和李参谋长回来后，高团长说，老楚，咱们再到阵地上去看看。楚政委愣了一下，但马上就应声说好。到阵地转了一圈后，高团长少有的一句话没说，然后就掉头回村。进了团部大院也没去团部，而是回了自己的房间，纳头便睡。晚饭也是警卫员小蔡把他叫醒的，吃过晚饭后又是早早就睡了。
  围歼国民党军二十二师六十六团的战斗终于在2月16日早晨六时整打响。天还没有完全亮，借着微弱的月光，四纵的五个团同时向敌阵地发起攻击，一时间，密集的炮火从我军阵地向敌阵地暴雨般地倾泻，震耳欲聋般的轰鸣将寂静的早晨炸成一片混沌。炮火未停，战士们便端着枪漫天遍野地冲向了敌人阵地。可是敌人的轻重武器构成了极其严密的火力网，战士们被压在了距敌人的阵地百米开外的低洼地区。过了一阵后，他们寻找到一个突破口，在火力掩护下突然跃起冲向敌人阵地，可是没前进三十米，便再次被敌人的轻重武器压制住了，一大批战士或仰倒，或匍匐在地。这六十六团不愧是国民党军中的王牌，他们利用有利地形，在我军突击部队被压制住后，突然进行反攻击。拂晓前，我攻击部队不得不撤下来，造成了大量的伤亡。

当天午后，集结于沈阳、辽中之间的小北河、大沙岭一带的我三纵九旅两个团及八旅一个团遭遇到向辽阳进击的国民党军攻击，双方展开激战。七旅也在太阳快要落山的时候遭到来自盘山的增援大沙岭的国民党军的攻击，战斗一直打到天彻底黑透了，国民党军才全线撤退。第二天天刚蒙蒙亮，国民党军再次发起攻击，先是一波十五六分钟之久的炮轰，三纵七旅的山坡几里长的阵地上完全被炮火硝烟和沙土笼罩。炮火刚停，国民党军便在轻重机枪的掩护下端着美式冲锋枪向七旅的阵地上蜂拥而来。这一次国民党军将兵力集中在阵地的左侧，企图打开一个缺口。这个办法非常奏效，很快，左侧的防守阵地就抵挡不住了。中间和右侧防守的战士们开始向左侧增援，可是战壕是临时构筑的，太窄，俩人并行就有些挤了，兵力的调动非常缓慢。没办法，战士们只好跳上战壕猫着腰向左侧阵地运动，但还是不时地将身体暴露出来，不少战士被敌人的轻重机枪和冲锋枪打倒，伤亡很大。

这时，高团长接到七旅电报，要求高团长带领独立团火速增援。

高团长立即下令，全团火速向七旅左侧阵地集结。十多分钟后，独立团到达了七旅左侧阵地后方。高团长命令部队隐蔽，他和楚政委与李参谋长在一个高坡上用望远镜向七旅左侧阵地和正在进攻的国民党军反复地瞭望，有一小部分国民党军已经攻上了阵地，我军战士与其展开了肉搏。

高团长静静地看着，似乎并不着急。

楚政委几次扭头看高团长，终于忍不住问道，老高，是不是马上投入战斗？

高团长没回答楚政委的问话，又瞭望了一会儿，终于放下望远镜，却没有马上下令队伍投入战斗，而是在高坡上踱起步来，不时地转身向阵地上看上一会儿，然后继续来来回回地转着。楚政委和李参谋长都站在一边，目光跟着高团长，谁都没吱声。踱了几圈，高团长仍然没有下令队伍投入战斗的意思。

李参谋长也忍不住了，说，团长，情况紧急，我们是不是马上……

没等高团长回答，小王跑了过来，将电报递给高团长，说，团长，三纵首长要求我们团立即进入阵地，投入战斗。

高团长没接小王递过来的电报纸，而是对楚政委和李参谋长指了指左侧的一片洼地，说，你们看到没有，那片洼地，洼地的那边有一条沟，我们悄悄地从那条沟进入到那片洼地，然后一直插到敌人的火力阵地，突然发起攻击，先用小钢炮、手榴弹、机枪猛打一气，随后就冲向敌人阵地，不让他喘气，一口气把他打残了，打哑了。敌人没有了重武器支援，冲在前边的那些兵就有如朽木一般，一个冲锋就把他们干掉了。听明白了吗？李参谋长，下令吧！

李参谋长惊喜地一笑，转身跑向高坡下的队伍。

当独立团悄悄向洼地运动的时候，七旅左侧阵地已经被国民党军攻破，大批国民党兵端着冲锋枪冲到七旅防守阵地的后面，七旅腹背受敌，一片混乱。不到十分钟，独立团一千多官兵就出现在了国民党军的阵地前了。国民党军阵地上的轻重武器完全地暴露在独立团的眼前。高团长一声令下，全团一字排开，五六门小钢炮、无数的手榴弹、三十多挺轻重机枪同时开火，冰雹似的向国民党军阵地倾泻。国民党兵一下子就被打蒙了，阵地上顿时陷入一片混乱，轻重火力瞬间哑火了。几分钟后，独立团千余战士突然跃出洼地，洪水般地冲向国民党军轻重武器阵地。国民党军后方的轻重火力一哑火，冲在前边的国民党兵就慌乱起来，马上就无心恋战了，掉回头退潮般地从七旅防守阵地前撤了下去。又被独立团掉转枪口，迎头一击，溃不成军。

这一仗七旅虽然伤亡很大，但由于独立团迂回插入敌后战术打垮了国民党军后方的轻重武器阵地，导致前方的攻击部队失去火力支援，无心恋战，被迫撤出战斗，我军阵地在极其危险的情况下得以巩固。可是，辽东军区不但没表扬独立团，反而在第二天上午下发通令，因独立团延误军机，没有及时投入战斗，导致我军阵地失守，将高团长记大过一次，免去团长职务，暂时代理团长。这一处分在独立团炸了锅了，营连以上干部都赶到团部，替高团长抱不平，大家一致说，如果没有高团长随机应变，我们就是堵上去了，也未必能守得住，那后果就不好说了。大家表示，要去军区告状，要为高团长请功，高团长不但不应降职，还应该提拔，起码要给个旅长干干。一时间，团部大呼小叫，一片乌烟瘴气，混乱不堪。

楚政委说，大家先回去，准备接下来的更加残酷的战斗。至于高团长的事情，等仗打完我们再向上级申诉不晚。

营连干部们走了之后，楚政委说，老高，这个事你不要受影响，回头我一定找纵队首长和军区首长为你理论。

高团长静静地卷着纸烟，卷完了，送到嘴边叼住了，然后划了一支火柴点着，一边抽着卷烟，一边扭头看向了窗外。刚才营连干部们大呼小叫的时候，高团长就坐在长条桌前一支支地卷着纸烟，然后一支支地抽着，他们什么时候走的他根本就不知道。现在，楚政委的话他似乎也没听到。窗外的天空有点儿阴沉，好像要下雪的样子。不远处是一人多高的院墙，院墙外有几棵高大的杨树，在已经昏暗下来的光线里，光秃秃的枝条黑硬黑硬地向天空中僵直地伸展着。有几只麻雀在树枝上摇头晃脑，蹦蹦跳跳，让窗外的画面有了几分的生气。

楚政委停了一会儿，又说，要不，我现在就向纵队首长反映一下我们的想法，尤其是营连干部们的意见？

高团长又抽了两口卷烟后，回过头来，看了看楚政委，说，老楚，我挨处分也不是一次两次了，我现在想的是明天。我想天亮后，国民党军一定会再次发起攻击，我军如果还是这样坚守阵地的话，伤亡恐怕会比今天还要惨重。我们虽然重创了敌人的重武器装备，但他们会迅速地调集力量，恢复战斗力，因为他们有军用卡车，还有坦克，这样，他们就会在明天早上对我军防守阵地进行更猛烈的重武器攻击，甚至于将我们的阵地炸成平地。

楚政委说，我同意你的判断，可是我们有什么办法呢？

高团长站了起来，走到地图前，用手指着地图说，盘山增援之敌在辽河的北岸，他们要越过冰封的辽河。我想，我们要在天亮前急行军赶到辽河南岸，在那里构筑临时工事，在敌人过辽河时进行攻击。这个时候，敌人的重武器离我军两三百米，无法展开，敌人的攻击力一下子减弱了一多半。近距离地与敌人展开肉搏战是我们的长项，如果能够拼上刺刀就更好了，因为敌人的美式武器也发挥不了作用了。

楚政委立刻拍巴掌叫好，说，太好了，马上把你的方案电报给纵队首长。

高团长说，你以为纵队首长会接受我的方案吗？

楚政委道，接受不接受是他们的事儿，报告不报告却是我们的事儿，而且，我觉得你这个方案切实可行。

高团长想了想，说，由你定吧。

楚政委道，你看看，还说没情绪，这不是情绪是什么？楚政委转身对站在一边的李参谋长说，马上把高团长刚才讲的方案起草一份电报稿，然后发给三纵首长。

小王这时将一份电报交给高团长，说，辽东军区电报。高团长却没接，说，念。

小王愣了一下，收回电报，念道，17日夜，休整了一天后，三纵采取了新的攻击策略，以两个团在正面佯攻，另外三个团从东南、东北和南三个方向实施重点突击。经过激烈争夺，一度突破敌军前沿阵地，但由于敌军有纵深防守，加之火力实在太猛，苦战一夜，未能向前突进，只好在天亮前撤出战斗。独立团继续做预备队，随时增援七旅防御，坚决挡住盘山增援之敌。

小王念完电报，高团长瞥了楚政委一眼，咧嘴笑了笑，什么也没说。

楚政委皱了皱眉头，道，这个，这个不影响我们向纵队首长建议啊？

高团长说，那你就试试。

他们这边谈着呢，李参谋长那边已经将电报稿拟好，楚政委让他念了一遍，然后问高团长还有没有修改之处，高团长说就这样吧，楚政委就令小王立刻发给三纵首长。

晚上快八点钟的时候，小王敲开高团长住的房门。高团长已经睡着了，正打着呼噜呢。小王上前摇醒高团长，说，三纵发来紧急电报，政委、参谋长请你马上到团部。

高团长扑棱一下坐了起来，哦了声，翻身下地，穿上布鞋，披上棉袄，出了屋子。小王紧跟在高团长身后。

来到团部，高团长坐到长条桌上，李参谋长立即拿起桌上的电报，看了高团长一眼，说，这是三纵转发辽东军区首长的电报，并附三纵命令。

高团长埋头卷纸烟，没吱声。

李参谋长随后念道：三纵及辽南独立团，你们关于阻击盘山增援之敌的新方案，即堵到敌人家门口近距离攻击防御，军区研究后认为很有创意，也切实可行，批准你们按此方案主动出击，具体执行请你们自行决定，相机而行。

附：辽南独立团，三纵司令部研究后决定，此役仍然以七旅三个团正面主攻，将所有重武器前移至辽河南岸，天亮前轰击敌人外围阵地，随后所有兵力全部压上，同时向敌人驻扎处展开攻击，不给敌人还手之机，打他个措手不及。你团紧随其后，随机应变，看敌人火力强的地方进行攻击。你们务必于明日凌晨四时前到达盘山辽河南岸。

高团长掏出怀表看了看，问李参谋长，我们这儿离盘山之敌有多少里路？李参谋长道，六十里左右。

高团长说，现在是晚八点二十，命令部队九点出发，务必在明天凌晨两点前赶到盘山辽河南岸，然后就地休息，等待命令。

李参谋长应了声是，立即拿起电话，向各营下达命令。

四五个小时的急行军，辽南独立团在第二天凌晨两点前到达了盘山辽河南岸。部队按计划原地休息，高团长、楚政委、李参谋长，还有侦察排袁排长，以及警卫员等直奔辽河边，走上宽厚的河堤。

月光下，近百米宽的辽河一片灰白，冰封的河面上，载重车辆辗过的地方被月光映照着返着白煞煞粗犷线条的光芒。

高团长、楚政委拿着望远镜向冰河的对岸看去。河堤下面是几排杂乱高大的杨树，杨树后面有零星的低矮的土房，再远处能看到黑黢黢的被树木掩映的村庄。

看了一会儿，高团长问身后的袁排长，敌人驻扎的地方距我们这里有多远？

袁排长说，三到四里。

高团长对李参谋长道，注意联络友军，我们只管按命令打就是了。我敢说，这一仗打下来，七旅的阻击任务大功告成。老楚，我们回村里，趁天还没亮，先眯一觉，等仗打起来，就睡不成啦。

果不出高团长所料，七旅的三个团，加上高团长的独立团，在拂晓时发起攻击，只半个多钟头就将毫无准备的盘山增援之敌打得七零八落，溃不成军，残部狼狈地向盘山一带退去。

沙岭子之战历时四天，国共双方投入数万兵力，几进几出，伤亡巨大。2月19日拂晓，守敌在援兵的接应下，放弃了沙岭子阵地，撤回到盘山。

3. 买 药

卢四老婆的头疼病又犯了。她这个病很顽固,也很怪异,这些年里,镇里县上的医生几乎看遍了,谁也说不出个所以然来。她不敢见风,一年四季头上都要缠着一条毛巾。过去她犯病往往是天气骤变没有注意,或者出汗多了被风吹着了。但这一次很奇怪,既没有出汗多被风吹着,天气也都很正常,没有气温忽高忽低的情况。卢四老婆便一边摇头一边直叹气,说,这是咋回事呢?咋整的呢?

卢四对三个女儿说,你们仨赶紧去镇上一趟吧。

三姊妹立刻撂下手里的活计,急忙换上外出的衣服,头上扎了围巾,脖子上挂了棉手闷子,都一副兴高采烈的样子。

卢四又对三姊妹说,到镇子上哪儿都不要去,买了药赶紧回来。这段日子总打仗,不太平。

三姊妹齐声应道,知道啦!推开屋门,呼啦一下子冲到了院子里。院子里,屋顶上,树上,一片白茫茫的雪,晃得她们睁不开眼睛。

出了院子的三姊妹一下子从一冬天的郁闷中挣脱出来,老三卢云甚至于有几次情不自禁地转身跳了几跳,喜悦之情溢于言表。一向谨慎的老大卢芳有些紧张地向四处看了看,街巷还在安静之中,只有村子的上空无数条从屋顶东侧的烟囱里冒出的黑灰色的烟悠然地向上飘曳着,弥漫成河流一般的浩荡。

老二卢秋说,姐,你看啥呢?瞅你那胆儿,没事儿啊!

卢云也回头附和道,是啊,大姐,放心吧,咱们去镇上好好玩玩,别都听咱爸的。

卢芳沉着脸说，那可不行，到了镇上一切听我的，不然回家就告诉爸。卢秋和卢云都咯咯地大笑起来。

太阳已经升起来了，有些餍餍的样子，看不出它的移动，但转眼间就挂在了那些高大杨树枯干枝丫的后面。天气虽然有些冷，好在没有风，走在阳光中的雪地上的卢氏三姊妹似乎已经走在了春意里。

卢氏三姊妹长得并不太像，但三姊妹个个漂亮却是事实。老大卢芳二十一岁，瓜子脸，两只眼睛显得有些大，但特别水灵，特别亮。两条粗壮的辫子披在后背，脸前的刘海儿显然是刻意修饰过的，浓密而整齐。卢芳言谈不多，但说话却严谨而有分寸。是性格的因素，还是大几岁的原因？说不太清楚。老二卢秋十九岁，圆脸，也是两只大眼睛，但由于脸型的关系，两只眼睛不像卢芳那么突出，不过，她的眼睛里却透出一种淡定，一种沉着和从容。卢秋是一种典型的内向性格，甚至于寡言少语。跟卢芳一样，她也是两条粗壮的辫子，但比卢芳短了许多，刚过肩的样子。老三卢云只有十七岁，也是圆脸，但眼睛却比两个姐姐小多了，而且鼻子和嘴都显得有些小巧。卢云的两眼看人时自然地有些眯，嘴角还有些向上翘，脸上的表情就显得格外的妩媚，似乎还有点儿调皮。卢云也是梳两条辫子，但却细得多，也比两个姐姐长得多，所以，她经常是将辫子盘在头顶。额前的刘海却是自然留出的，但比大姐卢芳稀疏得多。卢云显然是外向性格，快言快语，而且极有主意。

通往镇子的县道笔直笔直的，路面却是千疮百孔般地坑坑洼洼，显然是年久失修。积雪虽然将坑洼填平了，但人和车踩压过的地方便现了原形，要小心地看着才行，不然走在上面很容易滑倒。路上行人不多，冬天的田野也没什么好看的风景，三姊妹加快了脚下的步伐，很快就到了镇上。

卢氏三姊妹去的镇子叫镇海寺。镇海寺不是寺，是镇，而且是辽南有名的大镇。这么说不太准确，应该说镇海寺也是寺，是镇海寺镇里的一个寺。换句话说，镇海寺镇是以镇海寺命名的。在当地一般情况下，凡提到镇海寺的时候，多数都是指镇海寺镇，而不是镇海寺。从宋屯到镇海寺有六七里路，路好走的时候也要个把钟头，这天又赶上是雪后，走起来要比平日费些力气，三姊妹来到镇子里的时候已经快十点了。

镇子里很安静。进了镇子中心，青石板铺就的街道已经扫过雪了，比平时显得干净清凉。三姊妹当然不晓得这路是哪一年铺就的，但那一块块灰色石板磨得光光的，有的已经碎裂成几块。阳光一晒，石板路上残余的雪就化了，石板路便像被雨水淋过了一般，湿漉漉的，踩在上面有一种滑腻腻的感觉，走路的时候就需要分外小心。街上行人不少，街道两边的店铺有一些被损坏的痕迹，但并不严重。三姊妹一边观看着街两边店铺，一边快步向中街的十字路口走去。过了中街的十字路口再往东走，只几十步路，就是林记大药房。

掌柜的林老五和小伙计，跟三姊妹都很熟悉，前几年卢四的老婆犯头痛病，她们轮番频繁地出入林记大药房给母亲抓药，所以，她们甚至不付现钱都可以把药拎走。

林老五穿着一身青布棉袄，两只手抄在袖筒里，趴在柜台上，眯着两只小眼睛一边冲走进药店的三姊妹嘿嘿地笑着，一边说，哟，卢家三位小姐可是好久没见啦，出息得越发漂亮标致了。见三姊妹没搭茬，林老五似乎有点讪讪的感觉，但随后又咧嘴一笑，两眼盯着卢芳问，大小姐，怎么，你妈的头痛病又犯啦？

卢芳回道，是的，林老板。

林老五一边冲三姊妹嘿嘿地笑着，一边接过卢芳递给他的药方。林老五扫了一眼药方，便递给小伙计，抬起头冲卢芳道，大小姐，这天好好的，你妈咋又犯病了？说完，林老五的两眼在卢芳的脸上睃了几下，接着的笑便有了点谄媚的味道。

卢芳并没有与林老五交谈的欲望，应酬几句便转过身子，两眼看药房外的大街。

林老五不可能感觉不出卢芳的冷淡，但林老五是生意人，他不在乎这个。林老五显得极有涵养地接着笑道，大小姐，你父亲这些日子忙啥呢？大戏院好久不演戏了，他也不来镇子里了。

卢芳说，是是，这么乱，谁敢出来啊。

林老五笑笑，道，其实没那么邪乎，尤其是这小日本投降了，这国军也好，八路军也好，都是中国人，他们之间打打杀杀，但都得让老百姓吃饭。不卖花生米也叫你爸来镇上逛逛，闷在家里，没事儿也闷出病来了。你说是不是？

卢芳只是微微笑笑。

这时小伙计已经把药抓好了。卢芳付了钱，卢秋将药拎在手里，三姊妹便转身出了药房。

林老五仍然是嘿嘿地笑着，连说，慢走，慢走。

来到大街上，卢云做着鬼脸小声说，大姐二姐，你说这个林老板烦不烦人？闲言碎语的不说，还一脸色迷迷的，肯定没安好心。

卢芳说，管那么多干吗？装没听着，没看着。

卢云又说，大姐二姐，一冬天都没来镇上了，咱们逛逛街吧。卢芳说，哪有闲心逛街，咱妈还等着咱们回去煎药呢！

这时，她们已经来到了十字路口，卢云说，不差这一会儿，咱们走到吉祥大戏院那儿就回。卢云不容分说，拉起卢芳和卢秋的手就往吉祥大戏院的方向走。

卢秋便拿眼睛看卢芳。卢芳肯定也想逛逛街，目光便有些暧昧。卢芳迟疑了一下，说，说准啦，就走到大戏院，然后就回。

卢云立刻跳了起来，叫道，好，一言为定，就走到大戏院。

三姊妹一路兴高采烈地向西街走去。街两边都是店铺，有的干脆把货物用摊床摆到店铺前的街道上来。往西走了几十米，卢云在一个布店前的布摊上停了下来。卢云看中了一块淡粉的细碎花洋布，拿起来不断地往身上比量着，还问两个姐姐，咋样，我穿好看不？

卢芳和卢秋闻声转过来，不由得齐声叫好。

店老板更是点头哈腰地说，这块布简直就是给小姐您织的。咋样，买了吧，可以再便宜一点儿。

卢云扭头看卢芳。卢芳连忙摇头说，这事儿得跟咱爸商量一下。

卢云却道，你兜里的钱够不够？这事儿我自己做主，咱爸不给钱，我用自己的私房钱。说着就去掏卢芳的衣兜。

卢芳身子不自觉地向旁一闪，有些急了，说，这怎么行，要买也得回家告诉咱爸一声，怎么能自己说买就买呢？再说，回家跟咱爸商量了再来买也不晚呵？

卢云说，那不是费二遍事吗？

姊妹俩正争执不下呢，两个身穿土黄色军装挎着短枪的军人，骑着一红一白两匹高头大马，在一片轻薄的烟雾中朝她们轻快地跑来。三姊妹还没来得及躲避，两匹高头大马已经来到她们身边，靠近她们的那匹枣红马的蹄子正好踏中一个水洼，立刻溅起一片泥水，恰巧溅了卢云一身。等卢云转回身来，两匹高头大马已经跑出几十米远了。卢云低头一看，裤子，还有上衣都溅上了泥水，连她手里拿着的花布也有几个泥水点子，气得她使劲地跺了两下脚，冲着已经远去的两匹高头大马的背影连吐了两口唾沫，骂道，臭当兵的，有啥好威风的！

卢芳立刻责备道，三妹，不许乱说，咱爸嘱咐多少回了，这么没记性。这兵荒马乱的，吃点儿亏能咋的？

卢云用力地哼了一声，一副满不在乎的样子。

出了这么一个差头，卢云也没了心思买布，卢氏三姊妹离开布摊接着往前走。眼看就到吉祥大戏院了，身后又有一阵马蹄声由远而近。没等她们回过身来，刚刚过去的那一红一白两匹高头大马已经横在了她们身前，骑在马上的正是卢云刚刚骂过的那两个挎短枪的军人。

卢芳立刻紧张起来，伸开两只胳膊将卢秋和卢云挡在身后，仰着脸，两眼紧紧地盯着两个军人的脸。

骑在马上的军人似乎并没有什么恶意，只是微笑着将三姊妹来来回回地看了看。末了，年龄较大、骑枣红马的军人从马上跳了下来，对卢云说，小姑娘，真对不起，刚才是我不小心把你衣服溅上了泥水。

卢云鼻子一哼，转过脸去，没理他。

骑枣红马的军人却哈哈地笑起来，对站在前面的卢芳说，如果我没猜错的话，你们是姐仨吧？

卢芳紧张地看着他，仍然没吱声。

骑枣红马的军人说，你们不要害怕，我们是东北民主联军，也就是从前的八路军，是咱们老百姓的队伍。我们队伍上是有纪律的，损坏老百姓的东西一定要赔偿。骑枣红马的军人把脸扭向卢云，接着说，我弄脏了你的衣服，按说应该按你衣服的样子赔你一件，但我没有你那样的衣服，也没有钱买一件给你，我现在只有军装，不知道你喜不喜欢穿。你看，就我身上穿的这个样子怎么样？回头我给你发一套新的，你看行吗？

卢云瞪了骑枣红马的军人一眼，拉着卢芳的胳膊说，大姐，别跟他们废话，咱们回家。

骑枣红马的军人不由得哈哈大笑起来，一边笑着一边问道，你们姓什么？在镇上住吗？或者是哪个村？

这时，一个穿着干部服的女人急匆匆地走了过来，上前喊道，这不是高团长吗？

骑枣红马的军人闻声转过身来，哦了一声，说，是于委员啊！你好！说着，伸手与穿着干部服的女人握了握。

于委员扭头看了看三姊妹，笑着问，高团长，有啥事需要我们帮忙吗？

高团长就把刚才发生的事简要地说了。

于委员笑道，小事一桩。然后转身对卢芳说，我是镇政府的妇女委员，姓于。你们是哪个村的，谁家的？

卢芳回道，我们是宋屯卢家的。

于委员哦了一声，说，是卖花生米的卢四家的吧？你们三个都是他的闺女？真是人不可貌相，他居然有这么三个如花似玉的闺女，好福气啊！

卢芳说，那没事儿我们走了。

于委员道，八路军，跟我们老百姓是一家人，这点小事儿就不要计较啦！

卢芳点点头，说了声是，便招呼卢秋、卢云向来路快步走去。

于委员回身对高团长说，没事儿啦，你们走吧！

高团长向于委员道了谢，叫了声小蔡我们走，便和骑白马的小伙儿跨上马，迈着细碎的快步朝街的东头奔去。

快中午的时候，三姊妹才回到宋屯，离院子老远，卢秋便惊叫道，不好了，那两个八路军追上门来了！

卢芳紧走几步，来到院门前，一下子就愣在那里了，在街上遇到的那个年轻军人牵着一红一白两匹高头大马站在院门前。卢芳看了年轻军人一眼，绕过他和两匹高头大马，紧走几步拉开院门进了院子。

随后的卢云却冲年轻军人叫道，哎，我说你们咋还撵到家里来了？你们溅了我一身泥水咋还有理啦？

年轻军人没回卢云的话，但年轻军人却冲卢云笑了笑。年轻军人的笑似乎有些羞怯，脸甚至还有点儿发红，但很阳光，很灿烂。

这时，院门吱地一响，年龄较大的被称为高团长的军人从院里走出来，随后跟出来的是卢四和卢芳。高团长一眼便看见了卢云，他微笑着又将卢云打量一番，却什么也没说。高团长转回身，跟卢四又握了握手，然后冲年轻军人挥了下手。卢云本来想说几句什么，但年轻军人已经牵着两匹高头大马走出十多步远，两人翻身上马，一路烟尘地飞奔而去。

三姊妹一齐将目光转向父亲。卢四的表情有些不大自然，而且还少有地微微发红，这无疑地引起了三姊妹的猜疑。

卢芳便问，爸，这两个当兵的到咱家干啥来了？

卢四瞥了三姊妹一眼，目光却在卢云的脸上停留下来，稍后说，进屋说吧。然后扭头进了院子。

三姊妹越发地纳闷，不由得面面相觑。

卢云道，爸今天是咋了？肯定是出啥事了。

卢秋说，别在这愣着，赶紧进屋问爸去。

三姊妹进了院子，又快步进了屋，见父亲坐在八仙桌旁的椅子上，埋着脸，滋滋的一口接一口地抽着烟斗。

卢芳便问，爸，到底出了啥事儿？

卢四仍然是没吱声，堂屋里便显得格外地寂静。三姊妹已经断定，这事儿肯定是不小了。三姊妹不再问父亲了，而是奔向西屋，去找母亲。

但卢四却突然说话了，卢四说，部队上看中了老三。

三姊妹都收住了脚，转回身来，一齐看着父亲。

卢云显然是很吃惊，而且脸色突然一片绯红，呼吸也一下子急促起来。卢云走到父亲身前，拽住他的一只胳膊，一边摇着一边问，爸，他们看中我干吗？

卢四说，让你到部队上，当，当什么文书。卢四这时抬起头来，看着卢云又说，高团长说了，这文书就是收发个文件，送个信啥的。再有就是替团长管理管理内务啥的，既累不着，也没啥危险。我觉得挺好，就答应了人家。

三姊妹相互看了看，一时间竟然没了话。

卢四这时从椅子上站了起来，一边在屋地上踱着，一边接着说，你们仨听我说呵！我是这么想的，这天下吗，共产党是坐定了。何以见得？高团长说得对，虽然国共两军在兵力和武器装备上都有一定差距，但决定战争胜败的不完全取决于兵力和武器装备。古人说，得人心者得天下，国共开战，你看老百姓拥护谁？共产党嘛！老蒋虽说还有几百万的军队，还有那么多的飞机大炮和美国人在后面支持，但气数却尽了，没了魂魄，那不就成了行尸走肉了？兵败如山倒，树倒猢狲散，国民党蒋介石就如同秋后的蚂蚱，蹦跶不了几天了，这就是大势。卢四喘息了一下，咽了口唾沫，接着说道，老话儿讲，朝里有人好做官，家中有狗能看门。其实不光是做官，办事还不是一样？我想，老三要是能到共产党的部队上，咱们家就有了靠山了，不光是眼下这兵荒马乱的日子要好过得多，将来，一旦共产党得了天下，咱们的日子就更好过了。卢四见三姊妹都直着眼睛看着他，便对自己的一番话很有些自信了。卢四接着将话题一转，说，你们仨也都老大不小了，该找人家了，将来老三要是能够在部队上嫁给个当官的，我看卢家的祖坟就该冒青烟了。

卢芳听完父亲的话，一下子叫了起来，说，爸，你不是说好铁不打钉，好男不当兵吗？好男都不当兵，何况三妹还是个女孩子呢？你这不是把三妹往火坑里推吗？

卢秋也说，是呵，三妹刚刚才十七呢！再者说了，她连门都没出过，咋能跟着那些当兵的去打仗呢？那枪呵炮呀啥的可是不长眼睛的。

卢四却把腰挺了挺，说，真的是头发长见识短，你们懂啥？古人云，识时务者为俊杰。现今是啥世道？国共两党争天下，而东北是立国之本，高团长说，有了东北，就有了根基，就有了解放全国的保障。拿啥争？军队。听明白啦？换句话说，对国共两党而言，就是军队高于一切。我整天价泡在大戏院里，经的见的听的总归比你们多些吧？再者说了，我读了那么多的古书，你们以为白读了吗？好啦，这事儿你们就别瞎操心了，我替老三做主了。卢四再次把话停下来，目光转向卢云，而且在卢云的脸上停留下来。

卢四这时的目光就有些坚定和锐利，这种目光在他的生活中自然是极为少见，因此，陌生诧异的同时，不能不让三姊妹有些惊悚，她们甚至不由自主地将手拉在了一起。

卢四显然是感觉到了三姊妹的这一变化，他在将三姊妹重新打量一番后，对卢云说，老三，这件事你听爸的，我是不会看错人的。你准备一下吧，高团长过两天就派人来接你。虽说马上又要打仗了，但是你跟着高团长，是不会有事的。卢四说后面这些话时的语气明显地和气了许多。

卢芳和卢秋便转过身来，一齐看卢云。卢云却紧闭着嘴唇，眯着两眼看着父亲，那目光似乎有些呆滞与茫然。卢芳伸手轻轻地在卢云的脸上拍了一下，神情有些紧张地问，三妹，你这是咋的啦？你是啥意思，赶紧说话呀！

卢云仍然是一动不动，呆滞茫然地看着父亲。

卢四见卢云不吱声，似乎也有些不安，瞥她一眼，背起手，在地上来回地走着，情绪显然有些急躁。堂屋里一下子变得格外的静谧，卢四脚上那双自家做的黑面白底布鞋在泥地上发出橐橐的声响。

过了好一会儿，卢秋对卢芳说，问问妈吧，她是啥意思？

卢芳似乎一下子回过神来，点点头，便转身想到西屋去。转过身来的时候，突然发现母亲不知什么时候已经站在了西屋门口，两眼直直地盯着父亲看。卢芳忙问，妈，你是啥意思呢？

没容母亲回答，卢云却突然说，我决定了，到部队去。卢云的话短促而有力，在寂静的堂屋里与烟草的香气混杂在一起，久久地回荡。

卢四立刻停止了急躁的踱步，惊异地抬头看着卢云，甚至连嘴也不由自主地张大了。卢芳和卢秋也立刻转回身来。父女三人，还有一旁的母亲的目光再次集中到卢云的脸上。

卢云脸上的表情极其淡定，虽然只是在短暂的时间里，但她的话却让父女三人觉得似乎经过深思熟虑，似乎她早已经知道了这个消息，这一点不仅让卢芳和卢秋姐俩分外吃惊，也让父亲卢四疑惑不已。

卢云说完只停了片刻，便转身往东屋走去。谁都能看得出来，她的脚步没有一点儿踌躇与迟疑。

堂屋里的卢四和老婆，以及他们的两个女儿在目送卢云的身影一闪不见了后，目光便在彼此间闪烁不定，他们似乎都想从对方的眼神里获取些什么，但当目光对视的瞬间，又都迅速地移开，他们似乎又不想从对方的眼神里确定什么。随后，他们的目光不约而同地转向了门外。透过半开着的屋门，他们看到院子里阳光明媚，有几只麻雀在枣树上叽叽喳喳地叫着。

4. 突 变

　　沙岭子战斗结束后，高团长的独立团就撤到了镇海寺东南七里路的那屯，在那里暂时休整。独立团的伤亡虽然没那么重，但伤员还是有一些，尤其部队出关以来，一直没有配备冬装和棉鞋，许多战士都程度不同地患有冻伤，自然减员很严重。镇海寺政府便动员群众，一边为部队治疗伤病员，一边赶制冬装和棉鞋，同时还要征集粮食，马上就要春播了，这是一年到头最狠劲的时候，青黄不接，农民手里已经没有富余的粮食了。

　　这天，镇海寺政府妇委会于委员早早就来到镇政府，连办公室都没进就直接去见田镇长。

　　八路军是在1945年底占领镇海寺的，当时国民党还没有军队进驻这里，所以，八路军是直接从日本人手里接管了镇海寺，而且没费一枪一弹。这是镇海寺的第一次解放，共产党马上就建立了人民政府，田镇长就成了解放后镇海寺第一任镇长。于委员听说这田镇长是八路军的一个营长，为了加强地方力量，部队继续向沈阳方向前进的时候就把他留下了。田镇长全名叫田智勇，但镇上没几个人知道他的名字，因为大家认为知道他叫田镇长就已经足够了。刚刚解放的镇海寺百废待兴，国共两军的争斗也日益激烈，加上地方武装和土匪的骚扰，弄得田镇长和镇政府一班人马很是手忙脚乱了一阵子。不过，田镇长不愧是军人出身，在八路军的帮助下，很快就稳住了阵脚，镇海寺安定下来，百姓们也恢复了正常的生活秩序。这田镇长看上去身材有些单薄瘦弱，一种文弱书生的气质，但是他却恪尽职守废寝忘食，工作起来不慌不忙，从容不迫，很有智慧和办法，而且还充满激情与活力，不能不令他身边的工作人员，甚至镇上更多的人为之感动和钦佩。

于委员每次见到田镇长都会不由自主地生出一种紧张感，甚至脸还微微发红，心跳也会加快。因此，于委员在田镇长办公室的门外停了一下，让呼吸匀称下来才轻轻地敲了三下门。于委员听到办公室里面应声道请进，便轻轻地推开门走了进去。于委员见田镇长埋头桌上，在看一份什么文件，手里握着一支红蓝铅笔，不时地在上面画着杠杠。于委员在门口站了一会儿，有点儿尴尬了，田镇长这才撂下红蓝铅笔，抬起头来。于委员连忙说，田镇长批阅文件呢？

田镇长哦了一声，说，小于啊，忙得怎么样了？

于委员紧几步走到办公桌前，说，田镇长，按照你的指示下，我们挨个村进行动员，群众的积极性倒是有，就是没东西。应了你说过的话，巧妇难为无米之炊啊！

田镇长扑哧一声笑了出来。

于委员的脸又是一红，有些忸怩地说，田镇长，你不是笑话我吧？

田镇长连忙摇头否认，没有，没有。

于委员说，那就好。不瞒你说，凡是你讲的有哲理的话我都记在了笔记本上，没事儿的时候就拿出来背背，时间长了就记住了。

田镇长连着夸了两声好好，然后立刻收了笑容，说，可是，这次任务我是向辽东军区和辽宁二地委首长打了包票的，一定要完成。你再说说具体情况，不行的话，下午我们临时开个全镇干部动员大会，把工作再做得细些、实些。

于委员也笑了，说，田镇长，你先别急啊，听我把话说完。

田镇长从一个白色的纸烟盒里抽出一支没有牌子的纸烟，这种纸烟是营口卷烟厂生产的，专供内部人员的，所以没有印商标。田镇长用的火柴也是营口火柴厂生产的。田镇长点着了烟，将背靠在椅背上，一边吸着，一边眯着眼睛听于委员汇报。

于委员情绪显然有些高涨，这让她的汇报不免激情飞扬。于委员说，粮食本来是最困难的，但没想到，群众的思想觉悟真高，硬是从自己的嘴里抠出那么多来，再有几天，肯定完成任务。但这个棉衣棉鞋就不行了，一个是人手不够，赶不出来，另外棉花不够，因为我们这里不产棉花，只能四处掏弄，有的人家将棉被都拆了，还是有很大缺口。通过这次支援前线运动，我真的感受到了像你在讲话中说过的，东北广大人民群众对共产党、八路军是真心的拥护和爱戴，把他们当作是自己的子弟兵。共产党、八路军一定会胜利，一定会解放全东北，然后解放全中国。

于委员的汇报似乎在向着演讲的方向发展，就被田镇长制止了。田镇长说，小于，我现在没有时间听你谈感想，我现在需要的是具体数字，什么时候把数字给我？

于委员好像也觉察到了自己有点儿失态，便不好意思地笑了笑，说，政府办公室那里正在统计，下午就能出来。那，你先忙，我走啦！

田镇长说，好好好，你们辛苦。

于委员便转身有些恋恋不舍地向门口走去。

于委员拉开门，刚要往外走，又被田镇长叫住了。

于委员欣喜地回过身来，快步走回到办公桌前，两眼直直地盯着田镇长的脸，问，田镇长还有什么事儿吩咐？

田镇长说，小于，我觉得我们镇上的女干部，或者叫妇女工作骨干分子，太少了。我们现在很多工作都是围绕支前，尤其是这做衣服啊，做鞋啊什么的，都离不开妇女。所以，一定要多培养些女干部和妇女工作骨干分子，发挥她们不可替代的作用，同时，她们也会在斗争实践中锻炼成长，也为将来解放后的国家建设储备妇女工作人才。

于委员听了田镇长的话非常激动，说，田镇长，你说得太好了，咋那么对劲呢？就是你在讲话中说过的，要有长远眼光。

田镇长想了想，说，我看这么办，你呢到镇上，甚至各村，多走走，详细地了解一下下面的情况，然后咱们办个妇女干部培训班，尽可能地把那些有一定文化的，有办事能力的妇女挑选上来。我会亲自给你们上课，争取办一个高水平的妇女干部培训班，将我们镇海寺的妇女工作提高到一个崭新的水平。

于委员这下子就不仅是非常激动了，而是热烈地鼓起掌来，然后说，太好啦！太好啦！我马上就下去做工作，争取早日将培训班办起来。于委员停顿了一下，平静一下情绪，又问，田镇长，你还有别的指示吗？

田镇长说，别指示指示的，那是指领导们说的话，我一个小镇长用不着。好了，没别的了。

于委员却说，你就是我的领导，所以，你说的话对我就是指示。说完，脸色有些发红，转身风风火火地跑了出去，连门都忘了关上。

于委员走后，田镇长叫来通讯员小庞，让小庞跟他去各村转转，马上就要春耕了，了解一下下面的情况。两人刚要出办公室，政府办公室李主任慌慌张张推门进来，说，田镇长，出大事啦，你看。说着，将一份盘山县委的紧急文件递到田镇长手里。

田镇长先是将文件从上到下扫了一遍，然后放到桌子上，又抽出一支纸烟来点着了，重新看文件。

文件的大意是，蒋介石撕毁停战协议，投入三十多万全部美式装备的精锐兵力，大举向我东北解放区进犯。根据《中苏友好同盟条约》，我军占领的东北所有主要城市都要立即交还给国民党军。现在，根据党中央关于在距离国民党占领中心较远的城市和广大乡村建立根据地的指示精神，东北民主联军及党政部门已经开始从各大城市撤离。辽南一地委决定,党政军主动撤离辽阳、营口铁路沿线的城市和铁路以西地区,包括辽阳、鞍山、海城、营口和辽中、台安、盘山等市县。国民党军主力已经开始向中长铁路沿线主要城市进攻,我们盘山县委马上就要向辽宁东部山区转移。请你们立即做好坚壁清野工作,开展广泛的密切联系群众的工作,为东北的真正解放不懈地努力斗争。这一段与上级联系可能比较困难,具体工作请你们根据东北民主联军的总体精神自行裁决。

田镇长从椅子上站起来,在办公室里不停地转着圈,一支烟抽完了,这才对李主任说,马上通知,召开全镇紧急工作会议,国民党军很快就会打过来了,要做的工作很多。我们镇政府的工作恐怕也要转移到地下。说着,从衣服的上兜里掏出怀表看了一下,现在是上午九点,十点准时在会议室开会。

李主任拉着小庞小跑着出了田镇长办公室。

紧急工作会议开过后,镇海寺的人都紧张起来,如临大敌。

田野里还有些残雪在春天的阳光里做着最后的挣扎,早已不堪了的枯枝烂叶在残破的田垄中滚动飘荡,一片的荒凉景象。村庄里也一样,就是院前屋后也不见人影,除了烟囱往外吐着灰白的烟雾,一点儿活气都没有。

镇上的繁华已经烟消云散,中街的所有店铺都挂上了木制的窗板,只有零星的人在街上匆匆地走动,光亮滑润的青石板反射着太阳柔弱的光芒。

镇政府只剩一座空院,田镇长在小庞的陪伴下住到了后寺村的村长家。可是一周过去了,国民党军没到镇海寺来,他们占领了营口、盘山、大石桥、海城、鞍山和辽阳这些市县,没到那些偏僻的乡镇去。田镇长和镇政府的工作人员便陆续地又回到镇政府。不过,据说独立团遭遇了国民党军的突然袭击,损失如何不清楚。

这天,于委员又是轻手轻脚地敲开田镇长办公室的门,拿出一张纸条递给田镇长。

田镇长没接纸条,却说,什么事儿,直说。

于委员咬了咬嘴唇,脸色又是微红,说,你打开自己看呗!

田镇长斜了于委员一眼,似乎有点儿不情愿地接过纸条,一边打开一边说,什么事儿这还神神秘秘的。匆忙地看了一遍,抬起头看着于委员道,这有什么啊?不就是招宋屯卢四的三闺女参军吗?你直接就给卢家送去不就完了吗?用得着专门给我看?

于委员埋脸一笑,说,田镇长,你只说出了其一,还有其二你可能就不知道了。

田镇长端起茶缸,往茶水吹了吹,喝了一大口热茶,然后说,说说看。

于委员说,独立团的高团长看上宋屯卢四家的三闺女卢云了。接着,就把前几天在镇上碰上高团长和卢家三姊妹,以及独立团撤退时高团长派警卫员小蔡给她送这个纸条的情况详细地描述了一番。随后又评论道,你知道,这部队上的文书其实不就是个闲差吗？跟贴身秘书似的，而且还兼管高团长的内务。日后咋回事儿谁都能想得到，就不用说出来了。

田镇长哦哦了两声，似乎终于听懂了这里的奥妙，然后说，这是好事啊，也是支前的重要方式，你好好协调这事儿，需要做工作的话要不遗余力。

于委员连连说，那是那是，这我还不明白？这本来就是我分内的工作。不过呢，于委员话锋一转，却有些迟迟疑疑，不过我想说的是，是，田镇长你的个人问题。

田镇长一愣，反问道，我的个人问题？我有什么个人问题？你，还是别人，对我有意见？

于委员掩嘴大笑，说，田镇长，你还能行不了？谁对你有意见？谢你都还来不及呢！我说的是你的婚姻问题，你应该考虑一下你的婚姻问题啦！不是我一个人这么想，咱们镇政府的人都这么想。你一个人出门在外，为咱们镇呕心沥血，很不容易。所以，你得娶个媳妇有个家啊！得有个女人好好地伺候你，这样你才能集中精力，更好地为解放东北做工作啊！你说是不是？

田镇长听完哈哈大笑起来，说，小于，这是谁的主意啊？不会是你的吧？于委员这时脸色已经开始红涨，但是她却异常坚定地说，就是我的主意，咋的，不行吗？

田镇长对于委员的回答似乎有些诧异，迟疑了一下，有些严肃地说，是这样，小于，感谢你和镇政府同志们的好意，不过我呢是这样想的，因为我打了几年仗，我知道革命斗争的艰苦与危险，每时每刻都有掉脑袋的可能，所以，革命不彻底胜利，全国不彻底解放，我是不会考虑个人问题的。听懂了吧？

于委员一下子急了，说，可是，解决个人问题不影响你革命工作，也不影响你解放东北和全中国啊！

田镇长冲于委员摆了摆手，说，好啦好啦，咱们不谈这个问题了。还有别的事吗？

于委员似乎还不甘心田镇长的拒绝，但见田镇长又向她摆了摆手，只好作罢，喘了喘气回答说，对了，田镇长，上次你交给我办一个妇女干部培训班的事儿，我已经准备得差不多了，听你指示，随时都可以开班。

田镇长说，这项工作先停一下，县委刚刚布置了新的任务。根据辽南一地委的指示精神，近一个时期的主要工作是巩固已有的各级政权组织，扩大根据地，发动群众，打击汉奸、豪绅、恶霸、土匪和反动地主势力，加强开展敌占区的武装斗争，准备跟国民党军打大仗、恶仗，因为国民党军在城市站稳脚跟后一定要对我军加强攻势。因此，现在当务之急是把镇武工队建立起来，虽然起不了太大的作用，但有事儿的时候怎么说也有个抓挠。

于委员听说要成立镇武工队，似乎是又惊又喜，甚至有点儿不敢相信，急忙问，咱们有枪吗？还有，那个啥，县里批准了吗？

田镇长说，这个事儿保密啊，千万不要对外讲，我偷偷地跟老高要了三十条枪和五千多发子弹，虽然破点儿，毕竟也是枪，能打响就行啊！上级原则上是县区可以建立武工队，但咱们镇海寺是大镇，特殊关照。

于委员不由得使劲地拍起了巴掌，连说，太好了，太好了，咱们镇上也有自己的武装啦！

这事儿对田镇长来说似乎是小菜一碟，他原来带的可是八路军的一个营，那是正规军，这么一个地方的民兵组织怎么可能会让他像于委员这样激动呢？所以，田镇长在说这件事儿的时候就有点轻描淡写。田镇长说，没别的事儿你就去忙吧，我这儿急着起草一个文件。

于委员久久地凝视了田镇长一会儿，只好唉声叹气地转身走了。

5. 莲 塘

　　辽南春脖子短，呼呼地刮过几场满天的风和尘土，然后，在清明节的头一天，当天，或者晚一天，第一场春雨就会如期飘洒下来。接着，桃杏梨，还有迎春花就都开了，然后就是湖边的柳树，道边挺拔的杨树和槐树陆续地吐出嫩绿的叶芽来。再一眨眼，便是一片的绿意盎然，夏天了。

　　雨季前也会下雨，但镇海寺人不认为那是正经的什么雨。镇海寺人称其毛毛雨，淅淅沥沥，洋洋洒洒，即便是下上一整天，也只是将将弄湿了地皮，街上行走着的人连躲都不躲，更不要说打伞、披雨披什么的。不过，雨虽然不大，空气却变得润润的，一扫春风刮起的干燥，飞扬的尘土也被压下去了，让人从里到外地舒坦。

　　五月末六月初的雨可就完全不同了，暴雨，雷阵雨，中到大雨就都来了，有时候一下就是一两天，镇子里几乎所有街道两边铺着石板的下水道，还有镇子周边的沟渠，不消半个时辰，雨水便洪流般地汹涌澎湃了。

　　一九四六年六月初，镇海寺第一场真正的雨头天晚上就开始酝酿，却一直没有下来。第二天早晨，天亮了就看见满天的灰蒙蒙，但是云不够厚实，这样的天是不可能有大雨的。快到中午的时候，天开始更加阴沉，云也不知什么时候积得又黑又厚，空气湿漉漉的。雨似乎仍然有些迟疑不决，与那又黑又厚的云纠缠在一起，在人们的头顶上飘啊，荡啊，就是不肯痛痛快快地倾泻下来。镇海寺镇里镇外，浓雾与头顶上又黑又厚的云已经浑然一体，分不清天上地下，房屋和树木完全被淹没在了云雾里。

　　卢四头上戴一顶已经变成土灰色的破旧的苇皮宽边儿斗笠，嘴里叼着一根酸枝木的烟斗，一边吧嗒着吸烟，一边从自家院子里走出来，朝正前方百米远的菜园子走去。卢四的背影有些晃晃荡荡的，脚下的步子是戏台上的那种方步，嘴里不时地发出吸烟的一种嗞嗞的声响，嗓眼里和鼻孔中哼着一种什么戏文的调子。偶然间他会停下脚步，抬头望望天，不光是悠闲，看来心情也相当不错。卢四在菜园子里东瞅瞅，西看看，又几次地蹲下去，伸手摆弄摆弄蔬菜，然后起身再向南走去。百米外就是宋屯远近百里闻名的莲塘。

这个莲塘在宋屯的东南角上，有宋屯的二分之一大小，完全可以称之为湖，但宋屯，包括镇海寺的人都叫它莲塘。据说这是康熙帝路经此地时亲赐之名，并配有七言绝句一首，而且还手书勒石于莲塘的南岸，但那块足有一人高的大理石碑不知在哪年哪月不见了踪影，只剩下了一个流传了三百多年的传说。莲塘的四周是垂柳，有许多两只胳膊合抱不住的粗大垂柳，有的树心已经被岁月掏空，只剩下多半边苍劲的树皮了，却仍然活着，那柳条和叶子仍然婀娜多姿，翠绿盎然，活力不减。

此时的莲塘，莲花还没有重新生长出来，平静的水面被浓黑的云雾笼罩，水面与云雾的衔接处有一条灰白色的水汽带子般地悬浮着，将水面与云雾分割开来。不时有鱼扑棱一下子在水面上来一个翻腾，搅出涟漪向四周一圈圈追逐着散去。再过半个月，莲塘里便会人不知鬼不觉地冒出一片片娇滴滴的清圆，不消数日，那些贴在水面上的清圆就会争先恐后地向空中伸展出小伞般的莲叶，随后莲塘整个被莲叶遮掩，那时候，便有了一望无际的感觉。或风和日丽，或斜风细雨，那一塘莲真可谓摇曳多姿，妩媚动人；尤其是当玉白色的、粉红色的，间或还有一种淡黄色的莲花盛开的时候，莲塘就变幻成了一幅巨大的水墨画，成为镇海寺的一处独特风景，吸引着不少镇子里的，还有盘山和营口、大石桥城里的人前来赏莲。塘里当然有鱼，主要是鲤鱼、鲫鱼、草鱼、鳝鱼和嘎牙子之类，还有虾和蛙。

这镇海寺虽说面对辽东湾，其实离真正的海边还有二三十里的路程。背靠千山余脉，山却不高，只能称其为丘陵；但是绵延起伏，如同无数条巨大的蟒蛇，相互缠绕着向南逶迤而去。镇海寺原来就是一个普通的自然村，名叫响屯，当年也只有百多户人家。后来之所以迅速发展成辽南有名的大镇，并不完全因为它是出入山海关的必经之地，也不是因为它连接着辽东湾和孔河口的西炮台码头，而是因为嘉庆年间发生的一个震惊朝野的事件。

康乾盛世的时候，辽南一带就已经是满汉杂居，且开始满汉通婚。事件的最早起因是在响屯附近驻扎的一些清朝下级军官经常骚扰响屯及周边村落的妇女，时常弄出一些有伤民风的风流韵事。时间长了，有些事没法处理了，那些下级军官只好娶了响屯及周边村落的女人做老婆，之后，遂成风气。响屯从此开始发展扩大便是极为自然的事情了，但这还不足以使响屯迅速地发展成辽南有名的大镇。到了嘉庆年间，响屯附近驻军面对的辽东湾海域开始年年闹海啸和台风，不仅驻军损失惨重，当地百姓也陷入连年灾荒，难以度日。一位丁姓抚台大人奉嘉庆皇上之旨前来赈灾，并慰问驻军。姓丁的抚台大人到了响屯后，并没有深入受灾百姓及士兵之中，却在一位摇着鹅毛扇子的风水先生的陪同下，到海边和响屯东的山丘上好一阵子转悠，然后便回到自己的行营，没白没黑地喝酒，找当地的年轻女人寻欢作乐，再不见他出来。但几天后，人们却发现不知从哪来了数百名民工，往响屯西南面海的一个斜长的丘陵上运沙石拉砖瓦和木料，然后搭起脚手架子，干起了建筑工程。不到一年，一座三十多米高的六角塔和一座金碧辉煌的寺庙便矗立在那个高高的山坡上了。塔名六合，寺曰镇海，包括牌匾，均出自丁抚台。工程竣工后，丁抚台又请风水先生掐算了良辰吉日，然后从山西五台山请来高僧主持开光法事，法事之声势浩大据说在辽南空前绝后。赈灾粮款一丁点也没用来抚恤受灾百姓和驻军，全都用在了建筑寺庙和吃喝玩乐上，丁抚台随后被弹劾罢官，以至于杀头，这是可想而知的事情。但响屯所面对的海域从此风平浪静，再也没发生过海啸或台风一类的事情。镇海寺的香火日盛一日，响屯也随之迅速地繁荣发达起来。镇海寺的名字渐渐取代了响屯，在民间叫开来，后来官方也便认可了。响屯成了现在的镇海寺镇，而真正的寺庙镇海寺则是在二三十里外的海边那片丘陵上。

　　从卢四家去镇子很方便，向东两里地不到就是直通镇里的官道，上了官道向南六七里的路程，只需半个时辰。虽说是沙土路，却非常宽敞。这条官道穿过镇中心，直通三十里外的西炮台码头。西炮台码头面对的就是辽东湾和辽河口，再往东南就是营口港。

　　宋屯是个大村，有四五百户人家，其中宋姓是一个有数百年之久的大家族。正是因为这一点，卢四家，以及其他百十外来户都没能进得了宋屯，只好在宋屯的边上松散地住了下来。没人能说清他们是在哪个年代聚集到这里的，但卢四是一九〇三年被父亲用一辆独轮手推车从山东闯关东时推到这里的。那一年卢四只有四五岁，一路上别的事都记不住了，只记得父亲跟他说，皇上要给慈禧老佛爷过七十大寿，那得花费多少银两啊，不知又要饿死多少人。卢四家与宋屯的坐地户及那百十户外来人家的关系有些若即若离，当然都熟悉，却又很少来往，但不论谁家有个大事小情，卢四都是要参与的，这个传统从他父亲那时就开始了。所以，卢家的人缘与声名在偌大的宋屯，甚至镇子里都是颇好的。

　　卢四五十来岁，个头不高，但挺壮实，四方的脸膛，眉眼间透着老实与忠厚。卢四的身份应该算是个小手工业者，房前的院子有三亩多地，主要是种一些应时的蔬菜，四边则种几趟玉米，也不是靠它做口粮，而是啃青解馋。卢四一年到头都在制作一种用多种中草药浸泡过的酥炒花生米，这是从他父亲手里学来的手艺，卢四父亲则说他也是从他父亲的手里学来的，也就是说，这个手艺是卢家的祖传，起码也有三代。卢家的酥炒花生米是卢四父亲带着卢四闯关东时带到镇海寺的，很快便在镇海寺有了名声。卢四二十出头的时候娶了媳妇，第二年父亲却突发说不上名堂的急病去世了，卢四便继承父业，开始挑起撑门立户的担子，他独自制作的酥炒花生米也得到了镇子内外新老主顾的认可，都说不输给他的父亲。

　　卢四酥炒花生米表面不见一点儿炒糊的痕迹，但用手一搓，外皮立刻脱落，成细碎状。外观性状还在其次，那种酥脆的口感更是无与伦比，只要放进嘴里一嚼，立刻粉碎，扑鼻的香气亦从嘴里喷薄而出，几米外都能闻到。那香气不单薄寡淡，而是浓郁，且复杂得很，让你一时半晌都回味不尽。这就涉及到卢四的酥炒花生米最为重要的一环，就是中草药成分，也就是说它还有一定的滋补效用。卢四先是用各种调料和中草药熬制的老汤将花生米浸泡数日，然后在院子里靠阳光和风自然晾干，再放到大铁锅里翻炒。铁锅里放了厚厚一层米粒似的黄沙，花生米跟黄沙搅拌在一起，所以，准确地说，花生米是被黄沙烫熟的。在镇海寺，家里稍微富裕点的，或者爱喝酒的，肯定是要经常买上三两半斤的，那可是极好的下酒菜。因此，卢四的花生米在吉祥大戏院很受欢迎，在整个镇海寺也很出名。到戏院看戏的人，通常就是在一纸兜卢家花生米、二三两镇海寺小烧锅，或者一壶浓郁的老铁观音茶中摇头晃脑度过一天的。

　　卢四每天只制作二十斤花生米，一般的情况是中午前做好，称出一半，装进一个白色的粗布袋子，放到那辆独轮推车上，午饭后，他亲自去镇海寺吉祥大戏院门前叫卖。剩下的一半则留到傍晚，专门在戏院里卖给戏迷们。戏开演后，伴随着悠扬的唱腔，整个戏院里便弥漫开浓郁且复杂得很的卢家酥炒花生米的香气。镇海寺真正的戏迷或票友就是在这种香气的浸润中听戏的，严重者甚至于没有这种香气就无心听戏。按父亲死前嘱咐，这个秘方只传男不传女。可是卢四的老婆只给他养了三个女儿，所以，卢四一直为这事发愁，不知将来如何是好。

　　卢四不知道自己是否还有个大名，反正父亲生前从来没说过，也没叫过。卢四也从来没问过父亲，何以给他起了这么个名字。按一般的逻辑推论，卢四的名字肯定因兄弟姊妹排行而起，但卢四没有兄弟姊妹，就哥儿一个。卢四自己琢磨，很可能他还有三个兄长或姐姐，但都没活下来。或者都还活着，闯关东时扔在了老家，没带出来。

　　卢四家的正屋是一趟五间的瓦房，中间两间是堂屋，一边一个炉灶。东边一间卢四的三个女儿住着，西边两间是个套间，卢四和老婆住在外间，里间放着衣物和日用品。正屋前有个挺大的院子，院子东还有两间厢房，存放着粮食和杂物，各种农具，还有一架父亲用过的织布机。院子西边有个猪圈，从卢四父亲那时起，猪圈里就只养两头猪。卢四说，他们家养猪不是为了吃，也不是为了卖钱，只是因为每天都有些泔水，舍不得扔，再拌点其它东西喂猪正好。猪圈前是两个烧火用的柴禾垛，煤不凑手的时候就临时用柴禾烧饭。卢四家的这套房产是卢四的父亲活着时置办下来的,耗尽了他们闯关东二十多年的所有积蓄。然而,父亲并没有享受几天他自己劳动的成果。

卢四一辈子除了喝酒吸烟外,另一嗜好就是用自己织的各类渔网打鱼。所谓各类渔网其实也就两种,旋网和罾网,只是大小不同,有五六个而已。卢四平时不打鱼,他只在雨天里才打鱼。一方面是下雨的时候气压低,水里缺氧,鱼们都浮到水面上来,打起来容易;另一方面则是卢四舍不得时间,他要制作花生米,还要到镇子里卖花生米,另外还有菜园子,那么多菜也是要靠他侍弄的。菜一旦下来,家里这几口人根本吃不了,这时候他要用独轮车推到镇子上卖掉。卢四的老婆有头疼的老毛病,不敢见风,所以,平时轻易不敢出屋子,屋子外面的很多活儿只能靠他一人忙活。三个女儿大了后多少能帮他一些,但卢四平时不太让她们出院子。可能还有另外一方面,就是打鱼在卢四,也包括镇子里的其他人看来,只能算是闲玩,不是正经活计,当然就不可以占用大好时光了。

卢四打鱼并不仅局限在院子前的莲塘里,其实他更多的时候是到镇子外八里地远的一个更大的水面去。那个地方叫作西窑泡子,有莲塘四五个大。那个地方本来是块挺好的坡地,早年种高粱或苞米,后来因为清末的时候,奉天城里急需一批灰砖灰瓦,这块地的土质非常适合烧制这种砖瓦,便在几年的时光里,烧出了这么一个人工湖来。雨天一到,卢四便戴上那顶已经变成土灰色的苇编斗笠,披上麦秆编的蓑衣,将渔网和装鱼的水桶扔到那辆独轮车上,去了西窑泡子。当然,去西窑泡子的前提是要下大雨,下小雨的时候,便会在院子前的莲塘里选两块莲叶稀疏的水面支上两张罾网,网的中间吊着几块骨头,隔半个小时去起一次网。中间空余下的时间便侍弄菜园子,啥事都不耽误。小半天的工夫,卢四便会拎了多半桶鱼回来。镇上的人都说,那一塘里的鱼可是都让卢四一家吃了。说这话时,他们脸上流露出掩饰不住的嫉妒表情。

每次打鱼回家后,卢四都是一边吸着烟斗,一边吃着老婆煎得黄澄澄的各种略带土腥味的杂鱼,一边喝着镇海寺的小烧锅,嘴里还哼呀起在戏院里学来的戏调调。不知道是酒喝多了,还是不唱的时间太久了,戏调调还差不多是那个意思,但戏词儿却有不少地方含糊不清:

  我正在城楼观山景,
  耳听得城外乱纷纷。
  旌旗招展空泛影,
  却原来是司马发来的兵。
  我也曾差人去打听,
  打听得司马领兵往西行。

> 并非马谡无谋少才能,
> 皆因是将帅不和才失街亭。
> 你连得三城多侥幸,
> 贪而无厌你又夺我的西城。
> 诸葛在敌楼把驾等,
> 等候了司马到此好谈谈心。
> 命人把街道打扫净,
> 等候司马好屯兵。
> 诸葛我无有别的敬,
> 早预备下羊羔美酒犒赏你的三军。
> 至此就该把城进,
> 却为何在城外犹豫不定,
> 进退两难为的是何情。
> ……

这一出戏词还没哼呀完呢,卢四已经醉倒在炕上了。

抗日战争爆发后,卢四就很少去八里外的西窑泡子打鱼了,因为已经慢慢长大了的三个女儿总是缠着卢四带她们一块去打鱼,卢四觉得不安全,对日本人还是躲得远一点好。时间久了,三姊妹会围前围后地央求父亲去打鱼,这个时候往往也是卢四打鱼瘾憋不住了的时候,卢四便收拾好罾网,带她们到房前的莲塘,找一两处莲花稀疏的水面,将网支上。但一点点长大起来的三姊妹已经不满足于在房前的莲塘下罾网,她们更喜欢父亲将旋网在宽阔的水面上抛出一个圆圆的弧线的景象,随着旋网抛出的瞬间,渔网上的无数水珠像银色的珠子一样,在阳光里闪耀着晶莹剔透的光芒。渔网在落到水面的时候会稍有滞留,形成一道不规则的水线,然后慢慢浸入水中,再迅速地被铅坠儿拖入水底。那真是一种让她们无法言说的美丽。几分钟后,父亲身体向后倾着,两手交互捯着,将渔网一点点拉上岸来,然后一点点将渔网抖落开,闪着银白色鱼鳞的各种鱼便在岸上蹦跳起来。

让卢四心存疑虑的是,日本人投降了,可是天下却没太平,国军和共军都大批地涌进东北,而且还大打出手,加上当地伪军、土匪,甚至还有一些残留没走的日本兵,今天你追我,明天我打你,比往前似乎更乱了。日子变得不消停了,弄得老百姓提心吊胆的。

卢四的三个女儿在家里从事着为辽南很有名的营口卷烟厂卷纸烟的劳动,活计不需要多少气力,但需要耐力,心要静,坐得住。日复一日,年复一年,寂寞与枯燥之情可想而知。因此,卢四打鱼的时刻对三姊妹而言,简直可以称之为节日,她们放下不无厌倦的卷纸烟的营生，跟着父亲进入雨中。雨中的嬉戏既可以使身体得以舒展，也是心灵与情感的放纵。雨中三姊妹的嬉戏当然还是一道迷人的风景，只不过外人很难看到，欣赏这道风景的人只能是卢四，而且他还绝不溢于言表。但是卢四的老婆却不是很高兴，因为鱼打回来后谁都不去收拾，将多半桶鱼收拾干净了也是要腰酸腿疼的。然而，这样的时光近年来已经是难得一遇。

除了打鱼，那一塘莲还给三姊妹灰暗乏味的生活带来一抹亮色，她们会沿着半个塘边嬉戏，以至于流连忘返。尤其是在莲花盛开的时候，玉白色的、粉红色的，还有淡黄色的碗口大小的花瓣，或高高地挺出莲叶，或掩映在繁茂的莲叶的碧绿之中，那才叫作赏心悦目。偶有蜻蜓落在花瓣上，便更增添了几分诗情画意。三姊妹这时便带上长长的竹竿，竹竿头上绑了折弯的粗铁丝，竹竿只在手上拧几下，便连梗带花一齐拧下来，拿回家去，插在灌了水的瓶子里，可以接着开好多天。四溢的清香短暂地替代了屋子里四季弥漫的烟草味，使得三姊妹的闺房更加妩媚温馨。当然，她们还会经常地在莲塘边的青石板上洗洗涮涮。然而，随后到来的秋冬季节却让她们无法忍受，甚至痛苦不已。那一塘碧莲日渐枯萎，寒冷的无休无止的风反复地从塘上扫过，呈现在她们眼中的便是一片残枝败叶的肃杀景象。接下来的雪花将那一塘枯莲冻结在冰面上，甚至掩埋，莲塘上便出现了一片高低错落的莲冢。三姊妹当然知道，来年夏天降临的时候，那一塘莲还会像去年一样从塘底黑灰的另一个世界醒来，还会在一场场风雨中疯长得遮天蔽日，但那枯萎凋零的景象却存活在她们的记忆中，仍然让她们伤感不已。

已经在莲塘边上转了一小会儿的卢四，身后突然传来一阵嘻嘻哈哈的笑声，然后就听到三女儿卢云冲他喊，爸，今天能去西窑泡子吗？

卢四回过身来，见三个女儿披着黄色的雨布朝自己跑来。卢四再次仰起脸看看天，然后又回过身去，朝镇海寺的方向望着，久久没有言语。

三个女儿跑到了卢四身前，站住了，然后也一齐仰起脸看天。看了一会儿，老大卢芳说，爸，好多日子没打枪了，没事吧？

卢四点点头，嘴上却说，这可不好说。不过这云已经够厚啦，我估摸着挺不了多长时间雨就会下来。

卢秋焦急地说，哎呀，赶紧下吧！

卢四却问三姊妹，饭好了没有？

卢芳似乎不太情愿地回了声，好啦！

卢四说，回去吃饭。

三姊妹便互相看了看，卢云在父亲身后做了个鬼脸，三姊妹齐声大笑起来，然后跟在父亲的身后向家里走去。

6. 骤 雨

二十世纪四十年代的镇海寺，四分之三以上的妇女和儿童都从事着一种简单的家庭劳作，为辽南的营口卷烟厂卷纸烟，或为营口火柴厂糊火柴盒。卢家三姊妹那时是卷纸烟，镇里的年轻姑娘和媳妇也大都是卷纸烟，只有年纪大的女人和儿童才糊火柴盒。

三姊妹除了卷纸烟外，每天上午还要帮父亲炒花生米。卢四虽然不会唱戏，也称不上票友，但卢四整天在戏院里转，耳濡目染，对京剧，还有评剧、二人转、海城大秧歌等地方戏自然是耳熟能详。因此，他就用四大名旦的名字给三姊妹起了名字。让卢四遗憾的是在老三卢云之后他老婆既没能给他生个儿子，也没再生一个女儿，四大名旦在卢四家就少了一个，不然的话，她的名字应该叫卢生。不知卢四考虑没考虑，这个名字不太适合女孩。

卷纸烟这种手工式劳作在辽南一直持续到新中国成立后的五十年代才被机械化生产所取代。不过，一九四一年的时候，日本人在营口接管了最大的一家卷烟厂，称满洲中央烟草株式会社，就是后来享誉中外的营口卷烟厂。日本人在接管那家卷烟厂后，就进行了现代化改造，机械化代替了卷纸烟这种手工式劳作。只不过那时还没有全面铺开，手工式作坊仍然延续着。

三姊妹当时用的是一种很简单的手摇式卷烟机，烟丝是从上面一个拳头大小的漏斗塞下去，然后被一螺旋形的齿轮搅成条状送到下边铺好的烟纸上，烟纸随即转上一圈，将烟丝卷实了，再送进一个卷筒里切断。烟条从卷筒里出来后，便进入最后一道工序，刷糨糊。刷糨糊是用一支很细的毛笔，在纸边上宽窄均匀地轻轻抹上一毫米宽的糨糊。糨糊刷好后,要趁浆糊还没有将烟纸洇湿,就势在桌面上一滚,再用中指、食指和拇指轻轻一捋,烟便卷成了。这里面最重要的工序就是刷糨糊,当然,最后那一滚和一捋也很重要。卷纸烟的主要技术或功夫就体现在这里,它的要点在于那几根手指,男人的手指一般都不太行,女人的手指也不是都行,它需要纤细与娇嫩,所以,整天在地里干农活的妇女就不行。卢家三姊妹虽然也生活在农村,但卢四从来没让她们干农活,所以,她们的手指都是那种只有城市里的大家闺秀才可能有的纤细与娇嫩。

卷烟用的纸有不同型号,老二卢秋那时最喜欢用二号纸。二号纸特别薄,像米纸一般,一般人都用不好。它既需要有耐心,又需要有高超的技术。这种纸卷出来的烟手感特别好,细腻而柔软,许多吸烟的人都喜欢一边吸着烟,一边用中指、食指和拇指下意识地捋烟条,那肯定是一种非常舒服的感觉。用这种纸卷烟给的工钱当然要比普通纸高,因此,三姊妹里,卢秋挣的工钱比老大卢芳和老三卢云都要多一些。

纸烟似乎是无穷无尽的,送走了这一批便迎来了又一批。卢四家那间足足有四五十平方米的堂屋里堆满了一袋子一袋子的烟丝、卷烟纸和一盒子一盒子卷好的纸烟。一年四季,屋子里,甚至于院子里,到处都弥漫着经香料搅拌好的略微有些呛嗓子的烟草香味。三姊妹都习惯了这种味道,而卢芳就不仅是喜欢了,她十四五岁时就学会了吸烟,经常背着父母偷偷地吸。

镇海寺的人们不光是加工纸烟,也种烟,而且烟的质量还不是一般的好。镇海寺产的烟多数都被营口卷烟厂收购,但也少量的留下来供卷烟作坊加工成纸烟,这种纸烟没有商标品牌和生产厂家,被称为白条。据说镇海寺那时的烟吸多少都不咳嗽,嗓子不干,没有痰,不但不有害健康,还有助于健康。其原因没人能说清,但普遍的说法是,优质烟草生长期时对温度要求很高,前期要低些,后期要高些,镇海寺是海洋性气候,恰好是春夏时温度低,秋冬时温度高,特别适宜种植烟草。还有一点是烟叶在搭晒时早上要打露水,白天要有充足的风吹和阳光晒,镇海寺的风里含有大量的盐分,自然会有一部分均匀地挂在烟叶上。这些个因素导致镇海寺生产的烟草与其他地区生产的烟草有很大的不同。

镇海寺有个传说,到现在还在流传。说是嘉庆之后朝里的大员们都吸镇海寺的烟,到了咸丰年间,为了讨好咸丰皇上,有的大员就偷偷地把镇海寺的卷烟作坊加工成白条纸烟进贡给了咸丰皇上,咸丰皇上居然吸上了瘾,于是形成了专供。这让镇海寺的烟声名大振,全国各地的官员都通过关系到镇海寺搞烟,导致镇海寺几乎所有农田都改为种烟,然后自己加工,不再卖给营口卷烟厂,那是镇海寺历史上最繁荣昌盛的时期。可是不知谁搞的鬼,一位姓曹的大臣居然在上贡给咸丰皇上的烟丝里发现有大烟成分。咸丰皇上自然是下旨追查,结果,镇海寺县令被指控谋害皇上,镇海寺的烟不但再也进不了宫了，连那个七品县令也给砍了头。为什么说是传说呢？因为县志及其他有关文献上都没有这样的记载。不过，当地的民间人士中有人做过调查和统计，镇海寺凡是吸烟的人，大都长寿。这就不是妄谈了，县志上记载的有名有姓的吸烟且长寿过百岁者达百余人之多。

三姊妹那时都守在家里卷烟，不用出门。烟纸烟丝有人送，卷好的纸烟有人来取，连工钱也是人家给送上门来。因此，她们一年四季很少出门，也就是院里院外，屋前的菜园子、菜园子南的莲塘走走而已。偶尔也会去两趟镇子里，那一定是母亲的头痛病犯了，她们会结伴一起前往，那样的时光对她们而言，简直有如节日一般。

专门给三姊妹送烟丝烟纸以及取烟送钱的是一个姓郑的小伙子，个头挺高，有些偏瘦，虽说看上去有些稚嫩，但已经见出一丝英气来。小伙子总是在早晨天蒙蒙亮的时候来到卢家的院子前，在摇晃着门铃的同时长长地喊一声二号。小伙子的声音很清脆，尤其是在早晨，那么清静，他的声音便越发显得没有一丝一毫的杂音。

卢云对此很有意见，有一次突然问姓郑的小伙子，哎，你老是二号二号的，啥意思呀？我们姐仨就二姐卷二号纸，她能代表我们俩吗？

姓郑的小伙子没想到卢云会说出这么一句话来，一下子愣住了，结结巴巴地居然没说出个所以然来，而且随后脸便红起来。

卢云却不依不饶地说，问你话呢，你说呀，你到底啥意思呵？反正你不能拿她替代我们呀！

姓郑的小伙子更加发窘，但他什么都没解释，只是下意识地冲三姊妹笑笑，那个笑里含有的羞涩在小伙子当中显然极为少见。

卢云似乎抓住了他的把柄，乘胜追击道，我说郑大哥，你是不是喜欢我二姐呀？要不怎么这么愿意把我二姐挂在嘴上呀？

姓郑的小伙子抵挡不住卢云的伶牙俐齿，埋下头，跨上那辆已经有些破旧了的三轮车，头也不回地用力蹬着逃走了。

卢云便冲着姓郑的小伙子的背影蹦跳着，一边拍巴掌，一边嗷嗷地叫着。

卢芳眯着两眼盯着姓郑的小伙子的背影看了半天，扭回头来，有些夸张地看了看卢秋，然后幽幽地说，二妹，我看三妹说得没错，姓郑的小伙子真的是看上你啦！

卢云没等卢秋回话，马上抢过话头，说，大姐，要我说咱俩可能是看走眼了，应该是二姐看上了郑大哥。这婚姻大事可不能当儿戏，要不跟咱爸打个招呼呀？让爸帮着参谋参谋，如果行就找人提亲，把二姐嫁出去得了。说完，拿眼睛睃着卢秋，抿紧嘴憋住笑。

卢秋脸色绯红，但却口气坚决地予以否认。卢秋说，你俩胡编排啥？我告诉你俩，你俩要是跟咱爸瞎说，我就把你俩偷着抽烟喝酒的事告诉咱爸。

卢芳和卢云前仰后合地大笑起来，卢芳说，你看你看，开个玩笑，二妹居然认真了。

卢云却说，越认真便说明心里越有鬼。

卢芳和卢云终究没有上父亲那儿去告状，不过，到后来，卢秋似乎也有些底气不足，非但不再否认这件事，而且态度明显地暧昧起来。

于是，每次小伙子来，卢芳和卢云都不再出去，而是笑着推卢秋出去。卢秋在出去和回来后表情上的变化不能不令卢芳和卢云怀疑她跟姓郑的小伙子之间似乎发生了类似爱情一类的东西。

三姊妹一直渴盼着大雨的到来，只有在大雨天里，父亲才会放下手里永远也忙不完的活计，带上打鱼的器具，出去打鱼。这个时候，三姊妹就可以立即放下手里的活儿，一边帮着父亲收拾要带的渔具，一边讨好地冲着父亲笑。卢四对三个女儿此时的笑似乎格外喜欢，在那一时刻，他确实充分地体验到了做父亲的滋味。所以，这个时候，卢四一般都是默不作声，只顾低头收拾打鱼用的东西。三姊妹当然知道，这就是同意的信号。于是，她们就忙得更欢了。

这样的日子对三姊妹而言，不仅是暂时放下那无休无止的单调的卷烟、炒花生米的活计，更重要的是可以离开家，离开那个整洁得连一只鸡爪、狗爪印都没有的院子，去呼吸外面新鲜自由的空气。而在回来之后，三姊妹还可以围着父亲，一边吃母亲煎得焦黄的鲫鱼或草鲢子，卢云还可以陪着父亲喝上三盅两盅辽南有名的镇海寺小烧锅，纯正的六十度白酒。那酒咽进喉咙，只觉得一团火球滚进食道，然后是一场大火在胃里漫延开去。酒后，卢云一定是要懒，借口喝多了，倒在炕上歇上半天。但卢芳和卢秋却是滴酒不沾。

天空黑压压的一片，看不出一块独立的云来，东边绵延的丘陵已经不见了踪影。卢家三姊妹在整个上午都是一边卷着纸烟，一边不停地看着两扇打开的门外黑洞洞的天空。

大雨在午饭后不久终于铺天盖地般地狂泻下来。卢四那时刚刚躺下午睡，没用他盼咐，三姊妹便已经纷纷跃起，放下手里的纸烟，迅速地将打鱼用的一应家什准备停当，然后去西屋喊正在午睡的父亲。

卢四在午饭后通常都要睡上一觉的，这一天的午觉显然没睡到时候，因此，被三姊妹叫醒的卢四坐起来后就不停地打哈欠，不停地说，到点了么，到点了吗？

卢云就指着窗外让父亲看，这么大的雨，你一点儿声音都没听到？你看看天都啥样子了？

卢四坐了起来，扭头向窗外一看，就咧嘴笑了，连声道，好好，赶紧准备家什吧。

卢芳说，早准备妥了。

卢四从烟口袋里捏出一撮烟末，塞进烟锅里，点着了，又用拇指按了按，一边吧嗒着嘴吸着，一边下了炕，来到屋门口。三姊妹自然拥在父亲的身后，一齐挤在了门口，往院子里看。

这雨可是真的叫作暴雨了，怎么形容都不为过。雨点炒豆似的在天井平坦如镜的地面上蹦跳，砸击在青石板铺就的连接着厢房、猪圈和草垛，还有院门的甬路上，发出啪啪的声响。天空仍然是黑压压的一片，没有一丁点儿下一阵就晴的意思。其实卢四和三姊妹一样期盼着这样的时刻到来，看着三个如花似玉的女儿灿烂的笑容，他便会有一种心醉的感觉在全身弥漫开来，生活里所有的烦恼与忧愁都会在这样的时光与情境里消失殆尽。

三姊妹簇拥着卢四在暴雨中上路了。这样的雨天，他们当然是要去八里外的西窑泡子，尽情地欢乐一场，彻底地放纵一下。

卢四仍然披着他那身已经破旧了的蓑衣，戴着那个也已经破旧了的苇皮斗笠，推着那辆独轮车，车上装着打鱼用的一应器具。三姊妹则戴着用竹篾编的锥形草帽，裹着土黄色的油布雨披。

出了院子，走过泥泞的羊肠小路，不大的工夫便上了东面的官道，父女四个向镇海寺相反的方向走去。卢四推着独轮车走在前边，他让车轮辗着车辙，虽然积着雨水，但沙土路面却还是坚硬的，自然也就好走了许多。三姊妹的两手紧紧地拽住油布雨披，裹紧了身体，深一脚浅一脚地跟在父亲的身后，暴雨中隐隐地听出杂乱的噼噼啪啪踩踏泥水的声音。

走出三四里路的时候，卢云突然发现前面出现了一片黑压压的人群，正迅速地向他们迎面扑来。卢云惊慌地叫道，爸，你看！前面来了那么多人！

如注的暴雨，以及暴雨砸击泥泞土路的声音很大，但走在前边的卢四还是隐约听到了女儿的叫声。卢四立刻停止了脚步，放下车子，一边回过身来，一边腾出两手抹了抹脸上的雨水。卢四问，什么事儿？

卢云一边伸手指着前方，一边再次叫道，爸，你看前边，是当兵的，他们拿着枪。

卢四回过身去，又擦了两下脸上的雨水，然后抬起头向前方看去。卢四这下看清了正向自己这边快速逼近的人群，卢四一边对三姊妹说赶紧靠边儿，一边推起独轮车不由自主地向后倒着靠向路边。

片刻的工夫，十几个挎着冲锋枪的军人便冲到了他们身边。卢四这时真的看清了，是戴着青天白日帽徽的国民党军。但卢四并没有慌张，这两年他见的兵匪多了，国军的兵，共军的兵，叫不上名的土匪啥的，之前还有日本兵，一会儿这个路过，一会儿那个打过来，有时根本就分不清谁是谁。

冲在前边的军官模样的人对卢四叫道，你们是哪里的，上哪去？

卢四当然听到了军官的问话，但卢四却装作没听到，再次抹抹脸上的雨水，两眼茫然地看着他们。

旁边的一个国民党兵重复了一遍军官刚才的问话，卢四呵呵了两声，回道，宋屯的，到西窑泡子打鱼去。

国民党军官又问，这里离镇海寺还有多远？镇子里有没有共军？

卢四回道，从这儿到镇子里大概有七八里路。有没有共军吗，卢四嗯了一声，似乎有些迟疑。

那个国民党兵立刻追问道，长官问你镇子里有没有共军？

卢四这才把后面的话说出来，这个我可不知道。

国民党兵骂了一声，他妈的这个费劲，说不知道不就完了吗！

这时，后面的大部队黑压压地赶上来了。一个官阶更大的军官大声问道，前边啥情况？

那个军官立刻两脚立正，说道，报告团长，前边就是镇海寺，距这里有七八里路。镇子里是否有共军，情况不明。

官阶更大的军官立刻命令道，继续侦察前进。然后回身对大部队命令道，加快前进速度，子弹上膛，抢占镇海寺。

十几个侦察兵转身迅速向镇海寺方向跑去。可是，走在后边的那个国民党兵似乎感觉卢四对他们态度有些冷落或不屑一顾，掉过冲锋枪的枪托，照着卢四的胸部狠狠地砸了下去。卢四一点准备也没有，噢地叫了一声，两手一松，独轮车向路旁的排水沟倒去，卢四则被挎在脖子上的独轮车把手上的带子猛地拉了一下，一个趔趄跟着车子也栽到水沟里去了。三姊妹惊叫一声，一齐扑向沟里。

上千名之多的国民党兵呈四路纵队从三姊妹的身前碾压而过，冲向雨雾中的镇海寺。他们身后的官道被践踏得一片狼藉。

躺在水沟里的卢四的腰剧烈地疼痛，甚至连站都站不起来了。三姊妹费了很大劲才将父亲从水沟里抬到官道上来，然后又把独轮车拽上来。卢四咬着牙说，把我弄车上去，赶紧回家。

卢芳将车带子套到脖子上，两手攥紧车把手，一叫劲将独轮车推起来。卢秋扶着卢四，卢云在另一边帮着推车，三姊妹在大雨中一路跟头把式地将卢四弄回了家。卢四老婆吓得两手直哆嗦，顾不上多问，赶紧点燃炉灶，一边烧炕一边烧开水，然后给卢四擦洗一遍，换上干净的衣服，弄到炕上，盖上被子。疼得一直哼哼的卢四叫卢芳给他烫一壶酒，又叫卢秋给他装一锅烟。

烟刚点着,酒刚喝一口,卢云就连声叫道,打起来了!打起来了!
卢芳和卢秋侧耳细听,果然隐约地听到镇子那边响起一片急促而沉闷的枪声。
卢四没听到枪声,但卢四立刻吩咐,赶紧把院门关严了,近两天谁都不要出去。
那天的枪声至少持续了半个时辰之久。

7. 求　医

卢氏三姊妹那天因父亲被国民党兵用枪托打到路旁的水沟里伤了腰而没能跟随父亲去西窑泡子打鱼，连着几天都闷在家里，没敢迈出院门一步。

三姊妹后来听镇上的人说，那天下午国民党军冒雨冲进镇子不久，就与在他们之前进入镇子的东北民主联军遭遇，双方冒着大雨在镇子里展开了激烈的巷战。国民党兵伤亡惨重，又弄不清镇子里到底有多少东北民主联军，不敢恋战，一个小时后，扔下百十来具尸体和伤兵，溃败而走，不知去向。

由于连续的阴雨，加上兵荒马乱的，不知镇子里是个啥情况，卢四没敢叫三姊妹去镇上拿药请医生，在炕上躺了足足五天，治愈他脊椎错位的最好时机就这样错过了。

五天过去了，卢四的腰疼痛不减，整个身体一动也不敢动。因为是腰眼儿的位置受了伤，卢四不敢仰面平躺着，而是向左侧卧着，躺的时间太长了，全身几乎是失去了知觉。

咬着牙硬挺着的卢四让全家人看着揪心，卢四老婆就说，一定是伤着骨头了，不然咋会不敢动呢？是不是找大夫看一看，可别耽误了。

卢四老婆的话引起了卢四的警觉，卢四想了想说，对呵，我这腰有可能是脊椎骨出了问题，不然不会这么疼，而且一点儿不敢动，五六天了一点不见轻。叫老大先去镇里探探风声，然后去林记大药房买几贴膏药，抓几服治跌打损伤的中药，再把王记诊所的王大夫请来看看。

连续的阴雨天终于晴朗起来，阳光虽说并不是很足，但已经足以让压抑了许久的人们长长地舒了口气。卢四本来是让卢芳一个人去镇子上买药,可是卢秋和卢云也吵着要去。卢四老婆就对卢四说,也好,还不知道镇上是个啥样子,她们姐仨一块去也好有个照应。

卢四点了头后,卢四老婆便从一个很古旧的木匣子里掏出几块大洋塞到卢芳手里,叮嘱道,揣好了,到镇子里别乱走,买好药,请好大夫,赶紧回来。

不等卢芳应声,卢云抢着呛白母亲道,哎呀妈,我们都多大了,还当我们是穿活裆裤的三岁娃娃?

卢四老婆立刻掉下脸,道,说啥话呢?这么大的丫头也不知害臊!

卢云冲母亲做了个鬼脸,推着两个姐姐出了父亲的屋子。三姊妹随之出了院子,快步直奔通往镇上的县道。

空气里的湿度仍然很大,沙土路面的官道上坑坑洼洼的地方积满雨水,映着阳光,像无数块破碎的镜片一样闪着耀眼的光芒。路面被雨水泡得有些松软,走在上面像平时走在田垄上。道两边的杨树和柳树叶子异常的青翠洁净,柔软的枝条在微风中不时地撩拨着三姊妹的头发和脸庞,三姊妹便不时地捋捋散乱的头发,抹抹痒酥酥的脸颊。

县道上人很多,多数都是往镇上去。三姊妹吸引了路两旁的行人的目光,她们成为一道美丽诱人的风景,走路的人们和正忙着什么事情的人们,都身不由己地把惊讶的目光投向三姊妹,几乎所有的人都隐隐约约地听到了来自不同方向的啧啧声,声音里明显地隐含着惊叹的意味。三姊妹当然已经注意到人们对她们的瞩目,不可能不有些得意,但她们不为行人们的惊叹所动,抿着嘴,谁也不吱声,只是加快着脚步赶路。卢云甚至昂着头,完全是一副熟视无睹的样子。这非但没有惹怒路上的行人,反倒更加刺激了人们难以言说的欲望,有的人似乎是乱了方寸,伸直胳膊指指画画的,嘴上说的什么可能连他们自己都不清楚。

到了镇上后,三姊妹记取了上次的教训,目不斜视地直接去了林记大药房。

林老五仍然是笑容可掬,说,咋样?你妈头痛好些了吗?

卢芳说,我妈见好,可是我爸的腰前几天摔着了,疼得厉害,全身都不敢动,歇了好几天了也不见轻。我爸叫我们来给他买几贴膏药,再抓几服治跌打损伤的中药。

林老五收起笑容,连忙吩咐小伙计从药架上取跌打伤膏,拿起笔又开了一个中药单子,交给小伙计。林老五他眨了眨眼睛问了些具体情形,然后道,大小姐,据我的经验,你爸弄不好是骨折了,光贴膏药和吃中药恐怕未必管用。

卢芳道,是啊,我爸也觉得可能是伤了骨头,叫我们买完药再去请王大夫。

林老五哈哈一笑,道,王大夫不会整骨,看不了这病。咱们镇子里十年前倒是有位老大夫专治伤筋动骨,可是老爷子都死十年了,之后就再没人能弄了这伤筋动骨的病了。

卢芳一听急了，是吗？林老板，那可咋办？

林老五想了想说，年前的时候，镇上的商会会长伤了筋骨，很重，听说是从海城请的祖传整骨大夫来给治的。这个孙姓的大夫是整骨世家，相传不止百年，在辽南可是名气很大的。

卢芳脸上的表情有些发愁，说，可是我们在海城没有熟人呵！这么老远，我爸不敢动，能把人家请来吗？

林老五道，这个事你们得去找方七爷，他跟海城的人有交情，求他给请孙家的整骨大夫肯定没问题。上次商会会长治骨伤，听说就是方七爷给请的。

卢芳犹疑地嘀咕了一句，方七爷？然后扭头与卢秋和卢云对视了一下，回过头来，对林老五说，只是听说过，可我们也不认识他，他能帮忙吗？

林老五笑道，你父亲认识，方七爷喜欢听戏，没少吃你父亲的花生米。都一个镇上的，能帮忙。我跟你说，有些病不是一般大夫能治了的，就得找那些专门的祖传大夫。前几天我这儿来了位抓药的，说是崔屯的。这人说，他们屯不久前从关里来了位老中医，道行非同小可。你妈的病要是不见好的话，我提醒你们不妨去请他看看。这个方子也用过多少年了，也该换换才是。关键是要能去根，不然说不上啥时候就犯，糟心不是。

卢芳问道，崔屯在哪？我咋没听说过呢？

林老五道，镇南了，二十多里路吧，挨着刘堡。

卢芳脸上露出一丝笑意，接着又问，那这位老中医还能在那儿吗？

林老五摇摇头，这我可就说不好了。不过我听说他是来走亲戚的，大老远来的，不会立马就走人吧？

卢芳掏出一块大洋递给小伙计，谢了林老五，收好跌打伤膏和两包中药，与两个妹妹急忙出了药房，直接出了镇子回家，王记诊所干脆没去。

三姐妹几乎是一路小跑地赶回家里，卢芳把林老五的话跟父亲学了一遍。

卢四听了觉得有理，便说，先把膏药贴上，把药熬上，然后你们姐仁再去趟镇上，先去吉祥大戏院，如果没有就打听一下去方七爷的宅上，问问他肯不肯帮这个忙。

卢四老婆道，方七爷是啥人物，能管咱们家的事吗？

卢四说，方七爷虽然是江湖上的人，但很仁义，对乡里乡亲的挺和善，没见他跟谁有啥过不去的。我虽说跟他没啥交情，但在戏院他是常吃我们的花生米的。

三姊妹再次赶往镇子，从中街的十字路口向西，不到二百米远就到了吉祥大戏院。

吉祥大戏院肯定是在嘉庆朝之后建的，具体是哪一年却没人能说清楚。清代建戏园子的鼎盛时期其实是在康乾盛世的时候，那时候地方戏普遍兴起，商业性的专业戏班大量涌现。嘉庆之后，大清已经开始走向衰落，镇海寺却盖起了这么一个大戏院，似乎有些匪夷所思。据镇子里年岁大一点的人说，这座戏院是一个祖籍镇海寺的姓甘的巨贾花钱建的，镇里人都叫他甘先生。据说甘先生从小便跟着父亲去了南方，做什么生意没人知道，但生意做得很大是肯定的。甘先生究竟是哪一年回的镇海寺没人说得清，但甘先生回来的时候年纪大约是五十五六岁的样子是可以肯定的。甘先生回到镇海寺并没有为自己大兴土木建豪宅，却从南方运回大批黄花梨木，再加上本地产的柞木，然后顾了大批工匠建起了一座大戏院，取名吉祥。说是大戏院，其实并没有多大，虽然是两层，但最多也就坐二百来人。这样的规模在当时的辽南还没有哪个镇子，甚至包括营口、大石桥、海城、盘山等县城也没有这样规模的戏院。这个戏院的另一个特点就是完全是木质结构，除了屋顶黄绿相间的琉璃瓦外，不但没有一块砖石，甚至连一颗铁钉也没有，全靠榫卯连接。

　　甘先生酷爱戏曲，东北的二人转、辽南的皮影、评戏、海城的喇叭戏，以及在乾隆年间兴起的京剧，都喜欢。镇海寺有了这么高级的戏院自然就吸引了关内外的梨园戏班，以及各类草台班子。可以说，那时候的镇海寺三天一大戏，两天一小戏，每天都像过节一样。但好景不长，甘先生不知犯了什么罪，突然被官府抓了起来，下了大狱，然后家里的财产被抄了个精光。两个夫人，还有几个孩子也不知了去向。甘先生后来怎么样了谁也不知道，反正是再也没回镇海寺，他的子女也没见回来。甘先生不见了，吉祥大戏院也被镇衙门收了，历经二百余年，虽战火不断，却一直完整地保存到现在。只要没有战乱，镇子里的戏当然是照演不误，而且成了传统，成了镇海寺的一大风景，吸引着方圆百里的戏迷，有时连鞍山、辽阳都有人来。

　　三姊妹当然是知道方七爷的，但都没见过本人。到了卢四这一代，镇海寺数得着的大户方七爷便是极有号的戏迷了。只要不出门，只要有戏，方七爷必到。方七爷在戏院里看戏从来都是闭着两眼，他是用耳朵听。换句话说，他不是看戏，而是听戏。据说只有真正到份儿的戏迷才不用眼睛看，而是用耳朵听。不光是看戏不睁眼睛，方七爷甚至连喝茶吃卢四的花生米都不睁眼睛。

　　镇海寺商会会长有一次喝酒的时候在酒桌上说，七爷看戏不在戏里，而是在戏外，是在养神、养心。大家都附和说是，七爷看戏绝对与众不同。

　　方七爷笑道，你说对了一半，不光是养神、养心，主要是养性情。养神、养心比较好理解，做起来就相对容易。性情看起来是人的表层状态，但它却来源于人的最深层次，它才代表人的根本。不过你这个养字用得好，心、性都是养出来的。

　　众人听了一齐鼓掌叫好，但他们的神态却都有些茫然。

戏结束了，方七爷揉揉眼睛，张开两臂，伸个懒腰，一手攥住那把有年头的墨绿色紫砂壶，一手摇着那把据说是梅兰芳亲笔绘制的水墨兰草纸扇，飘然而去。说方七爷在镇子里是一道风景一点都不为过。

三姊妹来到吉祥大戏院没有见到方七爷。戏院不但没有什么戏，而且似乎被人掠夺或者蹂躏过一般，一片残败的景象。看门人告诉三姊妹，六天前，国共两军在戏院附近打了一个来钟头，戏院门前死了不少人不说，连戏院也跟着遭了殃。门炸碎了不说，门前的四根柱子也有两根被炸得遍体鳞伤。

卢芳问看门人，方七爷还能到戏院来吗？

看门人道，不演戏他来干嘛？

卢云问道，那啥时候还演戏？

看门人道，那我哪知道？

从戏院里出来，卢云道，咱们到方七爷家去找他吧。

卢秋面有难色，说，方七爷能搭理咱们吗？

卢云说，管他搭理不搭理的，先找到他再说！他又不是老虎，还能把咱们吃了？

卢芳想了想，然后看了看卢秋，说，没别的办法，就照三妹说的办。

三姊妹便硬着头皮一路打听着去了方宅。

方七爷的宅子在镇子偏东南，三姊妹便顺着原路往回走。路过林记大药房的时候，站在门口的掌柜林老五驼着背抄着两手冲三姊妹嘿嘿地笑道，是去请方七爷吗？

卢芳笑笑，应了声是的。

林老五连连点头，说，如果是骨头出了问题，就要先把骨头复位了，然后再吃些药。用啥药尽管过来抓。

卢芳又回了声谢谢，三姊妹接着往东走去。

走过几十米远，卢云回头看了眼，对卢芳说，你搭理他干吗？你瞅他那眼神，恶心人。

卢芳唉了一声，说，咱们不是总用着人家吗！

方宅是一所两进式的四合院，算起来，光房屋就有二三十多间，房子的南面还有一块很大的菜地，这在辽南一带是极为少见的。方七爷有两房姨太太，各类用人、长工也有四五位。方七爷的祖上据说曾经是个大户人家，但不是镇海寺的坐地户，老家是山东，到了方七爷父亲那辈便已经衰落得所剩无几了。镇子里据说有人见过方七爷的父亲，最初好像是卖过伤风止痛膏药，但什么时候从镇海寺消失了却没人能说清楚。方七爷来到镇子上的时候却是很风光的，他不但出手阔绰大方，而且很快就盘下了这套老宅，并在第二年的春天就大动土木，将老宅进行了翻盖。不到十年的工夫，方七爷不但娶了两房姨太太，还在老宅的基础上，将方家大院扩大了一倍。让镇上人疑惑的是，方七爷在镇子里可以说是什么正事也不干，也可能很多日子不见他的踪影，等你见到他的时候，那肯定是在吉祥大戏院，或是斜对面的镇海寺大酒楼，偶尔也有人在林记大药房看见他一边喝茶一边跟林老五聊天。不过，镇上人却在私下里传说，方七爷是江湖上的人，以赌博为业。但这只是传说，谁也没见过，因为他从来不在镇子里赌。

方家大院漆黑的院门冲东开，门楼上方一块整板的黑胡桃木匾，灰黑中夹着土黄的木纹，上面两个泥金柳体楷书——方宅。门外是个差不多有现在的四五个篮球场那么大的场院，黄土的地面用石滚子压得镜面似的，平坦而光滑。

不知为何，卢芳在走近门楼的那一瞬间，突然觉得这块灰黑的木匾有点阴森恐怖，心骤然间剧烈地跳动起来。卢芳将两手按在胸前，过了好一会儿才镇静下来，然后伸手有节奏地叩了叩磨得锃亮的金色门环。

出来开门的是个年轻男人，个子不高，黑红的脸膛，很壮实的样子。

卢芳有些拘谨地说，我们是镇北宋屯卢四的闺女。卢芳见年轻男人脸上没什么反应，便急忙又说，我爸爸每天都在吉祥大戏院卖花生米，方七爷经常吃他的花生米。

年轻男人这才哦了一声，脸上有了一点笑容。

卢芳说，我爸爸腰受了伤，让我们来求方七爷帮忙。

年轻男人让卢芳等一下，然后将门关上。不一会儿，门再次打开，一个瘦削、留着一撮山羊胡子的男人出现在了门口。跟在后面的年轻男人对卢芳说，这就是方七爷。

卢氏三姊妹这是第一次见到方七爷，而且又是这么近距离，都有些紧张，但却都瞪大了眼睛。

方七爷是瘦瘦的刀条脸，脸上的皱纹很多。眉毛挺重，也挺长，两只眼睛略微有些向眼眶里抠，目光平和而坚毅。略显尖了一点的下巴上有一撮黑灰色的山羊胡往上翘着。

卢芳觉得方七爷不是她想象的那种凶神恶煞的样子，相反，倒是有几分的慈祥。卢芳一直紧张的心一下子松弛下来。卢芳说，方七爷，我们是宋屯卢四的闺女。父亲的腰在五天前摔伤了，全身不能动，可能是伤了骨头。父亲让我们来求七爷，求您为父亲从海城请那位姓孙的祖传整骨医生。卢芳一口气说完这些，已经感到有些喘不上来气了，而且脸感到火辣辣的灼热。

方七爷眯着两眼一直在打量着卢芳，卢芳的美丽和落落大方显然令他惊讶不已。卢芳说完后，方七爷并没急着回应卢芳，而是又细细地看了看卢芳两边的卢秋和卢云。足足有一分钟的时间，方七爷撸了撸山羊胡，突然嘿嘿地干笑了起来，他这一笑，脸上的皱纹便如同刀刻的一般深重起来。方七爷干笑了几声后道，哟，想不到卖花生米的卢四还有这么三位漂亮的闺女，怎么从来没听说呀？说完，目光重新回到卢芳的脸上。

卢芳的脸早就红了，两眼有些不敢再看方七爷，略微埋下脸回道，我们都在家里干活，平时很少出门。

方七爷点点头，连声说，好好好，回去告诉你父亲，我明天就派人去海城请大夫，让他放心，他的伤包在我身上了。

卢芳连忙道谢，然后告辞，急不可待地转身快步离去。卢秋和卢云紧跟在后面。

在回家的路上，卢云说，我咋觉得方七爷这人不错呀？一看就像个男人。

卢秋笑道，那还用你说，谁都能看出来他是个男人。

卢云道，我说的男人跟一般的男人不一样，我说的是那种有作为的男人。

卢秋又问，你是哪儿看出来的呀？我咋就看不出来呢？

卢云似乎有点解释不清，迟疑了一下说，你看他那眼神，那两道目光，尤其是眯起来看人的时候，里面就像两个深潭，既有深厚的底蕴，又有莫测的智谋，显示出一种血性的有作为的男人性格，这样的男人一定是可以做大事的人。

卢芳道，那是呀，不然人家咋会有这么大的家产呀？

卢秋却扭过头看着卢云道，哟，想不到三妹对方七爷观察得这么细致呵，而且理解得这么深刻，三妹是不是看上了方七爷？

卢云两眼凝视着前方，似乎有些出神地感叹道，让你说对了，女人这辈子要是能嫁给这样的男人就该知足了。

卢芳连忙道，三妹，你要是看上了方七爷，回去咱就跟爸说，把你嫁过去得了。

卢云连忙摆手，不不不，论嫁咋也排不到我呀，得先可大姐来呀！

卢氏三姊妹就扭作了一团，咯咯的笑声似乎有点放肆，招惹来满街惊讶疑惑的目光可想而知。

8. 盛 宴

方七爷真不愧是江湖上的人，说话算话，第三天午后，一个头上戴着灰色礼帽、脸上挂着金丝边眼镜、肩上挎着牛皮药箱的五十多岁的大夫，跟在方七爷的管家吕先生身后走进了卢四家的院子。

卢芳将吕先生和大夫请进了屋子，在堂屋的八仙桌两边的椅子上坐下。卢秋很快便端上茶来。大夫简单地向卢芳问了一下卢四的病情，也没顾上喝茶，便进了卢四的西屋。

躺在炕上的卢四显然是想坐起来跟大夫打招呼，但不等他欠起身来，大夫就已经抢前一步，将他按住，而且连声说，别动别动。

管家吕先生随后也走了进来。不等卢四跟他打招呼，他已经开口对卢四说，卢四，七爷对你的伤很上心，将海城孙家整骨现在的二号掌门孙大夫给你请来了。

卢四其实根本就坐不起来，他只是将手伸出来，想跟孙大夫拉拉手。

孙大夫连忙放下手里的药箱，伸出手去，拉住卢四的手。孙大夫笑笑，却什么也没说。

卢四又扭头看着吕先生说，请吕先生代转我的谢意，谢谢七爷，卢四何德何能，承受七爷这么大的恩泽，待身体好转了，一定尽力报答。

孙大夫将宽大的衣袖向上挽了两圈，冲吕先生笑笑，示意他帮着将卢四的身子翻向炕的东侧，趴在炕上。俩人小心地将卢四的身体向东翻转，疼得卢四大叫了几声。孙大夫将卢四的上衣捋上去，然后一只手便在他的腰部推按游走。孙大夫的手上肯定是用了力，因为屋外的卢四老婆和三姊妹都听到了卢四连续的惨叫声。十多分钟后，孙大夫收了手。卢四的脑门上往下扑哒扑嗒地直滴豆粒般大小的汗珠。

孙大夫将两只衣袖放下来，拎起药箱，在吕先生身前从西屋走出来。卢四老婆连忙迎上前去，问，大夫，咋样？重吗？

孙大夫说，治晚了。

卢芳问道，孙大夫，我爸他是骨折了吗？

孙大夫这时已经被卢秋让到了八仙桌旁的椅子上，他端起沏好的茶呷了一口，抬起头来扫了一眼卢四老婆和三姊妹，慢条斯理地说，是腰椎骨折，很严重，你们多亏请七爷把我找来，如果处置不当会有生命危险。由于骨头错位后没有及时复位，已经跟现在位置的肉长一起了，处置起来难度很大，也很疼。

卢四老婆和三姊妹一听这话就都怔住了，面面相觑，一时不知如何是好。过了片刻，还是卢芳抢先问道，孙大夫，那能治好吗？

孙大夫说，办法有两种，一种是保守治疗，就是所谓闭合复位，硬性将已经开始长在一起的骨断端与周围新长出的肉分离，然而将断骨复位。做时会非常疼，当然，我会进行局部麻醉。最重要的是，术后的骨折复位后，因为其不稳定，容易发生再移位，因此要采用外固定支架方法将其固定，使其逐渐愈合。但前提是患者自己要有相当的毅力保持身体的固定姿势，保持不好，就会造成错位，自然就会带来后遗症。第二种方法是手术治疗，通过手术将骨断端与周围新长出的肉分离，然而将断骨复位，上钢板、钢针、螺丝钉等，进行内固定。一年后，当断骨处长结实了，再做一次手术将钢板、钢针、螺丝钉等取出。这个手术最好是到沈阳做，我们医院也能做，但我们的医疗设备与省城大医院是有很大差距的。因为是方七爷交代给我的患者，所以，我既要认真负责，也要将实情告诉你们。

沈阳在卢四老婆和三姊妹的心里，那是一个大都市，在很远很远的地方，对她们而言，甚至是遥不可及。

卢四老婆一脸的皱纹，连连说，沈阳，沈阳……听说沈阳那边国军正跟八路军打呢，这兵荒马乱的，医院还能给治病吗？

孙大夫说，是啊，听说沈阳的局势很紧张，国共两军正在拉锯，你进我出的，谁也弄不清啥情况。

卢四老婆想了一下后又问孙大夫，那就去海城，到你们医院做手术吧。孙大夫说，可以，只是手术后要在我们那休养一段时间，待断骨处长得差不多了才能走。

卢四老婆想了一会儿，突然又问，你们那儿现在太平吗？

孙大夫笑笑说，这会儿我看东北哪都一样，没有你说的太平的地方。

卢芳突然问道，孙大夫，那依您看这两种方法哪一种更好些？

孙大夫说，当然是第二种，因为它更符合西方的现代医学，更准确，把握更大。

头一种方法是在没有条件的情况下不得不采取的办法，也是中国比较传统的方法，靠的是经验和手法。

卢芳看了母亲一眼，说，那咱们还是去沈阳吧？

卢四老婆似乎有些踌躇，目光也闪烁不定。

这时，西屋里传出卢四忽高忽低的声音，卢四说，我哪也不去，就让孙大夫在家给我保守治疗，到时给我多打点麻药就行。

孙大夫往西屋瞥了一眼，却没言语，仍旧低头喝茶。

卢四老婆立刻去了西屋，说，孙大夫不是说了吗，还是去沈阳把握更大，别舍不得钱。

坐在堂屋椅子上的管家吕先生放下茶杯，说，你们不用担心钱的事，七爷吩咐过了，一切费用都由七爷负责，你们把方案商量好就行。

卢四老婆立刻冲着堂屋说，那哪能，七爷把孙大夫请来我们就感激不尽了，还能让七爷再破费？

卢四说，不是钱的事儿，人生地不熟的，天下又这么乱，到处是兵匪，太麻烦。孙大夫是祖传整骨，治我这点病没问题，人家只不过是那么说，谦逊而已。就按我刚才说的，采取保守治疗法，请孙大夫在家给我治。

孙大夫这时看了眼八仙桌对面的吕先生，吕先生立即就明白了他的意思，就说，有把握在这做吗？

孙大夫说，我的手法将其复位应该没问题，主要的要看他日后的休养，尤其是前半个月，千万不能活动。

吕先生点点头，说，既然卢四坚持这个方案，那就这么办吧。

孙大夫从椅子上站起来，对卢芳说，麻烦你弄盆热水，用干净毛巾给你父亲擦擦后背。然后又对卢四老婆说，给我找条一米长、一尺宽的木板。说完，脱掉外衣，拎起医药箱进了西屋。

卢芳和卢秋连忙按孙大夫的要求弄了盆热水，又找来一条新毛巾，然后就进了西屋，小心翼翼地给父亲擦后背，但还是让卢四不时地叫出声来。

卢四老婆出了堂屋，不一会儿就拎着一块木板回来了，然后也进了西屋，问孙大夫行不行。

孙大夫瞥了一眼，说，放那吧。

孙大夫准备好后，把吕先生叫进屋去，将卢芳和卢秋，还有卢四老婆赶了出去。二十分钟后，在堂屋焦急静候的卢四老婆和三姊妹突然听到卢四几声大叫，然后是轻微的呻吟。又过了二十分钟，孙大夫满头是汗地从西屋走了出来。吕先生也随后走了出来。

卢四老婆立即迎前两步，问，孙大夫，还好吗？

孙大夫重新坐到八仙桌旁的椅子上，在水盆里洗了手，用桌上的毛巾擦了擦，然后摘下眼镜，掏出一块白色手帕擦了擦脸上的汗，端起卢云给他新沏的茶，喝了两口后说，挺好，很顺利。病人半个月就可以下地，但后期休养很重要，只要保证不错位，三个月就能好利索了。

卢云立刻拍着两手跳了起来，嘴里连声说，太好啦！太好啦！

卢四老婆说，真不知道该咋谢你！

孙大夫却说，应该的。要谢就谢七爷和吕管家吧，他们不出面，我也不可能跑这么远的路到这里。

吕先生立即附和道，是的，是的，七爷跟孙大夫不是一般的交情。孙大夫在家都忙不过来，不是七爷出面，怎么可能上我们这儿来？

这时西屋里的卢四又说话了，闺女她妈，赶紧炒几个菜，请孙大夫和吕先生喝点儿。

没等孙大夫应声，吕先生马上就说，不用麻烦啦，七爷已经在镇海大酒楼安排好了。说完，转向孙大夫，孙大夫，那咱就起步，七爷肯定已经在那等候了。

孙大夫从医药箱里掏出几包药，说，从今天晚上起，按这个单子上的要求，定时吃这几种药。然后从椅子上站起来，又对卢四老婆嘱咐道，一定要注意，不要让患者的断骨处发生移动，半个月，最好是二十天后再撤固定板。说完，跟随在吕先生身后出了堂屋。

卢四老婆急忙把孙大夫叫住，说，还没拿钱呢！扭头叫道，老大，赶紧拿钱给孙大夫。

吕先生却在门外说，不用啦，七爷都给办好了。

卢四老婆说，这咋说的，方七爷不光是给请来了大夫，费用还要人家出，这不行啊！

吕先生道，这是七爷吩咐过的。

一脸愧疚的卢四老婆带领三姊妹将孙大夫和吕先生送到院外，再一次地表达她们对孙大夫和方七爷及吕先生的千恩万谢。

孙大夫在登上候在院门外的方家马车后，回头认真地打量了一下卢家三姊妹，嘴角露出一丝赞叹的微笑。

卢四没能如孙大夫所嘱咐的那样，他的断骨处还是不小心发生了些微的移动，二十天时撤掉固定板后，发现腰有些弯，而且永远都没能直起来。

吉祥大戏院不知道是在哪天又开始演戏了。镇海寺的人重新看到卢四的时候，发现他略微弯着腰，腰间仍然拴着那个厚厚的牛皮烟袋包，仍然卖他的花生米。熟人纷纷都跟卢四打招呼，起初以为他是腰疼什么的，卢四就一一地讲述两个月前的不幸遭遇。

　　重新演戏了的吉祥大戏院当然是少不了方七爷的。方七爷在看戏的时候是很少吃其他零食的，他专买卢四的花生米。春夏的时候，方七爷是一边喝茶，一边嚼花生米。秋冬后，方七爷就不仅是喝茶了，还喝烫过的镇海寺小烧锅。方七爷喝茶可以说是很讲究的，他春夏专喝龙井，明前的新茶是当然，而且还是极品。他在杭州有朋友，每年新茶下来都会给他寄来。秋冬的时候就改喝普洱、六堡、大红袍什么的。方七爷的茶每次都是自己沏，但水是专门有人给续的。

　　过去方七爷从卢四手里接过花生米只是冲卢四点点头，并不说什么。自从给卢四请了整骨大夫后，方七爷对卢四就多了几分亲热，不仅点点头，还要有话没话地说上几句。这无疑让卢四异常地高兴，而且有一种受宠若惊的感觉。过去方七爷吃卢四的花生米并不是每次都付钱，而是攒到几个月的时候，方七爷的管家吕先生就会准时地把大洋塞到卢四手里。方七爷请大夫给卢四治腰伤后，卢四便死活不再收方七爷的钱。

　　吕先生笑道，方七爷啥脾气你还不知道，除非他有话，不然打死我也不敢不给你送钱的。

　　卢四便来到方七爷面前，嗫嚅地说，七爷，您帮了我那么大的忙，花了那么多钱，我怎么好意思管您要这几个花生米的钱呢？

　　方七爷哦哦了两声，道，这是两码事，你做生意挣钱天经地义，作为乡亲，你有伤病我帮你请个大夫也是在情在理。

　　弄得卢四脸红涨着，不知说啥是好。

　　一天晚上回到家里，卢四一边喝着镇海寺小烧锅，一边抽着烟斗，又一边迟迟疑疑地对老婆说，这些日子我心里面一直有个事放不下。卢四老婆，还有三个女儿都把饭碗从嘴上挪开，四对目光也都聚到了卢四的脸上。卢四虽然是眼看着门外的院子说话，但他已经感觉到了老婆和女儿们已经在注视着他了，便又说，你们说，方七爷帮我这么大的忙，一分钱没要，我说他吃我的花生米钱我也不要了，可是他死活不答应。我总觉得欠人家太大的人情，可是这人情拿啥还呢？

　　卢四老婆似乎感觉到了卢四说的问题的严重性，想了想，又摇了摇头说，可是咱们有啥能耐帮方七爷呢？

　　一句话把卢四和三个女儿都问住了，卢四甚至扭过头来，与三个女儿都对视了一下，仍然没想出什么好主意来，就又闷头喝了一盅酒。卢四的脸已经开始红涨，连脖子上的血管也鼓胀起来。

　　卢四老婆就说，当家的，要不就别再喝了，车到山前必有路，到时候再说。

卢四对老婆的话显然不满意，将嘴里的白酒咕噜咽了下去，说，你还知道车到山前必有路，可你没听说人无远虑，必有近忧吗？

卢四老婆也不高兴了，马上回击道，你不就是多读了几本古书吗？我是为你分忧，你却狗咬吕洞宾，还拿话来挤对我！

卢四刚要冲老婆发火，卢云却突然说，要我看，方七爷是狐狸给鸡拜年，没安好心！

卢四，还有另外两个女儿一下子都愣住了，目光呆滞地看着卢云。

卢四老婆马上责怪卢云道，这孩子咋这么说话呢？是咱们求人家帮咱请大夫，不是人家硬要把大夫往咱家送！

卢芳随后也说，咱们跟方七爷一无冤二无仇，他咋会坏咱们呢？

卢云道，这个嘛，我也说不上来，反正我觉得挺怪异的。

那天晚上，卢四和老婆，还有三个女儿当然不会讨论出一个明确的结果，因此，那天整整一宿卢四都没有睡实沉。

三天后的早上，方七爷的管家吕先生突然再次造访卢四家。吕先生寒暄了两句后从怀里掏出一张红色的帖子递给卢四，说，方七爷明天中午请你镇海大酒楼喝酒。

镇海大酒楼是镇海寺最高档的酒店，出入其间的都是镇里镇外的达官显贵和富商巨贾。卢四只是从酒楼门前无数次地走过，但从未迈进过大门一步。

卢四听完吕先生的话，又接过红色的帖子，一时间居然不知所措，大脑似乎缺氧，一片空白，嘴唇直哆嗦，却一句话也说不出来。

吕先生见状，不由笑道，老四，你的意思……

卢四如同睡梦中惊醒，哦哦了两声，连忙道，谢谢七爷！只是，这太破费啦，七爷有啥事直接吩咐就是了。

吕先生道，具体啥事我不清楚。

卢四道，嗯，那好，明天啥时候？

吕先生回道，中午，11点半。

卢四连着说了两个好，我一定准时到。

送走吕先生，卢四将手里大红的帖子打开，反复地看了几遍。卢四突然醒悟过来，在镇海寺，都是别人请方七爷吃饭，哪有方七爷请别人的呢？方七爷当然也请别人，但那被请的都是啥人啊？自己平时想跟方七爷说句话的机会都没有，他干吗要请自己呢？但大红的帖子里面写得明明白白的，不仅有方道中的落款，还有一枚紫红的印章，可见是很重视这件事的。卢四还是第一次知道方七爷的大号叫方道中。卢四琢磨了半天也没琢磨明白，这方七爷的葫芦里到底卖的啥药。有那么一瞬间，卢四想到方七爷肯定是有啥事要求自己，但卢四马上又否定了自己的想法，以方七爷在镇海寺的身份和在江湖上的地位,他会求自己啥事呢?卢四陷入了困惑与迷茫之中,这让他在这之后的整整的一天里坐立不安,甚至到了晚上的后半夜了也无法入睡。

回到堂屋,卢四将大红帖子放到八仙桌上,然后便坐到一旁的椅子上,拧上一锅碎烟末闷闷地抽烟。他老婆和三个女儿都围上前来看那张大红帖子。三姊妹还是第一次看见这大红帖子,一齐伸手去抢。还是卢云手快,将大红帖子抢到手里。卢芳和卢秋就催她赶紧念念上面写的啥。

卢四老婆转过身来问卢四,二先生来是为了啥事,亲自登门不说,还送帖子?

卢云抢着回道,方七爷要请咱爸喝酒,而且还是镇海大酒楼呢!

卢四老婆也疑惑了,方七爷干吗那么破费,上那么高档酒店请你爸?

卢云张了张嘴,却没回答上来。

卢四老婆和三姊妹把目光都转向了正在抽烟的卢四。卢四没去看她们,但他知道她们在等待他的回答,问题是他自己也没弄出个子戊卯酉。卢四抽完了烟,想了想,然后看了看老婆和三个女儿,却什么也没说,起身出了堂屋,在庭院里转了两圈,然后去了菜园子。

卢四在菜园子里整整待了一上午,可是什么活也没干,他的两眼直勾勾的似乎什么都没看见。他想蹲下身来干点啥,但一点心思也没有。中午的时候,三个女儿轮番来叫,卢四这才勉强从菜园子出来。吃饭的时候,卢四仍然是心不在焉,匆匆往嘴里扒了几口饭,就离桌进了西屋,上炕躺下了。

卢四老婆和三姊妹互相看了看,谁也没敢吱声。

午觉后卢四自己从炕上爬了起来,接下来他照例要去吉祥大戏院卖花生米,但卢四还是感到心有些闹得慌,一兜子花生米都撂车子上了,但在院子里转了两圈后又拿了下来。卢四回到屋里,将花生米扔到八仙桌上,一屁股坐到椅子上,冲老婆喊道,给我沏杯茶来。

正在卷纸烟的三姊妹几乎是同时问道,爸,你不去戏院啦?

卢四老婆也说,是呵,时候不早啦!

卢四从裤带上解下牛皮烟袋,掏了一锅烟,点着了,吸了几口,才说,我这心里不踏实啊!

卢云却噗地笑出声来,卢云说,爸,你是不是糊涂了,你不是说过,古人云,兵来将挡,水来土掩吗?

卢四瞥了她一眼,哼了一声,道,你懂啥?方七爷是啥人物?无缘无故他会请我喝酒吗?

卢云说,那你也用不着这么发愁呵?明天去了,不就清楚了吗?该咋咋地,遇啥事办啥事呗。

卢四没理她，又掏了一锅烟，两眼看着门外的庭院，吧嗒吧嗒地吸着。

卢四老婆就瞪了卢云一眼，说，老三，干你的活儿，别跟着瞎掺和。

卢芳伸手捅了卢云一下，卢云嘴一撇，露出一种不屑的表情。

这天下午，卢四抽完了第四锅烟后，拎起装花生米的袋子，又回到庭院里，转了几圈后，最终他没有推起独轮车。卢四不知道该如何面对方七爷，更不知道该说些什么，他决定今天不去镇上了。

那天晚上卢四直到后半夜才迷迷糊糊地睡着，但根本就没睡踏实，第二天一上午都是头昏脑涨的，但卢四还是在中午按时到了镇海大酒楼。

方七爷的管家吕先生早已候在酒楼门口了，而且格外热情地招呼卢四，脸上的表情甚至都有点谦恭了，这让卢四既有点惊慌失措又有些别扭。上楼的时候，吕先生更是一手撩着灰色马褂，侧着半个身子在前面引路，嘴里还不停嘱咐卢四，慢点上，别摔着。进了雅间，吕先生一边让卢四在酒桌前坐了，一边冲楼下喊掌柜的上茶。一杯茶还没喝完，方七爷就迈着轻盈的脚步上了楼来。

方七爷穿一件黑绸缎短褂，脚上黑士林布面白布千层底圆口鞋，一只手摇着那把纸扇，另一只手捧着那把墨绿色紫砂茶壶。

吕先生快步上前扶了方七爷胳膊一下，将他手里的茶壶接了过去。方七爷冲卢四笑道，卢四，让你久等了。

卢四慌乱地站起来，忙不迭地说，没有，没有，也是刚到。只是，七爷有事吩咐一声就是了，怎么敢劳您大驾，让您破费。

方七爷已经坐到椅子上了，冲卢四摆摆手，坐，坐坐，都是熟人，不必客气。方七爷回身问吕先生，酒菜都安排好了吗？

吕先生躬身道，按您的吩咐，都安排好啦！

方七爷道，那就走菜吧，我们边喝边唠。

吕先生冲方七爷和卢四点点头，便下了楼。酒菜随后就上来了。

方七爷和卢四开始只是谈些镇上的人情世故，各自的家长里短，也包括生意类的事情。卢四没想到，方七爷居然极其平易，喝起酒来也很实在，酒桌上的气氛非常轻松和谐。

酒过三巡后，方七爷这才开始进入正题。方七爷道，我这人办事喜欢直来直去，有啥说啥。在镇海寺，可能谁都知道我娶了两房姨太太，可是都不争气，一个孩子也养不出来。如今我也快五十了，再无子嗣，这点家产就没人接着了。方七爷说到这停了一下，抬头看了卢四一眼。

卢四刚想说句什么安慰一下方七爷，但方七爷却冲他抬了下手。卢四嘴张了张，把话又咽了回去。

方七爷接着说，卢四你真有福气呵，居然养了三个如花似玉的闺女。那天她们去找我，我才第一次见到，真的让我开了眼。

卢四忙说，七爷过奖，过奖了，都没见过世面，也不会说话，让您笑话了。

方七爷并不理会卢四的客套，接着说，我的意思是，你能不能将老大嫁给敝人？

卢四在刚走进二楼雅间的时候脑子里确实有过那么一闪念，他突然想到了方七爷请他的用意，但卢四不愿意往那个方向上想下去，他不自主地摇了摇头，又抬手拍了一下脑门，觉得不可能，然后就坐在了椅子上。一个是年龄差距太大，另外自己一个农民，跟人家门不当户不对。当方七爷这话说出来时，卢四还是缺乏心理准备，说是目瞪口呆一点都不夸张。一瞬间，卢四竟然张着大嘴愣在那里了，没能回答出来。

方七爷当然将卢四的表情看在了眼里，便立刻说道，当然了，让你的掌上明珠来给我做填房，是有些委屈。不过呢，我会很好地待她。我方老七的为人你总该是知道的，说到就做到。

方七爷说过半天了，卢四却还没有还原过来。卢四嘴上嗫嚅着，连他自己都不知道要说什么，方七爷当然就更不知道了。不过，方七爷不愧是见过世面的人，脸上的表情仍然那么平静，看不出任何的不高兴或者别的什么。

那确实是一种尴尬的场景，但方七爷却举重若轻，他冲卢四再次笑了笑，说，卢四，也许你会觉得我年龄太大了一点，与你闺女不般配，但我却不这么看。历史上的皇上自不必说，就是那些达官显贵的姨太太，小个十岁二十岁的也不是新鲜事儿。我当然不能跟人家比，但在镇海寺方圆百八十里，我方老七也还数得上数吧？

卢四这才苏醒过来似的，连连点头，说，那是，那是。然后，又不知道说什么好了，汗水早已顺着脸颊汹涌澎湃般地流淌下来。

方七爷长长地嘘了口气，欠了欠屁股，像是总结似的说，总而言之吧，卢四你是明白人，这些道理其实也不用我说。我呢，还是刚才那句话，我方老七说话算话，绝对不会亏待你闺女。

这时，吕先生捧着方七爷的紫砂茶壶上楼来了。方七爷接过茶壶，嘴对嘴地嘬了一口茶，然后放下茶壶，微笑着看着卢四。

卢四这时已经完全地清醒，而且镇静下来，毕竟也是见过一点世面的。他说，七爷，您这是抬举我了，我卢四这辈子压根儿就没敢想过还能高攀您。以您的地位与名望，想娶啥样的闺女，那还不就是一句话？您能看中我闺女，这是我的造化呀！我应该高兴才是。我呢，这么说吧，我这里先表个态，我是十二分地愿意。但卢四随后却停顿了一下，接着说的时候就发生了转折。卢四说，不过呢，这婚姻大事也不能我一个人定，我回去跟孩子和孩子她妈商量一下。七爷您看是这么个理儿吧？

方七爷立刻笑道，那是当然，就是你闺女自己不愿意，我也不会强求。我方老七在这地面上之所以还混得下去，凭的就是这个。那我就听你的信儿了。方七爷并不是一个喜欢喝酒的人，卢四也喝不了几盅，而且这显然不是一个喝酒的场合。所以，正事谈完了，方七爷就没有接着坐下去的意思了。卢四看出了这一点，便向方七爷提议酒就喝到这儿。方七爷当然是又客气了一番，两人就起身离桌下了楼。

出了酒店，方七爷对身后的吕先生说，从今天开始，卢四家的事情你多照应一点，有需要我出面的事情要立刻告诉我。

吕先生连连点头，说知道了。

不等卢四道谢，方七爷又对卢四说，薄酒淡茶，你不会挑理吧？

卢四连忙说，哪里哪里，七爷这么给我脸，我都不知道咋谢好了。

方七爷笑了笑说，那好吧，我就等你的消息了。说完，转身迈着方步悠闲地走了。

卢四正看着方七爷的背影愣神呢，吕先生走过来，拍了拍卢四的肩，把卢四吓了一跳。吕先生嘿嘿地先笑了几声，这才说，卢四呵，恭喜你呵，看来你是前世修行得好呵。啥叫时来运转？你这就是。

卢四似乎还没转过神来，只是冲着吕先生连连点头。

吕先生突然压低了声音，把嘴凑到了卢四的耳边，说，卢四，你应该知道七爷的脾气，他是吐口唾沫就是钉，有一句是一句。所以，这个事你得赶紧回去商量，过两天我找你。我可是要实信儿哟！

卢四不由自主地扭过脸来，吕先生的笑容早就不见了，光光的额头上堆满了皱纹，眼泡有些红肿的两眼让卢四突然感到一种莫名的恐惧。但这种感觉也就是那么一刹那，随后，吕先生就又是他那程式化了的谦和的微笑。吕先生走了，卢四感到脸上和后脖颈上有些痒，伸手一摸，汗水还在一道道地从头顶顺着脸颊汩汩地流淌着。

卢四回家后并没有把方七爷要娶卢芳的事马上说出来，他借口喝多了酒，一头栽到炕上就睡了。到了晚上，卢四老婆将卢四拽醒，叫他起来吃饭，卢四却蒙头蒙脑地说，不行，绝对不行，就是整死我也不行。卢四的话把老婆吓了一跳，连忙问出了啥事，可是卢四又打起呼噜睡着了。卢四老婆有点发毛了，连忙冲外屋喊，老大！老大！

卢芳闻声跑进屋来，问母亲，咋啦？喊啥呀？

卢四老婆指着炕上的卢四说，我叫你爸起来吃饭，他眼睛也没睁，却说啥整死我也不行，然后就又躺下打起呼噜来。

这时卢秋和卢云也都进屋来了，三姐妹一齐趴到炕沿上，伸着脖子看卢四。看了一会儿，卢芳直起身子，说，不像有啥事呀？就是喝多了点呗！

卢秋和卢云也随声附和，是呵，挺正常的呀！

卢四老婆说，不对，不对，刚才他就是这么说的。

卢云说，可能是说梦话吧？

卢秋说，对，可能是做噩梦了，没啥大惊小怪的。

卢四老婆摇摇头说，我合计是不是方七爷那边有啥事呀？要不方七爷凭啥请你爸喝酒呀？这个事儿我一直放心不下呢。

卢芳说，也是。可是方七爷能有啥事呢？

卢云说，唉，咱们就别瞎猜了，先让咱爸接着睡一会儿，等他醒了，咱再问他咋回事不就完了吗？

卢四在天完全黑透了后终于醒来，三姊妹把他扶到饭桌前坐下了，便问他方七爷请他喝酒究竟为的啥事。

卢四含糊其词，说没啥事儿。

卢芳说，不可能，啥事儿没有方七爷咋会请你呢？

卢四想了想，说，街坊邻居住着，又总吃咱的花生米，请我喝顿酒有啥不行的？

卢四老婆说，吃花生米人家不是都给了钱吗？而且你刚才说梦话，说啥整死你也不行，这是咋回事？

卢四一愣，反问道，是我说的么？我咋不记得？卢四老婆说，当然是你说的，我听得清清楚楚的。

卢四却摇了摇头，似乎有些烦了，说，我不记得了。好啦，不说这个了，吃饭，中午光喝酒了，我都饿了。

方七爷虽然有钱有势，但卢四还是觉得把卢芳嫁给他太委屈，便迟迟没给方七爷回信。吕先生在戏院里催了几次，但卢四还是不肯吐口。后来卢四都不想去戏院卖花生米了，因为总要与方七爷和吕先生打照面，方七爷虽然什么话也不说，但方七爷的目光里却是充满了询问与期待。

卢四后来还是对卢芳的命运叹息不已，他一直在想，如果老婆的头疼病不犯，三姊妹在街中心不碰上骑高头大马的大兵。再如果不发生卢云不久被土匪劫持的事儿，也就不会有方七爷要娶卢芳的事发生，即便是他有机会见到卢芳，自己也不可能把卢芳嫁给他，那卢芳的人生肯定是另外的样子。

9. 遭 劫

方七爷宴请卢四一周后的晌午，高团长的警卫员小蔡突然来到卢四家里。小蔡那天仍然骑着那匹白色高头大马，从马上跳下来，牵着马来到卢四家院子前。太阳正是烤人的时候，小蔡大汗淋漓，挽着两只袖子的上衣几乎全部湿透了。

小蔡将马缰绳往门前的拴马桩上拴的时候，卢云正好推院门出来。小蔡一下子就认出了卢云，立即立正向卢云行了个军礼，然后叫了声，卢云同志，我是高团长警卫员小蔡，奉高团长之命，接你来了。小蔡的脸有些红，而且显得很激动。

卢云愣了一下，上下打量了一下警卫员小蔡。小蔡还是穿着上次看到他时的那身土黄色的军装，军装已经发白并且破旧，但很干净，胸前被汗水洇湿了一片。这一点，警卫员小蔡给卢云带来不少好感。卢云一生都喜欢干净，家里外头，一尘不染。

小蔡似乎被卢云看得有些发窘，不知所措地拍了拍身上的尘土，又重复了一遍刚才的话。

卢云这才妩媚地一笑，然后突然收了笑容，表情严肃地问，你们咋知道我会同意跟你们到部队上去？

小蔡一下子愣住了，嗫嚅了两声，说，这个我可不知道，是团长命令我接你到部队的。说完，脸便红涨起来。

卢云却仍然表情严肃地看着他，似乎是对小蔡的回答不太满意。

小蔡憋了半天，突然一个立正，大声说，卢云同志，两个多月前我们独立团撤退时高团长给你写了一封信，我亲自交给了镇政府的于委员，她没转交给你吗？

卢云说，给我啦又咋样？我给你们回信啦？我说过同意跟你们去的话吗？

小蔡无言以对了，脸憋得通红，扯掉军帽，直挠脑袋。闷了半天，突然说，反正，我不管，团长给我的任务是把卢云同志安全地带回部队。所以，请你赶紧收拾一下，跟我马上走，不然天黑了不安全。

卢云咯咯地大笑起来，笑得弯了腰，然后捂住嘴，转身拉开院门，也不让小蔡一下，转身跑进院子。

小蔡愣了一会儿，把帽子往头上一扣，推门随后进了院子里。穿过青石板铺的甬路，径直走到五间正屋的门前。门开着，小蔡停下脚步，往屋里看了看，刚要抬脚进去，卢四和他老婆正好跨过门槛迎了出来。小蔡没等卢四和老婆站稳脚，便向他们行了一个军礼，然后说，大叔大婶，我奉高团长之命，前来迎接卢云同志去部队。

弯着腰的卢四脸上谦恭地堆着笑，说，快请蔡同志屋里坐。说完，转身一边回屋子，一边对老婆说，赶紧给蔡同志准备饭。又冲着卢芳说，老大，沏茶。

跨进堂屋，小蔡瞬间感到了一阵凉爽和舒畅。

卢芳和卢秋正在卷纸烟，这时已经都站了起来。卢芳招呼小蔡在八仙桌旁的椅子上坐下，然后赶紧去沏茶。

这边，卢秋从缸里舀了盆水，投了条湿毛巾，拧干了递给小蔡，说，蔡同志，擦擦汗，凉快凉快。一路辛苦了。

小蔡连忙从椅子上站起来，接过湿毛巾，说，没事儿，不辛苦，习惯了。说完，连头带脸擦了一遍。

重新坐回到八仙桌旁的椅子上，卢芳端着茶壶茶杯过来了。喝茶吧，看你出了那么多汗，一定渴坏了。

小蔡端起茶杯，也不等着凉一凉，端到嘴边一口就喝了。卢芳连忙又给斟上。小蔡说，不好意思啊，我自己来。说着，抢过茶壶，自斟自饮，一大壶茶几分钟不到，喝了个精光。

卢四嘿嘿地笑道，老大，再沏一壶凉着，缓缓再喝，先吃饭。

小蔡这时扭头看了一眼门口三姊妹卷纸烟的场景，说，这烟味真香呵！

卢四老婆立刻问，小蔡同志会吸烟吗？吸两支。

小蔡连忙摆手否认，不会，不会。

卢云把热好的饭菜端上八仙桌。卢四说，你们还要赶路，不给你新做了，将就吃一顿，下次再来，炒几个菜，我陪你喝几盅。

小蔡说，这就不错啦，其实不吃也行，赶路要紧。

卢云哼了一声，说，你这么大的小伙子，到点不吃饭哪行啊？

小蔡冲卢云点点头，腼腆地笑了笑，拿起筷子，端起饭碗，刚要吃，突然想起来，说，我得先去给马饮点水，喂点草料。说着，站起来就要往屋外走。

卢秋道，你吃饭，我去给马饮水喂草料。

小蔡道，那辛苦你了，草料就在马身上的袋子里。

卢秋说，你赶紧放心吃饭，这活儿我会干。

小蔡便回到椅子上大口地吃起来。十多分钟，小蔡就吃完了。卢云把新沏的茶水推到他面前，小蔡笑了笑，又喝了两杯。

坐在八仙桌另一侧的卢四这时问道，蔡警卫员，部队现在开到啥地方去了？

小蔡说，辽河西岸边的田庄台，离辽河出海口不远。

卢四哦了一声，说，那个地方离镇海寺少说得有五六十里地。

小蔡回答说，差不多。我是七点半钟从部队出来的，紧赶慢赶地到这儿都过了中午。小蔡看了一眼墙上的挂钟，说，大叔，让卢云同志准备一下，团长说，让我们争取天黑前赶回部队。

卢四扭头看了一眼一直站在一旁的卢云，说，老三，你准备得咋样了？

卢云道，我有啥可准备的，带两套随身穿的衣服不就行啦！

卢四说，那就赶紧跟蔡警卫员上路吧。

小蔡似乎有点惊讶，他没想到卢云如此爽快利索。

卢四有些夸张地笑着说，蔡同志，我这三丫头从小就任性，不懂事，到了队伍上，就全靠你跟团长调教和关照了。

小蔡笑道，你尽管放心，我们团长厉害着呢，全团的人没有不服他的，连师长都高看他一眼。

卢四说，那就拜托了，路上一定小心。

小蔡和卢云来到院门外，见卢秋还在喂马，小蔡说，行啦，就先喂这些吧，我们这就走了。

卢秋看了看卢云，说，你就背这么个小包袱啊！

卢云却笑道，部队能跟家一样吗？不是行军就是打仗，带多了能行吗？说完，转身对小蔡道，还愣着干吗，抱我上马啊！

小蔡回过神来，不好意思地笑了笑，伸出右臂，用手搂住卢云的腰，两只胳膊一用劲儿，便将卢云扔上了马背。小蔡想得很周到，他不知从哪儿弄来一个小巧的马鞍子，绑在前边，卢云坐上去正合适。小蔡似乎挺得意，问卢云，怎么样，舒服吗？

卢云明显地有些紧张，两手紧紧地抓着马鞍子把手，头也不敢动地说，挺好，你赶紧上来吧，我太紧张啦！

小蔡笑道，马跑起来就好啦！

卢云与所有即将离家远行的女孩都不一样，她没有那种谁都想象得出的哭哭啼啼或儿女情长，甚至都一点不拖泥带水。在院门外，卢云仅仅是跟母亲和两个姐姐拉拉手。从她脸上的表情看，卢云不像是跟与她生活了十七年的亲人分别，而是到不远的什么地方逛逛风景，兜兜风，一会儿，或者最多几天后就会回来。

小蔡转回身，向卢四一家敬了个军礼，转身轻盈地跃上马背，一手牵住了马缰绳，一手搂紧了卢云的腰，两腿一夹马肚子，高头白马便撒开四蹄，奔驰而去。

不过，在离开的最后一刻，卢云还是努力地回过头去，越过小蔡的肩头，向那个小院看去。夕照的逆光里，已经破旧的院门，以及站在院门前略微弯着腰的父亲、站在父亲身旁头发已经花白了的母亲，还有两个满脸悲伤的姐姐，以及那个碗口粗的拴马桩，似乎都有些模模糊糊，而随后扬起的尘土则将他们遮掩得影影绰绰。

卢四对卢云这么轻松地从家里走了极为伤心。在余下的那个午后里，他已经无心于任何活计，他甚至连戏院都没去，只是一烟锅接一烟锅地抽烟，然后屋里外头地遛着，这在卢四的生活里是极其少见的。

倒是卢四的老婆显得大度得多，她对卢四说，你别看老三小，她这姐仨里，就数她有主见。

卢四说，话是这么说，可是我这心里就是不踏实，说不上为啥。

卢云和小蔡骑着那匹白色高头大马一路飞奔，他们要在天黑前赶回团部，不仅仅是出于安全上的考虑，更重要的是担心部队随时都会有紧急行动。卢云对骑马已经有点适应了。开始时，卢云的一只手还往后紧紧地抓着小蔡的腰带，后来便完全松开了，她甚至于有些惬意，一种飘飘然的感觉了。

天光慢慢地暗淡下来，太阳正餍餍地往一望无边的大苇荡后落去。似乎有了一丝丝的凉风从汗津津的脸上和耳旁掠过。卢云此时当然不会有欣赏这傍晚景致的心境，她此时的心理仍然处在一种对即将开始的新生活的向往与想象的兴奋之中。对她而言，在这国共间的争战之际去部队无疑是一种冒险，但这种冒险同时还有一种刺激，一种不同于以往的生活的异样的味道。当然，也还有高团长，那个骑枣红色高头大马的年纪大一些的军人的粗犷、直率和坦诚对她的吸引。那时的卢云对高团长还不可能有类似爱情那样的东西产生，但朦朦胧胧的喜欢，少女的异样的情感却是可以肯定的。她当然不会去想象即将展开的战斗生涯，但她却在想象军营，那么多的军人生活在一起会是一种什么样子呢？据说军营里也有女兵，她们又是怎样生活呢？

他们不知跑了多少里路，但白色的高头大马仍然在匀速地奔跑着，细碎的蹄声在夕阳柔和的光辉里格外的清晰。

土匪就是在这个时候从一条长长的土岗后的那片大苇荡里突然冒出来的。本来在那片苇荡里已经隐藏了小半天的土匪拍拍屁股要走人了，可是卢云和警卫员小蔡却拍马赶到了。卢云后来对小蔡说，你说点儿背不背吧，咱俩紧赶慢赶，就像有意往人家嘴里送似的。土匪有十多个，他们几乎是同时出现在卢云和小蔡的马前的。土匪手里是清一色的短枪，有的还是一手一支，双家伙。十几支乌黑的枪口一齐对准了小蔡和卢云。

小蔡和卢云吓了一跳是必然的事情，但如果仅仅是小蔡和卢云吓了一跳问题可能就不那么大了，问题的关键出在小蔡和卢云骑的那匹白色高头大马也吓了一跳。吓了一跳的白马突然往路的左边一蹿，小蔡和卢云根本没准备。小蔡虽然没准备，但他参军多年，也可谓久经沙场了，他仅仅是身体歪了几歪，然后就又稳稳地坐在马背上。卢云就不同了，小蔡在那一瞬间里那只搂着她腰的手突然间松开了，卢云便一下子就从马背上甩了出去，重重地摔在地上。小蔡没想到会出现这种情况，等他反应过来，伸出胳膊去拽卢云的时候，卢云已经被几个一拥而上的土匪扭住了胳膊，并且被揪着从地上站了起来。

这时，另一伙土匪则非常有经验地迅速呈扇形朝小蔡扑去。小蔡在马上早已经跑出二十几米远，他这时如果想一个人逃跑那是轻而易举的事，但他不可能一个人逃跑，他此行的任务是将卢云安全地带回部队。小蔡一提马缰绳，大白马的两只前蹄在空中蹬了几蹬，屁股一拧，就掉过头来。小蔡这时早已经从枪套里掏出了短枪，枪口对准了扑向他的那伙土匪。

小蔡虽然年轻，但他却异常的沉着和老练，他厉声喝道，都不要动，谁动我就打碎他的脑袋。

土匪们果然就愣在了那里，但他们的枪口也都对准了小蔡。

小蔡迅速用两眼的余光环视了一下周围，接着说，我是东北民主联军林彪部下，你们是哪一部分？小蔡急着亮出自己的身份显然是为了给自己壮胆，同时也是为了震慑一下这帮土匪，因为林彪的名字那时已经在东北传扬开来，连国民党的王牌军也畏惧三分。

此时，小蔡已经看清土匪一共是十三四个人，穿着青黑黄灰杂乱的布褂，手里握着的却是清一色的短枪，所有的枪口都对准了自己。夕阳正往他们的身后已经半人来高的无边无际的大苇荡里下落，逆光里，他们的面孔模糊不清。

一个土匪头子模样的家伙腰里的布带子插着两支短枪，晃着硕大的脑袋，耸着两只膀子，背着两只胳膊朝小蔡的马前走过来。这家伙居然对小蔡端着的短枪连看都不看，在马头前踱了个来回，然后扬起头对小蔡说，我不管你是林彪部下还是卫立煌部下，老子要的是这个。土匪头子说着，从衣兜里掏出一块银元来，在手里颠了颠，然后用拇指和食指捏着银元的边缘，凑到嘴边鼓起嘴用力一吹，再放到耳边眯着两眼静静地听了一会儿，冲小蔡嘿嘿地一笑，看见了吧？老子就认这玩意儿。他的连鬓胡子将他的脸遮掩得黑乎乎的。

小蔡冷冷一笑，道，你这是抢劫，而且是抢劫共产党的东北民主联军，胆子可是不小。你们再思量思量，钱我没有，枪就一支，命也就一条，不知你想要哪一个？小蔡的枪口移向了土匪头子的脑袋。

土匪头子对小蔡的话和枪口一点反应都没有，他甚至连眼皮也不撩一下，就转过身子奔向了被扭着胳膊的卢云。土匪头子又那样嘿嘿地笑着，说，这小丫头长得可不赖呀，年龄不大，恐怕还没开苞哩吧？啊，弟兄们，先把她的衣服扒了，老子看她的奶子不小哩！

土匪们轰地笑了起来，有几个就上前去扯卢云的衣服。卢云哇的一声尖叫了起来。小蔡的枪先响了，土匪们的枪也随后响了。土岗前一下子就乱成了一团。

卢云先是看见扭她的右胳膊的土匪栽歪了一下，手松了，扭她左胳膊的土匪大叫一声，两手一松，人向后摔倒在地，发出重重的沉闷的扑通一声响。接着卢云看见小蔡在马上也是一栽歪，便从马上摔了下去。土匪们便一齐朝小蔡扑去，五六个人在土岗前扭成一团。卢云的眼前是数不清的胳膊腿的搏斗和一片被胳膊腿搅起的飞扬的尘土。

夕阳这时恰好落到大苇荡下面去了，所有的人物与景色一下子都笼罩在了黑暗中。

第二天午后，也就是卢云被小蔡接走的那个时辰，一个陌生人在吉祥大戏院里找到了正在卖花生米的卢四。陌生人说，我受人之托，给你送个信儿，你的闺女被土匪老树皮劫了。老树皮叫你后天太阳落山前带五千块大洋到芦甸子后面的大苇荡里赎人。过了时间钱不到，就撕票。

卢四当时就愣住了，拿着一纸兜花生米的手僵在了胸前，嘴上也就不利索了，你，你，你是不是认错人了？我，我闺女是跟，跟东北民主联军走的，怎么会……

陌生人说，你是卢四不？ 卢四说，我，我是卢四啊！

陌生人说，按我说的，带钱赎人吧。记住啦，后天太阳落山前，五千块大洋，芦甸子后面的大苇荡。说完转身快步朝戏院门口走去。

卢四还想说什么，但没说出来，然后就在陌生人的身影在戏院门口消失的一瞬间身体向后倒在了戏院的过道上，花生米在他的胳膊在空中划出一道弧线的时候，天女散花般地撒了一地。倒在地上的卢四口吐白沫，全身抽搐，脸色青紫，不省人事。

10. 苇　荡

　　卢四摔倒的时候方七爷正好也在戏院，但方七爷坐在头排，他没看见卢四摔倒。卢四摔倒后他感觉到身后似乎突然混乱起来，回过头去看，发现十几排的过道上不少人在忙乱着。这时，戏院的老板跑过来，对着方七爷耳语了一阵子，方七爷立马叫身边的一个戏迷去请王记诊所的王大夫，然后快步来到卢四身前。有明白人已经用拇指掐了一会卢四的上嘴唇处的人中和两手虎口的穴位，所以，当方七爷弯下身来察看的时候，卢四已经平静下来，只是脸色煞白。

　　不一会儿，王大夫急匆匆地赶来了，想要跟方七爷说什么，方七爷却用纸扇指着躺在地上的卢四。王大夫点点头，立即蹲下身子，拉过卢四的手腕儿，伸出两个手指把脉，又翻开他的眼皮看了看，然后掏出听诊器，伸进卢四胸前听了听，回头对方七爷说，精神过于紧张，心脏短暂性缺血，造成四肢抽搐。没啥事儿，休息休息，放松一下心情，两天就好了。

　　方七爷便派人去家里叫来车夫王二，又叫上两个戏迷，将卢四抬上车，送回宋屯。

　　母女仨见卢四被几个人抬了回来，吓坏了。赶紧进西屋把被褥铺好，几个人将卢四抬到炕上。卢四早已经缓了过来，呼吸也非常匀称，脸上甚至出现了少有的红晕。

　　卢芳见过车夫王二，就问他，我爸出了啥事？

　　车夫王二说，我是后被叫来的，我到的时候，你爸已经缓过劲儿来了。

　　卢芳便转身看两个戏迷，其中一个戏迷说，我也不太清楚，只是看见有个人过来跟卢四说了几句什么，那人走后，他就突然间摔倒在地上了。你爸看来没啥事了，那我们走啦！

卢芳招呼他们喝过茶再走，但车夫王二和两个戏迷都说不喝，而且要马上回戏院向方七爷交差。

卢芳便连连道谢，将他们送出院外，重新回到西屋。卢秋正跟母亲用汤匙给卢四喂水。卢秋还投了一条湿毛巾，把卢四的脸和脖子擦了一遍。卢四看上去应该是脑子明白，他主动地一小口一小口地喝了小半碗水，但却仍然是闭着两眼，也不说话。

母女仨已经确定卢四无大碍，但卢四何以至此仍然让她们忐忑不安，在炕沿前像热锅上的蚂蚁似的来回转，不知如何是好。三双眼睛不时地盯着卢四的脸，期望他能马上从炕上坐起来，把事情说明白。

卢四真正睁开眼睛的时候已经快半夜了。月光异常明亮，透过窗玻璃映照到炕上，屋子里显得很亮堂，甚至能看清墙壁纸上的花纹。卢四其实早就醒过来了，但是他没有起来，他躺在炕上一直在想办法，问题是他怎么也想不出办法。家里面虽然有点儿积蓄，但别说是五千大洋，就是五百也拿不出来。唯一的办法只能是借，可是这年头跟谁去借这么大数额的钱呢？他就是一个老实本分地守着老婆孩子热炕头的农民，往大里说是小本生意人，平时很少有什么朋友往来。即便是镇海寺的人他都认识，可是有几个能拿出这么大一笔钱来？再退一步讲，借到了，将来怎么还呢？这下半辈子的日子还过不过了？还有，土匪他是见过的，过去似乎还好说话，他们多数时候是为了钱财，但现在就弄不清楚了，他们好像不仅仅是为了钱财了，他们与当地官府，甚至军队勾搭上了，有些时候你就闹不清他们究竟是咋回事。

卢四这时突然叫了一声，扶我起来，给我沏壶茶！一直候在堂屋的母女仨这时正是一种迷迷糊糊的半梦半醒状态，被他这一叫，都吓了一跳，但转而就是一阵欢喜。卢芳最先跑进屋去，双腿跪在炕沿上将父亲扶了起来。卢四转身磨到炕沿儿，两腿伸到炕下边，卢秋早已经把鞋套在了他的两脚上。卢四在两个女儿的搀扶下，蹒跚着从西屋走出来，让老婆扶他去趟毛房，回来后缓慢地坐到八仙桌旁的椅子上。卢四从腰带上摘下牛皮烟袋来，装上一锅烟。卢芳这时把茶壶端了过来，上前将茶倒在一只茶杯里，放到卢四身前。母女仨又都眼巴巴地把目光投在了他的脸上。

卢四将茶杯里的茶水一饮而尽，然后将烟锅点着，吸了几口后张嘴说话了。卢四说，老三和蔡警卫员被土匪老树皮劫了，要五千块大洋赎人，后天太阳落山前钱不到，人家就撕票。

卢四的话还没说完呢，卢四老婆就扑通一声，从椅子上一下子滑下去坐到了地上，脑袋一歪就背过气去了。卢芳和卢秋连搂带掐，忙碌了好一会儿，卢四老婆才缓过气来。卢四老婆一边拍着大腿，一边冲着屋外的卢四号叫道，当家的，你赶紧把家里的钱都掏出来，看看能凑多少，先给土匪送去，救人要紧啊！老三才十七啊！

卢芳也带着哭腔焦急地说，是呵，爸，得赶紧想办法啊！土匪可是杀人不眨眼啊！再者说啦，那帮家伙要是再把三妹祸祸了，可就全完啦！

卢四用烟斗点着她们说，叫唤啥，叫唤啥？我能不急吗？我在炕上躺了半宿干啥呢？可是哪有那么多钱啊？

卢四老婆发火道，那也不能干等着老三叫他们……

卢四呼地从椅子上站起来，嘴张了张，明显地要发火，但卢四看了看一脸泪水的老婆，把火又压下去了。卢四连着吸了几口烟，可是烟已经灭火了。卢秋见状，连忙上前给卢四把烟锅点着。卢四吸了几口烟，长长地嘘了口气，说，五千块大洋，就算是咱们豁出去了，可是在这么短的时间里上哪儿去弄这么多钱呢？

卢四老婆两眼明显地红肿起来，一边抽泣，一边不间断地拍着大腿。卢芳和卢秋只好一遍遍地劝，但是没有用，卢四老婆反而越哭越厉害。

午夜的堂屋里静极了，连卢四吧嗒吧嗒的抽烟斗声都清晰可辨，卢四老婆的哭声简直可以说是有如雨天的炸雷，弄得另外三个人心绪不宁，焦躁不已。

卢秋突然说，我有办法了。

卢四看了她一眼，却没吱声。

卢四老婆却止住哭泣，焦急地问，老二，啥办法？快说！

卢秋对卢四说，咱为啥不去找高团长呢？是他让三妹去部队的，他不可能不管。再说，他的警卫员也被土匪抓了去，我不信他能见死不救。

卢芳立刻响应，说，二妹的话不错，咱们赶紧去找高团长，量他区区一伙土匪还敢跟东北民主联军作对？

卢四老婆脸上闪现出一丝笑容，但瞬间就消失了，随后忧虑地说，可是咱又不知道高团长他们驻扎在哪儿，到处都是部队，上哪儿找他们去呀？

卢秋说，我记得蔡警卫员跟咱爸说话时好像说到部队驻扎在田庄台，还是别的啥地方。爸，你还记得吗？

卢四道，对，是田庄台。

卢秋说，知道地方就好办了，咱们借辆马车，连夜赶往田庄台。

卢芳随声附和说，对，我跟二妹一块去。

卢四把烟锅在鞋底上磕了磕，说，你们说的这法子根本不行的。这半夜三更的，你上哪儿去借马车？就算明天早上能借到马车，可是田庄台离咱这儿有五六十里路，等你们找到部队，再回来赶往土匪指定的芦甸子，能不能赶上土匪约定的时间是一点把握也没有。

母女仨都愣住了，相互看了看，一下子又没了主意。

卢四接着说，就算找到了高团长，他带着部队及时赶到了，一言不合打起来了，土匪还能留着老三？再者说了，土匪狡猾着那，部队轻易会得手？对官家来说，历代都是个难题。

卢芳说，那就这么挺着吗？

卢四看了看母女仨，长长地叹了口气，道，现在只有一个办法啦，为了老三也只好如此啦！

母女仨齐声问，啥办法？

卢四两眼在卢芳的脸上看了一会儿，然后对卢芳说，明个一早，你和老二去方七爷家，就说我请他来家里有要紧话说。

母女仨都愣了，疑惑地看着卢四。

卢芳说，还求方七爷帮忙？人家肯吗？

卢四道，你们只管按我说的去。现在，都睡觉吧！

第二天天刚亮，卢芳和卢秋就离开家去了镇上，快中午的时候，方七爷便手里摇着纸扇跟在卢芳和卢秋身后进屋来了。卢四赶紧让座，让卢芳给方七爷沏茶。待方七爷坐定，卢芳将茶端上八仙桌，卢四便对母女仨说，你们都回屋去吧，我跟方七爷这里说话。

母女仨似乎有些疑惑，但还是乖乖地回屋去了。

卢四目送着母女仨进西屋去了，这才回过头来对方七爷道，七爷，先谢谢您把我送回家。

方七爷微微一笑，说，乡里乡亲，这点小事不足挂齿。咋样？没事了吧？

卢四连忙说，没事了，没事了。停了一下，又接着说，七爷，我家老三和来接她的东北民主联军的蔡警卫员，在盘山芦甸子后面的大苇荡前的土岗被土匪老树皮劫了，索要五千块大洋，明天太阳落山前送不到就撕票。

方七爷居然也是一惊，哦，出了这事儿？

卢四说，正是。老树皮专门派人给我送的信儿。本来呢，我想过去找东北民主联军，可是，一是远水不解近渴，二来呢，跟土匪打交道来硬的不见得行，我担心一旦打起来，那人还能囫囵个回来吗？江湖上有江湖上的规矩，乱来不行。所以，我想来想去，在镇海寺也只有七爷您出面才有可能救她回来。

方七爷看着卢四，只是点点头，什么也没说。

卢四立刻就明白了方七爷的意思，便直截了当地说，前些天，七爷提的事，说心里话，我一直有些犹豫，但现在我答应您了，只要能救回老三，马上就可以把事情办了。

方七爷嘿嘿地笑了笑，枯瘦的手捋着尖下巴上的那撮山羊胡子，幽幽地道，卢四，我明白了你的意思。不过呢，我这个人是不会干那种趁火打劫的勾当的，所以，这个忙我可以帮，但那件事我是不会强求的。

卢四小心翼翼地从椅子上滑下来，一手按着腰，给方七爷鞠了一躬。卢四声泪俱下地说，我真的不知该咋报答七爷的救助之恩，但我说了就算，只要老三能活着回来，那事儿马上就办。

方七爷连忙从椅子上站起来，说，别这样，坐下说话。等卢四在椅子上坐下了，方七爷则在堂屋的地上来回踱起了步子。

卢四擦了把脸上的泪水，两眼紧紧地盯着方七爷的脸。昏黄的灯光下，方七爷皱着眉头，两只锐利的眼睛眯缝着，不知看向哪里。

方七爷踱了几个来回，重新回到八仙桌前，端起茶杯，似乎想喝，却突然又放下了。方七爷看着卢四的两眼说，不过有句话我还是要说在前面。

卢四连忙点头，说，您说。

方七爷道，我不知道你是不是在怀疑昨天发生的这事与我有关？

卢四立刻说，咋会呢！咋会呢！我是绝对相信七爷的，而且您的为人，在镇海寺谁不知道？

方七爷接着道，不管你是咋想的，我可以掏心窝子说，三小姐这事与我毫无关系。我虽然也是人在江湖，但我从不跟土匪打交道，更不会干这种下三滥的事情，何况我也不认识老树皮。再者说了，我们还在一个镇子上住着，抬头不见低头见的，买卖不成情谊在。

卢四再次表态说，七爷放心，我绝对没有，也不会那么想。

方七爷道，你真这么想那就好，别的话就不说了，三小姐这事我管了。不过成不成还要看你卢四和三小姐的运气，因为这老树皮我也是只闻其名，未见其人。我在我的朋友里想了几遍，没想起来谁跟老树皮有过来往，所以，我只能是亲自去，成与不成，我一点儿把握也没有。

卢四两手抱拳，道，一切全靠七爷了。

方七爷起身告辞，刚到屋门口，卢四却又叫道，七爷请慢！

方七爷闻声停下脚，然后转回身来看着卢四。

卢四的脸有些红涨，看了一眼方七爷，便埋下脸，啜嚅地说，这，七爷，只是，这五千块大洋，我，我拿不出呵！

方七爷道，钱的事你甭管了，我负责。说完，转回身去，将纸扇唰地拧开，一边摇着，一边迈着轻盈的步子朝院门走去。

卢四弯着腰，千恩万谢地跟到院子里，小跑着为方七爷拉开院门。

方七爷家的车夫王二立刻迎上前来，搀扶着方七爷上了马车。只听一声马鞭脆响，马车扬尘向东奔县道而去。

卢芳嫁到方家后，卢四一次酒后对老婆和卢秋说，他当时真的是怀疑方七爷做了手脚，因为方七爷几次让管家二先生催问卢芳的事，而他迟迟没有应允。卢芳嫁到方家后，也说，方七爷阴着呢。

第二天一早，方七爷坐着王二的马车只身前往盘山西北芦甸子后面的大苇荡，太阳刚刚偏西的时候来到芦甸子后面的大苇荡前的那片土岗。方七爷从王二的马车上跳下来，活动活动胳膊腿，两手同时掸了掸灰色马褂上的尘土，这才将四周的环境看了看。土岗有一人多高，几百米长，后面就是一望无际的大苇荡。方七爷不由嘿嘿一笑，自言自语道，老树皮真会找地方，这土岗后埋伏个千八百人，打个伏击肯定会很漂亮。

话音未落，土岗后就跳出两个手持短枪的土匪，用枪指着方七爷问道，哪圪垯的？干啥去？

方七爷看了看两人，反问道，你们是老树皮的人吧？问话的那个土匪回道，正是。

方七爷道，我是来赎你们昨天下午绑的那两张票的。

土匪上下打量了一下方七爷，道，跟我们走吧！

方七爷将一个沉甸甸的褡裢甩到肩上，跟在土匪身后，越过土岗，几小时就到了苇荡边，上了一条停在苇荡边的小木船，然后两眼被一块黑布蒙上，时间不长他们上了一个小岛。摘下黑布后，方七爷见眼前全是半人高的芦苇，无边无际，一片翠绿。太阳还高高地挂在西天上，小岛上却非常凉爽。

方七爷见到土匪老树皮是半个时辰之后。老树皮站在刚才那条小船的船头，纵身跳到岛上，轻盈而潇洒，一看身上的功夫就不一般。

端着短枪的土匪说，这是我们大当家的。

方七爷向左肩处一抱拳，冲老树皮点点头，说，大当家的，兄弟方道中这边有礼了！

老树皮大大咧咧地走到方七爷身前，上上下下地看了一遭，说，一看也是江湖中人，报个蔓，哪个绺子的？

方七爷说，鄙人方道中，镇海寺人。我是兰把子，耍清钱的，春点半开。

老树皮哈哈大笑，说，哦，不是空子，半个里码人。

方七爷说，承蒙大当家的举托。

老树皮问，你是奔这个红票来的？

方七爷说，正是。这个女人是我的小姨子，还望大当家的行个方便。

老树皮哈哈大笑，说，你艳福不浅啊！小姨子盘亮，媳妇也差不了啊！

方七爷连声道，夸奖了，夸奖了！这年头，也就是混日子。方七爷咳了两声，说，大当家的，老头儿我带来了。人呢？

老树皮看了看方七爷肩上的褡裢，没言语。

方七爷便将肩上的褡裢往上一耸，身子往边上一闪，装着大洋的褡裢便嘭的一声落在了地上。大洋相互撞击的声音从里面传出来，清脆而又沉闷。

老树皮的两只眼睛转移到地上，仍然只是看了看，却没去碰。老树皮抬起头冷冷地一笑，道，老弟，恐怕不够数吧？

方七爷喷了下嘴，道，大当家的真是有眼力，佩服！这是两千块。我是这么想的，你要五千块是指两个人，而我来呢，只要那个闺女。我不知道我这面子值不值余下的五百块？

老树皮一愣，似乎没想到方七爷会来这一手，晃了晃硕大的光头，两手叉到腰上哈哈大笑起来。笑了一阵，老树皮说，难怪老弟是兰把子，真是精明，我算服了。不过呢，我的原话可是两票五千块，我可没说可以拆开啦！

方七爷说，大当家的，我是受泰山之托，他只跟我说要他的闺女，没让我把两个人一块领走，所以没带那么多老头儿。

老树皮哼了一下，叉着腰的两手攥住了两肋的短枪的枪柄，低头想了想，说，老弟，要不这样吧，看你的面子，我再宽限一天，明天天黑前你派人再送两千大洋，然后两票你一块领走。

方七爷说，大当家的可能有所不知，事情是这样的，我这泰山只是一个靠卖花生米为生的人，家里并不富裕，不要说是五千块大洋，就这两千块也是我在镇子里给挪借的。我为啥冒这么大险来这呢？不瞒大当家的，我都扔下四十奔五十这把年纪了，可到现在还没个儿子，我这泰山答应我，只要把他的三闺女赎回来，就把他的大闺女嫁给我做小。所以，这闺女还算不上我的小姨子呢！大当家的能不能帮我一回，将来万一有用得着兄弟的时候，兄弟我是万死不辞。

老树皮一听又哈哈大笑起来，笑过了，用手指着方七爷说，原来是这样，聪明，有脑子，我是玩不过你的。好吧，方老弟既然把话说到这儿了，岂有不应之理？说完，冲站在一旁的土匪说，把红票带来。

土匪将右手拇指和食指放在嘴里，一声长长的尖厉的呼哨划过芦苇荡的上空。

方七爷又抱拳冲老树皮点点头，说，多谢大当家的！江湖上讲，不打不成交，今天跟大当家的就算认识了，很想高攀，跟老大交个朋友，不知老大肯不肯给这个面子？

老树皮立即回道，没问题，我这人一生最喜欢的事儿就是交朋友。

方七爷叫了一声，好，大当家的既然这样给面儿，我就不客气了，小弟这里叫声大哥，给大当家的施礼啦！

老树皮也抱起双拳回礼。

这时，又有一条小船载着卢云划到小岛边上来。船停稳了后，一个土匪扶着卢云的胳膊跳到了小岛上。

卢云看一眼方七爷，扭头再看看老树皮，似乎明白了怎么回事，就轻轻地叫了声方七爷，眼里瞬间盈满了泪水。

方七爷眯着两眼看着卢云，只是冲她点点头，什么也没说。方七爷把目光移向老树皮，语气有些迟疑地说，大当家的，这闺女……

老树皮立刻就明白了，有些贪婪地看着卢云，哈哈笑道，老弟放心，完好无损，我是一根指头都没碰的。这是我们绺子里的规矩，但今晚你要是不来，那我就保证不了啦！看见没，我这几个兄弟已经好久没开荤了，憋得乱蹦啊！

一旁的几个土匪哈哈大笑起来。

方七爷连忙称谢，说，事儿办完了，我这就告辞了。哪一天大当家的路过镇海寺，兄弟我一定尽地主之谊。

老树皮说，好好。还有呵，啥时办喜事告诉我一声，我带弟兄们给你贺喜。

方七爷说，那我可是蓬荜生辉了，到时我一定请大当家的光临。

老树皮就让土匪给卢云松了绑，然后请方七爷和卢云上船，冲方七爷一抱拳，说，老弟，恕我不远送了，我们就此作别，后会有期。

方七爷也一抱拳，说，谢谢大当家的！说完，转身对卢云道，三小姐，我们上船吧。

卢云四下里看了看，问方七爷，蔡警卫员呢？

老树皮哈哈笑道，那小子就没你这么有福气了。说完就拿眼睛看方七爷。

卢云转回来，目光与方七爷相遇。方七爷微微一笑，说，三小姐，你父亲只说让我赎你。

卢云愣了一下，有些疑惑地说，啥？只赎我一个？

方七爷没言语，只是定定地看着她。

卢云立刻叫了起来，不行，绝对不行，要走我们俩一起走，不放蔡警卫员我就不走！死在这里我也不走！

方七爷和老树皮都愣住了，两人相互看了半天，谁也没吱声。

苇荡里突然间静了下来，微风吹着芦苇，发出有节奏的哗啦哗啦的声响。太阳餍餍地向天边的苇荡后面落去，暮色开始悄悄地在苇荡里弥漫开来，密密实实的芦苇有些模糊不清了。叫不上名字的飞虫似乎是从天而降，成群结队地在人们的头上和脸前横冲直撞起来。

方七爷将手里的纸扇用力地摇了起来。

卢云突然上前拉住了方七爷的胳膊，声泪俱下地哀求道，方七爷，你再行行好吧，救救蔡警卫员吧！

方七爷似乎有些无奈，低头原地踱了两圈，然后抬起头对老树皮说，大当家的，你看这事……

老树皮说，不是不能放，但得把钱送来，而且一个子儿都不能少，这是我们绺子的规矩。

方七爷沉吟了一下，道，大当家的，这个事我是这么想的，你看是不是这么个理？这个当兵的是林彪的部下，这林彪不知道你知道不，就是那个在平型关将日本人打惨了的共产党将军，现在是东北民主联军司令，连蒋委员长都惧他三分，眼下在东北有几十万兵力，正跟蒋介石对峙较劲呢。我看这东北用不了多久就是共党的天下了。我听说，你曾经跟老北风一起打过日本人，按眼下的话说，那也是有功之人，在这多事之秋，要给自己多留几条后路才是俊杰。所以，我劝大当家的没必要结林彪这个梁子。两山不碰头，可是哪有两人不见面的？

老树皮说，老弟提到过去我跟老北风打日本的事，不是我抱屈，就黑山那一仗，我死了多少兄弟？二百多，二百多呀！这都几年了？到现在我也没恢复元气啊！老树皮虎着脸，接着说，可是到头来咋样？这国共一开战，我是两头不讨好，弄得我跟弟兄们还得钻这芦苇荡？说白了，自古以来，干我们这一行的就是脑袋掖在裤裆里，有今日无明日，所以我根本就不在乎他林彪呀，还有啥鸡巴蒋委员长呵，我是只认袁大头。老弟，该你的面已经给你了，这件事你就别再插手了。

方七爷扭头看着卢云，意思是说我也没办法了。

卢云这时却突然大笑了起来，她转回身指着老树皮说，那好，有能耐你就等着，过几天我就带林彪的部队来收拾你们。

老树皮和方七爷一下子都惊呆了，他们怎么也想不到一个十六七岁的丫头片子会说出这么刚烈的话来。足足静了半分钟，老树皮突然哈哈大笑起来，扫一眼旁边的方七爷，说，啥叫女中豪杰，老弟，我看这就是吧？你可得小心啦！有这么个小姨子你可得对夫人好点儿。

方七爷也笑了起来，但笑得有些尴尬和僵硬。

卢云没听懂怎么回事，两眼去看方七爷，方七爷却闭着嘴，什么也没说。

这时，老树皮绕着卢云踱了几步，抬手挠了挠光头，说，我看这样吧，这个东北民主联军的人我也不杀了，你呢，干脆留下来给我当个压寨夫人吧，保你吃香的喝辣的，咋样？

卢云说，你做梦吧！

老树皮看一眼方七爷，似乎有点下不来台了。

方七爷笑了笑，忙说，大当家的，她还是个孩子，别跟她一般见识。你呢，再给我一个面，这两人我都带回去，那两千大洋等我娶了姨太太后一并奉送，保证一文不少。

老树皮重重地拍了一下方七爷的肩膀，哈哈大笑道，老弟，你这个朋友我交定了。就听你的了，人你都带走，钱不钱的无所谓。

又是一声呼哨划过昏暗的苇荡上空，不一会儿，一艘小船载着小蔡划了过来。小蔡和卢云对视了一下，又看了眼方七爷和老树皮，然后跳上小岛。

划船的土匪指挥着方七爷三人都上了来时的那条小船。方七爷再次向老树皮抱了抱拳，说，大当家的，后会有期！

小船在黑暗降临的瞬间离开了小岛，划向岸边。

土岗前，两个土匪牵着蔡警卫员的那匹白色高头大马站在黑暗中。卢云和蔡警卫员跟方七爷道别，他们跨上马，直接赶往部队去了。夜色瞬间吞噬了他们的身影。

方七爷则坐上王二的马车回了镇海寺。

11. 接 风

高团长所在的团驻扎在辽河西岸的一个偏僻山村,夜深人静的时候能听到河水奔流的哗哗声。

月亮高高地挂在深蓝色的夜空中的时候,警卫员小蔡和卢云骑着那匹白色高头大马从张家堡附近的一座木桥上跨过辽河,沿着河边向南又跑了几里路,终于赶回了团部。夜色中的山村有着明显的凉意,但小蔡和卢云的全身还是湿透了。

团部设在一个非常宽敞的大院里,院子北的一趟房有十来间,南边也有一趟房,但只有四五间的样子;东边是几间厢房,西边有一排马厩。

小蔡和卢云是在大院外下的马。站岗的战士立刻迎上来,扫了卢云一眼,转过头去问小蔡,你们怎么才回来,团长和政委都急坏了。

小蔡说,说来话长,让老张先把马给我遛遛,散散汗,饮点干净水,喂点好料。说着,把马缰绳塞到了站岗的战士手上,然后一边往院里走,一边又问,团长在家吗?

战士接过小蔡手中的马缰绳,说,团长和政委在团部呢。牵着马的战士发现了小蔡脸上和手上的伤,惊讶地问,小蔡,你受伤啦?

小蔡用手摸了一下脸,扭头笑道,没事儿,擦破了点皮儿。说完,冲卢云摆了下头,便头里往右一拐,朝院子里南面的那趟房走去。卢云顾不上擦汗,紧紧跟在小蔡的身后。

天虽然漆黑一片,但院子里仍然很明亮,好几个地方都高挑着带风罩的气灯。看得出来,院子刚刚扫过,还泼了水。马厩里拴着四五匹马,卢云一眼就看到了高团长的那匹枣红马，鼻子不知怎么突然一酸，泪水差点流了出来。

刚走到团部门前，一个个子不高、梳着齐耳短发的女兵从屋里走出来。屋里的灯光虽然有些昏暗，但还是将门前照得一片光亮。女兵一下子就看见了小蔡和小蔡身后的卢云，一脸惊喜地叫道，小蔡，你回来啦？怎么搞的？团长和政委都急坏了，说今晚你们再不回来，就派人找你们去了。不等小蔡解释，女兵已经转身夸张地上上下下地打量着卢云，然后说，哎呀，团长可真是有眼力，真漂亮呵，像墙上的年画似的。

小蔡刚要介绍，女兵却冲他摆了下手，仍然看着卢云说，不用说，你一定就是卢云了。说着一把拉住卢云的手，使劲地握了握，自我介绍道，我是团部的机要员，你就叫我王姐好了。说着，拉着卢云便往她刚出来的团部里走。

小蔡不高兴地撇撇嘴，只好跟在后头。

虽说门窗都开着，但屋子里仍然是烟雾弥漫。卢云当然不会在乎烟的，她只是眨了眨眼。屋子很大，但没什么东西。地中央是两张并在一起的大方桌，上面有一部黑色手摇式电话机，还有一些什么乱七八糟的东西。南面墙上高高地开着一扇不大的长条窗，西面墙上挂着一张很大的地图，三个军人头拱在一起，冲着地图一边用手比划着一边说着什么。

小王叫道，团长，小蔡带卢云回来了。

三个军人几乎同时转回身来。高团长一眼就看到了小王身后的卢云，快步走到卢云身前，伸出粗壮的大手使劲地握住卢云的手，说，小卢同志，我们又见面啦！欢迎你啊！

小王显然是发现了卢云脸上的异样表情，扯着团长的衣襟，悄声说，团长，你手轻点行不？

高团长这才发现卢云疼得脸都变形了，宽阔的大脸立刻露出一丝窘态，随即哈哈大笑起来，连声道，对不起，对不起，我这手握惯了枪杆子，太重。说完，将手松开。

身后的另两个军人也一齐笑了起来。

高团长侧了一下身，将身后的两个军人让到前面来，向卢云介绍道，这位是楚政委，这是李参谋长。

楚政委同样地握住卢云的手，但卢云明显地感觉轻柔了许多。楚政委微笑着打量一下卢云，说，小卢同志，欢迎你到部队上来。

卢云来不及看楚政委，只觉得政委的头挺大，戴一副瓶底似的眼镜，厚厚的四方嘴。

李参谋长也上前来，跟卢云握了握手。

小蔡这时才走上前来，对团长和政委说，报告团长、政委，前天回来的路上，在卢甸西面土岗后的苇荡边上，我们被名叫老树皮的土匪劫了。是卢云同志的父亲求镇海寺的方七爷花了两千块大洋把我们赎了出来。

高团长显然是吃了一惊，粗重的眉毛立刻拧了起来，叫道，土匪？叫啥名？

小蔡忙说，老树皮。据说是活动在盘锦、台安、海城一带，手下有百八十号人，但武器很精良。

高团长在屋里转了一圈，骂道，他娘的，他吃了豹子胆啦？竟敢劫持东北民主联军的人？停下脚步，一抬头，高团长发现小蔡脸上的伤，问道，还挂了彩？你手上的家伙呢？是吃干饭的呵！

小蔡的脸腾地就红了，头就低下了，嗫嚅地说，他们人太多了，距离又近，而且那帮家伙身手都不一般。

小蔡后边这句话把高团长惹火了，他一边吃惊地看着小蔡的脸，一边绕着小蔡转了一圈，然后高声叫道，屁话，他们身手不一般，难道比廖耀湘的新六军还厉害？

楚政委这时过来打圆场，说，这样吧，李参谋长，回头你请地方的同志帮助了解一下这股土匪的情况，等倒出空来我们再收拾他们。

高团长似乎还有些火气，看了眼楚政委，嘴边上的话又咽了下去，但仍然喘着粗气。

楚政委看着卢云说，这方七爷是个什么人？从哪里弄这么多钱？

卢云道，大家都说他是江湖上的人，好像以赌博为业，但在我们镇海寺，那是数得着的人物。

楚政委对小王吩咐道，这样吧，你先带卢云同志去洗漱一下，把住宿还有生活上的事情给她安排好，我们这里还有重要事情要研究。小王连忙应了声。楚政委又对刚刚进屋的矮胖的警卫员小肖说，你去伙房，跟老张说，让他把晚饭搞得好一些，今晚我们给小卢同志接风洗尘。

小王拉着卢云出了团部，但卢云却隐约地听到楚政委笑道，老高，要说你吧，性格很粗犷，可是在观察女人方面却又很细腻，我真佩服你的眼力。

高团长哈哈大笑，说，你老兄说的可是真话？那样的话，我可以把卢云的姐姐介绍给你，跟卢云长得虽然不是很像，但同样是如花似玉的。

楚政委道，你这不是成心要看我的热闹吗？说着探头朝门外看了看。几个人又是一阵大笑。

卢云的脸立刻红起来，卢云发现小王的脸也红起来。

小王笑了笑，扭头对卢云说，他们虽然是首长，但也是男人。男人的话你不用当真，他们背后荤的素的啥话都说。

卢云点点头，觉得小王看上去比她大不了几岁，但却让人觉得落落大方，很有见识。

小王拉着卢云的手来到她住的北趟房中间的一间屋子。拉开电灯,但屋子里仍然有些暗。卢云原地转了一圈,南面靠窗是一铺土炕,炕上垛着两套土黄色被褥,上方吊着一个白色蚊帐。让卢云惊讶的是,那两套土黄色被褥棱角分明,齐刷刷的。卢云还是第一次看到被褥居然可以叠得这么整齐,像一块巨大的豆腐一般,不由得呵地叫了一声。小王歪头看了她一眼,只是抿嘴笑笑。卢云接着打量屋子,地中央是一张老式的方桌,上面放着一台什么机器,机器上蒙着一块白布。与自家的屋子没啥两样,但卢云觉得这屋子被小王收拾得一尘不染。

小王这时笑道,咱俩就住这儿,满意吗?卢云连连点头。

小王又说,这回我算有伴儿了。原来就我一个人,也没个说话的,有时半夜醒了睡不着,就觉得夜太漫长。我比你大,以后你就叫我姐好了。我去伙房给你打点热水兑一下,你先洗洗,出了那么多汗。把衣服都脱了,擦擦身子。说完,小王快步走出屋去。

卢云扭头看见屋子的角落里有一个挺大的白铁盆,里面已经盛满了清水。

不一会儿,小王拎着个装着热水的木桶回来了。小王说,水你自己兑一下,我先去团部,你把门插上,好好洗洗。

小王出去后,卢云将门插上,又爬上炕往窗外看了看。夜空虽然很黑,但院子里却很明亮,不时地有当兵的出来进去的。院门口有两个胸前挎着冲锋枪的战士在阴影里不时地走动着。卢云又朝南面的团部看去,门窗仍然开着,屋里灯光有点暗,看不清人,只有一个矮胖的警卫员挎着短枪守在门口。卢云从炕上下来,低头看了看自己,似乎担心什么,在屋子里转了一圈,突然想起应该把灯关了。灯关了,但借着院子里的灯光,屋子里既昏暗,又什么都能看清楚。卢云这才将木桶里的热水往白铁盆了倒了一半儿,伸手到水里试了试凉热,迅速地脱光了衣服,慌乱地擦洗起来。

水温温的,用毛巾蘸着擦到身上非常舒服,一路上的劳顿和惊吓,都被这温润的水洗涤而去。卢云甚至想坐到盆子里去,她觉得那样可能会更舒服。卢云家里就有一个比这个还大还高的木盆,卢云跟两个姐姐就用那个盆洗澡。

卢云正洗着呢,突然有人敲门。卢云一惊,但接着就听到小王轻轻的声音,卢云,是我,王姐,你开一下门。卢云这才松了一口气,刚要过去开门,突然想起自己还光着身子呢,连忙扯过衣服将身体遮掩上。

门开了一个缝,小王斜着身子挤了进来。小王说,团部那边没我什么事儿,我来帮你擦擦后背。说着,挽起袖子,把卢云推到白铁盆前。

卢云有点尴尬,连说,不用,不用,我自己能行。

小王一把拽下卢云掩在胸前的衣服,说,唉,有什么不好意思的,我这两年就为没人给我擦后背发愁，你这一来可太好了，这回咱俩互相擦。

卢云被小王说得没话可回，只好听任她摆弄。

小王拿着毛巾，一边擦着卢云的后背，一边歪着头，目不转睛地打量着卢云的全身。小王咂着嘴说，卢云，你的身材多好啊！既苗条又白嫩，可惜我不是男人，不然立马就娶了你。

卢云羞得满脸通红，一时不知道说什么好，只是下意识地用两只胳膊搂住了前胸。

擦完了后背，小王说，你慢慢洗，不用急，我去伙房看看饭好了没有，过一会儿回来。对了，洗完了水就放那，我回来倒。

小王再次回来的时候，卢云早已经洗好了。她坐在方桌前，拉掉了上面盖着的白布，看那个机器。

小王问，见过吗？

卢云连忙摇头。

小王说，这是电报机。可别小瞧它，咱们团打仗全靠它呢。走，饭好了，团长让我们过去吃饭呢。

小王拉着卢云的手，像是担心她走丢了似的，俩人小跑着进了团部。

团部里仍然是烟雾弥漫，呛得小王直咳嗽。小王说，团长，你们能不能少抽一点烟呵，我倒是无所谓啦，可是要把卢云同志呛坏啦可咋办呀？

高团长哈哈一笑，说，还是你想得周到呵，所以政委就离不开你嘛。

小王立刻反唇相讥，团长这回好啦，有卢云同志照顾，一定比我还周到。小王说完便回头看卢云。

卢云感到自己的脸火辣辣的，低下了头，但马上又抬起来，说，不要紧，我在家里整天都跟烟打交道，不怕的。

高团长立刻大笑起来，得意地说，咋样小王？傻人有傻命，人家卢云同志不怕烟。

小王连连哟了几声，说，这谁向着谁可是一下子就表现出来了。说着转身冲着政委，又说，政委你说我说得对吗？

楚政委笑道，怎么，又来搬救兵了？但有个条件，今晚你可得帮我喝酒。小王道，没问题，为欢迎卢云绝不要赖。说完，跑出屋子，仰着头，张开嘴，向着夜空夸张地大口地喘息。

高团长便冲着门外的小王大声说，小王，以前我也是这么抽烟，你好像没怎么太在意，今个小卢同志刚来，你就开始挑我毛病，是不是有意拉小卢同志跟我作对呀？

小王往屋里探了探身子，吐了一下舌头，说，我去伙房帮老班长拎饭菜去。说完转身跑走了。

高团长说，小王这家伙真鬼，我是斗不过她的。

楚政委说，我跟你的策略不一样，我是斗不过就不斗，让她的长处没处发挥，这跟打仗差不多，得讲究点战略战术。

高团长道，老楚，还是你高明呀，我咋就想不到这些问题还能跟打仗联系起来呢？

小王突然折回屋来，噘着嘴说，首长背后可不能随便议论人哟！

高团长道，谁说我们议论人啦？我们一直在谈战略战术。小王瞪了高团长和楚政委一眼，说，老班长和小蔡正往团部来呢！说完，便走进屋子收拾屋中间的那两张大方桌。

话间刚落，系着围裙的炊事班长老张迈着碎步，挑着一个担子进来了。担子两边挂着木制的带盖的水桶。担子一落地，小蔡就将里面用几个小铝盆装的菜饭一一地往外端出来，放到桌子上。

老张说，团长，政委，队伍要开拔，没预备更多的东西，你们先将就吃一顿，等打完了仗，我一定想办法给你们多弄点好吃的。

团长一边看着桌上的菜，一边笑道，我说老张头，你真是不简单，我看你就是啥也没有也能做出几道菜来。这样吧，咱俩订个君子协议，等全国解放啦，我们这些人没啥用处啦，我就回山东老家开个小酒馆，你去给我当厨子，除了挣点养家糊口钱，咱哥俩可以从早上喝到晚上，咋样？

老张笑道，那敢情好，只是到那会儿我这身子骨不知还能不能颠得动炒勺。

楚政委道，嘿，没问题，现在这形势你还看不出来吗？把东北拿下来，蒋委员长就大势已去了，全国解放也就是三年五载的事儿。

老张道，团长，政委，你们赶紧吃吧。不够的话告我一声，我再炒。说完，赶紧出了团部。

高团长、楚政委、李参谋长、小蔡、小肖、小王和卢云就都在桌前坐了下来。小蔡打开一瓶凌川老白干，开始往每人桌前的粗瓷碗里倒酒。

楚政委说，小卢同志，今天是你第一天到部队，我和高团长略备薄酒，既是接风洗尘，也算给你和小蔡压惊。部队条件就是这样，比不得家里，就请你多多包涵啦！

卢云脸红红的，一时不知说啥好，低着头，眼睛死死地看着刚刚倒进白酒的粗瓷碗。

高团长笑道，小卢，你还不知道，你别看政委长得五大三粗的，他可是个真正的知识分子，南开大学文学系的。不光是四书五经啥的都滚瓜烂熟，连外国小说也读过不少。比如说，什么普希金、托尔斯泰、雨果、巴尔扎克，还有什么海明威、陀斯……陀斯什么来着？

楚政委笑道，陀斯妥耶夫斯基。

小王一脸的惊讶，说，团长，你太厉害了，啥时候知道了这么多大作家呀？

高团长哈哈地笑道，什么叫近朱者赤，近墨者黑？我整天价守着一个大知识分子，最后一点文化没有哪行呢！

小王突然尖叫道，小蔡，你干吗给我倒这么多，你想把我灌醉呀？

小蔡就瞥了楚政委一眼，说，小王，这你就不对了吧？刚刚楚政委可是说让你替他喝酒呢！另外，今天卢云同志来，你不高兴啊？

小王的脸一下子红起来，从板凳上起来就要去打小蔡。

高团长伸手将小王拦住，笑道，小王呵，我看小蔡说得不是一点道理没有，今晚无论如何你都应该多喝点儿。

楚政委这时站了起来，看了大家一眼，说，咱们书归正传。今天，我们是以团部的名义为卢云同志举行欢迎晚宴。大家知道了，卢云同志很年轻，但革命的劲头却很大，参加我们东北民主联军很坚决，这一点很值得我们敬佩。尤其是近来战事不断，卢云同志不怕危险，来到我们团，这对我们在座的各位，还有我们团，都是一个鼓舞和鞭策，让我们以掌声对她表示衷心的感谢和热烈的欢迎！

几个人一齐叫好，并用力地鼓掌。

楚政委接着说，这头一杯酒呢，为卢云同志，也为我们取得更大的胜利，干杯！

大家哗啦一下子都站了起来。楚政委将碗举起，先与卢云碰了一下，大家的酒碗便都向卢云的酒碗碰去。碰完了，大家把酒碗送到嘴边，刚要喝，楚政委却将酒碗从嘴边移开，然后问卢云，哎，小卢，我忘了问你，你酒量怎么样？

所有人手中的酒碗就都停在了胸前，大家便一齐看着卢云。

在那样的时刻里，卢云一定是很兴奋，这么多男人，而且还不是一般的男人，他们的目光都注视着自己，要知道，她从来没有这么近距离地接触过这么大的官。卢云当然能喝酒啦，父亲的酒没少让她偷着喝，但卢云却说，少喝一点还行。

楚政委道，好像不止，我感觉你一定是有酒量的，你在下意识地端起酒碗的时候没有任何的犹疑或害怕。不过你不用有负担，能喝就多喝，不能喝也别勉强。你看我吧，我就属于不能喝的。

给卢云接风的酒宴就这样开始了。高团长一仰脖就把碗里的酒喝去了一半。然后放下碗，用手背抹了一下嘴说，怎么样？我可是用实际行动欢迎卢云同志。

小蔡就说，对，咱们也用实际行动欢迎卢云同志，我跟团长一样，也喝一半。说完，把目光转向了小王。

小王说，小蔡，你看我干吗？你倒是喝呀！

小蔡说，我当然喝啦！说完，咚咚咚，真的将碗里的酒喝了一半。

小王撇了一下嘴，还没等小蔡喝完了，自己已经将酒干了。

高团长似乎有点尴尬，就指着小蔡说，小蔡，你可真完蛋，怎么说卢云同志也是救过你的，你就不能来个痛快的？你看人家小王。

小蔡酒碗还没离开嘴边呢，听高团长这么说，有点儿手足无措了，酒碗在空中僵了一会儿，长长地嘘了几口气，一仰脸，将剩下的一半酒一口气喝了下去。

楚政委和李参谋长一起给小蔡叫起好来。之后，所有的目光就都投向了卢云。卢云低着头，没敢看大家，用力地喘了几口气，便两手捧住了酒碗，向上一抬，将碗里的酒一口气喝了下去。

楚政委被卢云惊得直咂嘴，连声说，行行行，看来小卢真的是有酒量。楚政委把脸转向高团长，老高呵，这回你可是有了酒友和对手了。

高团长哈哈地笑起来。团长的笑很质朴，也很憨厚，而且在那一瞬间里，让卢云觉得很有感染力。

那天晚上，卢云和高团长、楚政委、小蔡和小王他们喝了不少酒，但谁都没有醉意。楚政委让小王照顾好卢云，他和高团长和李参谋长还要继续研究即将开始的战斗。

回到北趟房的时候，小王没有开灯。借着院子里的灯光，小王将两套被褥打开，紧紧地挨在一起，然后把挂在棚顶的蚊帐放下来，将两套被褥罩到里面，又转圈将蚊帐底边掖到褥子底下，这才将窗子上边的风窗打开。

卢云问，这时候就有蚊子了？

小王笑道，没有没有，我是习惯，有蚊帐罩着睡得踏实些。

一股带着腥味的海风吹进屋来，凉爽而湿润，让刚刚喝过酒的卢云有一种难以言说的舒畅感。

坐在炕上的小王一边脱衣服一边对站在地上的卢云说，卢云，上炕来呀。说着，掀起蚊帐的一角，一猫腰，钻了进去。

卢云脱衣服的时候，下意识地往窗外瞥了一眼，似乎有一点犹豫，但还是迅速地脱了衣服，爬上炕。小王已经将蚊帐拉开了，伸出一只手来，将卢云拉进蚊帐。

卢云躺下后，小王翻过身来，一只胳膊就搂住了卢云的腰，说，看你这腰，多苗条呀！羡慕死我了。

小王这一说，卢云就不由自主地扭头看小王的身体，这一看把卢云吓了一跳，小王居然脱得光溜溜的，一丝不挂。卢云一下子涨红了脸，不由得张嘴你你了两句，但什么也没说出来。

小王一下子就明白了，但小王似乎一点都不在乎，小王笑道，光着睡舒服，而且虱子不咬。不信你脱了试试。

卢云摇了摇头,说,不行不行,那样我睡不着觉。说着,下意识地将衬衣往胸前拉了拉。

小王这时哎哟一声,说,今晚酒喝多了,我有点儿头晕。我不跟你唠嗑了,得睡觉了,有事你就叫我。说完,翻过身去,不一会就打着轻微的呼噜睡着了。

卢云不知为什么却睡不着,喝了两个半碗酒,她却没什么感觉,反而很清醒,还有点儿莫名的兴奋。卢云翻了几次身,仍然毫无睡意,索性坐了起来,扒开蚊帐,跪到窗前朝窗外看去。院子里灯光很亮,夜空一片的灰蓝,无数的星星在闪烁。院子里没有人走动,院南面团部的门不知何时关上了,但窗户里灯光仍然亮着。西边马厩里的几匹马安静地站在那里。村外隐约有河水流淌的声音传来。

虽然迈进团部只有不到两个时辰,但卢云却很喜欢这里,她感觉到一种与家里完全不同的新鲜而又别样的气息:团部里的紧张与忙碌,巨大的地图与呛人的烟雾;团长虽然粗糙了一些,但团长热烈而实在,尤其是他那双厚重的大手,让卢云觉得格外的踏实;政委也让卢云很有好感,厚厚的镜片后面的那双眼睛让卢云过目难忘,智慧而慈祥;还有小蔡,芦苇荡的那一幕恐怕让她永生难忘,虽然天色已经暗淡,但小蔡掏出枪来逼向土匪的那一刹那,脸上透露出的英俊与杀气却清晰地印在了她的脑海里;矮胖的警卫员小肖没话儿,但抿着嘴的微笑让你觉得很容易接近;炊事班长老张头,话不多,但乐呵呵的,扎扎实实地做自己的事情;当然,还有躺身边的小王,她那么热情、细致、爽快而又落落大方,在团部里,她似乎游刃有余,且自由自在。卢云想象不出自己的未来,但卢云对自己的未来却充满了希冀。

12. 办　班

　　1947年春夏之交的时节里，国共两军似乎是一种缠斗，今天我来了，后天你把我赶走了，再过几天你又给夺回去了，弄得镇政府的人忙碌而疲惫，每天都是紧张兮兮的，万幸的是没出什么大意外。用镇海寺政府于委员的话讲，这不就是咱们农村俩木匠拉大锯嘛！对于委员的概括田镇长给予充分的赞赏，说她的比喻实际而形象。于委员多少都有些沾沾自喜，这一点连通信员小庞都感觉出来了。

　　这天上午，于委员见小庞一个人坐在办公室里，便凑了过去，问，小庞，你跟田镇长下乡回来啦？

　　小庞正在喝水，用衣袖抹了下嘴，回答，啊，是啊！这不，刚坐下。

　　于委员坐到小庞对面，问，田镇长回办公室啦？

　　小庞说，是啊，你找他？

　　于委员说，不急，让田镇长歇歇，喝杯茶。

　　小庞似乎感觉有点诧异，又看了看于委员，问，你有事儿？

　　于委员说，前一段时间田镇长不是提出来要办个妇女干部培训班吗？因为形势紧张一直没办，现在我觉得是时候了。所以，我想跟他请示一下，是不是马上就办。

　　小庞就嗯了一声，说，这是正事儿，那你赶紧找他去吧！

　　于委员看了看小庞，又扭头往门外看了看，然后有点忸怩地说，不急，不急。于委员停了一下，冲小庞哎了一声，说，小庞，问你个事儿。

　　小庞在喝水，两眼隔着茶缸看着于委员，意思是你说。

　　于委员神神秘秘地说，你知不知道田镇长是因为啥转业到咱镇上的？

小庞撂下茶缸，说，这谁都知道啊，全镇干部大会，县委和军区领导来宣布的？怎么，你没听着？有文件的，我给你找出来看看。

于委员伸手想要阻止，但小庞已经起身到文件柜子里拿出了一份红头文件，站在桌子前念了起来：

田智勇同志，三十二岁，中共党员，祖籍山东济南府，此前任八路军某部营长，1945年九月随八路军开进东北，转战于辽南辽西诸战场。为加强辽南地方建设及武装力量，东北民主联军决定于1946年初下派一批军事干部，田智勇调任辽南土改工作团一分队队长。现经中共辽南省一地委决定，从即日起，田智勇同志改任镇海寺镇镇长。

小庞读完，说，于委员，听清楚了吗？用不用我再念一遍？小庞后面这句话似乎就带点儿情绪了。

于委员却不太在意，道，这个我能不知道么？这是官方宣布的。我要跟你说的是大家都不知道的。

小庞哦了一声，还有不知道的？

于委员脸上便有了些微得意之色，说，上次我去县上开会，县妇女委员跟我说的，我告诉你，你可别跟别人说啊！

小庞哦了一声，没言语，神情似乎有点儿紧张，嘴不自觉地张大了许多。于委员这时又往门口看了一眼，然后回过头来，不急不慢地，像说书似的对小庞讲述起田镇长不为大家所知的秘密。

这于委员大名叫于秀坤，二十五六岁，在当时的乡镇应该说也不是一般的人物。家就在镇子里，祖父那一辈儿就是商人，到了父亲这一代仍然经商。祖父和父亲都不开铺子，而是搞批发，镇里的铺子需要什么他们就去联系进什么。由于家境比较富裕，于委员在盘山县里读的高中，本来是要考大学的，但由于时世混乱，父亲不愿意一个女孩子独自远走他乡，毕业后就留在了家里。二十五六岁的于委员何以至今未婚，主要原因是长相差一些，身材有点儿粗壮，打远看不像女人，而且脸还有些大，五官单个论也说不上哪一个不好，但组合到一块儿就瞅着不得劲儿。不过这些都是那些男人们的看法，于委员自己并不这么觉得，她倒不是认为自己长得好看，而是认为自己读过书，而且是高中文化。这让她在谈婚论嫁的时候相当自负，也因此，才落得至今尚未婚嫁。镇政府一成立，她便报名要求参加工作，她的高中文化让镇政府毫不迟疑地录用了她，不久便委以重任，当上了妇女委员。

于委员说，当时还是营长的田镇长在八路军进入东北后的辽西的一次战斗中，没有执行师部的命令，导致那场战斗没能全歼国民党军的一个加强团。田营长所在的师在辽西一带准备调动一个师的兵力围歼国民党的一个加强团，师部命令田营长迅速抢占敌人撤退时的必经之路，选择有利地形，构筑防御阵地，将敌人的退路堵死。但这次阻击的特别之处在于拖住突围之敌，既不能让他们突围出去，又不能让他们另寻他途。坚持到主力到达，以绝对优势兵力全部围歼敌人。师部电报中说，只要天黑前不放过敌人，将敌人拖住，就算立下头功。田营长从班长升到营长，带兵打仗向来喜欢动脑子，有令没令他都要自己琢磨一番，而且不按常规出牌，总会有自己的点子，或者说是鬼主意，出人意料。

　　这次又是这样，田营长并没有将三个连的兵力全部布置到阵地上，他只投入了一个连，另两个连隐蔽在阵地两侧的山坡后的洼地里。敌人用了一个营的兵力呈散兵状向阻击阵地发起突围进攻，担任阻击的一连投入所有火力，拼死阻击敌人。敌人摸清我军火力布置后，开始用火炮对我阻击阵地进行密集轰炸，但这时，田营长早已经命令一连全部撤出阵地，待敌人炮击停止后，又命令一连迅速返回阵地。就这样，来回反复，与敌人泡起了蘑菇。敌人的炮火没发挥出应有的作用，攻击突围又被一连死死地顶住，两军就僵持在这里。在一连拼死阻击敌人的时候，田营长一直在观察周围地形，他认为这样正面阻击敌人终归是伤亡太大，因为敌人有一个炮连，十几门大炮的威力是显而易见的，这样下去很难坚持到天黑。在反复观察周围地形之后，田营长发现敌人的炮兵阵地的东侧是一片槐树林，如果能够悄悄地摸到槐树林，用集束手榴弹将十几门大炮炸掉，就不怕敌人的进攻了。田营长只给一连补充了一个排的兵力，继续正面阻击敌人，然后派一个排的战士每人抱着几捆三枚一组的手榴弹，悄悄绕到敌人炮兵阵地东侧的槐树林。一个班的战士首先扑向敌人炮兵阵地，用冲锋枪扫向敌人，另两个班的战士抱着集束手榴弹随后冲向那十几门大炮。一阵剧烈的爆炸后，十几门大炮被炸得七零八碎。田营长以伤亡近一个连的代价，炸毁十余门大炮，阻击住了敌军向北突围，可以说是大获全胜，田营长的得意之色溢于言表。师长带领主力部队在天黑前到达阻击地，可是阵地前只剩下袅袅硝烟，敌军主力已经杳无踪影。令田营长意外的是，师长在听了他的汇报后，非但没有像往常那样拍着他的肩膀哈哈大笑地夸赞他打得好，反而阴沉着粗糙的老脸，一言未发。在师部的总结会之前，军部来电，敌军主力顺原路后撤后，我军的包围圈已经出现断点，敌军趁机突围。军首长如何批评师长的不为人知，但在全师营以上干部参加的总结会上，师长直呼其名，而且连拍了三四巴掌桌子，把田营长一顿臭骂，骂他个人英雄主义，好出风头，没有大局观，缺乏组织纪律观念，等等，等等，足足骂了有二十分钟。田营长非但没有立功受奖，会后竟被下调到了辽南省土改工作团任一分队队长。田营长当然不服，要求跟师长理论，但师长根本不搭理他。后来政委跟他说，中央根据东北迅速发展的形势需要，要从部队里急调一批军事干部支援地方，以建立并巩固东北根据地，所以，你的任务并不轻。政委最后严厉地说，这件事就不要再争了，否则将对他军法从事。

小庞听得几乎入迷了，不由连着拍了几下巴掌，连呼讲的太精彩了，过瘾！过瘾！

　　小庞的情绪对于委员的讲述显然具有鼓励的性质，于委员不容小庞细致地回想，便又讲述另一种说法。于委员说，这第二种说法呢，是这样的。那次阻击战结束后，天很快就黑了，但师主力部队却没有按时到达。后来得知，师主力部队在途中遭遇一股逃窜的国民党军，双方激战了一个多时辰才将敌军击溃。师主力部队来不及休整，立即火速赶往田营长的阻击阵地，但到达时敌军已经被田营长打退。当天夜晚，师部召开庆功会，田营长立了一等功，全营官兵立了集体功。随后，师部设宴，慰劳营以上干部。那天晚上，田营长自然是主要角色，不光师团级首长敬他酒，同级干部也都纷纷来跟他碰杯。酒宴一直持续到午夜，田营长可以说是有些酒量的，但还是喝多了，他是在警卫员的搀扶下才跟跟跄跄地回到营部驻扎地的。田营长的营部设在一个老乡家，警卫员把他安顿睡下后，便在外屋睡了。快到半夜的时候，田营长口干舌燥，想起来找水喝，可是手脚却不听使唤，怎么也起不来。起不来的田营长肯定是喊警卫员了，但警卫员睡得太死，根本没听见。隔着一个灶间的小寡妇却听见了，便披着上衣过来了。田营长的酒并没完全醒，所以，起初他以为是警卫员过来了。光着膀子坐起来的田营长眼睛也没睁就接过水碗咕咚咕咚一口气喝光了一碗水，但是还是觉得渴，就叫道，再来一碗。小寡妇也没吱声，就悄悄地到灶间从大锅里又舀了一碗水端过来。田营长还是没睁眼，但田营长的手在接小寡妇递过来的水的时候却碰到了小寡妇的手，他一下子就感觉到了一种异样，眼睛唰地就睁开了。睁开眼睛的田营长最先看到的是小寡妇鼓胀饱满的颤巍巍的前胸，虽然屋里没点灯，只是借着窗外的月光，而且还隔着一件背心，但田营长还是看清了那对让他震撼不已的乳房。仅仅是一瞬间里，田营长的酒就醒了。酒醒后的田营长完全不能够控制自己了，他甚至连抬头看一眼眼前的女人到底是谁，长什么样都没有，就一把将小寡妇搂到怀里，然后两只胳膊一用力，将小寡妇抢到了炕上，就把人家给睡了。第二天早上起来，田营长对昨天晚上的事情居然一点记忆都没有。小寡妇什么也没说，仍然像往常一样地烧水做饭，只是在见到田营长的时候脸异常地红润。田营长却不知道其所以然，依旧冲小寡妇微微地笑笑，然后一边抻着腰和胳膊腿一边揉着太阳穴说，昨晚让这帮家伙给我灌多了，头疼得厉害，回头我得找机会报复一下。如果事情到此也可能就拉倒了，问题是小寡妇的公公却不干了，在第二天中午前部队要撤走的时候突然拽住了田营长，要跟田营长理论理论，说，你把我儿媳妇睡了也罢，但你不能就这么拉倒了，你得把她给娶了，不然我们没法做人。田营长万分惊讶，死活也不承认有这等事。于是，小寡妇的公公就把田营长告到了师部。如果田营长就坡下驴，把老乡家的小寡妇给娶了，也就大事化小，小事化了了。可是山东人田营长却犯了倔脾气，说人家看他是个当官的，讹他。这一下子事情就弄僵了，就传到了林总那里了，于是，林总下令，就地枪毙，严惩不怠。后来，是师长求到刚刚调到东北民主联军任副政治委员的罗荣桓跟林总说情，才免了田营长死罪，但立即解除职务，下放地方。

小庞听完不由得又拍了几巴掌，叫道，精彩！精彩！想不到田镇长一个文弱书生的样子，居然还这么爷们儿，这山东人跟咱们东北人一个性格。说到这儿，小庞突然有所领悟，皱了皱眉，说，于委员，你下这么大功夫了解田镇长的过往，啥意思啊？

于委员脸一下子红了，转动着脸似乎无所谓的样子，说，没啥意思，这不是人家县里领导跟我说的吗？我就是听听而已。我倒是觉得县里不少人都对田镇长敬慕着呢！尤其是那些女的，说起田镇长都是眉飞色舞的。

小庞诡异地一笑，撇撇嘴说，是么，正好，田镇长还单身呢，你给她们介绍介绍呗！

于委员一听这话，立刻板起脸来，说，小庞，我可告诉你，咋说田镇长也是咱们镇海寺的，肥水不流外人田，要介绍也得介绍咱们镇上的闺女，你说是不是？

小庞脸上流露出会意的笑容，用手指着于委员说，我终于弄明白啦，于委员，一定是你看上了田镇长啦！

于委员从椅子上站起来，抻着腰，伸出胳膊，用手在小庞的脑袋上拍了一下，说，小庞，这话可不能瞎说，影响多不好！

小庞嘻嘻地笑道，这有啥不好的，男大当婚，女大当嫁，共产党讲自由恋爱。关键是，你愿意，人家田镇长是不是跟你一样愿意？

小庞这一说，于委员的脸马上像被霜打的茄子一般，没了光彩。于委员直起腰来，站了片刻，转身走了。

于委员回到自己的办公室，坐了一会儿，让情绪平复下来，然后便去了田镇长的办公室。

田镇长正站在窗前抽着纸烟，背对着门。于委员振作了精神，叫了声田镇长，田镇长就转回身来，一看是于委员，就说，小于，你来得正好，要不我还要找你呢。

于委员抿嘴一笑，说，是吗！有啥指示？

田镇长走几步坐回到椅子上，说，我想跟你说妇女干部培训班的事儿。我看现在是办的时候了，你觉得怎么样？

于委员说，我来找你也是这事儿。说着，走上前去，将一份名单递给田镇长。

田镇长把名单扫了一眼，一共十五名，他不认识这些人，所以就把名单还给了于委员，说，你把好关就行。哪天开班？我去讲话。而且，上机关在家的同志也都参加，听一听。

于委员说，下面还有一张纸，是办班的具体计划与日程，你看行不行？

田镇长又把名单收回来，翻到下一张，看了看说，可以，可以，你想得很周到，就这么定了。然后又把两张纸递还给于委员。

镇海寺镇第一届妇女干部培训班三天后的上午在镇政府会议室举行，于委员主持开班仪式，主席台后面的白墙上还张贴了用粉色纸板笔蘸墨汁写的宋体开班仪式会标。除了十五位妇女学员，镇政府的一些工作人员也出席了开班仪式。

于委员那天穿了件淡蓝色碎花细布衫，似乎稍显瘦小，紧绷在身上，越发将身材的粗壮凸显出来。披肩短发也是精心收拾过的，右侧向前将脸遮住了一部分，使得她的大而圆的脸有所收敛，为她增色不少。于委员手里虽然拿着两张纸，但根本就没看，而是脱稿主持，其自信心可见一斑。

于委员先做了一个开场白，简洁而有力，显然也是有所准备。她说，各位学员好，这个培训班是田镇长深刻地分析了东北国共两党两军的斗争形势，并结合咱们镇海寺土改、支前工作的实际提出来的，本来两个月前就应该开班，但由于形势紧张而延迟至今天。大家可能还不知道，田镇长具有丰富的作战经验与智慧，而且还是文化人。自从田镇长担任咱们镇海寺镇长以来，各方面工作都取得了显著成绩，受到县委、军分区的高度评价。这个妇女干部培训班在全县可以说是首创，相信一定会提高各位的政治觉悟、文化水平和组织工作能力，为咱们镇培养出真正的妇女干部，推动咱们镇的妇女工作、土改工作和支前工作有一个突飞猛进的发展。下面，让咱们以热烈的掌声欢迎田镇长为镇海寺首届妇女干部培训班开班讲话！说完，将站在一旁的田镇长让到了前面。

坐成三排的年轻女子们便鼓起掌来。可能是不太习惯的原因，大家的掌声不齐，而且力量也不均匀，有些七零八落的感觉。

于委员似乎有点儿不满意，便说，咋回事？这掌声不太热烈啊！来，请大家再一次鼓掌欢迎田镇长为镇海寺首届妇女干部培训班开班讲话！

田镇长立即摆手阻止大家鼓掌，笑了笑说，这次的主题是办女干部培训班，不是向大家介绍我这个镇长，主角是在座的各位学员，我是给大家服务的。也包括坐在后面的镇政府的工作人员，都是为你们服务的。

这话一落，下面的妇女学员们马上热烈地鼓起掌来。

田镇长又笑了笑，接着说，同志们，目前在中国，最大，也是最重要的一件事情，就是看国共两党谁能掌控东北。掌控了东北，就意味着掌控了中国的未来，国共两党之所以集中这么多军队进行争夺战，原因都在这里。田镇长说了这一句便停了一下，似乎是想看看大家的反应，但那坐成三排的年轻女子却一点反应也没有。她们显然不知道什么叫掌控东北，更想象不出来掌控了东北怎么就掌控了中国，而且掌控了之后对镇海寺，还有她们有什么用。这不能不让田镇长多少有点尴尬，还有点失望。但久经沙场的田镇长还是像刚进来时那样微微一笑，便又接着说，大家可能对国内的形势不太清楚，现在的情况是，共产党所领导的八路军、新四军，也就是现在我们称之为东北民主联军，已经有足够的力量与国民党军抗衡，尤其是我们率先进入东北后，经过近一年的努力，发动群众，建立共产党领导的地方政权和武装，进行土改，受到东北广大人民的欢迎。可以说，按照毛主席的指示，我们共产党和东北民主联军已经初步站稳了脚跟。当然，蒋介石国民党反动派不甘心失败，他们要做最后的垂死挣扎，在美帝国主义的支持下，不断向东北集结兵力，企图与我党我军进行决战。因此，我们要做好生死斗争的准备。具体点说，现在我东北民主联军的官兵们在前线浴血奋战，我们在后方的同志要全部动员起来，积极支援前线作战。尤其是妇女同志，特别重要，各种后勤保障都要靠妇女同志才能更好地完成。眼下最急的是冬装，去年我们出关的部队穿的全部是单衣单鞋，整整一个冬天，他们仍然穿着单衣单鞋战斗在冰天雪地里。我这是到了地方，吃得饱，穿得暖了，不然也跟他们一样挨饿受冻。

妇女学员们一阵哄笑。

田镇长说，同志们，你们还笑，你要是像他们那样在冰天雪地里待上一整天，你就笑不出来了！

妇女学员们又是一阵哄笑，连后面的镇政府的工作人员也都跟着一起笑起来。

田镇长说，现在我们的东北民主联军有十万之众，很快我们就会达到几十万，上百万人。所以，虽然现在是夏秋季节，但我们要未雨绸缪。东北的冬天来得早，可以说，我们离冬天的到来已经没有几个月了。从现在开始，我们最重要的工作就是要积极赶制冬装。古人说，"夏资皮，冬资缔，旱资舟，水资车"，我们的工作还没有完全地展开，与上级对我们的要求差距还很大，我们要奋起直追，迎头赶上。当然，我们办这个班的目的还不局限于这点，我们还有更多的工作要做，尤其是东北解放后，全国解放后，有许多工作和事业需要大量的女干部，所以，你们的未来一定是光明而伟大的。大家有信心吗？田镇长说到这里，不但提高了声调，还举起了拳头在空中用力地一挥。

年轻女子们被田镇长富于激情的讲话吸引住了，根本没想到他会挥拳头，同时还要求她们也跟着一起挥拳头，再高喊一声有！对这个举动显然是没有思想准备，她们既没受过这样的训练，也没见过这样的场面，所以，并没有人响应田镇长挥手高喊那句口号。大家你看看我，我看看你，然后再抬头看看田镇长，有些不知所措。

田镇长这回明显地有些尴尬，举起的拳头本来在头顶挥过之后就应该放下来。但田镇长的拳头却没有马上放下来，而是僵在了空中，在是否放下来这个问题上有些犹豫不定。

田镇长身旁的于委员肯定是聪明和敏锐的,她马上冲年轻女子们摆了摆手,大声说,同志们,田镇长问大家有没有信心完成任务,咱们一起回答,有没有?

这回年轻女子们声音很齐地高喊了一声,有!

田镇长终于放下了举在空中的拳头,说,祝大家思想进步,学习进步,在工作和战斗中成长。我就讲这些。谢谢大家!

于委员再次带头鼓起掌来。掌声结束后,于委员说,感谢田镇长充满政治高度和思想激情的讲话,希望大家努力学习,努力工作,不辜负田镇长对我们的希望,完成培训班所有的学业,成为优秀的妇女干部,为东北人民的解放事业,为全国的解放事业而努力奋斗!

坐成三排的十五位妇女干部,以及坐在后面的镇政府的工作人员一起鼓起掌来。

于委员随后就宣布开班仪式圆满结束,让大家先休息一下,然后开始上课。坐成三排的年轻妇女便哄的一声,从长条椅子上站起来,叽叽喳喳地乱成一团。

大家都在往门外走的时候,田镇长叫住了卢秋,问,你叫什么名字?哪个村的?

不等卢秋回答,于委员马上介绍道,她叫卢秋,宋屯的。对啦,她妹妹叫卢云,就是高团长让我给送信的那个女孩儿,前不久她去了部队。

田镇长哦了一声,上前握住卢秋的手,说知道了,你妹妹了不起啊,年龄不大,却很有胆识。感谢你们家对革命的支持啊!也欢迎你参加培训班,参加解放东北和全中国的革命斗争!说完,拍了拍卢秋的肩,有什么事,或者家里有困难,直接来找我。田镇长又打量了一番卢秋,这才转身离开了会议室。

13. 偏　师

　　卢云到部队的第二天一早，高团长和楚政委就去师部开紧急军事会议去了。部队要有行动？这是卢云没有想象到的，一时间手足无措却是可想而知，她不知道自己该干点儿什么，好像哪儿都插不上手。

　　小王在屋子里一直戴着耳机守在电报机前，不停地用手指轻轻地拧动着上面的旋钮，卢云非但不敢跟她说话，甚至连站在她身边都紧张。卢云只好来到院子里，端着两手，脸色红涨，两只脚在地上不断地转，一双眼睛东瞅瞅西看看。团部不大的院子乱哄哄的一片。

　　卢云来到团部，李参谋长不是研究地图，就是看什么文件，他好像也不爱说话，卢云站在那里很尴尬。

　　无奈之下，卢云溜达到了炊事班，帮着班长老张择菜洗菜。老张倒是挺乐和，跟卢云一边干活一边家长里短地唠嗑儿。

　　高团长和楚政委快近中午的时候骑着马回到了团部。卢云得救了一般，连忙跟在他们身后进了团部，给高团长和楚政委的茶缸倒上开水，又在脸盆里投了两条毛巾，让他们擦擦汗。高团长摘下军帽扣在桌子上，立刻命令李参谋长，通知连以上干部到团部开紧急会议。说完，端起茶缸大口地喝了半缸水，又匆忙地卷了一支纸烟点着，也没顾上擦汗就转身看墙上的地图。李参谋长便马上开始摇电话下通知。

　　楚政委却用毛巾慢慢地擦着脸和脖子，然后就擦手，细致而耐心，让卢云一下子就想到了昨天高团长说的，楚政委是个知识分子。

　　高团长这时说道，从我们这儿到鞍山的直线距离一百多公里，可是我们要走海城、汤岗子、旧堡一线进入鞍山，这样就要多走近一半的路程。这样的话，我们要一天半才能赶到鞍山南。前提还要别在路上遭遇敌人的阻击。所以，我想，我们能不能不走哈大路，而是直接走直线，就是过了辽河后，直奔牛庄、高坨子，最后从腾鳌进入鞍山西。因为鞍山南有东西鞍山屏障，中间是一条狭长的道路，易守难攻，鞍山西则是辽西平原，敌人无险可守。

楚政委走到地图前看了看，说，老高，我觉得你说得有道理。可是，刚才在师部你为什么不说啊？

高团长回过身来，坐到桌前，又卷了一支纸烟，点着火，吸了几口才说，老楚啊，我呢，心有余悸啊！在师长那儿，我已经是一个不服管教的刺儿头，我要是一说，好像我又要出风头了，你说是不是？第二呢，四纵和独立师都有许多重武器，走小路恐怕也不太行，所以，我不能吱声啊！

楚政委也哈哈地笑起来，说，老高啊，真有你的！不过，我们擅自改变行军路线，被师部知道了会不会又要挨批评啊？你可是才恢复团长职务啊！

高团长说，这个吗，没事儿的。我们就说是遭遇了敌军拦截，为了不影响准时抵达目的地，我们才改道鞍山西。还有，我跟你说老楚，敌人的注意力都在鞍山南，他们的防御重点也是鞍山南，所以，我们有可能会打敌人一个出其不意。

楚政委连声称赞。

不到半个钟头，连以上干部就到齐了，把团部挤得满满登登的。高团长开门见山，说，进入夏季后，国民党的几大主力都调到了东北，开始以大城市为依托，疯狂地对我们东北民主联军进行剿杀。现在，国共两军重兵都云集在东北战略要地吉林四平地区，国民党军对我东北党政军首脑集中地四平进行疯狂围攻，四平保卫战打得极为惨烈。经过九昼夜的激战，敌我双方均死伤惨重。为长久计，我东北党政军主动撤出四平。国民党军在占领四平后，又迅速攻克长春、郑家屯等重镇，锋芒直逼我东北民主联军腹地哈尔滨、吉林地区。为了牵制向北满进攻的国民党军，同时切断由营口港上岸运往沈阳的国民党军军需物质补给线，根据中央指示，辽东军区决定发起"鞍海战役"。这次战役我们是抓住国民党军主力都在四平以北，辽南地区兵力空虚的时机，目的是要打疼敌人，拖住向北满进攻的国民党军。也可以说，这是我们东北民主联军在辽南地区打的一场具有战略意义的硬仗，打好了会直接扭转东北战局。所以，东北民主联军总部对此战极其重视，韩先楚副司令员亲率四纵主力及我们辽南独立师，以数倍于敌的绝对优势兵力，首先包围鞍山，同时在辽阳设伏，以阻击沈阳之援敌，在汤岗子切断鞍山与海城守敌的联系，在分水切断海城与大石桥敌军的联系。这是一场势在必得之战。说到这儿，高团长停下来卷纸烟，点着了抽了几口接着说，我们独立团的任务是，进入鞍山南后从侧翼配合主力攻击正面守卫之敌。师部要求我们团明天晚上九时前到达集合地鞍山市区南端的屏障神社山，后天天亮前发起攻击。具体情况由李参谋长给大家布置。楚政委，你看看有什么要说的。

楚政委道，高团长讲得很全面了，我就提醒大家，对这次任务要高度重视，千万不要以为我们的兵力数倍于敌人就轻敌，要知道，鞍海这一线的敌人是国民党的新六军，真正的王牌，全部美式装备。

一营营长老秦就说，楚政委，从山西到山东，我们这一路打来，早领教过啦！啥王牌，除了武器装备比咱们好，还有就是吃的穿的比咱们好，要说打仗的本事嘛，稀松平常！

满屋子的连以上干部都哄笑起来。

午饭后，高团长突然想起卢云，就对卢云说，这场战役比较凶险，你刚来部队，没有战斗经验，很多东西你都不明白，这次打鞍山你就别去啦，留在村子里等我们回来。

没等高团长的话说完，卢云立刻摇头说，那咋行呢，我参军来就是打仗的，你们去打仗把我丢下，那我还是军人吗？

高团长哈哈地笑了，说，军人还是军人，只不过考虑到你刚来，对打仗的事情还不熟悉。

卢云说，那不行，反正你上哪我就跟到哪！俗话不是说，一回生两回熟嘛，啥事儿都有一个过程！

高团长一下子被噎住了，呵呵，不简单啊小卢！

楚政委也被卢云给说笑了，说，老高，让她跟小王在一起，帮着小王看好发报机，传送一下电报。

高团长说，那好吧，就这样。说着，将自己腰里的手枪从腰带上解下来，递给卢云，这个你拿着，回头让小蔡教你怎么使。

一旁的小王连忙替卢云扎到腰带上。刚刚穿上土黄色军装的卢云，这手枪一佩上，看上去真的是英姿飒爽。

第二天，天刚蒙蒙亮的时候独立团就出发了。太阳从山丘后面升起的时候，独立团就通过临时搭起的浮桥渡过了辽河，部队避开海城县城，沿着牛庄、高坨子一线急速行军。由于走的都是小路，下午三点多钟过了高坨子。

卢云这时候就再也走不动了，小蔡便把白色大马让给她骑着，卢云还一个劲儿地推让，但高团长说，你就不用硬撑着了，能一气走这么远已经不容易啦！

骑在马上的卢云就有些自卑，一脸的羞愧，觉得给部队添累赘了。

小王就安慰卢云，说，这算啥，还有更苦更难的呢！

部队赶到腾鳌时天已经黑了，这里距离鞍山市区还有二十多公里。部队开始原地休息，埋锅造饭。

穿着便衣的侦察排袁排长这时带着几个侦察员回来了。袁排长是昨天下午就带着侦察员奔鞍山了，他向高团长报告说，驻守在鞍山的是敌一八四师的五五一团，主要驻防在政府广场南面的神社山和政府大楼，以及西面的女子中学。神社山上修有大量明碉暗堡，之间还有暗道相通，碉堡与防御工事相连，火力交叉，很难攻占。

高团长看了看袁排长画的敌人防御位置图，说，好吧，先去吃饭，然后咱们研究一下，晚上八点向鞍山进发。

独立团进入鞍山市区是在晚上十点钟，他们在铁西区日本人建的昭和制钢所的南面碰到了一支工人护厂队，胳膊上戴着红色袖标，手里都拿着铁锹、镐把什么的。他们一听来的是老八路，是来打国民党军解放鞍山的，立刻围了上来，问寒问暖，尤其是问需要他们做什么。

高团长说，我们一下来了这么多人，目标太大，希望工友们能帮忙将我们暂时隐蔽安顿下来，因为我军的攻击时间是明天天亮前。地点最好是距国民党军驻防地稍近一些。

护厂队队长自我介绍姓孟，他问高团长想攻击哪一地方的国民党军。高团长说，神社山。只有将神社山拿下来，我军主力才能进占市区。

孟队长说，那只能是在我们铁西永乐的工棚区了，这里住着我们大批的工友，把你们隐蔽安顿下来很容易，过了中长铁路就是鞍山的城市中心，没有能藏人的地方。

高团长说，好，孟队长，那就麻烦你们给我们安排一下，我们明天午后三点半出发。

孟队长回身指着几个护厂队员说，老徐，你带几个人马上去永乐，动员大家倒出床铺给八路军。对了，让大家都烧些开水给八路军喝。

老徐应了声，招呼几个人快步向西走去。孟队长和剩下的护厂队员前面带路领着独立团随后向西走去。

一条宽阔的大马路的北面就是那座全国著名的钢铁厂。可是，厂区里黑压压的一片，什么也看不见，只有一片高大的杨树摇晃着墨绿的枝叶。高团长出关前就知道东北是中国重工业和制造业最发达的地区，尤其是鞍山的钢铁工业，听首长在报告中说占全国的百分之九十五都不止。现在，他带领的队伍就行进在这个钢厂厂区的南面。

高团长问走在身边的卢云，听说过昭和制钢所吗？

卢云愣了一下，连忙回道，好像听说过。

高团长说，这可是个了不起的地方，听说那高炉有几十层楼房那么高，站到炉顶的转梯上，你都会感觉那高炉在晃。还有，说那铁水从高炉流出来的时候，就像一条火龙一般，烟气弥漫，红光冲天，那气势，极其壮观。孟队长，我说得对不对？

孟队长哈哈大笑，连连说，对对对，太对啦，你就像是来过，亲眼在炉前看过一样！

高团长也哈哈大笑起来，说，想不到还蒙对了。小卢，等鞍山解放了，我带你去厂区参观参观。

卢云立刻拍手道，说话算话！

孟队长说，你们赶紧解放鞍山吧，这厂里的各种器材都快被苏军和国民党军拉光啦！还有一些匪盗也趁机偷盗。我们为啥组织护厂队？就是要保护工厂，我们工人是要靠厂子吃饭的。

高团长说，孟队长，你们把厂子保护好，国民党长不了了，鞍山和东北用不了多长时间就要解放啦！

孟队长说，解放完了，但是你们不要马上就走啊，国民党军掉屁股又来了，弄得我们工人都人心惶惶的。

高团长说，这饭是要一口一口地吃，仗呢，也是要一场一场地打。蒋介石毕竟还有这么多的军队，不可能一下就把他消灭光。不过，我们共产党八路军也不是从前的共产党八路军了，我们能够跟国民党军在东北决战，没点实力能行吗？

孟队长非常高兴，而且一脸的羡慕之情。

永乐工人棚户区没有像样的房子，简易的一趟趟的红砖房被节外生枝般搭建的五花八门的破旧不堪的偏厦纠缠得面目皆非，街巷没一条是通畅整洁的。不过工友和家属对独立团的到来都很热情，家家都烧了很多开水，除了喝，还都给战士们在脸盆里倒好了泡脚水。

楚政委不由感叹地对高团长说，这东北的工人兄弟的觉悟就是高啊！

高团长说，是吧！全国解放了，到东北来工作吧！

楚政委说，好啊，我们一块儿来？楚政委又扭头对小王和卢云说，怎么样，你俩来不来？

卢云说，我来，我喜欢工友们豪爽直率的性格。

楚政委说，是吗？到时不会嫁给一个工友吧？

卢云有点儿不好意思了，瞪了楚政委一眼，说，这一码是一码啊！

楚政委和高团长哈哈大笑起来。

卢云和小王被安排在一家比较干净的工友家，一天的强行军后，能有热水喝，还有热水泡脚，真是享受得很。两人洗漱后躺在木板床上，疲劳和困意瞬间就袭遍全身，小王的轻微呼噜很快就响起来了。卢云本来也是疲困不堪，但是这夜深人静的，小王的小呼噜便显出了格外威力，将卢云的疲困轻而易举地赶走了。卢云翻来覆去了几次，还是没能睡着。外面高大的杨树的黑黢黢的枝叶哗啦哗啦地响着，卢云开始想象几个小时后就要打响的战斗，那会是一种啥样的场景？

听小王说，震耳欲聋的枪炮，漫天飞舞的尘土碎石，还有血肉横飞，到处是死尸和号叫，那时候自己咋办？卢云突然感到了一种恐惧，不由得伸手去枕头下摸了摸高团长给她的手枪。卢云将手枪从枕头下拽了出来，棕色的皮套外只露出一只黑灰色的枪把儿，手在皮套和枪把儿上游走着。只用了半个时辰卢云就跟小蔡学会了使用这支枪，包括往弹夹里装子弹，以及往枪上上弹夹，然后打开保险，扣动扳机，当然，扣动扳机之前还要眯着一只眼睛瞄准，只是到现在为止还没有放过枪。小蔡教她学使用枪的时候，卢云恨不得马上就开始打仗，她渴望真正的射击，而不是端着枪眯着眼睛在那儿瞄准。可是，现在她突然间害怕战斗真的开始，一种像小王所讲述的场景在自己眼前真的展开。卢云重新将枪塞到枕头下，闭上眼睛，她想睡一小觉，不再去想这些已经无法避免的事情了。

突然，卢云听到隔壁院子里有人大声地说话。先是一个女人的声音，说，你喝这么多酒不在家歇着，这深更半夜的你要上哪去？

然后是一个男人的声音，说，你不用管，我这回一定会发笔小财。男人这酒一定是没少喝，说话时舌头都团团了。

接下来是女人拉扯男人的声音，你能发啥财？喝点猫尿就去找女人，我还不知道你？听我话，赶紧上炕睡觉。

男人团着舌头说，你，你一个老娘们儿，懂个鸡巴？你甭管我！

女人带着哭腔说，这满巷子的八路军，要是叫他们知道了，你的小命还要不要啦？

男人说，你不说，我不说，他们咋能知道！

女人说，要想人不知，除非己莫为。

男人说，你别跟我瞎白话，滚回去！说着，挣脱了女人的拉扯出了院子，踢里踏啦地向东走了。

最后是女人唉声叹气地回了屋子，周围又静了下来。

卢云一下子睁开了眼睛，忽地坐了起来，转身就去拉小王，叫道，小王，快起来，有情况！小王却是翻过身去，咬了咬嘴，咽了口唾沫，接着睡。卢云匆忙地穿上衣服，从枕头下拽出手枪，打开枪套，将枪握在了手里。卢云回头看了一眼小王，转身下地，穿上布鞋，冲出屋子和院子，向东边看了看，狭窄的巷子黑咕隆咚的，灰蒙蒙的月光中，仿佛看见不远处一个跟跟跄跄的身影。一瞬间里，卢云似乎忘记了一切，冲着那个身影追去。

眼看着那个身影近了，卢云大声叫道，站住！站住！干啥的？上哪去？

跄跄的身影似乎没听到一般，仍然是跟跟跄跄地向前走着。

卢云这时离这人只有几米远了，甚至看清了他蓬乱的头发和破烂的衣服。卢云再次大声叫道，站住！站住！我开枪啦！

就在卢云距这人几步远的时候，这人突然转回身来，他手里居然拎着一把菜刀，在胸前用力地一挥。

卢云只觉得一道寒光一闪，她手里的枪就响了，挥动菜刀的男人一条腿跪到了地上。

清脆的枪声在寂静的灰蒙蒙的巷子里久久回荡。

最先冲到卢云面前的是小蔡和楚政委的警卫员小肖。小蔡和小肖手里都握着短枪，小蔡用枪逼住跪在地上的男人，嘴里却在问卢云，怎么回事，小卢？

卢云道，我听到这个人跟他媳妇的一段对话，他可能是要去国民党军那里报告，就跟了出来，叫他站住他不听，还对我挥动菜刀，我就开枪了。

小蔡和小肖扭住男人的胳膊，小蔡说，老实点儿，跟我们走。

小蔡和小肖押着男人往回走的时候，巷子里又冲出来不少人，有工友，也有独立团的人，大家一边问着，议论着，一边将男人押到了高团长和楚政委的房间。可是，还没等审讯呢，男人的老婆哭喊着挤进屋来，一看男人的腿上有血，哭喊得更来劲了。

小肖上前厉声喝止了女人的哭喊。

小蔡随后说，你男人居然要向国民党军报告我们到来的消息，这是什么性质的问题你知道吗？按军法，他这是死罪，是要挨枪子儿的。

女人由哭喊变成了抽泣，说，他不是坏人，他就是个酒鬼，一天从早喝到晚，到处借钱，到外找女人，欠了一屁股债，老婆孩子的死活管也不管。

这时，孟队长带着几个护厂队员赶来了，将男人一顿臭骂，看了一下受伤的腿，只是伤了点皮，没大事儿，就叫护厂队员将男人扶回家去。

孟队长他们走后，高团长立刻表扬了卢云，说，小卢同志警惕性很高，值得我们大家学习，战争中的军人睡觉时眼睛都是睁着的，任何一点小的失误或差错，都有可能酿成大祸。

楚政委则说，小卢同志不光是警惕性很高，行动上还果敢，如果犹犹豫豫，错过了抓捕这个醉鬼的时机，也可能酿成大祸。

小王拉着卢云的手道，小卢，你可真行，羡慕死我了，我这枪都挎了好几年了，一次都没开过。你可倒好，刚刚拿了枪，就用上了。关键是，你第一次开枪就能打中那人，太厉害了！

从枪响直到此时，卢云才感到心在狂跳，脸上热涨，握着枪的手全是汗，而且抖动不止。卢云一下子搂住了小王，整个脸都埋在了小王的肩上。

小蔡见卢云的手枪就耷拉在小王的后背上，急忙上前从卢云手里夺过手枪，关上保险。小蔡说，小卢，枪在不用的时候，要马上关保险，万一走火可不是闹着玩的。赶紧把枪收枪套里面，这样拎在手上太危险啦！

　　卢云回过身来，手哆嗦着从小蔡手里接过手枪，插进枪套里。

　　那天后半夜，小王兴奋了，一边守着电报机，一边跟卢云聊，两人都没有倦意，一直聊到天亮。

　　小王昨天晚上就给师部发报，告知独立团距离鞍山市区只有二十公里，他们将从西面进入鞍山，并准备从西北面攻击神社山。师长虽然感到有些意外，但没有深究，还肯定了独立团的攻击计划，让他们隐蔽休整，明天午后五点前准时到达进攻位置，等正面进攻开始后再突然动手，一定要快，打敌人一个措手不及。

　　独立团是在午后三点半钟从永乐工人棚户区出发的，到神社山不到十里路，一个小时就能赶到。孟队长说去早了不好办，神社山的西边是一片平地，没有隐藏之处，而且离长大铁路又很近，容易被国民党军的巡逻队发现。

　　铁西区到铁东区需要跨越长大铁路，唯一道路是铁东区青年街与铁西区启明街衔接的北道口，但那里有警察看守，孟队长便选择了离昭和制钢所近的那片荒草甸子越过长大铁路。出乎意料的是，独立团在跨越过长大铁路时，恰巧遇上了国民党军的巡逻队，双方在铁路两边展开激战。更没想到的是，敌人的增援部队很快赶来，打了半个多小时，居然没冲过去。高团长担心耽误神社山的攻击任务，不敢恋战，只好下令撤退。国民党军的巡逻队也没有追击。

　　独立团重新回到永乐工人棚户区。高团长决定队伍先休息，待天黑后再行动。

　　楚政委说，师部要求我们五点前到达攻击位置，如果影响了总攻部署怎么办？

　　高团长一边抽着纸烟一边看着鞍山城区图，烟抽完了才说，第一，国民党军的巡逻队既然已经发现我们了，一定会加强巡逻力量，阻止我们通过长大铁路。第二，如果攻击神社山的战斗五点正式打响，国民党守军一定会对我们的侧翼攻击设防，我们即使按时发动攻击恐怕也难取得好的效果。所以，我想，让正面攻击队伍先打上一阵子，正面吃紧了，我们又迟迟未到，敌人可能会有所麻痹，放松对侧翼的防御，这时，我们再摸黑上去。

　　楚政委说，也好，就这么办。

　　下午五点前，小王接到师部电报，询问独立团是否到达攻击位置。高团长让小王回道，我们在长大铁路遭遇国民党军的阻击，敌人火力很猛，我们已经撤回，决定天黑后再行动。

　　五点整，高团长他们听到神社山方向响起密集的枪炮声，一定是攻击开始了。

独立团并没有在天黑后马上行动,高团长说,先别急,让那边先打一阵子,敌人见我们迟迟未到,而正面又吃紧,一定会把防御我们的兵力调到正面去,那时,我们再进行攻击,将敌人一举击溃。

高团长坐在孟队长家的土炕上,老张在到达腾鳌时弄了几斤腾鳌老窖散装白酒,他就倒了两碗,又弄了一盘花生米,跟孟队长一边聊天一边小口地抿着。

晚上八点了,一旁的楚政委似乎有些焦虑了,说,老高,已经八点了。

高团长听了听外面的枪炮声,说,别急,再等等。

直到九点钟,高团长这才将碗里的酒干了,说,老孟,咱哥俩挺对脾气,等我们打了胜仗,解放了鞍山,一定好好喝一顿。

有点红头涨脸的孟队长说,没问题,到时候我找几个能喝的工友陪你。

部队在孟队长和十几个护厂队员的引导下再次出发了。

孟队长的意思这次换个地点过长大铁路,高团长却说,别,还从那儿过。敌人不会再在那儿重点布防了。

还真的被高团长言中了,部队仍然从上次那个地方过长大铁路,没遇到国民党军的阻击。顺利地进入铁东区后,独立团绕过女子中学和市政府,直奔神社山的西侧。

国共两军仍在激战中,密集的枪炮声在夜晚显得格外清晰,尤其是在山脚下,可谓震耳欲聋。

高团长让袁排长派几个人在山前侦察一下,又让卢云和小王跟炊事班老张隐蔽到西边的几户破旧的房屋边。一刻钟的工夫,袁排长他们就回来了。听完汇报后,高团长命令全团所有战士集中火力从西面山坡攻击,不给敌人喘息机会。一千几百名战士猫着腰,借着微弱的月光,在松树林的掩护下,向神社山上冲去。

这场战斗之惨烈是许多人都没有想到的,包括高团长。神社山并不高,也不很大,但敌人精心设计建筑的碉堡与工事发挥了巨大作用,火力交叉配备非常严密,我军正面攻击部队几次攻上山顶,但是没有立足之处,结果又被击退下来,伤亡惨重。在拉锯似的争夺了几个小时后,独立团的突然插上发挥了关键作用,敌人腹背受敌,正面防线不久就被冲垮了。直至凌晨三点,我军完全占领神社山,之后向北冲下山去,迅速攻占了山底的市政府和女子中学,敌驻守鞍山的五五一团被全歼,鞍山第二次解放。

解放鞍山后,四纵及辽南独立师掉头迅速南下,向海城发起进攻。海城守敌一八四师师部及五五二团势单力薄,无法支撑,在四纵军事攻势、政治攻势双重压力下,一八四师师长潘朔端宣布战场起义。驻大石桥的一八四师五五〇团被四纵在追击中歼灭。"鞍海战役"圆满结束。

14. 出　嫁

卢云去部队不久，卢芳就出嫁了。卢芳当然嫁给了方七爷。

卢四宣布这个决定是在晚饭之后。卢芳和卢秋刚刚把桌子收拾干净，坐在八仙桌旁椅子上的卢四就让卢芳给他泡茶，他自己则点上一锅烟，吧嗒吧嗒地吸了起来。等卢芳把茶端上来，放到他身前，他突然就说，你们都坐下来，我有事儿跟你们说。

卢四说话的音调肯定有些异样，娘仁不约而同地把目光转向了他。卢四老婆在卢四的对面坐下，卢芳和卢秋则搬来长条板凳坐在八仙桌南边，都静静地等待着卢四说话。

卢四没有看她们，两眼看着门外，目光呆滞无光，烟斗含在嘴里吧嗒吧嗒地吸着，青灰色的烟雾在他那黑红的脸前无力地向头顶弥漫着。

卢四迟迟没有开口，娘仁自然就有些急。卢芳先开了口，问，爸，出了啥事？你咋不说话呢？

卢四的目光随着卢芳的话音停留在她的脸上，卢四终于说话了，但卢四的话开头时说得磕磕巴巴。卢四说，老，老大，方七爷要娶你，做，做三房。

卢芳惊叫道，爸，你说啥？再说一遍！

卢四没有再说一遍，而是说，我考虑了多日，最终还，还是答，答应了他。我知道你们都会反对，但，我没有别的办法。其实，你们都知道，有一次方七爷请我去镇海大酒楼喝酒，那天就跟我提了这事儿，但我一直没吐口。这次非同一般，老三被土匪劫了，性命攸关，我能见死不救吗？可是钱在哪儿呢？

卢芳从长条板凳一下子站了起来，愤怒且带着哭腔道，没有钱，没有钱就把我给卖啦？三妹是你闺女，我不是吗？三妹是你亲生的，难道我是抱养的？

卢四脸上的表情此时已经木然，他没有理会卢芳失控的情绪，将目光从卢芳脸上移开，从卢秋和老婆的脸上扫过，然后低头看着手上的烟斗。黄铜的烟锅里，烟沫不时地忽闪一下细碎的火光，青灰色的烟雾单薄无力地在自己的胸前升腾，欲断还连的样子似乎就是自己现在的心境。

这时，卢四老婆从对面的椅子上站了起来，她伸着胳膊，手指指着卢四的脸，嘴哆嗦了半天才说，方七爷多大年纪啦？老大可是才二十有一啊！说着，身体一晃，向后倒去。多亏卢秋手快，上前将她扶住。卢四老婆脸色惨白，说不下去了，一屁股坐回到椅子上去。

屋子里死一般地寂静，卢四甚至听到了自己的心在咚咚地跳动。卢四重新装了一锅烟，点着了吸了几口，这才接着说，你们说的这些我能不考虑么？为啥挺了这些日子我都没答应呢？我反复地琢磨过了，这方七爷虽说是江湖上的人，但在镇子里没见他打家劫舍，欺男霸女，口碑还是不错的。日本人在的时候没把他怎么样，这国共争天下也没把他怎么样，土匪多残忍霸道，人家一人去了居然也能把事儿摆平，这说明啥？常言道，识时务者为俊杰，在这么混乱的社会能摆布得开，没点真本事行吗？所以，这样的男人还是值得女人依靠的。当然，他已经有了两房姨太太，但听说都不能生儿育女。所以，老大嫁过去后如果能给方七爷生儿育女，一定会得到方七爷的宠幸，这一辈子你还有啥可愁的？还有……卢四似乎是找到说话的感觉，不但不再磕磕巴巴，还有点滔滔不绝的味道了。但卢芳却突然哇地叫了一声，两手紧紧捂住脸，扭身朝东屋跑去，随后传来一阵紧似一阵的哭泣。

卢四一下子慌乱起来，连忙用烟斗指着卢秋道，快，快，赶紧过去劝劝。卢秋和卢四老婆突然想起来似的，转身进了东屋。

卢四也离开椅子，在堂屋里团团转了起来。

那天晚上卢芳趴在炕上哭了小半宿，卢秋和卢四老婆也陪了小半宿，怎么劝，也不能阻止卢芳的哭泣。直到泪水哭干了，卢芳才翻过身来，对母亲和卢秋说，你们不用管我啦，我都想明白了，这就是我的命。古人说，人不能与命争，我认了。说完下地，打来洗脸水，细致地洗了脸，然后自己沏了壶茶，一边慢慢地喝着，一边两眼直直地看着门外，看着门外被月光映照得灰白的庭院。

院子里干干净净，这是父亲的习惯，因为这个习惯，家里连鸡鸭都不养。每次雨后，待地面稍干，父亲就用花岗岩凿的碌碡反复地将地面碾压，直至平整光滑如镜。雪后则是立刻将雪清扫干净。小的时候，父亲甚至不允许地面上有脚印，尤其是雨后，不允许在地面上走，谁踩出了脚印，就罚谁。院子南面是两棵高大的槐树，此时黑森森的。那上面有三个麻雀窝，每年这个季节都会有二十来只小麻雀生育出来，露着小脑袋，叽叽喳喳地叫个不停。还有南面的那块菜地，被父亲侍弄得像画儿一样整齐。他还专门在菜地里打了一口井，用铁链将水一环环地提上来，水进入到小巧的水渠里，汩汩地流进一畦畦的菜地里。还有屯子南面的莲塘，那一塘碧莲的风情与美丽。雨天跟父亲去打鱼，那样情景是多么的惬意。还有卷了十来年的纸烟，帮着父亲翻炒花生米，去镇子里的林记大药房给母亲抓药。这一切即将离自己而去。

　　作为长女，卢芳是一个明白事理的人，家里连续出了这么多事情，谁去承担呢？或者说，谁能承担得了呢？再者说了，方七爷为了救三妹花了两千块大洋，父亲这辈子也别想还上。还有，父亲腰伤时，方七爷从海城给请的整骨大夫，也花了不少钱，人家分文没要。卢芳前思后想，认为这就是命，因为三妹要不去参军就不会被土匪劫持，不被土匪劫持父亲就不会答应方七爷的婚事。再往前捋，如果她们那天不去西窑泡子打鱼，就不会遇到国民党兵，父亲自然也不会挨那一枪托子，也就不会去请方七爷，自己当然就不会被方七爷惦记上。可是这一切谁能事前想得到呢？想通了的卢芳从那一刻起，把满腔的怨恨都记在了卢云身上，以至于多年对卢云都是不冷不热，不咸不淡。

　　婚礼在一个月后的一天早上隆重举行，那是自日本人侵占东北以来镇海寺最大排场的一个婚礼。

　　迎亲的队伍和看热闹的人群将卢四的院子里外塞得水泄不通，喇叭和锣鼓声震耳欲聋，尤其是他们一边吹打着一边手舞足蹈地表演，将院子外搅得尘土飞扬。

　　大红的轿子停在院子里，四个青壮小伙黄衣黑裤，青面白底布鞋，红色的丝带扎着腰，一色的短打扮，杨树桩似的站立在杠子头，虎头虎脑的，透出一种充满青春活力的精气神。

　　方七爷是在胖子司仪的引导下走进卢家小院的。方七爷头戴黑色瓜皮帽，上身穿了件带着灰色暗花图案的黑色缎面短褂，下身是灰色丝绸筒裙，脚下是青面白底千层底布鞋。方七爷脸上仍然是平时的那种平静，那种不动声色，但仔细一看，那平静与不动声色里却流露着难以掩饰的意气风发与志得意满，他的脚步便显得格外的轻盈与矫健。

　　当方七爷在卢四的屋门前站好后，胖子司仪高高地举起手，在空中摆了摆，鼓乐声还有人群里的喧闹声瞬间停了下来，人们似乎都屏住了呼吸，院子里外静得连院前菜地里的蛤蟆咕咕的叫声都隐约听得见。

　　按辽南的婚俗，方七爷先是举手敲了三下门，然后高声叫道，岳父岳母大人，小婿方道中前来迎娶你们的女儿卢芳过门，请给小婿开门。

　　屋里静静的，没有回音。

　　方七爷在短暂的停顿后，又两次重复前面说的话。屋里这才传出卢四的声音，然后门就开了。方七爷和胖子司仪走进屋去,给坐在八仙桌两边的卢四和卢四老婆行跪拜礼,然后去卢芳的闺房迎接新娘。

一刻钟后,头上戴着红盖头,一身白色婚纱的卢芳由方七爷挽着胳膊从屋里走了出来,袅袅婷婷的步态与身段,让所有在场的人不能不目瞪口呆。镇海寺的人这是第一次看见女人穿这种婚服,过去他们只是听说过这种洋服,但没见过。所以,在瞬间的宁静后,突然爆发出一片欢呼声,如潮水般在卢四家的院里院外涌来涌去,久久不肯停息。

紧随卢芳身后的伴娘是卢秋。卢秋穿了一套浅灰色短褂,胳膊上挎一只有大城市女人才用的小巧的紫红色皮包,脸上略施淡妆,一种逼人的闲淑雅致的大家闺秀气质。

卢芳没有按胖子司仪的指引上轿,这让已经将轿帘掀起的方七爷多少有点尴尬,一只胳膊就僵在了那里,像京戏里丑角的亮相或造型。卢芳出了屋门,只是朝院里院外的人群看了一眼,一转身,由羊肠小道穿过菜园子,朝前面的莲塘走去。方七爷和胖子司仪都愣住了,他们不知道卢芳想要干什么。胖子司仪看了方七爷一眼,一只手提起马褂,赶紧追了上去。

胖子司仪气喘吁吁地说,卢小姐,卢小姐,应该上轿子啦!大家都等着哪!

卢芳没有理会胖子司仪,胖子司仪似乎想绕到前面拦住卢芳,被卢秋伸手挡住了,卢秋冲他笑笑,什么也没说。胖子司仪尴尬地也笑了笑,就在原地站着不动了。

卢芳在百米外的莲塘前停下了脚步,然后沿着塘边款款地踱着。曳地的白色婚纱在卢芳的身后婀娜逶迤。

正是夏末秋初时节,莲塘里的莲叶早已经雨伞般地连成漫无边际的一片,亭亭玉立,摇曳多姿。红白相间的硕大的莲花已经不多了,枯萎的花瓣也七零八落地散落在莲叶和水面上。也有些微的清圆刚刚挺立出水面,虽然还很单薄,但在微风中却也毛茸茸地可人,尤其是上面嵌着豆粒大小的水珠,在阳光里闪着珍珠般晶莹的光泽。微风拂过水面,清圆一阵晃动,水珠忽而溜圆,忽而拉长,不停地变幻着形状。几声蛙鸣不知因何响起,却有如天籁之音般在水塘的四周悠长地回荡。

卢芳在莲塘边上流连不已不能不令方七爷百思不得其解。方七爷似乎并不像胖子司仪那样着急,他随后走了过来,就站在卢芳的身后,煞有介事地也看着那一塘遮天蔽日的莲花。

卢芳的脸上并没有什么痛苦一类的表情,脸看上去格外平静,早晨的阳光柔和地照在她的脸上,红润而光亮,但她的目光却让方七爷觉得有些散淡与迷离。方七爷显然想知道卢芳在看什么,或者在想什么,他几次凑到卢芳的身前,眯起两只锐利的眼睛在她脸上耐心地睃巡着,但卢芳的目光像塘里的莲花一样清纯无瑕,结果自然是一无所获。方七爷只好微微一笑，似乎是自嘲，然后便静静地站在卢芳的身后，耐心地等待。

卢芳在塘边流连了足足有一刻钟后，才回转身，在卢秋的伴随下，拖着曳地婚纱回到了屋前。方七爷早已经将轿帘掀起，卢芳谁也没看，连她生活了二十一年的屋子也没看，头一埋，钻进了大红的轿子里。卢秋随后也跟着钻进了大红的轿子里。

卢芳的出嫁作为当年镇海寺最重要的事件被镇里镇外的人们长久地议论着，甚至到了冬天，也不见有降温的迹象。卢芳出嫁的仪式还在那天构成了一道亮丽的风景，留存在目睹了当时情景的镇海寺人们的心中，成为他们后来无法忘怀的记忆。镇海寺的达官贵人们的千金小姐居然有不少人发誓，自己的婚礼仪式一定要超过卢家的大小姐卢芳，但后来的历史却没有再给她们这样的机会。物是人非，春秋代序，没谁能够重现那个场景，她们只能在回忆与想象中唏嘘不已。坐在轿子里的卢芳并没有看见离开生活了二十一年的那个院子后那一路的风景，她只是听到震耳的锣鼓、唢呐，以及尖厉高亢的喇叭混合在一起的民乐演奏，它们掩盖了路旁围观的人们发出的各种议论和赞叹。这真是一个风和日丽的好天气，没有风，通往镇子的沙土路纤尘不起，倒是迎亲的队伍和观看的人们一路上踏起薄薄的尘埃，却像水墨画中的淡墨一样，随着清水荡漾开去，似乎要为那壮观的画面留作背景。

坐在轿子里面的卢芳没看到方七爷，按说他应该走在轿子边上，但卢芳后来听说，方七爷是骑在一匹白色的高头大马上。卢芳这才想起，那天她确实是听到了轿子外面有"嘚嘚"的马蹄声。

方宅门楼前的场院的两侧临时搭起了两个用苇席苫起来的吹棚，卢芳的轿子进了场院还没落地的时候，两个吹棚里的喇叭就呜哇呜哇地对着吹起来，与迎亲队伍后面的喜乐遥相呼应。在最后的几十米里，轿夫们开始了他们最后的颠轿的把戏，让卢芳觉得屁股下的轿子似乎要飞起来一般。四个年轻后生，闪展腾挪施展出十八般武艺，生龙活虎般地让肩上的轿子在空中飞舞，赢得围观的人们一片叫好声。后生们便越发地来了精气神，刚刚洒过水的场院竟烟尘暴起，呛得轿子里的卢芳咳嗽不已。足足有六七分钟，卢芳才听到司仪吆喝年轻后生停停停。卢芳确实已经是头晕脑涨腰酸腿疼，而且一阵阵地恶心，几次险些将一早喝的大米粥吐出来。卢芳并没有怨怼，因为那六七分钟的经历仍让她终生难忘，那是只有女人才会有的一种感觉，一种一生只有一次的感觉，而且，并不是所有的女人都能够体验到这样的感觉。

轿子终于在场院上落了地。轿帘被人用手指轻轻挑开，虽然头上戴着盖头，但卢芳仍然从不时闪开的缝隙看到一个头戴瓜皮帽，身穿藏青缎袍，胸前挂着一个由硕大的红绸扎成的花团的瘦瘦的男人出现在眼前。那一刻，卢芳将目光滞留在方七爷的脸上，久久没有离开。在此之前，卢芳虽然见过几次方七爷，但卢芳都没敢正眼看他。

从现在开始,她知道,自己就是这个既神秘而又富于传奇色彩的瘦瘦的男人的女人了,自己此后的一生就要维系在他的身上了。那一瞬间,卢芳的目光既清澈妩媚,又有些茫然无措。

方七爷仍然是那种宠辱不惊的表情,但卢芳从中却觉出了一丝慈祥与温情。于是,当方七爷向她伸出细长的手臂来,卢芳似乎很自然地将左手搭在了方七爷的右手上,然后由方七爷搀扶着下了轿。

下了轿的卢芳,两眼被阳光刺得有些睁不开,她也不敢往两边看,但不看她也知道门楼前的场院上挤满了人,因为她听到了一片艳羡的啧啧声,那声音像海潮一般,在欢天喜地的鼓乐声中,她仍然清晰地听到那一片让她有些迷醉的声音。卢芳这时感觉到了自己心的狂跳和脸的绯红。

这时,胖子司仪走上前来,两手抱拳,冲方七爷和卢芳连连作揖。卢芳瞥见了方七爷瘦削的刀条脸上一片得意的微笑。

在胖子司仪的引导下,卢芳和方七爷并肩穿过场院,走向方家大院的门楼。那一次来方家虽然匆忙,但方家大院前的景象卢芳肯定已经不再陌生。卢芳始终低着头,眼睛看着干净平整的地面和自己的脚,但在迈进方家门楼高高的门槛的一刹那,卢芳不知为何却抬头看了一眼门楼上的那块用泥金写着柳体楷书"方宅"的胡桃木匾,这一眼让卢芳身不由己地打了个激灵,两腿一软,整个身体向地面坠落下去。方七爷反应很快,一伸手,挽住了卢芳的胳膊,再一用力,卢芳的身体就直立起来。这一下让卢芳惊出了一身冷汗,脸色涨红,一瞬间她感觉到了瘦瘦的方七爷居然有如此的力道。卢芳在重新抖擞精神的瞬间瞥了方七爷一眼,方七爷似乎并没有察觉,好像什么也没发生一般,依然轻盈地迈着方步。

在以后的岁月里,这块胡桃木匾给卢芳的心中留下了一片永远无法抹去的阴影,让卢芳每每想起它的时候便不寒而栗,以至于她在每次出入方家的时候都有意识地低头躲避它的阴影。

进了宅门,里面是一个很大的院子,一条用石板铺就的一米来宽的甬路分别伸向南屋和北屋两趟房子。院子里也是满满的人,这时谁都顾不上忙自己手里的活计,都停住了手脚,瞪大了惊讶的眼睛看着款款而来的新娘。院子里再次响起一片啧啧声。一块块石板从卢芳的脚下缓慢地移向身后,她终于来到了北屋门前,然后迈过门槛,走进了堂屋。这时,卢芳头上的红色盖头由方七爷摘了下去。太阳这时还偏在东南,堂屋里便有些昏暗,但卢芳仍然看清了在一张很大的长条桌上供着方七爷祖上的牌位,青铜香炉上香烟袅袅。

胖子司仪早已经在供桌前站好了,这时,他底气十足地咳嗽一声,院子里立刻安静下来。司仪抻长声音宣布,方道中方七爷与卢家大小姐卢芳结婚仪式现在开始。新郎新娘向宗祖跪拜三叩首，一叩首。卢芳和方七爷连忙跪到铺着红毡的地上磕了个响头。胖子司仪又接着喊，二叩首，三叩首，卢芳和方七爷就又连着磕了两个响头。然后他们在司仪的引领下走出北屋，来到院子里，向证婚人、来宾、亲朋好友三鞠躬。之后是证婚人致祝词。

　　证婚人方七爷请的是田镇长。由田镇长做证婚人还是出乎许多人的意料，方七爷虽然不曾危害过谁，但毕竟是江湖上的人。因此，田镇长的出席和祝词就格外引人注目。

　　田镇长先是清清嗓子，然后说，各位来宾，女士们、先生们，大家好！今天是卢芳小姐与方道中先生的大喜日子，我代表共产党镇海寺人民政府，同时也以我个人的名义，向他们表示衷心的祝贺！接下来，田镇长的话陡然一转，连脸上的微笑也立即散去。田镇长说，实不相瞒，接到方先生的请帖，我很是犹豫了一阵子，镇政府的同志也让我三思而后行。但是，共产党、东北民主联军讲究一个光明磊落。我这个人做事呢也是这样，也讲究一个光明磊落。今天到场的来宾可能会有人不知道，一个月前，卢芳小姐的妹妹卢云和东北民主联军的一个警卫员被土匪老树皮给劫了，勒索五千块大洋，而且就给两天时间，否则就撕票。方先生只身一人深入大苇荡，冒险救出卢云和警卫员。这说明啥？一个是豪侠仗义，另一个是对当前国共两党斗争大局有一个清醒的认识。就凭这两点，方先生的婚礼我一定要参加。共产党和东北民主联军的政策是爱国不分先后，不分年龄和职业，只要肯为中国人民的解放事业出力，我们就双手欢迎。田镇长的话赢得了一片叫好声，之后，田镇长的祝词在祝福方先生和卢小姐美满幸福早生贵子中结束。

　　祝词之后，震耳欲聋的鞭炮便骤然间响起来，所有的声音都被经久不息的鞭炮声掩埋了，整个镇子的人几乎都听到了那天上午的鞭炮声。鞭炮响过之后，胖子司仪就宣布酒宴开始。其实，还没等胖子司仪喊酒宴开始，院子里临时搭起来的三个灶房里的炒勺就叮叮当当地响起来了。眨眼间，院里院外摆满了桌椅，七碗八碟便在年轻后生们的手中飞快地传向酒桌。

　　卢芳目睹了那盛大的酒宴场面，那种吆五喝六的吵闹是一种喜庆，一种乡村的风俗，要的就是这种气氛。后来，方七爷的大姨太、二姨太都对卢芳不无嫉妒地说，卢芳的婚礼让女人感受到做一回女人值得。

　　田镇长本来没想留下喝酒，但是方七爷请了镇上不少有头有脸的人物，非让他坐到主宾席上，给他撑桌面。方七爷还叫来卢秋坐陪，田镇长就不好意思走了。

　　坐下后，田镇长扭头对卢秋说，你今天的穿着格外的好，非常的洋气，还雅致，跟城里的大学生似的。

　　卢秋的脸就一红，说，是吗？

14. 出嫁

田镇长说，当然，那还假得了？

卢秋瞪了田镇长一眼，撇了下嘴，说，田镇长就会拿我们开玩笑。不过，这衣服啥的却是方七爷在沈阳城里请的裁缝专门定做的。

田镇长说，你看看，你看看，我说的嘛，不一样就是不一样。

卢秋被田镇长说得更加的不好意思起来，见同桌的几个来宾往他们这里看，脸就红了，连忙低了头。

田镇长似乎根本不在乎这个，问卢秋，小卢，你什么时候办喜事啊？如果没有合适的人，我再来给你做证婚人，怎么样？

卢秋的已经脸通红通红，说，那敢情好，只是，我现在连对象还没哪！

田镇长说，是吗？你肯定是不用愁啊！

田镇长和卢秋这边正说着呢，院子外的场院上突然响起几声清脆的枪声，院里院外瞬间就乱了。

此时，方七爷和卢芳正在东厢房里休息，准备一会儿给客人们敬酒。枪声一响，卢芳下意识地两手拽住了方七爷的胳膊，扭头看方七爷。方七爷却一脸的镇定，仿佛压根就没听到枪声。方七爷歪头看了看卢芳，然后轻轻地拍了拍卢芳的手，卢芳似乎明白了他的意思，便松开了两手。方七爷快步走出来，冲大家微微一笑，道，各位不要惊慌，在我这里，大家尽管放宽了心，我保证不会有事的。大家尽情地喝酒，我出去看看。

方七爷朝过堂的门楼走去，看到许多来宾从椅子上站了起来，伸着脖子向门楼外看，挨着门楼的两桌客人有的正向门楼外拥去。方七爷向慌乱的人们挥了挥手，示意大家安静，然后走向门楼。在门楼处拥挤的人见方七爷来了，立刻闪出一条路来。方七爷跨出门楼一看，场院上已经乱成了一锅粥，二百余人几乎都离开了酒桌，像热锅上的蚂蚁一般，相互拥挤推撞着，还有一小部分人向场院北面的那条街道拥去。

这时管家吕先生慌慌张张地跑了过来，气喘吁吁地对方七爷道，七爷，老树皮带了几个弟兄来给你贺喜，刚刚在账房那儿写了二百块大洋的礼，就被随后赶来的十来个东北民主联军用枪给逼上了。两句话没说上，双方的枪就响了。老树皮人少势单，带着几个弟兄向村北方向跑了，这东北民主联军就一路追下了去，不知道现在咋样了。

土匪头子老树皮与警卫员小蔡同时出现在卢芳与方七爷的婚宴上，既出乎别人的意料，也出乎他们自己的意料，连方七爷也没想到，因为他并没有给老树皮送请帖。

这时又有不少人围过来，问方七爷咋回事。方七爷笑道，大家回桌尽管喝酒，没事的，不过是一点误会。方七爷回头对吕先生吩咐道，赶紧招呼客人，让大家放心喝酒。

吕先生连忙点头，转身一边用袖子擦着额头上的汗，一边一溜小跑地挨桌去招呼客人。

方七爷刚想抬腿回院子里，警卫员小蔡带着十来名全副武装的战士汗淋淋地回来了，同时还押回来两个腿被子弹打伤的土匪。到跟前了，方七爷才认出来小蔡，还有穿着军装的卢云。

不等方七爷打招呼，卢云已经上前对方七爷道，方七爷，我是接着管你叫七爷呢，还是管你叫姐夫呢？

卢云的话里似乎含有点什么味道，方七爷哪里会听不出来，立刻笑道，三妹，我们已经是一家人了，自然不能说两家话呀！蔡同志，你说对吧？

小蔡连忙笑道，方七爷的话有理。小蔡也擦了下头上的汗，然后接着说，方七爷，我们是受高团长和楚政委委托专门前来给您贺喜的，没想到刚才我们遇上了土匪老树皮……

方七爷不等小蔡说完，就接过话来道，蔡同志，刚才的事我已经知道了。我的意思是这样，不论咋讲，今天是我的大喜日子，图的是个吉利。老树皮过去跟我没任何关系，这你们知道。我也没有正式请他，但人家来喝我的喜酒，我只能是欢迎。你也是一样，跟我也没有啥关系，你来了，我也一样地欢迎。我想我的意思你们应该明白了。

小蔡立刻收了笑容，脸色就有些严肃起来。小蔡没有马上回方七爷的话，而是沉吟了一下，才说，方七爷，不久前你冒险救了我和卢云同志，我们和部队首长都非常感谢你。我们这次来，一方面是因为卢芳是卢云的姐姐，我们陪同卢云同志前来贺喜，另一方面就是代表部队首长向你表示感谢。但是我们对待土匪的态度却一向是分明的，就是坚决予以剿灭。

方七爷仍然是一副泰然自若的样子，但他的语气却是柔中带刚。蔡同志，部队有部队的规矩，这我懂。可是呢，江湖上也有江湖上的规矩，我在江湖上混就不能破坏江湖上的规矩。我凭啥能救出你和三小姐呢？凭的就是江湖上的信誉和规矩。我是江湖上的人，我只能按江湖上的规矩做人做事，这一点我想蔡同志也一定会理解的吧？

小蔡反问道，那方七爷的意思是……

方七爷看了一眼被绑了胳膊跪在地上的两个土匪，然后盯着小蔡的脸道，把他俩放了，你们进来喝酒。

小蔡似乎有些不相信自己的耳朵，惊叫道，你说什么？把他俩放了？

方七爷道，是的，把他俩放了。

卢云抢着说了句，方七爷，我们部队首长已经决定了要剿灭老树皮这帮土匪，只是现在没倒出空来。现在，我们抓了土匪，还把他们放了，这，我们没法向首长交代啊！

方七爷笑道，三妹，部队上的事我管不着，我只管发生在我家里的事。你们在我的家里，我的结婚喜宴上抓捕给我贺喜的人，这无论如何也说不过去。何况老树皮给过我的面子，不然你们今天怎么会有机会反过来抓捕他们呢？

方七爷的这番话显然是极具说服力，小蔡和卢云一时都没了话说，双方一下子就僵持在那里了。

这时，田镇长和卢秋走了过来，方七爷连忙给他介绍小蔡和卢云，又把刚才发生的事情简单地跟田镇长说了一遍，然后说，田镇长是我们镇海寺最高官员，这个事儿就请他裁断吧！

大家便将目光都转向了田镇长。

田镇长似乎连思考一下都没有，当即说，按方七爷说的办，这两个人放了，所有前来的东北民主联军的同志们进院里喝酒。

小蔡和卢云没想到田镇长会站在方七爷一边说话，都愣住了，一时间竟进退无措。

最后还是方七爷打破僵局，他对卢云说，三妹，请所有前来的弟兄们进里面喝喜酒吧，你大姐在东厢房呢，赶紧去见见她吧！

卢秋上前拉住卢云的手，一边打量着她，一边说，哎哟三妹，穿了军装真就像个军人啦！走，咱们进去看看大姐！

卢云扭头跟小蔡的目光碰了碰，这才不无迟疑地带领十余名战士跟在田镇长和卢秋的身后进了方家大院。

那两个被子弹打伤了腿的土匪在简单地包扎了一下之后，被方七爷的车夫王二赶着马车送回了卢甸大苇荡。随着马车一块拉去的还有四坛子镇海寺小烧锅和两筐自己熏制的猪头、猪蹄、猪肘子、猪肝、猪耳朵等。

15. 失　踪

立秋了，有枯黄的杨树叶飘落在地上，太阳不再那样炎热，天空变得晴朗而空阔，云不知都去了哪里。莲塘里那一片繁茂的莲花已经开始出现枯黄的痕迹，尤其是莲蓬，几乎完全枯黄，并东倒西歪，呈下垂之姿。

卢四家里卢云入伍，卢芳出嫁，三姊妹只剩下卢秋一人。原来的嬉闹没有了，家里便一下子冷清了下来。卢秋参加的镇里办的妇女干部培训班还没结束，上课或者培训都要看镇政府的工作是否空闲。除了偶尔临时分派一点工作，卢秋还照样卷纸烟，帮父亲炒花生米，家里原有的日常生活也都要靠她来照管。卢四还是那个样子，略微弯着腰，家里外面地忙碌。卢四老婆就不同了，头疼病一直没好利索，不敢出屋。

卢云和卢芳离家后，姓郑的小伙就专门给卢秋送活和收活，他仍然是晃晃院门的门环，然后清脆地叫上一声二号。

卢秋有一次就说，你能不能换个叫法？我又不是没有名字。

姓郑的小伙脸一下子就红了，卢，卢，嗫嚅半天，终于叫出了后面的秋字。姓郑的小伙看一眼卢秋，自嘲道，这冷不丁叫名还不得劲呢。

卢秋哼了一声，说，那我不管，反正你再不叫我名字我就不答应，就不来给你开门。

姓郑的小伙连忙点头称好。但姓郑的小伙马上又说，可你从来还没问过我叫啥名呢？

卢秋道，问你的名字干啥？我又不找你。

姓郑的小伙谦和地笑笑，但却一板一眼地说，以后你找不找我我不敢说，但马上有一件事你却必须要找我。

卢秋随后也笑了，但那笑意却是有些不屑。卢秋说，是吗？那你说说看。

姓郑的小伙道，现在还不能说，过几天吧。

卢秋从姓郑的小伙的脸上似乎看出了一种神秘且不无得意的味道，心里觉得有点好笑，见他没有想说出来的意思，便没有再往下问。那天两人头一次有些偏长的对话就这样结束了。

再一次对话是在五六天之后临近中午的时候。姓郑的小伙收好卢秋的卷烟，仍然站在院门外，两手交互搓了搓，然后看着卢秋的脸道，据我所知，你母亲的头疼病一直没好，而且眼下也没找到更好的药方。我呢，一天东跑西踮的，接触人杂一些，就留心打听能治你母亲病的药方。前些天，我拿到了一个方子，据说是专治你母亲这种头疼病。当然，具体管不管用我还不好说。不过我已经找了几个行医的看了，即使不管用也不会出问题的。说完，从里怀掏出一张土黄色的写满了毛笔字的毛边纸，递到卢秋胸前。

卢秋一下子愣住了，她怎么也没想到姓郑的小伙会为母亲的事下这么大的功夫，费这么大的力气。卢秋的脸红了，觉得前几天那样对待人家有点过头了，便一边接过药方，一边侧了身子，哎哟一声，然后有些歉疚地说，让你这么费心，真不好意思。你看，天这么凉，风又这么大，进屋喝杯热茶，暖暖身子吧！卢秋说完，一扭头，转身朝屋子走去。

姓郑的小伙没有随在卢秋的身后走进院子，他站在原地没有动，却冲着卢秋的背影放高了声音说，你先去镇里抓两服药试试，看看有没有效果。

卢秋听到了姓郑的小伙的话，但她没有回头，也没停下脚步，待到了屋门前，推门的一刹那，她回过身去，院门口已经不见了姓郑的小伙的身影。卢秋的嘴嗫了起来，在门前站了半天，才重重地跺了下脚，转回身推门进了屋子。

卢秋当天下午便拿着姓郑小伙的药方去镇海寺给母亲抓了药，回家就将药放进黑色的陶壶里开始小火煎熬。第六天的午后，卢秋刚刚将药煎好，还没端到母亲的屋里，就听到院门的门环响。卢秋将冒着热气的药碗轻轻放到灶台上，快步出了屋子来到院门前，一看是姓郑的小伙，卢秋立刻露出笑脸，一边开门一边说，是你呀，快进来吧！

这一次姓郑的小伙没有客气，笑了笑，没说什么就跟在卢秋的身后进了院子，一直走进堂屋。卢秋往八仙桌旁的椅子上让姓郑的小伙，然后就去拿茶壶泡茶。姓郑的小伙却一眼看到了放在灶台上的药壶和盛着药汤的瓷碗，就问，卢秋，伯母吃这药有效果吗？

没等卢秋答话，卢秋母亲一边从西屋走出来一边说，哎呀，小伙子，有效果呵，这才吃了第三服药就明显地见好。我跟二闺女唠叨好几回啦，你可是我的恩人呵，不知道该咋谢你啊！

姓郑的小伙连忙从椅子上站起来，向卢秋母亲鞠了一躬，说，有效果就好，这几天我一直放心不下，你说治不好还有话说，这要是再治大发了我可就吃不了兜着走了。说完，姓郑的小伙瞥了卢秋一眼。

卢秋母亲的头上仍然缠着一条白毛巾，指着姓郑的小伙身后的椅子说，小伙子快坐。说完，自己坐到八仙桌另一头的椅子上，然后两眼盯着姓郑的小伙的脸看了半晌，笑着问，小伙子姓啥名啥呵？老家是哪的呵？你看你帮我这么大的忙，我这二闺女居然说还不知道你姓啥叫啥。

姓郑的小伙脸似乎有些发红，略带腼腆地笑一笑，又瞥了一眼正在桌前倒茶的卢秋，说，我叫郑重，老家河北滦县，进关就不远了。

卢秋母亲哦了一声，问，就一个人来东北的？

郑重回道，是，我一个人来的。本来是奔一个远房亲戚，可是这个远房亲戚已经在几年前就离开这里了。我看这里有活干，就留了下来。

卢秋已经将茶泡好斟在了一个青瓷杯子里，送到郑重身前。卢秋母亲便指着茶杯让郑重喝茶。卢秋母亲似乎是自言自语地说，哎，一个人在外可是不易呵。说完，转过脸看着郑重又说，你要是不嫌弃我们呵，闲着时候就到家来，管他吃啥喝啥的，一起吃一口，好歹是热乎的。

卢秋母亲话音未落，卢四推门走进屋来。

郑重连忙从椅子上站起来，问了声伯父好。

卢四可能是刚从外面进来，眼睛还没适应屋里的昏暗，本能地哦了一声，待看清了是郑重，脸上立刻堆满了笑容，连连说，哎呀，是你呵，快坐，快坐，这两天我们还唠叨着想请你到家来坐坐呢，谢谢你费心弄到的这个偏方，而且非常管用。卢四扭头对卢秋母亲和卢秋道，你娘俩赶紧弄两个菜，今个我陪……说到这儿，卢四卡壳了，他也不知道郑重叫什么名字。

卢秋赶紧介绍道，他叫郑重。

卢四噢了两声，郑重，好，我陪郑重好好喝几杯。

郑重连忙推辞道，不不不，你们千万别客气，又不是啥大不了的事儿，我不过是顺便多几句嘴。

卢四道，我们不客气，你也别客气，就这么定了，你们赶紧准备。

郑重还要推辞，却被卢四按坐到椅子上，你就别推辞了，不知道你尝过我做的花生米没有，就着这东西喝点咱们镇海寺的小烧锅，很有滋味的。

那天卢四跟郑重喝得很尽兴，郑重话虽然不多，但有板有眼，也很实在，卢四听着很顺耳。两人边喝边唠，卢秋也时不时地过来陪坐一会儿，直到午后太阳偏西，郑重才红着脸离开卢家。

之后，郑重便隔三岔五地到卢秋家来一趟，看看卢四老婆服药后的效果，顺便还帮卢四干点杂活。卢四似乎很快就喜欢上了郑重，不光是亲自为他沏茶，赶上吃饭的时候还留他喝上几盅。

一次酒后，送走了郑重，卢四就对卢秋说，我看这个小伙子不错，做事很踏实，不多言不多语，他对你好像也有点意思。

卢秋马上拦住父亲的话，别说这个，我现在还不想嫁人。再说，大姐和三妹都走了，家里得有人干活，有人侍候你和妈呀！

卢四道，可是你早晚也得找人家呀，哪有女孩子跟爹妈过一辈子的？

卢秋说，以后再说，先过一天是一天。

卢四似乎有点儿生气，道，这就是傻话啦！老大不就是个例子吗？如果早点准备，哪里会有现在的事呢？所以，女孩子的事情是要提早打算的。

卢秋说，咱们对他一点也不了解啊！再说了，他家又不在这儿，无亲无故的。

卢四道，这你就不懂了吧？无亲无故更好啊，我就把他当儿子待啊！

卢秋一愣，反问道，你是想叫人家倒插门儿？人家能愿意吗？

卢四道，别的你都不用管，就一条，你看好这个人没有？

卢秋看了父亲一眼，对父亲的话未置可否，转身推门出去了。

卢四老婆服了郑重药方的药后开始感觉还不错，但半个多月后的一天早上，突觉不适，然后就呕吐不止，一连三天什么也不敢吃。卢四和卢秋，包括郑重都紧张起来。尤其是郑重，在那三天里如同热锅里的蚂蚁一般坐卧不宁。到了第三天晚上，卢四老婆的呕吐症状仍然不见消退，郑重便离开了镇海寺，去寻找药方的主人。

三天后，历尽艰辛的郑重回到了镇海寺。郑重直奔卢四家，扑通一声跪在了卢四脚下。郑重说，开药方的老中医去了关里，而且还搞不清具体地方，短时间里实在没法找到，我只好先回来了。不知道伯母怎么样了？

卢四少有地一阵哈哈大笑，笑得腰都有些直了起来。卢四上前拉郑重起来，说，赶紧起来，怎么搞的，弄成这个样子？卢四回头对卢秋道，快把你妈找来。

卢四老婆跟着卢秋从屋外进来了，她虽然头上仍然缠着白毛巾，但精神却格外的好，而且红光满面的样子。卢四老婆忙不迭地连声向郑重道谢。

卢四笑过了，这才对郑重说，你走后的第二天，你伯母就不吐了，而且头不但不疼了，还少有地轻松。卢四吩咐卢秋和老婆，赶紧烧锅热水，让郑重好好洗洗，然后多炒几个菜，我跟郑重好好喝一顿。

那天晚上，卢四把酒席安排在东屋卢氏三姊妹的炕上。卢秋和已经病愈了的母亲一起炒了三个菜，外加一个自制的花生米，卢四还拿出了存放了十几年的凌川老窖。

卢四端起酒杯的时候异常激动，甚至有不少酒都洒出了杯外。卢四对郑重说，小郑，说心里话，我都不知道应该咋感谢你，你不但治愈了卢秋母亲十几年的头疼病，还去掉了压在我和我们全家心里十几年了的心病。所以，你是我们全家的大恩人。我也不知道应该咋报答你，我就想，你一个人在镇海寺，也不容易，如不嫌弃，你就把这里当作你的家，饭不应时的时候，或者缺东少西的时候，你尽管来，我一定会尽其所有。来，我敬你三杯！说完，又拿起酒瓶，将酒杯斟满，然后伸过去，与郑重碰杯，一口将一杯酒干了下去。卢四也不管郑重喝没喝，自己接着又斟满一杯，举到郑重眼前，什么话没说，再次一口将酒喝干。

卢四斟第三杯酒的时候，被郑重拦住了。郑重右手端着酒杯，但端得四平八稳，郑重说，伯父，你言重啦，区区小事，不足挂齿。一晃，我在镇海寺也待了三年多了，对镇里的人和事情也多少知道了一些。你们一家都是忠厚老实之人，也是我敬重和信任之人。感谢你和你们一家对我的关爱，这杯酒我敬你和你们全家。说完，将一杯酒一口干了下去。

那天晚上卢四跟郑重喝得非常融洽，推杯换盏间，卢四对郑重居然就有了一种翁婿之感。卢四说，小郑呵，我知道你对我们家卢秋很有好感，我感觉卢秋似乎对你也印象不错。我呢，表个态，只要你们两个都愿意，你俩的事儿我没有意见。我们家就这么个条件，你也都清楚，虽算不上富裕，但维持一般的生活还不成问题。

郑重闻听此言，翻身而起，然后迅速地跪到炕上，一个响头磕了下去，说，感谢伯父抬爱，你说的这些正是我想说的，但我自觉身卑言微，一直没敢说出口。今天伯父言我心声，我虽肝脑涂地，难报大恩一二。说完起身，端起酒杯，一饮而尽。

那天晚上，卢四和郑重都喝多了，但卢四先倒下了。卢秋和母亲赶忙过来，帮着郑重将卢四连背带扛弄到西屋炕上，让他躺好了，盖上被子。

卢四老婆对卢秋和郑重说，行啦，你俩过去吧，这里不用你们管啦！

卢秋便陪着郑重重新回到东屋的酒桌上。郑重上炕盘腿坐好后说，不好意思呵，把你爸给喝高了。

卢秋嫣然一笑，道，没关系，他今天是高兴，平时他根本不喝这么多。你能喝就接着喝吧，我不会喝，不过我可以用茶陪你。说完，卢秋转身出了屋，不一会儿，端着一壶新沏的茶回到炕桌上。卢秋斟了两杯茶，递给郑重一杯，自己端起一杯，然后两眼看着郑重，过了一会儿才说，虽说我爸已经代表我们全家谢过了，但我还是要再谢谢你！说着，把杯里的茶慢慢地喝了下去。

郑重连忙端起酒杯，说，以后别再这么说，不然我就没法进你家的院子了。说着，一扬头，将杯里的酒干了。

两人一边说着闲话，一边喝酒喝茶，结果，郑重也喝多了。喝多了的郑重担心自己挺不住，便起身告辞，但在下炕的时候两只脚在地上划拉了半天也没能找到鞋。卢秋见状忍不住扑哧一笑，连忙又用手捂住嘴，屁股一挪，从炕上下来，蹲下身去将鞋穿到郑重的脚上。卢秋站起来的一瞬间，郑重的身体突然向前一扑，正好扑进她的怀里。卢秋险些被郑重扑倒，晃了几晃才站稳了。卢秋显然毫无准备，一时竟手足无措，呆呆地站在那里。然而，郑重的身体已经瘫软，迅速地向地上堆了下去。卢秋这才想起抱住他，然后拼命地把他往炕上弄。可是，喝多了酒的郑重身体死沉死沉，不一会儿，卢秋就全身是汗了。不过，终于还是将郑重弄到了炕上。

第二天早上醒来，郑重往炕上一看，再环顾屋里，不由得大吃一惊，急忙跳下炕，跑出屋外。卢秋正在柴禾垛前扒柴禾，郑重只是瞥了一眼，也没跟卢秋打招呼就出了院子，不见了踪影。

郑重再次出现在卢家院门前是几天后的早上，但郑重见到卢秋后的表情尴尬而凝重。郑重说，实在对不起，那天晚上我喝多了。

卢秋脸一红，转而笑道，我还以为你有多大酒量呢，恐怕你连三妹都喝不过。

郑重更加不好意思了，低了头说，其实我也不知道我能喝多少酒，因为平时我根本就不喝酒。那天晚上实在是高兴，所以就喝多了。以后，我保证，再不喝酒了。

卢秋道，那是何必呢？少喝点儿不就行了吗？我看我爸喜欢跟你喝酒聊天呢。

郑重在十天后的突然失踪不能不让卢秋一家为之不安，而且疑惑不已。卢四也找了些人打听，试图寻找到他的下落，但卢四的努力最终没有任何结果。卢秋后来仔细一想，这才觉察出郑重失踪的头一天晚上有一些迹象似乎非常可疑。

那天晚上，具体说还不到晚上，因为太阳还没落山呢，郑重就来到了卢秋家。郑重拎了几根香肠，几只猪蹄，还有一瓶凌川老窖。

卢秋逗郑重说，你不是说不喝酒了吗？

郑重说，再喝一次，或者说今天不算。

那天晚上吃饭的时候卢秋只炒了两个青菜。喝上酒之后，一向少言寡语的郑重突然话多了起来，而且是那种老人才有的车轱辘话，主要是讲他十多岁时就没了父母，父母是被日本人杀的，因此他仇恨日本人。但是，他失去了为父母报仇的机会，还没等他拿起枪来的时候，日本人就投降了。在相当长的日子里，他失去继续活下去的动力，他不知道不杀日本人他还活着干吗？自从见到了卢秋和卢秋一家人后，又唤起了他重新生活的信念。

在那一刻里，卢秋真的是喜欢上了郑重，当然，这里面也可能夹杂了对他的身世的同情。但酒喝到最后，郑重却突然要拜卢四和卢四老婆为干爸干妈，而且也不管他们同意不同意，磕头就拜。现在想来，卢秋才恍然大悟，当时还以为他是喝多了，其实不然，他这是在向自己和自己一家告别。

那天晚上，送郑重到县道的那段路上，郑重对卢秋少有地亲近与缠绵，但卢秋却不懂这些，卢秋一方面躲避着郑重的亲昵的动作，一方面还要照顾他，搀扶他。现在卢秋想，那时她不知道那是郑重在向她和自己一家告别，否则，郑重要求她做什么她都会毫不犹豫地答应他。

16. 拒 绝

镇海寺首届妇女干部培训班终于结束了,这天上午举行了结业式,田镇长在于委员的陪同下再次来给学员们讲话。

与开幕式一样,结业式还是由于委员主持。于委员说,在田镇长的关怀支持下,在大家的共同努力下,两个多月的镇海寺首届妇女干部培训班今天就正式地结束啦!这次培训班受到县委和军区首长的高度评价,开创了辽南地区妇女工作的新局面,为全县的妇女工作带了好头,县委专门发了工作简报,介绍了我们的做法和经验。尤其是田镇长将妇女干部培训班的妇女学员与镇武工小队混编进行军事训练具有极其重要的现实意义,辽宁二地委和辽宁第二军分区已经打报告给东北民主联军总部,建议在东北我军根据地推广。这是我们镇海寺由共产党建立的人民政府所取得的最大荣誉,也是我们全镇人民在田镇长的领导下所取得的众多成绩中的一个突出的成绩。下面大家以热烈的掌声欢迎田镇长给我们讲话。

这一次鼓掌的效果非常理想,与开幕式时不可同日而语,掌声整齐而响亮,内含昂扬向上的精神,显而易见。

田镇长笑了笑,摆了一下手,两眼将十五位学员扫了一遍,然后又在卢秋的脸上停留了一下,还微微一笑,这才开始讲话。

卢秋注意到了田镇长这一细微的表情,以及他那有些复杂意味的目光,瞬间低下了头。

开始讲话了的田镇长便没有了微笑,卢秋所感觉的那种书生气中似乎又多了一点儿威严。不过,与田镇长接触了几次后,卢秋觉得田镇长这人并不可怕,他讲话时是挺严肃，但讲完话后的笑就让她一下子感觉到了那种书生气来。不知为什么，卢秋挺喜欢田镇长这种书生气，感觉有一种淡定与文雅。上一次在大姐的婚礼上，卢秋本来是要跟着大姐的，结果被方七爷安排到田镇长身边，与他唠了好一阵儿。卢秋觉得田镇长的言谈举止很有感染力，或者说称魅力也行。他当然是有文化，但最重要的是他的那副极其自信的模样和表情。平时似乎有些威严，但跟你聊起话来却是非常亲切与随和，他能专注地听你讲，然后真诚地深入到交谈中去，这一点在卢秋看来极其不易。卢秋感觉到自从接触到田镇长，听到他几次讲话后，自己的内心发生了不小的变化，他似乎让自己感到自己的生活一下子发生了根本性的改变，是一种什么样的改变，还不太清楚，但生活已经充满了陌生、新鲜、刺激和阳光是明晰的。现在，田镇长开始讲话啦，卢秋已经感到内心有一种什么东西在涌动，它使得全身的血液都在迅急地奔流。

田镇长说，于委员刚才讲得非常好，很有政治高度。于委员国高毕业，有文化不假，但这还不是最关键所在，最关键的在于她善于学习，她有个笔记本，每次参加会议，或者听领导讲话的时候，她都会把重要的东西记下来，然后认真体会，这一点希望大家要向她学习。

坐在第一排椅子上的于委员没想到田镇长的开场白会专门讲到自己，她的脸立时就红成一片，心也随之怦怦地狂跳起来，她甚至往两边瞥了瞥，似乎想看一下别人的反应。

开场白后，田镇长接着往下说，东北的形势我已经讲过了几次，所以今天就不讲了，不过我想强调一句，就是大家要把斗争的形势充分地估计足了。什么意思呢？就是很残酷。因为国民党军是狗急了跳墙，要对我东北民主联军疯狂反扑。但只要我们相信党，紧紧依靠人民，就没有克服不了的困难，就没有战胜不了的敌人。讲到这儿的时候，田镇长停下来，抽出一支烟来点上，学员们则热烈地鼓起掌来。

田镇长吸了两口烟，又接着说，大家可能听说了，几个月前结束的"鞍海战役"，沉重地打击了国民党军，粉碎了国民党军全力进攻北满我党政军的战略企图，迫使其重新调整部署兵力，重兵回防辽南，开始实施"先南后北"，进而独霸东北，把进攻的矛头直指南满和辽南地区，所以，我们面临的形势比之前要严峻得多。现在，我东北民主联军主力已经撤往乡村和山区等远离大城市的边缘地带，这就给我们这些留在当地坚持斗争的同志带来很大的压力，既要保护好自己，又要支援部队拖住敌人，还要做好发动群众，进行土改试点工作。我们的工作，不是正面跟国民党军干，而是在背后发挥作用，这一点大家一定要有清醒的认识。但是，我们辽南独立师将留下来，坚持在辽南地区进行武装斗争，这是我们近期可依靠的武装斗争的唯一部队。各位通过两个多月的学习，在思想觉悟、政治态度、工作方法，以及武装斗争方面都有了全面的提升，但这些大家基本上还停留在理论上，或者说是口头上，真正的本领还要在工作实践中获得。抗日战争是伟大的，现在正在进行着的解放战争无疑也是伟大的，我们每一个参与其中的人也是伟大的。同志们，努力奋斗吧！

田镇长的讲话再次激起长久的掌声，结业式也就此结束，学员们在于委员的带领下呼啦一下子站起来欢送田镇长。田镇长向大家摆摆手，然后直接对卢秋说，卢秋同志，请你跟我到办公室来一下。

卢秋一下子愣住了，她没想到田镇长会叫她去他的办公室，也不知道田镇长找她是啥事儿，紧张得居然没有应答。这时，其他女学员的目光都转向了卢秋，各种表情将卢秋看蒙了，脸一下子红了起来。

一旁的于委员伸手拉了一下卢秋的胳膊，说，田镇长请你去他的办公室，你咋还愣着呢？

卢秋这才回过神来，一看，田镇长已经走出门外了，便连忙追了出去。

卢秋走进镇长办公室的时候，田镇长刚刚点燃一支纸烟，正坐在办公桌后面的椅子上吸着。田镇长见卢秋进来，马上从椅子上站起来，绕过办公桌，走到卢秋身前。田镇吐出一口浓烟，微笑道，小卢同志，坐吧。田镇长说完指了指靠窗的一条长椅。

卢秋多少还是有些拘谨，连忙说，不，不用坐，田镇长找我是有事吧？

田镇长没有马上回答卢秋的话，而是一边吸着烟，一边眯着两眼细细地打量着卢秋，从他嘴里吐出的青灰色的烟雾一缕缕地在他的脸前飘荡着。

卢秋突然觉得，田镇长近在咫尺的目光与先前的有些不同，怎么不同说不清楚，不过肯定是有些异样的锐利，让她有些不敢直视，也就是不敢与田镇长的目光相对。卢秋便有些不安，不由自主地低下了头，两手捻起衣襟来。

就在卢秋不安地等待的时候，田镇长将纸烟从嘴边移开，突然说，小卢同志，我想向你求婚，你愿意嫁给我吗？

卢秋似乎没听懂田镇长的话，或者说她根本就想不到田镇长会说这样的话，因此，愣了半天没回答，然后却问，你说啥？

田镇长异常严肃地重复了一遍刚才的话，两眼紧紧地盯着卢秋的眼睛。

卢秋这次真正地听明白了，脸腾地就红了，她甚至觉得连脖子也都红了。卢秋张了张嘴，却不知道该怎么回答，一下子僵在了那里。

田镇长似乎明白了卢秋的心思，马上缓和了一下语气，说，你大概是没有心理准备，所以，你可以先不必回答。但我必须告诉你，在你姐姐卢芳的婚礼上我就看上了你，而且知道你还没有定亲。这几个月来你的形象一直在我的脑海里转来转去，挥之不去。东北很快就要解放了，全国解放也为期不远了，一个历史上从未有过的新社会就要建立了，也就是说，我们马上就要生活在一个新中国了。而且共产党是讲恋爱自由和婚姻自主的，谁都不能强迫谁。因此，你要是不同意，我绝不会强求。田镇长似乎也有些紧张，说到这时，长长地嘘了口气，最后说，你回家先跟你父母说一下，随后我去你们家，亲自向你父母求亲。

卢秋不知道自己是怎么从镇长办公室出来的，然后又是怎么从镇政府走回家的，卢秋后来一直都回忆不起来，一路上她脑袋里完全是一片空白。那是她第一次亲耳听到一个大男人面对面地跟她说这种话，她有些难以接受，因为郑重对自己也很好，但郑重从没有跟她说过这样直白的话。因此，回到家后，卢秋便一头钻进自己的屋里，躺到炕上，扯过一条棉被将头蒙上。直到中午，母亲喊她起来吃饭，她却一点也不觉得饿，就说不想吃。母亲以为卢秋病了，摸了摸她的额头，一点也不热。母亲觉得很奇怪，问她出了啥事儿，她什么也没说。

那天卢秋在炕上又躺了一下午，直到天黑才从炕上起来。

送走了卢秋之后，田镇长心情很好，泡了一茶缸花茶，一边抽烟一边慢慢地喝茶。随后将椅子反转来，两眼看着墙上的东北地区地图。田镇长是那种喜欢静，喜欢动脑子的人，这一点有些像东北民主联军总司令林彪，只不过林彪显得有些阴鸷。田镇长喜欢一边吸烟一边喝茶，不定什么时候哼上几句分不清是山东还是河南的什么小调，这种情调让镇政府里，尤其是那些女性，感到很新鲜，偶然看到田镇长这副样子时，都会捂着嘴，把脸扭到一边去笑。田镇长却不以为然，依然如旧。田镇长还有一个习惯就是看身后墙上的一张有些破烂的东北地区的地形图，不时地还在图上用红蓝铅笔画着圆圈和箭头。看地图时的田镇长就完全是另外的一种样子了，常常是眉头紧皱。此时他的头部往往是被他吐出来的烟雾包裹着，浓烈的烟味弥漫了整个办公室。

于委员笑嘻嘻地推门进来，歪头看了看田镇长的后背，说，田镇长，你看我们学习班的这些女同志咋样呵？

田镇长愣了一下，转回身来，咧了咧嘴，又伸出舌头将一条茶杆吐出来，反问道，你说什么？

于委员这时已经凑到了桌前，脸上保持着笑嘻嘻的模样，重复一遍刚才的问话，问你呢，你看我们学习班的这些女同志咋样呵？

田镇长哦哦了两声，然后连说了两声不错不错，她们主要是缺乏实际的斗争锻炼，假以时日，都会成为优秀的女干部。

于委员突然有些妩媚地说，既然不错，那有没有看中的？

田镇长一愣，有些懵懂，反问道，你说什么？看中的？什么看中的？

于委员脸似乎有点发红，说话也有点忸怩作态。于委员个头挺高，身材也比较粗壮，有点儿男人的感觉，这样的人再忸怩作态就让人感觉有点滑稽可笑。于委员说，就是有没有你喜欢的呀？

田镇长这下明白了,脸上的表情立刻严肃起来,严肃起来后的田镇长就又透出一股军人的英气来。田镇长从椅子上站起来,隔着桌子对于委员说,小于,看在你是出于一片好意,是关心我,就不批评你了,但下不为例。我们这是工作,怎么能把工作与个人的私事搅和到一起呢?

于委员一愣,脸更红了,而且低了头,半天才说,这,这男大当婚女大当嫁,这是天经地义的事情。而且这也不是我一个人的意思,是镇政府,是大家的意思。于委员抬头瞥了田镇长一眼,又说,不管咋说,大家的……

田镇长打断了于委员的话,说,好啦,不说这个了。

田镇长抽完了一支烟,将烟头在烟缸里掐灭,一抬头,发现于委员还站在那里,吓了一跳,忙问,小于,你还有事?

于委员呆呆地站在那里,像是没听到田镇长的问话,没有应声。

田镇长发现于委员的表情有些僵硬,两眼呆滞,嘴角流露出的一点笑意也有点怪异。田镇长拍了拍桌子,又喊了两声,于委员!于委员!

于委员这回似乎是听到了田镇长的叫声,一下子从呆滞中清醒过来,她连看也没看田镇长,一转身,紧走几步,拉开门,忽地就不见了身影。

田镇长的右手摸着下颏,想了想,似乎有所体悟,不由自主地笑了两声,然后又摇了摇头。

出了田镇长的办公室,于委员径直去了李主任的办公室,而且马上恢复了笑脸,她对李主任说,李主任,你别一天尽顾着忙工作,有些事你也该管管。

李主任正在看材料,听了于委员的话吓了一跳,反问道,啥事需要我管管?

于委员的表情似乎有点儿异样的神秘,问道,你知道田镇长多大年纪啦?

李主任一怔,反问道,问这个干吗?

于委员说,不知道吧?我告诉你,田镇长今年三十二啦!于委员在说年龄这一句时特意将话拉长,还加重了语气。

李主任反问道,三十二啦咋的啦?

于委员说,你说咋的啦?田镇长夜以继日地为全镇人民操劳,却没有家属,三十多岁的一个大男人,身边连个照料日常生活的女人都没有,你作为镇政府办的主任,你没有责任吗?你不觉得你有些失职吗?

李主任有点儿发懵,连忙冲于委员摆手,说,小于,你先别给我扣帽子,有话咱慢慢说。

于委员这时便有些理直气壮,甚至连腰杆都挺直了,说,我觉得田镇长在咱们这儿人生地不熟,咱们镇机关的同志理应替田镇长着想,你组织一下镇机关的全体同志,在全镇为田镇长挑个对象。当然,这话不能明说,事儿也要悄无声息地进行。尤其是对田镇长，更不能说实话，也就是说，咱们要寻找理由或借口来办这事儿。

李主任说，这个行，我可以来办，可是咱们也不知道田镇长喜欢啥样的啊？李主任见于委员没吱声，摸了摸脑袋，突然有了主意，说，你看这样好不好？你是妇女委员，这事儿按职责说就该你管，我可以配合。你先去跟田镇长谈一谈，透透风，摸摸底，咱们也好心里有数，你说是不是？

于委员脸一红，有些忸怩的样子，迟疑一下说，这个，我去合适吗？

李主任说，咋不合适呢？对啦，有办法啦，你们这妇女干部培训班上不是有不少没结婚的吗？田镇长对她们也都差不多熟悉了，你问问他，这里面有没有他喜欢的，有的话，你去找她一谈不就完了吗？

于委员摇了摇头，说，这个恐怕不行，你想啊，田镇长是个文化人，但咱们那些女干部基本上都没读过书，配不上田镇长啊！

听完于委员这话，李主任两眼直直地看着于委员，半天，突然说，你说我这脑子，于委员，要说这文化，你最有资格啊！你不是高中毕业吗？差一点儿就成了大学生了，连田镇长都表扬你，说你进步快，善于学习，把你介绍给田镇长不就完了吗？应了那句古话，什么来着？对对对，踏破铁鞋无觅处，得来全不费功夫。

于委员的脸瞬间红成一片，立刻低下头，说，李主任，看你说的，人家不是这个意思。我是说，咱们应该替，替田镇长……

李主任说，没错，咱们这就是替田镇长着想，你看，你既有文化，家里条件也好，房子、地都有，你俩很般配。就这么定了，你要是不好意思说，我去跟田镇长说。

于委员抬起头来，两眼瞪了李主任一下，说，就你心眼多。说完，突然转身跑了出去。

李主任回味了一下于委员跟自己的对话，不由笑了，心想，田镇长能看上于委员吗？这于委员有文化倒是不假，问题是她的长相田镇长能看上眼吗？也不能说于委员长得有多么难看，可是身材却是五大三粗的，个头也不矮，比田镇长足足大了一圈儿，要是跟田镇长并排站在一起，就把田镇长显没了，极不协调。但是，婚姻这事儿没法说，既然于委员对田镇长真的上心了，那就不妨说说看。想到这，李主任便去了田镇长的办公室。

李主任没有拐弯抹角，而是开门见山。李主任说，田镇长，你看，我这当主任的，工作也没做好，尤其是对你生活方面关心不够。你来我们镇上也小一年啦，可是一直是单身，我们应当帮你安个家才是，让你有更多的精力忙工作。

田镇长瞅着李主任嘿嘿一笑，说，你这是怎么了，李主任？你想说什么啊？

李主任也笑了笑，啊，我是说啊，男大当婚女大当嫁，你该成家啦！李主任往办公桌前凑了凑，说，我是这么想的，你看对不对。你虽然军人出身，但却是文化人，咱们这农村，有几个能像你这样识文断字的姑娘啊？所以啊，我就想到了于委员。人家是国高毕业，本来是要考大学的，但由于时世的混乱，父亲不愿意一个女孩子独自远走他乡，毕业后就留在了家里。虽然是女孩子，但人家爱学习，追求进步，你不是还表扬过她吗？还有，你可能不一定了解，她家里条件也好，爷爷和爸爸都经商，要房子有房子，要地有地。

田镇长这时点着了一支烟，打断了李主任的话，说，你是自己这么想的，还是于委员求你来做媒的？

李主任想了一下，说，都有。不过，我感觉于委员对你可是真心的，一片真情。

田镇长说，那你回去告诉于委员，我现在还不想研究婚姻这桩事儿。

李主任碰了钉子，不过这也在他意料之中，他也只能如实转告给于委员。于委员当时就趴在桌子上哭出声来。

17. 醉 酒

"鞍海战役"让东北的国民党军颜面尽失,成功地牵制了其北进计划,迫使其抽调了五个师回援辽南。此时,为了避国民党军之锋芒,仍然留在辽南的辽南独立师已经分散,高团长独立团拉到海城与岫岩一带的山区,用游击战术与国民党军周旋。

高团长的团长职务刚恢复,"鞍海战役"后又被降为了营长,团长由楚政委兼着。

楚政委说,其实这就是师部首长对你的警告,降职多少都是象征性的,没派团长就是这个意思,所以,独立团的事情还是由你说了算。

事儿是这么个事儿,这一点高团长当然明白,但高团长还是心情不好,郁闷得很。

卢云工作并没有一个正式的说法,但主要是在团部为团首长服务,同时照顾一下高团长的生活。楚政委对卢云说,你先熟悉一下部队的环境,适应一下部队的气氛,过一段时间再根据实际情况考虑怎样安排你。最近一段的主要工作就是照顾高团长的生活,帮助他调整情绪。

团部的那些服务性的事儿还好说,问题是,卢云不知道该怎么照顾高团长的生活,或者说照顾他哪些生活。高团长本人对卢云也没有什么具体要求,只是让她沏沏茶,投投湿毛巾,找找谁,到哪儿取点啥东西。挺琐碎,但感觉不到什么负担。因此,卢云虽然初到部队,但感到非常轻松自在,对正在展开的国共两军争夺东北的大战似乎也没有新兵的那种紧张恐惧一类的感觉。

卢云对小王每天摆弄的电报机很有兴趣,便经常在高团长不在团部的时候跑回到她和小王住的屋子里，趴在桌子的一角看小王工作。小王工作的时候便戴上了两个耳机，一只手灵巧地攥住一个小把手，向下有节奏地敲击着小小的按钮，电报机便发出嘀嘀嗒嗒的清脆的声音。卢云觉得电报机真是神秘，千里之外的人说的话，这里的人怎么就能听到呢？问小王，小王说，对方不是跟她说话，而是向她发出一些密码，她把密码翻译成话。

卢云还是不明白，问，什么密码？它咋能变成话呢？

小王想了一下说，就是双方规定好的，但不能让别人知道的一些符号。

卢云说，可是我看你就是这么敲一敲，那密码在哪儿呢？怎么就能敲出来那么多密码呢？

小王说，你看我这都是一样地敲，其实不是，节奏是完全不一样的，外人一下子是听不出来，当然更是看不出来的。密码呢，我这有专门的密码本，我通过密码本来翻译不同的敲击节奏，就组成了彼此说的话。

卢云说，还是不懂。

小王说，我也说不明白，我只是会用，道理说不清楚。

但卢云对小王仍然很崇拜，她甚至成为卢云年轻时的第一个偶像。小王工作的时候高团长和楚政委偶尔也过来，但更多的时候是小王拿着刚刚翻译好的电报稿跑到团部去。卢云注意到，小王跑向团部时的表情与电报稿的内容直接相关。这更让卢云羡慕不已，她想，团里几乎所有重大的事情都缘于小王手里的电报稿，那小王在高团长和楚政委心目中的位置该有多么重要呵！卢云虽然还没有任何本事，但卢云也还是有点嫉妒小王了。

卢云发现近来高团长的情绪不太稳定，甚至可以说有点儿暴躁，经常看见他发火，还骂人。有一回，团部里只剩下高团长和卢云，高团长一边大口地吸烟一边看着地图，然后顺着地图来回不停地走。走着走着，高团长突然毫无缘由地又骂了起来，但这回骂的却是卢云：你说你呀，叫我咋说你好呢？我平时白教导你了，叫你跟小王搞好团结，可你呢？偏偏跟小王闹意见。闹意见也行，你当面说呵！还不，偏偏背后嘀咕人家。这下好，小王直接告到我这来了。你想想，不是把人家气疯了能上我这儿告状吗？你说你当兵才几天呵，别看小王年纪不大，但可是老资格我跟你说。这事你说咋办吧？

卢云一下子就懵了，她想不起来在哪儿得罪了小王，而且还这么严重，居然告到团长这了。卢云的眼泪一下子就流出来了，扭头急忙出了团部，朝自己房间跑去。

高团长骂完了，但半天没听着回答，回过身来一看，一个人没有。走到门口朝外一看，见卢云正往自己房间跑呢。高团长开始没反应上来，但卢云跑到房间门口，拉门的同时回头往团部看了一眼，高团长一下子就明白了，自己骂错人了。他骂的是小蔡，但听的却是卢云。高团长抬手用力拍了一下脑门，又骂了一句，这他娘的，昏了头了！这回骂的是他自己。

高团长回到屋来，又卷了一支烟，然后再去倒茶，可是茶杯空了。刚要去拎暖瓶，小王匆匆忙忙地跑了进来。

小王问高团长，团长，出啥事儿了？卢云咋哭了呢？高团长一愣，是吗？哭啦？

小王道，是呀，是哭啦！哭得还很厉害哪！

高团长说，整误会啦！刚才啊，我一边看地图，一边骂小蔡，可是我忘记了小蔡去三营了，我光顾着看地图了，还以为在屋里的卢云是小蔡呢。

小王一下就明白了，小王就埋怨高团长，团长，我向你告状是想叫你说说小蔡，我没想叫你骂他呀！这下可好，又把卢云得罪了。

高团长道，不要紧，这事儿跟你没关系，我这就去向小卢检讨。走，你跟我一块儿去。

高团长见了卢云就一个劲儿地道歉，说完全是误会，还拉住卢云的手，拍了几下卢云的肩，叫她不要往心里去。

卢云回到屋里哭了一会儿就想明白了，团长不可能是骂自己。高团长走后，卢云便问小王，团长最近为啥脾气这么大。

小王说，这不明摆着吗？打了胜仗不提拔，还降职，谁能没想法？

卢云想了想说，那团长他为啥不听上级的指挥？

小王说，如果处处听上级的指挥那就不是团长了。跟你说卢云，我跟团长好几年了，我最知道他，他会打仗，爱动脑子，而且有的是办法。他跟别的首长不一样，他从来都是在一线指挥，打起仗的时候跟战士们混在一块，所以，他知道这仗该怎么打。但是，咱们现在跟打日本鬼子时候不一样啦，不是打游击啦，都是大兵团作战，上级首长不可能像高团长那样想得那么细致周到，而且，我觉得思考的东西也不一样，所以，他们就难免会有矛盾和冲突。

卢云不由惊叫了一声，说，哎哟，王姐，你太厉害啦！知道这么多，讲得这么好！

小王往窗外看了一眼，然后小声地对卢云耳语道，我这都是跟团长学的，也只是一点儿皮毛。这回你跟了团长，你就注意听他讲话，然后就往脑子里记。每次打仗的时候，你一定要看他咋指挥，时间久了，你就悟出门道了。

卢云想了一下，说，王姐，既然你知道团长跟上级有矛盾，那你为啥不劝劝团长？

小王怔了一下，咯咯地笑起来，说，小卢，你不了解团长，他那性格哪里是我能劝得了的啊！

卢云对小王的话是半懂不懂，也就不再多问。

情绪焦躁的高团长这几天经常喝酒，连楚政委也不敢过分阻拦。高团长常常是一个人喝闷酒，而且就在团部，手里托着他那个白色的搪瓷大茶缸子，一边看着墙上的军用地图，一边不时地抿上一口。每逢这时，小蔡便悄悄地溜出团部，跑到炊事班，叫炊事员赶紧给高团长炒点下酒菜，然后一路小跑地端着回到团部，悄悄地放在那张大木桌上。卢云这时往往是站在一边，或者高团长的身后。卢云绝对不敢出声，她一动不动地站在那里，默默地看着高团长高大粗壮的背影。让卢云惊奇的是，高团长并没有看到小蔡给他端来一碗下酒菜，可是过了不久，高团长却转身顺手拿起放在碗上的筷子，夹着菜吃两口，然后再一口口地抿着酒。有几次卢云险些笑出声来，她急忙用手捂住嘴，强忍着将笑憋回肚里去。

一天傍晚，高团长从二营住地风尘仆仆地回到团部，将腰带和手枪往大木桌上重重地一放，吩咐小蔡，到炊事班给我弄两个小菜。然后又问一边的卢云，政委回来了吗？

卢云道，政委没回来。

高团长说，那，一会儿你陪我喝。

小蔡说，团长，政委不是说最近让你少喝酒吗？

高团长愣了一下，朝小蔡瞪起眼睛道，少喝不等于不喝，对吧？叫你去弄两个小菜，你怎么还站这儿不动呢？我跟你说小蔡，一个大男人，而且还是个军人，别学得婆婆妈妈的，这方面你得向小卢学习。

小蔡还想争辩，但高团长却朝他挥了挥手，然后转过身去看桌上的文件。

小蔡嘬了嘬嘴，一甩手出了团部。

卢云也不想让高团长喝酒，因为这些日子他喝得太多。但卢云不想让团长的情绪继续败坏下去，便将方桌拾掇一下，又拿了块抹布，将方桌擦了擦。卢云随后用暖瓶里的水将高团长和自己的搪瓷茶缸冲洗了一下，将桌子底下一个土瓷坛子拎上来，打开用牛皮纸封住的坛口，将两只搪瓷茶缸倒上一半酒。把这些事忙活完了，就走到门口，往院子西北角的炊事班方向看，等小蔡回来。不多时小蔡就拎着一个脸盆大小的饭盒回来了。卢云上前将三碗炒菜端出来放到桌子上，然后对高团长说，团长，都弄好了，来喝吧！

看着地图的高团长转回身往桌子上一瞧，立刻咧开嘴笑了起来，嗬，这老张头行呵，这么一会儿的工夫就弄出三个菜来。好好好，来，小卢，咱们今晚好好喝一顿。小蔡，你也坐过来，不喝酒，你喝水。

小蔡没有坐，小蔡说，我要出去转一转，便转身走了。

高团长并不理会小蔡的闹情绪，坐下后端起茶缸就喝了一大口。高团长看着卢云,却并不劝卢云喝,而是只顾自地喝,一边喝着一边滔滔不绝地自说自话。高团长吃了口菜说,我高岷山,从打当连长时起,在十六军分区这么多年了,从来都是响当当的,啥时候也没像现在这样窝囊。降职就降职,老子也不是第一次,还要全师通报,而且还弄到东北民主联军总部去了,这不是存心地寒碜我吗?我这脸往哪搁?以后我在东北民主联军里怎么混?啊?小卢同志,你说是不是?说完,又是一大口。

卢云没说话,只是点头,她还分不清这事的利害关系。但卢云担心高团长喝多了伤身体,因为她知道这些日子高团长睡不好觉,身体再好也经不住这么煎熬。卢云几次想劝阻高团长不要再喝了,但每次一看高团长红涨的脸和激动的情绪,已经到了嘴边的话便又咽了回去。

高团长根本就不可能注意到卢云在想什么,他还在说,但这时已经从长板凳上起来,一边踱着一边说。小卢同志,我当兵的时候比你现在大三岁,整二十。我家在河北和山东交界的地方,那年八路军从我们村子过,我喜欢上了一个战士扛着的一挺机关枪。到现在我还记得,那挺机关枪让他擦得油光锃亮,枪身和枪筒在阳光里反射着耀眼的黑蓝色的光芒。我就一直跟着这挺机枪出了村子,走了七八里路,然后我就当兵了。从那时到现在,十多年了,我再也没回过老家。从当兵的那天起,我就一直是主力,不论大仗小仗,不论是当年打日本鬼子,还是现在打老蒋。能说我没有功劳吗?啊,就算是没有功劳,那还有苦劳吧?所以,这口气我咽不下去呀!唉,小卢同志,你怎么不喝呢?来来来,喝一口。

高团长这么一叫,卢云觉得一点不喝有些不好,便端起碗来,陪高团长喝了一口。

半缸子白酒很快就喝光了,高团长搬起土瓷坛子,自己给自己又倒上了半缸。

卢云想阻拦,可是没来得及。卢云说,团长,你已经喝半缸啦,别再喝啦!

高团长哈哈地大笑道,这才多点儿?八年前,我一口气能喝一瓶,拿着瓶直接往嘴里灌,第二天照样打仗,啥事儿不耽误。你放心吧,小卢,我啥事儿没有。来,咱们接着喝。说着将手里白色搪瓷茶缸朝卢云伸过去。卢云只好赶紧端起身前的白色搪瓷茶缸与高团长碰了一下。高团长喝了一大口,放下茶缸,两眼直视着卢云,伸出粗壮的食指点着卢云说,咱俩喝酒对劲,我很喜欢你的爽快,实在,不像一些女孩子,扭扭捏捏。高团长很兴奋,脸开始有些红涨。他卷了一支纸烟,一边抽一边喝,嘴里不停地说。

卢云不时地往门口看,她希望小蔡能回来,或者楚政委能回来,只有他们或许能阻止高团长继续喝下去。但门一直紧紧地关着。此时屋外风很大,甚至能听到树枝相互碰撞发出的哗啦啦的声响。

天完全黑了的时候,小蔡回来了。高团长显然是喝多了,说话时舌头有点发团,但他还要喝。卢云就对小蔡说,说啥也不能再让团长喝了,咱俩把他弄房间去吧。

小蔡便和卢云一起连说带哄,还真的就把高团长弄到他的房间去了。但回了房间的高团长却不肯躺下,他让小蔡先走,他要跟卢云再谈谈。小蔡示意卢云先走,但卢云看了看团长,却不敢走。小蔡在高团长的一再命令下,只好一个人出了高团长的房间。

小蔡走后,高团长仍然一边踱着一边说着,但高团长庞大的身躯直晃,明显地站立不稳。卢云便赶紧上前搀扶团长,让他躺到炕上去。这一次高团长非常听话,但他只是坐到了炕沿上,却没有躺下。坐到炕沿上的高团长突然拉住了卢云的手,有些血丝的两眼直直地看着卢云。因为距离太近了,卢云感到了一种从未有过的恐惧,手便本能地往外挣。高团长显然是因为酒喝多了的缘故,手劲特别大,卢云的手根本就不可能挣出去。

相持了一会儿,高团长突然说,小卢,你坐,坐,我有话跟你说。

卢云犹豫了一下,只好坐在了团长的身边。

高团长转过身来,脸正对着卢云,头往后使着劲,似乎是要重新打量卢云一番。

卢云慌乱地低下头,死死地看着被高团长紧攥着的手。

高团长吐出一口浓浓的酒气,然后开始说话。

高团长说出的话不像是喝多的样子,很清醒,这不能不让卢云有些疑惑,他到底喝没喝多?

高团长说,小卢,你知道吗?在镇海寺,我第一眼看见你就喜欢上了你,我试了好多次,可是,怎么也不能把你从我的脑海里赶出去。我,我真的是很喜欢你,我活了三十三岁,我还从来没有这样地去想过一个女人。小卢,你能理解我的心情吗?

卢云那时确实是太年轻,面对这突如其来的情景一下子目瞪口呆,不知所措。

此时的高团长不可能考虑卢云的心情与感受,即便他清醒与理性也不可能控制得了已经像火山一样爆发出来的情感和欲望。高团长说,小卢,我一点都没喝多,我知道我自己。小卢,在你之前我从来没有喜欢过女人,可是你却让我一下子喜欢上了,我一下子就体验到了喜欢一个女人的滋味,所以我想跟你好,只要条件允许,我一定立即娶你。我这些都是真话,你能听明白吗?

卢云当然能听明白,但听明白了又管什么用,卢云没经历过这样的事情,这才是问题的关键所在。但这一点高团长就不懂了,他不懂对待女人要循序渐进,要赢得她对你的好感,甚至崇拜。因此,高团长的失败就在所难免了。如果事情止于此可能还会出现转机,可是高团长意识不到这一点,高团长在说完这些话后两只粗壮有力的胳膊和大手一下子就将卢云的身体紧紧地搂在了怀里,然后探过头去,试图亲吻卢云。

卢云便从目瞪口呆不知所措的状态里清醒过来,清醒了的卢云便拼命地往后仰着头，躲避着高团长的亲吻。卢云同时企图从高团长的胳膊和大手中挣脱出去，但卢云的努力是徒劳的，她甚至连动都没能动一下。

卢云满脸通红，急促的喘息早已不再均匀，卢云说话也开始颠三倒四。卢云说，团长，你，你别这样。我，我还不知道你咋回事呢！多不好，让人家看见了。你喜欢我，我真不知道。这么大的事儿，你跟我爸妈说了吗？而且，我也得好好想想。

高团长似乎根本就没有听卢云的诉说，在那一时刻里，他肯定也忘记了自己的身份，因为他根本就不顾卢云的挣扎，两只胳膊一用力，便将卢云扳倒在炕沿上，然后一只手伸进她的怀里，抓住她已经十分饱满了的乳房，用力地揉搓，另一只手则开始撕扯她的衣服。卢云的大脑在那一瞬间里一片空白，已经没有了思考的能力，因此，卢云连自己都不知道怎么就在高团长的胳膊上狠狠地咬了一口。高团长一声大叫，但叫声只发出了一半，那一半突然咽了回去，搂抱卢云的胳膊和手在那一瞬间里也松开了。卢云似乎一点都没犹豫，翻身起来，连衣服也顾不上整理，便夺门而逃。

夺门而逃的卢云穿过被马厩挂着的两盏汽灯照得雪亮的院子，直奔她和小王的屋子。屋子没有亮灯，卢云以为小王肯定不在，就掏出钥匙开门，因为她们的屋子只要没人都是要上锁的。可是门上没锁，卢云就拉门，却没拉开，门在里面插上了。心神未定气喘吁吁的卢云根本没有多想，便抬手啪啪地拍门。拍门声在山村的夜晚会是一种什么样的状况即便卢云自己也会想象出来，问题是当时卢云不可能有什么想象，她完全处于惊慌失措的状态。当拍门声响起的时候，卢云一下子就清醒了，清醒了的卢云的手就僵在了半空。卢云感觉到自己的略微有点宽敞的额头浸出了细密的汗珠，她一下子想到了屋子里面可能的一种景象。想到这里，卢云的第一个念头就是逃跑。但是已经来不及了，卢云的身子还没有转过来的时候，门吱的一声开了，小王探出头来。尽管是一瞬间，但卢云还是借着院子里的灯光看清了小王的衣衫不整，上衣的扣子甚至都没有来得及系，而且头发也十分散乱，与她平时的干净立整的形象相去甚远。小王一把抓住了想要逃跑的卢云，然后从卢云的右肩伸出头去往院子的两边看了看，这才对卢云说，怎么搞的，不能轻点，政委在屋里呢！

卢云气喘吁吁，不知道该怎么回答小王，傻瓜似的站在那里。

卢云认为小王一定会埋怨自己，但小王说话的语气里似乎没有这个意思，小王的语气仅仅是一种嗔怪，这嗔怪里面包含的是一种与卢云的亲昵，一种信任，一种不当外人的情感。当然还有一种可能，就是小王似乎还沉浸在与楚政委的幸福里。

卢云很快就清醒了过来，卢云便想向小王解释一下，但还没等她解释，楚政委已经从屋里走出来了。还没等卢云做出任何表情来面对楚政委的时候，楚政委胖乎乎的大手已经拍在了她的肩上。楚政委笑道，小卢呵，团长又喝多啦？你可要负起责任啊！不要怕，要敢管，你是替我们团管。

卢云嗫嚅了一下，没能马上回答楚政委，一时间没弄懂楚政委话的意思。不过楚政委似乎并不需要卢云回答，楚政委说完，一直放在卢云肩上的胖手又重重地按了一下，然后就迈着大步向团部走去。灯光里的楚政委身材显得很粗大。

卢云就那么呆呆地站着，直到小王拉住她手，说，还愣着干啥？进屋吧！卢云这才回过神来，跟在小王身后进了屋子。

那天晚上卢云根本就没睡好觉是可想而知的事情。卢云的大脑在那天晚上彻底失去了判断力，她的大脑一塌糊涂，像一锅粥一样。卢云主要还是担心高团长，她不知道团长明天早上醒来后会怎样想，又怎样看她。平静下来后，卢云当然清晰地感觉到团长是真心对她好，而且自从来到部队，团长，包括政委对她都是百般呵护。但问题是她一下子无法接受这样的东西，她适应不了。咋办呢？明天早上起来怎么面对团长呢？实在是想不出合适的对策了，卢云决定不再想下去了，睡觉，干脆睡觉。但是卢云翻来覆去的，怎么也睡不着，这让她痛苦之极。卢云就非常羡慕身边的小王，小王钻进被窝立刻就呼呼地睡着了。

第二天早上起来，洗漱后，小王打量着卢云问，哎卢云，你这是怎么啦？脸色这么苍白，皮肤也没有光泽，是不是不舒服呵？要不我领你去找卫生员看看？

卢云连连说，没事的，只是昨晚喝多了酒，没睡好觉。卢云一边回答一边偷眼看小王，小王却是红光满面的，好像昨天晚上没发生任何事一样。

昨天晚上，卢云就理解和原谅了高团长，他真的是喝多了，不然的话，是绝对不会那样粗暴地对待她的，因为后来卢云对高团长的了解完全证明了这一点。后来每每想起此事，卢云便对自己在那天晚上的表现后悔不已。

18. 车　祸

　　嫁到了方家的卢芳在最初的日子里备受方七爷的恩宠，这是可想而知的事情，她的年轻美丽，以及与她的年轻美丽很不相称的老成持重都赢得了方七爷的欢心。在最初的一段日子里，尽管另外两个姨太太三番五次地找碴儿与卢芳过不去，但都被卢芳一笑了之，这不仅令方七爷大为吃惊，也让两个姨太太颇感疑惑。

　　方七爷对卢芳的那份好让两个姨太太都难以想象，他平时一天到晚不苟言笑，神秘兮兮的样子，但对这女人却是既耐心细致，又不乏激情。开始卢芳当然不习惯，而且还本能地有些抵触；但后来就完全不同了，卢芳甚至还感受到了从未体验过的幸福，那种幸福只有女人才会有。

　　体验着那种幸福的当然不仅仅是卢芳一人，方七爷同样也沉醉在与卢芳的炕榻之欢中。只是方七爷不仅局限于男女交欢所带来的快乐，这个美妙过程还蕴含着他的人生最后的理想。这一点年轻的卢芳就不懂了，能够洞悉这一点的是大姨太和二姨太，她们显然要比卢芳更了解方七爷，她们更深刻地知道方七爷并不是一个好色之徒，他对儿子的期盼显然超过了对女人的欲望。不论如何，方七爷和卢芳在这样的时光里都不可能会想到前屋的大姨太和二姨太是怎样一种心情。这可以说是一种忽略，也可以说是一种人之常情，但这种忽略却给方七爷和卢芳带来了难以承受的灾难性打击，这是他们无论如何都想象不到的。

　　卢芳之前的两个姨太太的长相都不难看，大姨太太甚至可以说是个美人儿坯子，虽说四十多岁了，却是风韵犹存。卢芳非常欣赏她的雍容高贵和说话时的泰然自若的神态，那显然是一种与生俱来的气质，一种大家闺秀的修养。每次面对大姨太的时候，卢芳都会有些自卑和羞惭的感觉。二姨太太看上去有三十多岁的样子，稍嫌瘦了点儿，面相有些寡淡，最让人难以接受的是她说话的刻薄与刁钻，这一点似乎与她的面相极其吻合。但卢芳不在乎这些，因为方七爷对自己好着呢。

自从卢芳进了方家大门，大姨太和二姨太便只能是靠麻将度日了。本来就不怎么到前屋去的方七爷这回从早到晚就都是围着卢芳转，这不能不让两个姨太太妒火中烧，便在饭桌上给卢芳和方七爷脸色看。

大太太说，七爷，你的脸色可是有些灰暗，一点儿光泽都没有了。

二太太两眼锐利地盯着卢芳的脸随后就说，老三，七爷的身子骨你应该看得出的，别光自己乐和，我们可是都靠七爷活命的。

卢芳却不接话，也不看她们，两眼盯住了饭碗，只埋头吃饭。

大太太又说，男女间的事儿可不能由着男人的性儿，那样会短寿的。

二太太又说，虽说刚结婚图个新鲜，但我们可是姐仨，不光你一个需要男人。

方七爷把饭碗往桌上一礅，咳一声，脸上阴阴地道，你们还有完没完？你们要是有本事给我生俩儿子来。我知道，你们是巴不得我绝户，可是我告诉你们，我这根儿鸡巴硬着呢，不信你们问老三，我好不好使？

卢芳的脸唰地红到了脖子根，卢芳只是抬头瞪了方七爷一眼，却没敢看两个姨太太。

方七爷又哼了一声，道，不上你们屋去我是不想浪费时间，更不想浪费精力，跟卢芳无关。我再说一遍，你们都想明白了，别没事儿找事儿！

卢芳本想把碗里的饭吃完，然后赶紧离桌回屋去，却突然感到一阵恶心，刚吃下的饭菜一下子向喉咙涌上来。卢芳的一只手一下子将嘴捂住，撂下饭碗，急忙站起来，转身慌忙离开饭桌，朝厢房外跑去。在茅房门口，还没来得及将门拉开，卢芳嘴一张，还没消化的食物便喷了出来。卢芳急忙蹲下身子，胃肠里翻江倒海一般，吐得一塌糊涂。

女佣周妈将卢芳搀回到屋里，坐到八仙桌旁的红木椅子上，然后端来热茶让卢芳漱口，又用热水将毛巾弄湿了，给卢芳擦了脸和嘴。卢芳似乎感觉好了一点儿，但马上又觉得一阵阵心慌和头晕，便让周妈扶她上了炕。

刚躺下，方七爷就进来了。方七爷见卢芳躺到了炕上，便问道，卢芳，咋啦？不舒服？

方七爷这一问，卢芳突然一下子悲从中来，抽抽搭搭地哭了起来。

方七爷便坐到炕沿上，拉过卢芳的手，道，咋还哭上了？生她们气了？那两个娘儿们胡说八道你也往心里去？你不要在乎她们，只要我活着，我就给你做主，她们能把你咋的？翻了天不成？

卢芳把手从方七爷的手中抽回去，脸埋在枕头上，仍不住地抽泣。

方七爷摇摇头，噗地笑出声来。许是觉得这个时候在卢芳面前笑不大合时宜，便转身出了里屋，在堂屋的八仙桌的椅子上坐了，然后吩咐周妈给他沏壶茶来。

大姨太和二姨太对卢芳吃醋或者嫉妒是可想而知的，问题是她们如果仅仅是吃醋或者嫉妒就不算什么了，比吃醋和嫉妒更严重的事情随后发生了。

一天早饭后，二姨太和大姨太回到南趟房。大姨太进了自己的东屋，还没坐下，二姨太随后跟了进来。二姨太对大姨太说，老大，你发现有啥新情况没有？

大姨太反问道，啥新情况？没发现呵。

二姨太说，不能吧？凭你，那么精明，咋可能一点觉察都没有呢？

大姨太坐到八仙桌旁的椅子上，点燃了一支纸烟，慢慢地吸了两口，这才扭头看了看二姨太，说，你是说老三吗？我看这老三人还不错，不嚼性，咱俩那天那么说她，她也没翻脸。

二姨太在八仙桌旁另一边的椅子上坐下，然后就笑了，一边笑着，一边慢悠悠地道，你没发现老三的脸色有些灰暗，而且饭没吃完就跑出去吐了？

大姨太一惊，你是说老三怀孕了？

二姨太道，我看是八九不离十。

大姨太手里燃着的纸烟一抖，险些从手指间滑落。大姨太眯起那又细又长的眼睛，吹了吹在眼前飘荡着的青灰色烟雾，说，你没看错吧？

二姨太道，怎么会呢，我已经观察多日了。

大姨太想了想，问，七爷和老三自己知道吗？

二姨太摇摇头，这个吗，说不上来。

大姨太吸了两口烟，道，老三要是真的为七爷生个儿子，那咱姐俩的日子恐怕就不大好过了。大姨太又吸了两口烟，笑道，我倒是没啥呀，七爷早就不到我房里来了，而且我也无所谓，在方家，总归不能不给我一口饭吃吧？

二姨太也笑了笑，但笑得有些勉强，而且多少还有点儿苦涩。袅袅的烟雾遮掩着她有些瘦削的脸，使得那张年轻的脸庞暗淡无光。

大姨太看了二姨太一眼，再次笑了笑，从椅子上站起来，两只胳膊向上举了举，伸了个懒腰，说，老二，不想这些闹心事了，找人打麻将。还是麻将这东西好，玩上了，啥烦恼都没了。

二姨太没应声，她似乎陷入了深思之中，过了半天，突然发狠地说，不能这么便宜了老三。

大姨太只是笑了笑，却没再吱声。

事情出在方七爷去参加一个朋友的约会，而且要一周之久。

对戏曲从没有兴趣的大姨太太和二姨太太在一天傍晚突然光临吉祥大戏院，不能不让戏迷们大为吃惊，他们疑惑中夹杂着贪婪的目光死死地盯在了两位姨太太的脸蛋上和腰身上，一直目送着她们缓缓地从过道走过，然后坐在了舞台前的第一排中间的座位上，那个位置几乎是方七爷的专座，方七爷不来就空着。两位姨太太并没有人们想象中的不适与羞涩，她们甚至有意地迎合人们的目光，还面带有些让人想入非非的暧昧的微笑。戏迷们突然醒悟了一般地纷纷扭头，甚至站起身来，他们的目光一齐转向了剧院的后方。但直到戏已经开演，他们也没见到方七爷的身影，这让他们万般不解。

戏迷们的目光不停地在两位姨太太和舞台之间睃巡与游移，那天晚上几乎没几个人专心致志地看戏，他们几乎同时有种预感，或者疑虑，是不是要出什么事儿呵？

卢四跟两位姨太太不熟，但卢四知道两位姨太太。卢四目不转睛地看着两个姨太太从自己的身前款款走过，然后大大方方地坐在了方七爷的座位上。卢四显然是很激动，但又有些犹疑，他不知道自己该怎么办，是过去打声招呼呢，还是照样卖他的花生米。他多少有点担心，两位姨太太会不会理他。虽说是已经做了亲戚，但人家是啥身份？自己是啥身份？在这样的大庭广众面前，他怕辱没了人家的身份，也给自己找了不自在。

卢四这里正矛盾着呢，剧院的小伙计这时跑了过来。小伙计对卢四说，方七爷的姨太太让你过去呢。

卢四听了这话激动不已，立刻跟在小伙计的身后，一路碎步地走到前排，在两位姨太太身前站定，向两位姨太太躬了躬身，谦卑地问了安，然后给两位姨太太手上分别送上一包花生米，这才抬起头来，两眼看了看两位姨太太，激动的情绪终于平静下来。

大太太道，卢四爷，亲戚这么久了，七爷也没请你到家里坐坐，认认亲，倒让外人看了很生分。

卢四有生以来第一次听到有人称他爷，一时惊慌失措，连忙否认，说，不敢不敢，您就叫我卢四好了。

二姨太道，亲家，这你可不要埋怨我俩个，七爷现在是天天搂着你闺女，不但再也不登我们姐俩的门，甚至连北屋门都不出。这样下去，七爷那身板可是挺不了多久的。二太太停了一下，两眼在卢四埋着的脸上睃巡了一会儿，接着说，不是我吓唬你，七爷要是倒台了，不光是你闺女，连带你和我们就都没了指靠，你想一想，那时候会是一种啥模样？

卢四的头上早冒汗了，弯着的腰更加弯了下去。卢四没敢抬头看二姨太太，只是嘴上嗫嚅着，却一个字也没说出来。

二姨太太瞥了大姨太太一眼，然后对卢四笑道，这样吧，我呀给你出个主意。趁着七爷这几天不在家，你呢，就说腰病复发，让老三回家照顾几天，然后好好开导开导她，这样也好让七爷缓解一下身子。七爷好，我们也就都好了，你说是这么个理吧？

卢四自然不敢反驳，连声允诺。

两位姨太太那天晚上只是看了戏的开头，然后就起身走了。

卢四让老二卢秋来方家接卢芳回家是在第二天一早。卢秋对卢芳说父亲的腰又不好了，可能是上回没接好，下不了地啦，希望她回家待两天。卢芳急得赶紧收拾一下穿戴，叫车夫王二套车送她们回家。

两位姨太太听了卢秋的诉说，便让车夫王二搬了一坛白酒放车上，并嘱咐卢芳路过林记大药房买两块虎骨泡酒，说，这样好得快，而且断骨会长得更结实。

送到门外的时候，二姨太又对卢芳说，老三，你放心地在家多待几天，从嫁到方家就没怎么回去过。七爷回来我们就让王二去接你。

跟到门外的吕先生说，要不我陪三姨太走一趟吧，卢四爷那里我也可以安排照应一下。

二姨太瞪了吕先生一眼，说，二先生，你还是先把七爷走时交代给你的事办好再研究别的吧！

吕先生没想到会被二姨太抢白，光光的脑袋往脖子里一缩，灰溜溜地退回门楼里。

卢芳和卢秋坐上马车，穿过镇子的十字街，到林记大药房买了两块虎骨，然后向北，出了镇子，一路烟尘地朝宋屯赶去。

深秋的辽南虽说已经寒冷起来，但阳光明媚的时候，会让你有种天高气爽的感觉。蔚蓝的天空在缕缕白云的飘浮中越发地让人觉得辽阔而纯净。大地已经完全地裸露出来，攒起来的稻秸、高粱秸和玉米秸还堆在田地里。大地尽头是起伏连绵的丘陵，看不清丘陵上的山石树木，只能看到一片黛青与赭石相间的颜色。

马车在细碎急促的马蹄声中奔驰着，车夫王二突然说，三姨太，七爷以前好像特意说过，他不在家时不让你随便外出？

卢芳此时完全沉浸在对父亲的腰伤的惦记之中，根本就不会注意车夫王二，加上马车的颠簸，她没听到车夫王二的话。车夫王二以为三姨太是不喜欢他的提醒，立刻闭了嘴。

卢芳问卢秋，爸这次犯病很严重吗？

卢秋嘴张了张，却把话又咽了回去。她扭头瞥了车夫一眼，用手指指了指车夫的后背，然后才说，很重。听医生说，这病犯了是一次比一次重的，弄不好就得瘫痪。

卢芳迟疑了一下，看了看卢秋的眼神，明白卢秋的意思，便不再往下问了。

卢秋反过来问卢芳，在方家习惯了吗？怎么说也不会像在家里时那么随便吧？

卢芳笑道，是呵，嫁人了嘛，还能像做闺女那样，无拘无束？不过，也只有嫁了人，才知道做闺女那才叫真的幸福。

卢秋问道，姐夫对你不是很好吗？

卢芳瞥了车夫一眼，叹道，可是方家不是我跟七爷俩呵。

卢秋道，反正姐夫对你好就行呗！

卢芳说，哪里是这么简单呵！

卢芳和卢秋的话刚说到这里，忽听车夫王二高声叫道，吁，吁，接着猛地一勒缰绳和车闸，车嘎吱的一声长长的尖叫，马车骤停，坐在后面的卢芳和卢秋一下子被掀到车辕子边，脑袋撞在了马屁股上。卢芳和卢秋还没等明白过来怎么回事呢，哐的一声巨响，马车被什么东西猛烈地撞击了一下，车身一下子向右边翻了过去，与此同时，卢芳和卢秋一齐被甩向空中。一瞬间，卢芳看见车夫手拉车闸完全向后仰倒，拉套的那匹高大的白马四蹄腾空，云一样的鬃毛遮掩了卢芳眼前的天空。卢芳在身体即将跌落到路旁的水沟里的时候，听到了几声急促的马的嘶鸣，那惊恐高亢的嘶鸣似乎将深秋明净的天空撕成无数的碎片，然后迅速地散落到滚滚的稻浪里。

车夫王二从地上爬起来眨眨眼睛，晃了晃脑袋，感觉没啥事儿，然后直接奔向躺在了道旁水沟里的卢芳和卢秋。

卢芳的身上和脸上全是泥水，但头脑很清醒，她仰面躺着，两眼看着车夫王二，但身体却一动也不能动。

卢秋这时却从水沟里爬起来了，卢秋身上和脸上也都是泥水，但卢秋一眼看见卢芳屁股下面的泥水有一摊血飘浮起来，卢秋哇地惊叫道，大姐，你流血了！

车夫王二这时也看见了卢芳身子下面的一摊鲜血，吓坏了，扶着卢芳两肩的手抖了起来，一时不知如何是好。

卢芳平静地对车夫王二说，王二，不要紧，先不用管我，过去看看是咋回事。

车夫王二让卢秋替他扶着卢芳，起身冲上路基。

与卢芳们坐的马车相撞的也是一辆马车，车身却没有翻，但拉套的那匹灰色高头大马却倒卧在地上，它的前腿撞断了，头部也在流血，有一道很深很长的口子，翻出厚厚的白肉，血汹涌地往外流淌，身体不住地抽搐着。赶车的小伙子却安然无恙，迎着车夫王二走过来，连着说了两遍，这马惊了！这马惊了！

车夫王二没理小伙子，绕着他的马车转了一圈，然后气呼呼地对小伙子道，好好的，咋会惊了呢？

小伙子应道，就是呢，咋说呢这是。

车夫王二站定了，上下打量一下小伙子，问道，你是镇上的吗？谁家的？我咋不认识你呢？

小伙子勉强地笑了笑，回道，我是柴屯老杨家的，叫杨超。大哥你看这事，我不是有意的，是这马惊了。

车夫王二却一点儿也不客气，指着水沟里的卢芳道，知道这是谁吗？这是镇上方七爷的三姨太。我跟你说，你小子这回是摊事儿啦！

小伙子闻听一脸的慌乱，立刻叫道，哎呀，这，这，这我哪知道啊！

车夫王二道，少废话，赶紧帮我把车翻过来，送三姨太回镇上找大夫看伤。小伙子哪里敢怠慢，连忙跟车夫王二喊了几个围观上来的年轻人，一喊号子，将马车翻过来，把马身上的鞍子、套包、绳子等一应家什重新弄好，然后跟着王二一块拉着卢芳和卢秋回到了镇上。

卢芳不知道自己是什么时候睡着了，等到一觉醒来，发现自己是躺在镇上唯一的一家诊所"王记诊所"里。那时已经是午后，夕阳斜照着病房，把窗外僵硬的杨柳枝条的碎影印在了洁白的床单上。病房里静极了，卢芳甚至听到了窗外的秋风发出的吱吱的声响。

卢芳已经知道自己流产了，进了诊所，躺在病床上的时候就听医生说了。卢芳起初是惊讶不已，她完全没有想到怀孕这件事，方七爷每次趴在她的身上吃力地耕耘的时候，她都能从他的目光里读出他发自肺腑的对儿子的呼唤。每次从她身上滑落下来，躺在她的身边，一边喘息着，一边抚摸着她年轻丰腴的肌肤，他那已见苍老的面容甚至让卢芳有些难过。近些日子，七爷对自己，当然也对卢芳开始有些失望了，他开始真的相信自己已经没有了生育能力，这对七爷无疑是个沉重打击。只不过七爷还不想让别人看出他的绝望，因此，七爷并不埋怨卢芳，对卢芳仍然宠爱如初。卢芳当然会想到，当七爷回来听说她已经怀孕的消息一定会欣喜若狂，当听说又流了产，一定会痛心万分。之后呢？当他看到希望，肯定会加倍地努力在自己身上耕耘。想到这里的时候，卢芳不能不感到一种恐惧和厌恶。因为，近一段日子，卢芳已经感受到方七爷在性事上越来越力不从心了，他是在一种信念的支撑下才这样坚持着。当他不等射精就疲软下来的时候，他便趴在卢芳身上反复地折磨和蹂躏她那娇嫩的身体，让她痛苦不已。

卢秋进来的时候，见卢芳醒了，不由高兴地叫了一声，太好了，大姐，你终于醒啦！卢秋坐到了床边，见卢芳脸上似乎有些茫然，便又说，你知道你睡了多久吗？从做完手术一直到现在，差不多有小半天了。吓死我了！

卢芳看上去很平静，没有什么痛心或悲伤，甚至还对卢秋嫣然一笑，这不能不让卢秋惊讶不已。卢秋说，大姐，看你好像一点儿也不难过？

卢芳说，有啥好难过的？我人不是好好的吗？卢秋说，可是，可是孩子，孩子没有啦！

卢芳说，我压根也没想要孩子呀！

卢秋一下子愣住了，半天才说，可是，方七爷不是特别想要孩子吗？

卢芳说，他想要是他的事儿，但我不想要。

卢秋说，为啥？

卢芳说，为啥？他都五十来岁了，我才多大？过几年他人没了，我一个人咋养活孩子？

卢秋想了想，不由点了点头，但转念一想，说，七爷没到五十呢，年龄也不大呀！

卢芳似乎不想谈这个话题，问，爸妈知道了吗？

卢秋说，知道了，但没跟他们细说，只是说受了点轻伤，过两天就回家了。

方七爷是在卢芳发生车祸的第二天晚上被吕先生派人接回来的。方七爷闻听卢芳出车祸的事情，而且还流了产，险些背过气去。吓得两个姨太太又是捶背又是掐人中的，忙碌半天，方七爷才舒缓过来。方七爷的痛惜之情溢于言表，不仅将车夫王二痛骂了一顿，也把吕先生和大姨太太、二姨太太骂了一顿。光是骂了一顿还不足以平息他的愤怒，他吩咐吕先生，立刻去车主刘大年家，让刘大年砍掉车夫一个手指头来见他。

吕先生真的去了刘大年家，刘大年真的包了车夫的一个手指头来方家赔罪。

从那之后，方七爷轻易不肯离开镇子，甚至也很少离开方家大院，连吉祥大戏院也很少去，当然这也跟那时候很少有戏演出有关，因为国共两军在东北的争夺愈演愈烈。卢芳给方七爷带来了希望，所以方七爷就整天围着卢芳转，不仅让厨房给她增加营养，还请人配了偏方，抓了药，他要让卢芳健康如初，就像几个月前刚刚嫁到方家时一模一样。

卢芳后来当然知道了大姨太和二姨太跟父亲说的那些话，也明白了她们的险恶用心，但卢芳却没跟她们计较，甚至也没对方七爷说，仿佛什么都不曾发生。大姨太和二姨太一定是明白了这一点，因此，在后来的日子里，大姨太和二姨太对卢芳一改前非，特别好。

19. 绝 望

　　还是因为年轻，卢芳流产后不久身体就恢复如初了。这天凌晨，天刚刚有点迷蒙的光亮，卢芳就醒了。辽南的初冬，虽然早晚已经很冷了，但感觉上还是舒坦的。可是卢芳却觉得屋子里有些闷热，拉开窗帘向院子看，一切都是灰蒙蒙的，抬头往天上看，就见满天的黑乎乎的云。要下雪了，雪这么早的就来了？

　　卢芳扭头看了眼炕头上的方七爷，露着瘦弱的半个膀子还在呼噜呼噜地酣睡。方七爷就好这一口，即便是寒冬腊月的时候，也脱得光光的，烙饼似的烙火炕，穿个背心都不舒服。卢芳掀开被子坐了起来，从炕边扯过灰色薄棉袄披上，下了炕，出了西屋，拉开堂屋的门插，推开屋门。

　　院子里一点儿风也没有，两棵高大的杨树上光秃的枝子也是纹丝不动，南屋顶上的一片黑瓦似乎被一层水雾覆盖上了，迷蒙蒙的水墨画般的一片。西头马厩里的两匹枣红色、一匹灰白色高头大马安静地站立着，不知道是受了天气的影响还是怎么回事儿，目光看上去似乎有些散漫。

　　马厩的南面是一溜低矮的偏厦，紧挨着马厩的偏厦住着车夫王二和另两个长工，他不光赶车，还兼管着饲养三匹马。再往南的偏厦里装着各种杂物什么的。南屋的西头与偏厦相连，中间有一狭窄的灰砖铺的甬道通往开在南面的窄门和一大片菜园子。

　　这时，紧挨着马厩的偏厦的木门吱扭一声被推开了，穿着一件青色粗布棉袄的车夫王二敞怀猫着腰走出来，他先是两手抹了抹脸，然后抻了抻胳膊，蹬了蹬腿，便转身进了马厩。那三匹高头大马见了王二立刻精神起来，有的打着响鼻，有的用蹄子刨着土。王二拿起一个簸箕，在一条麻袋里掏出一些草料，然后用手拨弄到马头前的槽子里。又拿起一只瓢，从一个大号的缸里舀出半瓢黄豆，均匀地撒到槽子里。喂过了马，王二拿起一把竹扫帚，开始打扫院子，唰唰的声音随即在寂静的院子里不轻不重地响起。

卢芳的目光有些迷离和茫然，她不知道自己想看什么。院子里的东西早就熟视无睹了，也没什么好看的。卢芳现在的心情很平静，这当然跟她的性格和作为长女有关，但主要的还是这几个月的经历让她逐渐地品味出了什么是命运。父亲当然没跟她说他与方七爷之间的交易，她嫁到方家后方七爷也从没有说过这个话题，她也不想直接去问父亲和方七爷，但心里早就都想明白了。你能说人家喜欢你也有罪？不是没逼着你非嫁不可吗？而且人家为卢家付出这么多，还让人家咋样呢？更何况到了方家之后，方七爷对她真的是关爱备至呵护有加，因此，她明显地感觉到了两个姨太太对她的嫉妒与敌意。虽然她不清楚两个姨太太具体是怎么谋划迫害自己的，但从父亲嘴里了解到那天的具体情况，让她明白了那天的车祸绝对不是偶然，背后的操纵者就是两位姨太太。卢芳没有去追究，甚至也没有跟方七爷提这个话题，卢芳不想把这件事情闹大，她认可了自己的命运，她只想过一种平静的生活，就像此时这院子里的景象。卢芳流产后的这一个来月里，方七爷基本上没出门，虽然用不着他来具体照顾卢芳，但他还是前后不断地围着卢芳转，这让卢芳有些意外，也颇为感动，她没想到方七爷居然会有这样的耐心。前几天，方七爷见卢芳的身体已经恢复了，便重新开始连续几天晚上都趴到卢芳的身上认真地耕耘。方七爷的兴致勃勃，激情澎湃，让卢芳惊讶不已。卢芳没有理由反对，但卢芳明显地感觉出来方七爷在房事上已经是力不从心。头一次，他下身的那个东西虽然很快勃起了，但硬度很差，弄了半天，勉强进入卢芳的身体后就软了。第二次就硬不起来了，卢芳怎么抚摸都没管用。昨天晚上好不容易有点儿起色，但趴到卢芳身上后就又不行了，说什么也进入不了。方七爷显然十分地焦虑和懊恼，虽然不能进入，但他却不从卢芳身上下来，而是不停地在卢芳身上上下冲撞耸动，似乎有了恶意的报复的情绪与味道。卢芳当时就想，这是冲谁呢？卢芳没想明白。后来卢芳来了高潮，方七爷却翻身下去，伸直了胳膊腿，一副听天由命的感觉，卢芳拽了几下他的胳膊，他却动也没动。

这天上午，南屋的两位姨太太叫卢芳过去打麻将，在等待陈太太的时候，二姨太太逗卢芳说，昨天晚上你那叫床的浪声真叫我受不了，要不是大姐拦着，我就跑过去跟你一块跟七爷做了。说得卢芳唰地脸就红了。

卢芳还太年轻，她不可能明白她的旺盛的性欲本身就是对方七爷的打击，这种打击当然不仅仅局限于身体，更重要的是精神，是一种精神上的折磨。无奈的方七爷只能选择放弃与离开。吉祥大戏院的戏不多，隔三岔五地才来个戏班子，演不了几天就匆匆地走了。于是，方七爷就频频地出入镇海大酒楼，约朋友吃茶喝酒，上午走出方宅，晚上顶着月亮回来。方七爷虽然从未喝醉过，但卢芳仍然不高兴，数落方七爷这样下去身体就造完了。方七爷也不反驳，但对卢芳也没有了往日的热情。

卢芳倒是不太在意，卢芳虽然是一个年轻女人，但她不喜欢跟方七爷行房事，方七爷从没满足过她的欲望，甚至还让她有一点厌恶，只是不能表现出来而已。因此，方七爷的力不从心倒是让卢芳松了一口气。

这天早饭后，方七爷喊了声吕先生，披上藏青色棉布长袍，手里袖着绿色的紫砂壶，看看已经是黑暗起来的天，悠闲地出了院门。

卢芳在院子里叫住了管家吕先生，问道，这眼看着就要下大雪了，七爷咋还出去？

吕先生说，回三姨太，昨晚有人送来了信件，海城有几位方七爷的朋友，今天上午要来镇海寺，方七爷要提前一点儿到镇海大酒楼西边的沈记旅馆迎接。吕先生停顿了一下，瞥了卢芳一眼，又说，我昨晚已经将客人的吃住安排好了，但方七爷似乎不太放心，他要再去看一看。

卢芳又问，哪方面的朋友呵？

吕先生哟了一声，说，这我可就不知道了。

卢芳说，你赶紧去吧。

吕先生冲卢芳躬了躬身，匆匆追出院子。

卢芳回到屋子里，脱鞋上了炕，趴在窗台上茫然地看着院落里的景色。一群麻雀在高高的槐树的灰黑的枯枝上一边上下左右地跳跃着，一边吱吱呀呀地叫。卢芳感觉它们很快乐，而且是自由自在，无拘无束。卢芳不知道它们是不是树上那三个窝里生长出来的，即便是，那也装不下这么多啊！它们还有新家吗？家又在哪儿？这么冷的天，就这样蹦来跳去的，天黑了咋办呢？卢芳的思绪似乎漫无边际。

女佣周妈什么时候站在了身后的炕边卢芳一点都不知道，因此，当周妈叫了一声三姨太的时候，卢芳吓了一跳。卢芳回过身来的时候，周妈说，三姨太，大姨太和二姨太请你到前院打牌。

卢芳说，知道了，我换换衣服就来。

车祸之后大姨太和二姨太在卢芳面前简直是判若两人，不但热情异常，甚至围前围后呵护有加。原来卢芳和方七爷住的北屋她们根本不来，现在每天都要过来两趟，问长问短，弄得卢芳都有点心烦了。

大姨太说，三妹，我们姐俩真没想到你是这么好的人。真人面前不说假话，原来我俩想，你这么年轻，长得这么漂亮，七爷又这么宠你，你还说不定得怎么矫情呢。所以，我俩便商量好了，只要你在方家整事儿，我俩就联合收拾你。没想到你进了方家，从不争风吃醋搬弄是非，而且对我们姐俩就像亲姐姐似的。

二姨太也说，可不是咋的，换了别人说不上都云到天上去了。但是我俩也想好了，不管是谁，想坐到我们头上拉屎门儿也没有。好说好商量咋都行，不然咱们就闹他个老底朝天，看你和七爷能把我们咋样？

卢芳对两个姨太太的旁敲侧击不置可否，她只是冲她们淡淡地笑笑，脸上没有任何其他表情。

大姨太和二姨太当然明白，卢芳不可能一点不知道车祸真相，但卢芳却只字没提；而且她们还认为卢芳在七爷面前也未提这事，否则七爷哪里会饶过她们呢？

那天上午，西院的陈太太前脚进屋，后脚雪花就下来了。雪花有指甲般大小，软绵绵、轻飘飘的，落到地上悄无声息。

大姨太拉着陈太太的手笑道，你可真幸运，看来今天手气一定不错。

陈太太也是满脸的笑容，说，连着输好几场了，也该转转运气了吧！

卢芳和大姨太、二姨太，还有陈太太刚刚搓了三圈麻将，周妈就进来喊卢芳，说七爷回来了，让她马上回房说话。

二姨太看了眼落地式大座钟，不由得怨道，这还不到十点，七爷咋回来得这么早？

大姨太就说，三妹，你先回去看看啥事儿，然后快点回来。

卢芳就从椅子上站起来，周妈便将一把黄色油布雨伞撑开递到她手里。

卢芳刚迈出门口，二姨太又嘱咐说，老三，咱们可等着你呵，三缺一的滋味可不好受。

卢芳回头冲她们笑笑，撑着伞走了。

出门来到院子里，卢芳抬头看了看天，云层仍然很厚，这雪看来一时半晌是停不下来。雪前的风好像没了，空气里似乎还多了些微的暖意。卢芳并没有急着回房，而是在院子里转了转，当前面走的周妈进了东厢房，她才朝北屋走去。

卢芳进了堂屋，然后再拐进她跟方七爷住的西屋，一下子就愣住了，方七爷全身赤裸地站在地中央。卢芳这还是第一次在大白天里看方七爷裸露的身体，赤裸的方七爷比平时看上去更加瘦弱，胸前和两肋的骨头完全地突了出来，屁股两侧是两个凹陷的深坑。卢芳的鼻子突然间有些发酸，她觉得方七爷似乎有些可怜，她甚至有些怀疑穿戴整齐后的方七爷那种坚韧、大度和处乱不惊的真实性。

屋里热烘烘的，热气直往脸上扑。卢芳低头一看，炕头的地炉子炉盖被烧得通红，卢芳甚至听到了炉膛里燃烧着的火发出的呼呼的风响。卢芳问，这么早就回来啦？

方七爷突然转过身来，卢芳看到他满面红光，两眼也格外有神。

卢芳感到了脸和全身都有些燥热，一时有些不知所措，七爷，你这是……

方七爷没回答卢芳的话，却两步跨到了卢芳身前，一弯腰，两只胳膊一叫劲，将卢芳抱了起来，重重地撂到炕上。方七爷随后也跳上炕，三下两下就将卢芳的衣服扒光，然后扑到卢芳的身上，上下急速地运动起来。卢芳只是感觉瞬间的痛疼，然后还没有任何什么感觉呢，方七爷突然就不动了。卢芳这时感觉到了方七爷的阳具已经松软下去了，并且从自己的身体里滑了出来。

方七爷叫道，老三，快给我捏捏。

卢芳揉搓了半天，方七爷的阳具却始终没有坚挺起来。方七爷紧张的神经一下子松弛下来，他的整个身体死死地趴在了卢芳的身上，随之号啕大哭起来。方七爷一边哭一边说，老三，我完啦！我完啦！方家绝后啦！老三啊，老三，方家绝后啦！你明白吗？绝后啦！顷刻间，方七爷的眼泪，可能还有鼻涕什么的雨水般地流淌下来，滴落在卢芳的脸上和脖颈上。

在那一瞬间，卢芳感到方七爷枯瘦的身体死沉死沉的。

哭得撕心裂肺的方七爷确实震撼了卢芳，自从进入方家，她这是第一次看见方七爷这么冲动，这么动情，这么绝望。卢芳甚至有些怀疑趴在自己身上的这个男人是方七爷吗？卢芳印象中的方七爷永远都是一手摇折扇一手握着绿色紫砂壶，踱着方步走在镇子的石板路上，然后落座在吉祥大戏院里，或镇海大酒楼中，不仅是宠辱不惊，而且还镇定自若。他那有些阴郁的两眼不但不会让人感觉到他身体上的瘦弱，反而给他带来一种仙风道骨般的神秘莫测。

卢芳当然懂得绝后对男人而言意味着什么，尤其是像方家这样的大户。卢芳不由得紧张起来，恐惧感也在那一瞬间袭遍全身。卢芳被方七爷压得有些喘不上气来，但卢芳仍然坚持着。卢芳说，七爷，你别着急，慢慢来。卢芳的声音极其温柔，卢芳的语气就如同一个母亲在哄一个调皮的孩子。方七爷终于停止了他与卢芳的房事，从卢芳身上爬了起来，穿上衣裤下了地。方七爷走出卧室，在堂屋正中的红木太师椅上坐下，然后冲东屋喊了声，周妈，沏壶红茶。

卢芳随后穿好了衣服下了炕，坐在炕沿上，瞪大两只仍然有些惊恐慌乱的眼睛隔着门框看着屋外坐在红木太师椅上的方七爷。此时的卢芳确实是不知所措，她弄不准方七爷现在究竟是怎样一种心情，而且之后有啥打算，卢芳的目光便有些迷离与闪烁不定。卢芳感觉到了方七爷用余光瞥了她一眼，卢芳从方七爷脸上一闪即逝的表情里确认了他对自己的表现并无挑剔。所以，方七爷在瞥了卢芳一眼之后，只能给卢芳一种无可奈何的感觉，而且卢芳还从他喊周妈上茶的声音里，感觉到了绝望了的方七爷的无奈与凄凉。

周妈端着茶水来到八仙桌前。周妈低着头，她似乎是只凭着感觉将茶壶和茶杯放在方七爷的眼前，然后就倒退几步，转身回了东屋。卢芳明白，周妈对她跟方七爷之间的性事了如指掌，但周妈不多事，更不多话，这也是她之所以能在方家待这么多年的根本原因。

方七爷用一只手捧起他那把用了多年的墨绿色紫砂壶，就着壶嘴啜了两小两口茶，然后抬起头来，眯起两只三角眼，茫然地看着堂屋关着的门。

门外飘着雪花，此时的院子里已经是白花花的一片。

方七爷突然长长地叹了口气，说，老三，我这辈子就这命了。

卢芳一直忐忑不安的心到这时才算彻底地平静下来。

方七爷喝了一壶热茶后重新走出院门，方七爷又恢复了他的悠闲与自若的神态。

方七爷走后，卢芳没有再到南屋跟大姨太、二姨太们打麻将。卢芳走到堂屋，也坐到方七爷刚刚坐过的椅子上，她也让周妈沏了杯红茶，慢慢地喝着，直到吃午饭。

那天夜里，卢芳根本就无法睡觉，因为方七爷一反往常，那两只烧火棍似的胳膊一直紧紧地搂着她丰腴的身体，似乎生怕她会突然不翼而飞。

本来方七爷是知道自己已经无法再行房事了，但在接下来的日子里，一到夜晚来临，方七爷就搂着卢芳上炕，然后就爬到卢芳身上，对卢芳百般蹂躏，以至于卢芳对夜幕的降临产生了一种下意识的恐惧。

卢芳便在晚饭后往前屋跑，主动地张罗打麻将，这不能不引起两个姨太太的怀疑。

有一天，大姨太突然对卢芳笑道，三妹，我说几句话你别多心啊？

卢芳看着大姨太，感觉大姨太的笑里别有一种意味，似乎明白了她要说什么，脸便一下子红了。

大姨太笑起来，笑过之后，大姨太说，三妹，我感觉七爷在房事上已经不行了，他越是天天地纠缠你，越是说明他不行了，这是他最后的垂死挣扎。你没发现他近来连背都有些驼了吗？还有，你看七爷的屁股都快要抽成两个拳头了。这样下去的话，七爷的身体恐怕是要盯不住的。问题是我们，也包括你，是靠七爷吃饭的，七爷一旦要是出了啥问题，我们可就没了活路啦！三妹，你是聪明人，你肯定明白我的意思吧？

卢芳的脸更红了，她嗫嚅地说，这个，这个，大姐，不是我，我不愿意这样，可是，可是七爷……

二姨太在一边哈哈地大笑起来。

大姨太说，这个我知道，我是说你一定要学着拒绝他，不能由着他的性子来。

卢芳只好点点头。

大姨太又笑了笑，语气似乎轻松了一些，她接着说，七爷喜欢你的年轻美丽这一点毫无疑问，但是有一点你不一定知道，就是七爷喜欢儿子远远地超过喜欢女人，这一点恐怕谁都无法改变。换句话说，生一个儿子才是七爷宠爱女人的根本目的。大姨太说到这里扭头瞅了二姨太一眼，然后又接着说，问题是他自己不行事呵？你问二妹，你没嫁来之前，我和二妹这里他已经有一年多不来了。哪个男人不喜欢女人？如果说他不喜欢我们姐俩了，但他总得喜欢别的女人吧？可是我们从没听说他在外面还有女人。跟你有了这完全是一种偶然，可能这也是他这辈子的最后一次机会，谁承想又出了事。也活该他命里没后啊！大姨太说完长长地叹了口气。

在接下来的夜晚，卢芳并没能够阻止方七爷对她的蹂躏，但方七爷最终也没能够进入卢芳的身体。失去了性能力的方七爷重操赌博旧业几乎是他唯一的选择。

20. 龃龉

独立团在入冬之后转移到了岫岩县大洋河边上。虽然是初冬，但山区的早晚却已经非常寒冷，穿着棉袄一点也不觉得热。

下了一宿加半天的雪在午后停了，高团长和楚政委分头去了地方，向地方组织求援，赶紧给部队赶制些冬装。

去年部队匆忙进入东北，战士们都穿着单装，军分区的首长们谁都没有想到东北天冷得这么早，而且会这么冷。团、营首长们勉强分了一件棉大衣披在身上，连警卫员都没有。小王分了一件，是因为她每天都要盯在电报机前，是格外照顾。

警卫员小蔡和小肖都跟着高团长和楚政委去地方救援了，团部里又剩下李参谋长和卢云。李参谋长是一个内向寡言的人，卢云到部队已经半年了，跟李参谋长加一起也没说上十句话。在团部，像今天午后这样，只有李参谋长和卢云的时候很少，只待了一小会儿，卢云就有了一种不自在，甚至于窒息感。卢云想了想，跟李参谋长说，李参谋长，这会儿没啥事儿，我出去走走。

李参谋长头都没抬，只说了两字儿，去吧。

卢云想笑，但忍住了。李参谋长不苟言笑，无论什么事，也无论对什么人，他都是一副面孔，严谨得过于呆板。

从团部里出来，卢云本想回她和小王的房间跟小王打声招呼，但在团部门口徘徊了一会儿，又往她和小王的房间看了看，心想，反正就一会儿，不跟小王打招呼了，便转身拐向了院门口。在门口端着枪的警卫小杨跟卢云早就熟了，但小杨还是认真地向她敬了礼，让卢云感到脸上忽地一热。卢云冲小杨笑了笑，没说话，然后她就出了院子,向左拐,不多远,就折向了南,然后就漫无目的地一路走去。

团部大院坐落在村子的南头,走几分钟就出了村子。卢云随后就看见一条由西向东流的河,河面很宽,走到近前,便听到巨大的哗哗的流水声。这是岫岩境内最大的河流大洋河。卢云长这么大从未离开过镇海寺,没见过这么大、这么宽的河,而且那水流浩浩荡荡。

卢云在前些日子跟小王来了一次河边,那是她第一次见到这么大、这么宽的河,她们顺着河岸向东一直走了有半个小时。其实镇海寺离海边也就几十里的路,但卢家三姊妹从没有去过海边,她们无法想象面对一望无际的茫茫大海。即便是眼前这条河,卢云一时间也无以表达自己的感受,似乎只能用惊喜万分来描述。河水哗哗的声响清脆而温柔,阳光铺满了河面,灰黄中泛着晶莹的光亮。

河水不知疲倦地舔舐岸边,向卢云和小王的脚下涌来退去。一群叫不上名字的鸟在不远处的河面上飞翔。不知道为什么,第一次见到大河的卢云一下子就喜欢上了河,她全然不顾冰凉的河水打湿她的鞋和裤腿,沿着岸边尽情地往前走。河水让卢云感受到它内在的一种敦厚与力道,仿佛河底有一种什么力量在托举它。卢云弯下腰去,将手和胳膊浸到河水里,然后一边不停地搅动着河水,一边咯咯地大笑。

小王莫名其妙,连问了两句,卢云你笑啥?

卢云直起腰来,两眼望着浩荡的河水说,这辈子能住在河边就好了。

小王说,有啥好的,总发大水,不光淹了农田,连房屋也一块淹掉。小王的老家在河南的黄河边上。

卢云说,那我也喜欢,每天驾着渔船到河上漂上一圈,多好啊!

小王说,那好办,等打完了仗,你就嫁到我老家去,我给你找一个船老大,让他整天介带你到黄河上去。跟黄河比,这就算不上河。没等卢云回答,小王冲她做了个鬼脸,又说,这事可不能说出去,不然团长肯定要骂我。

卢云没体味出小王话里的含义,说,这事儿跟团长有啥关系?

小王朝卢云瞪大了眼睛,连着几声哟哟哟,你是真不明白,还是装糊涂?

卢云还是一脸的莫名其妙,装啥糊涂?

小王伸手在卢云的脸蛋上点了一下,说,团长可是真的喜欢你的。

卢云的脸忽地红了一片,伸手在小王的胳膊上掐了一把,嗔怪道,王姐,尽瞎扯!

小王哎哟一声,一边揉着胳膊一边说,我跟你说的可都是真的,有一天我就听政委和团长在说你,政委说他要做你和团长的媒人,团长说不用政委,到时候他自己跟你说。

想到这儿的时候,卢云再次想起高团长喝醉酒的那个夜晚之后的早晨,那个早晨让她百般纠结，无法忘怀。

那个早晨卢云早早就到了团部，她离开屋子时小王还在睡着。团部里只有李参谋长一个人在看什么材料。卢云只是跟李参谋长打了一下招呼，然后就开始收拾桌椅，打扫卫生。

过了一会儿楚政委进来了，楚政委看了一下手表，然后对卢云说，小卢同志，去叫高团长过来吧，过一会儿各营连领导就都来啦！

卢云这才知道上午要开会。卢云立刻放下手里的抹布和条帚，跑出团部，直奔高团长住的东趟房。到了门前了，刚要举手敲门，卢云突然想起昨晚的情景，她一下子收住了已经伸出去的手，呆在了高团长屋前。

昨天晚上的事情让卢云心乱如麻，不光是碰上小王和楚政委在屋里，主要是她拒绝了高团长对她的要求，还在慌乱之中咬了高团长一口，她不知道这将会给她带来什么样的后果。尤其是高团长现在心情这么差，自己这样做不是雪上加霜又是什么呢？其实昨天晚上从高团长屋里跑出来的一瞬间，卢云就明白了，高团长是真心对她好，这在她到部队之后的这些天里她已经处处感觉到了，还有楚政委和小王时不时地开的玩笑，都让她感觉到了这一点。问题是她心里缺乏准备，也就是说她还没有把这个问题当作正式的问题来思考。因此，面对这种突如其来的情景，她做出的反应只能是本能的。只有十七岁的卢云不但没有经历过这种事情，她跟两个姐姐甚至都很少出院门，近距离地接触外面的男人几乎没有。但无论如何，这件事情让卢云心里感到很沉重。长这么大，她还是第一次独自承担这样的压力，这让她不能不有些茫然无措。她不能不再次地羡慕小王，小王总是那么快乐，无忧无虑。在团部，她就像一条鱼一样，在水里自由自在地游来游去，还不时地晃晃脑袋摆摆尾巴。小王比自己也大不了几岁，但小王却是那么成熟，跟团部首长，还有团部所有的人相处得都那么好，而且是一种自自然然的好。不过卢云也曾想过，像小王那样自己可能学不来。昨天晚上卢云几乎想了半宿，但她还是没想好第二天见到高团长后跟高团长说啥，她觉得解释也不是，道歉好像也不对劲。因此，卢云就特别希望见到高团长后高团长能先跟她说点啥，那样她就有可能知道自己该说什么了。

这个时刻就这样到来了，让卢云有些措手不及，但时间却不允许卢云再犹豫或者再去思考什么了。卢云再次伸出手去，敲了三下门，然后声音似乎有些怯怯地叫道，团长，你起来了么？政委让你马上到团部开会！

没有回答，屋里一点儿动静都没有。卢云又敲了三下门，然后重复了一遍刚才的话。卢云隐约听到了床板吱呀的叫声，接着是高团长的声音，哦，天都大亮啦？他娘的，睡过头了。高团长的声音明显有些嘶哑，随后是几声咳嗽和吐痰的声音。

又过了一会儿，高团长将门推开，一边揉着眼睛，一边看了一下卢云。

卢云一看就知道，高团长昨晚肯定是连衣服也未脱就睡了。卢云略微低着头，她想等高团长跟她说句什么，关于昨天晚上的事儿。但高团长没说昨天晚上的事儿，而是问了一句，人都到齐啦？他也没等卢云回答，或者说他根本就没想让卢云回答，然后就直接大步流星地朝团部走去。

卢云被高团长扔在了他那高大的身躯之后，一时间竟然不知所措。卢云想随后追上去，但脚只是抬了一下，却没有向前移动。泪水不知不觉就流出眼眶，顺着两颊汹涌澎湃。

卢云远远地望着高团长走进团部，他甚至都没有回头看她一眼。卢云感到了一种伤害，她当时还品味不出这是一种什么样的伤害，但她感觉到了脸上火辣辣的，像两团火在燃烧。卢云没有回团部，而是朝她和小王住的北趟房跑去。

卢云重重地拉开门进了屋子，她想随手将门带上，却没抓住门，门在她身后一闪而过，在撞到门框后，由于用力过重，弹回来后又开了一条缝。卢云只好回过身去，重新将门拉上。

正在梳洗的小王显然是对卢云生硬地闯进屋来感到吃惊，她放下梳子，瞪大了眼睛上上下下地打量了一番卢云，问道，出啥事儿了？

卢云并没有看小王，也没有回答她的问话，而是径直扑到了炕上，然后将脸和整个身体都埋在了被子上，放声大哭起来。

小王见状，赶紧过来拉卢云起来，一边拉一边问，卢云，问你话呢，到底出啥事儿了？你倒是说啊！

卢云起初晃着肩不理小王，但小王很有耐性，大有你不说我就不罢手的架式。卢云是一种性格比较外向的女孩儿，她经不起小王的折腾，翻身起来，擦了擦眼睛和脸上的泪水，就将刚才高团长不理她的情景，以及昨天晚上高团长在醉意中强行搂抱她的细节详细地说了一遍。

出乎卢云意料的是，小王听了她说的这两件事居然扑哧一笑，然后又是一连串的咯咯的笑，笑得卢云僵在那里不知所措。

河边风明显地有点儿大，有一股土腥味在河上弥漫。天有点阴，阳光就显得有些暧昧，太阳甚至让人有些分不清真实与虚幻。

河水跟第一次见时没什么两样，只是没有那天清亮，而是灰蒙蒙的，甚至可以说有些浑浊，连扑到岸边的浪花也不再白亮。卢云觉得与第一次见到的河水完全不同，这次见到的河水让她感到沉闷和压抑，甚至连呼吸都有点困难。她弄不清，只几天的工夫，同样的一条大河，为啥会有这么大的变化。

卢云算了算，自己来部队已经半年了，团部最清闲的就是自己。卢云只是给几位首长递递烟，倒倒茶，再就是收拾被他们弄得杂乱的屋子，安排他们的一日三餐。所谓安排也就是把炊事班做好的饭菜在桌上摆好，吃完了，她再把碗筷收拾下去，送到炊事班。内务就更没啥可干的了，高团长的房间里什么都没有，一铺炕，一套被褥。没事的时候卢云回到她和小王的屋子，趴在小王身边的桌子上，看小王摆弄电报机。小王还偶尔向她介绍介绍电报机的用法，但卢云听起来却如同天书一般，一边听一边直摇头。小王就嘎嘎地笑。这样的生活让卢云对部队的神秘感一点点地消失，她甚至有些疑虑，自己问自己，这是部队吗？部队不是整天价炮火连天，你冲过来，我杀过去的吗？这怎么像居家过日子似的？几个月前那次打鞍山，她和小王并没有冲到阵前，而是在阵地很远的地方守护着电报机，身边还有两个战士保护她们。枪炮声离得很近，但她没感觉到真正的打杖。有一次，卢云就对小王说出了自己的想法。

小王笑道，这事你可别祈求，仗一旦要是打起来了，你哭都没人理。

卢云一脸严肃地说，我才不怕呢，我来部队就是想看看真正的打仗。

小王说，那你算捡着了，在东北，这仗可小不了，国民党调来很多精锐部队。

卢云问，马上又要打啦？

小王说，我看快了。你想想，这半年来，蒋介石就没闲着，不断地向东北调集重兵，几座大城市都被他们占了，可他们并不满足，正在对我们的根据地进行围剿。我们团本来在这里是要阻击国民党军从辽河口海域登陆的，但是他们没来，据说是改从葫芦岛登陆了。你要有心理准备，东北这场仗可是小不了，而且时间也会很漫长。

停了一下，卢云又问，王姐，你打过仗吗？我是说，那种直接的，与敌人面对面的。

小王就乐了，然后歪头看了卢云一眼，说，打仗当然是与敌人面对面啦！不然怎么打？

卢云脸就红了，说，那你害怕吗？

小王道，两回，就两回，然后就不怕了。

卢云又问，那是不是特别危险？

小王道，那当然了，当兵嘛，就是这样。你没听团长和政委他们说吗，当兵的，每天都是要把脑袋掖在裤裆里头。尤其是大仗，炮声，枪声，手榴弹声，偶尔还有飞机扔下来的炸弹，响成一片，耳朵都要给震聋了。有时候炮弹就在你身边爆炸，炮弹皮吱吱地尖叫着从你耳边飞过。你要是敢睁眼睛你就看吧，树干、砖瓦石块，还有人的胳膊腿，满天飞。小王大概是眼见着卢云的脸色逐渐变得苍白，这才放缓了语气，不过呢，你也用不着害怕，子弹虽说没长眼睛，但我们会保护好自己的。什么都在于习惯，我现在听枪炮声，就像听鞭炮声。好多老战士时间长了听不到枪炮声还睡不好觉呢！

小王的劝告并没有让卢云真正地放松下来，在接下来的几天里她都处于一种紧张之中。虽然紧张，但卢云还是有点祈盼这场战役的早日到来，她想真正地体验一下战争的意味，那种全身心的刺激。不过，卢云对这场战役的祈盼的更重要的原因却是为了高团长，因为多日来，高团长的焦虑让她感受到男人的痛苦与无奈。

卢云的鞋被河水一点点舔湿，她感觉到了河水的寒意，但卢云的两眼茫然地看着远方，似乎全然不顾。卢云漫无目的地踩着河边的碎石往前走着，不时地扭头看一眼灰蒙蒙的河水，她想思考一下怎么解决跟团长的关系。可是，思想说啥也集中不起来，脑海跟眼前的大河差不多，灰蒙蒙的混沌一片。卢云对自己很不满意，两脚甚至用力地往碎石上跺了跺，跺出了两个深深的泥坑。一场史无前例的大战的帷幕悄然地拉开了，卢云已经感受到了战争前的紧张气氛。前些天她是有点茫然，或者说是还没有战争的感觉，现在，她开始有点紧张了，还有一点空落，没底儿。卢云突然感觉有些心慌和恐惧，好像有什么事情要发生。卢云原地转了一圈，周围一个人也没有，也不见有什么异常，河水仍然是那样灰蒙蒙的一片，不紧不慢地流淌。但卢云还是有些觉得紧张，想了想，转身朝来路迅速跑去。一边跑，还一边回头看了两次。

卢云推开团部的门，准确地说是撞开团部的门，就见屋子里弥漫着浓烈烟雾，高团长一人站在那张地图前，一手掐着腰，一手夹着卷烟，仰着头，聚精会神地看着地图，他甚至连卢云推门进来似乎都不知道。卢云高声叫道，团长，出啥事儿了吗？

高团长听到了卢云的叫声，扭过头来，吃惊地看着慌张异常的卢云，不解地问，出啥事儿了？你是说我吗？我这不是好好的吗？

见到高团长，准确地说是见到高团长的背影的瞬间，卢云的鼻子便突然地一酸，喉头立刻哽咽，眼泪就夺眶而出。卢云的心似乎一下子从黑暗的夜空中落到了怀里，她怕忍不住已经涌到了喉头的哭泣，捂住嘴，转身往屋外跑去。

高团长立刻叫住了卢云。高团长说，咋回事儿，小卢，怎么见我就躲了呢？

卢云一脚门里一脚门外地呆站在那里，她不知道是应该立刻跑掉，还是应该留下来。

这时就听高团长又叫了她一声，小卢，来来来，我正有事儿要找你呢。

卢云似乎又迟疑了一下，慢慢地转回身，抬起头来，目光正好与高团长相遇。卢云似乎想通过高团长的目光来猜想高团长此时的心思，或者说是对她的态度，所以，她的目光迎着高团长，就那么直直地看着。

高团长也觉察到卢云的眼神有些复杂，或者暧昧，觉得有些奇怪便也定定地打量了一会儿卢云，然后才离开了桌子，朝卢云身边走来。高团长一边走一边问，小卢同志，到哪儿逛去啦？

卢云张了张嘴，却没回答高团长的问话，而是鼻子再次一酸，突然地失声哭泣起来。

高团长显然没有准备，连声问，怎么啦，小卢？出啥事了，慢慢说。

高团长的话不但没有阻止卢云的哭泣，卢云的哭声反而大了起来，整个身体都颤抖起来，而且眼看着向地上坠去。

高团长跨步上前，伸手抓住卢云的一只胳膊，将她拎了起来，然后扶到桌旁的长凳上。高团长直起身，出了口长气，皱了皱浓黑的眉头，似乎是想起了那天晚上的情景，便说，小卢，是不是那天晚上我得罪了你？如果是，我现在就向你道歉，实在因为最近几天心情不好，酒喝多了。这个嘛，下不为例，请你原谅我这一次，好不好？

卢云头埋在桌子上，仍然哭泣着，没有回答高团长的话。

高团长拍了拍卢云的肩，说，小卢同志，你现在已经是一名革命战士啦，不能哭哭啼啼的，有话就说，有意见就提，咱们革命队伍里官兵平等。你要是觉得不解气，我就写一份检讨向师首长汇报，请求组织处分。

卢云听了这话，立即站了起来，抓住高团长的胳膊，叫道，团长，你可不能写检讨，也不准向师首长汇报，我不是那个意思，我是，我是有些内疚，觉得对不住你。

高团长哈哈地大笑起来，对不住我？那就是说，你没意见啦？那咱俩是不是就和好啦？

满脸泪水的卢云两眼直直地看着高团长的脸，高团长仍然是那样热情，咧着有些偏大的嘴，好像什么事情也没有发生一样。卢云很喜欢高团长的笑，他的笑是那种自然纯朴，让你感到特别真诚，而且极富感染力。卢云的心似乎一下回到原处，此时，她就想扑进高团长那宽厚的怀抱，两只胳膊紧紧地搂住他的腰，将脸埋进他的胸怀，闭上两眼，美美地睡上一觉。卢云甚至已经闻到了高团长身上浓烈的烟草味，还有只有男人才有的那种汗酸的气息。她在激烈的斗争之后，终于张开双臂，向高团长的怀抱扑去，将头扭到一边，两只胳膊环住他的腰。

这时，门哐当一声被撞开了，楚政委和李参谋长兴冲冲地走进来，后面还跟着小王和炊事班长老张。

楚政委刚好看到了卢云扑进高团长的怀抱的一幕，愣了一下，但马上就笑道，老高啊，我让老张头炒了几个菜，咱们几个喝两口。这段日子大家都感觉有些憋闷，窝在这山窝窝里，像个缩头乌龟，干瞪眼儿，有劲没处使。我的意思是咱们这几个先把火气消一消，不然，战士都受我们影响，不利于部队情绪调整啊！

高团长没想到卢云会突然扑进自己怀里，刚刚搂住了卢云的腰，楚政委和李参谋长就撞进门来，不由自主地就松了手。卢云也立刻从高团长怀里挣脱出来，埋着头，满脸绯红地躲闪到了一边。

高团长哈哈地大笑起来，冲着楚政委连着说了几个好，还是政委想得周到啊！

楚政委接着问卢云，小卢，你说我说得对吧？

卢云抹了一下两眼,抬起头看着楚政委,连忙点头。

楚政委说,既然如此,那今天我们好好喝一顿,你可要把团长陪好喽哟!

卢云一时不知如何回答,我,我,我……

楚政委道,这是任务,不能讲价钱啊!老张,来来来,把酒菜摆上。

21. 情 报

　　天麻麻亮的时候，卢秋已经洗漱完了，照例先要到院子里去抱柴禾，帮助母亲烧火做饭。卢秋推开屋门，不由得一下子就愣住了，院子里落了薄薄一层雪，晃得她半天没睁开眼睛。过了好一会儿，卢秋才适应了雪后的环境，从门里走了出来。卢秋仰起头来，慢慢地转动着身子，看院前屋后的几棵高大的槐树，硬邦邦的枝条，屋顶上，还有柴禾垛上都披上了白雪。雪虽然不是很厚，但院子里的一切已经都被雪埋没掉了。天空灰蒙蒙的，大地上则白茫茫的一片，整个世界仿佛都光秃秃的了，一点儿生气都没有。

　　不知为什么，突然间，卢秋心中涌起一种无以名状的伤感，眼眶中便有泪花闪烁。这几个月来家中的变故确实超出了她的想象：先是父亲腰伤，接着三妹被东北民主军带走，路上被土匪劫持，虽有方七爷出面相救，但也付出两千块大洋的代价，且拐带着大姐出嫁，怀孕的大姐又出车祸流产，郑重倒是治好了母亲的头疼病，却又突然失踪。二十来年的人生中，卢秋跟姐姐和妹妹一直在父母的呵护中过着虽不富裕，但也没饿着冻着的安静生活。从懂事起，卢秋就跟在姐姐的屁股后，学着姐姐的样子开始简单的劳作，帮着父母干些日常的家务活。日本人占领了东北后，村子里，镇子里都乱了起来，姊妹仨根本不敢出屋，但由于父亲去镇子里和戏院卖花生米，加上姊妹仨卷纸烟，正常的生活却还能够维持。日本人投降这一年多里，国军和共军打了起来，不断往这里增兵，加上伪军也掺杂在里面，而土匪突然地猖獗起来，弄得人心惶惶，提心吊胆。可是，她一个弱小的女子又有啥办法呢？只能是默默地承受老天爷的安排。她自己还好说，但关键的是父亲。只半年的工夫，父亲明显地苍老了许多，不光是腰弯了，你看他额头上，还有两颊，皱纹明显地增多，也更粗深了。更重要的是，原来就不苟言笑的他，现在干脆就见不到笑脸。而且在晚饭之后，他会经常地一个人站在院子里，嘴上叼着烟斗，仰脸望着夜空。忽明忽灭的烟斗，映照着他一脸的沧桑与茫然。有几次，卢秋倚在门框上久久注视父亲的背影，想走过去，跟父亲说点啥，安慰一下他，但在那一时刻，卢秋的脑子里像夜空一样一片空旷，她实在是想不出要说的话来。

这时，有七八只麻雀从院子西边飞了过来，落在院子西南角上的两垛柴禾垛上，似乎向卢秋这边看了看，然后，扑棱棱从柴垛上飞起，朝院门飞去。卢秋的目光随着麻雀转向院门完全是一种无意识，但是无意识的目光却让她一眼就看到了院门被打开了，门前的雪地上一片黑乎乎的，仔细打量，居然趴着一个人。卢秋被吓了一跳，但卢秋却马上就镇定下来，因为她觉得趴在地上的人背影似乎有些眼熟。卢秋确实是参着胆子朝院门走过去的，离着趴在雪地上的那个人还有好几步远的时候，她不由得惊叫一声，郑重！卢秋一下子扑了过去，两手抓住那个人的右肩，一使劲，便将脸朝地的那个人翻了过来。卢秋一看，正是多日没了踪影的郑重。郑重全身僵硬，两眼紧闭，胸前的衣服上有不少血迹，而且已经发黑。郑重显然是昏迷了，卢秋伸手在他的嘴边试了试，有呼吸。卢秋站起来，紧张地往四下里看了看，没有人，便反身跑回屋里，喊来父亲。父女俩连抬带拖，迅速将郑重弄到了屋里。

卢四显得很有经验，他对卢秋说，不能把他放炕上，就撂地下，让他慢慢缓。卢四又对一脸恐慌的老婆说，你赶紧弄点开水来，给他喂点水，然后再弄盆雪来，用雪好好擦擦他的脸。

卢四老婆赶忙去取暖瓶，倒了一杯热水端过来，卢秋便用汤匙给郑重喂了几口水。但郑重昏迷着，水都流到了胸前。卢秋拎起一个脸盆，跑到院子里，撮了半盆雪，耐心地用雪给郑重擦脸，过了足足有半个时辰，郑重苏醒过来了。郑重睁开了两眼，他似乎想看清眼前的人，但他有些力不从心，睁开的眼睛眨了眨又闭上了。

卢四长长地嘘了口气，直了直弯着的腰，说，他醒了，这就没事了。然后对卢秋说，再给他喂水。

这回郑重把水喝下去了，而且喝了小半碗。

卢四老婆就说，把他弄炕上去吧？炕上暖和。

卢四连忙摇头说，别急，再等等。

卢秋这时突然发现郑重右耳上边的脑袋和右肩有两处伤口，本来已经凝固了的血这会又开始往外流了。卢秋吓得一下子跳了起来，就喊父亲，爸，你赶紧过来，他的脑袋和肩还在流血呢！

卢四转回来，蹲下身子一看，说，赶紧找干净的棉花和酒精给他擦洗一下，包扎上，然后马上去镇里的王记诊所，把王大夫请来。

卢秋和母亲找来棉花和酒精，迅速地将郑重的两处伤口轻轻地擦洗一遍，郑重感到了疼痛，嘴直咧。卢秋撕了两条白布，匆忙地给郑重的两处伤口包扎上了。随后，卢秋穿上棉袄，围上一条灰蓝色围巾，风风火火地出了家门，一路小跑地朝镇子里赶去。

卢秋离开不久，郑重再一次苏醒过来。这一次郑重似乎恢复了一些气力，而且头脑也清醒了许多。郑重已经明白了眼前的一切，断断续续地说，大叔，大婶，谢谢你们，救了我。说完这句话的时候，郑重似乎想扭头往门外看，但只是微微地扭了一下就疼得哎哟叫了一声，然后就不敢动了。

卢四似乎明白了郑重的意思，便走到门前，将门拉开一条缝，四下里看了看，将门关严，回过身来说，没有事儿，你放心吧。

郑重好像是点了点头，然后说，我饿，我已经，两天，没吃东西了。卢四老婆立刻说，我马上给你弄吃的。

卢秋从镇子里回来的时候，郑重已经躺在了西屋父亲的炕上，不但醒着，而且还挺精神。卢四老婆对卢秋说，郑重吃了四个荷包蛋，一大碗面条，饿坏了，但不敢让他多吃。

王大夫这时从卢秋身后走上前来，将医药箱放到炕上，在水盆里洗过手后，将郑重的两处伤口打开，血还没完全止住，在慢慢地往外渗。王大夫用一只银亮的小镊子将两处伤口细致地察看后对郑重说，小伙子，你这是枪伤啊！

郑重又点了点头。

王大夫说，不过没事，伤口不深，处理干净缝几针就可以。

这点伤对王大夫看来不算什么事儿，很快，两处伤口就处理好了，然后又上了药，包扎好。王大夫对卢秋说，保持伤口清洁，隔一天换回药，半个月就没事了。然后到我诊所把线拆了就行啦。

卢秋似乎还不太放心，问王大夫，可是我发现他时已经昏迷了。

王大夫道，那可能是连冻带饿，还有疲劳造成的。你看他现在的精神状态，没事的。

卢秋这才长长地嘘了口气。

卢四便吩咐卢秋给王大夫沏茶。王大夫却摆着手道，我得赶紧回诊所，不知道啥时就会有患者上门。

卢秋付了钱，王大夫背着医药箱告辞匆匆地走了。

卢四和卢秋重新回到西屋，卢四说，郑重，你好好睡上一觉吧。说完转身要出去。

但郑重却叫住了卢四,说,大叔,还有一件事儿,得麻烦卢秋再去一趟镇上。说着,从内怀里掏出一个用油纸包着的什么的东西,然后接着说,这个东西很重要,需要马上交给田镇长。

卢秋接过油纸包,感觉里面软软的,似乎是信件一类的东西。卢秋一下子便有些紧张,因为不久前田镇长直接向她表白要娶她,到现在她也没给他一个准确的回信,田镇长虽然没催,但心里肯定不会高兴。还有,就是镇政府让卢秋到政府办公室协助李主任工作,卢秋以父亲身体不好为由一直也没有去。因此,卢秋不怎么好意思见田镇长。

郑重见卢秋有些迟疑,便说,你要是不方便,我去吧!

卢秋看了一眼郑重,连忙说,不不不,你老老实实地养伤吧,我去,我这就去。

郑重说,记住了,这东西只能交给田镇长本人。

虽然有郑重的这些话,但卢秋还是有些紧张。因此,卢秋将油纸包揣到棉袄里面贴身兜里,转身要走的时候,脸色仍然有些发白,表情也明显僵硬。

郑重喘了喘,微微笑道,你不用紧张,但是一定见着田镇长本人,见不着你就在那儿等,别急着回来。

卢秋踩着软绵绵的雪一路紧赶地再次到了镇上,在镇政府的院门口犹豫了一下,进了那趟灰砖房,目不斜视地走过走廊,直接去了田镇长办公室。

田镇长正跟几个村干部研究工作,一见卢秋,连忙站了起来,绕过办公桌迎上前来,与卢秋紧紧握手,说,卢秋同志,你来了,欢迎欢迎!没等卢秋答话,回身对几个村干部说,咱们今天就先研究到这,需要的时候我再找你们。

几个村干部立刻站起来告辞,一边往外走,一边打量卢秋。卢秋感到脸上有些发热,扭过脸去看窗外。

田镇长把几个村干部送到门外,回身带上门,对卢秋说,坐坐,外面冷吧?我给你沏杯热茶,暖和暖和身子。

卢秋连忙摆手,说,不冷不冷,田镇长,我有要紧的事儿跟你说。说着,从怀里将油纸包掏出来,递给田镇长,这是一个姓郑的小伙让我转交给你的,而且要求我一定要交到你本人手里。

田镇长稍微愣了一下,看了看卢秋,微微一笑,一边接过去,一边说,哦,什么东西这么重要?

卢秋摇了摇头,说,不知道。停了一下,又说,田镇长,那我走啦!说完,转身就要往门外走。

田镇长一把拉住卢秋的胳膊,说,别介呀,我还有事儿跟你说呢!你先坐下歇一会儿,我马上就看完,然后跟你说话。

卢秋没有坐，仍然站在那儿，看着田镇长将油纸包打开。里面是一张写着几行字的纸，田镇长迅速地上下看了两遍，扭头看着卢秋说，非常感谢你，这个情报太重要、太及时了。这个姓郑的小伙现在在哪里？他怎么不自己来找我呢？

卢秋说，在我家呢，他受伤了，刚刚给他请了大夫治疗过了。他好像几天没正经吃饭，饿坏了，也累坏了，我是在我家院门前发现他的，当时他已经昏过去了，趴在雪地上。

田镇长问，他跟你们认识？

卢秋说，他是卷烟厂送货的，我们姐仨个给卷烟厂卷纸烟，都是他来去送材料和取货。

田镇长说，那你代我向他问好，等过几天我去看望他。这个情报上的事儿由我来处理，你让他放心好了。

卢秋说，好，我的任务完成了，那我走啦！

田镇长说，再等一下。说着就拎起暖瓶沏茶，把茶杯递给卢秋，然后说，我想跟你说调你来镇上工作的事儿。你为什么不来呢？父亲身体不好肯定是个托词，是不想与我见面吗？我不是跟你说了吗，我是真心地喜欢你，你不愿意的话告诉我一声就行，这跟你到镇上工作是两回事儿。我是觉得你很明事理，性格上又很稳重，现在镇上的工作千头万绪，缺人手，你要是能来，对镇政府和你个人都是好事儿。在学习班上我已经讲过了，现在的国家形势对共产党、八路军非常有利，用不了几年，东北就能解放，东北解放了，那全国解放也就为时不远了，这天下一定是共产党的。所以，你能在这时参加革命工作，为你个人的成长和未来的发展会打下一个非常好的基础。你回去再好好想想，等我处理完这件事儿后，我再找你细谈。你看怎么样？对了，这些日子工作上太忙，一直抽不出时间去你家，我还要正式地去向你父母求婚呢！

卢秋的脸马上就红了，田镇长的话既让她感动，也打动了她，一时间竟不知说什么好，便点了点头，是同意调镇上来工作，还是同意田镇长去她家提亲，连她自己也不清楚。

田镇长说，那好，你先慢慢喝茶，我去办公室李主任那安排一下就回来。卢秋说，那就忙吧，茶我就不喝了，我得赶紧回去，家里面还等着我呢！

说着，将茶杯放到桌子上，转身就朝门口走去。

田镇长愣了一下，说，也好，这件事很急，我得马上联系安排。田镇长赶过来，伸出手，与卢秋握了握，将卢秋一直送到政府院门外。

郑重直到三四天后才再次离开，但直到离开他也没对卢秋和卢四说他是干什么的。不过卢秋从田镇长的嘴里知道由她交给镇长的是情报，至于情报是个啥东西卢秋也是后来才知道的。但是，通过这件事儿，卢秋明白了郑重并不只是卷烟厂的送货员那么简单。

郑重几天后的再次离开仍然是采取悄悄的方式，那天他只是说出去走走，然后就再也没回来。

郑重的悄然离开并没有让卢秋感到有多么难过，说得再明白一点，就是卢秋那时还没有对他产生多么深厚的感情，但是有一点是肯定的，就是卢秋对郑重的行为却无法理解。卢家三姊妹那时都没接触过多少男人，但做人与做事的一些准则是不应该有多大区别的，这一点卢秋是一直坚信不疑的。卢秋弄不清郑重是个什么人，也不知道他背后在做什么事，都有什么隐情。卢秋觉得他很像天空上的云，是一种飘飘忽忽的状态，摸不着，更不可能抓得住。

只剩下卢秋和父母亲的卢家小院异常安静。卢秋仍然是卷纸烟，帮父亲炒花生米。母亲的病确实已经好了，头上蒙着毛巾也可以出入院子干点杂活，但母亲不敢大意，出屋子时还是小心翼翼。

22．伏 击

辽南独立师师部留守处驻扎在离镇海寺三十多里的魏屯，屯子西边便是一直由北向南逶迤的无际的丘陵。留守处设在村公所里，也是一个四合大院，正房十多间，东边四五间厢房，西边是一排马厩，能拴十几匹牲畜。南面灰砖围墙，正中是灰瓦飞檐红柱门楼，跨进半尺高的门槛，灰砖铺地，足有两米宽，一直通到正房。这套房子的主人是当地一个不小的财主，财主的儿子据说是国民党的一个不小的将军，国共两党在东北拉开架子要大打一场后，财主一家便被儿子接到沈阳去了。之后这里便成了村公所。

在师部留守处留守的主要是一些较重的伤病员，还有师团首长的家属，以及被俘虏的六七位国民党军官的女眷，加上几个医护人员，还有一个排的警卫战士。

卢云是临时被高团长安排到这里的。但高团长对卢云撒了谎，说是因为最近形势有些紧张，师部抽调一些人协助一下留守处的工作，过一段时间就回独立团。真实的情况是，独立团要有大行动，高团长担心卢云无法适应山区打游击的残酷环境，而且危险性也很大。卢云虽然是不舍，但又不能抗拒上级命令，只好去师部留守处报到，留守处主任便让她负责管理照顾一下那六七位被俘虏的国民党军官女眷的日常生活。开始时卢云还以为这工作挺轻松，都是三四十岁的人，手脚都挺利索，有啥可照顾的？而且有几位一看就是有文化的，长相也姣好。两三天之后她发现根本就不是想象的那回事，她完全没想到，这些被俘虏的国民党军官女眷普遍都不好伺候，事儿特别多，一会要这，一会要那，彼此间还闹矛盾，个别的情绪还不稳定。最让卢云无法忍受的是，连上茅房也要她陪着去。光陪着去还不够，还让卢云先把茅房里的苍蝇赶走，把茅坑四边垫上干土，一切都收拾立整了，还让她在门外边看着，别让人进来。麻烦的是那些苍蝇，刚刚赶走，转身的工夫马上就嗡嗡地叫着回来了，脱了裤子正便着呢的女眷便突然地大呼小叫起来，卢云就得立刻进去赶苍蝇。这样的工作卢云又坚持了几天，便实在忍受不了了，卢云下决心要离开，便去找留守处主任。

师部留守处主任姓庞，南方人，个子不高，还瘦瘦的，长条脸，戴一副镜片厚厚的近视镜，似乎是因为营养不良而显得有些苍白。这人表面上看挺随和的，其实不然。他是一个性格内敛的人，言语不多，但一说起话来，味道就不对了，不但尖刻，而且一下子就能进入到问题的实质，不给你拐弯抹角的机会或余地。因此，卢云很打怵跟庞主任打交道。

卢云来到庞主任身前的时候，庞主任刚刚察看了一遍伤病员从病房出来。庞主任一边往外走，一边摘下军帽拍打着身上的灰尘。初冬的阳光照在庞主任的脸上和身上，让卢云感到他的身体过于单薄，而且异常疲惫。

卢云并没有因此而对庞主任产生怜悯之情，她仍然怒气冲冲地说，庞主任，这活儿我不能干了，你派人把我送回独立团吧！

庞主任停止了拍打身上灰尘的动作，将帽子整理了一下戴到头上，这才抬起头来看着卢云。庞主任近视镜后面的两眼可能是因为阳光而眯成了两道缝，脸上接下来出现了一种疑惑的表情，似乎没听明白卢云说什么。

卢云见庞主任没回答她的话，而且一脸疑惑的表情，就又把刚才的话重复了一遍。

庞主任这回好像是听明白了，脸上露出了一种异样的表情，他用左手的食指捅了一下眼镜，说，小卢同志，念你刚刚参加队伍，我就不批评你了，下次不许再说这种话了。记住喽，军人第一位的职责就是服从命令。说完，转身朝院门口走去。

卢云一下子没反应过来，就愣在了那里，等回过神来，再看庞主任，已经出了大门，朝右面拐去，然后身影就不见了。卢云急了，连忙追了上去。在大门右侧的一棵高大的槐树前，卢云追上了庞主任。虽然只有几十米的路，但卢云还是气喘吁吁。这时，卢云已经转到了庞主任身前，相当于拦住了他的去路。卢云说，庞主任，耽误你一点儿时间，我向你汇报一下工作，还有，还有我的一点儿想法，你看行吗？

庞主任用一种异样的眼神看了看卢云，没吱声，却微微点了点头。

卢云便将她这些日子管理伺候被俘的六七位国民党军官的女眷的情况概括地说了说，最后又说，庞主任，你说那两个从城里来的有文化的女眷这个样子我还能理解，可是那些原本就是农村人也跟着这样，这就叫我无法接受了。问题是，这些女人是我们的俘虏，给她口饭吃也就不错了，还要我像姑奶奶一样地把她们供着，我无论如何都想不通。所以，请庞主任派人送我回去，或者先给我换一份工作，这个活儿我是高低不干了。

庞主任真是不爱言语的人,他没回答卢云的要求,却不急不忙地绕着卢云转了一圈,然后说,小卢同志,我再重复一遍,下不为例,军人第一位的职责就是服从命令。说完,迈着他少有的一种稳健的步子,在卢云的注视中走了。

没能跟庞主任沟通明白让卢云感到很郁闷,也很焦躁。卢云没有重新回到那几个国民党军官的女眷身边,而是朝庞主任走去的方向看了一会儿,用力地哼了一声,一跺脚,向左拐,逆着庞主任走去的方向走去。这条路是魏屯村南的一条大道,挺宽敞的,一直通向村外。

太阳已经升得挺高了,明媚的阳光将这个冬天的早晨照得暖暖的。走到村边的时候,卢云看到了一条小溪,水浅浅的,却晶莹透亮,溪边还结了薄薄的冰碴。水底是沙石,水从上面流过发出清亮的哗啦啦的声响。卢云的心情一下子就好了起来,刚刚的郁闷与焦躁荡然无存,顺着小溪一直向村东走去。

此时的卢云想起高团长是很自然的事情。其实不仅是想起,而是思念,一种难以言说,或者朦胧暧昧的感觉。与高团长分离总共也就十来天,但卢云却感觉仿佛过了几个月,甚至半年,卢云有生以来第一次体会到了煎熬的滋味。卢云自己都感到有些奇怪,她一直没有想家,也没有想父母姊妹,甚至连梦也没做过。想高团长其实也想不出什么具体内容或细节,高团长似乎就像远处天上的一片模模糊糊的云,在她的脑海中似有似无地飘浮着,但却怎么也挥之不去。不过,高团长他那哈哈的笑声,咧着的大嘴,让卢云既感到亲切,又有些好笑。卢云还想到了小王,想到小王与楚政委。那天晚上碰上小王和楚政委在屋子里确实让卢云感到很尴尬,很脸红心跳,甚至还觉得小王有点太那个了,还没结婚就跟男人在一起,这让她无法理解,也让她有点小瞧了小王。但现在卢云却不这么想了,她有点羡慕小王了,甚至还有点嫉妒小王了。羡慕小王啥呢?或者嫉妒小王啥呢?卢云却不敢往下想了,因为这时她已经感觉到自己的脸热了,红了,血直往脑袋上涌,心跳也突然加速了。

卢云就这样一路想着,一路走着,就像身边的那条清亮亮的溪水一样。因此,当几个手持短枪的人突然出现在她面前的时候当然是把她吓得不轻,她甚至啊地大叫了一声。其实是半声,就是说,她刚叫出声来,就被一个蹿上来的人捂住了嘴。卢云被拖进了河边的一片杨树林里,刚才这几个人就是从这里突然蹿出来的。进了杨树林里,捂着卢云嘴的手就松开了,但她的两只胳膊还被人扭在身后。卢云这才看清这伙衣着杂乱的有点像土匪似的人马居然有百十来号人,手里拿着长短不一的枪支。

卢云便冲他们叫道,你们是啥人?想干啥?

这时一个头目似的人走上前来,围着卢云转了一圈,突然仰脸哈哈地大笑起来,笑了一阵子才对卢云说,赶上说书的了,这么巧。看来三小姐是不认识我了,那我就自我介绍一下吧，老树皮，土匪，这回想起来了吧？

卢云只觉得脑袋嗡的一声，身体一晃，差点坐到地上。

老树皮摇晃着硕大的脑袋，右手捋着黑楂楂的连毛胡子，接着说，上一次在方家巧遇，但没来得及细看，想不到三小姐穿上军装却是另一番模样，姿色不减，还多了一番俊俏和，和他妈的啥，啊，对啦，英姿。弟兄们，你们说是吧？

围在老树皮身旁的一帮家伙哄地大笑起来，大声附和，大哥说得是，是英姿！

卢云这时睁开了眼睛，站稳了身体，说，你们想干啥？

老树皮笑道，第一次放了你是看在方七爷和两千块大洋的面上，这一次你让我看谁的面子呀？你准备出多少钱呀？另外呢，此一时彼一时呵，那一次我们可以说是无冤无仇。这一回呢？是不是就有所不同了？我好心好意，带着彩礼去给你姐姐、姐夫捧场，你却跟那个啥警卫员对我们突然下黑手，打死打伤我好几个弟兄。你好好想想，这个梁子咱们咋解呀？老树皮见卢云没理他，便嘿嘿地冷笑道，三小姐，我估计这回你恐怕拿不出这么多钱来啦！那咋办呢？我这里替你出个主意，你看咋样？你呢，就屈尊嫁给我，做我的压寨夫人。别的大话我不敢说，但有一点你放心，跟着我亏不着你，保证让你吃香的喝辣的，比你这儿当个穷兵强多啦！不信你问问我手下的弟兄们。

卢云这时冷笑了一声，说，我记得上次我就说了，你做梦也别想。而且我告诉你，我现在是林彪手下高岷山高团长的人，你敢碰我一下，叫你不得好死。

老树皮一听这话又哈哈大笑起来，笑了半天才说，三小姐真是女中豪杰，让我佩服得五体投地。看来我这辈子是没这个艳福啦，那我就下辈子等你。好啦，书归正传，看在方七爷的面上，我再放你一次。不过你得回答我个问题，你待在这里，说明你是跟共军的师部留守处在一起了，我想问你，留守处有多少兵力？还有，这里是不是押着十几名国军的家属？她们现在在啥地方？

卢云一下子明白了，他们这是要偷袭师部留守处，卢云一下惊出一身冷汗。卢云想，这下完了，留守处不到一个排的兵力，哪里是这么多土匪的对手。问题是，还有那么多的伤员和首长家属，他们想跑都跑不了。

老树皮见卢云半天没回答他的话，就又说，三小姐，对你来讲，回答这两个问题不应该成啥问题吧？

卢云愣了一下，想了想说，我不知道有多少兵力，但我听说都部署到屯子周围了，因为除了一个巡逻队，屯子根本就没有拿枪的。我真的不知道他们都藏在哪了。

老树皮似乎有点不信，眯起眼睛盯住了卢云的脸死死地看着，半天才说，屯子周围？不可能吧？如果都部署到屯子周围了，那我们是咋进来的？

卢云说，我真说不清。我不是他们这里的人，我是临时到这儿帮他们工作的。

22. 伏击

老树皮哼了一声，冷冷地一笑，说，三小姐，据国军的可靠情报，你们的留守处只有一个排的兵力，就这么几个人还往屯子外部署？

卢云又是一愣，一时语塞，哦哦了两声后，才说，我就知道这些。

老树皮挠了挠脑袋，然后又围着卢云转了一圈，说，那个问题呢？就是十几名国军的家属？她们被关在啥地方？

卢云嗯了一声，道，跟那些伤病员在一起呢！

老树皮道，三小姐不会是骗我吧？你应该明白，你现在可是在我的手心里，骗我的后果不用我给你说一遍吧？

卢云也哼了一声，说，我只是跟你说我知道的，或者说是我看到的，信不信是你的事儿。

老树皮哈哈大笑起来，然后叫了一声好，便回过身去，命令道，弟兄们，先在树林里隐蔽，等国军上来再动手。

卢云一听老树皮的话，心想，这下更完了，他们还有国军呢！

土匪们稀里哗啦地一阵乱响，然后就四下里散开了，仨一群俩一伙地靠着树干坐下来休息。

老树皮对一直扭着卢云胳膊的土匪说，先把她捆起来，等做完这趟活把她带上。说完，转身也找了棵树背靠着树干坐下去。一个小土匪立刻上前，递给他一支红木雕花烟斗，然后把火给点着了。老树皮刚抽了两口，又一个小土匪跑了过来，向他报告，大当家的，张连长带着队伍上来啦！话音刚落，一个穿着便衣的人便急匆匆地赶了过来。老树皮咳嗽了两声，不慌不忙地站了起来。

来人两眼盯着老树皮看了足有半分钟，然后厉声问，大当家的，咱们不是商量好了吗，你先偷袭，等接上了火，我了解了共军的火力布置，再投入进攻。你咋迟迟不动手呢？

老树皮翻了翻大眼皮，不温不火地说，张连长，我还要问你呢？你不是说共军只有不到一个排的兵力吗？

张连长说，是呵，没错儿。

老树皮说，可是据我最新情报，那一个排只是共军留守处的巡逻队。

张连长愣了一下，说，不可能，我们的情报绝对可靠。

老树皮原地转了一圈，说，张连长，我跟你不一样呀，你把兵打没啦，转身就可以再抓来一批。我呢？你让我去抓谁？我就这么点家底啦，我不可能打无把握之仗，把这点儿老底一下子赔光。

张连长一下子火了，提高了声音叫道，老树皮，这次行动我们可是上报了东北剿总总部，卫总司令对此十分重视，只要我们把共军的这个师部留守处一窝端了，对南满的共军就是一个沉重的打击，我们就可以以此做文章，大肆宣传，就会动摇共军军心，对当前国共两军都很重要，所以，才急令我连化装长途奔袭至此。军令如山倒，你我如果违反军令可是都要杀头的。何况总部还要赏你两千块大洋呢！

老树皮却不紧不慢地说，不要拿卫立煌来吓唬我，说白了，他管不着我这一段。人为财死，鸟为食亡，我呢，就为了你这两千块大洋，可是你钱在哪呢？我到现在一个子也没看着，国军的话有多少算数呢？

张连长似乎是苦笑了一声，长长地叹了口气，说，这样吧，大当家的，这次我打前阵，一旦遭遇共军主力，你马上接应我一下，然后咱们一起撤。不论这次袭击成功与否，两千块大洋一个子儿也不少，我拿脑袋向你保证。

老树皮眼珠子转了转，嘿嘿一笑，说，这个嘛，好，就这么定了，我就信你一回。

张连长回过身去，冲身后的便衣队伍一挥手，然后转身冲出了杨树林。

卢云啊地叫了一声，一屁股坐到了地上。

张连长带着一个连的便衣部队迅速地冲向了屯子里的师部留守处。街道上没几个人，只有几个孩子在玩耍，还有几条狗懒洋洋地卧在自家的院门口。那几条狗见这么多人端着枪冲过来，便站起来虚张声势地叫几声，然后就钻到自家的门里去了。张连长的队伍在师部留守处大院斜对面的一排柴禾垛后隐蔽下来。

师部留守处静悄悄的，院门口站着两个端着枪的士兵，对一个连的国军的到来毫不知觉。两个端着枪的士兵好像在说着什么，不时地还发出哈哈的笑声。张连长又往四边看了看，都没什么异常之处，刚要下令发起攻击，突然从大院西边的街道上走来一队士兵，有八九个，一直走到了师部留守处大院门口，其中一个跟两个守门的士兵说了几句什么，然后他们就进了大院。之后，一切又都平静下来。

张连长冷笑了两声，回身压低嗓音对黑压压一片的队伍说，弟兄们，看到没有？共军就这么点儿兵力，为党国立功的机会到了，大家跟着我冲进共军师部留守处，消灭共军，救出长官们的家属。好啦，现在跟我冲！张连长说完，跃身冲出柴禾垛，举起手枪连着向院门口那两个端着枪的士兵射击。跟在他身后冲出来的士兵也一边叫着一边向院门口射击。两个端着枪的士兵这才发现突然出现在院门前的敌人，惊慌地一边还击着一边闪身退回院内。柴禾垛离留守处大院也就三十多米远，张连长和他的队伍眨眼的工夫就冲到了院门口，但是他们却被院子里射出的一排排密集的子弹阻挡在了门外，有几个国民党兵身子晃了晃就倒在了门口。

张连长朝士兵们挥了挥手，示意大家往院门两边躲藏，然后把三个排长叫过来。张连长说，听见没有？从火力情况看，共军的兵力不会超过一个排，我们的情报绝对准确。听我的命令，通信兵，传我话，命令老树皮带他的队伍参加战斗。一排重新返回到柴禾垛做正面佯攻，二排在西，三排在东，翻跃围墙强行攻击。听清楚了没有？速度要快，防止共军逃窜。三个排长一齐喊了声是，便指挥士兵分头迅速行动起来。

师部留守处的院门前一时间一片混乱，两个排的国民党兵开始翻墙进院，撤回柴禾垛做正面佯攻的开始集中火力朝院门里和里面的正房里射击，三挺轻机枪形成了一个火力网，一排排密集的子弹尖叫着朝院子里射去，打得砖瓦玻璃碎片满院子乱飞。东北民主联军的战士显然是撤到正房里了，而且明显地缺乏抵抗力，还击的子弹从窗子里射出来，却零零碎碎。这时，院门两边的国民党兵已经有一些翻墙跳进了院子，老树皮的人马也蜂拥而至，而且从大门直接向院里冲去。院子里一下子便被国民党兵和土匪塞满了，他们甚至对着关着门的正屋狂叫着缴枪不杀，赶紧从屋子里爬出来，不然就连房子一块端啦！

可是，狂热的国民党兵和土匪们万万没想到，十几捆手榴弹突然从天而降，在院子里开花，发出震耳欲聋的巨响，立刻就有二十几个人应声倒下，血肉和砖瓦碎片一起在院子的上空横飞。接着，暴雨般的子弹从三面的房顶上刮风似的朝院里院外扫射下来。国民党兵和土匪们哇哇乱叫着朝院门外跑，可是人太多，都挤在了门口，被房顶密集的子弹打了个正着。院外还没冲进去国民党兵和土匪们根本就没弄清怎么回事，便转身朝村子东面的来路溃逃而去。房顶上的两挺轻机枪和冲锋枪便盯着他们的背影嗒嗒嗒地狂叫着，不断地有人向地上栽去，活着的则拼命地朝村子边的那片杨树林仓皇奔去。可是还没逃到村子边的那片杨树林边呢，树林里又响起一排密集的枪声，迎头将逃命的国民党兵和土匪们撂倒了一片，接着就冲出来一队东北民主联军战士。国民党兵和土匪又掉头往回跑，有的干脆扔掉枪，连忙趴到地上，两只胳膊冲上伸得树干似的。可是没跑上百八十米远，西街又冲出了一批服装杂乱的军人，也是迎头向逃跑的国民党兵和土匪打来密集的子弹。残余的国民党兵和土匪只好向南拐，顺着柴禾垛向前边的溪水逃去。这时，师部留守处房顶上的机枪又从身后扫来。

这一仗打得是真漂亮，总共也不到二十分钟，国民党兵和土匪被击毙九十余人，活捉了五十余人，只有二三十人侥幸逃了出去。国民党军官张连长被击毙，土匪头子老树皮被活捉。

清扫完战场后，田镇长带的县大队与辽南独立师的独立大队握手会师，两支队伍总共才伤亡了十二人。

被俘的老树皮交给了田镇长，由当地政府处理。田镇长本来是要将他就地枪决，可是临死的老树皮突然变得无所畏惧，甚至是大义凛然，老树皮慷慨陈词地说，我虽然当土匪多年，打家劫舍的事没少干，但我只是冲着钱去的，用你们共产党的话讲，是杀富济贫，这是其一。其二，当年在台安一带活动的老北风抗日的时候，我在他手下，也参与了抗日活动，也打过日本鬼子。第三，高团长手下的警卫员，还有他的女人，就是镇海寺宋屯的卢家三小姐，被我和弟兄们抓了，但我没碰他们的一个手指头，虽然收了两千块大洋，但毕竟我把他们放了。这一次碰巧，我们又一次抓获了三小姐，我不但没有加害于她，还专门派一个弟兄把她保护起来，我甚至都没告诉国军的张连长。说到这里，老树皮转身用眼睛去找卢云，当与卢云的目光相遇后，马上就冲卢云说，三小姐，这个你得替我说句公道话吧？

卢云没回答，但却不由自主地点了点头。

老树皮满意地咧了咧嘴，又接着说，再有就是这次我偷袭共军师部留守处也只是为了两千块大洋，而不是与共军为敌。

老树皮的第三条把他的命给救了。

田镇长问，往后你还替国民党卖命不了？

老树皮说，这还用问？我也知道老蒋的气数尽了，识时务者俊杰嘛！

田镇长又问，还祸害老百姓不了？

老树皮说，我回家种地，以后再也不拉绺子了。

田镇长再问，说到做到？

老树皮习惯地弯腰摸了下绑腿，直起身来，突然跨步伸手将田镇长身边的一个独立大队战士腰上的匕首拔了下来，然后伸出左手的小指，就要切上去。被那个战士从后边将胳膊抱住。

田镇长说，这个就算啦，我相信你说话算话。你可以走了。

老树皮双手在胸前抱拳说，感谢八路军不杀之恩，滴水之恩当涌泉相报，有用得着兄弟的地方，言语一声。说完，转身快步走去。

卢云再次跟庞主任要求，她要跟田镇长一块先回镇海寺，然后再去找独立团。

庞主任这回露出了笑脸，说，走吧。不过回去后你可要跟高团长说明白，是你自己坚决要求回去的。

卢云乐得蹦了个高，差点上去拥抱庞主任。

当天晚上的庆功酒是在镇海寺的镇海大酒楼举办的，楼上楼下，所有的座位都坐满了。田镇长作为一镇之长，又是东道主，当然要主持庆功酒宴。但是，酒宴的钱却是方七爷出的，因此，方七爷被请到主宾席，与田镇长、独立大队的江大队长坐在一起。

大家都坐好后，田镇长却离开了主宾席，走向了楼梯口，当楼上楼下所有的目光都流露出一丝疑惑的时候，田镇长清了清嗓子，说的第一句话却是请大家起立，包括楼下的人。这让所有的人都莫名其妙，所以，起立的时间就不一致，椅子的响动就很杂乱。但田镇长的表情很严肃，他耐心地等大家安静下来，然后说，同志们，战友们，镇海寺的父老乡亲们，首先，让我们为在这次粉碎国民党和土匪联合偷袭我东北民主联军师部留守处战斗中牺牲的十二位烈士默哀。大家这才反应过来，便都低了头。过了一会儿，田镇长说，默哀毕，请坐。又是一阵椅子的哗啦哗啦的乱响声，但这次又夹杂了人们的议论，许多人都说，这田镇长挺讲究啊，而且有情有义。尤其是那些独立大队的战士，纷纷向田镇长竖起了大拇指，然后压低了嗓音，齐声叫好。

接下来田镇长说，本来江大队长是要带着部队连夜赶回部队的，但是我把他们挽留下来，不是为了一顿酒饭，而是为了让我们在前线流血牺牲的战士们感受到在后方的父老乡亲们对他们的热爱之情，对他们的支持，然后它会转化为一种激情，这种激情又会转化为一种勇气，一种战斗力，鼓舞他们奋勇杀敌。大家说是不是？

田镇长的话立刻引来一片掌声。

田镇长后来还讲了很多，也没忘了提及镇武工小队也参加了这次战斗，得到了锻炼。田镇长的讲话虽然依然精彩，但大家都着急喝酒了，下面就有了桌椅的杂乱响动和喊喊喋喋的低语声。田镇长很快发现了这一点，这才意犹未尽地结束了他的演说。

23. 离 别

年底了，生活在辽南的人们开始准备过年了。吃的自然是首位，杀猪宰牛，羊肉和驴肉和狗肉也是辽南人所喜爱的，还有鸡鸭鱼鹅，尤其是各种下货，都要提前收拾出来，有煮的，有酱的，还有熏的，然后放到坛坛罐罐，或者渍酸菜的大缸里冻上，吃的时候先拿出来化冻，然后再加热。馒头、黏豆包也是要提前蒸好，然后也放缸里冻上。屋子是要彻底打扫一遍的，还有被子褥子也要浆洗一遍。红灯笼和对联、门神离三十儿还有半个月呢就开始准备了，都要在三十的午后挂起来和贴上。饺子要在大年三十儿的下午，或者最重要的晚餐后现包，半夜的时候，或煮或蒸。吃完了饺子就出去放鞭炮，接神，迎接大年初一，也就是春节的到来。

腊月二十三是小年，从这一天开始，就算进了年了，浓郁的年味儿在人们的忙碌中渐渐地弥漫开来。

这天一早，卢云刚睁开眼睛，还没想是不是马上起来，就见小王放下耳机，拿着译好的电文，几步就到了门口，甚至连土黄色的棉大衣都没顾上穿，推广开屋门，一溜小跑着奔向团部。屋门没有关严，吱呀了两声便被一股寒风向一边吹开，门哐当一声撞到外墙上，来回逛荡两下不动。寒风立刻从大敞着的门里像洪水一般地灌进屋来。

卢云急忙披了棉衣，跳下炕，迎着寒风将门拉上。原本还想回到炕上再捂一会儿被窝，但被寒风一吹，已经没了睡意，便匆匆地穿好衣服下了炕。

高团长还没有来团部，只有楚政委和李参谋长坐在桌前研究什么材料。小王兴奋地将电文递给楚政委，楚政委接过电文，迅速从头到尾扫了一遍，然后一拍桌子，吩咐小王,小王,赶紧去叫团长。

小王快步出了团部,直奔高团长和楚政委的住处。不一会儿,高团长和小王便匆忙地进了团部。

高团长两手搓了搓脸,一屁股坐到方桌前的长条凳上,冲着楚政委高声叫道,老楚,一定是来任务了吧?再不来任务就快憋死我了。

楚政委把手里的一张电文往李参谋长身前一推,对李参谋长道,你先把军情通报读一遍。

李参谋长说声好,拿起一张电文读道:自从我军进入东北以来,东北国民党军被歼和起义者已达三个师之多,但东北保安司令长官杜聿明仍调集兵力向南满东北民主联军三纵、四纵等部进攻,将三纵、四纵逼到长白山下的临江、抚松、长白等县的狭小区域内,企图在消灭南满东北民主联军以后,再集中兵力大举向松花江以北推进,完成其"先南后北"的战略计划。12月17日,东北国民党军除以两个师守备后方外,集中第五十二军第一九五、第二师,第七十一军第九十一师等部共六个师对临江地区发动进攻,企图首先打通通集线,尔后围歼南满民主联军于长白山区。我南满民主联军采取内外线相互配合,迫敌分散,然后寻机歼敌的作战方针。18日,四纵主力由通化轻装插入敌后,在本溪、抚顺、桓仁地区转战十余日,攻克碱厂、田师付等据点二十余处,歼灭国民党军3000余人,迫使其从进攻方向调第九十一师等部回援。担任正面阻击的三纵乘机反击,歼敌第五十二军一部,并收复通化以南地区。北满民主联军为配合南满部队作战,集中主力三个纵队和三个独立师,于1947年1月5日向松花江以南出击,首先包围其塔木要点,吸引和歼击国民党援军于张麻子沟、焦家岭等地,同时攻歼其塔木守军。先后歼灭国民党军新一军两个团和保安团队一部。北满民主联军的这一行动,迫使国民党军停止对临江的进攻,并由南满抽调两个师北援。此时,由于气温骤然降到零下四十摄氏度,作战行动受到妨碍,北满民主联军遂撤回江北。保卫临江之战,我军取得了决定性胜利。国民党军为摆脱两面作战的困境,尽快解决南满问题,又集中暂编第二十一师、第一九五师、第二师等部共四个师,准备再犯临江。

李参谋长读完后,楚政委将另一张电文从方桌上推给对面高团长,说,老高,东北形势很严峻啊,可以说是到了生死关头。辽东分局决定坚持南满斗争,以四纵主力和地方武装挺进敌人后方,与辽南的部队配合,开展敌后游击战,尽最大能力牵制敌军主力增援临江。师部命令我们为先遣团,明天午后动身,渡过碧流河北上,在长大铁路附近寻找敌军,伺机作战,把敌人打得越疼越好。

高团长拿起电文看了一遍,抬起手掌重重地拍到桌子上,站起来道,李参谋长,命令全团,明天下午四点准时出发,侦察排上午九点出发,直扑碧流河。

李参谋长重复了一遍高团长的命令，然后操起桌上的电话，向各营下达命令。

高团长抬起胳膊，摆了下手，又说，先不下命令了，通知连以上干部九点准时到团部开会。说完，高团长又绕过方桌，几步走到地图前，仔细地看着。

李参谋长操起电话下达通知。

屋子里一下子静了下来。看了半天，高团长转回身来，重新坐到长条凳上，端起茶缸要喝水，但茶缸已经空了。高团长立刻叫到，小卢，倒水。

一旁的小王马上走过去，拿起暖瓶，也是空的。便拎起暖瓶朝门外走，一边走一边说，小卢马上就能过来。

高团长瞥了小王的背影一眼，脸上老大的不高兴。高团长从兜里掏出烟口袋，卷了一支烟，点着了，一边吸着一边又从长条凳上站了起来，然后绕着方桌来回地踱着。高团长突然停下脚步，对楚政委说，碧流河一带是山区，敌人若构筑坚固工事，这对我们十分不利。我想，这次西征将是一场艰苦的拉锯战啊。

楚政委说，你分析得对，一会儿开会的时候，我强调一下，让各营连做好战士们细致的思想工作，做好打一场艰苦的拉锯战的思想准备。

团部很快就忙碌起来了，卢云这时已经过来了，她和警卫员小蔡、小肖开始收拾团部，准备九点召开的连以上干部会。

吃过早饭后不久，院子里便响起了一阵杂乱的马蹄声，接着，团部的门被一下子拉开，呼啦啦，闯进来三十来个营连级干部，一下子把团部挤得满满登登。桌子椅子一阵乱响后，大家就都坐好了。会开得不长，然后大家就分头回去准备了。

午后，高团长和楚政委分别到各营连去察看准备情况，卢云将碗筷收拾好，正要回房间收拾一下自己的行装，李参谋长突然叫住卢云。李参谋长略微沉吟了一下，说，卢云同志，团里决定你不随部队西征了，让你仍随师部留守处行动。明天傍晚我们出发后，师部留守处会有人来接你。

卢云一下子有些懵了，半天才问，为啥？我不是刚刚从师部留守处回来吗？

李参谋长迟疑了一下，摇摇头，说，这个吗，你得去问团长和政委。卢云又问，还有谁留下来？

李参谋长道，咱们团就你一个。

卢云这下有点急了，拉住李参谋长的胳膊问，这是为啥？全团人都上前线了，怎么就留我一个呢？

李参谋长没有回答卢云的话，而是坐到长凳上埋头看起了材料。

卢云一下子就呆在了那里。过了好一会儿，她才想起，是不是她跟小王前天晚上说的话被高团长和政委知道啦？也就是说，小王把她的话告诉了高团长或者楚政委。那样的话自己还怎么在团里待下去呀？卢云又把那天晚上与小王的谈话回忆了一下，觉得自己说的话没啥大问题，高团长和楚政委会因为这个就不让自己跟部队走，是不是太不近人情了？卢云决定要找高团长和楚政委问个究竟，便坐到李参谋长对过的长凳上，等待他们回来。卢云不时地给地炉子添点煤，又不时地给李参谋长的茶缸里倒点开水。卢云从没感觉时间过得这么慢，她几次推门出去，希望看到高团长和楚政委的身影，可是，每次都是失望地回到屋里，将门轻轻地带上。

天黑透了，而且连月亮都升起来挂在了高大的杨树的树梢上，高团长和楚政委终于回来了。高团长和楚政委都坐到大方桌前的长凳上，高团长急忙掏出烟来卷好抽上，楚政委则捧着茶缸唏流唏流地喝卢云给他泡上的花茶，还不时地吹着上面的茶沫。

卢云这时候突然有些紧张，也可能跟炉火的烘烤有关，脸通红通红的，而且还气喘吁吁。卢云瞥了政委一眼，目光便直奔高团长。要说话的时候，卢云反倒镇定下来。卢云问高团长，团长，全团都开赴前线，为啥就我一个留下？

高团长一下子愣住了，支吾了一下说，李参谋长没跟你说吗？卢云说，李参谋长让我问你和政委。

高团长一时语塞，便低下头一口口地抽烟。

楚政委放下茶缸，接住了卢云的问话，小卢同志，是这样，因为这次挺进辽南西部山区会非常艰难，虽然有地方武装策应我们，但战斗仍然会很惨烈，因为西部山区，易守难攻，伤亡会很大。因此，师部留守处准备大量接收伤病员。还有，师部留守处要为前方提供粮食和其他军需物质，工作也很繁杂，需要人。考虑到你刚到部队，还不太熟悉战争环境，我们就决定你先留下来。

卢云的情绪一下有些激动了，政委，我是不如小王有用，但你不是跟我说过要在战斗中锻炼成长吗？现在战斗来了，怎么又不让我锻炼成长了呢？

楚政委和高团长哈哈地大笑起来，楚政委看了高团长一眼，道，老高，小卢这张嘴可是不饶人呵！

高团长又是哈哈一阵大笑。

楚政委接着说，小卢，是这样，你到留守处不是被留守了，而是参加留守处的工作，那也是战斗，只不过是跟前方有些区别而已。

卢云说，问题是我上次已经去了一回留守处了，我不喜欢那里的工作。

楚政委说，这次可是人家庞主任亲自点名要的你，他很喜欢你的性格和工作作风。

卢云却断然地说，那也不行，我不留下，我要跟团长走，是团长把我要到部队的，团长上哪儿我要跟着上哪儿。卢云激动的语气里似乎有了一点撒娇或霸道的味道。

楚政委似乎也一下子不知怎么回答卢云的话了，便扭头看高团长。

高团长好像很喜欢卢云的这种撒娇或霸道，因为他在看着卢云的时候似乎是一边微笑着，还一边点了点头。但高团长却突然收敛了笑容，从椅子上站起来，在原地走了几步，道，小卢同志，这次你只能到留守处报到，名单中午前就报到师部，不能更改了。上一次庞主任是嘴下留情了，不然的话，一旦将你的情况上报到师部，那问题可就严重了。高团长的表情很平和，但高团长的语气却很严厉，这一点连卢云也听得出来。

卢云的眼泪瞬间涌上眼眶，她努力压抑着自己的情绪，眯着两眼看了看高团长和楚政委，转身跑出了团部。

这天晚上，卢云久久不能入睡。躺在床上的卢云睁着那双好看的眼睛看着窗外夜幕上闪烁的星星和皎洁的月亮，在湛蓝深邃的夜空里，它们是那么的明亮而宁静。卢云怎么也想像不出来，在这样的背景里却蕴藏着一场空前的战争。卢云确实是没见过真正的打仗，日本人、国军、土匪和共产党游击队、八路军都在镇海寺驻扎过，也都从家门前路过，卢云自然是都见过，但卢云就是没亲眼看到他们面对面地打仗。卢云后来不想这些了，卢云在想高团长。卢云还是弄不清团长和政委为啥单单把她留下，卢云认为最有可能的就是团长还在生那天晚上的气。卢云确实有些后悔，但她又觉得自己没错，她无论如何都不可能顺从团长那样的想法，她觉得那是对她的侮辱。如果团长让她到部队来就是为的这个，那她就干脆离开部队回家。

身边的小王一定是太累了，她甚至打起了轻微的鼾声，这让卢云更没有了睡意。没有了睡意的卢云索性从炕上爬起来，穿上衣服，又披上小王的棉大衣。卢云悄悄地走出屋子，来到院子里。外面很冷，没有风。高大的杨树的枯枝一动不动地向天空中挺立着。团部的灯仍然亮着，门关着，好像是警卫员小蔡在灯光里不停地走动着。马厩里的灯也亮着，可以隐约地听到马偶尔打出的一两声响鼻，或用蹄子刨土的声音。院子大门的暗影里有哨兵背着长枪在来来回回地走着。

卢云朝团部走去。快到门口的时候，团部的门吱呀一响，高团长从屋里走了出来。高团长一眼就看到了灯光里的卢云，似乎有些惊讶，上下打量了一下卢云，说，哟，小卢，咋还没睡？有事儿吗？

卢云突然有些慌乱，立刻站在了那里，嘴张了张，却没说出话来。

高团长走了过来，看着卢云的脸，说，怎么，留守的事儿还没想明白？卢云仍然说不出话来，而且她还不敢迎着团长的目光，团长的目光在灯光与月辉里格外的清澈，让你感觉不出一丝的污浊或杂念，这愈发地让她内疚与惭愧。

高团长笑了笑，宽厚的大手搭在了卢云的肩上，说，要不就是想家啦？

卢云这才连忙说，不，不，团长，我，我不是……

高团长的话没被卢云打断，高团长接着说，新兵都要有这么一个过程的，尤其是女兵，会更强烈一些，过了这段日子就好啦！高团长抬起头来，看了看夜空，长长地叹了口气，接着说，细算一下，我离家已经十多年了，有两回部队就从我家边上过，我似乎都闻到我娘贴的玉米面大饼子的味道了，可是就是不能回家。我的眼泪在眼眶里直转，那种滋味呵，我现在还记得真真切切。高团长把仰着脸又低了下来，重新看定卢云，大声问，小卢，有决心克服困难吗？

此时的卢云已经完全平静下来，说话的语气格外温柔，使得寒冷的夜晚变得模糊起来。卢云说，团长，我没啥，我，我就是有点心慌。还有，就是，不愿，不愿离开你。卢云后边的话说得既不太利索，声音又很弱，她自己甚至都没听清楚说的是什么。

高团长又哈哈地大笑起来，笑声在冬天的夜晚显得格外浑厚响亮。笑过了，团长说，慌啥？怕打仗？没事的，仗没打起来时候连我都紧张，只要打起来了，就不知道啥叫害怕啦！

高团长没提卢云说的不愿离开他的事，这让卢云有些失望，她就有些责备自己，没把话说明白。近在咫尺的高团长是那么高大，胸怀是那么宽厚，粗大的脸甚至还有些慈祥。瞬间，卢云想起午后她在面对高团长的时候的那种欲望与冲动，现在，那种欲望与冲动再次在身体里涌动起来，以至于难以自持。她想不顾一切地扑过去，扑进团长的怀抱，甚至亲吻他，拼命地亲吻他。可是，卢云再次错过了与高团长亲近的机会，小蔡推门出来，说楚政委叫团长。卢云只能眼睁睁地看着高团长反身走进团部，门随后被小蔡带上了。小蔡甚至连看都没看她一眼。

第二天一早，天还没有完全亮，部队就开始行动了。师部又来了新命令，命令全团立刻出发，将牵制国民党军的战斗尽快打响。

卢云先是帮着小王将电报机拆卸下来，装到一个大皮包里，然后收拾好行李。之后，卢云又跑到高团长的房间，帮着小蔡收拾好高团长的行李和一应杂物。

团部里已经收拾一空了，卢云擦擦额头上的汗，就站在了院子里，等待着与团首长，以及团部其他人员告别。院子里所有的马灯都亮着，人们都在紧张地忙碌着，只有卢云一个人呆呆地站在那里，任凭寒风吹掠着她汗淋淋的面颊和脖颈。

远处黑黝黝的林子的梢头泛起了一抹红晕和淡黄的明亮。

团直属队已经在院子外集合完毕，各营也纷纷来报集合完毕。高团长和楚政委，还有李参谋长从团部出来了，警卫员小蔡和小肖各自牵着两匹高头大马也已经等在了院门口。高团长和楚政委同时看到了卢云，两人不约而同地转身朝卢云走来。卢云不知不觉地也朝他们迎了过去。

还没走到近前，楚政委就先开了口，小卢啊，安心在后方工作，用不了多久我们就会见面的。

高团长却歪着头看着卢云笑，让卢云一时摸不着头脑。高团长突然转身冲着院子门口摆手，小蔡就赶紧牵着战马走了过来。高团长却说，小蔡，把小汪叫过来，让他给我们拍张照，留个纪念。

小蔡就连忙回身喊小汪。小汪是师政治部的，他一手攥着挎在胸前的照相机，一手按着在屁股上晃荡的牛皮包，一路小跑过来。

高团长似乎连犹豫都没犹豫，一把将卢云拉到身边，还正了正军帽和衣领，又抻了抻衣服的下摆，然后就把目光投向了小汪。

卢云此前也照过相，当然是在镇子里的照相馆，在屋外照相这还是第一次。卢云以为是大家一起照，就扭头看政委和李参谋长。

高团长显然是发现了卢云的表情，但却没有邀请楚政委和李参谋长，脸仍然是看着小汪的照相机，但手却拉了一下卢云的胳膊，说，这一张就我们俩照。

楚政委和李参谋长，还有小蔡他们就哄的一下笑了起来。

卢云的脸一下子就红了，卢云轻微地甩了一下被高团长拉着的胳膊，仰脸瞪了团长一眼，噘了一下她那好看的小嘴。

小汪手里的相机的快门就在这一瞬间里按下了。照完了，小汪又问，高团长和楚政委要不要来一张？

高团长说，我们俩天天在一起，照啥照？把胶片留着战场上用。楚政委他们又都笑了起来。

卢云没想到相照得这么快，她甚至还没有把情绪调整好呢，就照完了，这甚至让她感觉有点儿遗憾。

这张照片后来一直跟着卢云走南闯北，住到哪儿，就挂在哪儿的墙上。当然，很快就陈旧发黄了，即便是黑白片，也仍然褪了色。卢云穿着那件土黄色的棉上衣，扎着两只刷子似的小辫，圆圆的脸，两只眼睛似乎是因为迎着刚刚跳出来的太阳，眯成了两道细缝，想要笑，还没来得及，尤其是小嘴还噘着，就有点怪怪的感觉。站在左侧的高团长高大而魁梧，卢云的头将将够得着他的肩膀。高团长扎着宽宽的牛皮腰带，腰带右侧有一把带皮套的手枪。高团长的脸型四四方方，看上去似乎有些粗糙，嘴稍大，嘴唇有些厚。高团长一点都没笑，而且显得过于严肃，或者说是冷峻也行。卢云和高团长的身后是两匹高头大马的马头，显然是因为焦距的原因，马头有些模糊不清。

照完相，高团长转身握住卢云的手，说，注意安全，多保重。然后就和楚政委大步走出院子。

卢云追出了院子，部队已经在一片淡薄的晨曦中开拔了，留给卢云的是一片笼着尘埃的模模糊糊的队伍行进的背影。

24．豪　赌

　　虽说镇子里的人不太清楚方七爷究竟干啥，最多也只是隐隐约约地怀疑他跟赌博有关，但在辽南一带方圆几百里内的赌徒里方七爷可是绝对有号。方七爷二十岁出头就开始赌了，赌龄可以说有二十多年，但方七爷在赌徒中有号并不是因为时间长，而是因为他讲信誉，或者叫赌风正，还敢发狠。有一年冬天，眼看着就要过年了，方七爷在海城马风镇的一次豪赌中一下子就输掉一万块大洋。而这时的方七爷还没有立世，没谁肯借钱给他。方七爷只好按行规，闭着眼睛自己将左手小拇指的前一节一刀剁下，这才逃出赌场。这一刀使得方七爷不仅成了真正的赌徒，还使他名噪辽南。那时方七爷只有二十多岁。

　　这段历史是不久前大姨太对卢芳说的。此前卢芳倒是发现了方七爷的左手小拇指短了一点儿，但没有在意，也没有追问。

　　重操旧业后，方七爷受到赌徒们的热烈欢迎，他几乎是马不停蹄地奔波于几家有名的大赌场。方家大院也恢复了往日的热闹与繁华，各色人等，出出进进，络绎不绝。

　　自从二十年前那次剁了手指之后，方七爷在赌场上很少有失手的时候，但1946年腊月二十五的这一次，方七爷却遭受了他赌博史上从未有过的重创，不是输钱，而是遇上了无赖，还险些伤及卢芳。这次豪赌就在方宅的东厢房。

　　麻将已经打了一天零半宿，方七爷开始不太顺，但后来却连续坐庄，几乎把那三个赌徒都赢光了。按赌前的约定，方七爷在坐完最后一把庄之后，将牌往桌中间一推，说，哥几个，这次咱们就玩到这吧，然后我请几个戏子来，咱们一边喝酒，一边乐呵乐呵！

大板子和二刀疤都同意方七爷的安排，只有彻底输光了的于麻子在点了一支烟后，边抽边大叫不服气。于麻子瞪着两只充满血丝的眼睛斜着方七爷，说，七爷今天实在是运气好。不过呢，主要还是因为二刀疤那把二万打得臭，你说你本来都不看听了，你打啥不好，妈了个屁的，偏偏挑了个二万，打五万我不就截和了么。就这张牌把七爷的牌给打起来了，不然的话，今个还说不上谁输谁赢呢！

二刀疤却一点也不服气，指着于麻子道，你这鸡巴话说的，地下都打了三张二万了，我不打二万我打五万？我不是有病么？再说了，我哪知道你夹五万？你说我手里的那几张牌，我敢打哪个？命里该着就是了。我连看都不看了，我还臭？我没说你臭就不错啦！

于麻子道，我咋臭啦？

二刀疤说，你不打三条，七爷吃不上，他咋和吧？你自己说。于麻子道，你这屁话说的，我不上听三条能下去吗？

二刀疤道，不还是这回事吗？啥也别说了，今天就该着七爷赢钱。

于麻子道，行啦行啦，咱俩别瞎鸡巴争啦，七爷今个就是兴，咱们认了还不行吗？于麻子将目光转向方七爷，不过呢，七爷，我还是不服气呀，我想单独跟你论个输赢。于麻子两眼又斜着盯住了方七爷的脸。咋样，七爷肯给这个脸吗？

方七爷扭头看了看于麻子，只是笑笑，没应声。

于麻子笑道，七爷是不是不放心，怕我还不起钱吧？这样吧，由他们俩做证人，我写个字据，如果我输了，明天还不上钱，你就把我所有的财产拿去抵债。

方七爷用青筋裸露的手搓了搓已经有些青灰了的刀条脸，哈哈地大笑起来，然后说，于老弟咋这么说话，你的信誉在赌场上谁不知道？至于我呢，我是赢家，谁想跟我接着玩我都无条件奉陪。我不知道于老弟想咋玩？

于麻子咬了咬下嘴唇，说，咱俩赌押宝，只赌三次，是赢是输屌朝上。咋样，七爷，敢玩吗？

方七爷冷冷一笑，瞅了几个人一眼，嘴张了张，刚想说什么，二刀疤就说，打我认识七爷那天起，我还从没听谁说过七爷在赌场上说过不字。你说是不是，大板子？

大板子连忙点头说，是是是。

于麻子斜了方七爷一眼，将纸烟屁股摔到地上，用脚一踩，叫声好，然后冲方七爷道，既然是这样，那我就写三个字据，一个一万块，请他们二位给我做证人。我输了，七爷明天跟我去取钱，钱不够用财产抵偿。

二刀疤和大板子一齐叫了声好！

方七爷又笑了笑，说，于老弟这是非玩不可了？

于麻子道，今天索性玩个痛快，不就是三万块钱吗？

方七爷说，那我就只好奉陪啦！说完，冲厢房的外屋喊了声周妈，取笔墨纸砚来。

周妈应了声，不一会就把笔墨纸砚端了进来，放到一旁的八仙桌上。

于麻子走到八仙桌前，拿起毛笔，蘸了墨汁，唰唰几下就写好了三张一万块大洋的借款字据，摁上红彤彤的指印。证人二刀疤和大板子随后签上名，也摁上了指印。

于麻子把三张借据递给方七爷，方七爷只是扫了一眼，然后笑道，既然老弟决意要玩，我不陪就显得我有些小气了。方七爷点了一支纸烟，吸了两口，然后问于麻子，于老弟，咱们玩哪一种呢？

于麻子眨了眨充满血丝的眼睛，左手食指在满是坑洼的麻脸上挠了挠，嘿嘿干笑了两声，说，七爷既然让我说，那我说咱们就玩四方宝，输就输个痛快，赢也赢个赶劲儿，七爷你说咋样？

此时的方七爷却是格外沉着，脸上什么表情都没有，但他的那双锐利的眼睛却在不经意间闪过一丝旁人很难察觉的辽南人说的那种"阴狠"的意味。方七爷转而轻松地一笑，对紧张期待着他的于麻子和二刀疤、大板子道，好，听你的，四方宝就四方宝。

方七爷再次喊来周妈，让她把宝盒拿来。不一会儿，周妈便把宝盒送来了。一场只有两个人参与的豪赌在黎明即将到来前开始了。

押宝这种赌博方式解放前在东北比较流行，它是赌徒与宝官在一、二、三、四几个数字上的智力较量，是由赌徒（亦称宝脚）、宝官、宝令三人利用宝盘、宝盒等赌具进行。于麻子和方七爷玩的是宝盒。这宝盒是一种特制的赌具，用二三寸的薄黄铜板制成，铜板四边有一凹回的月牙形为一门（也叫归身），一门向右的一边为二（也叫白虎），一门对面的一边为三（也叫出门），一门向左的一边为四（又称青龙）。铜版中央用一寸见方的四块黄铜版焊接成盒状，上边再覆一个由上到下的盒盖。盒的空心装有与空心一样大小的一块方木，方木上刻有凹下去的红色月牙形，叫红心。做宝时扭动红心，红心朝宝盒外面的那一边标示几，就说明宝做的是几。押准的就赢，反之则输。

押宝玩起来很简单，但说起来却极其麻烦。因为就两个人赌，便不需要专门的宝官和宝令，两个人轮流做宝，一轮两次。

抓阄后先是由方七爷做宝，于麻子押。方七爷几下子就把宝做好了，于麻子拿起一张借据，肥硕的肉手在空中很是有点玩票地划了一道弧线，然后就像苍鹰发现了猎物似的从空中疾速地俯冲下来，将一张一万元的借据重重地拍在了方七爷平时最喜欢开的一宝的出门，然后就一边抽着烟一边斜着两眼盯着方七爷的脸。

方七爷并没有急着去揭宝盒，也点了一支纸烟，点着火，不紧不慢地抽了几口，然后对于麻子笑道，于老弟，现在抽回还来得及，这宝盒如果揭开了，一切可就都晚了。

于麻子也笑道，七爷也太小看我了吧？虽说是胜者王侯败者贼，但除非你现在不玩了，不然谁输谁赢还不一定呢！

方七爷将刚刚点着的烟往烟缸里用力一拧，说了声，好，痛快！然后，抽回手来，轻轻地将宝盒揭开。三个人立刻伸过头去看，于麻子的脑袋就僵在那里了。方七爷开的第一宝却是四门青龙。一万元的借据轻飘飘地被方七爷捡走了。

不过于麻子并没有被这一挫折击垮，他瞪圆了两眼，咧着大嘴，呼呼地喘了喘，将第二宝又押在了出门，可是方七爷却跳出了二门白虎，第二张一万元的借据又没了。

于麻子青灰的脸一下子就惨白起来，这回轮到他做宝，可他的手居然抖动不止。于麻子宝做完了，却用两手捂着不撒开，两眼如死鱼般地盯着方七爷。方七爷也盯着于麻子，但方七爷却不动声色，脸上什么表情也没有。

二刀疤在一旁叫道，于麻子，于麻子，咋回事呀？开宝呀！

大板子也叫道，是呀，赶紧开呀！咋的，害怕啦？

方七爷两只瘦瘦的胳膊抱在怀里，笑道，别急，别急，慢慢开。

于麻子低下头，两眼死死盯着宝盒，额头上浸出豆粒般的汗珠。他的两手一直重重地摁在宝盒上，而且整个身体都要趴上去了，显然他已经没有力气，或者说没有勇气将它打开了。

方七爷微微一笑，似乎连瞅都没瞅，抬手将两张借据扔到了出门，随后说了一句，押出门。

于麻子费力地抬起头看了看方七爷，又抬起左手抹了下额头上的汗珠，然后低下头，死死地看了会儿宝盒，瞅冷子将宝盒打开，一头扎到宝面上。没等方七爷他们看清咋回事呢，于麻子的巨大的身子却突然向地上滑了下去，就听咕咚一声，于麻子一屁股坐到了地上，整个身体便如同山崩地裂般地向后倒去。

方七爷看都没看宝面，立刻蹲下去，伸手在于麻子的鼻前摸了摸，说，于老弟休克了。说着，连忙用拇指使劲地抠于麻子的人中，又让大板子和二刀疤掐于麻子两手的虎口。不一会儿，于麻子扑哧一声出了口长气，然后慢慢地睁开了眼睛。

方七爷对二刀疤和大板子说，没事儿，是太紧张啦，让他在地上躺一会儿就好啦。说完，起身推门到了屋外，喊周妈沏壶新茶，自己朝院子西边的茅房走去。

天这时已经蒙蒙亮了，冬天的早晨格外寒冷，风似乎特别硬，被风迎面一撞，方七爷不由得打了个寒噤，赶紧小跑几步，推开栅门，闪了进去。

卢芳就是在这个时候拉开堂屋门，从周妈手里接过茶壶，迈过门槛，朝方七爷他们赌博的东厢房走去。卢芳见方七爷又是一夜未归，担心他的身体会熬不住，因为近来方七爷已经有几次因过度疲劳而头晕，所以一早起来简单地收拾一下便到客厅来看看。

问题出在卢芳与去了茅房的方七爷擦肩而过，于是让所有人惊讶万分的一幕出现了。卢芳推门进屋，还没看清屋里的人和物件呢，就被一只粗大有力的手一下拽了过去，然后死死地搂进他的怀中。卢芳啊地惊叫一声，接着就感到脖子被胳膊死死地环住，想叫就叫不出声了，她手里的茶壶随后砰的一声，在地上粉碎了，热茶溅到几个人的鞋子和裤腿上，几个人都不由自主地原地蹦了两下，直劲儿地跺脚。

方七爷在茅房里隐约听到了卢芳的叫声，但方七爷没想到屋里发生的事。因为天太冷，他小便完了，提上裤子，便小跑着往东厢房跑。屋里的一幕让一脚门里一脚门外的方七爷一下子愣住了。

卢芳见方七爷进来，马上就张嘴叫道，七爷，七爷救救我呀！但卢芳的声音并没有按她的想象喊出来，她只是发出几丝沙哑的咿咿声。

于麻子一边瞪着充满血丝的大眼珠子，紧张地盯着方七爷的脸，一边一只胳膊勒紧卢芳的脖子，一只手将一把白亮亮的刀子横在她的脖子上。

方七爷一下子就明白了怎么一回事，明白了怎么一回事的方七爷一下子冷静下来，他围着于麻子和卢芳踱了一圈，于麻子紧张地搂紧了卢芳也跟着转了一圈。方七爷停了下来，背了双手，冲于麻子笑了笑，慢声细语地说，于老弟，看来你对我还是不太了解呵！别说你劫持我太太，你现在就是把刀架在我的脖子上，你看我会不会眨一眨眼睛？

于麻子咬着牙根道，七爷，别怪我于麻子不讲行规，我实在是没法子啦！我家里根本就没啥财产啦，连老婆都跟别人跑啦，我是不好意思跟你们说呀！

方七爷道，都是道上的兄弟，有难处吱声呵，咋地也不能玩下三滥的活儿呀！你们二位兄弟说，是不是？方七爷把脸扭向了呆立在一边的二刀疤和大板子。

二刀疤和大板子也被这种景象吓懵了，连忙点头，称是是是，七爷说得对！七爷说得对！

于麻子却道，七爷，说别的没用，我都懂，但是今个只有华山一条路，你把这三张借据撕了，然后再给我一万块大洋，我从此离开辽南地面，永不回来。你要是不答应，我就白刀子进去，红刀子出来。

这时脸色惨白的卢芳全身已经瘫软，两腿根本就站立不住了，是于麻子的胳膊硬把她拎起来的。卢芳费力地斜着眼睛看着方七爷，目光里充满了对方七爷的乞求与期盼。

但此时的方七爷却连瞅都不瞅卢芳和于麻子一眼,他转身朝八仙桌前的椅子走去,轻轻地坐在了椅子上。于麻子搂紧了卢芳又跟着转了半圈,把脸冲着方七爷。方七爷点了一支纸烟,两只青筋暴跳的手轻松地把玩着那三张一万元的借据,好半天鼻子里才哼了一声,然后说,于老弟啊,你确实让我很失望,在我原来的印象里你还是条汉子,但现在我的看法变啦!说实话,这三万元的借据我压根就没想要。我这人在江湖上是有原则的,一不黑,二不把人往绝路上逼,但是要是有人黑我,把我往绝路上赶,那我可就不客气了。所以,这三张借据不但不撕,你想要的一万块更不可能给,而且我还要叫你等着死,你就是逃到天涯海角,我也要见着你的全尸。说完,方七爷从椅子上站起来,拿起三张借据在手里把玩了一下,又看了看于麻子,冷笑一声,大摇大摆地出了客厅。

就在屋门吱嘎一响的时候,于麻子大叫一声,七爷!然后咕咚一声,跪在了地上。

方七爷不紧不慢地回过身来,看着跪在地上的于麻子,冷冷一笑,说,于老弟,你抬头看看我这只手。

于麻子应声抬起头来,看着方七爷伸向他的左手,满脸的疑惑。

方七爷说,看到了吧?这里少了一小截。咋少的?在座的各位都听说过吧?

二刀疤和大板子连声说,听说过,听说过。

于麻子这时抬起胳膊抹了把脸上的泪水,然后对方七爷道,七爷,你啥都不用说了。说完,于麻子捡起扔在地上的刀子,握在右手里,然后将左手向前面的地上伸出,右手猛地向下刺去,随着啊的一声惨叫,于麻子左手上的小拇指便血淋淋地割了下来。

二刀疤和大板子被眼前的情景吓得目瞪口呆。

方七爷却轻声地笑道,这还差不多。于老弟,你还可以接着在这道上混。得,按你说的,这三张借据,还有这一万块,你都拿走吧,回家好好过年吧。说完,冲卢芳一摆手,说,咱们走。

卢芳完全被那天的景象吓懵了,她只记得是周妈进来搀扶她走出了东厢房,但后来的事情就一点都不记得了。

那一次历险,方七爷笑到了最后,但就在他走出屋子的一瞬间,也意味着他失去了卢芳,这一点他恐怕是到死也没弄明白。

25. 慰 问

　　师部留守处的这场伏击战规模虽然不大，但打得太漂亮了，从计划到实施，可以说是天衣无缝，而这一切都是田镇长一手策划并指挥的。这让参与这场伏击的辽南独立师独立大队和县大队的所有官兵都佩服得五体投地，尤其是田镇长那不动声色的大将风度，不愧是林彪手下的干将。他们还说，田镇长这样的将才不到前线去带兵，指挥打仗，而是在地方干这些婆婆妈妈的杂事实在是可惜。田镇长当然听到了他们的议论，但却是未置可否，一笑了之。

　　镇海寺大酒楼的那场宴会之后，田镇长受到辽南二地委及辽南军分区的通令嘉奖。镇政府机关各部门的人都纷纷到田镇长办公室向他祝贺，尤其是于委员，欣喜爱慕之情溢于言表。但于委员很能沉得住气，她一直躲在办公室里，将门开一个两寸宽的缝隙，一边悄悄观察着走廊里的动静，一边对着挂在墙上的一面印着大红的奖字的镜子修饰着自己过于宽阔的脸庞，在脸上抹来画去的手指因为过于粗壮，非但没有女性的婀娜多姿，反而显得有些粗俗。于委员自己肯定也意识到了这一点，或者她在镜子里看见了自己手指的不雅，下意识地迅速将手指从镜子中抽出，然后又从门缝中向门外的走廊里瞥了一眼，离开镜子，推门出了办公室。

　　于委员的时机掌握得非常好，她走进田镇长办公室的时候，田镇长刚好把最后一拨前来对他祝贺的机关同志打发走。田镇长显然是被机关各部门的人弄得有些疲倦，便一屁股坐到办公桌前的椅子上，点了一支烟，刚吸了两口，于委员就笑容可掬地走了进来。于委员显然有些忸怩作态，举在胸前的两手还试图弄出兰花指的造型，但她那粗短的手指甚至连兰花指那样的意思也呈现不出来。

抽着烟的田镇长等了半天也不见于委员说话，而且见她还一个劲地在办公桌前搔首弄姿，心里不禁一阵阵发毛，不由自主地站起来问，于委员，你，你，有事儿吗？

于委员似乎是被田镇长的问话惊醒，脸上立刻涨得红彤彤的，尤其是那两个圆润的脸蛋子，像红苹果一般自里向外地发散着一股蓬勃的生气。于委员在瞬间里先是羞涩地将头埋在了丰满的胸前，然后又迅速地抬起头来，两眼直勾勾地看着田镇长，足足过了半分钟，脸上突然露出一种媚笑，说，田镇长，我真的要对你刮目相看了。说实话，你刚来的时候，说你曾经是八路军的营长，我还有点不大相信，瞅你这文弱书生的气质，如果再戴副眼镜，更像一个教书先生，哪里像个能打仗的样子？可是，可是师部留守处的这场伏击战打得这么漂亮，可见你运筹帷幄决胜千里的本事非同小可。尤其让我敬佩的是你那不露声色、沉稳冷静的做派，太有魅力了。

于委员似乎已经进入了角色，她的演说才能在爱情的支配下全面爆发，而且一发而不可收。于委员往前走了两步，高大的身体贴到了办公桌上，隔着办公桌，抻着脖子，然后继续眉飞色舞。田镇长，你听到大家咋议论你了吗？他们说……

田镇长似乎有些受不了了，他本能向后仰了仰身子，伸手冲于委员摆了摆，一面阻止她的演说，一面道，好啦好啦，我这一上午听的全是这一套。

于委员正在兴头上，突然被田镇长打断，心里面极其不高兴，像川剧中的变脸一般，手上一抹搭，脸上的灿烂桃花一下子就变成了霜打茄子，在空中挥舞的粗壮的手也僵在胸前。不过，于委员的思想和情绪正在高涨之中，不可能被田镇长的不耐烦与扫兴阻止，她要继续她的充满激情的演说。

田镇长见状真的不高兴了，他从椅子站起来，将手掌伸到了于委员的脸前，又刻意地摆了几下，然后两眼直直地瞪着于委员的脸。直到于委员完全地停止了演说，这才放下手来。田镇长重新坐回到椅子上，好像也不在乎于委员是否理解了他此时的心境，而且也不考虑她的感受，接下来就问于委员，对啦，小于，我跟你说，这次伏击之所以能大获全胜，关键在于情报，而这个情报是卢秋送来的。我一直没倒出空来了解一下这个情报的来龙去脉，那天卢秋送情报时也没细说，所以，我们要详细了解一下这方面的情况。另外，我们还要以镇政府的名义表彰一下卢秋同志和送情报的那个姓郑的小伙，而且要开一个隆重的表彰会，号召镇机关及全镇老百姓向他们学习，以此进一步推动全镇支援前线、解放全东北的工作。说到这儿的时候，田镇长发现于委员已经坐到了一旁的长条椅子上，脸色惨白，表情木然，虽然眼睛在看着他，但那目光却散淡无神，跟她刚进来时判若两人，让他在瞬间感觉空洞无物。田镇长不由得问道，于委员，你，怎么啦？

于委员没回答田镇长的话，而是有气无力地从长条椅子上慢慢地站了起来，甚至都没看田镇长一眼，径直地向门口一步步走去。

田镇长一时间没明白这是怎么回事,两眼便盯着于委员的背影,看她悄然地走出了办公室,不由自主地摇了摇头。

田镇长带着镇办公室的李主任和通信员小庞从办公室里出来的时候,发现镇政府院子里铺了一层薄薄的清雪,仰脸向天空看去,天灰蒙蒙的,细碎的雪花不光是显得有些柔弱,而且还漫不经心,或者无精打采。

田镇长对一旁的李主任说,离春节没几天啦,回头咱们商量一下,让镇机关的同志分头下到各村屯,做好群众工作,营造一个喜庆祥和的过年的气氛,让老百姓过一个踏实快乐的春节,为明年的工作打下一个良好基础。

李主任立刻附和道,田镇长站得高看得远,我一定抓好落实。都说瑞雪兆丰年嘛,明年一定会是个好年头啊!

田镇长仰着头,深深地呼了几口气,然后扭头问通信员小庞,知道为啥瑞雪兆丰年吗?

小庞摇摇头,但马上又说,雪大水就大,来年种田时就不缺水啦!小庞说完,瞅了田镇长一眼,随后也学着田镇长的样子,仰脸朝天上看。

田镇长笑道,还行,大致上说得不错。更细致的解释呢,是这样。这瑞字是吉利的意思。这句话完整的说法,就是说,适时的冬雪预示着来年是丰收之年。但这还只是一个笼统的说法,从科学方面讲呢,就复杂多了。

小庞回过头来,看着田镇长问,咋个复杂法?

田镇长说,光顾说话啦,别耽误了正事儿,走,咱们马上去卢秋家。三个人出了镇政府的院子,向西拐,然后又折向北,朝中街走去。

田镇长,你们去慰问卢芳咋不叫上我呢?

田镇长三人的身后突然插进话来,大家回头一看,居然是于委员。小庞惊讶地问,于委员,你咋来啦?

于委员从后面赶上来,瞥了田镇长一眼,说,我当然得来啦!你们别忘了,卢秋还是我们妇女培训班的学员哪!再者说了,我是镇妇女委员,卢芳又是女同志,我去慰问正合适啊!

李主任也瞥了田镇长一眼,说,是呵是呵,于委员去慰问卢秋再合适不过啦!

重新上路后,于委员瞥了走在左边的田镇长一眼,然后问小庞和李主任,读过《孙子兵法》吗?知道《战争论》吗?见两人一样茫然的表情,一种自豪感从于委员心底油然而生,便接着说道,那可是全世界最有名的关于战争的书,田镇长能把它们倒背如流。于委员把头扭向田镇长,然后问道,田镇长,我没说错吧?

田镇长愣了一下,哈哈一笑,道,说倒背如流那是夸张,要说熟悉嘛那倒是事实。

李主任突然停下脚步，侧过身来，表情亦严肃起来，两眼上上下下地将于委员打量一番，然后长长地吸了口气说，哎，我说于委员，以前没听你说过什么兵法啊，战争啊，啥时候长了这么多学问啊？照这个样子，你应该调到县委，甚至辽南省委机关去工作，在咱这小镇子上有点大才小用啦！

　　于委员脸上颇有些得意之色，应道，那得看跟谁比，跟田镇长比我连当个学生都不够资格。不瞒你说，我刚才说的这些都是听田镇长说的，我不过是鹦鹉学舌而已。

　　李主任和小庞一阵大笑，田镇长也随着笑了一番。

　　穿过中街，便上了县道。雪居然越下越大，路面很快就被雪覆盖上了。田镇长此时心情不错，对越下越大的雪非但没有反感，反而有些欣喜与惬意。棉絮似的雪花落到脸上，虽然有一丝的凉意，那感觉像是被小鱼儿用唇在腿上轻啄似的，痒痒的，酥酥的。而融化了的雪水若流进了脖颈，则会惊吓一下，那一瞬的凉意如触电一般袭遍全身，有一种惊喜的意味。

　　不到半个时辰的光景，田镇长一行四人就走进了卢四家的小院。

　　院门前用青石板铺的甬路早已经被雪掩埋，院门虚掩着。走在前面的小庞一边推开院门一边高声叫道，请问，家里有人吗？

　　话音刚落，卢四便从正房推门而出。卢四显然有些惊愣，站在屋门前，弯着腰，努力地仰着脸朝院门这边望着，一脸的疑惑，半天才问，你们是……

　　小庞这时已经小跑了几步来到卢四身前。小庞说，您是卢秋同志的父亲吧？我们是镇政府的，你看，这是我们田镇长。

　　田镇长快走了几步，上前握住卢四的手，热情地说，卢老伯您好，我们几个今天是代表镇政府来慰问卢秋同志，并看望您老人家的。

　　卢四的脸上立刻堆满了笑容，慌忙地转身将屋门让出，说，快快，请镇长和同志进屋说话。然后冲屋里喊，老二，田镇长和镇上的同志来啦！

　　话音未落，穿着蓝色印花洋布紧身袄罩的卢秋闪现在门前。卢秋一眼便看到了田镇长，不知为什么，脸上突然就发热，随之，面颊立刻红成一片。说话时，卢秋还有些嗫嚅，哦，是，是田镇长呵！进，快进屋吧！

　　田镇长在门口站住了，很认真地打量了一番卢秋，然后才一边哈哈地笑着一边抬腿跨过门槛走进屋去。进屋的一瞬间，田镇长便闻到一股浓厚的烟草味，不由得将堂屋四下里扫了一眼，然后转回身来，正好与卢四对面，便说，卢老伯家里也在做卷烟的生计？

　　卢四连忙回道，是的是的，原来是她们姐仨一块做，现在就剩下老二，哦，只剩下卢秋一人啦！卢四转过脸去对卢秋道，哎，别站着呵，赶紧给田镇长和同志们沏茶。说完，回过脸来对田镇长道，田镇长请坐！说着，伸手将田镇长让到八仙桌旁的椅子上。又搬来一条长凳和一只杌子,让李主任、于委员和小庞坐。忙碌完了,这才坐到八仙桌另一边的椅子上。

不一会儿,卢秋便将茶水沏了端了上来。卢四的老婆这时也从西屋走出来,卢四便将老婆介绍给田镇长,田镇长站起来向卢四老婆问了好,然后重新坐下。

田镇长捧起茶杯先是放到鼻子下面闻了一会儿,然后低下头仔细地察看茶汤和茶叶儿,半天之后才送到嘴边轻轻地抿了一小口,随后,脸上的表情就有些严肃起来,沉吟了片刻,抬起头来笑道,卢老伯对茶很讲究呵。

卢四立刻摇了摇头,说,哪里,哪里,不懂的,胡乱喝。

田镇长似乎并不希望卢四回答他什么,神情有点儿自顾自地接着说,如果我没猜错的话,这是很珍贵的白茶。

卢四不由得一愣,脸上立刻堆出笑容,又伸出左手的大拇指,道,对对对,是叫白茶。田镇长你真是行家呵!说着,卢四起身去一旁的一只柜子上拿过一包用牛皮纸包装的茶叶来,递到田镇长面前,这不,还有半斤没启封呢。

田镇长接过茶包一看,上面果然用行书写着白茶两个大字。旁边还有一行宋体小字:参百味而不混,越众饮而独高。安吉特产。田镇长翻转着茶包看了一会,道,这是浙江安吉产的白茶,而不是福建产的中国六大茶类中的白茶,它们都叫白茶,却不是一回事儿。

卢四被田镇长的这一番茶经给说得目瞪口呆,张着嘴,却一时间不知道说什么好。

田镇长看了大家一眼,接着说,为什么说它们不是一回事儿呢?安吉白茶是用绿茶加工工艺制成的,所以属于绿茶类。安吉是个县,在浙江北部,那个地方山川隽秀,绿水长流,是中国著名的竹子之乡。安吉白茶之所以称其为白茶,是因为其加工原料采自一种嫩叶全为白色的茶树。据专家说,安吉白茶树是变种,极为稀有。春季发出的嫩叶纯白,在"春老"时变为白绿相间的花叶,至夏才呈全绿色。如此珍奇的茶树品种,才孕育出品质超群绝伦、卓而不群的安吉白茶。它的特点是汤色鹅黄,清澈明亮,嫩香持久,回味无穷。

这时,坐在一旁长凳上的于委员突然用力地鼓起掌来,而且还大声说道,咱们田镇长真的是博学之士呵!不光会打仗,还有文化,连茶叶都懂得这么多。叫人羡慕死了!

于委员的一番话似乎说出了卢四的心声,他连忙跟着拍起了巴掌,并附和道,是是是,真的是博学之士呵!佩服,佩服呵!

卢四这么一说,挨着于委员坐在长凳上的李主任和坐在杌子上的小庞也就跟着鼓起掌来,连靠东屋门框站着的卢秋也不由自主地红着脸跟着鼓了掌。

田镇长自然是很得意，这一点从他喝茶的表情中已经表露无遗。田镇长这时已经将杯子里的茶喝净，轻轻地将茶杯放到八仙桌上。

卢四立刻端起白瓷茶壶，抬起屁股，躬着腰，伸出胳膊，小心翼翼地给田镇长续上茶。回坐到椅子上的时候，卢四扭头看了一眼远处的卢秋，目光里的意味很复杂。

田镇长用手指捏着茶杯，把玩着，没有喝。田镇长说，安吉的白茶树据说数量很少，产量也很低，在我们北方是极少见的。卢老伯这是从哪儿搞到的？

卢四回道，是吗？这我就不知道啦。我喝茶完全是走个形式，并不是真的爱好，我好的是酒。这个茶嘛，是浙江的一个做烟草生意的金老板送我的。这个金老板长年住在营口，也经常来我们镇海寺，闲着时候喜欢泡戏园子，他是一边喝茶一边吃我的花生米，跟我算是有点交情。他每年春天从老家回来时都给我带二斤。田镇长喜欢的话这一袋子就送你啦！以后他再送我茶，我就叫卢秋给你送一半去。

田镇长不由得哈哈大笑起来，一边端起茶杯喝茶，一边说，这岂不是夺人之爱吗？不过我这个人呢，烟酒茶是一概不拒绝的。卢老伯既然盛情，那我就笑纳了？

卢四连声道，那是那是，应该的，应该的。

田镇长这时收了笑容，对卢四道，卢老伯，前些日子卢秋同志及时地为我们送来一份极其重要的情报，不仅避免了我们辽南独立师师部留守处惨遭偷袭，我们还趁机打了一个伏击，干净利索地消灭了国民党军的一个连和部分土匪，受到辽南军分区和辽南二地委的嘉奖。而这一功劳的获得，首先要感谢的就是你的女儿卢秋同志，还有那个我们不熟悉的获得情报的郑重同志。

卢四哦哦了两声后，道，应该的，应该的。

田镇长微微地笑了一下，目光转向卢秋，说，这个郑重现在在哪里，能跟我说一下他的情况吗？我们也要对他进行慰问奖励。

卢秋说，我只知道他为营口卷烟厂收着送纸烟，其他情况就不清楚了。他把情报交给我后就走了，再没了音信。

田镇长的目光在卢秋有些微红的脸上很有意味地停留了一会儿，然后转过脸来向李主任吩咐道，把镇政府的嘉奖令和慰问金拿出来吧。

李主任连忙从长凳上站起来，从怀里掏出一卷纸和一个牛皮纸信封，递到田镇长手上。

田镇长则走到卢秋身前，将纸和信封送到卢秋手里，又伸出手紧紧地握住卢秋的手，说，卢秋同志，我再次代表镇政府对你和郑重同志表示衷心感谢！感谢你们为东北人民的解放事业做出的重要贡献！

卢秋的脸色一片通红，手捧着嘉奖令和慰问金一时间茫然不知所措，便把目光转向父亲和一边呆站着的母亲。

还是卢四见过世面，她对老婆和卢秋说，还愣着干啥？赶紧准备饭菜，留田镇长和同志们喝点酒。

没等田镇长表态，坐在长凳上的于委员立刻站起来制止道，哎哎，卢老伯，你们不用忙啦，我们不在这儿吃饭。

田镇长却瞪了于委员一眼，说，不不不，今天我要在这儿跟卢老伯喝两杯，早就听说卢老伯的花生米闻名遐迩，镇海寺方圆百里无人不知，可我还不知其味呢，今天一定要品尝品尝。

卢四自然是欢欣鼓舞，连忙起来招呼大家到八仙桌旁坐。

田镇长却道，这样吧，李主任和于委员你们先回镇政府，万一有啥紧急情况你们好应付，让小庞在这儿陪我就行啦！

于委员显然是极不高兴，满脸红涨，却欲言又止。卢四还要挽留，但于委员冷笑了一声，转身疾步走出屋门外，推开院门，踏着厚厚的积雪，扬长而去。

卢四和卢秋，还有小庞，怔了一下，然后将李主任送到院门外。

李主任请卢四和卢秋赶紧回屋，外面太冷。又特意将小庞拉到一边，叮嘱说，小庞，你的主要任务是不让田镇长喝多了，听懂了吗？

小庞笑嘻嘻地回道，放心吧，李主任，我记住啦！

26. 嫉 妒

　　回到屋里后，卢四就叫老婆赶紧准备饭菜，然后又叫卢秋先弄一盘花生米，再把镇海寺小烧锅烫上。不一会儿，花生米和酒，还有切成两半的一盘咸鸭蛋就摆到桌上来。

　　卢四便请田镇长和小庞分坐八仙桌两边，他自己在外边打横。

　　田镇长却对小庞说，你也回去吧，不用在这儿陪我。

　　小庞似乎有些为难，田镇长又说，没事的，你放心，我天黑前一定回镇里。走吧走吧。

　　小庞有些无奈地走了。

　　田镇长在八仙桌的西边坐了，卢四坐在了东头，然后就叫卢秋斟酒。卢秋便分别给田镇长和父亲的酒盅里斟满酒。

　　田镇长看着卢秋说，小卢同志，你也来喝点，今天是为你庆功嘛，你是主人公啊！

　　卢秋连忙推辞，说，我不会喝酒，你跟我爸喝，我还要帮妈做菜哪。说完，转身去了灶上。

　　卢四也说，啊，是是，她们姐仨，老大老三都能喝点儿，就这老二不能喝。来来来，田镇长，谢谢你的关照，我敬你一杯。说着右手捏着酒盅举向田镇长。

　　田镇长也连忙端起酒盅举向卢四，与卢四举过来的酒盅碰了一下，两人相对一笑，就把酒干了。

　　卢四吧嗒吧嗒嘴，就劝田镇长吃菜。

田镇长夹了一颗卢家自制花生米放进嘴里，慢慢地咀嚼了一阵，说，果然名不虚传，太好吃了，味道丰富醇厚，越嚼越有味道。好好好，这是真正的下酒菜。说着，又连着夹了几颗吃起来。然后，伸手从烫酒的瓷盆里拿起白瓷酒壶，先给卢四斟上，又给自己斟满，端起酒盅对卢四说，卢老伯，我听说你这花生米一天只做二十斤，而且只在镇子里卖。为什么不多做，扩大生产，向外销售呢？

卢四显然有些吃惊，将酒盅放到桌上，说，哟，这事儿我可没细想过。每天做二十斤，是因为刚好能卖了，多了呢，不好放，受潮就会发艮，就不酥脆了。至于扩大生产，向外销售，我哪有那个本事啊！

田镇长道，不要紧，这事儿我来给你张罗，由镇上安排人做，既让你增加收入，也给镇上创收，还可以让更多的人有事儿做，一举多得。田镇长很兴奋，扭头又对卢秋道，卢秋同志，这事儿就由镇政府牵头干，回头建个商铺，批发兼零售。你呢，既代表政府又代表卢家，先把这个事儿搞起来。

卢秋听了有些紧张，说话时的语气就有点儿疑虑，田镇长，我爸炒的花生米也就是镇上的人喜欢，拿到外边去恐怕就不一定行了。

田镇长说，这个呢，肯定没问题，好东西谁都喜欢。我的想法是这样的，咱们不光经营你们家的花生米，要把镇上的土特产都搞起来。你看镇海寺周围，锦州的小咸菜、干豆腐，沟邦子的烧鸡，海城的南果梨，你们加工的营口卷烟，这些都是远近闻名的地方特产，所以，我们向他们看齐，争取把卢家花生米也做成像他们一样的地方特产。你担心的也不是没道理，但什么事儿都要经历一个过程，没这个过程你也不知道行还是不行。咱们共产党闹革命，开始就那么二十几个人，现在你看，我们已经有了二百多万的大军，可以跟蒋介石国民党抗衡了。这事儿就这么定了，明天我就安排镇上干，就由你来负责。

卢秋还是一再推辞，说，我不行，我可没那个能力和水平。

田镇长说，我也不是一开始就会打仗的，一点点地积累，经验得多了，自然就会了。

卢四就说，唉，还是田镇长见广识多。

卢四老婆很快就炒了三个菜，田镇长和卢四俩一边喝一边吃，卢秋不时过来给斟斟酒，换换烫酒的热水，气氛很融洽。

几盅酒下肚，田镇长的话开始多起来。田镇长说，三小姐当了东北民主联军，而大小姐却嫁给了镇上的豪绅方七爷，这东北民主联军跟豪绅还是有相当大区别的，卢老伯，你这是怎么想的？

卢四叹了口气，说，人在乱世，江湖凶险，我是没办法，她们的人生也只好随她们前世之缘，走哪算哪吧，要看她们自己的造化啦！

田镇长哦了一声，说，这方七爷可不简单，听说方圆几百里无人不晓，结交四方豪杰，黑道白道都吃得开，好像谁都弄不清他的来龙去脉。说到这儿，田镇长停了下来，端着酒盅仰头看着卢四。

卢四说，不瞒田镇长，我跟方七爷并无来往，包括老大嫁过去也没有来往，所以，对他的事情跟大家知道的差不多，都是传来传去的那些街谈巷议，并非亲眼所见，所以，也不敢随便乱说。

田镇长又哦了一声，说，卢老伯，我没别的意思，只是随便地聊聊。来，咱们接着喝酒。说完，端着酒盅伸过去，与卢四又碰了一下，然后将酒一口干了。

卢四本来喝不了多少酒，这天高兴，不知不觉就喝多了，然后就被母女俩给抬炕上去了。卢秋不喝酒，但田镇长却在兴头上，也没有要走的意思，母亲便叫卢秋陪田镇长，卢秋只好硬着头皮一边喝茶一边陪他闲聊。

田镇长并没有因为卢四喝多了就减少了兴致，他对卢秋说，卢老伯这酒量不行，二两不到就倒下了。

卢秋说，我爸是爱喝，但喝不了多少。不过我三妹有点酒量，她在家的时候经常偷爸爸的酒喝。等她回来，让她陪你喝。

田镇长说，是吗，那好，什么时候回来你告诉我一声，我请她喝。田镇长这时又干了一盅，然后问卢秋，咋样啊，到镇政府工作的事儿想通了吗？如果你不愿意去镇政府，那就直接去管我刚才说的商铺，把镇上的土特产品经营工作搞起来。

卢秋说，我啥都不懂，恐怕担不起责任来。

田镇长说，唉，不能这么讲，一来呢，你这是在为东北的解放事业贡献自己的一分力量。二一个呢，从你这方面讲，也是一个锻炼。你这么年轻，不能委屈在家里，要积极地参加革命工作，要为建立一个自由民主、没有剥削压迫的新中国而奋斗。这样的历史机缘可以说是百年不遇，所以，你一定从家里走出来，投入到解放战争中去，与共产党和东北民主联军一起，打败国民党蒋介石，建立一个人民当家做主的新中国。工作呢，是这样，先干着，在干中学。关键是要喜欢琢磨，善于总结经验教训。这地方工作我也没经验，但我不怕，我就是要在干中学。卢秋，你说我讲得对不对？

卢秋已经听过田镇长的几次讲话了，妇女学习班就多次，还有在卢芳婚礼上的讲话，可以说对田镇长极其敬佩。当田镇长说到这里的时候，卢秋全身的热血就被田镇长鼓动起来了，沉吟了一下，就说，田镇长，你讲得太对了，太好了，我一定按照你说的做。不过，你可要多教我哦！卢秋说这话时不由自主地脸上一红，便马上低下头去。

田镇长说，目前你们妇女干部主要是动员广大妇女群众，多做棉衣棉鞋，头一个冬天我们地方都没有准备，但这第二个冬天说什么也不能让他们再挨冻了！虽然我们这方面的工作得到了加强，但跟部队的实际需要还有很大差距。你在做好土特产品推销工作的同志，也要顺带着做一下这方面的工作。

卢秋抬起头来，说，好，田镇长，我一定按你讲的去做。卢秋抿了抿嘴，两眼又异样地看了看田镇长。

可能是多日没喝酒了，也可能是对卢秋的依恋，田镇长那天喝多了，不但天黑前没回到镇里，而且直接睡在了卢家。直至第二天天亮，田镇长一觉醒来，才发现自己和衣睡在一个炕头上。翻身起来，四下看了看，这才想起，一定是昨晚喝多了，睡在了卢秋家。田镇长连叫了两声，糟糕糟糕，怎么喝成这样呢！

田镇长下了炕一出屋，与卢四撞了个满怀。

卢四忙说，田镇长，咋起来了呢？多睡会儿吧！

田镇长则一劲儿地向卢四道歉。这时，卢四老婆和卢秋也从东屋出来，田镇长又一个劲儿地向卢四老婆和卢秋道歉，连洗漱也没顾得上，更不要说喝粥吃早饭了，匆忙地离开卢家，踏着厚厚的积雪回了镇里。

田镇长进了镇政府，回到自己的寝室，简单地洗了把脸，漱了嘴，照镜子一看，两眼通红，便有些自责，不想喝多不想喝多，到底还是喝多了，后悔也晚了。

田镇长前脚进了办公室，通信员小庞后脚就跟进来，并随手将门带上。小庞悄声说，镇长您回来啦？于委员刚才还问我哪，说田镇长是不是一宿没回？我说不知道啊！然后于委员就把我批评了一顿。

田镇长在办公桌后面的靠背椅子上坐下，说，她的话你也听？赶紧给我打一暖瓶开水，我要沏缸热茶喝。

田镇长话音刚落，于委员就推门进来了，一脸的怒气。

田镇长和小庞都愣住了。

于委员义正严辞地说，田镇长，作为一镇之长，你到民女家喝酒就不说了，酒后居然还睡在了民女家的炕头上，你自己说这是啥性质的问题？

田镇长被于委员的问话给噎住了，想了想，居然无话可回，额头上汗就冒出来了。

于委员一定是发现田镇长被自己击中了要害，便继续乘胜追击，说，现在镇上工作这么多，作为一镇之长你不勤奋工作，反而迷恋民女。难怪古人说，江山易改，秉性难移。

于委员没想到，她后边这句话把田镇长激怒了，她忘记了一句俗语，打人不打脸，骂人不揭短。

被激怒了的田镇长脸色瞬间便涨成紫红，从椅子上慢慢站了起来，两只手摁在桌子上，身体前倾，两眼死死地盯住于委员略显臃肿的脸。

于委员还想接着抨击呢，突然发现站起来的田镇长脸色和表情都不对劲儿了，便愣住了，嘴唇动了动，下面还想说的话就卡那儿了。

这时，田镇长说话了，你说完了吗，于委员？我工作怎么样不是你一个人可以评定的，你也没有资格评定我的工作，相反，我提醒你要做好本职工作。还有，你要搞清楚，在镇海寺政府，现在是我领导你，不是你领导我，明白吗？我到小卢同志家喝酒了不假，但我也是为了今后更好地开展工作，事实上也是这样，我不仅帮助小卢同志提高觉悟，加强对当前东北，以至于全国形势的认识，争取她为解放东北的伟大事业多做贡献，我还与她及她的父亲商定发展创造一个我们镇上的地方特产的产业，为镇里财政创收，更好地支援前线。至于你说的什么迷恋民女，江山易改，秉性难移，我不知道是什么意思？能否清楚地给我解释解释。说到这里，田镇长见小庞打回了开水，便停了一下，对小庞说，给我沏缸茶水。

小庞瞅了一眼于委员，快速地将茶沏好，递给田镇长。小庞转身想走，却被田镇长叫住，让他先坐那儿。然后，田镇长端起茶缸，却没喝，而是将茶缸往桌上一蹾，茶水蹿了个高泼到桌子上。田镇长想接着说，却压抑住了，一屁股坐回到椅子上，点了支烟抽起来。

于委员这时知道自己在气头上把话说过头了，想收又收不回来，一时间就不知说啥好了。于委员不由得低了头，两只手捻着衣襟，嗫嚅地说，我，我不是都为了你好吗？

一瞬间，田镇长弄明白了于委员的心思，心里陡增了一股柔情，便放缓了语气，说，大道理我就不说了，做人要正派，要厚道，要替对方着想，而且不要去搜集人家隐私，听小道消息。这样既不利于团结，也不利于工作。

田镇长后边这两句话让于委员心里一惊，便想分辩，田镇长却端起茶缸连喝了几口热茶，然后用轻慢的语气说，好吧，没别的事你回去吧。田镇长说完，扭头对小庞说，你去把李主任叫来，我有事情跟他商量。

于委员知道田镇长这是在逐客了，她知道，这时候说啥也没意义了，便转身在小庞之前出了田镇长的办公室。于委员回到自己的办公室，越想越憋气，越憋气便愈发地觉得委屈，一时间控制不住情绪，放声痛哭起来，弄得不少人在走廊里探头探脑地看出了什么事儿。

第二天午饭前，于委员看到卢秋从田镇长办公室出来，便从办公室疾步走出来把她叫到了自己的办公室。于委员让卢秋在办公桌对面的椅子上坐，自己则坐在办公桌里面。

于委员问，卢秋同志，前天晚上田镇长喝了多少酒喝成那样？你咋也不拦着点儿呢？

卢秋道，田镇长是高兴，劝不住，他说他有酒量，喝不醉的。

于委员问道，你陪他喝的？

卢秋说，我不会喝酒，是我爸陪他，结果把我爸喝倒下了，然后他就自己喝。

于委员勉强地笑了笑，但笑容似乎有点诡异，接着又问，田镇长自己喝酒，那你干啥呢？

卢秋说，我卷纸烟啊！后来田镇长让我过去陪他聊天，我就边喝茶边听他山南海北，海阔天空地讲。哎哟，真了不起，田镇长他啥都懂。

于委员哦了声，停了一会儿又问，那他喝多了以后，跟谁睡的？

卢秋说，跟我爸睡一炕上，一觉睡到天亮。说完，卢秋突然觉得于委员问她的这些话有点儿不对劲儿，再一看于委员脸上的表情也是怪怪的，瞬间就明白了，她这是在审问自己，似乎是怀疑田镇长跟自己有什么见不得人的事儿。想到这里，卢秋的脸色就变了，说，于委员，关于田镇长在我家喝酒的事儿我就知道这些，如果你还想了解啥的话，你最好是去问他自己。说完，起身推门走了。

于委员对卢秋的态度很不满意，一拍桌子站了起来，挥着胳膊，对着卢秋的背影厉声叫道，卢秋同志，你给我回来！咋的，没做亏心事，不怕鬼叫门，你们的事儿我就不能问吗？

卢秋没有回应于委员，而是一路小跑地出了镇政府，然后疾步走回家去。进了自己的屋子，趴到炕上，拽过一条被子，蒙上头大哭起来。

27. 计　袭

　　辽南独立师独立大队接到师部命令，让他们火速赶往岫岩县城西南的碧流河一带，配合独立团的高团长即将在辽南敌后展开的军事行动，以牵制国民党军北上增援临江。师部的电报上说，东北保安司令长官杜聿明调集十万兵力向临江地区大举进攻，企图消灭我南满民主联军，然后掉头北上，完成其"先南后北"的战略计划。我东北民主联军的三、四纵队和辽南独立一师、辽宁军区独立二师、安东独立三师以及南满地区广大人民群众，坚决贯彻执行党中央、东北局制定的"坚持南满、巩固北满"的战略方针，决心依托临江、长白、抚松、靖宇四县的狭小根据地，与敌军拼死一搏，坚决粉碎国民党企图独霸东北的梦想，使我军从战略防御转入战略反攻，为东北战场即将开始的全面大反攻，奠定坚实的基础。

　　独立大队在奔赴岫岩碧流河前给师部留守处送一批医药和生活物资，卢云认识江大队长，上次的师部留守处伏击战独立大队就参战了。卢云听江大队长说独立大队要赶赴辽东山区的碧流河，配合高团长的军事行动，高兴坏了，便央求江大队长带她一块前往碧流河。江大队长开始有些犹豫，但江大队长又很理解卢云此时的心情，尤其是当卢云说起在师部留守处的境遇时，江大队长听了很是气愤，于是便果断地答应了她的请求，居然也没请示师部留守处的庞主任，只让卢云给庞主任留了一张便条，便悄悄地带上卢云走了。

　　独立大队是在凌晨五点钟出发离开留守处的。天还没亮，寒星在夜空中亮晶晶的，夜空更显得深邃与辽阔。路边的积雪反射着星光，雪白雪白的。

　　队伍出了村子就开始急行军，三四百人急促的脚步声在凌晨空阔的原野中异常地混杂而清晰。

卢云除了一套薄棉被，身上什么也没有，只在腰上挎着高团长送她的那支手枪。但是卢云没受过这种高强度的行军训练，走了几里路就跟不上队伍了。江大队长一看，便让警卫员将马让给了卢云。卢云起初还不肯骑，但她已经影响了队伍行军，只好骑了上去。卢云这是第三次骑马，小蔡带她去部队的时候是一次，但那次她并不是单独骑马，而是坐在前边，由小蔡在后边搂着她。第二次是打鞍山的时候。这第三次骑马不免还是有些忐忑与慌乱，好在部队行军速度并不快，马只是迈着细碎的步子，嘚嘚地小跑，很稳妥。

独立大队到达碧流河东岸的步云山脚下是第四天的午后，夕阳已餍餍地落在了西边不知什么名字的山梁上，像鸡蛋黄似的颤巍巍的，金亮金亮的。独立大队在这里宿营后，江大队长立刻派了两名战士骑马护送卢云去八里外的独立团。天色将晚的时候，他们赶到了独立团团部。

团部驻扎在碧流河边的几间泥房里，连个院子都没有。不过卢云发现团部周围的树丛、马架子、草垛、坍塌的半截土墙后面都有警卫在晃动。

小蔡最先发现卢云和护送她的那两名战士，惊讶地迎上去，叫道，卢云，你怎么又回来啦？

卢云反问道，啥叫又回来啦？不欢迎我是吧？

小蔡嘿嘿一笑，说，我不是不欢迎你回来，而是说，你是怎么回来的？

卢云指了下身边两个牵马的战士，说，独立大队的，江队长知道吧？他带我回来的啊！

小蔡有点急了，说，我是说是谁批准你回来的？没听团长说你要回来啊！

卢云哦了一声，说，我自己要回来的，没谁批准。唉，小蔡，请你帮忙给他们的马饮饮水，喂点草料。

小蔡挨了怼，但仍然很负责地说，给马饮水喂草料没问题，马上就办。我担心的是，你没经首长批准私自逃跑是要受处分的。

卢云愣了一下，会吗？唉，完事再说，你先去喂马。

独立大队的两名战士却说，不用啦，趁着天还没黑，我们马上赶回去。说完，与卢云和小蔡握握手，翻身上马，朝来路疾驰而去。

独立大队的两名战士的背影消失后，小蔡转回身指着北趟房中间的屋子，团部在那间屋子，小王在屋里呢！走，先到团部去。

小蔡在卢云身前推开中间的一间屋门，然后伸手礼让卢云。

卢云扭头看了小蔡一眼，笑笑，走了进去。

高团长和楚政委、李参谋长都不在，只有小王一个人守在电报机前。

小王听见开门声，而且有一股冷风随后吹了进来，便抬头向门口看。屋里光线有些暗，门口却光亮耀眼。小王先是愣了一下，突然从椅子上跳了起来，几步冲到门口，一把拉住卢云的手，将卢云抱在怀里，一边叫着一边亲热，弄得一旁的小蔡脸直发热，说了句，小王，我把卢云交给你啦！转身出了团部。

小王根本没理小蔡，就像没听到他的话似的。小王将卢云往外推开，从脸上到脚下，迅速地看了一遍，既高兴又惊讶地哎呀了一声，然后说，卢云，你咋回来啦？两天不见我就想你啦！

卢云也说，我也想你啊！

小王嘴一撇，哼了一声说，骗我？你肯定是想团长吧！咋样，我没说错吧？

卢云脸立刻就红了，但马上就说，是想团长啦，咋的？

小王伸手在卢云的脸颊上掐了一下，道，说实话了吧？

卢云说，我啥时候不说实话了？首长们呢？

小王向门口看了一眼说，跟县里来的领导在商量什么事儿，很诡秘，不让任何人接近。

卢云问，不在团部商量，他们上哪儿去啦？

小王说，好像在一个老乡家，谁都不知道。不管他们，我给你弄盆热水，你上我屋里，赶紧擦洗擦洗。

高团长和楚政委、李参谋长是在天擦黑的时候回到团部的。坐在团部的卢云已经梳洗停当，换了一套衣服，显得干净而爽朗。

高团长迈进团部的一刹那就愣住了，他一眼就看到了坐在桌子边上的卢云，嘴里立刻哎哟了一声，然后就大叫道，小卢，谁把你送这儿来的？你没去师部留守处啊？没等卢云回答，高团长就回头问身后的小蔡，我说小蔡，你咋还跟我打埋伏呢？小卢回来了你居然不告诉我一声。

身后的楚政委笑道，老高，你得知道领情，人家小蔡是想给你一个惊喜。小蔡，我没说错吧？

小蔡没回答，只是抿着嘴笑。

高团长紧走几步，上前一把从长凳上将卢云拉起来，两手将卢云的手紧紧握住。

卢云没有回答高团长的话，而是将脸埋在了高团长的胳膊上，突然失声地哭了起来。

高团长、楚政委，还有李参谋长和小蔡都愣住了。高团长急忙问，小卢，出啥事啦？快说。

卢云又抽泣了一会儿，终于忍住悲痛，埋着脸用衣袖擦了擦眼泪，这才抬起头来，破涕为笑，说，没什么，我就是特别想你。可能是发现了大家惊讶的表情，卢云又马上改口道，想你们。

楚政委立刻就大笑起来，说，卢云同志，这你就有点儿不够坦诚了吧？想团长就想团长嘛，干吗非要把我们也带上啊？大家说是不是？

卢云被楚政委的话弄得很窘迫，一时不知怎么是好。

高团长却哈哈大笑起来，然后说，对对对，小卢同志，我觉得政委的话很有道理，实实在在，咋回事就咋回事。比方说，自从咱们分别后，我就非常想你，想你在师部留守处都干些啥，适应那里的工作和环境不，跟那里的人处得咋样，挨过批评没有。唉，多啦，三言两语说不完。

楚政委马上接着道，哟，我说老高，你什么时候学得这样多愁善感啦？再往前走几步，就能写诗了。

高团长道，哎，政委，你这就不厚道了，我刚有点进步你就讽刺挖苦。

楚政委连声说，好好好。回头命令小蔡，小蔡，马上通知炊事班，准备几个菜，给卢云同志接风洗尘。小蔡答应一声，刚要走，楚政委又说，让老张头想办法掏弄瓶酒来。小蔡又答应一声，转身出了团部。

晚饭的时候，高团长虽然非常高兴，却没有多喝酒，而且很快就结束了。撤掉碗筷后，小王陪着卢云去她的屋子收拾被褥，高团长和楚政委、李参谋长在团部研究即将打响的一场战斗。

第二天，团部一直都是静悄悄的，夕阳再次落到西边山梁的时候，高团长下令全团及辽南军区独立大队，沿着碧流河东岸向南急行军，在天亮前赶到碧流河边的双塔镇。

双塔镇在辽东南是一个大镇，当地地主武装和土匪活动猖獗，有近千人纠结在一起，多次袭击我党政机关，损失惨重。几个月前，这批地主武装和土匪被国民党军收编，成立了国军辽东南武装独立团，信誓旦旦，狂言要在半年内摧毁我辽东南所有党政机关，使其彻底瘫痪。中共辽南省委及省军区电令高团长率全团及辽南独立大队秘密进入碧流河流域，伺机将其歼灭，打掉敌人的嚣张气焰，保护我党政机关正常工作。

经过一夜的急行军，高团长率全团在天亮前到达了双塔镇北面的一片只剩枯枝的槐树林中，独立大队不久也到达了离高团长他们不远的一个小村庄的边上。高团长立即命令侦察排派出四组侦察员进行侦察，尤其是双塔镇的情况。天蒙蒙亮，高团长和楚政委、李参谋长，还有各营营长、教导员及独立大队的江大队长，来到离双塔镇不远的一个只有几十米高的山坡上的槐树林，察看镇子的里外和周边地形。从这里可以模模糊糊地看到镇子里黑压压的房屋和高高耸立在房屋间的树木。缺月还斜挂在西天，将淡淡的清辉轻轻地抹在无数的屋脊上，整个镇子的头顶似乎飘浮着一层薄薄的雾气。

高团长和楚政委及李参谋长用望远镜向镇子看了一会儿,然后,李参谋长在山坡上将地图铺开。槐树林里光线微弱,高团长趴在地图上看了一会儿,然后站起来,转回身去,对围在身边的楚政委、李参谋长,还有各营营长、教导员及独立大队的江大队长道,我们现在的位置是镇子的北面,这里没有天然的防御阵地,据情报,敌人将重兵都布防在这个方向。当然,我们并不怕他们,问题是,他们利用民房和院落防守,我们要是强行进攻,就要展开巷战,一定会造成很大伤亡,而且也会伤及百姓。

楚政委接过话儿道,团长的意思是把敌人调出来,我们在镇子外设伏,围歼他们。

李参谋长说,问题是有什么办法能将敌人调出来呢?

高团长说,咱们先回团部,等老袁他们侦察回来,详细了解了镇子里敌人的布防后,再研究一个具体作战方案。

九点刚过,袁排长派出去的四个侦察小组的侦察员都回来了。听完了袁排长汇报后,高团长说,这么办。今天上午,咱们派一个侦察班便装进到镇内,做侦察状,然后故意暴露身份,与敌人交火,边打边撤。待敌人追出镇外,我们用一个连的兵力在东边的那条土岗处阻击追出镇外的敌人。待敌人大部队增援上来,再边打边撤,将敌人引进伏击阵地,先打他个半残。随后,独立大队埋伏在接近镇子口的那片树林,截住敌人的退路,两面夹击,我估计他也就所剩无几了。这个时候,我们趁机冲进镇里,占领敌军指挥部,将其一举击溃。

大家一齐叫好,说团长真是有勇有谋。

高团长哈哈地大笑了几声,说,先别高兴得太早,我说的这些还只是我们的一厢情愿,敌人能否中计我还没有把握。

楚政委说,这一仗的关键是先头进入镇里的侦察班戏演得怎么样,能不能骗过敌人的眼睛。老高,我想,一定要给侦察班配一到两个女人,这样才更像利于侦察。

高团长沉下脸想了想,说,可是,侦察排里没有女的啊!就是咱们全团也没有几个女的啊!

楚政委说,跟当地组织联系一下,能不能在附近村子找两个年轻些的妇女,配合我们一下。

李参谋长说,恐怕不行,这个事儿是有危险的,火候的拿捏很关键,还要能随机应变。

楚政委说,这个嘛,回头咱们再仔细研究一下。

临近中午,八九个农村人打扮的青年稀稀拉拉地出现在双塔镇高大古朴的牌楼下面。其中两个人赶着一辆驴车,车上拉着两袋高粱,还有些杂物。另有一对新婚夫妇，女的穿一件红色短棉袄，头上系着一条蓝色棉线头巾，胳膊上挎着一个蓝色洋布包袱。男的穿一身崭新的藏青棉袄棉裤，肩上背一蓝色粗布褡裢。其他人或空着手，或拎着什么农家的物件。

牌楼两边站着四五个背枪的，服装有些杂乱，弄不清是些什么军。他们一边抽着卷烟，唠着闲嗑，一边用眼睛斜着从牌楼下进进出出的人群。

在那对新婚夫妇向牌楼里面走去的时候，牌楼东边正在抽烟的一个老兵突然抻长了细长的脖子扭头贪婪地朝那对新婚夫妇看去，随后扯了一下正跟他唠嗑的新兵，说，柱子，看见没？那一对？真他妈的馋人啊！

被叫作柱子的像个新兵，他顺着老兵手指的方向看了看，将头缩回到棉袄领子里，跺着脚说，就咱这穷当兵的，哪敢想这些啊？

老兵回过头来骂道，你小子他娘的就这点出息是不是？不是我说你，你得向人家二愣子学，你看人家，比你也就早当两年兵，现在都他娘的混上连长了。凭啥呀？打仗的时候敢带头往前冲，得把脑袋别裤腰里。明白吗？你这么年轻，别像我似的，混到啥时是个头儿？

新兵嘿嘿一笑，没有言语。

老兵抬腿给了他一脚，骂道，就你这鸡巴货，一辈子也出息不了，有年轻漂亮的媳妇也不会跟你。

那对新婚夫妇似乎并不急着办什么事儿，或者买什么东西，他们一边不紧不慢地闲逛，一边往街的两边的店铺什么的瞅瞅看看。这时，他们来到一家瓷器店门前，女的往门里探了探头，然后回头冲男的摆了摆手，便走了进去。

这家瓷器店还真有点来头，经营的不是实用的新瓷器，而是瓶瓶罐罐的古董和字画。新媳妇看来对这些玩意儿挺感兴趣，也颇有几分内行，她一边指点着古玩架上的瓶瓶罐罐，一边给身边的新郎官讲解着，新郎官时而点点头。虽说未必是行家里手，但略知一二还是有的。

店家掌柜的是一个六十来岁的长胡子光头的老头，穿着青布长衫，他已经在柜台里观察了这对新婚夫妇好一会儿了，这会儿走出柜台，踱到新媳妇身后，慢条斯理地说，听口音这位夫人不是我们辽东人，新婚刚嫁到我们这里的吧？见新媳妇没应声，停了一下又接着说，不过，夫人一出口就听出来了，是位行家。有道是知音难觅，夫人看好了哪一件？我可以多让些利的。

新媳妇这时回头瞅了瞅掌柜的，说，我只是看看，没带这么多钱来。

掌柜的笑道，没关系，只要夫人看好了，我可以派伙计送货上门。

新媳妇转过身来，手里端着一个青花瓷瓶，反复地觑着，似有不舍之意。随即抬头，两眼看了看丈夫，又转过来看着掌柜的，却没有说话。

新郎官的脸上有点见红，犹豫了一阵说，家里不知道钱凑不凑手，让掌柜的先替咱们收着，回家把钱凑足了再来买也不迟。

掌柜的一边笑着一边指点着新媳妇手里的青花瓷瓶，说，我们这个店可是老店，信誉上你可以远近百里打听打听，保你货真价实。就说夫人手里这个瓶子，绝对是宋代官窑的，你看这釉彩，这开片……掌柜的说到这儿的时候，新媳妇便把瓶子向他手里一送。掌柜的不知道新媳妇要将瓶子送还自己，没伸手接。新媳妇以为掌柜的会接，两手就一松，只见青花瓷瓶突然从新媳妇手里脱落，向地上坠去。惊得掌柜的本能地一闭眼，只听咣的一声，青花瓷瓶在地上摔成七八块瓷片。掌柜的睁开眼，向地上看了看，又抬头看了看似乎惊呆了的新媳妇，脸色立刻凝成了青紫，嘴里想说什么，半天却不能成句，你，你这是，这是……

新媳妇这时已经从惊吓中回转过来，疑问地说，掌柜的，你这是？

掌柜的不解地说，我这是？啥我这是？你怎么把瓶子撂地上去了呢？

新媳妇的脸色又回到惊讶之中，道，怎么是我撂地上去了呢？明明是你伸手接过去了，我才松的手啊！

掌柜的眼珠子瞪起来了，细长的脖子上青筋也跳了起来，骨瘦的手指着新媳妇的脸道，怎么，你想耍懒？离这不远就是保安队。你要不想惹麻烦，乖乖地在我这儿待着，让你丈夫马上回去取钱。我也不讹你，二百块大洋。

新媳妇这时也变了脸，道，掌柜的，你是不是看我们是乡下人就欺负我们？你就是故意将瓶子掉地上讹我们！

掌柜的道，我手都没碰着瓶子，瓶子是从你手里掉地上的，怎么是我讹你呢？

这时，一旁的新郎官插言道，掌柜的，我看瓶子也是从你手里掉地上的。

掌柜的愣住了，扭头将新郎官看了半天，才说，哦，我明白了，你们这是有意来我这儿闹事儿的。好好好！他一回头，对不知什么时候从后屋出来的年轻小伙计道，你马上去保安队，叫马队长带人来，说有人砸店。

小伙计应了一声，转身就跑出屋去。

新郎官一看，拉起新媳妇的手就往门外跑。掌柜的哪里肯放过他们，随后追了出来。

年轻夫妇来到街上，转身向来时的南面的牌楼奔去，却被十多个巡逻的保安迎面拦住。一个挎着匣子枪的伸手指着新郎官问道，你俩，往哪儿看，说你们哪。咋回事儿？跑啥？

新郎官神情有些慌乱，嘴上支支吾吾。

这时，瓷器店掌柜的追了上来，一边喘着一边说，老总，老总，这两个年轻人摔了我瓷瓶，不但不赔偿，还要跑人。

挎着匣子枪的重新将年轻夫妇打量了一番，哟，这么漂亮的新媳妇，哪个村的呀？

新郎官回道，金家峪的。

挎着匣子枪的头儿一愣，绕着年轻夫妇转了一圈，长长地嗯了一声，金家峪的？前峪后峪？谁家的？

新郎官又回道，后峪金老五，我是他的二儿子。

挎着匣子枪的头儿突然掏出匣子枪对准新郎官的脑袋，举起手来，老实点儿，别动，我的枪可不是吃素的。

新郎官被吓了一跳，慌乱地举起手来，哎，老总，别别别，别开枪！

挎着匣子枪的头儿嘿嘿冷笑道，老实交代，你是八路的探子吧？我他妈的就是金家峪的，后峪哪来的金老五？来人，给我搜搜身，看看有啥家伙没有？

两个背枪的就上来了，还没等他们伸出胳膊来，新郎官举起来的手突然放下，迅速伸进腰间，一闪身，绕过来搜身的两个背枪的保安，站在了挎着匣子枪的身后，一把乌黑的二十响盒子枪便顶在了他的腰上。新郎官大声说，让你的兵把枪扔地上，人往一边撤。

挎着匣子枪的立刻慌了手脚，连忙下令，他妈的，没听见八路老爷的话吗？把枪扔地上，人往后撤！

十来个保安纷纷将枪扔到地上，然后向一旁后退出二三十米去。新郎官冲新媳妇摆了一下头，卢云，赶紧跑。

穿着红棉袄的新媳妇原来是卢云。听了新郎官的话，卢云转身往镇子口的牌楼跑去。

这时，又有一队当兵的端着枪朝他们这边跑来。新郎官见形势不妙，一枪将挎着匣子枪的头儿撂倒，接着向二三十米外的保安们扫了一梭子，转身拔腿就跑。

后赶来的那队当兵的，穿过向后撤退出二三十米的十来个已经空了手的保安冲了上来，直扑新郎官和跑在前边的卢云。

卢云一边跑着，一边回头冲着新郎官喊，小蔡，快跑！快跑啊，小蔡！那队当兵的一边追着一边开枪，子弹在小蔡和卢云的身边和头上吱吱地叫着。

这时，跟小蔡和卢云一起来的那两个赶着驴车和另几个拿着农具的人突然从一家茶馆里冲了出来，他们手里的七八支冲锋枪冲着追上来的那队当兵的一起扫射起来，冲在前边的十来个立刻中弹躺倒在地，其他人纷纷卧倒还击。

跟小蔡和卢云一起来的那两个赶着驴车和另几个拿着农具的人没有恋战，而是扫射了两次后，掩护着小蔡和卢云一起向镇子口的牌楼方向撤去。

小蔡和卢云他们撤到牌楼底下的时候，只见那几个守卫牌楼的当兵的正在那里团团转，他们听到了镇里激烈的枪声，但不知道发生了什么事儿，既不敢离开岗位，又有些担心害怕。这时，他们看见小蔡和卢云他们拎着枪冲过来了，便立刻躲到掩体后面，端起枪朝小蔡和卢云他们射击。小蔡指挥拎着冲锋枪的六七个战士，一个冲锋，就将那几个守卫牌楼的当兵的打哑火了，然后朝来时的大道上跑去。

一个连左右的敌军不久也冲出了牌楼，在后面紧追不舍。但在距牌楼一公里外的土岗处遭到埋伏在那里的独立团的战士的阻击，双方对射，相持不下。但半个小时后，独立团战士的突然悄悄撤退了，而这时，大批的伪军土匪增援上来了，像河堤开了口子的洪水般向撤退了的独立团战士一路追击而去。

高团长的主力就埋伏在距双塔镇四公里的那片树木茂密的丘陵上，宽阔的县道顺着丘陵一直向南伸延开去。在阻击敌人的独立团战士从伏击处过去不久，就见县道上腾起一片烟尘，风卷残云似的向高团长主力埋伏的丘陵刮来。

这批敌伪土匪真是杂牌军，不光是武器杂七乱八，军装也是五颜六色，完全的混搭。冲在前面的是支土匪队伍，在一个拎着双枪的匪首带领下，吆五喝六，信心满满地从高团长的脚下涌了过去。

隔了百十米、小跑着追上来的是穿着黄绿色军装的伪军，一色的步枪，间杂着几挺轻机枪和小钢炮。这队伪军人数不少，看来是敌军的主力。这时，从队伍后面上来三四个骑高头大马的军官，在高团长埋伏的丘陵脚下勒住了马缰绳，其中手里拿着一根皮马鞭的军官往四下里看了看，又抬起头往高团长他们埋伏的树木茂密的丘陵上看了半天，然后将马鞭一挥，带着几个骑马的军官向队伍前头赶去。

趴在丘陵上茂密的树林里的高团长放下望远镜，对身边的李参谋长下令道，打吧。

李参谋长起身离去，不一会儿，枪炮手榴弹突然响成一片，丘陵下面县道上的伪军和土匪立刻乱成了一团，互相挤撞着，叫骂着，有的举起枪朝空中砰砰乱放着。混乱中有军官声嘶力竭地高声喊着，弟兄们，八路在山坡顶上的树林里，朝山坡顶上的树林打，给我往死里打啊！混乱的伪军和土匪很快就稳定下来，纷纷卧倒，举枪向丘陵上茂密的树林还击，轻机枪和小钢炮也打响了。但高团长他们居高临下，打得准，也打得狠，占据了绝对的优势。双方对峙了一刻钟后，高团长再次向李参谋长下令，全体官兵冲下山去，将敌人分割成几段，全歼这部分伪军和土匪。

冲锋号在丘陵上茂密的树林里嘹亮地响起来了，无数的战士在丘陵上跃起，叫喊着，端着枪向下面的县道上冲了下去。这一下很厉害，一下子便将已经开始溃散的伪军和土匪冲垮了，连招架还手之力都没了，被击毙的，举手或举枪投降的，县道上跪了黑压压的一片。腿快的一部分则向镇子里逃去。

这边的战斗刚刚结束，战士们正在打扫战场，双塔镇牌楼方向响起了激烈枪声。

高团长对楚政委说，独立大队正在阻击刚才逃跑的敌人，我们这里留下一个排看守俘虏，其余部队火速赶往双塔镇牌楼，与独立大队夹击，将敌人全部消灭在镇外。李参谋长刚要转身去下命令，又被高团长叫住了，高团长说，让小王给独立大队发报，命令他们抽出一个小队，立即从镇北进入双塔镇，直捣敌人指挥部。不等李参谋长应声回答，高团长大手一挥，高声叫道，同志们，杀回镇牌楼，彻底消灭国民党军辽南武装独立团！说完，转身冲进队伍中。

　　高团长带着主力返回镇牌楼下的时候，独立大队正在拼死阻击敌人，因为抽走了一个小队占领敌人指挥部，剩下的兵力就显得有点儿单薄。敌人眼看着镇牌楼却回不去，焦急中，突然感觉阻击的共军火力有所下降，一下子来了精神，正要发起新的冲锋，高团长带领主力部队赶到了。赶在前面的三营立刻从敌人背后发起冲锋，一阵手榴弹后，直接撞进敌人队伍之中。敌人毫无准备，向四面溃散而去。这时，镇中的敌指挥部也响起了激烈的枪声。高团长命令三营追击逃跑的敌人，其余部队朝镇子里冲去。

　　战斗一直进行到傍晚，太阳在落入镇子西边的房屋和树木后的时候，枪声终于停止了。

28. 转 战

双塔镇大捷是东北民主联军进入东北以来一次不大，但却是以计谋完胜的战斗。他们以一个不完整的建制团，加上一个地方武装大队，一举歼灭六七百人的土匪和伪军。双塔镇大捷不仅受到中共辽南省委和军区的嘉奖，据说也受到东北局陈云和肖华的激赏，说，高岘山这个家伙是个将才，有胆有谋，可以委以重任。但不知为什么，东北局首长迟迟没有话复前言，落到实处。高团长失去了提拔升级的最后机会。

这一仗，当然也震惊了国民党东北行营主任熊式辉和东北保安司令杜聿明。杜聿明正集中主力在临江全力围剿东北民主联军南满主力，但辽南一带如被东北民主联军控制，则不仅直接威胁沈阳，对整个东北战局也极为不利。于是，杜聿明调集七个师分三路扑向辽南。

高团长接到辽南省委和军区指示，化整为零，不与敌军硬碰硬，以游击的方式，四面八方开花，继续坚持在辽南一带活动，将国民党军企图北上增援的部队死死拖住。

高团长、楚政委和李参谋连夜召开连以上干部会议，研究决定团警卫连和一营一连随团部行动，其他部队以连为单位分头行动。高团长最后说，我们要让敌军摸不着我们的头脑，而我们却要不时地揪揪他的尾巴，捋捋他的胡须，弄出点响动来，让他们无力分身北上。当然，当条件具备的时候，我们还会集中兵力打他一下子。

两天后，独立团团部在辽南五地委的一个联络员的引导下，带着一营一连和警卫连转移到了岫岩县城西二十余里的李家堡子。团部安排在一个富裕大户的院子里，砖砌的门楼，前后两趟房，正房都是六间，全是铮明瓦亮的玻璃窗，阳光下，两个偌大的院子被映照得异常宽敞通透。房东家将前趟房都让了出来，他们一家住到后院。正房中间开门，进去是两间过堂。高团长和楚政委、李参谋长，还有警卫员小蔡、小肖住西头，小王和卢云住东头。团部办公安排在院西边的两间放杂物的厢房，房东将杂物都搬到了后院。

1947年的正月快过去了，这一天，一场辽东多年罕见的大雪在傍晚飘然而至，大雪整整下了一宿，第二天天已经亮了，大片的雪花还在不紧不慢地飘舞着，一点儿停下来的意思都没有。

小王醒来后，看到了从牛皮纸糊的窗帘缝隙钻进来几缕晨光，知道天已经亮了，赶紧爬起来，将窗帘卷起来，强烈的白光刺得她连忙用手捂住两眼，过了好一会儿才慢慢地松开手，睁开两眼往窗外看，不由得惊叫起来，呀！下雪啦！

院子里，小蔡和小肖正在用铁锹撮雪，通向院门和院西边的两间厢房的团部的红砖甬道已经清扫出来。

小王继续看着窗外说，这雪下的，没膝盖了啦！卢云，赶紧起来看，看这大雪下的！

卢云似乎还没睡够，一边揉着眼睛一边说，真能玄乎，还没膝盖了。

小王道，真的，不骗你，不信赶紧起来看。

卢云掀开被子，坐起身来，从脚底下拽过棉衣披到背上，趴到窗台上往外看，突然地也像小王一样叫出声来，哎呀，真的好大啊！太好了，快，赶紧穿衣服，咱们玩雪去。说着回身穿裤子下炕，弯腰蹬上青布棉鞋，连脸也没顾上洗，推门就往屋外跑。

小蔡见卢云出来，立刻笑着打招呼，小卢，雪大吧？

卢云情不自禁地叫了声，大，太大了。转身就向屋里喊，小王，快出来，咱们打雪仗！

虽然没有太阳，但天气晴朗，厚厚的积雪反射着晶莹剔透的光亮，晃得卢云不敢直视，一劲儿地眨眼睛。

这时，小王从屋里出来了，还没等看清外面的雪景，就被卢云扔来的一个雪团不偏不倚打在了脸上。雪团瞬间在小王脸前像昙花般绽放，然后散落成一地雪粉。突如其来的雪团将小王打了个趔趄，向后退了两步，靠在了门框上。可是那些散落的雪直往脖领里面灌，冰凉冰凉的，弄得小王一边急忙伸手往外掏雪，一边跳着脚吱吱地大叫。不承想，脚下一滑，咕咚，一个屁股蹲儿摔在了屋门前。

卢云刚张开嘴要笑，一看小王摔倒了，张开的嘴立刻闭上了，连忙迈步向小王身边跑过来。卢云没想到，小王唰地一下子翻身蹲了起来，两手在雪里往一起一扣，一边迅速站起来，一边抡起胳膊，将右手里的一大团雪朝卢云扔去。蓬松的雪团连弧线都没有，擦着卢云的右肩飞向卢云身后，砸向厚厚的雪里。

卢云没有跑过来，而是站在了原地，愣怔了一下，接着咯咯地大笑起来。

这时，高团长站在团部门前哈哈大笑起来，说，小王啊，有点儿丢人了吧？你说你都当几年兵了，人家小卢才来几个月，你的枪法居然还不如小卢。这要是真刀真枪地干起来，你现在已经光荣啦！

小王的脸有些红，不知是被雪团打的，还是被高团长这番话给说的。但小王立刻反击道，团长，这卢云刚来你就向着人家了？卢云是突然袭击，我这不是没准备吗？挨了黑枪。

高团长又哈哈大笑了几声，然后说，好好好，小王说得有道理。不过呢，我也要表扬你一下。你刚才倒地后立即隐蔽地准备反击，也打了小卢一个措手不及，虽然没有打中，但从战术的角度讲是对的。这一点，卢云同志要记取教训，在敌人被挫败的时候，千万不能大意，防止敌人诈败，或者垂死挣扎。

卢云和小王一齐给高团长鼓起掌来，并高声叫道，团长讲得太好了！

高团长摆摆手，说，这都是打仗的基本常识，不值一提。这样，你们重来，我当裁判，我喊三个数，你们就开战，看谁先打中对方。马上准备弹药，听我的口令。

刚说到这，侦察排袁排长快步进了院子，直奔高团长，团长，有情况。

高团长立刻收了笑容，转身进了团部。袁排长随后跟了进去。接着，警卫员小蔡又急匆匆地从团部出来，直奔楚政委住的西屋。不一会儿，楚政委就一边穿着棉袄，一边跟在小蔡身后快步进了团部。

高团长脸色有些凝重，一口接一口地吸着纸烟，见楚政委坐下后，才说，据袁排长侦察，国民党军有一个重炮营，二十多辆炮车在向我们现在的方向缓慢开进，离我们也就三里多路。有一个连的步兵保护炮营，但其中一个排正向我们这个村赶来，目的不明。

楚政委道，老高，这是个好机会啊，咱们马上准备一下，把这一个排的敌人放进村来，把他们围在村上，一口吃掉，然后再回头围歼炮兵。

李参谋长说，吃掉这个排不难，问题是，我们这边枪一响，敌人的炮兵支援怎么办？村子里的老百姓可就遭殃了。

楚政委抬起右手扶了扶眼镜，道，难道到嘴的肉就这么丢了？或者我们马上撤出村子？能来得及吗？说完，楚政委目光转向高团长，老高，你有什么好主意？

高团长上牙咬了咬下嘴唇，突然站了起来，说，既不能打，也不能撤。我想这么办，你们听听，看咋样。这个，送到嘴边了的肥肉哪能吐出去呢！对吧？不过呢，咱们不打进村的这个排，让他们在村子里折腾去，咱们从村子南面绕出去，然后兜住敌人炮营的屁股，从后面打他一个措手不及，将那两个排的敌人全部消灭，然后将其重炮全部炸毁。如果进村的这个排回救炮营，咱们就打他个伏击，我估计他们也就不剩啥玩意了。

楚政委和李参谋长齐声叫好。

高团长似乎也有些得意，咧嘴笑了笑说，参谋长，下令，所有人员全部投入战斗，立刻行动。告诉大家，往村子外撤的时候不要弄出动静，脚步尽可能地踩着前边的走，别让进村的这排敌人发现我们有很多人。另外，冲锋的时候一定要勇猛，不给敌人喘息还手的机会。

李参谋长让袁排长派人往各住处传达高团长命令。

村外道上的雪并没有村里积的那么厚，刚刚没过腿肚子。大地和不远处的山峦已经融为一体，一片洁白。

半个多小时后，一营长和警卫连长带着四百多名战士突然出现在敌人炮兵的身后，轻重机枪、冲锋枪像暴风雪一般扫向敌人，随后便是手榴弹，如流星雨般地从天而降，划着一道道黑色的弧线，飞进敌人的重炮群，炸得白雪和尘土在天空中四下里飞扬。接下来，几百名战士端着枪洪水般地卷了过去。敌人没有组织起有效的阻击，利用重炮和牵引车做掩护抵抗了一阵子，就溃不成军了。二十来分钟，战斗就结束了，敌人伤亡惨重，有一小部分逃了出去，俘虏了七个，而进了村子的那一排敌人干脆没敢回来。我军则只有三人牺牲，五人负伤。

打扫完战场后，高团长命令一营长，让战士们将三四枚手榴弹捆在一起，将仍然完好的重炮和牵引车炸毁。几分钟后，二十几处，几乎同时炸响，有如一阵阵雨季的炸雷，在雪后空寂的田野里滚过。

高团长看着眼前这一片爆炸的火光，对身旁的楚政委和李参谋长说，可惜啦，真的可惜啦！咱们东北民主联军现在就是缺这些个大家伙啊！

楚政委笑道，别急，只要老蒋不死，将来会有的。

高团长哈哈地大笑了几声，说，撤。

李参谋长说，继续向海城方向吗？高团长却回转身，道，不，这边。

楚政委和李参谋长都愣了一下，然后会心地一笑。队伍向来时的方向迅速撤离。

侦察排先行联系上了海城中心县委，县委派了两名同志将高团长、楚政委他们接到了海城与岫岩接壤的王家堡子。这个堡子很大，有三百来户人家，群众基础很好，而且三面靠山，树木茂密，遇到紧急情况容易分散撤退。

团部安顿好后，天色早已经黑透了。

正月将尽，村子里已经不再热闹了，一下来了这么多的东北民主联军，家家都兴高采烈地准备吃喝，忙着犒劳战士们，房山一侧的烟囱往外冒的烟比往日自然就浓重了许多。

浓重的夜色中，高团长站在院子里，一边抽着卷的纸烟，一边看着村子上空浓重的炊烟，过了好一会儿，才被小肖叫进团部。

楚政委满脸的笑容，对高团长道，刚刚军区发来电报，对我们这一仗的价值和意义给予高度肯定，评价说不亚于双塔镇大捷，尤其是对辽南省委和军区近期将国民党军企图北上增援的部队死死拖住的战略有更为直接的价值和意义，可以说，我们是开了个好头。为了鼓舞士气，对我们所有参战将士给予嘉奖，并在全军区予以通报。值得庆贺啊！我想，咱们把连以上干部请到团部来，好好庆贺一下。

高团长说，好啊，这事儿就请政委安排吧。收了笑容，高团长扭头对小蔡说，你想想办法，看看能不能搞几坛子酒啊？

楚政委说，海城中心县委的领导早就想到了，特意让接咱们的那两位同志带来三箱"腾鳌老窖"，这可是辽南地方好酒。

高团长一听，立刻咧嘴大笑起来，好好，太好啦！唉，别一下子都拿出来。转身对身边的小蔡说，你想着点，偷偷给我留几瓶。哦，对啦，你马上把警卫连连长给我叫来。

小蔡应声而去。不一会儿，警卫连连长跟在小蔡身后匆匆走进团部。

高团长说，敌人很快就会得到咱们打掉了他的重炮营的消息，一定会派重兵围堵我们，所以，你要把流动哨布置得远一些。天冷，一个钟头一班，轮换值哨。叫大家一定精神点，不能有一点儿大意。

警卫连长嘿嘿地笑着回道，团长放心，这节骨眼儿上，我知道咋弄。

庆功宴会在楚政委的祝词中拉开序幕。楚政委右手习惯地扶了扶眼镜，端起倒了小半下酒的粗瓷大碗，环视了一下屋子中央围坐在两张八仙桌子的二十来号人，又清了清嗓子，然后说，同志们，1947年的春节马上就过去了，我们有点儿意外地碰了个头彩，这一仗打得这么漂亮，是个好兆头。自去年初出关以来，大大小小也打了几仗，但改编为辽南独立师一团之后，我们单独打了两仗，这两仗可以说是非常漂亮，取得了绝对性的胜利，受到辽南省委和省军区的表扬与嘉奖，这是我们全团的光荣和骄傲。功劳当然是大家的，但是没有高团长的指挥，没有他的智谋，我们是不可能打得这么好的，大家说是不是？

一屋子的人一齐喊道，是！

弄得高团长咧着大嘴笑个不停，连连摆手。

楚政委看了一眼高团长，也大笑起来，笑过了又说，我没到十二旅三十四团之前就听说过高团长，但只有真正地与高团长一起战斗，才知道，他不只是会打仗，他指挥的战斗甚至可以说是一种战争的艺术，已经把战争艺术化了，不信大家回味一下，看我说得对不对？

卢云听到这里，早已经忍不住，站起来一边鼓掌一边高声叫道，对！楚政委说得太对啦！

一屋子刚要再次齐声说"对"的连级以上干部的嘴都惊愕地半张在那里，所有的目光便一齐投向了卢云。卢云也愣住了，不知哪里出了错。

楚政委和高团长一齐笑起来，屋子里所有人也都前仰后合地大笑起来。楚政委说，好吧，我长话短说，今晚我们这头一杯酒敬高团长，好不好？祝高团长带领辽南独立师独立团不断打胜仗，直至解放全东北！

两桌子人噼里啪啦地都站了起来，端着粗瓷大碗冲着高团长叫道，跟着高团长，消灭国民党！

高团长这时站了起来，也端着倒满了酒的粗瓷大碗，沉吟了一下说，同志们，这两场仗不算什么，多少都有些偶然。但不管咋说，廖耀湘扬言三天消灭辽南一地委及独立师，活捉吴瑞林师长的妄想已经被我们粉碎。现在不是三天，已经快三个月啦，我们仍然战斗在辽南和辽东，而且今天还消灭了他的一个重炮营。好啦，就说这些。今天大家多喝点，我想年后到雨季这段日子，国民党一定会更加疯狂地反扑，真正艰苦的鏖战还在后头。来，咱们先干了这一碗！说完，咕咚咕咚，几口便将半碗白酒喝了下去。然后，将碗撂到桌子上，一边用袖子抹着嘴，一边一屁股坐回到长条凳上。

二十来个连营干部相互撞着酒碗，一阵乒乒乓乓，将碗里的酒干了。之后大家就开始相互敬酒，唠些战斗经验和家长里短，呜嗷的，就没了秩序。

卢云这时端着酒碗走到高团长身前，说，团长，我敬你一碗酒，行吗？

高团长似乎一愣，但马上笑道，好啊，你说咋喝吧？

卢云没马上就喝，而是沉吟下来，迟迟没有开口。

高团长说，咋啦？后悔了，不想喝啦？没关系，不喝就不喝吧。

卢云连忙否认，说，不是，不是，不是不想喝，我想说，高团长，我崇拜你！所以，我把这碗酒干了！说完，卢云咕咚咚将半碗白酒一口气喝了下去。

高团长似乎有些惊讶，啊，小卢今天情绪不错啊！好好好，你这碗酒我必须喝。说完，又是一仰头，张大了嘴，几乎是将新倒上的半碗酒倒进了嘴里。

一旁的楚政委红着脸，拍着两只胖乎乎的大手直劲儿地叫好，说，二位真的是好酒量，尤其是小卢，这么年轻的一个女孩子，居然这么能喝酒，只能说是天分。你看我就不行，怎么练也不好使。不过今天的日子有些特殊，我也少来一点敬你们二位，为刚刚打的胜仗增添点儿气氛。说着，拎起一瓶酒便给高团长和卢云各自倒了半碗，然后端起自己的酒碗跟高团长和卢云碰了一下，将碗底的一指高的酒干了。瞬间，楚政委的脸红得像写春联的红纸一个样子了。高团长这时端着酒碗看着卢云，卢云就明白了高团长的意思，咋样，还干吗？可能是酒喝得有点急，而且还空着肚子，卢云感觉身体有点发飘，头有点晕。卢云晃了晃头，觉得还好，便迎着高团长的目光说，团长，政委都喝了，咱们也不能说话不算话呀？干啦？

高团长却把酒碗放到桌子上了，然后说，老楚他也不会喝酒，他的话不用当真。这样，小卢，这碗我敬你，你虽然到团部时间不长，但我看出你是个有胆有识，而且敢作敢为的女孩子，尤其是你为人做事坦诚真实，在如今这样的乱世中难得一见，为与你相识，将来还有可能相知，咱俩干了！说完，端起酒碗，与卢云的酒碗咣当碰了一下，一仰脸，将半碗酒又干了下去。喝完了酒，高团长又说，实话跟你说，我两次安排你去师部留守处，不是不相信你，而是担心你太年轻，危险还在其次，主要是怕你吃不了这些苦。没想到你居然这么泼辣，不光有性格，还有主见和魄力，让我和政委都刮目相看。

卢云说，团长，你这话应该我说才是啊！自从到了团部，认识了你，我觉得我开始换成另一个人啦，我对每一天的早晨都充满了向往，就像渴望见到太阳一样，渴望第一时间见到你。只要跟你在一起，我就全身都是劲，啥都不怕。说到这儿，脸色已经微红的卢云向高团长身前靠了靠，几乎是已经贴到他的身体上了。卢云没有羞涩，也没有畏惧，此时她完全忘记了自己是怎样一个人，更不要说周围还有二十来位连以上的干部。卢云似乎进入到了一种忘我的境界，她是在享受与高团长喝酒的过程，享受她对高团长的爱恋，而且，她知道，高团长也爱恋着她。卢云忽然晃了一下，不自觉地一手端住酒碗，另一只手搂住了高团长粗壮的腰，然后抬起头，两眼向上看着高团长，将酒碗送到嘴边，慢慢地将半碗酒喝了下去。卢云这时真的感到两脚离开了地面，整个身体悬浮在了半空，向着不知什么地方飘去。

就在卢云将半酒碗喝下去的瞬间，高团长便感觉到卢云的身体迅速地向地上坠去，他本能地一把揽住卢云的腰，将卢云搂在了怀里。这时，只听一声清脆的炸裂声在脚下响起，卢云手里的粗瓷大碗在地上爆裂，许多碎片飞到了人们的腿上和脚上。

29. 诱　惑

　　年后的辽南仍然是天寒地冻，尤其是一场大雪后，更是渲染了冬天的气氛。在辽南，冬天的冷有两种：一种是北风烟雪，寒风呛得你张不开嘴，睁不开眼；另一种是没有风，甚至还有艳阳高照，但却是干冷，下巴都要掉了的感觉，耳朵就更是不敢露在外面。

　　方七爷不在家，方七爷两天前就腰缠数千块大洋离开了镇海寺，卢芳和另两个姨太太当然都不会知道他浪迹何方，只知道他继续着他的赌徒生涯是一定的。

　　卢芳吃完了午饭，然后就一边喝着茶一边在堂屋里来来回回地走。卢芳没出嫁的时候不怎么喝茶，但父亲喜欢喝茶，有时她便跟着偶尔地喝两杯。现在爱喝茶了当然是受了方七爷的影响，而且还懂了品茶，对各种茶的味道与习性也多少有了些了解。方七爷是整天地喝茶，从早饭后到睡觉前，那把墨绿色的紫砂壶几乎不离手，被茶和方七爷的两手养得油汪汪的，闪烁着一种无比滋润的乌光。以往方七爷当然是一个人喝茶，但自从卢芳嫁过来以后，在家里喝茶的时候，方七爷就吩咐周妈给卢芳也泡上一壶，而且也是用的紫砂壶。方七爷对坐在八仙桌另一边的卢芳说，喝茶这东西呀，不是因为口渴，它呀，往深里说呢，是一种文化。什么文化呢？是一种对人的滋养。滋养啥呢？滋养心灵，滋养性情，还有你对世道人心的观念与看法。这些个东西说起来可能有点儿悬，这需要时间，慢慢品，就品出来了。当然，这品，不只是品茶，茶是表面的东西，而是品茶所蕴含着的那些无法道出的东西。方七爷说的这些东西，不光是有些深奥，涉及的东西也挺广泛。但受父亲影响和熏陶，方七爷说的这些卢芳大致上还是听得懂，所以，她便照方七爷说的做，方七爷在家不在家，她都要让周妈给泡上一壶茶，她就学着方七爷的样子，慢慢地呷，慢慢地品，在茶中修养自己的品性，包括前屋姨太太找她打麻将，她也让周妈把茶壶给她送过去。

往常这个时候，大太太会派人来叫卢芳去前屋打牌，但今天大太太一直没有派人来叫，实在是这年过得都很劳累。方七爷朋友多，不光是镇海寺的，外埠的也不少，从初三开始，陆续地前来，给七爷拜年，来了自然是要摆酒设宴款待，三个姨太太虽然不必一齐桌前作陪，轮着也要好几次。所以，这些天大家都弄得很累。卢芳其实是很不情愿去前屋打牌的，一方面是卢芳一直没有培养出兴趣，点灯熬油不说，她觉得那玩意太劳心费神。而且大姨太太和二姨太太，还有西院的陈太太都抽烟，赶上她们仨一块抽的时候，呛得卢芳都睁不开眼睛。卢芳未出嫁的时候偶尔也偷偷地抽烟，但自从嫁到方家后就戒了，她不想让方七爷看低了自己。卢芳现在已经习惯了一个人独处。方七爷没重操赌博旧业前是经常地出入吉祥大戏院，只要有新戏班子来，不管是什么戏，也不管是看没看过，他都要去看，可以说是一场也不落。但那时候或者是中午，或者是晚上，肯定都要回家来。重操赌博旧业后，方七爷是经常地外出，一走就是半月二十天的。卢芳并不觉得寂寞，反倒是觉得挺清静的，悠闲自得。然而，这天午后干冷的天气却让卢芳突然觉得有些孤寂起来。她先是在屋子里来回地踱了几圈，又让周妈沏了一壶普洱熟茶来。这个茶是方七爷的朋友从云南带来的，发酵茶，很温和，即便晚上喝，也不会弄得睡不着觉。据说当年慈禧就很喜欢喝这种茶，由云南专贡。一壶茶喝完了，但孤寂的情绪并没有得到缓解，卢芳反倒首先想起大太太来，奇怪大太太为啥到现在还没叫她去打牌。卢芳几次都要走出屋门到前屋去看看，但最终还是控制住了自己的情绪，她不想让大太太和二太太感觉到她耐不住寂寞。

走来走去的卢芳终于还是觉得无聊，便脱去鞋子，上了炕。窗子上有一层厚厚的霜，那霜不知什么原因形成如花般的不一样的图案，很是好看。卢芳就趴在水泥窗台上看那霜花，阳光透过霜花照进来，一种暖融融的感觉。卢芳将嘴凑近了窗玻璃，长长地吸了口气，然后再呼出热气将霜花化掉，玻璃就透明起来，就能看清窗外的景物了。卢芳不停地吸气哈气，圆圆的透明处不断地向外扩大，很快就有脸庞一样大小了。院子里的积雪还在，但已经不是初下时的样子，而是一边融化一边冷冻，渐渐地成了冰砣，被阳光照得闪闪发光。远处有烟囱往屋顶上不紧不慢地飘散着青灰色的炊烟，还有几只麻雀在一家屋顶上上下左右不停地晃着脑袋，不知在寻找着什么。看了一阵后，卢芳终于还是觉得无聊了，回转身来，顺手从炕柜上拿起一本线装书来。书挺薄，深蓝色封皮。这是一本古代占卜书，方七爷经常地翻它，不论大事小情，在做之前方七爷都要用它占上一卦。卢芳没少看方七爷摆弄它，也听他多次说过怎么怎么灵验。尤其是每次出去赌博前，方七爷是肯定要净手焚香占上一卦的。卢芳没多少文化，对这类五迷三道的事情并不怎么上心，所以从来也没碰过这本书。这一次卢芳不知怎么回事儿，突然间来了兴致，她想趁着方七爷不在家，试试这玩意儿究竟灵验到啥程度。

卢芳撂下书，从炕柜里的一只木匣里取出六块大洋，开始她闲极无聊中的第一次占卜。不过卢芳一时间没想起来要占卜什么事儿，六枚大洋在她的两只手里倒了好几次，她才想起给方七爷占上一卦，看看他此次出去是赢是输。卢芳将六块大洋捧在两只手掌中，用力地摇晃了几下，闭上眼睛，脑子里不断地想着方七爷是赢是输这件事，然后两手向头顶上一扬一分，六块大洋哗啦一声响，在空中划出一道耀眼的光线，又哗啦一声响，坠落到炕席上，有几枚还蹦了几下。卢芳像方七爷那样，按前后顺序将大洋捡起，然后一字排开放到炕席上。大洋有正反面，一字排开的大洋因正反两面的不同会出现六十四种不同的组合，这与古代的八八六十四卦相同。一字摆开的六块大洋正反面顺序是：面面背面面背。卢芳将那本蓝皮书打开，一行行一页页地寻找对应的占辞。终于，卢芳找到了这一卦的占辞——隔河望金。再往下看有这样几句释词：隔河望见一锭金，欲取岸宽水又深；指望资财到手难，昼夜思来枉费心。接着还有一段词，"财帛隔着一条河，岸宽水深摸不着；过日交节方吉利，目下不易求琢磨"。没有多少文化的卢芳也不难明白这几句释词的含意，这让卢芳不免有些疑惑，因为卢芳知道方七爷重操赌博旧业以来还没听说他失过手。因此，对这一卦卢芳并没往心里去，更何况方七爷还不知道啥时候回来，她无法验证这一卦是否准确，卢芳多多少少有一点失望感。但卢芳马上又想出了一个占卜内容，这一占卜内容只要到前屋去一趟便可立即得到验证。卢芳为自己的这一想法感到很兴奋，她将六枚大洋捡起来，两只手掌扣在一起一边摇晃着，一边在脑子里想着大太太此时在屋里干啥呢？晃了几下后，卢芳将刚才进行的操作重新来了一次。重新排列的六块大洋呈现出面背背背背背，再找书上的占辞，上写鸟鹊同林，占辞下面的释词不知为啥却被撕掉了，这让卢芳百思不得其解。卢芳想，这鸟鹊同林跟人在屋里干啥有啥关系呢？卢芳想了一会后，自言自语道，管它啥意思呢，我过去看一眼不就完了吗？卢芳哼地笑了一下，转身下了炕，披上一件棉外褂走出了房门。

方家大院在镇海寺可以说是一流的豪宅了，但这不完全是方七爷的功劳，这一基业可以追溯到方七爷的祖父，也就是说，最初是出自方七爷的祖父之手。据说方七爷的祖父是清末的进士，曾放任县令十余载，退职后便在镇海寺买了这块地，然后建了这座宅院。方家大院坐北朝南两进院，南北两趟正房都是八间，中间开门，进门是堂屋，东西两边各两间屋。方七爷和卢芳当然是住北趟房，大姨太和二姨太住南趟房。两趟房之间的天井很大，有三百多平方米。东边是厢房，足足有十余间，将南北两趟房连接起来。厢房中间是个大过堂，过堂中间是朱漆大门，门顶上翘角飞檐的门楼，门楼中间是那块写着方宅的黑胡桃木金字匾。方宅大门开在东边是因为出了门，走过门前的场院，便是南北向的大街，非常方便，而且还有取"紫气东来"之意。过堂北边是灶间和餐厅，南边是会客厅和书房。天井西边是马厩、猪圈，也有几间偏厦，一是住着两个长工，另外堆放一些杂物。南屋在中间开门，而且南北都开了个门，南门前边只有很小的一块空地，再往前便是方家的很大的一个菜园子，各种蔬菜都有。北门直接面对天井，开这个门是为了从南屋到北屋来方便。南屋的西山墙铺一条通路，从天井到南屋，再到菜园子，就走这条通路。

卢芳披了件棉袍出了屋子，走过天井，然后绕过西面的房山往左手一拐就进了南屋。冬天的时候，为了防寒挡风，北门就封上了。进了堂屋，但没有人。屋中间的牌桌上散着麻将牌。大太太住在西边，二太太住在东边，卢芳便直接拐进了西边大太太的屋子。屋门虚掩着，卢芳也没敲门就走了进去。进屋一看，大太太不在。卢芳又进了里屋，也没人。卢芳从大太太的屋里出来，本想进二太太的屋子看看，不知为什么，走到门前突然就不想进去了。卢芳从不掺和大太太和二太太的事，对她们的事从来不闻不问，这一点显然赢得了大太太和二太太的欢心。

卢芳本来是想回去，但从窗前走过的时候，她似乎隐约地听到南边菜园子边上的偏厦子里传出一阵阵轻重不一的女人的呻吟声和男人粗重的喘息声。卢芳起初以为是耳朵出现了幻听，可是屏息侧耳细听，便立刻感到了声音确实存在，而且来自南边，菜园子的深处。卢芳眯起两眼朝前边左右看去，最后确认声音似乎就是来自那里。卢芳突然意识到怎么一回事了，她的心立刻怦怦地狂跳起来。卢芳再次转身想走，可是脚却没有往前迈动，而是死死站在原地，仿佛鞋底被什么东西粘住了一般。卢芳不由自主地侧耳倾听，菜园子深处，女人的呻吟声和男人粗重的喘息声潮水似的不停地向她的两耳中扑来，一种难以言说的欲望也像潮水似的从她的身体深处向全身涌来，并在她的脑海里迅速地膨胀。卢芳感到自己的脸不仅是一阵阵地发热，而且有些烫人的感觉了。

卢芳自己也不知道在房前站了多久，但最终她没有选择离开，而是放轻了脚步，将身体紧贴着菜园子西边的灰色砖墙，一点点朝那个偏厦子挪去。

那种让任何人都不可能不产生联想的声音仍然在持续着，而且越来越大，还夹杂着麦草哗啦哗啦的声响。卢芳终于清晰地听到了两人翻滚着的声音，而女人的呻吟声则让她准确无误地判断出那是大太太，而趴在大太太身上的男人则是侍弄园子的长工守柱。关于大太太和守柱有一腿子的事儿卢芳已经有所耳闻，起初卢芳还不大相信，因为大太太比守柱少说也要大七八岁，而且守柱平时像块石头似的，憨得一句话没有，他们俩咋会弄一块去呢？耳听为虚，眼见为实，卢芳不能不相信了。

这时候卢芳突然想起来，在与大太太和二太太她们打牌的时候，二太太和陈太太是逗过大太太的。

陈太太有一次好像就说，大太太你咋保养得这么好啊？你看你脸上的气色，白里透红的，还有这皮肤，这么细嫩，哪像四十多岁的人哪！能不能把秘方告诉咱一下，让我也年轻年轻？

大太太脸就一红，刚想说什么，话却被二太太截了去。二太太说，陈太太，这事你恐怕学不了，据我所知，你家陈先生看你看得挺紧。陈太太立即就说，这么说方七爷看你们俩挺松呗？

二太太便啪地拍了陈太太一巴掌，嗔怪道，你这人咋狗咬吕洞宾——不识好人心呢？然后两人一齐看着大太太哈哈地大笑起来。

大太太把脸撂了下来，说，再胡闹我可就不陪你们玩了。

卢芳当时还想，真有这事的话要是叫方七爷知道了，那还饶得了她？但后来卢芳从她们的话里话外知道，方七爷对这事不是一点儿不知道，而是假装不知道。这个问题卢芳慢慢也弄明白了，因为方七爷的性功能日渐衰退，而大太太性欲却异常旺盛，年轻时候方七爷就伺候不上去，年龄大了就更完了。大太太跟一个长工虽然不太雅，但也比上外边去找野男人强，而且还拴住了守柱。守柱侍弄菜园子可是一把好手，不仅让方家主仆四季蔬菜充足，旺季的时候还要卖出去一些。

卢芳内心的欲望开始升腾起来，尤其是大太太的呻吟声，那里面充满了只有女人才能体会到的幸福感，那是女人彻底的欲望的满足。卢芳跟方七爷从来没得到这样的满足，这不能不让她开始嫉妒起大太太来。

卢芳不知道自己是怎样离开菜园子回到北屋的，她感到有些口渴，刚想喊周妈，但张开的嘴又闭上了。卢芳自己端起热水瓶，往茶壶里兑了些开水，稍待片刻，将泡好的茶水倒进一个杯子里，一口气将一杯茶水喝了。卢芳用手抹了一下嘴唇，这才发现自己的脸颊和脖颈上沾满了汗珠。卢芳找来毛巾，擦去汗水，但仍然感到全身燥热。卢芳在大堂里来来回回不停地走着，放在墙角的那架一人来高的落地座钟，钟摆像一个历尽沧桑的老人似的迈着方步蹒跚而行，沉闷的吭吭的声响在屋子里荡来荡去。烦躁不安的卢芳不知道什么时候又重新回到了院子里。

院子里仍然是静静的，但是西厢房那边却传来哗啦哗啦的撩水声，卢芳扭头看去，屋门开着一个身体宽的缝儿，但屋里的光线很暗，不过仍然能够清晰地看到车夫王二粗壮的背影，他正猫着腰往上身撩水，卢芳甚至能看到许多水珠在王二油汪汪的后背上急速地滚动。王二一年四季都光着膀子，而且他还有冬天的时候每天都用凉水冲澡的习惯，下雪的时候就大把地用雪一遍遍地擦身，擦得全身上下一片通红。卢芳突然就感到了心一阵狂跳，脸再次地发热。

卢芳往四下里看了看，原地转了转，然后脚步有些迟疑地朝西厢房王二的偏厦走去。

王二还在往身上撩着水，蓝色的家织粗布大裤头湿淋淋地紧贴着强壮的身体。王二剃着光头，青黢黢的。胳膊上，还有肩膀上的肌肉随着他胳膊的挥动像一棱一棱的麦浪似地滚动着。王二肯定是没看到也没想到卢芳会突然站在了他的身后，因此，当他抬起头来，端起水盆想要出去往猪圈泼脏水的时候，不由得吓了一跳。王二连着倒退了两步，手里的水盆差点掉到地上。王二结巴地说，三，三姨太，你，你有事儿？

王二肯定是非常紧张，但卢芳感觉自己比王二还紧张，不过卢芳却努力地让自己的情绪镇定下来。卢芳做出很轻松的样子说，没事儿，就是家里没人，闲着出来走走。顿了一下，又说，七爷出去有几天了，也不知道啥时候才能回来。卢芳说完，便马上意识到，她说七爷不知道啥时候回来显然是在暗示王二，这不能不让她感到脸一阵麻辣般地红了起来。

但王二不懂这些，王二是粗人，所以，王二撂下水盆，两手抹了两下湿漉漉的脸，连着点了两下头，应道，是，是，天这么冷，七爷应该早点回来才是。王二的脸上除了紧张，还有下人常有的那种卑微的媚态。

卢芳没理王二，扭回头朝身后敞开的门外看了看，嘴上就问，地炉子火也不旺啊，不用太省俭，冻坏了身子就不划算了。

王二说，没事儿，我身体壮，抗冻，有火烘着就行。

卢芳回过头来，仰起脸看了看棚顶，自言自语似的说了句什么，抬脚跨出门坎，疾步朝自己的正房走去。往回走的卢芳感到了心的狂跳，仿佛要从心窝里蹦出来一般。

王二肯定是没听明白卢芳说的什么，嘴张了张，想问卢芳，但卢芳已经转身飘然而去。王二便傻傻地站在那儿，看着卢芳苗条的身影在院子里飘舞了几下，闪进屋去。

王二泼了脏水，往正房瞥了两眼，回到屋里，匆忙地擦了擦身体，换上衣裤，去了马厩。

卢芳回到屋里，脱鞋上了炕，感到心还在怦怦跳，抬头往窗外看了看，见王二去了马厩，在马槽子前给马拌草料呢。卢芳便回想，刚才临离开王二屋子时自己说了句啥？想了好一会儿也没想明白自己到底说了句啥。一种若有所失的情绪从心底生发出来，卢芳后悔没让王二过来。其实，这句话已经到了嗓子眼，但不知为啥却没有吐出来。事已至此，只能作罢，卢芳慵懒地躺到了炕上，一早烧的火炕还温热着，迷迷糊糊的，不知什么时候睡着了。

王二进了堂屋，却不见卢芳，便轻轻地叫了声，三姨太。没有回应，王二就提高一点声音，又叫了一声，三姨太，我来啦！

西屋里传来卢芳的声音，我在里屋呢，你进来吧。

王二迟疑了一下，然后就轻轻地走过去，推开门，进了里屋。屋里有些昏暗，王二眨了眨眼睛，没看见人，刚想再叫一声三姨太，突然有人在身后抱住了他的腰。王二吓了一跳，险些叫出声来。这时，就听身后搂住他的人说，王二，我要你，你给我吧！声音有些微弱，但却充满了激情。王二听出来了，是三姨太卢芳。王二一激灵，随后就感到全身突然酥软，两腿一弯，险些坐到地上。卢芳并没有理会王二的变化，她已经完全沉浸在浓烈的似水柔情中，两只胳膊仍然紧紧地搂着王二的腰，同时右手伸进王二的棉袄里，手缓缓地向上游动，然后轻轻地抚摸着王二。卢芳又重复地说了一遍，王二，我要你，你给我吧！王二这时挺直了身体，大脑似乎也从梦幻似的情境中苏醒过来。他当然听清了卢芳的话，而且感觉到了卢芳两只丰满而柔软的乳房紧紧地贴在他的后背上。王二确实是太紧张了，而且还有一种恐惧瞬间掠过脑海，不光是光秃的脑袋和脸，他觉得全身都在冒汗。二十七八了的王二还是第一次这样地接触女人，在这样的瞬间他当然说不清自己的感受，但那种舒坦，那种从未有过的异样的刺激，让他迅速地从紧张，甚至于恐惧中挣脱出来，进入了一种他从未有过的近似疯狂的忘我情境。王二猛地转过身来，两只粗壮有力的胳膊紧紧地搂住了卢芳柔软纤细的腰。这时卢芳的身体开始瘫软，逐渐地向地上坠去。王二显然是感觉到了这一点，他两手一较力，将向地上坠落的卢芳一下抱了起来。当然是卢芳的体重太轻了，但更重要的则是王二的力量太大，而他又是处在一种激情忘我的状态里，所以，抱着卢芳的王二向后闪了一下，倒退了两步，险些撞到门框上。王二轻轻地将卢芳放到了炕上，用脚蹬掉鞋，抬腿上了炕。卢芳已经完全地瘫软在了炕上，两眼紧闭着，似乎是在大地里劳作了一天，刚刚擦洗完身体，甚至连饭都没有力气吃了，便一头扑到了炕上。上了炕的王二似乎是看了卢芳一眼，但已经燃烧起来的欲火让王二没有任何的迟疑，他两腿跪在炕上，两手几下便扒掉卢芳的衣服，他似乎没心思，或者说是来不及去欣赏卢芳美丽的身体，两下就扯去自己的裤子，然后就扑到了卢芳的身上。瞬间里，卢芳感觉随之而来的是一种从未体验过的全身通畅地进入仙境般的舒服，一种甚至想就这样死去的冲动与想象。卢芳啊地叫了一声，连忙用手将自己的嘴捂住。

　　随着这一叫声，卢芳醒来了。躺在炕上的卢芳坐了起来，发现自己全身是汗，心在狂跳，往炕头一看，没有王二的身影，这才明白刚才是做了一个梦。

　　卢芳的情绪仍然处于亢奋之中，她感到脸热得有些发烫，肯定也很红。卢芳闭着眼睛，细致地回想着梦中的情景。遗憾的是这梦时间太短，过于仓促，没有让她再细微地品味一下。这种感觉跟方七爷是从来没有过的，而且跟方七爷在一起的时候，不但没有快感，还有一种难以言说的痛楚在里面。

　　卢芳穿好了衣服下了炕，从屋里出来，到了大堂。她感到了一种从未有过的轻松感，是那种从里到外的，全身心的愉悦。卢芳走到门前，将门打开一条缝，立刻有冷风拂到身上，她感到一阵清爽。卢芳从门的缝隙往院子里扫了一眼，静悄悄的，一切照旧。卢芳长长地嘘了口气，回转身来，在大堂里的红木椅子上坐定，然后便冲东屋叫了声周妈。

周妈似乎是候在门口一般，卢芳的话音未落，门帘一撩，立刻就轻盈地走了出来。

卢芳说，给我沏壶热茶。

周妈嗯了一声，迟疑了一下说，三姨太，南屋大姨太催两次了，让你过去打牌，我说您还睡着呢。

卢芳说，是吗？那把茶沏好送南屋去。说完，披上棉外衣，去了南屋。

大姨太、二姨太坐在西屋炕上一边喝茶一边闲唠嗑，阳光暖融融地洒在她们的脸上和身上。

二姨太见卢芳进来，吊着脸子道，三妹，咋回事儿呵，大上午的，睡哪的觉啊？

卢芳不高兴地说，这还缺个人呢。

大姨太说，陈姨太都来一回了，见你迟迟不起来，就走了，说等你啥时候过来啥时候去叫她。叫周妈去喊一声吧。

二姨太刚起身，周妈端着茶进来了。二姨太就说，正好，周妈，你去喊一声陈姨太，就说人齐啦。

周妈应了声，把茶盘递给卢芳，便急忙去了。

二姨太斜着两眼看着卢芳说，老三，咋回事呵？年轻轻的，大上午的睡哪门子的觉呵？

卢芳一边坐到炕沿上一边说，昨晚没睡好觉，早上起来头有些晕，就多眯了一会。

二姨太又说，不会是想七爷了吧？

大姨太接过话来说，想他有啥用呵？他还有能力伺候女人吗？

二姨太两眼瞟着卢芳说，这个嘛，你我都没有发言权，这得问老三了。

卢芳的脸立刻就红了，说，你们是想打牌呢，还是想唠男人呢？这方面的经验你们可是都比我多吧？

二姨太脸不红不白，斜了大太太一眼，然后回过头来看着卢芳说，这个嘛，你说像我们这样的，整天地大门不出二门不迈，除了打打牌，可不就得玩玩男人吗？

卢芳一听这话，脸更红了，也不敢搭话，只好埋头喝茶。

大姨太颇有意味地笑了笑，说，二妹，你自己玩也就玩了，可别把三妹教坏了。

二姨太说，这还用教？他成年累月地也不上你房来一次，还不兴你找别人？你说，我找男人不也是跟你学的吗？

大姨太隔着炕桌朝二姨太肩上拍了一巴掌，说，你看你，说三妹呢，咋把我扯进来了？

二姨太说，我说这些话是没把你们俩当外人，而且说的都是掏心窝子的话，你俩说是不是？

大姨太就咯咯地笑了起来。

这时候，陈姨太就进来了，见她们仨都红头涨脸的，便问，你们姐仨笑啥呢？

二姨太说，这话可不能跟你学，保密。

大姨太就说，赶紧赶紧，这都等半天了，眼看着就晌午啦。

几个人便出了西屋，坐到堂屋的牌桌上去了。

刚打了两圈牌，管家吕先生进来了。吕先生躬着身子对大姨太说，大姨太，七爷回到镇上了，跟七爷一块回来的还有他的一个朋友。七爷在大酒楼安排了午宴，镇里七爷的几个朋友也要来。七爷吩咐，让三姨太准备一下，陪客人出席午宴。

大姨太看了看吕先生，似乎是哼了一声，什么也没说。

但二姨太却说，七爷走了这么多天，咋连家也不回呢？请朋友吃饭只让三姨太陪啊？见吕先生没应声，就又说，嫌我们姐俩人老珠黄啦？可是我们也年轻过呀！

吕先生仍然不接话，只是看着大姨太。

大姨太哼了一声，说，好吧，让三妹去吧。

二姨太又说，可是这牌刚打上，还没过着瘾呢。

大姨太把身前的牌往桌中间一推，说，过啥瘾，你还有心玩？

二姨太说，总不能因为不让我们去酒楼吃饭，我们就不活了吧？

卢芳显然有点尴尬，但方七爷说了，她不可能不去，就从牌桌上站了起来，朝门外走去。

吕先生见状，连忙嗯嗯了两声，转身疾步跟了出去。

30. 失 手

卢芳回屋换衣服打扮的时候,方七爷却满面笑容地走进了方宅。方七爷的脸色明显地有些灰暗和疲倦,但方七爷的那两只眼睛却格外地有神。方七爷手里悠闲地盘着一串海南黄花梨手串,但肩上的那个土黄色牛皮褡裢前后都鼓囊囊的,而且明显地沉重,以至于他本来就有点水蛇腰的腰就更弯了一些。

最先迎出来的当然是管家吕先生。吕先生紧走几步,在过堂里,一边从方七爷肩上摘下沉重的牛皮褡裢,一边问,七爷不是直接到酒楼吗?

方七爷活动了一下肩,用手指将衣服上的灰尘掸了掸,回过身去指着随后进来的一位身材高挑的年轻后生说,这位是我新结识的朋友,苏家屯的苏大少爷。

吕先生一看,站在方七爷身后的年轻后生白净脸,略显清瘦了一点,戴着茶色墨镜,看不见眼睛,但嘴上却是在微笑着。吕先生连忙冲着苏大少爷点头哈腰,嘴上连说,欢迎欢迎,大少爷里面请,里面请。我是七爷的管家,姓吕,双口吕。

苏大少爷点点头,笑道,听七爷说起过您,都称您二先生。

吕先生连忙再次点头哈腰道,不敢不敢,都是七爷抬举。

方七爷对吕先生又说,让周妈马上安排我跟苏大少爷洗漱,然后沏壶好茶到客厅,喝过茶后我跟苏大少爷再去酒楼。说完,引着苏大少爷走进东厢房。

东厢房一溜十余间,方宅的门楼开在中间,进了门楼是过堂,过堂北边是灶间和餐厅,南边是客厅和书房,客厅和书房中间用古董架隔着,坐在客厅里就可以看清书房。

方七爷和苏大少爷简单地洗漱了一下便来到客厅。客厅的东墙有一扇宽敞的窗子，书房里也开了一扇宽敞的窗子，中午没有阳光照进来，客厅和书房有些昏暗。客厅窗子下面是一张红木八仙桌，两侧是高靠背雕花红木椅。北面墙一排古董架，与南面将客厅和书房间隔开的古董架对应，上面摆着各种瓶瓶罐罐，还有一些玲珑剔透的岫玉雕件，看上去古朴而典雅。

方七爷走到八仙桌前让座，苏大少爷欠了一下身，却没坐，而是摘下墨镜扭头看着对面西墙上挂着的一幅水墨莲花中堂，还有两边的一副行书对联：上联是乾坤容我静，下联是名利任人忙。苏大少爷走到水墨莲花中堂前伫足观看了有两三分钟之久，然后才开口对方七爷道，好画，好联，而且都是真迹，无价之宝。

方七爷这时已经来到了苏大少爷身边，笑着说，请西坡老弟赐教。

苏大少爷扭头看了一眼身旁的方七爷，应了声，不敢当。然后指着那幅水墨莲花中堂，说，这幅水墨莲花是石涛晚年的作品。刚说这一句，周妈端着沏好了的茶进来了。

方七爷便说，坐坐，咱们一边喝茶一边说。

苏大少爷回身坐到红木椅上，端起茶杯，用茶碗盖拂了一下茶水上面的茶沫，看了看色泽，又凑到鼻子下嗅了嗅，说，好茶，这是上等的武夷大红袍，岩茶中的极品呵。说完轻轻地啜了一小口，吧嗒着嘴唇品味着滋味。

方七爷却喝了一大口，笑道，西坡老弟真是文才武略，样样精通，又博览群书，视野开阔，连茶这微不足道的雕虫小技居然也是行家里手，真是让我羡慕啊！

苏大少爷也笑道，哪里哪里，我是徒有虚名呵！孔子说三十而立，我至今却仍然是一事无成。

方七爷道，西坡老弟过于自谦啦！刚才西坡老弟谈到这幅画，请接着说。

苏大少爷喝了一口茶，道，我对书画只是喜欢而已，所以，一知半解，七爷莫笑话我哟？

方七爷道，岂敢岂敢，跟你说实话，先父虽然喜欢舞文弄墨，但我却是一窍不通，纯粹的门外汉。你尽管说。

苏大少爷此时似乎是很兴奋，尤其是让方七爷这么一怂恿，话匣子就打开了。这石涛在明末清初的中国绘画史上实在是举足轻重，说他是个里程碑式的人物也不为过。但这个人身上却是到处充满了矛盾性，比如说，他本来是遁入了佛门，晚年呢，却又蓄发改穿了道服，不老不佛，亦道亦佛，且自鸣得意。再比如，他本是大明朝的宗室，改朝换代所带来的切肤之痛较之他人当是尤甚，对清王朝也自然会有一种刻骨铭心之恨，他自号"苦瓜"就很能表明他的这种心迹。可是他又屡屡向清帝称臣，结交清王朝的达官贵人，以求显身扬名。但这幅画却是好画，亦工亦写，画面布局虚实相间，墨色与笔意浑然一体。尤其是当你看进去了的时候，你会感受到一种寂寞孤独中的傲然伟气。说到这，苏大少爷停了下来，喝了口茶，然后看着方七爷，笑道，让七爷见笑了。

方七爷连忙放下茶杯，用力地鼓了几下巴掌，道，真是听君一席谈，胜读十年书呵！

苏大少爷摆了摆手，道，在七爷面前卖弄了，七爷不笑我就好。还有，这副对子我要是没记错的话，应该出自浙江普陀山的普济寺。"乾坤容我静 名利任人忙"，表达的是与世无争的佛家思想。

方七爷收了笑容，道，这正是家父晚年的追求。他虽不拜佛信道，但对古代圣贤却是顶礼膜拜。

苏大少爷又道，这副联出自清末大书家何绍基之手，实在是弥足珍贵。石涛晚年的墨莲，何绍基的行书，而且书的是普济寺的名联，真可谓珠联璧合。可见伯父之慧眼，而且是下了大气力，才可能有这样的收藏。

方七爷再次鼓起巴掌来，连连说了几个好，又道，真是相见恨晚呵，不然的话，受老弟熏陶，我是不是也能在学问上有所长进？

这时，吕先生哈着腰进来了。还没等他开口，方七爷便从红木椅上站了起来，说，得，时间差不多了，咱们到酒桌上再接着唠。

苏大少爷也从红木椅上站了起来，但苏大少爷并没有立刻朝门外走，而是越过古董架，进了里面的书房。书房的窗前是一张长方的紫檀书案，足足有两米长，一米宽，而且是一块整体整体原木，那是方七爷的父亲读书写字的地方。南面墙和西面墙是两米高的书柜，占据了整整两面墙。苏大少爷由南转向西，匆匆地将两面墙的书柜里的书扫了一遍，一边啧着嘴一边往外走，然后，又连着说了两遍好东西！好东西！恋恋不舍之情溢于言表。

方七爷在一旁道，西坡老弟要是喜欢，走时带了些回去看。

苏大少爷连忙回绝，那哪能，我怎能夺七爷之爱！

方七爷道，受祖父影响，家父少时便喜欢读书，家里收藏了不少线装古籍，好像还有许多宋版的。这只是一部分，还有不少存放在几只樟木箱里，多少年了我也没动。我呢，虽然也受了点父亲的熏染，四书五经唐诗宋词读过一些，但仅仅是皮毛，既不做学问，也不写字画画，所以这些书对我而言，是纯粹的摆设。

苏大少爷在吕先生的引导下走出东厢房，来到院子里，正好碰上卢芳从北边的正房里出来，苏大少爷一眼就看到了，然后就怔住了，两条腿也僵在了那里。

卢芳穿穿了件灰色丝缎棉袄，蓝色丝缎长裙，外面披了一件土黄色的亚麻面的薄棉斗篷。卢芳刚刚重新梳洗打扮了一番，人一下子精神了起来，尤其是那两只眼睛，真可谓顾盼生辉。

待卢芳走近了，方七爷指着卢芳介绍道，这是我的三姨太卢芳。然后又对卢芳说，这位是我新结识的朋友苏大少爷。

卢芳微微一笑，冲苏大少爷点了点头，然后问了一声苏大少爷好。

苏大少爷立刻低了头，慌忙回了声三姨太好。

方七爷转身对一边的吕先生说，去酒楼吧。

一干人等跟在吕先生的身后出了方宅，朝镇子中街走去。

方七爷一行人来到镇海大酒楼。

丁老板早就候在门口的台阶上，紧走几步下了台阶，躬身上前跟方七爷寒暄了几句，然后说，您请的几位镇上的客人都到了。

方七爷好好好地点头应酬着，在丁老板的引领下，缓缓地穿过大堂，上了楼梯。

在楼上靠里边的一个宽阔的雅间里，镇海寺五六位各界名流见方七爷来了纷纷从座位上站起来，抱拳向方七爷问好。方七爷也抱拳回应，然后把身后的苏大少爷介绍给大家，又把在座的各位一一介绍给苏大少爷。众人将方七爷、苏大少爷和三姨太卢芳让到主宾席上，然后重新落座。跑堂的随即将新沏的热茶端了上来。

方七爷冲站在一边的吕先生挥了下手，说，走菜吧。

大家还没唠上几句嗑呢，酒菜就陆续地上来了。

方七爷站了起来，然后举起酒杯，环顾大家一下，说，很久没跟各位聚了，今天请各位来，一是叙叙旧，唠唠家常。二是宴请我新结识的朋友苏大少爷，苏西坡，请各位作陪。苏大少爷虽然年轻，但已经受聘于沈阳的东北大学教书。虽说是教书先生，却文才武略，而且江湖意气，可以说是难得一遇的朋友。所以，我愿意把他介绍给各位。换句话说，苏大少爷既然已经成了我的朋友，我也希望他能成为各位的朋友。

众人立即鼓掌叫好，齐声说，我们听七爷的。

方七爷面露微笑，说，好，这头一杯我们为苏大少爷成为我们的朋友干啦！

众人齐声叫道，干啦！

三杯酒后，商会曲会长对方七爷说，七爷，虽是初次相见，但我觉得苏大少爷确如七爷所说，非同一般之人，不知道七爷是咋跟苏大少爷相识的，能不能向我们披露一下？

方七爷哈哈大笑起来，扭头看了苏大少爷一眼，又捋了捋山羊胡子，然后不无得意地像说书似的讲了一段他与苏大少爷相识的非同小可的经历。

方七爷这次走的是辽中北，本来是想多走几个地方，会会从前道上的朋友，可是他在苏家屯赢了钱，就不好意思提走这个字了。那些输了钱的赌友都不服气，当然是不肯放他走。一口气赌了七天，但最后一天的午后，眼看着赌局就要结束了，方七爷失手了，被牌桌上的老万怀疑手里藏了牌，将手直接摁在了牌桌上。

方七爷那天坐庄胡了一把大牌，一下子将这些赌友的精神彻底击溃。方七爷起手就抓了三张"中"两张"发"，打了几圈，又抓了一张"发"，加上手里的一"中"，两个暗杠一套四归一。方七爷的牌就上听了，此时，只等二、五万点炮了。又打了一圈，轮到方七爷抓牌，居然自摸了一张二万，胡了。方七爷将牌往前一推，放倒在桌上，嘴上说道，对不起了诸位，全满贯。

另三个人就傻眼了，齐声说，七爷你也太兴了，打了这么些年牌，也没见过这么大的牌啊！

方七爷笑了笑，将自己门前的牌向牌桌中间哗啦一推，道，这次实在是我的运气好一些。说完，就要洗牌。

不料，对门那位叫老万的突然站起来，叫道，别动，七爷，您手里好像有啥东西啊！

老万这一叫，另两个立刻瞪起眼睛，来了精神，冲着方七爷喊了起来，啊，咋回事？

这时，老万的手已经摁住了方七爷的右手，瞪着两只布满血丝的圆眼珠子，嘿嘿地冷笑着叫了两声，七爷，七爷，跟各位哥们儿您咋还玩这一手啊！

另两个则叫道，跟我们哥几个玩猫腻？你吃了豹子胆了吧？

方七爷立刻感到心一阵狂跳，然后又一下子被什么揪住了，血似乎在瞬间从下向上涌进了脑海里，然后像洪水一样向外奔涌。方七爷的非同寻常在这时充分地表现出来，他没有慌乱，更没有脑袋里一片空白。方七爷手紧紧地攥着，眯着两眼，表情异常平静地看着老万，弥散着一种不屑的意味。

牌桌上一下凝固了，几个人的目光都盯在了方七爷的脸上，布满血丝的眼睛似乎都在放着绿光。

老万这时道，七爷，实在对不起了，能否将手伸开让我们哥仨看一眼？方七爷闭上了两眼，心说，完了，这半辈子的江湖生涯在这里结束了，而且这条命恐怕也要交待在这里了。方七爷既没应声，手也一动没动。

屋子里静极了，时间也仿佛凝固了，四个人的呼吸声清晰可辨。就这样，双方僵持了足有三四分钟。

这时，方七爷睁开了两眼，用力地盯着老万看了一会儿，然后又扫了另外两位一眼，说，看来老万是信不过我了，我方某在这条道上也混了二三十年之久，似乎还没听谁对我的赌德有过啥非议，更不要说这下三滥的把戏了，根本就不入我眼。方七爷左手轻轻地捋了捋山羊胡子，嘴角流露出浅浅的一笑。

老万仍然是冷笑着，说，如果七爷手里是干净的，我给七爷赔礼道歉，而且甘愿受七爷处罚,否则的话,就别怪我老万心狠手辣了。话音未落,老万一猫腰,右手在小腿处一摸,嗖的一声,拽出一把半尺长的短刀,往头顶一扬,然后向下用力扎去,只听噌的一声,短刀深深地扎进牌桌的木板里。老万手马上一松,短刀在木板上颤抖了七八下才停住。

另外两个牌友这时也马上附和道,是啊,七爷把手伸开不就完了吗,回头大家好接着玩嘛!

方七爷也冷笑了两声,道,既然各位如此不信任方某,那我也只好从命了。说完,方七爷突然大叫一声,嘿,被老万按在牌桌上的右手一叫力,呼的一下顶开老万摁在上面的手,手心向上翻了过来。几个人一看,脸上的表情都僵住了,方七爷的手里除了湿漉漉的一把汗水外,什么也没有。

另两个人便一齐看老万,老万哼了一声,不自觉地晃了晃头,然后盯着方七爷的手心说,七爷,你手心上的红色印迹是咋回事?扭头对另两位说,你们仔细看看,他的手心里是不是有个麻将牌硌出来的印迹?

那两位赌徒把眼睛几乎都贴到方七爷的手心上了,叫道,老万说得不错,是有一个麻将牌的印迹。七爷,这你咋讲?没啥好说的了吧?

方七爷再次连声冷笑,一种极其无奈的感觉,说,我打牌的时候,手里习惯捏一张牌,一种把玩,或者说是一种安定的方式,这一点,熟悉我的牌友都知道啊!

几个人面面相觑,都没了话说,便把目光又都投向了老万。

众目睽睽之下,老万脸色红涨起来,脖子上的青筋也鼓了起来。过了一会儿,老万挠了挠光头,抬起头来向棚顶看了看,突然说,对啦,刚才我似乎听到啥东西哗啦一声响,你是不是把牌扔到啥地方啦?

方七爷这时板起了脸,道,万兄你是不是在说梦话啊,六只眼睛盯着我这只手看,那么大的牌,也不是两粒芝麻,你让我往哪儿扔?再者说了,我这手始终是被你摁着呢!你们看看,这是不是都被你摁得发紫了?

老万说,不对,我觉得你手里肯定攥了张牌。说完,回过身去四处看了看,又抬头往棚顶看了半天,最后弯下腰在牌桌下查找。

方七爷笑道,要不你哥几个把桌上的牌都翻开数一数,再对对,看看是多啦还是少啦!弟兄们要是这样玩法,恕我方某就不奉陪了。说完,将牌桌抽屉里的钱掏出来装到钱褡裢里,然后将钱褡裢往肩上一扔,双手握拳,说了句,告辞了!转身朝屋外走去。

方七爷刚走了两步,就听身后老万大叫了一声,站住!

方七爷身不由己地停下脚步。等他转回身,老万已经将插在牌桌的短刀握在了手里,一步蹿到他的身前。

老万左手指着方七爷的鼻子叫道，姓方的，不管你手段有多么厉害，但我相信我的感觉是不会错的。今天你必须把钱放下，否则你别想迈出这个屋子。方七爷看了看老万，又扫了另两位一眼，这才慢条斯理地说，我说弟兄们，这年头是咋啦？我咋尽碰上地赖呢？去年春节前，一个兄弟在我家里输光了，居然把我三姨太当人质。这次老万又亮出了刀，看来这世道真的是要变啦！我在江湖上三十来年，我当然清楚，干咱们这行当的，谁都有打不开点手头紧的时候，好哥们儿之间拆弄拆弄就过来了。关键的是信誉和人品。你们打听打听，凡是跟我方某人张口的，我有没有说过不字的时候？

老万似乎已经疯狂了，这时，他已经用左手揪住了方七爷的衣领，右手里的短刀则按在方七爷左侧的脖子上。老万狂躁地叫道，七爷，你说啥也没用，今天你要是不把钱放下，我他妈的就抹了你！

方七爷仍然慢条斯理地说，不瞒你说，在这条道上我已经死过好几次了，自然也不会怕你这一次。来吧，我眼睛要是眨一眨就是你娘养的。说着，方七爷的脖子迎着短刀顶了上去。

这时，突然一声巨响，房门哗啦咣当被撞开了，一个略显瘦高的青年闯了进来，身体突然向前冲去，同时右臂像长臂猿一般向前伸出，一个反掌，啪的一声打在了老万的脸上。老万啊地尖叫一声，左手捂脸，身子向后倒去，右手里的短刀随即咣当一声掉在了地上。

这时，一旁的姓苏的牌友叫道，西坡你疯啦？咋打你万叔呢？

被叫作西坡的青年冷笑了一声，说，我要再不出手就出人命啦！

这时另一个牌友已经将倒在地上的老万扶了起来。西坡这一掌的力量真是不轻，老万的鼻子和嘴都在往外流血，而且两眼似乎有点看不清了。老万睁着模糊不清的两眼，冲着西坡道，你小子咋里外不分呢？

西坡说，能玩得起就要能输得起，别输了钱又输人。说完，看了方七爷一眼，说，你走人吧，不会有事的。说完，一屁股坐在了牌桌前的一把椅子上。

方七爷没走，当天晚上，在苏家屯最好的一家酒店请苏大少爷，还有老万他们几个牌友喝了一顿，苏大少爷便成了方七爷的朋友。

方七爷讲完之后，众人一齐鼓掌叫好，然后就纷纷起来向苏大少爷敬酒，说苏大少爷不仅年轻有为，还如此侠肝义胆，可谓乱世豪杰。

苏大少爷是一种少见的老成，不慌不忙地站起来，双手抱拳敬了一圈，然后轻松地笑道，应该的，小事一桩，不足挂齿。七爷是江湖上的豪杰，尤其是当下这黑暗的乱世，我也是想多个朋友多条路呀！

这时，曲会长突然说，七爷，苏大少爷不是外人，我想问句实在话。

方七爷说，你尽管问。

曲会长说，我想问的是，你到底做没做鬼？

没等方七爷回答，苏大少爷把话接了过去，说，所谓无鬼不赌，也就是说，问题不在是否做鬼，而在于你的手法是否高明。我并不想追问方七爷这次在牌桌做没做鬼，问题是你们发现没有，没发现，我就当作是没有。苏大少爷扭头看着方七爷问，七爷是不是这个道理？

方七爷和众人一齐哄笑起来。

曲会长站起来道，自古英雄出少年，苏大少爷见解深刻，佩服！说着两手抱拳向苏大少爷致意。

苏大少爷连连说，不敢当！不敢当！

在众人的哄抬下，苏大少爷一连喝了三杯，脸上便开始红涨，坐到座位上时候，身体似乎有些摇晃。

方七爷就冲众人道，我知道，苏大少爷不胜酒力，大家适可而止吧。众人便一齐说，我们听七爷的。

不光是方七爷，在座的谁都没想到，一直没有言语的卢芳这时站了起来。卢芳看了一眼方七爷，然后把目光落在了苏大少爷红涨的脸上，说，七爷带我来不是光让我在这里坐着的吧？既然苏大少爷冒险救了七爷，我作为七爷的姨太太自然是要敬恩人一杯了。

方七爷闻声愣住了，目光呆滞地看着卢芳，一时竟然不知说什么是好。卢芳似乎并没有想等待方七爷的应准，说完后便端起了桌前的酒杯，擎在了身前，两眼也看定了同样是一脸惊讶的苏大少爷，然后说，苏大少爷不会不赏脸吧？

卢芳的话音一落，所有人的目光，当然也包括方七爷，便一齐转向了苏大少爷。

苏大少爷本来就已经红涨的脸倏忽间更加红涨，连脖子上的血管都鼓胀了起来。苏大少爷的两眼在与卢芳的眼睛相对的瞬间便转向了一边，然后他的目光便因失去了目标显得有些犹疑不定。但苏大少爷的青年老成让他很快就调整好了自己的情绪，重新转回脸来，将目光看定了卢芳，笑道，说句心里话，不怕方七爷和在座的各位笑话，本人长这么大，而且还在省城教了几年书，按说也算见过一点世面，但却从没见过如三姨太这般天然丽质而又清纯脱俗的女性。所以，本来感觉能跟三姨太一桌吃饭就已经非常荣幸了，进而，三姨太还敬我酒，我就更觉三生有幸了。这样吧，三姨太敬我多少我都喝，只是我要喝醉了，各位可不要笑话我。

众人不由得一齐叫了声好，同时拍起了巴掌。

卢芳却是异常平静，微笑着说，我们这里的习俗是三杯为敬，而且是先喝为敬，所以我先喝三杯。卢芳说完，轻盈地将一直端在身前的酒杯送到唇边，一仰头，将一杯酒喝了下去。

伺候在一边的跑堂的小伙计立即走上前来将卢芳手里空下来的酒杯斟满。卢芳甚至连喘息一下都没有,端起酒杯又是一口喝了下去。接着又是第三杯,同样的方式喝了下去。问题是谁都看出来了,三杯酒下去卢芳居然是脸不红气不喘,一脸的平静,没有任何异样的表情。

众人的掌声和叫好声一齐响了起来,似乎将酒楼二楼的棚顶都掀动了几下。

曲会长啧啧嘴,说,真想不到三姨太居然有这般的好酒量。七爷,你恐怕是要甘拜下风了。

方七爷只是笑了笑,却什么也没说。

众人的目光再次聚集到苏大少爷的脸上。苏大少爷不经意地摇了摇头,随后冲跑堂的小伙计摆了下手,说,小伙计,再拿两只酒杯来,把酒一齐倒上。

跑堂的小伙转身取来两只酒杯,小跑了几步来到苏大少爷身前,将酒杯放到桌上,然后将怀里的酒壶放下来,将两只酒杯斟满。

苏大少爷再次看了看卢芳,然后低下头来看了看桌上的三杯酒,又不由自主地笑了笑,白白的门牙咬了咬下嘴唇,这才将一只酒杯端起来,仰头一下子将酒倒进嘴里。接着端起第二杯、第三杯,一样地倒进了嘴里。

在座的所有人这时都纷纷站了起来,一齐为苏大少爷拍手叫好。苏大少爷只是抬了抬胳膊,然后一屁股重重地坐到了椅子上。

卢芳将酒杯轻轻地放到桌子上,然后坐下,抬头对苏大少爷说,谢苏大少爷……话说了一半,卢芳眼看着苏大少爷头一低,身子瘫软,往前一滑,朝地上坠去。卢芳没说完的话就变成了啊的一声惊叫。

方七爷迅速地伸手想拉住苏大少爷的胳膊,但没拉住。

31. 驰 救

正是春寒料峭的时节，天刚蒙蒙亮，小王就接到辽南独立师电报，称辽南地委被国民党军围困在岫岩与盖平交界的魏家大岭南沟，命令独立团火速前往解救。

高团长打着呼噜睡得正香，被小王叫醒，匆忙地穿上衣服，脸也没洗就出了屋走进团部。

楚政委和李参谋长正在看挂在墙上的地图，见高团长进来，李参谋长回过身来，说，高团长，详细情况是这样的：辽南地委领导及机关数十人，还有军分区的一个大队此前在大魏家屯附近遭遇国民党新六军的一个团，军分区大队掩护地委领导及机关撤退，损失严重。辽南地委领导及机关北返海城、岫岩一带，第二天又折回大魏家屯，他们以为这样更安全。没想到，他们刚一进村准备做饭，就被敌人围了上来。他们被迫从村子撤出，误入北面的魏家大岭南沟，被敌人围困在那里，情况非常危急。

高团长急忙走到地图前，一边看一边问，我们急行军赶到魏家大岭南沟需要多少时间？还有，敌人的兵力什么情况？

李参谋长回道，马上出发，傍晚应该能够赶到。敌人的兵力情况不清。

高团长说，命令部队立即埋锅造饭，然后急行军赶往魏家大岭南沟。派侦察排立即通知分散的其他部队在魏家大岭南沟集结。咱们马上研究一下行军路线，一定要避开敌人的其他部队，确保天黑前赶到魏家大岭南沟。

太阳刚刚升起的时候，高团长带领的部队出发了。经过多半天的急行军，终于在夕阳即将落山的时候到达魏家大岭南沟南面，进入大魏家屯外两三里外的一个小山沟里。土丘上是茂密的柞树林，树梢被夕阳的最后一抹余晖照得金亮金亮的。

高团长命令大家就地休息,叫小王马上发报联系辽南地委,又把侦察排袁排长叫过来,让他派两人进村了解一下情况,顺便看看能不能搞些吃的。再派几组人向四面五里左右进行侦察。

安排完后,高团长在一个土丘上坐下来,掏出烟口袋,卷了一支纸烟吸着。

这时,夕阳的最后一抹余晖也不见了,山沟里突然间就黑暗下来,寒冷随之而来。一身是汗的战士们从头到脚瞬间凉透。战士们坐到背风的土丘后,将身体蜷缩成团,两手抄在袖口里,嘴上不停地哈着热气。

小王将电报机架好后,立即给辽南地委发报,可是叫了半天对方没有回应,小王说,有可能是电台没有开机,或者是出了故障。

高团长说,你保持开机状态,随时跟他们联系。

小王摘下耳机,放在一边,然后跟卢云紧紧地依偎在一起,两人不约而同地看着高团长手里的纸烟。纸烟在高团长的嘴边和膝盖间忽闪着,在黑暗和寒冷中居然让她们感到了一丝温暖。

小王将嘴凑到卢云耳边悄声说,卢云,现在我最想干什么?

卢云似乎没反应上来,问,你最想干什么?

小王说,想抽烟。

卢云一愣,扭头再问,为啥?

小王说,你看啊,平时在团部我可烦团长抽烟了,不光是呛得嗓子又干又疼,晚上回屋睡觉全身都是烟味,洗都洗不掉。可是现在,我觉得团长这烟抽得又香又暖,恨不得马上也抽上两口。

卢云再次将目光投向高团长,然后说,那我跟团长说一下,把烟要过来,你接着抽。

小王马上用胳膊肘顶了卢云一下,说,我只是现在的感觉,你当我是真想抽啊?

卢云说,在家的时候,我跟两个姐姐天天都卷纸烟,但从来没想抽过烟。我们姐仨,就我大姐抽烟,也是背着我爸偷偷抽。

小王问,你两个姐姐也像你这么漂亮吗?

卢云立刻摇头说,我可没她俩漂亮,我们姐仨数我长得最难看。

小王似乎有点儿不信,啧啧了几声,羡慕地说,哎呀,我要是能长得像你这样就满足了。

这时,侦察排袁排长急匆匆地走到高团长和楚政委身前,报告说,大魏家屯里现在没有国民党军。据老乡们说,昨天下午辽南地委领导及机关、军分区得到情报,前天遭遇的国民党军那个团袭击了辽南地委后并没有走远,当辽南地委重新返回大魏家屯后,便立即尾随到了村子外,地委领导当即决定,立即向屯子北面的魏家大岭南沟方向撤退。可是，刚出了屯子便跟国民党军接上火了，他们边打边退，很快便进了魏家大岭南沟。这时，夜色降临，国民党军没敢继续追击，便将兵力四下里撒开，将魏家大岭南沟三面包围起来。它的东边是百八十米高的断崖，人是没法从那里下来的。因为这两天雾气比较大，敌人没有采取强行进攻。目前沟里沟外的具体情况还不清楚。其他几个侦察小组还没回来。已经联络了十几家老乡答应给我们临时做点吃的，但他们说，不知道国民党军会不会突然回到村里来。

高团长听完后，蹲到地上，一边卷着纸烟一边陷入了沉思。

楚政委说，老高，屯里我们是不能进的，太危险，一旦被国民党军发现，或者与国民党军遭遇，那我们就被包饺子了。我们宁可在这里冻一宿，也要确保安全，等待天亮摸清情况后再采取行动。

高团长这时已经将纸烟点着，抽着几口，说道，老楚这个意见我赞成。我现在想的是怎么营救在沟里的人？如果敌人果真是一个团的兵力，我们跟他们的实力就差距太大了，因为他们是美式装备，火力上我们的劣势太明显，即便是另外那五个连都能赶过来，我们也没法跟他们正面对抗。

李参谋长说，我们明天一早突然发起攻击，撕开一个口子，冲进去。

高团长说，就算你冲进去了，还出得来吗？

楚政委说，那怎么办？我们不能在这耗着啊！

高团长说，李参谋长，继续联络那五个连，然后明天凌晨，趁天没亮的时候，我们摸到魏家大岭南沟，看看情况再定。

这时，屯里的老乡挑着担子送饭来了。战士们又饿又冷，这下就像遇到救星了一般，立刻就围了上去。玉米面贴饼子，咸萝卜条，没有菜，更没有汤。战士们一手抓个热乎乎的饼子，一手捏一条咸萝卜条，狼吞虎咽地吃起来。

吃完后，战士们重新将身体蜷缩成团，将两手抄在袖口里，打起盹来，有的还打起了呼噜。

卢云吃完了玉米面饼子，身体热乎起来，一天行军的疲劳似乎减轻了不少，但是天太冷了，怎么也睡不着。这时，高团长走了过来，将身上的国民党军官的黄呢子大衣从身上拉下来，披在卢云身上。

卢云一愣，抬头看是高团长，连忙站了起来，将大衣塞回到高团长的怀里，说，团长，我不冷，你穿着，你可别冻感冒了，明天还有硬仗要打，全靠你呢！卢云瞪着两只大眼看着高团长。青灰的夜色里，高团长脸上的表情显得很是凝重。

高团长轻声说，我能冻感冒？不会的，小时候在老家我就没穿过棉衣棉鞋，冻出来了。说完，又将大衣披在卢云的肩上，然后朝沟里走去，他要察看一下战士们休息的情况。

看着高团长远去的黑乎乎的背影，卢云不由得眼睛有些湿润。卢云看了小王一眼，小王披了件自己制作的土布大衣，但很薄，便将小王往自己怀里拉了拉，把大衣往脑袋上一拽，两人整个脑袋和身体都裹进了大衣里。卢云不知道自己什么时候睡着了，醒来的时候天还黑着，她隐约听到高团长和楚政委他们在讨论着什么问题，就拉下大衣领把脸露了出来。山沟里雾气很大，卢云只能看到十米开外站着的十几个身影。

卢云听到高团长说，我们现在只有相当于两个营的兵力，我的想法是这样，老楚带两个连佯攻，去冲击沟口，让敌人觉得我们试图从那里突进去营救被围的我方人员，这样，他们就一定会收缩兵力坚守沟口阵地。我带两个连寻找敌人的薄弱处，真正地打进去实施营救。留一个连接应我，并阻击前来增援之敌。老楚，你们要打相持战，给我创造时间。现在，我们趁天还没亮，雾很大，去魏家大岭南沟察看一下地形，顺便了解一下敌人的兵力布置情况。

楚政委说，好，就按团长说的办。那我们现在马上出发去魏家大岭南沟。李参谋长，让警卫连派一个排战士跟着我们。

卢云看到那十几个人影朝沟口走去。卢云猛然想起身上的大衣，高团长已经冻了多半宿了，天还这么冷，得把大衣还给他。卢云便一手按地，身体向上一纵，从地上站了起来，快步向前追了上去。

警卫员小蔡发现了追上来的卢云，便停下来问卢云啥事儿，卢云便把怀里的国民党军官的呢子大衣塞给小蔡，说，给高团长披上。

小蔡接过大衣，说，好。说完转身朝前边跑去。

卢云本来是想亲自把大衣还给高团长，却被小蔡半路里拦了下来，心里多少有点懊丧，但他们已经远去了，只好悻悻地转身回去了。

灰暗中，高团长一行十余人在警卫连一个排战士的护卫下悄悄地摸向魏家大岭南沟。半个多钟头，高团长他们就来到一片黑乎乎的山岭前。

侦察排袁排长指着山岭的方向说，这个魏家大岭分南沟和北沟，相当于三道岭，中间夹两个沟，沟宽平均有三十余米。这个岭呢，是东头高西头低，最高处是一百二三十米，而且是断崖，无路可走。两条沟之间有一处岭稍矮，人可以通过。岭上的树木多为山楂和柞树。

高团长说，这样，袁排长，你派几个人靠近敌人包围圈，寻找一个松散的地方，我们从那里溜过去，爬到山顶具体看一下地形，然而再决定下一步行动。

袁排长应了一声便去安排。又过了约半个钟头，侦察员回来了，说发现了敌人，他们也都是一堆堆地分散着聚在一块，他们没有准备，有很多地方可以通过上山。

高团长说，好。转身对楚政委说，你带领警卫连在山下接应，我和李参谋长几个上山，一旦被敌人发现，你们就马上出击冲上去，将敌人打散，我们顺势冲出来。

说完，高团长和李参谋长带着几个人在三名侦察员的引领下向魏家大岭南沟的西边迅速走去。他们顺利地找到了一个敌人包围圈的空隙，神不知鬼不觉地爬上了山岭。

很快天就蒙蒙亮了，但雾气仍然很浓，中间的那道岭距他们这边并不远，但岭上的树木都看不太清，像水墨画似的抹成黑乎乎的一片。

高团长从小蔡手中接过望远镜，向对面和左右两边看了几分钟，然后对李参谋长说，多亏了雾气，在这么狭长的山沟里，敌人只要堵住沟口，然后占领南北两道山岭，居高临下，你有多少兵力都无法逃脱被歼的命运。我就有点纳闷了，这军分区的人难道没有一个会打仗的？为啥要往这沟里撤呢？

李参谋长道，有可能是误撞进去的，发现东头是断崖时已经出不来了。

高团长说，我看从沟口出来的可能性极小，敌人一定会重兵把守。咱们就从刚才上来的这条山路打开一道缺口，把里边的人营救出来。就按照之前咱们说的方案干。

李参谋长说了声好。

高团长说，走，赶紧回去布置，吃过饭后，立即发起攻击。

高团长的话音未落，只听得一阵排枪在他们身前炸响。高团长大叫了一声，两只胳膊在空中一抡，身体瞬间向后倒去。

众人一边去扶高团长，一边迅速地蹲下身子，扭头看向对面的山岭。

高团长被子弹打中了左腿大腿根，血流不止。小蔡急忙解下自己身上的腰带，将高团长的大腿根紧紧地扎住。

李参谋长命令马上向岭下撤退，枪声随后也停止了。

小蔡将高团长背在身上，李参谋长带领侦察员在前面开路，十来个人迅速地向岭下撤去。

岭上的枪声虽说不多，却立刻震碎了这个多雾的清晨的寂静，山下的国民党军一下乱了起来，到处都是喊叫声和士兵们的脚步与枪械碰撞的杂乱声。

在山下埋伏的楚政委和警卫连连长也一下紧张起来，不知道岭上发生了什么情况。

警卫连连长焦急地问楚政委，政委，一定是高团长他们出事了，咱们冲上去接应他们吧？

楚政委望着枪响的方向，沉吟了一下，说，不，现在枪声停了，情况不明，先等等。

很快，高团长他们去的方向的山脚下也响起了枪声，楚政委马上命令，快，接应团长他们去。说着，身体已经冲了出去。警卫连的一个排的战士冲到山脚下的时候，恰好有二十几个国民党兵趴在地上向山脚下开枪。警卫连战士刚好出现在他们身后，楚政委扬起手枪向敌人打去，警卫连的战士们一阵冲锋枪扫过去，然后迅猛地冲了过去。二十几个国民党兵死的死伤的伤，剩下的将枪举在了头顶。

高团长被四个战士抬着跑了过来。李参谋长简单地向楚政委介绍了一下情况，楚政委命令警卫连断后，众人抬着高团长向原路迅速撤退。他们直接进了大魏家屯，找了一个宽敞的院落，将高团长安顿到屋子里。卫生员随后就赶来了，给高团长检查了一下，然后做了包扎。

楚政委问，伤势怎么样？

卫生员说，很重，应该是伤到了骨头，需要到医院手术。

楚政委道，可是，这个地方哪里有能做手术的医院？除非送到海城或鞍山去。可是路这么远，而且路上要是遭遇国民党军怎么办？

卫生员一下被问住了，过了一会又说，无论如何，还是要想办法把高团长送医院去。

侦察排袁排长说，政委，要不这样，我带几个战士护送团长去海城，我们都化装成老百姓。咋说也不能在这里干等着。

楚政委说，也好，那你们准备一下，弄辆马车，事不宜迟，马上出发。

这时，高团长清醒过来了。高团长说，先不要急着送我去医院，没啥了不起的，血能止住就没啥事儿。高团长喘了喘说，老楚，先给我弄碗水喝，再卷支烟给我。

老乡马上就端来一碗白开水，高团长一口气喝了下去。这时，小蔡将烟卷好，在自己的嘴上点着了，送到高团长嘴边。

高团长连着抽了几口，说，老楚，先不要管我，我们的任务是营救辽南地委领导。我想了一下，咱们可以采取这样的办法实施营救。派刚才那几位侦察员顺原路翻过南岭下到沟里，找到辽南地委领导，然后还从这条路出来。当然，前提还是要在沟口正面与敌人纠缠，吸引敌人将兵力向沟口集中，为突围的同志创造条件。

楚政委反问道，为什么选择刚刚突击过的地点突围呢？难道敌人不会在那儿增加兵力吗？

高团长口中吐出一团浓烟，说，用兵之道在于诡异。为啥要选择同一个地点突围呢？就是我猜国民党军一定会这样想，共军不会选择一个地方两次突围，所以他不但不会增加兵力，反而会减少兵力。因为他一定认为我们这是声东击西，大股部队将由沟口强行突围。

楚政委不由得赞叹道，老高你真厉害！好，我们就按你说的办。李参谋长，你马上布置下去，抓紧吃饭，侦察员联系上辽南地委领导后，鸣三枪为号，沟口即刻进行攻击，接应部队做好冲锋准备。

高团长又问，小王跟辽南地委一直没联系上吗？

楚政委说是，一直没联系上，估计是他们的电台出了故障。

高团长闭上眼睛，有些气短地说，那就这样吧。

侦察员的三枪是在上午十时八分打响的，那时太阳虽然已经升得很高了，但因为雾气还没有消散，太阳便是一种灰白而懒洋洋的样子。

枪声在魏家大岭上空炸响，寂静的山沟里，枪声显得格外清脆，而且回音久久地在山沟里缭绕回荡。随后，魏家大岭前国民党军阵地上一片混乱。

一营一连、二连，还有二营的五连悄悄地摸到敌人在魏家大岭南沟和北沟临时构筑的阵地，隐蔽好后便突然开火。国民党军知道是共产党的援军到了，便开始反击，火力很猛。双方交火了一阵儿后，有小股的敌人试图跳出阵地进行反攻。楚政委指挥三个连的战士毫不退缩，集中火力压制试图跳出阵地的小股敌人，拼命顶住国民党军的反攻。二十分钟左右，西边突围点那里也打响了，李参谋长带领警卫连和二营六连只用十几分钟便将小股的国民党军击溃，顺利地将辽南地委领导和军分区大队残部营救出来，迅速地向大魏家屯撤退。

辽南地委领导得知高团长受伤，便过来看望。地委许书记跟高团长也不熟，因为独立师是去年才划归到辽南军区的，辽南国共两军争夺得很是激烈，大家没有集中的机会，都是各自为政。许书记先是对高团长表示感谢，然后详细询问了他的伤情，知道他是在南岭察看地形时被打伤时，惊讶地问，你当时是不是穿着国民党军官的呢子大衣？

高团长笑道，这不，在身上披着呢！

许书记一听，连忙道歉，说，误会！误会！高团长，实在是对不起，你挨的这一枪是我们打的。

高团长和屋子里的人都愣住了。

许书记说，今天早晨，我们发现一伙人在南岭向我们这边瞭望，虽然雾气很浓，但我们隐约看到还有个穿国民党军大衣的军官，所以，我就下令军分区大队给他一排枪，眼看着那个穿大衣的军官中枪倒下去了，没想到打的是高团长啊！许书记拉住高团长的手，说，高团长，我向你赔罪啦！

高团长笑道，这事闹的，我还直骂国民党兵呢，你打哪儿不好，偏往这命根子处打，如果再往里偏一点，直接就把我那家伙干掉了。

许书记和众人都大笑起来。女卫生员的脸一下子就红到了脖子，转身埋头出了屋子。

许书记又对李参谋长说，高团长伤了骨头，这不是小事儿，我建议你们将高团长送到海城治疗。海城西关有个孙氏整骨医院，五代祖传，在辽南很有影响。我给孙院长写张字条，他们会认真处理的，如果有特殊情况，他们也会安排好你们的。这段时间，此地国民党军活动频繁，我们马上向东部山区转移，你们撤出战斗后也要迅速离开此地。说完，许书记握了握高团长的手，向高团长告别，听说你很有酒量，等你伤好后，我一定找机会请你好好喝一顿。说完，匆匆离去。

高团长说，马上转移队伍，敌人一定会追上来的。

楚政委说好，然后跟李参谋长商量了一下，向老乡借了一辆两套挂的马车，两床棉被，派五名战士，由小蔡带领，换上便衣，将高团长抬上马车，立即前往海城。

32. 被　俘

　　卢云是在楚政委和李参谋长从大魏家屯返回山沟时才知道高团长受伤并且已经赶往海城治疗这件事的。卢云一下子懵了，人就僵住了。

　　楚政委命令部队立即转移，战士们收拾好武器和行装出了山沟，迅速向东撤离。

　　小王将电台交代给警卫连后也跟随着队伍急速地向东走去。走了不远，小王突然发现不见了卢云，这才回转身来，发现卢云还在那里呆呆地站着。小王急忙跑了回去，拉住卢云的胳膊，说，你咋还在这儿愣着呢？部队都走远啦！小王发现，卢云这时已经是泪流满面。

　　卢云两眼看着大魏家屯的方向，说，团长受伤他们怎么不提前告诉我一声呢？

　　小王说，政委都安排好啦，你就放心吧！

　　卢云说，我不放心啊！团长上海城治疗应该叫我去啊！我好照顾他啊！

　　小王说，有小蔡照顾团长，你放心吧！再者说了，辽南现在到处都是国民党军，很危险的。

　　卢云说，那我就更得跟团长一块去啦！

　　小王说，他们已经走半天啦，想去也来不及啦！

　　卢云说，不行，我现在就追他们去！

　　小王说，你疯啦？他们是坐马车去的，早就走没影了。赶紧追队伍去吧，不然走远啦！

　　这时，警卫员小肖跑过来了，喘着气说，你们是咋搞的？还不跟上队伍？楚政委都着急了。

小王拉起卢云就走。

卢云却用力挣脱小王的手，说，我要去海城，我要去找团长，我一定要见到团长。一边说着，一边疾步向着队伍行进相反的方向走去。

小王对小肖说，快，快把她拉回来！

小肖拔腿追了上去，死死地拽住卢云的胳膊。小王也赶了过来，两人一个搂着腰，一个拽着胳膊，拖着卢云追赶队伍。

午后的太阳躲在雾后，只能看见一个朦胧模糊的影子，但仍然给寒冷的山地带来些微的温暖。拉着高团长的三套挂马车一路小跑着向着海城的方向驰去。

高团长裹着两床棉被躺在马车中央，小蔡坐在马车右侧的辕板上，一个战士赶车，另三个战士马车两边一边一个，还有一个面向后边。他们将武器藏在高团长身下的棉被下，两手抄在袖子里，眼睛四下里警惕地观察着。

三匹马拉着几个人跑得很轻快，驾辕的枣红色高头大马甚至打着响鼻，从鼻孔里冒出一股股白白的热气，还不停地向两边甩着头，长长的鬃毛像一团火一样在马车的前方忽左忽右地飘荡。不过沙土路坑坑洼洼的并不怎么平坦，所以小蔡便不时地提醒赶车的战士慢一点，别颠着团长的伤口。

傍晚的时候，拉着高团长和小蔡他们的马车进入了海城孤山子镇和析木镇地界，这个地方是土匪出没比较集中的地方。小蔡因为上次有过被劫的经历，便立刻警惕起来，四下里扫了一遍，然后大声对战士们说，大家注意喽，做好战斗准备。楚政委特意嘱咐我，这个地方非常危险。说完，小蔡将驳壳枪从高团长身下的棉被里抽了出来。

几个战士一听，迅速地回转身，将各自的冲锋枪从高团长身下的棉被下抽出来，端在胸前，然后紧张地四下里看着。

脸冲后的战士没发现什么异常情况，便回头对小蔡道，蔡警卫员，你是一朝被蛇咬，十年怕井绳了吧？

另几个战士一听哈哈大笑起来。其中一个战士道，不就几个土匪吗？敢跟我们东北民主联军干？你也太抬举他们啦！就我这枪，一梭子出去，少说也得撂倒他三四个吧？

小蔡的脸立时有些红涨，因为小蔡参军不久就被调到团部当警卫员，没经历过真刀真枪跟敌人面对面干的场面。几个战士这么一说，小蔡就觉得脸上有点下不来。不过小蔡毕竟跟首长好几年了，这种小场面还是应付得了的。小蔡脸色一正，严肃地说，我这不是跟你们说着玩呢，政委咋交代我们的？凡事都要小心，不能有一点儿的疏忽，确保团长安全到海城整骨医院。

几个战士似乎还想笑，但一看小蔡的脸色，就都把笑憋了回去，然后齐声喊了声,是!

成片的丘陵上的树木仍然枯黄着,太阳眼看着就要落山了,丘陵上的树木一片阴森森的感觉。这时,他们发现前边有个不太大的屯子,小蔡便叫赶车的战士停车,马车便在屯子边的一个挺大的土丘子前停下来。

小蔡从辕板上跳下来,猫下腰,手搭凉棚,往屯子里看。屯子掩映在许多高大的杨树里,黑黝黝的一片,死一般的寂静,只有房屋上灰白色的袅袅炊烟让人感觉到一丝活气。小蔡似乎有些犹疑,自言自语道,我咋觉得有点儿不对劲呢?

另几个战士这时都从马车上跳下来,活动活动手脚,然后凑到小蔡身边。一个小个子的战士问小蔡,蔡警卫员,咱们今晚是不是要住在这里呵?起码先弄点吃的,这肚子直叫呢!小个子的战士见小蔡没吱声,就又说,再者说了,团长被颠了半天,也该让他好好歇一个晚上。

小蔡想了想,然后指着小个子的战士说,这样吧,小牛,你先进屯子打探一下,如果安全的话就在这里吃晚饭,然后再说。

小个子的战士应了一声,腰一猫,端着冲锋枪向屯子里快步走去。昏暗迅速地将他的身影吞噬掉了。

也就十多分钟,屯子里突然传来一阵激烈的枪声,在这寂静的傍晚,枪声极其清脆,甚至能听出是什么枪发出的声音。小蔡和另几个战士一惊,小蔡说,不好,有情况。小蔡对赶车的战士说,你拉着团长先顺着原路往回撤,我们三个掩护你。说着,对另两个战士说,咱们埋伏到土丘后边,先看看情况再说。

枪声继续激烈地响着,而且向屯子外转移过来。小蔡和两个战士匍匐在土丘后面,两支冲锋枪和一支驳壳枪从他们的怀里伸出来,枪口对准了昏暗的屯子口。这时,屯子口传来一阵急促而杂乱的脚步声,而且离小蔡他们越来越近。

一个战士突然说,蔡警卫员,小牛!还有追兵!

小蔡也看到了战士小牛以及紧紧追赶他的一伙敌人,小蔡从土丘后探出半个身子高声冲小牛叫道,小牛,快跑,我们在这里!说完,手里驳壳枪冲两个战士一挥,给我打!话音未落,小蔡手里的驳壳枪和两个战士手中的两支冲锋枪同时响了起来。

正在追赶的敌人突然遇到阻击,便立即就地卧倒,枪声随即稀疏下来。小牛就是利用这个间隙跟跟跄跄跑上小蔡他们埋伏的土丘的。小蔡再次探出半个身子,伸出手去,想把小牛拉到土丘里边来,然而,一梭子子弹将土丘前的土溅起老高,小牛在尘土中一栽歪,一下子扑倒在了土丘上。当小蔡和两个战士将小牛拖到土丘里边的时候,敌人已经冲上来了。小蔡和两个战士都看清了,冲上来的敌人穿着黄色的国民党军服。小蔡和两个战士不顾一切地再次向近在眼前的敌人射击。然而,晚了,敌人虽然在土丘前倒下了几个,但更多的敌人却已经冲上了土丘,子弹和人从高处一齐朝小蔡他们扑下来。小蔡是被两个敌人扑倒的，小蔡在向后倒下去的同时看到另两个战士也倒了下去，但他们是被子弹射中倒下去的。

小蔡被国民党军带到了屯子里的一座宽敞的院子里，院子里外都挂着汽灯，十多个士兵端着冲锋枪守卫。进了院子，小蔡被连推带搡地带进一间宽阔的房间，然后又被按到一条长板凳上坐下。小蔡抬头看了眼对面一张八仙桌旁边太师椅上坐着的军官模样的人，然后把头扭到一边。军官这时从桌上的一盒卷烟里抽出一支烟点着，一边悠闲地打量着小蔡，一边不紧不慢地吸着卷烟。吸着吸着，军官突然将卷烟从嘴里抽出来，向前探着身子瞪大了眼睛惊骇地盯住了小蔡的脸，半天才说，如果我没看错的话，你，你是林彪手下的蔡警卫员吧？

小蔡一惊，扭过头来看对面桌后的军官，挺大的秃头，一脸的横丝肉，感觉是在哪儿见过，却一时间没想起来。

秃头军官哈哈大笑了起来，说，真是贵人多忘事啊！说着，从太师椅上站起来，走到小蔡身前，拍了拍小蔡的肩膀，又哈哈地笑了几声，这才说，我自我介绍一下吧，鄙人是国民党新编辽南保安二团上校团副，是廖耀湘亲自授予的，有他签名的委任状。这么说你可能还是不认识我，那我就提一下我大哥吧，老树皮你总不会也忘了吧？我是他的二弟，道上人称黑旋风。其实你看，我长得并不黑，但我手黑，所以道上人就叫我黑旋风。

小蔡一下子想起来了，在大苇荡和方七爷的婚礼上遇见过他，心想不好，这一次恐怕是凶多吉少。

黑旋风得意地哎呀了一声，说，真是缘分呵！如果我没记错的话，咱们这是第三次见面啦。起初是我们放了你，你不报恩也没啥，但你不应该恩将仇报，在方七爷家对我们动手，让我们损伤了好几个弟兄不说，我的命也险些丢在你手里。古人说，不是冤家不聚头，这一回你又犯我手里了，你说我该咋办吧？

小蔡让自己冷静下来，反问道，这么说，你跟老树皮都投靠了国民党军？

黑旋风摸了摸秃头，哈哈笑道，那是，那是。古人说，人往高处走，水向低处流嘛！这日本鬼子投降了，天下就是国军的了，我们不投靠国军投靠谁？难道还能投靠你们这些土八路？不过，我大哥没跟着我，他是死脑筋一个。这年头，有奶就是娘，谁能让咱们弟兄吃香的喝辣的，他娘的，老子就跟谁。蔡警卫员，你说我说得对不对？

小蔡笑了笑，说，两年前你若投靠国民党军我也就不说你啥了，可是现在，你就是不识时务了。虽然锦州、沈阳、长春等几个大城市还在国民党军手里，我们两军仍然在拉锯，但多则三年，少则两年，东北全境肯定就解放了。而你偏偏在这个时候投靠了国民党军，把你们唯一的一点曾经跟随老北风打过日本人的资本全都败光了。你们投靠了国民党军,不光是跟我们东北民主联军为敌,也是跟全中国人民为敌,三年后,你们即便没死在东北野战军的枪口下,也将被人民审判。你还敢说你们是在往高处走吗?大当家的为什么没跟你走?说明他比你眼界高,看得远。

黑旋风冷笑了一声,从八仙桌上拿过一盒营口牌香烟,抽出一支,一边递给小蔡一边问,来一支?见小蔡没吱声,自己叼到嘴里,点着了火,一边抽着一边说,讲这套我是说不过你,不过你要明白,你现在是攥在我的手心里。我说要你的命就像碾死一只臭虫。

小蔡冷笑了两声,幽幽地说,你让我也想起古人的一句话,狗改不了吃屎。

黑旋风非但没急眼,反而笑得更响亮了,而且是那种发自肺腑的笑。不但小蔡吃惊,连端着枪守卫在门口的两个士兵都张大了嘴往这边看。笑过了,黑旋风吸了两口烟,说,书归正传,说说吧,你们这是去执行啥任务呀?咋换上了便衣呢?

小蔡道,这个你没有资格知道。

黑旋风嘿嘿的一声,你大概还没见过我们土匪自制的刑具吧?你想见识见识?

小蔡道,如果你还执迷不悟的话,那我就只好领教领教了。黑旋风连连叫了几声好,然后冲着门外高声叫道,来人哪!有两个挎着冲锋枪的士兵推门而入。

黑旋风道,带这位共军的蔡警卫员去见识见识咱们的家巴什儿。

两个士兵应声过来架起小蔡就往门外走。这时,一个士兵跑进来向黑旋风报告,二当家的,那,那,那,后边的话还没说出来,黑旋风便冲他一摆手,骂道,妈拉巴子的,出去重来。士兵刚想说什么,但扭头瞥了一眼小蔡,又把话咽了回去,转身出去,转了身,重新进来后,士兵高声说,报告黄团副,逃跑的那辆马车被我们追回来了,赶车的人被打死了,车上拉着一个受伤的,伤得挺重,好像在发烧。

黑旋风问,人哪?

士兵道,被,被,被我们带回来啦,在院子里。

小蔡一听大惊失色,回过头来,冲士兵脱口叫道,你说什么?你们把马车截回来了?

士兵和黑旋风也是一惊,两人的目光一齐投向了门外的小蔡。

小蔡的脸色因惊慌而惨白,嘴唇不停地痉挛般地抖动。小蔡的目光没有敢跟黑旋风对视,在相遇的一刹那就迅速地扭向了一边。

黑旋风诡异地一笑,问小蔡,蔡警卫员,你们护送的这个受伤的一定是个当官的吧?他是谁呵?

小蔡哼了一声,却什么也没说。

黑旋风又点了一支烟,重新回到悠闲的状态。黑旋风说,其实不用你说我也知道,他一定是个当官的,而且还是你的首长。如果我没记错的话,上次在大苇荡里方七爷说你是林彪手下一个团长的警卫员，那么这个人就应该是你的团长啦？

这一次小蔡有了准备，所以脸上的表情没有任何变化，仍然没有吱声。黑旋风对押解小蔡的两个士兵说，你们先在这儿等着，我去看看这个受伤的。说着，出了屋子，走向院子里的马车。

高团长确实在发烧，而且已经处于昏迷状态。黑旋风当然不可能问出什么东西来，但黑旋风凭多年的经验确信他是一个当官的，而且团长的警卫员带领四五个战士亲自护送，他就不可能是比团长小的官。于是，黑旋风命令他的副官，带一个排弟兄立即出发，将小蔡和那个受伤的长官押往海城师部领奖。

33．巧　遇

小蔡带着几个战士护送高团长去海城治疗腿伤，走了快半个月了，人没回来不说，一点音信也没有。楚政委和李参谋长当然着急，并发报给辽南独立师师部和辽南军区，上级指示他们想办法了解情况再报。楚政委命令侦察排袁排长，让他立刻组成两个侦察小组赶赴海城。

卢云更是心急如焚，几次找楚政委和李参谋长，要求前往海城打听消息，寻找高团长一行。楚政委和李参谋长当然不会同意。

楚政委说，目前辽南的局面这么乱，你一个女孩子怎么能承担得了这么重要的任务呢？一旦出点儿意外，我怎么向上级和老高交代？这个事儿你就不用管了。楚政委说完，一甩胳膊，转过身去看墙上已经被红蓝铅笔画得一塌糊涂的地图。

被晾在了一边的卢云一脸的惊讶，她突然觉得，楚政委一改往日的细腻与温柔，变得简单、粗暴和强硬，而且不容商量，与他之前判若两人。泪水瞬间便从两眼中流了出来，卢云扭头转身跑出团部，拉开她和小王两人的房间，扑到炕上，将脸埋在两只胳膊里，失声痛哭起来。

小王不知什么时候回来了，从后面搂住卢云，然后用力将她拉了起来。小王一边用手在卢云的脸上帮她揩着泪水，一边说，光哭有啥用啊！如果哭能把团长哭回来，那我跟你一块儿哭！

卢云这时已经没有力气哭了，她想了想，觉得小王说得有道理，自己不能在这儿干等着，应该去海城打探消息，不管团长啥情况，必须弄个准信才行。想到这儿，卢云说，王姐，你手里有多少钱，先借我用用。

小王一愣，问，你要钱干啥？卢云说，我要去海城找团长。

小王的表情一下子严肃起来，说，卢云，政委不都跟你说明白了吗？你可不能擅自行动，这么老远，而且路上还不安全。

卢云说，你到底借不借吧？

小王为难地说，这不是借不借的问题。这样吧，我陪你再去找政委，政委要是同意你去，我就给你拿钱。

卢云说，那还是算了吧！

小王唉了一声，说，这就对了嘛！

卢云离开团部是在与小王商谈之后不到一个小时，那时太阳已经西斜，不少人家的烟囱已经有炊烟袅袅升起，在村子的上空弥漫，零星的狗叫也显得懒洋洋的。

卢云什么都没带，只是换上一套阴士蓝便装，扎了一条半旧的洋布花色头巾，在这春寒料峭里，仍然显得有点儿单薄。高团长他们走的是长大路，而卢云走的是海岫路，都是山路。卢云离开前专门找的袁排长，向他打听去海城的路线。袁排长说，出了村子向西北方向，绕过黄土岭，就到了王家堡，然后就是海岫路，经孤山子、析木，再往前就是海城了。但是，在上海岫路之前，卢云却走了冤枉路，这样就与楚政委派来追她回去的几个侦察员擦肩而过。侦察员们一路快速地追了过去，而卢云还在原地绕呢，根本没走多远。

卢云这一路走得非常艰难，完全超出她的想象。准确地说，她在离开团部前并没有认真地想过路上的情形，在知道了高团长受伤后，她的情绪一直处于一种失控的状态，忽而躁动不安，忽而大脑一片空白，因为所有的复述者，没有一个能够肯定地、准确地描述出团长受伤的真实情形。他们的含糊不清反倒给卢云一种误解，以为他们是在有意地掩饰着团长的严重伤情，一种欲盖弥彰的把戏。也正是因为这样，反而激发了卢云前往海城寻找高团长的激情。

卢云之所以走了冤枉路，是因为她发现村子边上有几个走动着的可疑之人，而且从路上的脚印与车辙也能看出来，村子里驻进了部队，她不敢进村打听路，就凭感觉朝西北方向走，结果转了个圈子，没走出多远。但之后，她幸运地遇到了一辆马车，把她捎上，跑了好几十里地。

天完全黑下来的时候，卢云便感觉特别的疲劳，两腿发沉，有些迈不动脚了。卢云决定不论走到什么时候，只要遇到村子就进去，先吃点东西，能睡一宿就更好了，于是，在地上抓了一把土，闭上两眼，往脸上抹了抹，然后使出最后的一点力气朝前走去。

卢云最先遇到的不是村子，而是一个小镇。镇子只有一条不长的十字街，东西长，南北短，从东头基本上可以看到西头。店铺前亮着各种红色和发黄的灯，将街面照得异常柔软和温和,让饥饿和疲惫不堪的卢云仿佛回到了久违的家里一样,一头扎了进去。

卢云已经顾不上抬头辨认店铺的牌匾,见到门前挂了两只红灯笼和一个酒幌子的店铺便一脚踏了进去。这是家辽菜馆,店面还真不小,有五六张桌子,东面还有木制楼梯通向二楼。

卢云拣了张挨窗户的空桌子坐下,跑堂的立刻就走上前来,一边斟茶,一边问,小姐来点儿啥?

卢云看了一眼北面坐着的四五个正在喝酒的客人,问,主食有啥?

跑堂的回道,米饭、花卷儿、贴饼子、酸菜肉蒸饺。

卢云说,那就来两笼酸菜肉蒸饺。

跑堂的又问,还要别的吗?

卢云说,对了,再来一碗酸菜汤。

跑堂的冲后厨高声叫道,酸菜肉蒸饺两笼,酸菜汤一碗——

跑堂的叫声未落,北面坐着正在喝酒的客人的目光便一齐投向了卢云,一个人惊叫道,这丫头儿长得不赖呀!

另一个声音说,是吗?我瞧瞧!

一个黑脸大汉说,长得是俊俏,我说,要不叫她过来陪咱哥几个喝两杯?头一个人说,好啊,我去请她过来。说着,起身朝卢云走过来。

酒馆里一下子静了下来,卢云感觉到了心跳加速,她不敢抬头看他们,低着头,两眼盯着桌子上的青花茶杯。过了好一会儿,卢云见一只粗糙的大手伸向了桌子,然后用中指在桌上重重地敲了两下。卢云这才猛地抬起头来,见一黑脸大汉铁塔般地站在桌前,吓得一哆嗦,你,你,你干啥?

黑脸大汉一定喝了不少酒,脸色黑红,嘿嘿一笑,道,你说干啥?老子叫你过来陪我们哥几个喝两杯,咋的?不给面子?

卢云这时已经平静下来,说,我不喝酒。

黑脸大汉问,是不会喝,还是不喝?

卢云这时把两眼也瞪了起来,盯着大汉的脸说,不会喝,也不喝。

哈哈哈——北面的四五个客人大笑起来。一个人尖声叫道,老五,人家也不给你面子啊,别丢人现眼赶紧回来喝酒吧!

黑脸大汉有些恼羞成怒了,哟嗬,妈拉巴子的,在王家堡子这一亩三分地上,老子还没遇到不给我面子的呢!说着,转到卢云的身后,一把揪住卢云的头巾和头发,往后一拽,就把卢云从椅子上拽了起来。

卢云尖叫了一声,转身面对黑脸大汉的瞬间,从腰里掏出了手枪,一下子就顶在了黑脸大汉的腰上。说，松手。

黑脸大汉脸上的表情立刻就僵住了，半天没反应上来。

卢云的声音大了些，没听到吗？叫你松手，不然我就开枪啦！

黑脸大汉这才清醒过来，连忙松了手，说，小姐，别开枪，别开枪，开个玩笑，嗯，玩笑！

喝酒的几个客人见状呼啦一下子都站了起来，一边掏家伙，一边冲卢云叫道，别动，举起手来，把枪放下！

玩笑？这是玩笑吗？妈拉巴子的，一点规矩都不懂，跟小姐有这么开玩笑的吗？说话声是从东面的楼梯处传来的。众人都扭头向楼梯处看去，一个四十开外，长着硕大的脑袋黑楂楂的连毛胡子的人站在楼梯的拐角处。

众人齐声叫道，大当家的！

大当家的笑了笑，说，如果我没认错的话，这不是卢家的三小姐吗？还认识我吗？

卢云已经转回身来，一眼就认出来了，是土匪头子老树皮。

老树皮慢腾腾地从楼梯上下来，走到卢云的桌前，说，三小姐，你不跟着八路去打国军，跑这山沟里干吗来了？

卢云喘了喘，说，大当家的，真是巧了，没想到能在这里遇见你。

老树皮在卢云的对面坐下，然后冲着黑脸大汉摆了摆手，说，是啊，这就叫缘分。苇荡里我放过了你和一名共军，袭击共军师部留守处被俘，你又点头放过了我，今天又意外地在这儿相遇，这样的缘分历史书上也不多见。三小姐请坐。然后扭头对那些刚刚跳起来的客人说，你们也都回座上去，接着喝酒。又对跑堂的说，二柱子，再炒几个菜，我请三小姐喝点儿。转回身来，对卢云说，古人说，人生有四大喜事，久旱逢甘霖，他乡遇故知，洞房花烛夜，金榜题名时。咱们这是应了第二喜。我想三小姐只身一人到这山沟里，一定是有极其重要或者着急之事，也许我能帮上点儿忙呢？所以，我陪三小姐好好喝一顿，咱们慢慢聊聊。

卢云重新坐回到椅子上，端起刚才跑堂的斟的茶，大口地喝了两口。

老树皮点了一支纸烟，吸着，说，三小姐到这儿有何贵干？你这是要去啥地方？

卢云想了想，说，实不相瞒，大当家的，高团长半个月前被枪伤了骨头，警卫员小蔡带着几个战士前去海城治疗，但直到现在音信皆无。我是去海城找人，路过这里。

老树皮吐出一口浓烟，皱了一下眉，迟疑地说，高团长？半个月前？

卢云一看，急切地问，你知道啥信儿吗？

这时，跑堂的端着菜来了，讨好地对老树皮说，大当家的，都是您喜欢吃的。说着，将两盘菜放在了桌子上。转身的时候又说，你们先吃着，还有两盘马上就好。

老树皮看了一眼，说，酒呢？挑最好的上。

跑堂的道，放心，马上就来。

老树皮说，高团长我不认识，但警卫员小蔡不就是那次跟你一起的那个小伙子吗？

卢云说，是，就是他。

跑堂的捧来一坛用牛皮纸蜡封的海城老窖，说大当家的，二十年的。说着，揭掉蜡封，顿时满屋飘香。

老树皮嘿嘿笑道，这就对啦，开导开导你们掌柜的，好玩意儿别老掖着藏着的。

跑堂的一边用搭在脖子上的毛巾擦手，一边说，哪能呢？我们掌柜的跟大当家的啥交情？再好的酒都得给您留着。

老树皮端起酒坛子，给两只青花大瓷碗倒了一半酒，用鼻子嗅了嗅，说，咋样？好酒吧？来，三小姐，喝一口！

卢云把酒碗往外推了推，说，我不喝酒。

老树皮嘿嘿一笑，说，我相信三小姐会喝的。为啥呢？因为你喝了这碗酒，我会告诉你高团长和小蔡现在何处。

卢云一下子站了起来，说，你知道高团长的下落？赶紧告诉我，他在哪儿？

老树皮又嘿嘿一笑，说，坐坐坐，别急，咱们先喝酒，我说了，就一碗，然后我就告诉你高团长的下落。

卢云说，说话算话，不许诳人。

老树皮说，咋会呢？我在江湖这么多年，从不撒谎。

卢云不等老树皮话音落地，两手端起酒碗，扬起脸，咕咚咚，一口气将半碗白酒干了下去。然后将酒碗向下一翻，让老树皮看。

在场的所有人，包括老树皮都被卢云的举动震撼了。

老树皮说，好样的，豪爽仗义，我喜欢。我也把这酒干了。说完，左手端起酒碗，也是咕咚咚，一口气将碗里的酒干了下去。喝完后，老树皮捧起酒坛子，将卢云和自己的碗里又倒了一半酒，说，这回咱们慢慢喝，一边喝一边聊。

老树皮用袖子揩了揩嘴，大笑了几声，坐到椅子上，说，三小姐，事情是这样的，我的排行老二的兄弟叫黑旋风，那次在苇荡里你应该见过他。这小子去年秋天带着一伙兄弟投了国军，当了啥上校团副。跟他一块投了国军的一个兄弟前些日子回来说，他们抓了一个八路的当官的，应该是团级的军官，说是因为大腿根被子弹打骨折了，要去海城治疗。一块去的还有几个八路，被他们当场打死了。

卢云焦急地问，那他们现在在哪儿呢？

老树皮说，他们当即上报沈阳东北剿共总部，东北剿总命令其将两名共军官员立刻押往沈阳浑北监狱，之后咋样我就不清楚了。

卢云焦急地问，那他们没去海城？

老树皮说，我当时没往心里去，所以就没细问。

卢云重新站了起来，对老树皮说，感谢大当家的，我得马上走。

老树皮一愣，问，走？上哪去？

卢云道，上沈阳。

老树皮哈哈大笑起来，摸了摸光头，道，这天都黑啦，而且从这儿到沈阳远了去啦，你咋个去法？

卢云扭头往窗外瞥了一眼，天已经黑透了，街上虽然有些灯亮着，但还是黑乎乎的，不由得有些犹豫起来。

老树皮说，三小姐，我看这样，今晚你就安心喝酒，然后在这镇子上住一宿，好好地睡一大觉，明天我派弟兄找我那二弟打听一下，问个实信。如果确实是关到了沈阳浑北监狱，我给你弄辆马车，派两弟兄送你去，你看咋样？

卢云回过头来，端起酒碗，说，感谢大当家的关照，这碗酒我敬你！说完，又一口气将半碗酒喝了下去。

老树皮连声叫好，三根手指捏住碗边，也是一口气将酒干了。老树皮又捧起酒坛子，还要往卢云的酒碗里倒酒，就见卢云身子晃了晃，一屁股坐到椅子上，然后就身子一歪，不省人事了。

卢云醒来已经是第二天凌晨，窗外的天空有了些微的银灰色的光亮。卢云感到全身是汗，嗓子干渴难忍，胃里好像燃着一团火，烧烤般灼热。卢云晃了晃头，伸手往褥子下面的火炕一摸，有些温热。卢云将身上的被子掀掉，两手撑在炕上，用力坐了起来，借着窗外些微的银灰色光亮，左右一看，发现炕上就自己一个人，不由得一惊，本能地将身上的被子往身上拉紧了一下。卢云这时想起了昨天晚上与老树皮喝酒的情景，低头一看，自己睡觉时连衣服也没脱。卢云不由自主地用手拽了拽衣裤，感觉完好无损，这才安下心来。卢云觉得有点儿不对劲，自己的酒量哪里会喝了一碗酒就醉了呢？会不会是老树皮在酒里放了什么东西？那么他要干什么？后来想明白了，可能是因为自己又累又饿，空肚子喝酒造成的。卢云长长地出了口气，想下炕找水喝，却感觉到浑身无力，有如一团棉花般地缺少了筋骨。但卢云还是下了炕，她扶着炕沿走到门口，又扶着门框推门，但门关得死死的，没推开。卢云借着窗外的光亮，用手一摸，门插没插上，可是门怎么推不动呢？卢云又连着推了两下，还是没推开。正纳闷呢，门突然开了，卢云向前一扑，差一点闪趴到门外。

灰暗中，有个男人急火火地，却又是磕磕巴巴地说，对，对，对不起，三小姐，我，我，我睡着了。你起，起，起来啦？没，没吓着你吧？

卢云真的被吓一跳，用手摸了摸胸口窝，瞪大眼睛仔细一看，男人黑瘦黑瘦的，肩上挎了杆步枪，头上戴顶黑色狗皮帽子，穿一身黑色棉衣。便问，你是什么人？在这儿干什么？

黑瘦男人回道，三，三，三小姐，我，我是大当家的派，派，派来保护你，你的。

卢云没明白，反问道，保护我？

黑瘦男人道，是，是，大，大，大当家的说，说现在不，不太平，你，你一个姑娘家的，要，要保护。

卢云差点笑出声来，用手遮住半个脸，说，好啦，那你回去吧，告诉大当家的，说我没事儿。

这时，西屋的门吱的一声开了，门帘一挑，一个中年妇女走了出来。妇女笑着对卢云说，三小姐，你起来啦？

卢云哦了一声，两眼直直地看着妇女。

妇女说，我是杨记酒馆掌柜的家里的，这个兄弟是大当家的手下的，姓吴，叫吴富贵。是大当家的把你安排到我家来的，吩咐我好好照顾你。我姓于，你叫我于嫂吧。我马上烧水，你好洗漱。又对吴富贵说，富贵兄弟，你回去吧，三小姐交给我啦！

吴富贵仍然是磕磕巴巴地告了别，转身推门走了。

于嫂开始生火烧水，伺候卢云洗漱，然后熬粥做饭。天光大亮了，饭做好了。吃饭的时候，于嫂对卢云说，三小姐，我这话不知该说不该说。

卢云一边喝着高粱米粥一边说，于嫂，你说。

于嫂说，你一个姑娘家，又长得这么漂亮，咋能一个人到处乱跑呢？眼下这世道多乱啊！日本人刚走，这国军和共军又打得不可开交，这个来那个去，像戏台上演戏似的。还有土匪，趁火打劫，来无踪去无影，说不上啥时候就冒出来了。谁敢惹？这大当家的还挺仁义的，他是兔子不吃窝边草，他把哪儿当家，他就护着哪。我也不问你是干啥的，反正你不是简单人，不然大当家的咋能这么对待你？

卢云说，我是八路军，现在叫东北民主联军。国民党长不了了，用不了几年，不光东北是共产党的天下，全国都是共产党的天下，你就等着过天下太平，人人平等的好日子吧！

于嫂说，我不懂你讲的这些，但我能觉出你是好人。

卢云已经好多日子没吃过这么丰盛的饭了，吃得满脸红润，全身舒坦，体力似乎马上就恢复了。

这时，吴富贵一路小跑着又回来了，告诉卢云，大当家的请她去酒馆说话。

于嫂家离杨记酒馆也就是一袋烟的路，上了二楼，老树皮正一边喝茶一边抽烟。

老树皮起身让座，然后亲自给卢云斟了一杯茶，说，昨晚三小姐是空着肚子喝急了，咋样，没事儿吧？

卢云说，真不好意思，让你见笑了。

老树皮说，哪里哪里，对喝酒的人而言，这是小事儿一桩，再正常不过啦！你看你，到底是年轻，睡一宿觉没事儿了。

卢云说，感谢大当家的热情款待，我马上就去沈阳，在这儿与您告辞了。不过，我，我有点小事还要求您。

老树皮似乎有点儿吃惊，你要去沈阳？就你一个？

卢云说，是，我必须去沈阳，确切地打听到高团长和小蔡的音信。大当家的，你能借我点钱吗？等我从沈阳回家，取了就还你。

老树皮笑道，钱不是问题，我想说的是你去沈阳没用的。这个事情我看这样好不，我派几个弟兄去沈阳打探，你呢，就在这儿一边休养生息，一边等候消息。我也不瞒你说，我跟我的二弟，去年闹掰了，他非要去投靠国军，我坚决反对，劝他再瞧瞧，这世道太乱，我们弄不明白，他死活不听劝。我说那咱们就大路朝天，各走一边，你走你的阳关道，我走我的独木桥，我们哥俩就分道扬镳了。但是，不论咋说，我们曾经是哥们儿，所以，我可以低头去求他帮忙，看看能不能将高团长和蔡警卫员弄出来。我之所以帮你，没别的目的，你不用多想，以我的观察，共军肯定会夺取江山，因为国民党实在是太腐败了，而国军派系林立，在东北，他们都想保存实力，出工不出力，这种情况能打得了共军吗？所以，我敢断定国民党必败无疑。这样讲，我是有点小气，就是说，为你，其实是为我自己，为我自己留条后路。咋样？三小姐，我说明白了吧？

卢云想了想，就说，好吧，那我就听大当家的。

老树皮哎了一声，说，这就对了。你就在杨掌柜家待着，他家没啥人儿，你正好跟他老婆做个伴儿。

三天后，老树皮派出去的兄弟回来了，说，黑旋风说，两个八路被关进了浑北监狱。这座监狱原来只是狱警看管，这两年由于关进去不少政治犯，增派了不少国军宪兵，看管得非常严。他本人第一不熟悉狱警和宪兵，第二他是被国军收编的，人家也不拿他们当回事儿，到现在，连一分钱的军饷都没给过，跟国军长官根本说不上话，所以，这事儿拿多少钱也帮不上忙。

卢云听了这消息，便决定马上回镇海寺，让老树皮派辆马车送她一下。老树皮还要挽留，但卢云态度坚决，只好按卢云说的办。

34. 萧　墙

　　田镇长跟卢秋谈过话后，过去了好些日子，却一直没看见她来镇上，觉得有点奇怪，便问李主任怎么回事。李主任回说不清楚，不过，前些时候听到于委员在办公室对卢秋大喊大叫的，不知为了啥事儿。

　　田镇长就把于委员叫到了办公室。田镇长坐在椅子上，一边抽着纸烟一边语气极其随便地问于委员，怎么没看见卢秋同志啊？

　　于委员一副淡然又毫不知情的表情，然后慢条斯理地回道，这个我咋会知道呢？你不是安排她在办公室工作吗？你得去问李主任啊！

　　田镇长说，据李主任说，我跟卢秋同志谈完话后，卢秋同志被你叫到办公室，你都跟她说了些什么呢？

　　于委员怔了一下，脸上有些红晕，说，没说啥啊，我只是说那天你在卢秋家喝酒，为啥不拦着点儿你，让你不但喝多了，还留宿在了卢家，这事儿传出去对你和她影响都不好。

　　田镇长又问，就这些？

　　于委员说，是啊，就这些。

　　田镇长说，那有人听到你在办公室对卢秋同志大声地训斥是怎么回事？

　　于委员嗫嚅地说，她，她对我的话不太当回事儿，所以，我就态度不太好，声音就高了点儿。

　　田镇长说，小于同志，我再次跟你说一下，你是镇政府的妇女委员，主管全镇的妇女工作，代表着政府，所以，你要以身作则，给妇女做出榜样，做出表率。好吧，你回去再好好地反思一下，找时间向卢秋同志道个歉，跟她搞好团结。

于委员似乎还不太服气，但看田镇长不想再跟她说话了，就转身走了。

于委员走后，田镇长也出了办公室，叫上小庞，离开政府，穿过镇街，很快就上了县道直接奔了宋庄。

路边的柳树已经吐出嫩叶，远看一片朦胧的嫩绿。后边高大的杨树冒出的红色毛毛狗也在一天天地长大，用不了几天就会落得满地都是。

田镇长走路很快，似乎带着风，小庞在他后边几乎是一路小跑，呼呼直喘。很快他们就来到了卢秋家。

卢四正在院子里忙着，抬头见田镇长和小庞推开院门走了进来，连忙放下手里的活计，迎上前来。

田镇长笑着打招呼，你好，卢老伯，这是忙什么呢？

卢四早已伸出两手握住田镇长的手，笑呵呵地说，你也好，田镇长，干点杂活，农民嘛，就是不能闲着。快进屋，歇歇脚。

田镇长道，不累，今儿个可是个大好天，你看我这脑袋上，都冒热气了。

卢四道，可不是吗，到底是年轻啊！进屋吧，屋里说话。

这时，屋门开了，卢秋走了出来，一眼看见田镇长，脸忽地就红了，转身就要回屋去，却被田镇长叫住了。

田镇长说，卢秋同志，见到我招呼也不打，抹头就走，怎么，对我有意见？

卢秋脸更红了，不好意思地说，哪能呢，我咋会对田镇长有意见呢！你跟爸有事，你们聊，我去给你们沏茶。说完，转身进了屋。

卢四不明就里，一边把田镇长往屋里让，一边还说，这孩子，这么大了，还是不明事理，田镇长，你别往心里去。

田镇长笑道，哪能哪能，卢秋优秀着呢！

进了屋后田镇长在八仙桌边坐下，卢秋那边就端着茶水过来了。

田镇长看着卢秋说，卢秋同志，你也一块坐，我有重要的事情跟你和卢老伯商量。

卢秋犹疑了一下，还是在一旁的长条凳上坐了。

卢四拿起一支纸烟递给田镇长，然后拿起火柴要给田镇长点烟。田镇长抢过火柴，划着了，要给卢四点。

卢四说，我抽这个。说着从裤带上拽下牛皮烟袋，捏了一撮烟末按到烟锅里。

田镇长连忙重新划着火柴，给卢四点上火，然后才把自己的纸烟点着。田镇长抽了两口烟后，一边用手指捋着烟条一边说，这卢秋同志卷的烟真的是好，这手感，拿着就舒服。

卢四说，过奖过奖，喝茶，喝茶。

田镇长端起茶杯喝了一口，不无感慨地说，说心里话，卢老伯，我真羡慕你们这日子，自食其力，自由自在。当然了，前提得是天下太平，没有外族侵略，也没有内战和兵匪祸患。等东北和全国解放了，我一定要过一种您这样的日子。

卢四连忙说，哪里哪里，你哪能跟我们一样呢，你是八路军的首长，在我们镇上也只是命中的劫数，将来一定会有更大的前程呢！

田镇长哈哈地大笑起来，说，卢老伯不愧是读过书的人，说得我心花怒放啊！事情是这样的，东北战场虽然眼下还处在胶着状态，但大的形势却对我们有利，东北解放为期不远了。我们现在就要着眼解放后的事情，以我的经验，战后最主要的工作是把经济搞上去。包括现在打仗，打的是什么？民心当然是第一位的，但没有经济支撑是不行的。作为镇长，我现在的主要思想，或者说是工作重点，有两条，一是支援前线，二是抓经济。说白了，这两条是互为表里，互为因果。根据我了解到的情况，镇海寺拿得出手的土特产品有十种以上，包括你们家的酥炒花生米。目前呢，都还处在一种个人的小作坊状态，影响和销售都有限。我想由镇政府出面把它们往一块拢一下，然后将每一个产品都做大做强，先在辽南做，然后拓展到整个东北，最终要推销到全国去。为此，镇政府专门成立一个部门抓这项工作，我亲自任主任，卢秋同志做主任助理，协助我工作。不知道你们有什么意见没有？

卢四说，那是好！那是好！我能力有限，但我会尽力。至于老二，她没见过啥世面，恐怕担不起那么大的责任。

卢秋也马上就说，哎，我不行！而且，家里也离不开。

田镇长这时脸上有些严肃起来，说，卢秋同志，前几天我们谈得好好的，你怎么变卦了呢？而且你答应第二天去镇上工作的，什么原因到今天还没去呢？

卢秋的脸又红了，支支吾吾地说，我，哦，没啥，我后来想想，还是算了吧。

田镇长盯着卢秋的脸，说，不会吧？你是不是跟于委员，你们之间有什么误会？

卢秋立刻摇头摆手否定，没有，没有。

田镇长喝了口茶，说，这个事我看这样，不管有没有，你都不用理她。你呢，直接归我领导，协助我工作，与她无关。为什么我要选你来做这项工作呢？第一因为你虽然没正式上学堂学习，但受卢老伯的熏陶，有相当的文化水平和修养，能拿得起，也能担得起事儿。另外，你的文化修养对推广镇海寺土特产品非常重要，因为这些个东西它本身是内含着文化的。第三，你性格沉稳，能容人容事，这也很重要，因为这些从事土特产品制作的人都是有一定性格和特性的人，是不容易合作的，你弄不好就掰了。所以，你得善于团结他们，有事儿跟他们商量，多征求他们的意见，不然这个事儿是做不好的。

卢秋说，田镇长，第一我没有你说的这么高水平，第二听你这么一讲，我更不敢干了。

田镇长笑道，这个你不要有负担，什么事儿都有个开头，干上就好了。而且不是有我呢吗？我做你的后盾，给你出谋划策，不存在干不好。这事儿就这么定了，明天上午你就到我的办公室报到，我给你布置工作，你就先干起来。相信我，这项工作一旦干起来，就会推动全镇工作上一个台阶，我们镇海寺就会有一个很大的变化，等到东北乃至全国解放了，我们已经走在了别的地方的前面了。就这样吧，我得马上赶回镇政府，下午还有个重要的会要开。说完，田镇长站了起来，跟卢四握握手，又说，卢老伯，你得支持卢秋同志哟！

卢四连连点头，笑道，一定，一定。

第二天上午，于委员要向田镇长汇报各村赶做冬装的情况，推开田镇长的办公室一看，立刻愣住了，卢秋坐在田镇长办公桌对面，田镇长伏身在办公桌上，两人看着同一张纸，好像在商量一个什么名单。于委员感觉脑袋里嗡的一声响，火一下子顶了上来，可是她在那一瞬间不知该向谁发火，站在门口，像一根木头桩子似的戳在那里。让于委员忍无可忍的是，田镇长和卢秋极其投入他们正在商量的事情，她进来半天了，他们居然毫无知觉，作为一个女人，她知道这是一种什么情感状态，一种什么情感境界。

于委员在门口站了半天，终于爆发了，她没有冲田镇长去，而是选择了卢秋。于委员冲着卢秋的后背厉声叫道，卢秋，我问你，那天我叫你回来，为什么不回来？你有点儿组织观念没有？难道我问你田镇长在你家跟谁睡一铺炕有错吗？我不是为田镇长负责吗？

田镇长和卢秋肯定都被吓了一跳，尤其是卢秋，她转回身来的瞬间脸色忽红忽白，心脏猛烈地跳动，两眼中闪耀出来的是一副婴儿突然被什么惊吓着了的神情。

田镇长瞬间便镇定下来，极不高兴地对于委员说，于委员，你这是怎么跟卢秋同志说话呢？什么态度？

于委员显然是在克制着情绪，眼睛转向田镇长，放慢了说话节奏，语气也一下子变得平和下来，田镇长，你说我怎么说话？你让我啥态度？我是镇政府的妇女委员，有权过问妇女的问题。

田镇长的心思一定是都在跟卢秋研究工作上了，对于委员的蛮横态度毫无准备，一时间竟不知如何回答是好，嘴张了张，杵在了那里。

这时，卢秋却把话接了过去，说，于委员，关于田镇长在我家喝酒的事，那天我已经跟你说明了，如果你对我的事情特别感兴趣，还想再听一遍，等我跟田镇长研究完工作后我们单独谈，你看可以吗？

卢秋的这番话完全出乎于委员的意料，瞬间，她似乎不认识卢秋了。平时的卢秋寡言少语，娴静柔弱，一副逆来顺受与世无争的样子，今天咋的突然间变啦？虽然不是唇枪舌剑，但却是绵里藏针，甚至伶牙俐齿起来？而且，她居然敢这样不动声色地顶撞自己，她的胆量哪来的？于委员的思绪一下子乱了，一时不知怎样应答，僵在了那里。

不知过了多长时间，于委员就听田镇长说，小于，你先回去吧，等我跟卢秋同志研究完工作后我让小庞找你。

于委员不知道自己是怎么走出田镇长办公室的，也不知道是怎么走进自己的办公室的，她像得了急病一般，趴在办公桌上，身体瘫了一般。

半小时过去了，于委员没有等到田镇长来找她，便离开办公室回家了。从镇政府走到家本来就十几分钟的路，她却走了半个多小时。第二天早晨天亮醒来，她全身疼痛无力，起不来了。直到这时，于委员才意识到，自己病了。

卢秋跟田镇长研究了三次，一共归拢出十三个产品，在这十三个产品里又选出七个作为镇海寺首批土特产品牌产品进行打造。这七个土特产品是镇海寺小烧锅、吴家酸菜、镇海寺黄金叶、清真馅饼、镇海寺卤酱黄瓜、镇海寺熏鸡、卢氏香酥花生米。田镇长指示卢秋，第一，先召集这七家的掌门人开个座谈会，说清镇政府的意图，倾听他们的意见和建议。第二，我们助力他们扩大生产与营销，广泛地宣传他们的产品，但我们不出资。第三，我们从历史文化的角度，帮助他们深挖产品背后的历史文化意蕴，并重新为其包装设计，统一打上镇海寺名牌土特产商标。第四，在镇海寺他们可以销售自己的产品，但出了镇海寺，则由商铺总代理，利润甲乙方四六分成。卢秋按照田镇长指示积极开展工作，业主们积极性很高，土特产品生产规模迅速扩大，外销工作也初见成效。

田镇长在镇政府机关会议上表扬了卢秋，说卢秋工作扎实，有文化底蕴，有未来远见，虽然刚刚介入工作，但镇海寺的土特产品已经有了一个很大的提升。希望大家积极工作，有创造性地工作，从现在开始，就要着眼于解放后进入和平建设的新时代。卢秋参加了会议，在田镇长表扬她的时候，感到脸一阵阵地涨红，她知道，很多想法都是田镇长提出的，但他却把功劳安在自己身上，这让她颇感难为情，但又不能起来分辩，只好沉默不语。

卢四的花生米正式命名"卢氏香酥花生米"后，镇里安排了五六个人来卢四家里，按照卢四的要求加工生产，产量和利润扩大了十几倍。卢四成了师父，有好几个年轻后生向他拜了师。活基本上不用卢四干，卢四只是一边喝着茶，抽着烟斗，偶尔喝几口小酒，一边指挥着他们干，心情大悦，京剧段子不时地在院子里悠然地回荡。

这天一早，卢四对正要出门的卢秋说，老二，你问问田镇长今晚有空没有，我想请他来喝几盅。卢秋冲他笑了笑,点头答应。

太阳快落山的时候,田镇长跟在卢秋身后进了卢家院子。卢四把田镇长迎进堂屋,酒已经热上了,卢四老婆正在炒菜。

田镇长在八仙桌旁坐下,然后笑道,怎么样,卢老伯,半个月前我说的那些不是空话吧?这才稍稍做了点儿工作,就取得了这样的成果,真的解放了,我要是还在镇海寺,我就把它们做到全国和世界上去,你老信不信?

卢四呵呵地笑着,说,咋的不信呢!你是能文能武,拿得起来放得下,假以时日,必成大器。说着,递给田镇长一支纸烟。

田镇长点着了烟,一边抽着一边说,我这人呀是没有大出息的,我了解我自己,太随性,不讲规矩,不拘小节,有点成绩掩饰不住,容易遭人诟病。

卢秋这时端着两盘菜上来了。田镇长说,卢秋同志,你也过来喝点酒。

卢秋将菜放到桌子上,笑道,我不会喝,我陪你坐坐吧!

田镇长笑了笑,说,好,我这个人啊,没那么多说道,兴之所至。俗话说得好,酒不醉人人自醉,喝酒要的就是这个气氛。无论做什么,都要一个境界,我就是向往着这样的境界。

卢秋给他们斟上酒,两人就一边聊着,一边喝起来。

喝了几杯后,田镇长对卢四说,卢老伯,有句话早就想过来跟您老说,话到嘴边了又都咽回去了。

卢四的脸已经开始红了,哦了一声,道,你跟我还有啥客气的,有需要我的事儿尽管直言。

田镇长瞥了一旁的卢秋一眼,又点了一支烟,吸了两口,才说,我向卢秋同志求婚,希望您老应允。

卢四听了田镇长的话惊讶不已,瞪起了眼睛,反问道,田镇长,你说啥?

田镇长表情严肃地说,我向卢秋同志求婚,希望您老应允。

卢四立刻看一边的卢秋。卢秋早已经红着脸低了头。

田镇长道,卢老伯,我是认真的,从打第一眼看见卢秋起,到现在差不多也有一年了,我是越来越喜欢她了,想法很多,今天就不细说了。关于我的情况,你们都不太清楚,简单说呢,我家在山东平度农村,不过我出来的早,十几岁时跟随叔叔去青岛读书,从中学到大学,七七事变后,我就投笔从戎,参加了八路军,当时还称之红军,当时还不到二十岁。快十年了,我再没有回过家,家里怎么样了也都不知道。我这人毛病不少,但心眼不坏,尤其是对卢秋,我是真心地爱好,也会把一生都毫无保留地交给她。

卢四摆手打断了田镇长的话,说,田镇长,你不必多说啦,我是一百个赞同。只是老二高攀了你啊！你是个真正的文化人，而且能文能武，她却没正式地读过书。

田镇长立刻站了起来，给卢四深深地鞠了一躬，说，谢谢卢老伯！谢谢你对我的信任和关爱！说完，扭头转向卢秋，刚要对卢秋说，却见卢秋不在了。

这时，卢四老婆从西屋出来了，过来就拉住了田镇长的手，说，田镇长啊，把卢秋交给你，我们放心啊！

田镇长又连忙给卢四老婆鞠躬，说，谢谢你，伯母！

可能是上次喝多了的教训，这回田镇长真没喝多，天傍黑的时候就告辞要走。可是，推开门一看，外面不知什么时候下起了雨，院子里的地上已经有了溪水奔流。

卢四就说，田镇长，别走啦，就在这儿猫一宿吧！

田镇长说，光顾着喝酒了，居然下这么大雨也没注意。没有事儿，今晚喝得不多，卢秋，你给我拿把雨伞，一会儿就走回去了。

话间刚落，卢秋就将黄色的油布伞递到了田镇长手里。

卢四说，那就让老二送你回去，你喝酒了，终归是不放心。

田镇长笑道，你让她送我？到镇里我再送她回来，我们不用干别的了，就来回走了！

说得卢四、卢四老婆和卢秋都大笑起来。

田镇长回到镇政府，先进了自己的宿舍。他的宿舍在走廊的西头，最里面的那间。脱掉已经湿得差不多了的衣裤，从柜子里掏出一套干净衣服换上，然后去了办公室，沏了杯热茶，又点了一支纸烟，一边抽着烟，一边回想刚刚在卢家喝酒，以及求婚的细节，极其兴奋。田镇长没想到卢秋父母对自己这样认可，甚至都没用多说，就同意将卢秋交付给自己了。卢秋显然是害羞，虽然没当面答应自己，但她对自己的态度是非常明显的。田镇长想，东北一解放，就跟卢秋结婚，到时也办一场婚礼，不能像方七爷那样，太世俗。要有文化品位，更高雅一些。然后就跟卢秋过一种真正的男耕女织的田园生活，在这里也行，或者回山东老家，那样的人生是怎样的一种惬意啊！想到这时，田镇长端起茶杯，茶还没喝到嘴里呢，有人敲门。田镇长问，谁啊？进来。

门吱嘎一声响，进来的是于委员。

田镇长一愣，从椅子上站起来，说，于委员，你不是在家休息呢吗？

于委员微微一笑，说，身体已经恢复了，没啥事儿。

田镇长说，这么晚了，找我有事儿吧？进来吧，坐。我刚沏的茶，你要不要来一杯？

于委员往前走了几步，摆了摆手，但没坐到办公桌前的椅子上。

田镇长发现于委员瘦了许多，脸色仍然有些暗淡，但这病态却让她徒生出一种楚楚可怜、娇弱不堪之容。瞬间，田镇长有些愧疚，自己光顾忙工作了，于委员休息了这么多日子，都没有去于委员家探视一下她。便说，于委员，实在是抱歉，在你生病期间也没有抽时间去看你。

于委员说，你那么忙，咋好意思让你去看我呢？而且，我也不是啥了不起的病，这不，已经好了。说着，嫣然一笑，深情地看了一眼田镇长。

田镇长当然是看在了眼里，而且又有新的发现，就是于委员说话时的语气变了，不光是舒缓，还有了些语感和韵致，那表情也明显地丰富起来，且有了女人特有的妩媚和矜持。田镇长便有些感动，一时间竟不知说什么是好。

于委员两眼盯着田镇长有些红涨的脸，说，喝酒了吧？似乎并没有想让田镇长回答，更没有进一步追究的意思，又说，我也准备了几个下酒菜，想晚上请你喝点酒，等了好久，可是你一直没回来。当然，喝酒也不是主要的，主要的是想请你给我，还有我的工作提提意见，帮助我有所提高，也不辜负组织上对我的信任与期待。

田镇长这下子可就不是有些愧疚和有些感动了，而是内心深处升腾起一种不能言说的情绪，这种情绪已经接近他所一向追求的那种境界。田镇长一时间竟不知说什么是好，而是连说了三声好好好，那把酒菜拿这儿来吧。

于委员似乎没想到田镇长会答应她，转身离开的一刹那，眼睛里流露出来的是无限的感激与柔情。

不一会儿，于委员端着食堂用的一个木制托盘回来了，托盘里有六样精制的小菜，还有一瓶重新包装的镇海寺小烧锅和两个盛一两酒的青花瓷酒杯。于委员轻轻地将它们一一摆到办公桌上，这才在田镇长的对面坐下。

田镇长也不客气，已经将两个酒杯里斟满了酒，这时，端起自己身前的那只，说，小于，我敬你一杯，我来镇海寺一年半多了，感谢你对我工作的支持和帮助，也感谢你在生活上对我的关照。我这个人啊，当兵十来年，一个人在外，大大咧咧惯了，说话办事也没个深浅，请你多多谅解！来，咱们干一杯！

于委员端起酒杯，两眼不仅是含情脉脉，而且已经有泪水盈满眼眶。于委员什么也没说，与田镇长碰了一下杯后，一口将酒杯里的酒干了。

连着喝了两杯酒后，田镇长说，小于啊，我平时呢，脾气不太好，性格也有些急躁，可能言语上对你有些不恭，请你别往心里去啊！

于委员说，看你说的，你的批评是对我的鞭策和鼓励，我是求之不得呢！

田镇长笑了笑，说，那就好，我是担心言重了会伤了你们，尤其是像你这样的女干部。

又喝了一杯酒后，于委员暗淡的脸色泛起了红晕，有如镇海寺即将盛开的桃花。于委员轻启红唇，慢声细语地说道，田镇长，你的思想水平、你的谋略智慧、你的勇武善战，谁人不知，何人不晓？你是集战将与儒士于一身啊！师部留守处一战，尽显你的战将风采,一年来主持镇海寺政府工作,援前与土地改革,还有经济建设,蓬勃开展,可以说,现在的镇海寺虽然还没有到翻天覆地的程度,但已经是日新月异。

可能是酒喝多了的缘故,这一番话真的是让田镇长很受用,很得意,加上刚刚求婚的成功,不免心花怒放。田镇长又端起酒杯,说,小于,这一段儿时间你可是有很大的提高,我替你高兴,希望你再接再厉,百尺竿头,更上一层楼。上班后,将工作好好抓一抓,争取有些新气象。来,咱们再干一杯。

田镇长和于委员推杯换盏,不知不觉,一瓶镇海寺小烧锅见了底。田镇长说,今天喝得真高兴,还有没有了,再来一瓶。

于委员面露难色,忸怩地说,田镇长,不能再喝了,明天你还要工作呢!

田镇长道,我这酒量你是不知道,有一次,我刚当营长的时候,我们营单独阻击日军一个步兵大队,整整一天,没让他前进一步。战后,师部奖励我们两箱景芝白干,我们山东名酒,我自己喝了两瓶,第二天照样行军,什么都不耽误。

于委员说,那我就取去啦?

田镇长摆摆手,取取取,今晚喝个透。

于委员拎着第二瓶镇海寺小烧锅回到田镇长办公室的时候,田镇长已经趴在了办公桌上。于委员知道田镇长喝多了,便把酒放到桌子上,然后绕过桌子头,站到田镇长身边,准备扶他起来,送他回宿舍。于委员没想到,她刚用胳膊环住田镇长的腰,田镇长却醒了。田镇长扭头一看,于委员粉红的脸几乎贴在他的脸上,嘴里呼出的微甜的酒气如春风般地拂在脸上,酥酥痒痒的,他几乎没有犹豫,转过身来,伸出两只胳膊,一下子将于委员的上半身搂进了怀里,没等于委员叫出声来,两手用力捧住于委员的脸,狂热地吻了起来。于委员开始还想挣扎,但马上就半躺在桌子上,顺从地回应起田镇长。很快,田镇长的两手伸进了于委员的怀里。于委员呻吟起来,于委员呻吟的声音不是连续的,而是时断时续,有些像哭泣时的抽抽咽咽。这样的呻吟声显然进一步地刺激了田镇长的欲望,他翻身站了起来,两手一用力,将于委员整个的身体搬到了桌子上,碰得桌上的盘子一阵叮当乱响。田镇长已经顾不上其他了,他的两眼通红,脸色更是红得发出一种少见的紫光。田镇长解开于委员的腰带,脱掉裤子,一下子就进入了于委员的身体。于委员的大叫了一声,但马上闭了嘴,用牙咬住了嘴唇,紧紧地闭上两眼。田镇长一边喘着粗气,一边喃喃自语,卢秋,卢秋,第一次见到你我就喜欢你了,你让我对未来充满了希望与向往。现在,我们终于在一起了,我爱你,我要永远跟你在一起。

第二天太阳升得老高了,田镇长才醒了过来。田镇长不记得自己是怎么回到宿舍的,他只记得从卢秋家回来后跟于委员在办公室又喝了一瓶酒。

35. 陷 阱

卢云在老树皮的两个弟兄的护送下，赶着一辆两套挂的马车，在天黑了的时候回到了镇海寺。卢云没有回家，而是直接去了方宅。吕先生将卢云送到卢芳的屋里，让周妈伺候卢云洗漱，准备晚饭，然后就带着老树皮的两个弟兄去了镇海寺大酒楼，把吃住都安排妥当了。

卢芳对卢云的突然到来并没有显示出惊讶，也没有应有的热情，她们甚至连姐妹间分别多日后最起码的拥抱都省略了。卢云不知道卢芳把她嫁给方七爷的事与自己联系起来，为此而记恨自己，她不知道这里的细节，自己也从未这样想过。当然，卢芳跟谁也都没说过。这个事儿本来已经有些淡了，但看见卢云的瞬间就又纠结起来了。

卢芳把卢云让到八仙桌前坐下，认真地瞅了卢云两眼，微微一笑，说，三妹这是从哪儿来？风尘仆仆的。

卢云一脸的焦急，说，说来话长，等有空再跟你细说。七爷呢？我找他有急事。

卢芳的话就有了酸溜溜的味道，哦，你是来找你姐夫的，我还以为是来看我的呢？

卢云似乎有点儿惊讶，瞪起眼睛说，咋的？你还挑理啦？见卢芳没吱声，就又说，真的，大姐，七爷上哪儿去了？我这十万火急呢！

周妈这时走过来说，三小姐，热水给你准备好了，你去洗漱吧。

卢云扭头看了周妈一眼，说，不急，你先忙着，我跟大姐说会儿话，一会再去。

周妈说，好，那我先去沏茶。说完转身轻手轻脚地走了。

卢芳说，你姐夫出门了，走了六七天了，我也不知道他现在在哪儿哩。什么事儿，这么急着找他？

卢云就把高团长受伤前往海城治疗，被土匪老树皮投靠了国军的二弟抓获，并押送沈阳浑北监狱的事简单地说了一遍。然后又说，现在国共在东北打得非常激烈，两军呈胶着之势，沈阳是国军的老巢，集结大量主力，东北民主联军不可能派部队去攻打浑北监狱，所以，想请方七爷出面找找人，看看能不能把高团长，还有警卫员小蔡一起营救出来。方七爷在江湖结交了好多人，他一定会有办法的。

周妈这时把茶沏好端上来，说，三小姐，先喝点热茶暖暖身子。卢云说，好，谢谢你！然后就端起茶杯喝了两口。

卢芳说，这个就不大好说了，他虽然在江湖混了多年，但也不可能哪儿的人都认识。我还真没听他提起过啥监狱和军队上的朋友。问题是不知道他人现在在哪里，也不知道哪天回来啊！

周妈这时又来了，说，三小姐，饭准备好了。

卢芳说，你先吃饭吧！这事儿肯定不是三天两日就能办妥的，等七爷回来再说。

没别的办法，卢云只好跟着周妈去洗漱吃饭，吃完饭后，坐着王二的马车回宋屯去了。

还巧，第二天傍晚方七爷回来了，立刻让王二将卢云接到方宅。方七爷对卢云倒是很热情，询问了一些部队上的情况后就问高团长和小蔡的具体情况。方七爷听卢云讲述后说，你说的这个监狱我还真有个朋友，叫冯文，早年他在那儿当狱警，但多年不联系了，不知道他还在不在那儿。不过不要紧，我明天就去沈阳，看他还在不在，然后再做计较。

卢云自然是很高兴，说她跟方七爷一块去沈阳。

第二天一早，方七爷和卢云坐着王二的马车到了营口，然后坐火车去了沈阳。天已经黑了，方七爷找了一家离浑北监狱不远的旅店住下，第二天上午便去了浑北监狱。跟门卫一打听，冯文不但还在，而且提拔当了监狱长，管着二百来个狱警，还有一个中队美式装备的国军，紧急时刻也要听从他的调遣。不过冯监狱长到现在还没来呢。

方七爷便对卢云说，这样吧，你先回旅馆歇着去，我在这儿等冯文。

卢云说，不，我跟你一块在这儿等。

方七爷和卢云在监狱门外找了一个阳光充足的地方，一边晒着太阳，一边等着冯文。直到快中午了，方七爷才看到冯监狱长穿着一身黑色绸缎衣裤晃晃悠悠地朝监狱大门走来。

方七爷迎上前去，拦住了冯文的路，双手抱拳，冲冯文挥动了两下，嘿嘿笑道，是冯监狱长吧？还认得兄弟吗？

冯文吓了一跳,往后退了两步,定睛一看,噢,是方七爷,连声道,稀客,稀客,哪股风把您给吹这儿来啦?

方七爷说,一晃六七年没见啦!想不到冯老弟飞黄腾达,都当上监狱长了,恭喜!恭喜!

冯文笑道,也就是混碗饭而已。七爷还在镇海寺吗?这么老远来沈阳找我一定有事喽?

方七爷说,是啊,我一直都在镇海寺。这次来沈阳确实是有要事烦请冯监狱长帮忙。

冯文道,七爷你说,只要我能做到的,兄弟定效犬马之劳。

方七爷说,这里不是说话的地方,我们兄弟多年不见,今个儿我请你上"鹿鸣春",咱们好好喝两盅,叙叙旧。

冯文说,我请我请,到沈阳了你就是客,哪有叫客人请的道理?

方七爷拉着冯文的胳膊,说,走。我还带来我的小姨子,她也能喝点酒,我们三个好好喝一喝。说着,朝卢云摆了摆手,卢云紧跑几步过来了。方七爷就把卢云介绍给冯文,冯文笑道,卢小姐长这么漂亮,姐姐也一定差不了,七爷你可真是艳福不浅啊!

方七爷就嘿嘿地大笑起来。

三个人坐了两辆人力车,半个来小时来到了位于南市场的"鹿鸣春酒店"。上了二楼,进了一个包间,三个人分宾主坐下,冯文自然是坐了上座。

服务生拿着菜谱来了。方七爷道,先上壶好茶,你这儿都有啥茶?

服务生便将手里的菜谱递了上来,说,最后一页便是茶单。

方七爷接过菜谱,打开到最后一页,看了一眼,道,还挺全的。便又将菜谱递给冯文,说,冯监狱长喜欢喝啥?

冯文接过菜谱,匆匆地扫了一眼,说,就喝龙井吧。

方七爷道,龙井啊?新茶可是还没下来。

冯文抬头看了一眼方七爷,补充了一句,他们有保鲜的方法,即便是去年的茶也像刚刚下来的明前新茶。

方七爷笑笑,说,好,那就龙井。

服务生应了声转身去沏茶。

冯文说问道,方七爷常来这里?

方七爷道,哪里哪里,只是年轻的时候来过几次,得有七八年没进这门啦!

冯文看了一眼对面挨着方七爷坐的卢云,笑道,卢小姐可知道这"鹿鸣春"的来历?

卢云连忙摇头说，不知道。

冯文便笑道，这"鹿鸣春"在沈阳的历史并不长，但名气却不小。据说是创建于二十年代末，那时沈阳还名之奉天。这个店名取自《诗经·小雅·鹿鸣》："呦呦鹿鸣，食野之苹，我有嘉宾，鼓瑟吹笙。"主要经营山珍海味、各色筵席，具有浓郁的辽宁地方特色。菜点品种繁多，用料讲究，做工精细，讲季节、时令。常用的烹调方法有30多种，尤以炖、烧、熘、扒为其特长。菜肴特点是香鲜酥烂、口感醇浓、原汁原味、清鲜脆嫩、讲究造型。拿手菜点以烹制燕、翅、鲍、参"四大天王"等海鲜品名震关内外。

这时，服务生端着茶盘来了，冯文便冲方七爷笑道，七爷，你祖上可是读书人，在你面前我这是卖弄了。

方七爷说，哪里哪里，冯监狱长自谦啦！听你介绍，感觉你就是这儿的老板似的。来，请你点菜。

冯文一边喝茶一边伸手推托道，唉唉，哪里哪里。七爷点，我啥都行。

方七爷道，既如此，我就不客气啦！接着，方七爷就点了燕、翅、鲍、参"四大天王"。

冯文多少还是有些惊讶，说，七爷，你我一二十年的兄弟，又不是外人，干吗点这么贵的东西啊？

方七爷对服务生说，下单，再来两瓶二十年的老龙口。

服务生应声下去。

方七爷则冲冯文伸出右手，几个手指合在一起捏了捏，笑道，不瞒老弟，这两年我重回江湖，手气不错。我现在是真正地体会到啦，钱，那是身外之物，没用的。男人啊，趁着身体行，及时行乐，这才是人生的根本。

冯文连连点头称是。然后，冯文说，趁着还没喝呢，七爷说，叫兄弟干点儿啥？

方七爷哦了声，不急，不急，等酒菜上来，先喝几杯再说不迟。

酒菜很快就上来了。方七爷说，老弟，来，为咱们二十多年的交情，先干三杯！说着，端起酒杯与冯文碰了一下杯，然后一扬头，将酒干了。随后先给自己斟上，看着冯文，说，干！干啊！

冯文笑了一下，一仰头，也将酒干了下去。

方七爷又给冯文斟上，来，老弟，第二杯，我先干为敬！

冯文立刻伸手拦住，说，七爷，先慢，别咱俩老爷们儿喝啊！说着，脸转向了卢云，伸出右手，向上抬了抬，笑嘻嘻地对卢云说，卢小姐，该你的了！

卢云扭头看了方七爷一眼，方七爷笑笑，说，三妹，冯监狱长不是外人，喝两杯无妨。

冯文也说，是啊，当年我跟七爷那是莫逆之交，情同手足。

卢云便说，那好，我就陪冯监狱长喝两杯。不过，我喝了可是不白喝哟！

冯文笑道，没问题，只要我冯某能办的，尽管吱声。

卢云端起酒杯，一口就把酒干了。

冯文叫了声好，说，爽快！

三杯酒下去后，方七爷就说起这次来是想请冯监狱长帮忙捞高团长和小蔡，不知是否为难。然后，方七爷又把彼此关系细说了一遍。

冯文没听完就直摇头，等方七爷说完了，就说，七爷，你今天这个酒是白请啦！这个事儿我可办不了，因为这两个人是政治犯，归新来的宪兵队直接看管，而且看管得特别严，就是我想进去见一面也不容易。

冯文这话说完，三个人就都不吱声了，房间里一下子变得死一般地寂静。

方七爷沉吟了一会儿，问冯文，这个宪兵队长叫啥名？跟你关系咋样？

冯文说，汪士绅，长得挺胖，大家背后都叫他汪胖子。这小子仗着后台硬，根本不把我当回事儿。我呢，当面也不惹他，背后我把狱警这一边也整成铁板一块，他别想插手。所以，在浑北监狱，我跟汪胖子是各掌半边天，表面说得过去，背后各玩各的。

方七爷道，冯老弟，这两个人我是捞定了，不惜一切代价。这个事儿我想这么办，这里有1000块大洋，你拿着，想办法跟汪队长融融通通，看看他有啥办法没有。你我都曾是江湖中人，这个国共两党之争跟咱们没啥直接关系，谁夺了天下都得让咱们吃饭。这高团长和小蔡跟他汪队长远日无冤，近日无仇，救人一命，胜造七级浮屠。我这边呢，再到沈阳找找朋友。还有，就是高团长的腿伤不知现在咋样了，你想办法让汪队长找医生好好治疗，费用都由我出。说完，方七爷从旁边的椅子上哗啦啦地拎上来一布袋子，推给冯文。事成之后，冯老弟，我有重谢！

冯文连连点头，说，我听七爷的。这个高团长的伤我听说过，但现在具体啥情况我也不太清楚，回头我马上过问一下。

方七爷说，好，老弟，你就受累啦！来，咱们接着喝酒。

那天喝了不少酒，直到午后三点多才结束。分手的时候，方七爷说，我们就住在离监狱不远的永兴旅店，有情况赶紧告诉我们。

冯文明显地喝多了，说话时嘴上就不太利索，好，好，我，回去我就按七爷的盼咐办，一有情况，我，我马上过来告诉你们。

回到旅店，卢云就问方七爷，这个冯监狱长办事可靠吗？

方七爷说，多年没见啦，我也不清楚他啥底细。不管咋说，他毕竟是监狱长，只要他肯办，总会有办法的。不过呢，咱们不能在一棵树上吊死，明天一早我就去苏家屯找苏大少爷，看看他有啥办法没有。

第二天傍晚，冯文到永兴旅店来了。冯文见就卢云一人，问，七爷呢？

卢云说，一早就出门了。

冯文又问，走了一天，去哪儿啊？

卢云说，好像是苏家屯。冯监狱长，你坐，我给你沏杯茶，七爷带来的。

冯文一边说好，一边便在八仙桌旁的椅子上坐下。冯文上下里外看看，卢云就将沏好的茶端了过来。冯文接过来，啜了一小口，道，福建的岩茶，金骏眉，东北不多见啊！

卢云说，七爷那边的朋友，每年都给他寄。

冯文感叹道，七爷仗义，所以朋友就多。

卢云这时已经坐在了冯文的对面，问，冯监狱长，有情况吗？

冯文哦了一声，撂下茶杯，说，情况嘛，有一点，不过也不很重要。我啊，今晚特意过来回请七爷和你的，没想到七爷还出门了。这样吧，七爷那边回头我再补上，今晚就先请你。

卢云说，那就不必了，我在旅店里随便吃点啥就行。

冯文道，别介，我是真心诚意的，七爷大老远来的，我得尽地主之谊啊！他不在，请你也是应该的。再说，还有些情况要跟你说的。

卢云说，不用破费，就在这儿说吧！

冯文的脸色就有点儿难看了，说，咋的，卢小姐，不给我冯某面子？

卢云连忙否认，说，哪能呢，我只是……

冯文说，只要不是瞧不起我就好。别说啦，跟我走，离这儿不远有家日本料理，挺有特点的，请卢小姐品尝品尝。说完，前头走出房间，下了楼。

卢云略一犹豫，却不敢怠慢，赶紧关了房门，跟着下了楼。

这家日本料理名之"清浦"，两层，里外都是日式建筑。冯文领着卢云进了一个雅间，木制格子拉门，门里直接就是榻榻米，中间放一实木条桌，两边各有一两寸直径两尺的蒲团。窗上拉着竹帘，墙上挂着日本的浮士绘。棚顶垂下来一盏红色的圆筒型吊灯，将屋子照得半明半暗，尤其是那红色，散发着一种暧昧的意味。

落座后，冯文看了看卢云，便不客气地用日语向一直弯腰站立在一边的日本服务小姐点了菜和酒水，然后从一个铝制烟盒里捏出一支纸烟，对卢云说，抽支烟，不介意吧？

卢云连忙摇头，说，你随意。

点着了烟，冯文一边抽一边向卢云介绍说，这个"清浦日本料理"，别看店面不大，历史可是不短啦，据说是上个世纪末就有了，至今已经是第三代啦，生意一直都很好。前年日本人投降，有人要把这家酒店封掉，把开店的日本人赶出中国，却遭到沈阳各界人士的反对，最终保留了下来。原因可能主要是日本侵略中国，占领沈阳这些年，店主对日本人和中国人都一视同仁，从来没歧视过中国人，它坚持一种纯粹的餐饮文化的理念，与政治和民族无关。

这时，日本服务小姐开始陆续端来酒菜，卢云当然是见都没见过，别说吃了。所以，卢云就瞪着两只大眼睛，一会儿看桌子上的盘盘碟碟，一会儿看对面的冯文，两只手也不知道放哪。

冯文先拿起在水碗里烫着的两个小酒壶中的一只，给卢云的酒盅斟满，将酒壶就放在了卢云的身前，又拿起另一只，给自己的酒盅斟满，然后端起酒盅对卢云说，卢小姐，这是日本的清酒，酒精度在十五六度左右，比我们的白酒差了许多。没喝过吧？来，卢小姐，品尝品尝。说着，端过酒盅去，跟卢云碰了一下。

卢云喝干了酒盅里的酒，感觉水了吧唧的，没喝出什么滋味来。

冯文道，没劲儿是吧？这个酒其实中国古代就有，但却被日本人发扬光大，中国人反倒很少有人喝了。接下来，冯文便一边介绍每一道海味菜品，一边示范，蘸什么作料，怎么吃。冯文说，日本料理的最大特点是以鱼、虾、贝类等海鲜品为烹、食主料，味鲜带咸，有时稍带甜酸和辣味。清淡、不油腻、精致、营养，着重视觉、味觉与器皿的搭配，是日本料理的特色。吃日本料理，一半是吃环境、氛围和情调。

卢云哪里懂这些，被冯文讲得有点儿晕。关键是，她着急的是高团长和小蔡的事儿。喝了几盅清酒后，卢云就问冯文，冯监狱长，有什么情况吗？

冯文清了下嗓子，说，我大致了解了一下。高团长是国军俘虏的职级比较高的军官，想放出来基本上是不可能的。另外，我问狱医，高团长的伤只是在我们监狱里做的简单处理，他的骨伤根本没有治疗，将来伤愈了，也可能是残疾。

卢云一听，眼泪瞬间就流淌下来，不由自主地跪了起来，探过上身，两手抓住冯文的胳膊，带着哭腔央求道，冯监狱长，求求你了，想办法救高团长出来，要多少钱都行。

冯文两眼盯着卢云的脸，看了半天，哈哈一笑，说，卢小姐，放心，我跟七爷啥关系？我一定会尽力的。来，今晚咱们主要是喝酒，其他的事儿明天再说。

这清酒劲儿虽然不大，但几壶下去后，卢云便觉得有些头晕，便对冯文说，冯监狱长，今天就到这儿吧，我觉得头有些晕。等七爷回来，我们请你，我再陪你喝。

冯文愣了一下，说，卢小姐初次喝日本酒，可能不太适应，其实喝两回就好了。那好，既然如此，咱们就改日再喝。

出了酒店，卢云便向冯文告辞。冯文却说，唉，冯小姐，我送你回酒店，现在兵荒马乱的，不安全。

卢云说，不用不用，又不太远，我们各走各的。

冯文却上前拉起卢云的胳膊，说，唉，我又没啥事儿，送你走几步。

卢云就觉脸一热，不自然地甩掉冯文的手，脸上就有了些难看，再次说，冯监狱长，真的不用，你走你的，我自己回去。说完，丢下冯文径直向前走去。

冯文有些尴尬，摇着头笑了笑，回转身，朝浑北监狱走去。

卢云回到旅店，一看墙上的挂钟，八点多了，方七爷还没有回来，也不知道他找到朋友没有，心里面有些焦虑，在屋子里走了几个来回后，便泡了杯茶。还没等喝呢，有人敲门，卢云想，一定是七爷回来了，便快步过去把门打开，一看，不由得愣住了，门外站着的是冯文。

卢云一时不知说什么好，有些语无伦次，冯，冯监狱长，你，有事儿？

冯文却微微一笑，说，是的，卢小姐，有紧急情况，进去说吧！说完，也不等卢云让，便侧身进了屋子。冯文不慌不忙地坐到八仙桌旁的椅子上，说，卢小姐，我刚到监狱大门，一个部下就向我报告了一个不好的消息，我觉得事情非常紧急，所以，这就马上赶了回来告诉你。

卢云带上门，回过身来急迫地问，啥消息？

冯文两眼盯着卢云，却迟迟没言语。

卢云已经急得不耐烦了，说，你能不能赶紧说啊？急死我啦！

冯文却不管卢云怎样焦急，仍然是慢条斯理地说，据国军东北剿总内部消息，鉴于目前东北紧张的局势，全省各监狱近日要处决一批政治犯，高团长名列其中。不过具体何日执行，还不确切，因为这方面的事情是由宪兵队执行的。

卢云一听就急了，立刻走到冯文身前，问，冯监狱长，你有办法救高团长和小蔡吗？

冯文又看了卢云一眼，没回答，却端起了桌上卢云刚刚沏上的茶，轻轻地吹了一口气，抿了一小口茶，才说，可以说是没办法。

卢云说，这可咋办？卢云原地转了两圈，对冯文说，那你能不能先打探一下他们的具体计划和执行的时间？

冯文支吾了一下，这个嘛，我，我可以，试试看吧。

卢云说，先谢谢冯监狱长，这茶有点儿凉了，我给你换杯热的。说着，就要转身去沏茶，却被坐在椅子上的冯文伸手搂住了腰，一用力，顺势将卢云揽到了怀里，然后就去吻卢云。

卢云惊叫一声，扭过头去，挣扎着要转身站起来。

冯文紧紧地搂住卢云的胸和腰不放。冯文说，卢小姐，你求我办这么大的事儿，让我玩玩不算过分吧？

卢云这时已经冷静下来，悄悄掏出了手枪，又慢慢地举过头顶，然后打开保险，将枪口顶在了冯文的脑门上，说，冯监狱长，你大概还不太知道我的身份吧？方七爷是我的亲姐夫。如果这个还不算啥的话，我再告诉你一个，我是高团长的女人。我当然不算啥，但高团长是东北民主联军总司令林彪部下，而且是屡建战功的战将，如果不是个性太强，又受伤被俘了的话，他现在至少应该是师长军长啦！听懂了吗？

卢云这番话还真的把冯文震住了，他立刻松了手，让卢云站了起来，自己也从椅子上站了起来。冯文扯了扯衣服，迅速地恢复了平静，重新端起茶杯，将茶喝干，放下茶杯，抬头看着用手枪对着他的卢云说，卢小姐，实不相瞒，我不缺女人，所以呢，多你一个不多，少你一个也不少，但高团长只有一个。我帮你未必救得了高团长，但我不帮你，你肯定救不了高团长。你今晚别睡觉，好好想想吧？说完，一侧身，朝屋门走去。

瞬间里，卢云也回转身，举起手枪，对准冯文的后脑，叫了一声，站住！

冯文的手已经将门推开了一个缝，听到卢云的叫声，收了脚，然后慢慢转回身来，一看，卢云正举着手枪对准自己，脸上的表情一下子僵住了。过了半天，冯文却奇怪地笑了笑，说，卢小姐，你想让我回来吗？不用手枪，你说一声就行。

卢云一下子就有些发懵，脑子纷乱不堪，没了思路。卢云的手有些颤抖，手上的枪似乎突然间有了分量，让她感到了举着它有些吃力，便想放下它，可是放下它之后咋办呢？卢云不知所措了。这时，她眼中冯文的笑便有些阴险可怖。

冯文的笑还在继续，说，卢小姐，你要实在不愿意就算啦，还有人在等着我呢！其实呢，你想想，我也是不易的。这个事汪队长说了算，我插不上手。更何况，这个汪胖子对我有成见。所以，我帮你是需要付出很大成本的。

卢云的眼睛在那一时刻闭上了，她想，这一劫恐怕是逃不过去了。如果拒绝了冯文，也可能真的就错过了营救高团长和小蔡的机会，那她这一辈子都无法原谅自己。卢云后悔没把自己跟男人的第一次献给高团长。卢云睁开眼睛，放下了手枪，说，你说话算话？

冯文似乎没有听清卢云的话，或者是不大相信自己的耳朵，问，你说啥？

卢云重复了一遍刚才的话，你说话算话？

冯文这回听得真切，不由得喜出望外，说，当然，男人嘛，最重要的就是说话算话。

卢云把手枪往八仙桌上一放，一边脱衣服，一边向木床缓缓地走去。

冯文将门带严，立即从后面扑了上去，一下子将卢云扑到床上，然后动手扒掉卢云的衣裤。在进入卢云身体的一刹那，卢云大叫了一声，冯文吓了一跳，停了一下，但立刻重新用力地进入，卢云又是一声大叫。冯文陡增了激情，几下子就达到了高潮。

　　冯文很满足，满脸的笑意，穿好了衣服，临出门的时候，说，没想到卢小姐还是个处女。不瞒你说，我老婆跟我结婚的时候都不是处女。停了一下又说，监狱这边我一定卖力去办，但我对你还有个要求，就是在救出高团长之前，你随时都得陪我，也就是随叫随到。

　　卢云躺在床上一动没动，也没吱声，泪水正悄然地顺着太阳穴向两边迅猛地流下。

36. 诱　捕

冯文奸淫了卢云后尝到了甜头，连续着又来了两次卢云住的永兴旅店。卢云恨得咬牙切齿，几次想掏枪干掉冯文，又担心前功尽弃，送了高团长和小蔡的命，只好强忍着愤怒与厌恶应和冯文的淫欲。卢云期盼着方七爷回来，可是，直到第四天的中午，方七爷才带着土匪老树皮回到了旅店。

卢云一下子就扑到了方七爷的怀里，眼泪瞬间流了出来，带着哭腔问方七爷，你咋才回来啊？

方七爷拍了拍卢云的后背，说，我到苏家屯没找到苏大少爷，然后我直接去了海城，把大当家的搬了来，这才耽误了这么多天。然后，方七爷问卢云，冯文那边有啥消息？

卢云没敢说冯文奸淫她的事儿，只把冯文说的监狱近日要处决一批政治犯，高团长名列其中，而且是由宪兵队执行的消息说了一遍。

方七爷觉得这问题严重了，这就是说，高团长和小蔡随时都有被拉出去执行枪决的可能。方七爷扭头看老树皮，老树皮却没吱声。方七爷便又问卢云，冯文没说有啥办法吗？

卢云想了想说，冯文说，这事儿是宪兵队的汪胖子说了算，但要想买通汪胖子并不容易。

方七爷问，冯文这两天会来送信吗？

卢云还在哽咽，说，会吧。

方七爷说，那好，咱们先等冯文来，看看情况再说。

方七爷和老树皮、卢云出去吃完饭回旅店休息，不一会儿，冯文晃晃悠悠地来了。卢云连忙到隔壁去叫方七爷，方七爷和老树皮就过来了。

冯文一见方七爷和老树皮，不由得一下子紧张起来，扭头看了看卢云，见卢云脸上没什么异样的表情，便连忙说，七爷回来啦！监狱这边的情况我跟三小姐说啦，你可能已经知道了。现在的首要问题是要买通宪兵队的汪胖子，只有他有办法。

方七爷问，具体说有啥办法？

冯文想了一下说，比如说，以保外就医的方式把高团长他们先从监狱弄出来，然后就有办法了。

方七爷说，保外就医好是好，可是，他们是政治犯，能允许他们保外就医吗？

冯文摇摇头，说，这个我没有把握。

方七爷给冯文让座，又让卢云泡茶，然后给冯文介绍老树皮。

冯文一听眼前这个光头连鬓胡子的大汉是老树皮，脸色立刻变白，但马上伸出手与老树皮握手，说，久闻大当家的威名，今天幸会，日后还望大当家的多多关照！

老树皮跟冯文轻轻地握了下手，冷冷一笑，说，咱们绺子上的规矩是拿人钱财，替人消灾。妈了巴子的，大洋方七爷没少给你，咋干你应该比我清楚。方七爷把我请了来，你应该明白啥意思，而我的规矩不知道你知道不知道？

冯文连忙起身向老树皮点头，说，知道知道，大当家的放心，我一定效犬马之劳。

老树皮冲冯文摆摆手，说，坐，坐下说话。这个事儿，我听明白啦，关键人物是那个汪胖子，你想办法把他诓出来，我有办法对付他。

冯文脑门冒汗了，说，这个，这个可能要给我点时间，因为汪胖子一向跟我关系不睦，我得想办法跟他套套近乎，然后再……

老树皮说，这个我不管，你自己该咋弄咋弄。但是有一条，你得先保证里面那俩活着。

冯文说，明白，明白。然后点头哈腰，倒退着走出屋去。

一旁的卢云见状，肠子都悔青了。

冯文走后，老树皮端起茶杯喝了口茶，说，七爷，这小子我觉得靠不住，还得另外想辙，别让他误了事儿啦！

方七爷说，我也是这么觉着。当年我跟他也只是一般的认识，没有深交。事隔这么多年，他究竟咋样我也弄不清。我这是有病乱投医，无奈之举。大当家的，你还有啥办法？

老树皮说，我也没啥高招，不过呢，以我的经验，不能光听这姓冯的一个人的，咱们得想法儿钻进监狱去，弄清他们的套路，然后再合计咋下笊篱。这类事儿没有内鬼是不成的。

方七爷说，大当家的说的是。

老树皮说，这样，你跟三小姐先在这儿盯着，我呢，四处去划拉一下我的弟兄，先把监狱里的情况弄清了。说完，老树皮告辞离开了旅店。

老树皮一走，卢云突然失声痛哭。

方七爷正合计着下一步怎么办呢，被卢云的哭声吓了一跳，转身看着卢云问，咋回事？哭啥？

卢云没回答，只是用手捂着脸不停地哭。

方七爷安慰说，你不用担心，一定会有办法把高团长和小蔡弄出来的。

卢云用手擦了擦脸，欲言又止。

方七爷没多想，对卢云说，你先在屋里待着，我出去逛逛。

三天过去了，冯文没再露面。

卢云对方七爷说，冯文是不是害怕了？

方七爷说，有可能。他倒不一定就是怕老树皮，我怀疑他说了谎，拿了钱又不办事儿。

卢云就想说她被冯文奸污的事儿，但嘴张了张，还是忍住了没说。

第四天的下午，老树皮带着两个弟兄回来了。老树皮说，我已经通过关系找到了监狱里的内线，据可靠消息，监狱近日并没有要枪毙一批政治犯的计划，冯文撒谎啦！另外，冯文在监狱里并没有啥实权，他只是负责一些日常管理上的事儿，重要的事情都是汪胖子定盘子。所以，咱们得在汪胖子身上打主意。

方七爷哦了声，问，有办法吗？大当家的。

老树皮说，有，不过很难。

方七爷说，你说，再难这事儿也要办。

老树皮沉吟了一会儿，说，只有一招啦，劫狱。

方七爷和卢云都愣了。方七爷眯起眼睛看着老树皮，说，这咋可能呢？那得有多少人，多少武器？而且，这监狱虽然在沈阳城边子，但国军派部队过来增援也就十分二十分钟的事儿。还有，咱们上哪去找那么多人，那么多武器？

老树皮笑道，七爷，我们兄弟还没吃晌午饭呢，找家馆子先吃饭，一边吃一边说。

方七爷也嘿嘿地笑了起来，冲着老树皮的两个兄弟抱拳道歉，然后说，走走走，咱们去"鹿鸣春"，我请大当家的和两位兄弟吃点好的。

喝上酒后，老树皮说，我初步的想法是这样的，咱们不能硬碰硬，要里应外合。首先把冯文抓了，然后让他把我的这两个兄弟带进监狱干勤杂，熟悉情况，做内应。

这是第一步。第二步最重要，就是汪胖子，他掌管着关押政治犯的牢狱的钥匙，要想办法把他的钥匙弄到手，这样，我们才能把人从牢狱里弄出来。人从牢里出来后，需要冯文想办法送出监狱大院，我们在院门外接应。这应该是第三步。第四步是要有个预案，一旦事发，在院子里发生枪战咋办？这是我初步的一个想法，具体咋整咱们还得细琢磨。

方七爷一听，拍手叫好，扭头对卢云说，三妹，咱俩敬大当家的一杯。

卢云高兴地端起酒杯，随着方七爷，跟老树皮碰了一下杯，然后将酒一干而尽。

之后，方七爷又提议敬老树皮的两个兄弟一杯，他们就又干了一杯。那天下午大家酒喝得很尽兴，一直喝到晚上七八点钟了才散。回旅店后，几个人就研究详细的实施方案。

两天后的一个傍晚，化了装后的卢云出现在浑北监狱的大门外。卢云跟挎着冲锋枪的卫兵说，我要找冯文监狱长，请你帮我传达一下。

卫兵斜着眼睛看了看卢云，说，找冯监狱长，你是他啥人？

卢云扭头往别处看，说，你就说姓卢的三小姐找他。说完，回过头来，两眼盯着卫兵，问，听懂了没有。

卫兵听出了卢云说话语气的强硬，知道这不是一个好惹的主，便说，好，你稍等一会儿。说完，转身到大门里的警卫室里去打电话。不一会儿，卫兵出来说，冯文监狱长请你进去。你一直往前走，一百米后右转，五十米后再左转，那栋三层白楼的二楼，210房间。

卢云立刻就有些犹豫，老树皮和方七爷是让她把冯文诳出来，然后活捉他，可是他却叫自己进到监狱里去。进去之后，如果他继续奸污自己，或者不放自己出去咋办？但卢云的犹豫只是一刹那间，之后，卢云就坦然地进了监狱大门，然后按照卫兵指引的路线走去。

冯文在办公室的门口等着卢云，待卢云走近了，上前一把拉住卢云的胳膊，一边往办公室里让，一边说，想不到卢小姐能来监狱看我，让我有种喜出望外的感觉啊！怎么，想我啦？

卢云瞪了冯文一眼，撇了下嘴，身子一扭，进了冯文的办公室。

冯文随后进了办公室，将门带严，上前两步，从后面抱住卢云，伸出嘴去，在卢云的后脖颈处吻了起来。

卢云向前用力挣脱冯文，说，干啥？先说正事！冯文兴冲冲的，说，这不就是正事吗？

卢云转过身来，两眼盯着冯文的脸，问，高团长和小蔡啥情况？我们在外面等你信呢，你咋好几天都不见人影了呢？

冯文说，嘿，这几天太忙。那个，高团长和小蔡的事我已经跟汪队长打了招呼，估计不会马上有行动。

卢云说，不对吧？

冯文道，什么不对？我说对就对，这还假得了？只不过要想把他们弄出去，那可不是简单的事，需要耐心，假之以时日。说完，冯文又扑了上来，去搂卢云。

卢云没有躲，但卢云却问，你说的都是真的？

冯文急切地说，我对天发誓，若有半句假话，天打五雷轰！

卢云噗地笑出声来，伸出去捂冯文的嘴，把冯文吓了一跳，不由自主地向后一闪。卢云却嗔怪道，谁叫你发誓了？人家不就是问问吗！

冯文立刻笑了起来，重新搂住卢云，一只手就去抚摸卢云的乳房，说，怎么样，想我没有？

卢云又瞪了冯文一眼，说，没有。

冯文嘿嘿地笑了几声，说，我不信你没想我。你不承认也没关系，反正我是想你了，做梦都在睡你。

卢云扭过脸去，说，嘴干净点儿，说人话。卢云用力挣脱冯文的搂抱，说，走啦！

冯文立刻堆出笑脸，道，好好好，你不愿意听我就不说啦，这行了吧？来来来，我都等不及了。说着，将卢云拉回来，用力往办公桌拥去，将卢云按倒在办公桌上，然后伸手就去解卢云的腰带。

卢云再次挣脱出来，说，在这里不行，咱们出去找个地方。

冯文喘着粗气，道，出去不安全，你知道，老树皮对我不放心。

卢云说，他们找朋友去了，这两天都不在沈阳。

冯文盯着卢云的脸看了一会儿，说，好吧，咱们出去，但不能去你住的旅店，我领你去另一个地方，你跟在我后面走。

卢云有些羞怯地点了点头。

冯文领着卢云出了监狱东头的一个小门，四下里看了一会儿，然后沿着笔直的马路一直向东走去。走了大约有十五六分钟，来到一片日式的别墅小区，进到里面，拐了两个弯，来到一个两边是门柱的院门前，停下脚，又往两边的小路看了看，这才按响了门柱上的门铃。不一会儿，院里白房的房门开了，走出一个中年妇女，见是冯文，便边打招呼边小跑着过来开院门，将他们让了进去。冯文带着卢云进了白房，屋里都是本色实木地板，家具与装饰也都是日式风格。

冯文将卢云让到客厅的沙发上坐下，一边脱外衣，一边吩咐随后进来了的中年妇女，徐姐，给我们沏壶龙井。

中年妇女应了声，好的，冯先生，马上就来。

卢云从沙发上又站了起来，随意地四处走走看看。

冯文跟在后面，说，怎么样？这房子不错吧？我很喜欢日式风格，另外，日本人装修极认真讲究，工艺水平就不用说了，每一个细节都叫你无可挑剔，住起来非常舒服。

卢云点了点头，说，是挺好。

冯文笑道，喜欢的话，你可以常来哦！

卢云问，这房子就你一个人住？你家人呢？

冯文道，他们都在老家农村呢。这儿就我一个人，我也不怎么住。

卢云道，明白了，专门会情人的。

冯文笑道，三小姐不会吃醋吧？

卢云哼了一声，不软不硬地说，吃不着。

冯文从后面搂住卢云的肩，一阵大笑。

这时，中年妇女把茶端上来了，冯文便搂着卢云回到沙发前，坐下喝茶。中年妇女退下去后，冯文就把手伸进了卢云的胸里，揉搓起来。

卢云忸怩地说，我好吗？

冯文道，好啊，当然好，你看你这乳房，饱满且结实，多有弹性，哪像那些个娘们儿，松松垮垮的，捏起来像个缺粮的口袋似的。

卢云伸手轻轻地扇了一下冯文的嘴巴，道，就会哄人，咱们上房间里去吧！

冯文道，尝到甜头了吧？走，进屋去。说完，起身拥着卢云去了里面的房间。

这回是卢云把冯文按到了榻榻米上，然后主动上去给冯文解开衣服的扣子和裤带。脱光了衣裤的冯文早已急不可待了，翻身将卢云压到身下，然后就去解卢云的衣裤。这时，就感觉有个冰凉生硬的东西顶在了后背上，不由得一惊，没等叫出声来，就听一个有些嘶哑的声音道，妈了个巴子的，别动，走火了可不是闹着玩的！

冯文从声音里就听出来是老树皮，马上就说，大当家的，手下留情，我知罪！知罪！

老树皮道，你知罪？前些日子我咋跟你说的？这才过了几日，你就丢脑瓜子后头去啦？我他妈的说话是放屁啊？说着，抬起手来，一枪把子朝冯文的后背砸了下去。冯文嗷的一声惨叫，话都说不出来了，大、大、当、当……我、我再也不敢了。

老树皮道，要不是为了帮七爷办事，妈了巴子的我他娘的一枪崩了你个王八蛋！

这时，方七爷在身后说道，大当家的，让他起来吧，穿上衣服，客厅里说话。

老树皮放冯文站起来，收了他的枪，说，快点儿！

冯文匆忙地穿上衣服出来，扑通一声跪在了地板上，说，方七爷，大当家的，再给我一次机会，我一定按你们说的做，出一点儿差错，你们就一枪崩了我！

老树皮坐在沙发里，说，我没工夫跟你说那些没用的，现在你要按我说的做，像你说的，出一点儿差错，我真的一枪崩了你。江湖上，我老树皮向来吐口唾沫就是钉。

冯文连忙点头称是，说，请您吩咐，让我咋干？

老树皮一边喝着茶，一边说，头一条儿，把我这两弟兄安排到监狱里去，干些杂活就行，这个对你来说不难吧？

冯文抬头一看，门口站着两个黑灿灿的壮汉，连忙点头，说，好，不难，不难。

老树皮接着说，二一个，你用橡皮泥，把汪胖子关高团长和小蔡牢房，以及通往大院的所有门的钥匙都拓印下来，交给这位伺候你的大嫂，我过来取。这头一步的活儿就齐啦！

冯文马上说，大当家的，汪胖子的钥匙整天都是拴在腰带上，他跟我关系又不对付，恐怕一时半晌我也弄不到手。

老树皮点了一支烟，说，这个是你的活儿，我只管到这儿来拿你拓印的橡皮泥。而且时间不能久，夜长梦多，最多三天。这些干立整了，我既往不究。以后的事儿，干好了算你立功，方七爷不让你白干。你还有啥说的？没有的话你可以回去啦！说完，老树皮将手里拎着的冯文的枪扔给冯文。

回到旅店，老树皮对方七爷和卢云说，下一步，咱们就得划拉人手啦！里面的人一旦得手，咱们得有足够的人手把他们接出来。光凭我现在手下的二十几个弟兄肯定是不行。

方七爷说，我这帮朋友没几个能玩枪的。

卢云说，我回去找我们的队伍，让楚政委带两个营来。

方七爷立刻否定地说，不行，不行，还不知道你能不能找到楚政委，就是找到了，恐怕也带不到这里来，这沿途国军不少，就两个营能打到沈阳来？

卢云说，只要我能找到队伍，楚政委说啥都会带队伍来营救高团长和小蔡的。

方七爷和老树皮都没应声。屋子里一下寂静下来。

过了好一会儿，方七爷突然说，我倒是想起一个人来。

卢云立刻抢着问，谁？

方七爷说，田镇长。

老树皮问，他有队伍吗？

方七爷说，他可以联系县大队，总该有二百来人。而且他本人是很能打仗的，据说，他现在对卢云二姐和老爷子都不错。

卢云脸上立刻现出笑意，说，那好办，我马上回去找二姐。

老树皮说，我看行，这样，我们马上分头去联系人手，过几天再回这儿来碰下头，看看监狱里面啥情况再说。

方七爷对老树皮说，大当家的，放心，费用我下次回来就带过来。

老树皮说，嗨，咱们之间好说。

37. 心恸

方七爷跟卢云走后，卢芳感到有些无聊，与两个姨太太打麻将她有点儿坐不住了。

有一次大姨太太一边用眼睛瞥着卢芳，一边颇有意味地敲打她，三妹，最近你这麻将打得可不咋的啊，牌打得臭不说，还经常诈和，你这是咋的啦？

二姨太太马上就说，大姐，你难道没看出来？三妹最近是有心思啦！所以才心不在焉啊！

大姨太太故作不明，惊讶地噢了一声，说，心思，有啥心思？

二姨太太却不往下说了，这个，这个心思吗，我也说不上来，我只是这么感觉。三妹，你自己说说不就得了吗？省得我们还要费心地去猜。

大姨太太也说，是啊，三妹，跟我们姐俩叨咕叨咕。

卢芳的脸红了，话也卡住了，憋了半天，说，两位姐姐就会逗我，我这一天吃了睡，睡了吃，大门不出，二门不迈，还能有心思？不像两位姐姐，菜园子啊，镇子里啊，这个铺、那个楼啊，那么多地儿逛。

大姨太太一下子就听出了卢芳话里的味道，这下吃不住劲儿了，脸也一下红了，说，哟，三妹是话里有话啊！自己心里有鬼，还倒打一耙，把咱们姐俩捎带上了。

二姨太太笑道，唉，这都是玩笑，可不要当真啊！你说，我们几个一天这闲的，不自己找点乐子还不熬糟出病来呀？到那时候，谁管咱们啊！是不是？

卢芳连忙点头称是。

与车夫王二的梦交居然唤醒了卢芳的性欲，但是，她知道，真的与王二苟合是不可能的，别说一旦方七爷知晓了的后果是无法承受的，就是宅子里的家人与佣人们的眼睛与口舌她也无法抵挡。啥事儿都没有呢，两位姨太太就敲打她了，真要是有事了，哪有不透风的墙？卢芳想，这念头就此打住。

进入初夏的辽南，天气是忽冷忽热，太阳热时烤人，让人感觉燥得慌，凉的时候则像秋后，冻手冻脚的。

这天早上吃过饭后，卢芳便在院子里闲逛，这瞅瞅，那看看，不知不觉就走到了马厩前。穿着白色粗布背心的王二正在给几匹马喂草料，卢芳本想转身走开，可是不知怎么的，却站在那儿没有动，两眼直直地看着王二端着簸箕不断地往马槽子里撒草料的背影。看着看着，卢芳就感觉自己的喘息不怎么均匀了，下身就有了那种别样的冲动。

王二将簸箕里的草料撒完了，便转身往自己的偏厦走，一抬头，看见卢芳站在马厩前，吓了一跳，连忙低下头，问了声三姨太早，然后迈开脚继续往前走。

卢芳也没想到，自己竟然叫了声，站住。

王二一下子就站住了，但王二没有回过身来面对卢芳，也没有问卢芳有什么事儿，就杵在了那里。

卢芳见王二杵在了那里，一时居然没有了主意，不知如何是好。卢芳觉得脸在发热，突然地想，就这一回，然后就断。刚要对王二说话，又觉得不行，还是算了吧，太冒险啦！

这时王二问卢芳，三姨太叫我有事儿？

卢芳连忙摇头道，哦，没事儿，没事儿。说完，扭头又回了屋去。

过了一会儿，卢芳重又打扮了一番从屋里出来。卢芳到书房里告诉管家吕先生，她要回娘家住几天。卢芳想要摆脱眼下这种情绪，让心和欲望平静下来。

吕先生说，那就让王二赶车送你。

卢芳说，不用了，天这么好，我想走走。

吕先生说，也好。那你哪天回来？我好让王二去接你。

卢芳说，不用接了，我也说不上待几天，不想待了，看天气好我就走着回来。

吕先生说，那好，你小心些。

天气仍然非常好，阳光灿烂，没有风。卢芳上身穿一件蓝色印花洋布衫，下身穿一条青色洋布裤，脚上是青布白底鞋，肩上披一方七爷的朋友从南方寄来的蚕丝印花方巾。走在街上，立刻显示出她的妩媚的姿色与清纯的气质，真的是让那些擦肩而过，或者走在对面的人们艳羡不已。卢芳目不斜视，悠闲的脚步，更让她呈现出一种贵妇才有的傲气与自信。过了中街的十字路口向东拐的时候，忽听有人在叫三姨太！卢芳停下脚步，扭头看去，见一戴着茶色墨镜，穿一灰色长袍，身材高挑，脸上略显清瘦的年轻后生快步向她走来。

卢芳一眼就认出来了，脸上现出惊喜之色，叫道，苏大少爷！

苏大少爷几步来到卢芳身前，摘下墨镜，向卢芳伸出手来，笑道，三姨太，你好！

卢芳连忙伸出手去，与苏大少爷的手握在一起，道，苏大少爷，你咋会在这里呢？啥时候来的？咋不到家里呢？

苏大少爷热烈地与卢芳握了一会儿手后，说，方七爷前不久到苏家屯去找我，可是我不在，不知道他找我什么事儿，所以，今天我特意过来看看。这不，刚刚安排好在旅店住下，然后就去拜会方七爷，不想在这遇见了你，真是巧得很！

卢芳也笑道，是啊，真的是巧。可是七爷不在家啊！

苏大少爷一愣，噢？七爷去哪儿了？

卢芳回道，他跟三妹去了沈阳。

苏大少爷一边点着头，一边又问，去办事？

卢芳说，是，挺急的。三妹部队的高团长到海城治伤时被土匪和国军抓了，然后被关进了沈阳的什么监狱。七爷和三妹找人要把高团长，对，还有他的警卫员小蔡解救出来。

苏大少爷又噢了一声，脸沉下来，说，这事儿可不简单。现在国共之间争斗得这么激烈，国军好不容易抓住一个共军的军官，哪里会轻易就放了呢！

卢芳也附和说，是，你说的是啊！

苏大少爷长长地喘了口气，说，既然七爷不在家，我也就不去方宅了。话一转，苏大少爷又说，三姨太，上次七爷请我喝酒，承蒙你的抬爱，陪我喝了三杯，虽然我喝醉了，但你的情义我是不能忘记的。所以，今天我请你喝几杯，也算是对你的答谢。

卢芳抿着嘴笑起来，说，不好意思，我也不知道你能喝多少酒，所以那天才……

苏大少爷立刻摆摆手，道，哎，这事儿不能怪你啊，是我自己愿意喝的。

卢芳沉吟了一下，说，可是，现在离吃饭的时间还早呢。

苏大少爷说，不要紧，我们到酒楼可以先喝点茶，聊聊天，然后再喝酒。

卢芳说，可是，我原本是要回娘家去的。

苏大少爷说，有急事吗？卢芳说，那倒是没有。

苏大少爷说，那就好，咱们先喝酒，然后你再回娘家不迟。

卢芳不好再推辞，便跟着苏大少爷到了镇海寺大酒楼。

苏大少爷让跑堂的先沏壶茶，过个把小时再炒几个好菜，烫壶好酒。随后，苏大少爷把卢芳让到二楼，此时还没有客人，苏大少爷原地转了一圈，然后指着南面窗前的一张桌子问卢芳，那张怎么样？

卢芳说，挺好。

于是，两人就走过去，对面坐下。

刚坐下跑堂的就端着茶盘上来了，将茶壶茶杯放下，说了句你们慢用，就转身下去了。

苏大少爷把茶斟上，便请卢芳喝茶，自己也端起茶杯抿了一小口，却马上撂下茶杯，看着卢芳说，这什么茶啊？

卢芳说，花茶吧？

苏大少爷就扭头高声喊跑堂的，跑堂的急忙上楼来，苏大少爷说，怎么给我泡花茶呢？没有好茶吗？

跑堂的说，只有这个茶，先生。

苏大少爷问，方七爷来也喝这个茶吗？跑堂的回道，方七爷来都是自己带茶。

卢芳说，苏大少爷，就这个吧，我喝啥都一样。

苏大少爷似乎有些无奈，说，好吧，你下去吧！回过头，对卢芳说，我带了好茶，放在旅店里了，喝完酒后咱们到旅店再喝。

卢芳说，七爷喝的茶都是他在外地的朋友给他寄过来的。

苏大少爷说，咱们东北人对喝茶不太讲究，这个茶的区别可是太大了，酒好坏还可以将就，但茶不行，茶是最见文化之薄厚的。

卢芳说，这个我不懂，在娘家时父亲喝茶我只是跟着凑个热闹。到了方家，方七爷倒是讲究，但我只是凑个热闹，跟着乱喝。停顿了一下，又说，苏大少爷这么有学问为啥光教书，不去社会上做事呢？

卢芳的这句话似乎一下触及了苏大少爷的伤心处，苏大少爷放下茶杯，叹了口气，说，这说来话长啊！我在东北大学读了五年书，是哲学与汉语文学的双学士。从古至今，学子学成后没有不想报效国家的，可是我们现在是一个什么样的国家呢？从晚清八国联军侵华到辛亥革命，中山先生建立民国，然后军阀混战，日军侵华，八年浴血奋战，这日军刚刚投降，国民党又挑起了内战，这又不知打到何年何月。这一百多年中国哪里还叫中国？我的老师到国民政府的沈阳政府当了秘书长，几次让我去他那里，帮他做事，被我婉拒。为什么呢？因为我看不到这个国家、民族发展的方向，我不想为一个让我看不清方向的政府做事。所以，我只能在家读书，偶尔也去母校讲讲学。好在家里也不需要我去挣钱，乱世偷闲，静观其变吧！

卢芳说，我跟父亲也读过几本书，说的都是男人要修身、齐家、治国、平天下，像你这样的人窝在家里还是挺可惜的。

苏大少爷说，你说得没错，问题是你得清楚自己要服务的这个国家是个什么国家啊！否则，事与愿违，还不如暂且栖身，以待来日。你知道魏晋风度吗？

卢芳想了想，你说的是竹林七贤吗？

苏大少爷说，差不多，应该说竹林七贤是魏晋风度的一个代表或缩影。为什么会出现竹林七贤呢？其实魏晋的士人并非都不想入世求取职位与功名，但魏晋之际司马与曹魏两大政治集团争权夺利，弄得天下可谓腥风血雨，文人士子在这样的政治环境里是很难生存或保全自己的，弄不好，就要身败名裂，家破人亡。所以，竹林七贤的嗜酒成性，放浪形骸，隐于山水之间也是不得已而为之，否则就难以生存。我不敢自比竹林七贤，但所生于乱世与他们并无二致，所以，只能是这样苟且偷生。

卢芳听不太懂苏大少爷的高谈阔论，只好点头，以示理解。

苏大少爷又长长地叹了口气，然后吩咐跑堂的上酒上菜。酒菜不一刻就端了上来，苏大少爷给卢芳和自己的杯里斟满酒，端起酒杯，看着卢芳，笑道，今天有幸与三姨太对饮，可以说是我近年来最高兴的事。三姨太不仅仅天生丽质，妩媚动人，还读过那么多古籍，晓之大义，真乃乱世之佳丽，让我敬爱有加。来，为我们今天的幸会干一杯！说着伸过端着酒杯送到卢芳身前，与卢芳端着的酒杯用力地碰了一下，然后将酒一饮而尽。卢芳看着杯里的酒，沉吟了一下，也将酒一下子干了。

苏大少爷和卢芳一边喝着一边聊。苏大少爷讲的东西卢芳虽然有许多听不太懂，但卢芳却喜欢听，尤其是喜欢看苏大少爷讲话时的表情，既富于激情，又多少内含着一种阴郁。苏大少爷有时似乎是自说自话，旁若无人，他完全沉浸在自己的讲述之中，这个时候的苏大少爷更是别有一种气质与滋味。卢芳感觉到了一种从未有过的精神享受，此时对她而言，重要的不是酒，让她迷恋的是苏大少爷的讲述，以及他讲述时的表情与心境。在家的时候，卢芳就喜欢父亲一边喝酒一边给她们姐妹讲古，孔孟和老子都讲过，还有什么《大学》与《中庸》，但卢芳最喜欢听的却是《三国演义》《水浒传》《聊斋志异》和《三侠五义》。但父亲和苏大少爷的讲述还是有所不同，父亲讲述的是故事，很热闹，苏大少爷讲述的也有故事，但主要不是故事，是一种道理，一种思想，一种让你心明眼开的学识与智慧。原先只是听方七爷夸赞苏大少爷如何如何，今天却是真的感受到了他的了不起，他的迷人的魅力。

卢芳陷入了一种迷思的情境，以至于苏大少爷连着两次敬她酒也没听到。

苏大少爷略有不安地问，三姨太，怎么啦？没事吧？

卢芳这才清醒过来，脸忽地一热，说，没事，没事，只是总也不喝酒，冷不丁一喝就有点头晕。

苏大少爷道，那我们就少喝点儿，我本来就没多少酒量，只不过是愿意跟你喝酒。咱们这样，把壶里的这些酒喝了，然后到旅店喝茶，我带着点好茶，请你品一品。

两人干了壶里的酒，苏大少爷便喊跑堂的来结账。

卢芳对跑堂的说，七爷的客人，记在七爷的账上，回头我让吕先生过来给你结。

跑堂的说，好嘞！你们慢走！

苏大少爷还要坚持付钱，却被卢芳拦住。

两人下了楼，出了酒楼，卢芳对苏大少爷说，我就不去旅店了，您好好歇歇，看看还有啥事需要我帮忙的？

苏大少爷却说，别别别，一定要尝尝我带的茶，而且，还有好多话没谈完呢，务必请三姨太赏光！

推让了一下，卢芳便跟在苏大少爷的身后去了旅店。苏大少爷住的房间在二楼的西头，南北通透，南面有书桌和八仙桌，北面有衣柜和一张大床，都是古典的红木雕花家具。苏大少爷把卢芳让到八仙桌旁的椅子上坐下后，便去泡茶。不一会儿，茶泡好了，端过来，给卢芳身前的杯里斟上，又给自己的杯里斟上，然后说，三姨太，你尝尝，这是什么茶？

卢芳忙说，哎哟，我不懂茶。说着端起茶杯，低头看茶杯里的茶汤，黄绿清澈，一股甘醇的清香直扑鼻子。卢芳将茶杯送到嘴边轻轻地抿了一小口，鲜醇可口。不由得说，好喝，但我不知道是啥茶。

苏大少爷也喝了一口，然后说，这是福建的白茶，在我们东北是很少见的。这个白茶属轻微发酵茶，在中国茶中是一种特殊的品种，可谓茶中珍品。

卢芳看着杯里的茶汤，问，为什么叫它白茶呢？这明明有点儿黄中带绿吗？

苏大少爷笑了笑，说，这白茶的叫法吧，是说它的外形，芽毫肥壮，毫色银白。另外跟它的制作工艺有关，采摘下来的细嫩、叶背多白茸毛的芽叶，加工时不炒不揉，只是晒干或用文火烘干，因此呈现出白色。白茶性清凉，能退热降火，有一定的药用性能。白茶的品种主要有银针、白牡丹、贡眉、寿眉等。还有一种白茶叫安吉白茶，产地是浙江，与福建的白茶不同，属绿茶类。

卢芳一边喝着茶，一边说，苏大少爷，你懂得真多。

苏大少爷说，唉，这些东西啊，都是些皮毛，并没有真正意义上的研究，附庸风雅而已。

喝了两泡茶，卢芳看了看窗外的阳光，起身说，苏大少爷，天不早了，我得走了，我还要赶到我娘家去，四五里路呢！

苏大少爷一脸的留恋，从怀里掏出怀表，打开看了一眼，说，噢，时间过得真快，既然你还要赶路，就不留你了，只是不知哪天还能见到你？

卢芳一边往门口走，一边说，七爷那么看重你，你可以常来啊！

苏大少爷连说几声是是是，请你代我问七爷好，就说哪天再来看他。

卢芳答应着走了。

38. 摊　牌

　　卢秋在田镇长的帮助下，很快就将镇海寺首批七家土特产品推销出去，产量和名气都有了很大提升。卢秋又跟田镇长说，最好在镇中心开家商铺，将镇海寺所有土特产品集中在这里销售，这样方便外地客人，也有利于产品的对外宣传推广。田镇长完全支持，卢秋便将林记大药房东边的一家闲置的店铺租了下来，雇了一个中年妇女照看生意，她自己继续按田镇长的几条指示推动七家土特产品提高品质，升级换代，增加产量。店铺的名字是田镇长起的，叫"天道匠心"，请镇里的一位老保学题写匾额。

　　卢秋看了好几天，也没弄明白这四个字的意思。有一天，田镇长走进店里，卢秋给田镇长泡好茶后问田镇长，田镇长，我想了好几天，也没弄明白这店名啥意思，回家问我爸，他说得囫囵半片的，我也没听懂，你能不能给我们解释解释？

　　田镇长说，这"天道"是老子的最核心的思想，是世界的本原，是自然发展的规律，人们只有尊重并按照这个规律行事，才能获得你想得到的东西。孔子强调"人道"，但"人道"并不能脱离"天道"，也就是说，只有在"天道"的范围里，"人道"才能够推行。"道"的提出，使得中国古代哲学提升到了一个新的高度，它强调现象万物之外的"形而上"的一种存在，它是现象万物的本原。这"匠心"应该好理解，做事情一定要有工匠的那种精神，用心去做一件事情。归纳到一起，就是遵循自然规律，用工匠的精神去做我们的镇海寺的土特产品。

　　卢秋不由得拍手叫好，说，还是田镇长有水平。

　　田镇长说，县委来信，说近日东北形势趋于紧张，我东北民主联军主力都将撤往山区和主要城市的边缘地区，采取与敌人周旋拉锯的方式，等待时机。因此，要求我们这样的在我军控制下的地方政府要做好随时被国民党军重新占领或侵扰的准备，保护好组织和群众。

卢秋笑道，国民党军有那么可怕吗？日本鬼子都被我们打败投降了，我们还怕他们？

田镇长说，你这种思想可是要不得。东北的国民党军有几十万之众，而且都是美式装备，战斗力很强。而我们呢？重武器很少，与国民党军正面作战是吃亏的。我们的兵力也太少，只有几十多万人，许多都是新当兵的，没有打仗经验，战斗力不行。

卢秋两眼看着田镇长，流露出一种钦佩和依赖的目光，说话的语气里似乎还含着一种撒娇的感觉，只要你在，我啥都不怕！

田镇长大笑起来，说，我有那么大的能耐？

卢秋撇了下嘴，说，那当然，在镇海寺，哪个不佩服你？文韬武略，只当一个镇长，屈才了！

田镇长坐在椅子上，手里把玩着青瓷茶杯，点了点头，对卢秋的话感到很是受用，喝了口茶后说，真想着回部队啊，多好的机会，东北现在打的都是大仗、硬仗，将来都会写进历史的，手痒得厉害啊！

卢秋笑道，我想，首长也就是压压你的性子，说不定哪天就把你调回去了。

田镇长说，谢谢你的吉言，但愿如此。不过，我担心他们只顾自己打去了，把我早丢一边去啦！田镇长掏出纸烟来，抽出一支，点着了用力地吸了两口，然后仰起脸，将浓浓的烟雾吐向棚顶。

卢秋感觉到了田镇长的郁闷，便说，田镇长，你要是觉得憋闷的话就去我家，让我爸陪你喝几盅。

田镇长立刻面露喜色，说，你说的是，几天不见你父亲还挺想他。

卢秋说，那你今天就去，用不用我回家提前告诉他一声？让他准备准备。

田镇长说，不用，不用，我先回趟政府，下午如果没有啥事情我就过去。说完，将茶杯里的茶喝净，起身告辞走了。

田镇长前脚刚走，于委员就进来了。于委员看了一眼八仙桌上的茶具，不等卢秋打招呼，就说，田镇长来啦？坐了多久啊？

卢秋说，请坐，于委员。田镇长来喝了两杯茶，询问了一下近来的工作，然后就走了。

于委员说，田镇长对镇里的土特产真是关怀备至啊！关键是你的能力也强啊！你们俩配合得可以说是天衣无缝啊！镇政府的人都这么说，我觉得也真是这样，名副其实。

卢秋那里正在给于委员重新泡茶，当然听出了她话里酸溜溜的味道，便笑了笑，说，可不是吗，我也没想到，田镇长对镇里的土特产品工作如此关心，弄得我压力很大。不过呢，有田镇长支持和帮助，我现在挺有信心了。于委员，你天天跟田镇长在政府里，你比我更熟悉他。我现在真的是很佩服他，不论你有啥难题，他都能给你解决，既有思想，又有具体办法。刚才我还跟他说呢，你在镇海寺当镇长实在是屈才了，说不定哪一天，上级就把你调走了。

于委员的脸色有点难看，说，卢秋，你咋能这样跟田镇长说话呢？他本来就是一个心高气傲的人，所以，不能宠着他。

卢秋把沏好的茶端到于委员面前，说，于委员，你喝茶。然后又说，不过我跟你不一样，我咋想就咋说。我看他最近情绪不太高，我还邀请他去我家跟我爸喝酒呢。

于委员一愣，哦？啥时候？卢秋说，今晚啊。

于委员问，他答应啦？

卢秋说，他说下午回政府看看，如果晚上没有重要的事情，他就去。

于委员说，那他可能晚上去不了啦，我正要找他汇报支前的事，现在鞋和服装都弄不上去，他要再不关注一下，恐怕很难完成任务。说完，急急忙忙地走了。

于委员回到镇政府，直接去了田镇长办公室。田镇长正在看文件，于委员就把刚才在"天道匠心"对卢秋说的话又对田镇长说了一遍，并说原因主要是数量太大，老百姓日子过得都很穷，心有余力不足。

田镇长问，你有什么办法？

于委员说，我想不出啥办法，还得你想，就像帮卢秋想"天道匠心"那么想才行。

田镇长扑哧一声笑了，抬起头看着于委员说，你这是话里有话啊？有什么意见直接说。

于委员也微微地笑了笑，委婉地说，我是想说，我的工作能力和水平有限，需要你的指导和帮助，而且，按你的讲话精神，这支前的工作是镇政府重中之重，我们与国民党在东北斗争，打的不光是武器弹药，还有民心。这支前工作就最能体现民心，这民心靠啥鼓动呢？咋样去做老百姓的工作呢？这就不是我这样的人所能够达到的了，就需要你来亲自指导和带领我们去做。问题是，你最近一段时间更多的是指导和带领卢秋同志抓地方土特产品工作去了，我觉得这好像有点儿丢了西瓜捡芝麻的味道，不知我说得对不对？

田镇长说，于委员，你这话讲得挺好呀，很有水平啊！我接受你的批评。你就按你刚才说的，大胆去做，有什么问题再找我。

于委员说，我不行，这都是那天咱俩喝酒你给我讲的，我是现学现卖，只是点皮毛，真的下到村子里具体组织群众去做就不知道咋干啦！

38. 摊牌

田镇长说，没有别的事的话，你就先回去工作吧，我这手上还有文件要处理。

于委员想了想，又说，还有个事儿，我让我妈今晚在家准备了一点酒菜，想请你过去，认认门，我妈也特别想见见你。

田镇长不由得紧张起来，疑问地说，让我上你家认认门，认什么门？你妈特别想见我，见我干什么？

于委员就有些支支吾吾，说，这个嘛，这是我们辽南这边的规矩，像咱们这样的关系吧，就都得到家见见父母，认认门。

田镇长惊讶地问，咱们是什么关系？我怎么听糊涂了呢？

于委员的脸一下子红了，扭捏地说，你是装糊涂吧？你那天喝酒后，把我按在办公桌上，然后就把人家那个啦，你说这是啥关系？

田镇长一掌拍到了办公桌上，震得桌上的水杯、文具和文件都抖动起来。田镇长从椅子上站起来，脸上红涨，脖子上的青筋鼓起老高，用手指着于委员叫道，于秀坤同志，我提醒你要自重，不要为自己的一己私欲出卖人格，更不要以此侮辱和要挟领导。

于委员没有激动，反而更加冷静和沉着，她轻轻地咳了一声，说，田镇长，你别生气，其实我本来不想说这事儿。我喜欢你不假，而且我相信你一定也已经感觉到了，但我也知道，你没看上我。不过，我是真心地喜欢你，我愿意为你奉献我的一切，包括身体。所以，那天你喝酒的时候强行地要了我，我没有拒绝你。我一个姑娘家，没结婚，却跟男人有了性关系，这让人知道了我的脸往哪儿搁？但我不在乎，因为我爱你。

田镇长一时间语塞了，你，你，你说什么？我跟你发生了性关系？你，你这不是胡说八道吗？

于委员说，我从来没跟你撒过谎，而且，我一个大姑娘咋能开这种玩笑呢？她停顿了一下，接着说，我知道你喜欢卢秋，她长得漂亮，那天你要我的时候，嘴里喊着的就是卢秋的名字。你愿意跟她好，我不反对，只要你不抛弃我就行。

田镇长似乎有些恼羞成怒，但他却有意地控制着自己的情绪，说，于委员，请你出去，也请你自重。

于委员说，我可以走，但你不要生气。我和妈晚上在家等你。说完，转身出了田镇长办公室。

田镇长坐在办公室里想了很久，抽了六七支纸烟，他确实有点儿弄不清自己与于委员到底发生性关系没有。从情感上讲不可能，因为他从未喜欢过于委员。但酒喝多了之后，会不会是产生了幻觉，或者错觉，这就不敢断言了。

田镇长当天晚上没有去于委员家，而是拎了两瓶"腾鳌老窖"去了卢秋家。卢四老婆炒了四个菜，加上卢氏香酥花生米和镇海寺卤酱黄瓜两道小菜，摆了一桌子。

这次卢秋主动上桌陪田镇长喝酒，还负责给田镇长和父亲斟酒夹菜。田镇长显然很高兴，不管卢四和卢秋喝多少，他自己则是端起杯来就干。

卢秋发现田镇长的话没有往日多了，其间还有几次叹气，便在喝了几杯之后问田镇长，田镇长，感觉你好像有啥心事，还是为不能回部队的事儿？

田镇长低着头，没有看卢秋，也没有马上回答卢秋的问话，过了好一会儿，自己端起酒杯干了一杯，又长长地出了口气，抬起头来，两眼看向窗外，目光却有些散淡，说，没什么，我是在想，这人的一生啊，实在是不易，经常地错位，你想的跟你做的往往不是一回事。

卢秋说，这有啥呀，我们老百姓不都是这样吗！那历史上，历朝历代那些大人物，有几个是一生一帆风顺的？都是历经磨难和坎坷，千回百转的。就你这样有思想、有文化的人爱这样想，我们这些老百姓是过一天算一天，照样高兴，其实也就是傻乐。来，田镇长，我再敬你一杯。

田镇长的笑里有些苦涩，端起杯来，说，我真羡慕你这样清纯而又质朴的女性，不像我这样的男人，经历的东西太多，而且弄得自己都不认识自己了。说完，又是一口将杯里酒干了。

卢四喝了几杯就下桌歇着去了，留下卢秋陪着田镇长。卢秋现在对田镇长的好感显然有了很大的增加，她当然知道田镇长喜欢她，而且也知道于委员也喜欢田镇长，为此，于委员还嫉妒起她来。原来卢秋一直是回避田镇长的，但现在她不想再回避了，因为她感觉到自己已经喜欢上田镇长了，喜欢到了几天看不见他心里便有些焦虑，有些空落落的。卢秋几次夜里躺在炕上想田镇长，想自己到底喜欢他什么。思来想去，最后她得出这样的结论：田镇长是员儒将，文雅，有一种文人的风度，但他对打仗却是非常内行，不是靠硬拼，而是用智谋。他有思想，口才也好，尤其是在大会上，大场合里，他的讲话极富感染力。还有，在工作上，他是驾轻就熟，居高临下，眼光看得很远，而不是就事论事。在对待自己的态度上，他不是像多数男人那样直接，而是引而不发，似是而非，始终有个度，这样反而让自己有了期待和渴望。卢秋觉得自己看不透田镇长，他实在是太深厚，太博大，无法企及。

田镇长发现卢四离桌后卢秋的目光有些迷离，似乎是陷入了沉思，或者回忆与想象。便端起酒杯说，卢秋同志，想什么呢？我敬你一杯，这一段时间你做了大量工作，而且非常出色，让我刮目相看。我觉得你的能力很强，还有对问题的分寸感，这一点一般女同志是不具备的。所以，你一定会有发展前途的，我对你充满信心。

田镇长叫卢秋名字的时候卢秋便已经从思绪中回到了现实，但田镇长接下来的一番话又叫她陷入了迷离之中，她的目光真的有些散淡，似乎已经不能聚焦，她看不清田镇长的脸庞，他的眼睛、鼻子、嘴似乎都消失了，就剩下一个空洞的脸庞。卢秋突然感到有些害怕，不由得叫道，田镇长，我咋看不清你人了呢？你的眼睛、鼻子、嘴都跑哪去了呢？

田镇长被卢秋的话吓了一跳，手不由得一抖，酒洒了一桌子。田镇长把酒杯放到桌上，离开椅子走到卢秋身边，用手抓住卢秋的胳膊，说，卢秋，你怎么了？是不是酒喝多了？

卢秋说，我没觉得喝多啊！

田镇长弯下腰，把头伸到卢秋的脸前，看她的眼睛。卢秋闻到了男人呼吸出来的烟酒和他身上的汗渍的浓重味道。卢秋起初还不太能接受，但只是过了一小会儿，她就感觉到了另一种说不清的吸引她的气息。卢秋突然地扭过脸来，伸过嘴去，一下子就找到了脸前的田镇长的嘴，然后就拼命地吻了起来。田镇长显然是没有准备，但他没有躲避，不由自主地就迎了上去，而且用两手捧住卢秋的脸。卢秋的嘴一直热烈地吻着，身子慢慢地站了起来，两只胳膊抱住田镇长的腰，然后，整个身体扑进了田镇长的怀里，瘫成了一团，直往地上坠去。田镇长两只胳膊用力地将卢秋的身体抱住，向上一较力，将卢秋抱在了怀里，往西屋那边看了看，门关着，静静的，田镇长便抱着卢秋走向东屋。

屋子里一片黑暗，借着窗外的朦胧的夜色，田镇长将卢秋横放到炕上。卢秋的头发有些散乱，遮住了半个脸颊，灰暗中仍然能看出她脸色的红润。卢秋的呼吸略显急促，嘴微微张开，露出一溜洁白的牙齿。可能是田镇长的搂抱中的揉搓，卢秋灰蓝夹杂的碎花布衫上边的两个纽襻开了，里面的白色衬衣显得格外耀眼。已经端详了半天的田镇长这时才想起应该找一个枕头给卢秋枕上，再拉一条被子来给她盖上，便扭头看西头炕柜上的被垛。刚想走过去，却听卢秋一阵呻吟，而且还想翻身。田镇长便赶紧回过身来，一边问卢秋是不是很难受，一边弯下腰，将胳膊伸到卢秋的头和后背下面，想帮她翻身。卢秋的两只胳膊不自觉地环住了田镇长的腰，然后向炕沿外翻了过来。田镇长忙用身体挡住。

这时，田镇长听到卢秋喃喃地说，田镇长，我开始喜欢你了，你知道吗？

田镇长的心一阵狂跳，似乎有点不相信这话是卢秋说的，激动地说，你说什么，卢秋？喜欢我，醉话吧？

卢秋还是那样喃喃地说，我是有点儿喝多了，但我脑子清醒，我说的是真话，但我一直没敢对你说。

田镇长无法控制自己的情绪，急忙俯下身去，搂住卢秋，伸过嘴去吻住卢秋。田镇长感觉到了卢秋在热烈回应，一时间难以抑制自己的欲望，他似乎没有了耐心与细致，爬上炕，脱掉自己和卢秋的衣裤，生硬地进入了卢秋的身体。卢秋似乎想迎合田镇长，但卢秋没有了气力。

39. 团　聚

　　方七爷带着卢云回到镇海寺时已经接近傍晚。卢云没有回家，她让方七爷先去宋屯她家等着，她直接去了镇政府。

　　田镇长正在与办公室李主任研究工作，见卢云突然推门进来，很是惊讶，立刻从椅子上站了起来，绕过办公桌，上前与卢云握手，说，你好，卢云同志！你怎么回来了？

　　卢云说，田镇长，说来话长，等空闲时我再慢慢对你说。现在有紧急情况请你去我家商量，方七爷在我家等你呢！

　　田镇长回身对李主任说，咱俩先谈到这儿，你马上安排落实，我跟卢云同志去她家。说完，便与卢云离开镇政府，去了宋屯。

　　进了卢家堂屋，卢四和方七爷正坐在八仙桌前喝茶，见田镇长和卢云进来，都站了起来打招呼。卢四让田镇长坐他的位置，然后喊了声老二，给田镇长上茶。

　　卢秋应声从东屋出来，看了眼田镇长，脸上不由得一红，低了头，叫了声，田镇长来啦！也不管田镇长站起来要跟她握手，径自端起茶壶重新沏茶，把田镇长闪了一下，田镇长脸上闪过一丝尴尬之色，但哈哈一笑，重新坐回去了。卢秋将茶水端上八仙桌，挨个给他们几个把茶斟上，然后就跟卢芳和卢云帮母亲打点晚饭。

　　堂屋里一下子就静了下来。方七爷便将高团长、小蔡被俘并关押在浑北监狱的情况，以及近日他联系土匪老树皮、监狱长冯文的情况，还有他们商量的里应外合营救高团长、小蔡的想法一气向田镇长说了一遍，最后，希望田镇长能带着县大队助力他们的行动。

田镇长听完，好久没有吱声，只是不停地喝茶，一支支地抽着纸烟。方七爷和卢四一旁紧张地注视着田镇长，等待他开口。

　　这时，卢云突然走过来拉住田镇长的胳膊，一边摇晃着，一边焦急地说，田镇长，这事儿你可不能不管啊！你必须帮助我们把高团长、小蔡救出来！说着，泪水就流了下来。

　　田镇长手里端着茶杯呢，茶水从杯里晃荡出来，洒了一桌子。卢秋连忙拿抹布将桌子擦干净。

　　田镇长抬头看了眼卢云，然后回过头，看着对面的方七爷，说，这件事情风险太大了，尤其是土匪们干事儿没准儿，只要一个环节出了差错，那就全盘皆输，伤亡惨重是可想而知的。也就是说，老树皮和他做内应的兄弟能否把监狱内的活儿干立整了，我持保留态度。第二，现在临江一带战事吃紧，国民党军倾其主力，企图一举击溃我东北联军主力，掌握东北军事主动权。所以，我辽南东北民主联军及地方部队都在全力出击打击国民党军在辽南的部队，阻止其北上支援。因此，我认为，县大队不可能，也没能力冒险去劫狱。退一步讲，就算能请县大队前往，加上老树皮的二十多位兄弟，这点儿兵力也是不足以劫狱的。先不说监狱自身的兵力和武器有多强，问题是沈阳现在是在国民党军的手里，屯有重兵，沿浑河北岸都有国民党军驻防，监狱这边枪声一响，他们很快就会赶来增援，想撤都没地方撤。

　　卢云带着哭腔说，田镇长，不管咋的，你一定得想办法，帮我这个忙！

　　方七爷说，这个老树皮还是很有些头脑的，他的二弟投了国军，但他不干，并且隐居了起来。而且，我不少给他们钱，他们会卖命的。在道上，他们还是很讲究的。

　　卢四也在一旁说，田镇长，你有勇有谋，在官任上你自有不便，但帮他们想想办法，老三这孩子从来还没为啥事这么上心过。

　　田镇长说，卢老伯放心，于公于私我都会尽力。田镇长又瞥了卢秋一眼，然后对方七爷说，这样，方七爷，你们跟老树皮他们做好里面的事情，一定确保万无一失，要把每一个细节都考虑周到。我这边马上请示县委，争取给我一个小队，能有百八十人，我再把我们镇武工队那三十来人带上。过几天我们再碰一下，确定最后的行动方案。

　　方七爷说，这样再好不过了，多谢田镇长！

　　卢云擦了擦脸上的泪水，也随着方七爷说了句多谢田镇长！

　　这时，卢四老婆说，田镇长，方七爷，饭菜好啦，你们边喝边聊吧！

　　卢四说，好好好，老二、老三，赶紧摆桌烫酒。

　　卢云和卢秋先把八仙桌抬到屋中央，然后烫酒，摆杯碟碗筷，卢芳那边两手端着菜盘上来了。八个菜，四凉四热，摆了一桌子。

除了卢四老婆，卢四和三姊妹都上桌陪客人。

卢四说，田镇长，你给说几句，咱们就开席。

田镇长道，我哪能说，还是您，卢老伯您说。

卢四又客套了两句，然后端起酒杯说，今天是一个难得的聚会，快两年了吧，我的三个女儿这是第一次在家里团聚，又有田镇长和方七爷光临，我非常高兴，也非常荣幸，因此，我提议大家干一杯，也预祝营救高团长和小蔡一事圆满成功！

田镇长道，卢老伯说得太好了，这一杯我干了！于是，大家纷纷碰杯，然后就都将杯里的酒干了。只有卢秋喝了一半，说，对不起我得慢慢喝。大家一齐笑了起来。

卢四说，我这仨闺女，老大老三都能喝，就老二不行。田镇长，方七爷，来吃菜，吃菜。

方七爷这时端起酒杯来，看着田镇长说，田镇长，我敬您一杯！自从您到镇海寺的两年来，镇海寺发生的变化有目共睹，更不用说您带领县大队智战军匪，力保八路军师部留守处未失一兵一卒。如我岳父大人所言，难得一遇的儒将啊！本人不才，但游走于江湖也有二十多年之久，不敢说见过世面，但红白两道，以及兵匪还是接触了一些，如田镇长这般的全才实属罕见。尤其是身处眼下这乱世，田镇长处乱不惊，运筹帷幄，虽居一隅，却不偏安，视野宏大，以我之见，必有出人头地之时。所以，这杯酒一是感谢您的鼎力相助，也预祝您早日飞黄腾达！

田镇长不由得大笑起来，端着杯迎上前，与方七爷重重地碰了杯，然后说，本人自知才疏学浅，毛病不少，但承方七爷这般夸赞与抬举还是极其受用。不过，从东北民主联军及人民政府的角度论，我还是要感谢你，作为地方开明绅士，你为镇海寺安定与社会发展，以及近年来我党我军在东北与国民党军的争战都发挥了积极的作用。所以，我建议，为过去我们的成就，也为今后我们的合作，咱俩连干三杯！

方七爷叫了一声好，便与田镇长相互看着将杯里的酒干了。

卢云立刻站起来，给他们的杯子里斟满酒，田镇长和方七爷就又连喝了两杯。

田镇长和方七爷的杯子刚撂到桌子上，卢云就说，我要敬田镇长和方七爷三杯，感谢你们对我和高团长、小蔡的全力援助，这件事儿我将铭记心中，永生不忘！说完，将杯里的酒倒进茶杯里，又拿起酒壶往酒杯里斟了两次，然后都倒进了茶杯。卢云说，先干为敬。说完，端起茶杯，将酒一饮而尽。

方七爷说，三妹，我这酒量容我慢慢喝行吗？

没等卢云应声，田镇长站了起来，说，卢云同志虽说年龄不大，英雄气概不输男人，可谓巾帼英豪，尤其是为了营救高团长和蔡警卫员，不遗余力显然不足以形容其精神，而应该说是舍身忘己，奋不顾身，不单是战友情谊，实在是一种至上人格，让我敬佩不已。这杯酒我喝了。说完，也仿效卢云的方式，将三杯酒倒进茶杯，然后一口喝干。

卢云的眼泪就流下来了，想说什么，却没有说出来。

卢芳在一旁鼓起掌来，说，你们说得太好了，听得我眼泪也都要流下来了。这样吧，我也敬田镇长一杯。说着，站起来，拿过酒壶给田镇长斟酒。

卢秋伸手拦住，说，大姐，你让田镇长吃点菜，缓缓再喝。

卢芳扭头看一眼卢秋，说，这是啥情况，二妹？这才跟田镇长工作几天，就向着他了？

卢秋就脸红了，道，说啥呢？大姐？

卢芳咯咯地笑了起来，说，不是大茶杯，是一小酒杯。这下放心了吧？没咋的呢，这胳膊肘就开始往外拐了！

田镇长也笑了起来，说，没关系，卢芳，你说喝多少我就喝多少。

卢芳回过头来看着田镇长，说，说话算话，就喝一小杯。说着，给田镇长的酒杯斟满了酒，然后说，田镇长，我不会说啥，但感谢和敬佩您的心是真诚的。说完，将杯里的酒一饮而尽。

田镇长的脸也有些发红了，说，我本来就是东北民主联军，是人民的子弟兵，现在又是人民政府的镇长，所以，这些事情都是我分内的，应该做的。说完，端起酒杯，一口喝了下去。

卢四这时说，今天大家团聚，都很高兴，多喝点不打紧，只是慢慢喝，急酒容易醉。

卢秋马上附和，说，爸说得对，现在开始，慢慢喝。

卢芳说，二妹，该你的啦，你还没敬田镇长呢！

卢秋说，爸不是刚说完吗，让慢慢喝。田镇长连着喝了这么多了，得让他吃点儿菜，喘喘气嘛！七爷不都是慢慢喝吗？这样，我先敬七爷一杯，七爷劳苦功高，自从成了我们家姑爷后，为我们家操了不少心。说着，端着酒杯伸向了方七爷。

方七爷连忙应道，二妹客套了，都是一家人，理应如此。说完，端起酒杯，与卢秋伸过去的酒杯碰了一下，然后跟卢秋一起，一饮而尽。

那天晚上，他们将一坛三斤装的镇海寺小烧锅喝了个一干二净。卢芳没有陪方七爷回家，方七爷陪着田镇长坐着王二的马车一块儿回了镇子里。

三姊妹居然谁也没喝多，她们脱去衣裤，钻进被窝。躺在曾经睡了十几年的一铺炕上开始漫无边际地聊天，这样的情景对现在的她们而言，有如天方夜谭一般。

先是卢芳的感叹，其实咱们分离也就一年多，但我感觉好像过了小半生似的，那么漫长。你俩觉得呢？

卢秋道，大姐还好意思说呢，三妹也就罢了，南征北战的，没个准地方。你呢，不到一个小时的路，要是坐马车，半个钟头，可是你回来过几次？守着方七爷离不开了似的。

卢芳道，你说的是。开始的时候吧，我是不想让七爷觉得我一天无所事事的，后来又被两个姨太太纠缠着脱不了身。其实回头想想吧，在方家根本就没啥正事儿，吃喝拉撒都有人管，斗的是心眼，但是我不跟她们斗，让她们英雄无用武之地。其他的还都行，就是这心里面孤独。

卢秋说，孤独啥呀，方七爷不是对你很好吗？

卢芳说，那倒是，可是他也不怎么着家，那两个姨太太跟我是面和心不和，而且我跟她们也整不到一堆去，你说我心情能好吗？我也不想与她们作对，只能是装傻，忍受。

卢云说，你干吗要装傻忍受呢？有七爷给你撑腰你怕啥？跟她们干哪！

卢芳说，三妹，你还没出嫁，你体会不到在一个完全陌生的大家庭里面是个啥样，不像是在自己的家，你想咋样就咋样。你说七爷对我好，那又怎么样？他能啥都管吗？况且，我要是天天跟两个姨太太打仗，他还能对我好吗？所以说，不行。

卢秋说，对了，大姐，上一次你流产后，这也有小半年了，又怀上没有？

卢芳说，不瞒你俩说，方七爷是真着急，可是那之后，他那东西不行事了，进都进不去，还怀啥怀？

卢秋不由得笑了起来，真的？咋就不行事了呢？

卢芳也笑了，说，谁知道啊，有一回把他急得，满脑门是汗，就是不行，然后他就再也不干了。

卢秋问，那咋办？

卢芳反问，啥咋办？

卢秋说，我是说，七爷能甘心吗？

卢芳说，不甘心又能咋样？我还不甘心呢！

卢秋有些惊讶，问，你不会再找别的男人吧？

卢芳说，那得看我有没有心情，他不行就拉倒了，我才多大呀？就这样守寡？

卢秋更加惊讶了，说，那你可得小心点儿，方七爷是啥人哪！

卢芳说，啥人他也是人，还能吃了我？

卢秋半天没再吱声，屋子里突然寂静下来。

还是卢芳打破了沉默，卢芳说，光顾说我了，二妹，说说你跟田镇长啥情况了？

卢云也跟着说，是啊，二姐，田镇长对你挺那个的啊！

卢秋的脸一下子热辣起来，支吾了一下，说，他对我倒是有那个意思，但我一直二心不定的。

卢云急切地问，那是为啥呀？田镇长多优秀啊，文武全才，连方七爷都那么敬佩他。

卢秋沉吟了一下，说，主要是，镇政府的妇女委员追求他，我就不愿意了。

卢云又问，那田镇长呢？田镇长喜欢她吗？卢秋说，应该是不喜欢吧。

卢芳说，既然这样，那你还犹豫啥？

卢秋说，是，最近我就不再躲躲藏藏的了，尤其是对于委员，我一点也没客气，有时我还故意做出我跟田镇长好的样子给她看。

卢云说，挺刺激，现在进行到啥程度了？

卢秋又是支支吾吾了一会儿，说，前几天，他跟我做那个了。

卢云连忙问，那个了是哪个了？

卢芳笑道，三妹，你还小，那个了就是他们睡一块了。

卢云一下子坐了起来，抓住卢秋的胳膊，使劲地摇了摇，说，二姐，你太厉害啦，简直叫我难以置信。

卢芳道，越老实越有主意，别看二妹平时不言不语，大家闺秀似的，动起真格的，谁都不如她。

卢秋道，我们不是有意的，那天晚上也怨我喝多了点酒，突然觉得身体不舒服，他就把我抱炕上了。

卢云突然叹起气来，继而两手捂住脸抽噎起来。

卢芳道，三妹这是咋啦？嫉妒了？你还小，过几年不晚。但是看你对高团长和蔡警卫员的样子，你这也是有想法的啊！他俩你看上了谁啊？

卢芳这一说，卢云一下子哭出声来。

卢芳道，还挺委屈的，因为啥啊？

过了半天，卢云才停止了哭泣，慢吞吞地说，有一次高团长心情很郁闷，酒喝高了，我扶他回房间，他就对我要那样。我一点心理准备都没有，不但没从他，还咬了他一口。从那以后，他对我就一直有点那个，就是拘谨吧，反正不像一开始那样随意。等我想那样对他吧，又没了机会。这次为了救他出狱，我被那个监狱长给那个了。

这回轮到卢秋惊讶不已了，说，哎哟，那可咋办？等高团长出来了，他要是知道了这事儿，那还了得！

卢云说，我是为了营救他啊，那个监狱长逼我，我怕不答应他，高团长被监狱枪毙了，那我不后悔一辈子呀！

卢芳道，三妹，你不用伤心难过，别往心里去。这事儿只能说明你讲义气，为了救他宁可失身，他即便将来知道了也会感谢你的。

卢云说，可是，我还是觉得对不起他。这些天，我一直后悔那次酒后他要我，我却没从他，没把自己的第一次给他。

卢芳道，但你是为了他的性命才这样做的啊，他有啥权利责备你呢？所以，三妹啊，你不要往心里去，把这事儿从脑袋里丢出去，就当它没有发生过。

卢秋也说，大姐说得对，就按大姐说的那样做，一切都重新开始。

卢云嗯了两声。

月亮斜挂在湛蓝深邃的夜空，将一片清辉洒进窗子里，洒在三姊妹异常兴奋的脸上。

那天晚上，三姊妹一直唠到后半夜，既痛苦悲伤，又开心快乐。

40. 勾　引

方七爷带着卢云又回到了沈阳。第二天，老树皮带着几个弟兄也回来了。

方七爷说，因为近来东北民主联军在东北战事吃紧，田镇长那边恐怕调不来人，他估计，县大队要能调来一个小队就不错了。另外，田镇长在镇海寺训练了一支有三十人的武工队，但战斗力不强，也就是凑个人数，这个他可以带来。

老树皮说，不出我所料，共产党那头是指望不上的，他们注重的是全局，是大事儿。田镇长能把他那些人带来就不错了，关键是我需要他来指挥，给我独当一面，我就好腾出手来专门对付监狱里的活儿。老树皮抽了两口烟，接着说，我这边弟兄能来三十人左右，然后我又联系了台安我的一个曾经拜过把子的当家的，他那边能带来四五十个弟兄，加一块总有个百八十人。如果监狱里面的活儿干得利落，把人抢出来还是有希望的。

方七爷说，太好了，让大当家的费心啦！

老树皮对卢云说，老妹儿，一会儿咱们就去吃饭，吃完饭你把冯监狱长约旅馆来跟我们见面。

卢云点头说好。

卢云到了监狱，门卫已经认识她了，她说要找冯监狱长，立刻就打电话给冯文。不一会儿，冯文就出来了，然后跟她一起来到了旅馆。

冯文跟老树皮和方七爷说，想了几个办法，但都不行，主要就是汪胖子对我有成见，不愿意跟我来往。

老树皮说，实在不行就得来硬的，想办法把他抓了再说。

方七爷说，那恐怕不行，因为你不能拿枪逼着他公开把人带出来，所以，只能是瞒着他偷偷把人往外带，不能惊动他。

老树皮说，那钥匙还是关键。

冯文这时看了看卢云说，我倒是有个办法可以一试，但需要三小姐亲自前往，我来配合。

方七爷问，啥办法？

冯文说，这个我想单独跟三小姐谈。

方七爷说，那好，我们先到那屋去，你俩谈好了叫我们一声。说完，方七爷和老树皮去了另外一个房间。

冯文对卢云说，我得事先声明，想这个办法完全是为了你们要营救高团长和蔡警卫员，我也是黔驴技穷，实在没招了才出此下策。但这个事不能让方七爷和大当家的知道，不然他们非要我命不可。

卢云说，你说，只要是能救高团长和蔡警卫员，要我怎样都行。

冯文说，三小姐真是个痴女子，世所罕见，让我羡慕不已。说着，用眼睛瞥了卢云一眼，然后接着说，这个汪胖子非常好色，据说喜欢两男两女在一起玩。如果你肯去，我在外面再找个女人，这样或许能把汪胖子邀出来，然后我配合你把他的钥匙弄下来，你就有机会把它们拓下来了。

卢云听了脸一阵红涨，但几乎没犹豫就说，行，我干。

冯文说，好，这几天你每天去一次上次你去过的那个日式白房打听消息，一旦我跟汪胖子谈好，会打电话过去，然后你按时去就是了。

卢云又说了声好。

冯文说，你要能定下来，我回去就办。这个事我就不跟方七爷说了，至于你怎么说，我就不管了。

卢云说，就按你说的办，我能定。

冯文走后，卢云对方七爷和老树皮只是说她去参加冯文举办的一个小型宴会，冯文想办法把汪胖子约出来，在宴会上他配合自己创造机会，将钥匙拓下来。

方七爷说，我咋觉得这事有点儿危险。

老树皮说，没事儿，我和弟兄们可以在周围埋伏，一旦有情况，我们就冲上去。三小姐，咱们定个信号，有危险需要我的时候，你就发信号，我保证你的安全。

方七爷这才同意卢云试试看，嘱咐她一定要小心。

过了两天，卢云就得到了冯文来信儿，让她当天晚上五点半到他的日本小白楼。卢云收拾打扮了一番，特意换上到商店买的新衣服，带上橡皮泥，青春靓丽地走进冯文的小白楼。

汪胖子还没有来。在客厅里,冯文给卢云介绍了先到的丁小姐,两人握了握手,互问了一声好,然后在沙发上坐下喝茶。

一泡茶的功夫,汪胖子在两个全副武装的宪兵的护卫下进了冯文日式小白楼的院子,两个宪兵随即分立于院门两旁。这时,冯文已经迎了出来,打过招呼,将汪胖子让进屋去。

到了客厅,冯文先介绍汪胖子,然后再将卢云和丁小姐介绍给汪胖子。汪胖子眼睛只一扫,两眼马上就亮了起来,脸上的笑容如花般绽放,扭头用手指着冯文,笑道,冯监狱长,太不够交情了吧?咱俩共事这么久,你却把两位美女藏得这么深,我居然一次都没见过!

冯文立刻点头赔笑,说,哪里像汪队长说的这样,我也是刚结识不久,这不,马上就把您请来了。有难能否同当我不敢说,但这有福同享我可是一点都不含糊。

汪胖子拍了拍冯文的肩,说,冯兄,原来我多少有点轻信谗言,误解了你,请你不要往心里去哟!

冯文回道,哪能呢,我这个人哪,你来的时间短,是不太了解我。表面看我好像挺内向,有城府,其实不是这么回事。我没啥心眼,不太好结交,所以给人一种不太合群的印象。我不善于表白,慢慢处你就知道我怎么回事了。来,咱们到餐厅就座。

冯文在前面引着,几个人拐了两拐,进了餐厅。冯文把汪胖子让到主宾席上,让卢云和丁小姐一边一个,他自己坐在汪胖子对面。

酒菜都已经摆好了,冯文对汪胖子说,汪队长,我说两句,然后咱们就开喝?

汪胖子脸上堆着笑,说,好,你说,你说!

冯文端起酒杯,说,汪队长,两位小姐,有幸请到各位来我寒舍小聚,可谓缘分不浅。人生苦短,世事无常,及时行乐也算是不枉活一生。所以,今天咱们来个一醉方休,喝透,玩透!我提议,咱们连干三杯!

汪胖子随即跟着叫好。

丁小姐却有点儿为难的样子,说,冯哥,我喝不了那么多,能不能给我减两杯?

冯文没回答,迎面看汪胖子。

汪胖子笑道,丁小姐,我喝酒有个习惯,就是你先尽情地喝,你真的不行,我绝对不劝。就是说,你得让我看到你确实不能喝。

冯文马上附和,汪队长说得好,这个要求不过分,合情合理。

丁小姐有些无奈,说,那好吧!

头一轮这三杯酒痛痛快快地就喝下去了。接下来,汪胖子说,我也要敬各位三杯。既然冯监狱长的酒都喝了,各位不会驳我的面子吧?六杯下去后,丁小姐似乎就有点支撑不住了,立刻趴在了桌子上。

这时，卢云又端起了酒杯，说她也要敬大家三杯。

冯文和汪胖子都叫好。冯文说，看来丁小姐还真是不胜酒力，让她先歇会，咱们三个接着喝。

三个人每人又都来了个三杯，汪胖子便有点喝多的意思了，不光是脸红了，说话也有点儿不利索了。汪胖子看了看仍然趴在桌子上的丁小姐，又看了看卢云，就说，冯监狱长，咱们能不先歇一会儿，有没有舞曲，跳会舞，然后再接着喝。

冯文说，好啊，舞曲有啊，我这就去放。不过，咱们得到客厅里去跳才行。

汪胖子伸手拉住卢云的手，说，行行行，咱们到客厅去跳。卢云便被汪胖子拉着手随在冯文的身后去了客厅。

卢云说，汪队长，我可是不会跳啊！

汪胖子说，唉，我也不会，也就是意思意思而已，玩的是一个情调，顺便醒醒酒，你说是不是，卢小姐？

冯文打开了电唱机，放上唱盘，一段日本的什么乐曲就悠扬地响了起来。冯文又点上早已准备好的蜡烛，关掉电灯，客厅里一下子幽暗下来，愈发将那日本的乐曲的悠扬婉转显现出来。

汪胖子搂住了卢云的腰，晃动着肥胖的身体带动着卢云随着乐曲的旋律跳了起来。

冯文忙完了便去餐厅把丁小姐也拉了起来，丁小姐迷迷糊糊，踉踉跄跄地被冯文拉到了客厅，舞步已经不成系统，一会儿扑到冯文怀里，一会儿突然向后仰去，弄得冯文一脑门子汗。

汪胖子那边则是如鱼得水，卢云虽然也喝多了，但却没有失态，跳舞不会，但也能跟着汪胖子的脚步蹓。汪胖子早就被卢云的美貌和年轻所迷倒，这时已经情不自禁地将一只手伸进了卢云的胸。卢云是半推半就的，还轻轻地扇了汪胖子一个嘴巴，弄得汪胖子更是兴致大增。跳了两支舞曲，汪胖子显然是急不可耐了，便对冯文说有点头晕，想休息一会儿。

冯文马上按住丁小姐，说，那咱们就到卧室休息一下。说完，一手拉着丁小姐，前头带路去了卧室。

这卧室是日式的装修，没有床，而是一铺日本的榻榻米。冯文没有开灯，客厅蜡烛的光亮折射到屋里，摇晃着一抹昏黄的幽暗。

汪胖子的手搂着卢云的腰，进了屋子后，一个踉跄，被卢云抓住。汪胖子结结巴巴地说，卢小姐，还是你有酒量，我是喝不过你啊！说着，身体向前一倾，朝榻榻米扑去。卢云没准备，被汪胖子拽倒到榻榻米上去。没等卢云翻过身来，汪胖子的手已经伸进卢云的腰间，去解卢云的裤带。卢云没有反抗，而是闭着眼睛，嘴里还发出一阵阵模模糊糊的呻吟。汪胖子脱掉卢云的衣裤，翻身坐起来，三下五除二，迅速地把自己脱光，然后就扑到了卢云的身上。汪胖子感到了一种少有的舒畅与快感，一边喘着粗气，一边啊啊地叫了起来。卢云则是感到一堆肥肉压在身上，让她呼吸有些困难，甚至有种窒息感，但卢云忍耐着。汪胖子受到了严重的刺激，不一会儿就从卢云身上滚了下来，四仰八叉地平躺在榻榻米上，呼呼地直喘气。

那边丁小姐趴在榻榻米上，撅着屁股，冯文骑在她的身上，从后面运动着，见汪胖子从卢云身上下来了，便对丁小姐说，你去陪汪队长，我跟卢小姐玩玩。说完，就过去拉起卢云，抱到自己怀里。在朝榻榻米的另一边躺下去的瞬间，冯文悄悄地将汪胖子的裤子卷在了背后，然后松开卢云，几下就把拴在裤腰带上的那串钥匙解了下来，塞进卢云手里。冯文这时已经骑到卢云身上，一边运动着，一边笑道，怎么样？卢小姐，汪队长是不是很厉害啊？

卢云没吱声。冯文在她的屁股上捏了一下，卢云这才反应过来，连忙说，是，是啊，很舒服啊！

这时，丁小姐已经骑在了汪胖子身上，但汪胖子下身的东西却硬不起来了，丁小姐听冯文和卢云这么说，便道，哎哟，汪队长全部的气力都用在了卢小姐身上，这会儿不好使啦！

冯文笑道，丁小姐，你得有点耐心，汪队长不是喝酒了吗？这也要看你的本事喽！

这时，卢云在冯文身下连连作呕，一边往下推冯文，一边说，快起来，我要吐。

冯文连忙翻身下来，卢云则翻身起来，小跑着出了卧室。

汪队长这时已经被丁小姐弄得重新雄风再起，丁小姐仰着头，长发不停地摆动着，身体用力地一下下地向前拱着。下面的汪队长再次啊哟啊哟叫了起来，肥胖的身体也不停地向上一下下地拱着。

约莫十来分钟，卢云回来了。

冯文回身搂住卢云，问，卢小姐没事吧？

卢云说，喝多了，然后再这么一折腾，就都吐了。这会儿感觉全身轻快了许多。

冯文就又把卢云按在了身下，说，我刚干出点儿味道来，你就吐了，这会儿可得让我尽尽兴。卢云大声地叫了起来，冯文趁机把钥匙拴到汪胖子的裤带上，然后顺手塞回到汪胖子的脚下。

四人又折腾了一阵子，便都躺在榻榻米上休息。半个小时后，冯文便坐了起来张罗接着喝酒。卢云喝了两杯后说头晕，先走了。丁小姐也说，不能再喝了。

汪胖子便说，那咱们就散了吧！我回监狱了。

冯文道,那我陪你也回监狱吧!

在门口,汪胖子对卢云和丁小姐说,两位小姐,哪天还得聚,啊!

卢云和丁小姐一边往院门外走,一边回头摆着手说,好的!好的!

41．出　走

　　已经是六月了，天仍然冷忽热，没个准儿。这天早上，吃了早饭，大姨太和二姨太问卢芳打不打牌，卢芳感觉这几天有些乏困，精力不济，不爱动弹，想睡个回笼觉。大太太和二太太走后，卢芳又不想睡了，便起身去前院的菜地溜达。

　　菜地里各种菜苗都已经长了出来，有好多垄沟还立起了竹竿支架，那是为芸豆、黄瓜、西红柿等准备的。菜地里刚放过水，非常湿润，有的垄沟还残存着亮晶晶的积水。顺着青石铺的小道，卢芳在偌大的菜园子里来来回回地走着。她想起了苏大少爷，自从那次在镇子里巧遇，然后一起喝酒喝茶后，他再也没有来，算起来也有一个多月了。难道他这么快就把自己忘记了？可是，自己却怎么也忘记不了他，有几次她甚至做梦梦到了他。卢芳回想起，那天喝酒的时候，苏大少爷向她讲述和描绘东北的几个大城市，像沈阳、长春和哈尔滨，那些个城市好大呀，人也多，吃的玩的就更多，还有不少外国人。苏大少爷说，他最喜欢的城市还是哈尔滨，有很多俄国女人，天寒地冻的，上身穿一件皮毛大衣，围一条狐狸围脖，下身却光着腿，脚踏高跟鞋，胳膊上挎一只香奈尔坤式皮包，手中夹一支雪茄，在雪后有阳光，或者夜晚有霓虹灯的街道上，咯噔咯噔地漫步，那才叫风情。苏大少爷说，在街上逛够了，就到酒店，或者酒吧，喝俄国的伏特加白酒和大白熊啤酒，当然，还有欧洲各国的葡萄酒和威士忌。卢芳记得，当时她红着脸问苏大少爷，将来有机会你能带着我去那些个城市逛一逛吗？苏大少爷说，能啊，等东北解放了吧。卢芳想，他说了那么多那么多，难道说忘就忘了吗？不能，绝对不能，卢芳认为苏大少爷不是那种纨绔子弟，他是一个有学问的才俊。卢芳觉得，苏大少爷是喜欢自己的，不然，那天在镇上他也不会请自己喝酒，之后又去旅店喝茶，而且，卢芳说要走时，他还一脸的依依不舍之情。这还不够吗？

突然，卢芳感到一阵恶心，胃里的食物一阵阵地向上涌，她急忙蹲下身子，刚张开嘴，刚吃下去的食物就吐了出来，而且是连续地吐了三次。吐完了，卢芳刚直起腰来，就听二姨太冲她喊，咋的啦，三妹，出啥事儿啦？

卢芳扭头一看，二姨太站在屋门前冲自己这边喊话呢，马上回道，没啥事儿，可能是早上饭没吃舒服。一边说着一边往回走去。

二姨太紧走几步，到了卢芳身前，将卢芳上下打量了一番，颇有意味地说，三妹啊，你不是又有了吧？

二姨太这句话把卢芳惊得差点向后倒去，她努力地让自己镇定下来，脚下站稳了，才说，咋会呢？

二姨太又说，咋不会呢？你那事来了吗？

二姨太这话彻底惊醒了卢芳，想了想，可不是吗？这个月已经过了不少日子啦，一直没来呀！

二姨太一直盯着卢芳的脸，这时笑的意味就复杂了。卢芳又想了想，不可能怀孕啊，因为方七爷跟自己已经几个月没有性事了，而在梦中与王二那个咋能怀孕呢？这二姨太的破嘴，啥事儿叫她一说就变味儿。哼，不能跟她在这儿纠缠，便说，我得回去躺着了。说完，转身急忙地往后院走了。

回到北屋，卢芳漱了口，然后就进了西间，上了炕，拉条被子盖在身上就躺下了。躺了一会儿，感觉好多了。卢芳翻了个身，将身上的被子拽到一边，下了地，来到堂屋，喊周妈沏杯茶来。

喝上茶后，卢芳就有些闹心。方七爷现在根本就不着家，一走就半个月二十天的，她只能每天跟两个姨太太混在一起，这样的生活实在是低贱而庸俗，还不如未出嫁前在家里那样清静、素朴，虽然活计不少，但却有那么多的快乐，又没必要谨小慎微，思前虑后。卢芳再次想到苏大少爷，想到了苏大少爷那天讲的那些话，那些事儿，那是多么上人向往的一种生活啊！假如能跟苏大少爷在一起，哪怕是给他当佣人，伺候他，给他端茶倒水，洗衣做饭，打扫房间，不好吗？有时间的时候，就跟他一边喝茶，一边让他讲那些父亲读过的中国古典的东西，还有父亲没读过的西方的小说和名人传记。如果，将来，能够，他能够跟自己，唉，不想那些了。但卢芳的心底却陡然地生出一种从未有过的冲动，她将茶杯放下，心里说，一不做二不休，趁着方七爷不在家赶紧走，去苏家屯找苏大少爷，过另一种生活。想到这，卢芳立刻回屋，收拾几件衣裤，然后将嫁给方七爷后积攒的几百块银元，还有东北九省流通券，从木盒里倒出来，塞进一个布袋子里，打了一个包袱，挎到肩上。吕先生没在宅子里，卢芳便跟周妈说她要回宋屯娘家待几天，然后就去偏厦叫上王二，叫他多带些草料，赶着马车出了镇子，直奔宋屯。

王二的车是从村南进的宋屯，正好路过莲塘。卢芳让王二停车，她从车上下来，沿着塘边缓慢地走去。卢芳感觉自己已经有一年多没来过莲塘了，塘里无数的紫绿交融的清圆浮在离岸边比较近的水面上，有的清圆上面有水珠闪着晶莹的光芒。鱼在水中游着，不时地耍欢般弄出一片翻腾的水花，荡起一圈圈的涟漪。卢芳沿着塘岸绕行着，一棵棵垂柳早已经绿成一片，柔软的枝条不停地轻拂着她的面颊，痒痒的，酥酥的，让你由此而确认，夏天真的来临了。卢芳走了有十多分钟，全身有些发热，脑门儿出了一层细汗。卢芳回头一看，王二赶着马车悠闲地跟在后面，就摆了下手，上了马车，王二便驾车往卢芳家的方向奔去。

卢芳却哎了一声，对王二说，直接上官道，往沈阳方向走。

王二极其惊讶，反问道，三姨太，您不回家？这是要去哪儿？

卢芳说，你不用问，只管赶车，越快越好，什么时候太阳过头顶了，你就把我放下，然后你就回来。

王二拉住了车闸，扭头问卢芳，三姨太，出啥事儿了，您要去那么远的地方？就您一个人？

卢芳瞪了王二一眼，说，不关你的事儿，你只管赶车。我说了，越快越好。停了一下，卢芳又补了一句，去看一个朋友。

王二有些懵懂，又不敢多问，只好按卢芳的吩咐，将马车赶得飞快，几乎不着地般地在官道上向北飞奔。

太阳升到头顶的时候，王二拉着卢芳刚刚过了辽中。王二擦了擦脸上的汗，回头看卢芳，卢芳什么表情也没有，王二只好继续挥动着鞭子向前奔。

卢芳突然问，这儿离苏家屯还有多远？

王二回头说，我没去过，不知道啊！这样，道边有人时下去问问。

马车又跑了一会儿，见道旁一片杨树林边上坐着几个抽烟的人，王二便刹住车，跳了下去，跟那几个人打听苏家屯。不一会儿就回来了，对卢芳说，三姨太，从这儿到苏家屯还有个七八十里。

卢芳掏出几块银元塞到王二手里，说，就到这儿，你回去吧，道上找个地方吃点饭。家里，包括七爷问起我，就说把我送到宋屯你就回去了。

王二说，这明显不是撒谎吗？关键是没人信啊，去宋屯能跑差不多一整天？

卢芳说，那我就不管了，你随便编吧！说完，就要下车。

王二说，您先别下来，这儿前不着村后不着店的，我把你送到个镇子啥的你再下。

王二赶着马车又跑了有半个时辰，来到一个叫四方台的镇子，卢芳便从马车上跳了下去，冲王二摆了摆手，奔街里走去。

街上只有两家小酒馆，店铺也不多，跟镇海寺简直没法比。卢芳选了那家经营项目中有馅饼的酒馆走去，进去后找了个座位坐下，要了三个牛肉馅饼和一碗小白菜豆腐汤。在坐着等的时候，卢芳问跑堂的大嫂，苏家屯离这儿还有多远？

跑堂的大嫂一边给卢芳的桌上摆筷子和小碟，一边说，咋说也得有五六十里吧。

卢芳又问，那这儿有啥车能到苏家屯吗？

跑堂的大嫂哎哟一声，说，哪有啥车啊，你只能在街上雇辆马车。但苏家屯那边驻了不少国军，一般人不愿意去啊！

卢芳说，大嫂，你行行好，帮忙替我找辆车，多少钱都行。

大嫂说，一会儿让我那当家的帮你找。

不一会儿，牛肉馅饼和小白菜豆腐汤就端上来了。大嫂说，你先吃着，我当家的马上就去帮你找。

大嫂的当家的就是大厨，从厨房出来擦了擦手，一边卷着纸烟，一边看了看卢芳，然后问，是去看亲戚啊？

卢芳点了下头说，是。

大厨将纸烟点上抽着了，便推门出去了。大厨不一会儿就回来了，说，在门外等着呢，给一块大洋就行。

卢芳很快就吃完了，一边感谢着，一边掏出一块银元给了大嫂。大嫂说，用不了这么多啊。说着，掏出几张九省流通券塞到卢芳手里。卢芳顾不上客气，急忙接过来揣进衣服兜里。出门一看，一个留着山羊胡子的半大老头坐在马车辕子上，怀里抱着一杆马鞭子，嘴里叼着一个小烟袋，嗞嗞地抽呢。

卢芳爬上马车，发现半大老头心挺细，在车箱中间给她铺了一个棉垫子，她就坐了上去。半大老头回头瞅了一眼，又冲站在酒馆门口的大厨和他老婆摆了下手，鞭子在空中啪地甩了个响，马车便上路了。

太阳偏西的时候，马车来到一个楼房密集，柏油路纵横交错的小城。半大老头从车辕子上跳下来，说，姑娘，苏家屯到了，你要去哪呀？

卢芳有些惊愕，说，我要去苏家屯，这是哪呀？

半大老头笑了，说，姑娘，你是头一回来呀？这就是苏家屯。

卢芳仍然一脸的疑惑，说，苏家屯不是一个屯子呀？是个城啊！

半大老头笑得山羊胡子直抖，说，你说得不错，早年是个屯子，但五十年前就已经不是啦。

卢芳有些不好意思地从马车上下来，掏出一块银元递给半大老头，半大老头往怀里一揣，掉转马头，灵巧地跳上车辕，鞭子一甩，乐呵呵地回去了。

卢芳这是第一次到这么大的地方，走在街上，看着楼房鳞次栉比，车水马龙，人来人往，一时间眼花瞭乱，居然陡增了三分的恐慌。这时，卢芳来到一个街心公园的去处，有许多空闲的长条木椅，她便过去坐下，让自己平静平静。刚坐下来，一个老者拄着拐杖蹒跚地从她面前走过，卢芳连忙起身上前打招呼，说，大爷，跟您打听一个人，您知道苏大少爷吗？

老者站住了，扭头看着卢芳，反问道，你是谁啊，哪里来的？

卢芳沉吟了一下，说，我姓卢，家在镇海寺，是苏大少爷的朋友。

老者哦哦了两声，说，你说的苏大少爷名叫苏西坡吧？

卢芳愣了一下，说，哦，对对，是叫苏西坡。

老者笑了，说，真是巧了，你问对人了，在苏家屯，号称苏大少爷的就这小子一个。我呢，是他老子。

卢芳一听，慌忙叫道，苏老伯您好！很荣幸能见到您。

苏老伯说，可是，不巧的是西坡前几天就出门了，不在家，也不知去了哪儿。

卢芳便有些着急，问，那他没说啥时候回来？

苏老伯摇了摇头，说，他呀，没准儿，东跑西颠的，狐朋狗友也多。

这时，一个四十多岁的女人跑了过来，打量了卢芳一眼，然后对苏老伯说，老爷子，回家吧，饭菜都好啦，西坡的同学杨少游等半天了，人家吃了饭还要回沈阳呢。

苏老伯说，好。回过身去，对来喊他的女人又说，这个姑娘也是来找西坡的，请她到家一块吃顿饭吧！

女人答应一声，然后对卢芳道，跟我们走吧！

卢芳推辞道，苏老伯，谢谢您，家我就不去了。附近有没有旅店？我先住下，等苏大少爷回来您告诉他一声就行。

苏老伯说，你不用客气，大老远地来了，哪能不到家吃口饭呢？西坡回来知道了还不抱怨我？跟着走吧，吃了饭，让我这侄女送你去旅店。

卢芳不好再推辞，便随在他们的身后去了苏家。

这苏家不是楼房，而是一个近似方七爷那样的老旧的大宅院，进了门楼，是一个二三百平的大院，院里有不少花草树木，还有一个比东北渍酸菜用的大号瓷缸还大的青花瓷水瓮。房子的建筑一看就是仿江南水乡苏派风格，古色古香，正房一溜不下十间，完全的木制结构，门楣上挂一匾额，油亮的绛紫色铁梨木，以篆隶题"虚静斋"三字，施之以石绿，典雅而肃穆。两边的厢房也是同样的木制结构，不用进屋就感觉到是个书香门第。

这时，一个年轻男子从正房里迎了出来，给苏老伯深深地鞠了一躬，说，晚生问苏老伯好!

苏老伯道,少游啊,最近都去了何处啊?

杨少游直起身来,上前两步搀住苏老伯,笑道,这回我可是真的成少游了,日本人投降了,天下却大乱啊,我敢去哪里啊?

苏老伯道,乱世读书。可是,你们年轻人却都愿意往外跑,根本不着家。

苏老伯的侄女说,老爷子,直接到餐厅吃饭吧!

苏老伯点头说好,大家就拐向东厢房的餐厅。

席间,苏老伯给卢芳和杨少游做了介绍。听说卢芳要在这里等苏大少爷,杨少游就说,你跟我到沈阳,我在和平区有间闲着的房子,你可以暂住。西坡不论到哪儿去,回头都得落脚沈阳。等见着西坡我就领他过去见你。闲着时,你也可以在沈阳逛逛街,听听戏什么的。这苏家屯没什么好玩的,到了晚上黑乎乎的一片。苏老伯,你说我说的是不是?

苏老伯说,少游说得有道理,年轻人多走走,多看看,没坏处。

卢芳还要推辞,杨少游端起酒杯跟卢芳碰了下杯,说,卢小姐就不必推辞了,我跟西坡在东北大学时可以说是穿一条裤子吃一盆饭的同学。酒喝下去,卢芳也就答应了。当天晚上,卢芳跟着杨少游离开苏家,搭乘最后一班公交车回了沈阳,然后就去了杨少游在和平区闲着的房子。安顿好了,杨少游就告辞了,说有什么困难你先克服一下,这两天我再过来帮你打理打理。

42. 雨 夜

　　于委员与田镇长矛盾的公开化是在七月的时候，那时候，于委员的肚子已经有些异样，辽南人称之为显怀。

　　好久没有下雨了，政府那趟灰砖黑瓦房特别闷热，所有的办公室的门都敞开着。于委员迈着多少显得有些迟缓笨重的步子走进田镇长的办公室。

　　于委员站在田镇长办公桌对面，对只穿着一件白色跨栏背心、正埋头于什么文件中的田镇长说，我知道你很忙，但也不能总躲着我啊！我知道你不喜欢我，我也不是非你一棵树吊死，但是你别上我的身子啊！上我的身子也行，谁叫我喜欢你呢！但你别叫我怀孕啊！现在我想隐藏也隐藏不了啦！无论如何，你得给我个说法啊！

　　于委员说了这么多田镇长都没抬头。但于委员却接着说，我知道你喜欢的是卢秋，要不这样吧，我呢只要个名分，咱俩举办个婚礼，然后，你愿意咋样就咋样，我不拦着你，这样行吗？

　　田镇长仍然没抬头，也没吱声。于委员便接着说，你总得让我在大家面前有个说法吧？这孩子得有个出处啊！

　　田镇长这时抬起头，却不看于委员，而是端起茶缸喝茶，点了支烟抽烟，一口口不紧不慢地抽着，又袅袅地将烟往外轻轻地吐着。

　　于委员再说的时候，语气和态度就有了些变化，田镇长，咋说你也是东北民主联军、共产党的干部，你不能用这种态度对待我们老百姓，无论咋样，你总得有个态度，给我个话儿。

　　田镇长从椅子上慢慢站了起来，两眼直直地看着于委员，半天，终于开了口，你让我有什么态度？给你回什么话儿？田镇长的嗓子有些沙哑，说完这两句，他咳了两声，又用手指捏了捏喉头。

于委员说，刚才我不是说了吗？你还想让我再重复一遍？

田镇长很愤怒，但他一直压着火，又压低了嗓音说，你不要太无耻，你知道那天我喝多了，可你却在我神志不清的情况下设圈套诱惑我，我没找你算账已经是很宽容大度了。你回去吧，不要指望在我这得到任何东西。

于委员忍耐不住了，情绪异常激动，伸手指着田镇长说，田镇长，你也是个男人，居然说出这样丧良心的话。我好心好意请你，你说我设圈套。你喝成那样了我还陪你，你居然说我诱惑你。你强行欺负我，想你一个大男人长年打仗在外不容易，我顺从了你，满足了你，你又说你神志不清，而且把我当仇人。我也不想跟你再废话啦，既然你不仁，也别怪我不义，骑驴看唱本，咱们走着瞧。说完，转身出了办公室。

田镇长愣了半天，呼呼气喘着，但很快就冷静下来，细想与于委员这事儿还挺棘手，依于委员之性格，把她逼急了，她什么事儿都能干出来。问题是，她现在怀孕了，肚子已经有迹象了。那天晚上跟她的事，他确实是记不住了，大脑在那时已经空白，但后来认真想想，似乎是有点印记，叫不太准。田镇长相信于委员不会撒谎，更不至于将别人的事儿安到自己头上，况且也没听说她跟哪个男人关系密切。依此而论，这事儿不用多久就会传播开去，会弄得镇海寺家喻户晓，人人皆知。那时怎么办？他将怎样面对卢秋和卢四一家。自己刚刚跟卢秋求了婚，发生了关系，她也开始摆脱了于委员的刁难和障碍，明确了跟自己的相好关系，而自己却出了这种丑事。田镇长用手不停地捏巴着清瘦的两颊，一时间想不出什么应对的办法。田镇长心绪不宁了，他叫上通信员小庞，下乡检查工作去了。

田镇长带着小庞刚下去三天，就被盘山县委找去谈话。找他谈话的是县委组织部长，姓刘。刘部长开门见山，一点不绕弯子，说，智勇同志，你到镇海寺后的工作县委非常满意，尤其是解救辽南独立师留守处于万分危难之中，受到省委和军区嘉奖，连我们县委都跟着借了光，这方面就不多说了。今天请你来是要说另外一件事，你们政府的妇女委员于秀坤同志亲自到县委来告你，你应该知道是为了啥事。我们想听听你对此事的意见和态度。

田镇长掏出烟来，点着了，抽了几口说，那天我因为喝多了酒，确实是记忆出现了空白，我不敢确定地说这事的真假。因为我从来也没喜欢过于委员，所以说，主观上不可能发生这种事。

刘部长说，我听懂了，主观上不可能发生，但不意味着客观上不发生，也就是说，你并不能够否认与于秀坤同志发生性关系。县委对这件事情很重视，专门开会

42. 雨夜

进行了研究，形成两条意见，现在我代表县委正式传达给你：一条，你立即跟于委员结婚，组织上对你个人则不做其他处理；第二条，你不同意跟于委员结婚，组织上对你个人将做出党内记大过、行政撤职处分。你不用做任何解释了，你就说你接受哪一条。

田镇长点上一支烟，慢慢地抽着，烟快抽完的时候，说，第二条。说完，将烟头扔到地上，用脚踩灭，从长条凳上站起来，向刘部长敬了个军礼，扬长而去。

田镇长回到镇海寺天已经完全黑了，他买了两瓶镇海寺小烧锅，直接去了卢秋家。喝上酒后，田镇长当着卢秋、卢四两口子面将他的情况毫不遮掩地说了。

卢秋、卢四两口子自然是目瞪口呆，都一言未发。

田镇长看了他们一会儿，然后说，如果卢秋和伯父、伯母能原谅我，接受我现在的状况，我想马上跟卢秋结婚。

卢四说，这个事情我能理解，我们没意见，关键看老二，由老二自己决定。

田镇长就问卢秋，卢秋，你给我个痛快话，行，还是不行？

卢秋这时已经泪流满面，而且哽咽起来，嗫嚅了半天却说不出话来。然后突然站起来，转身跑进东屋里。

那天晚上，田镇长没有等到结果，大醉而归。

田镇长被解职了，也没有安排新工作。新镇长还没有来，田镇长便躲在他的办公室里，看各种文件，尤其是关注军事方面的消息，然后就研究墙上的地图。进入六月以来，根据东北民主联军总部夏季攻势，大量牵制敌人，收复失地的指示，辽南野战军、独立师兵分三路，向盘踞辽南之敌发动猛烈进攻。东北民主联军四纵十二师三十四团、三十五团、独立师三团和辽南一地委党政干部及武装，向岫岩和安沈路方向出击，插入庄河境内，在连续击溃守敌三个营后，独立师三团和辽南一地委党政干部及武装，由庄河突入凤城，攻克白旗据点，继续西进，相继收复青城、岫岩，沿盖岫公路攻击前进，全歼盖平双岭山守敌六百余人，解放盖平县。这样的形势让田镇长坐立不安，焦急如焚，他认为，东北战场，我军备受煎熬的阶段已经度过，大举反攻、进而掌握东北战场主动权的态势正在蓄积，可是自己却窝在这里无所作为，一个县委的组织部就可以决定自己的命运，真是虎落平岗被犬欺啊！

夏天一晃就过去了，秋天的景象随之就突显了出来，树木开始有黄叶随风飘落，早晚天气明显地凉了，尤其是夜晚，有了寒气在夜色中弥漫。

田镇长闲极无聊，去镇子里东走走西看看。他去了三次"天道匠心"，卢秋都没有来，就一个中年妇女照顾生意。田镇长想去卢秋家，想了想觉得似有不妥。那天逛了一圈回到政府，见两辆军用卡车停在政府院里，卡车外面的笞布上贴着大红标语，全力以赴支援前线，夺取我军秋季攻势的全面胜利！卡车里面刚拥挤着不少戴着红花的青年男女。田镇长知道前线急需后勤保障人员，号召当地青年报名支援前线，但田镇长不知道他们今天上午就走。车上的面孔有几个田镇长熟悉，但多数都不认识。田镇长虽然已经不是镇长了，但还是不由自主地走过去，跟车上的青年男女握手道别，叮嘱他们发扬艰苦奋斗，不怕牺牲的精神，为镇海寺人民争光。

　　车上的青年男女们便都说感谢田镇长鼓励，一定不辜负田镇长的期望。说得虽然有些杂乱，但情绪还是很饱满激昂，这让田镇长备感欣慰。田镇长转身想到第二辆卡车去如此这般地鼓励一番的时候，突然觉得有一张更为熟悉的面孔在车上的人群后面一闪。田镇长回过身来，伸着脖子往里面看，却不见了。田镇长不由自主喊了起来，卢秋！卢秋同志！可是，人群里面没人回应。车上太乱，青年男女拥挤着跟车下的亲人倾诉着，叮嘱着，还有不少不停地抹眼泪的。无论田镇长怎么喊叫，都无法找到卢秋，急得他一边抹着脸上的汗，一边跳着脚在车下不断地窜来窜去。

　　这时，卡车发动了，缓慢地开出政府大院。卡车后面跟着一大群送行的人，在人们摆动的手臂和烟尘中，两辆卡车加速向县道驶去，很快就不见了踪影。

　　田镇长直接去了政府办李主任的办公室，问卢秋怎么回事。

　　李主任说，前天她来报名，非要去支前，我们就给她报上名啦，军区那边就批准了。

　　田镇长一拍桌子，道，为什么不告诉我一声？

　　李主任面露难色，有些迟疑地说，这个，你不是不当镇长了吗？所以，支前这个事儿我们就没向你汇报。

　　田镇长还要发火，于委员微微腆着肚子进来了。李主任一见，连忙坐回到椅子上去。

　　田镇长点了一支烟抽着，还要继续说什么，于委员在他身后说话了。于委员说，田镇长，你看我们的事儿是不是办一下？

　　田镇长一愣，回过身去，没好气地说，你称呼错了，我现在不是镇长了。

　　于委员似乎并不在意田镇长的态度，接着说，你看，卢秋也支前去了，我的肚子也都这个样子了，咱们就结婚吧！

　　田镇长却笑了，说，我要是能跟你结婚，我干吗还要一个处分呢？

　　于委员说，你就不能替我想想，你让我咋办呢？

　　田镇长说，好办啊，一是堕胎，二是生下来，但是，自己养着。

　　于委员说，田镇长，你还在生我气？我告你并不是专门为我自己，我们得为孩子的未来着想，他不能一出生就没有父亲啊！我这个要求高吗？

　　田镇长说，关于这件事情我不想多说了，以后你也不要再找我了。说完，将烟头扔到地上踩灭，快步出了李主任办公室。于委员在后面连叫了几声，田镇长却头也

42. 雨夜

没回。

驻守在辽南的国民党军还有二十师、独立九师、十师及地方武装五万余人，数量上仍占有优势。他们企图消灭东北民主联军在辽南的武装，以确保营口、安东两条海上补给线和支持东北战争的大动脉中长路畅通无阻。辽南独立师和第一军分区武装为配合北满主力作战，决定破袭中长铁路，切断国民党军的补给线。双方展开激烈的拉锯战。

卢秋他们两辆卡车的支前青年在夕阳快要落山的时候到达大石桥。卡车没有进入城市，而是绕过城市朝乡村里开去。不久，卡车停在了一个小村子的场院里，大家争先恐后地跳下车来，寻找方便之处。白天的时候，天气燥热，没有风，卡车颠簸了多半天，车上的人拥挤在不透风的车厢里，大汗淋漓，如水洗一般。这时候，大家感到舒畅极了，头脑也立刻清醒起来。

一部分人埋锅造饭，另一部分人搭建临时住宿的帐篷。

场院南边不远处一片槐树林，槐树林后边有一条溪水幽幽地流淌，夕阳的余晖透过槐树林洒在清亮的溪水上。卢秋一个人朝溪水走去，蹲在溪水边，弯着腰，将脸倾在溪水上。卢秋看到了自己涨红的美丽的面影，一时间，心如潮涌。上午的时候，在卡车里，卢秋当然看到了田镇长，也听到了他鼓励青年男女的话语，那一瞬间，她也想挤到前面去跟他说上几句，或者哪怕是看他两眼。田镇长当然是有魅力的，只不过卢秋当时没往那方面想，等到田镇长频频向她示好，于委员又因嫉妒不断地打压她，这才唤醒了她内心的欲望与倔强，于是她便不顾一切地扑向了田镇长。让她无法想象或理解的是，在这样的情况下，田镇长居然还与于委员发生了那种事，这是她无法原谅的。在卡车离开政府大院之前，卢秋已经反复地想过，她再也不想见到田镇长了，无论他说什么、怎样做，一切都已经过去。所以报名支前，卢秋就是想跟田镇长一刀两断，从此天各一方，两不相见。然而，才刚刚过去多半天，此时，卢秋却不由自主地想到了田镇长，这让她很是瞧不起自己，便看着溪水中的倒影，在自己的脸颊上用力地掐了一下，她立刻看到了一个手指留下的紫红色印痕。

卢秋在溪水中洗漱了一番，站起身来，一抬头，发现天气骤变，天边，乌云翻滚着朝村子这边扑来。风瞬间就兜头卷了过来，卢秋身体一趔趄，险些摔倒。卢秋站稳了身体，赶紧往场院跑。

饭还没好，帐篷也没搭建完，场院里狂风大作，刮得柴禾、帐布，还有青年男女们带来的一些生活用品四处乱飞。没等大家躲避，暴雨便倾盆而下，砸得场院上泥土飞溅。场院里一下乱套了，人们抱头四处躲避。

这场突如其来的暴雨足足下了一个时辰，找不到干柴，饭也没做成，好在有人自带了些干粮，大家便将就吃了一口，躺到帐篷里的时候已经接近午夜。

雨后的夜晚，尤其是在乡村，天气异常寒冷。忙活了一天加半宿，卢秋睡得很死，第二天天光大亮了才醒过来。醒过来的卢秋第一个感觉是全身疲惫，尤其是腰，想翻个身，居然没翻动，便用手和胳膊肘助力，手和胳膊肘也没动了，又抬腿，腿也没抬起来。卢秋这才意识到不好，急忙喊人。

同睡一个帐篷里的姓刘的女青年被卢秋喊醒，翻过身来问卢秋怎么啦，卢秋带着哭腔说，全身疼，而且动不了了。

姓刘的女青年急忙披上衣服出了帐篷去找人。不一会儿，进来四五个人，领队的是一个高个子男青年，他问了一下情况，说，可能是风湿造成的，需要打针吃药，可是这里哪有针和药啊？男青年回过身来，对姓刘的女青年说，问问谁手里有热水袋，先给她保保温。又对身边的一个男青年说，你去伙房，让他们给烧点开水，然后用毛巾焐焐。

一连三四天，大家对卢秋给予了无微不至的照顾，但卢秋的病情并没有好转。此时，前线的战斗异常紧张激烈，根本抽不出人手来照看卢秋。又是一个风雨交加的傍晚，卢秋被四个青年用担架抬上了一列闷罐子火车，卢秋一个人躺在四面不透风的车厢里，夜色很浓的时候到达营口老边。卢秋被抬下火车，火车上的一个乘务员将她交代给了火车站，并嘱咐他们将卢秋安全送到镇海寺宋屯家中。

火车很快就开走了，车站一下子就静了下来，站台上的几个电灯忽明忽暗地摇晃着，昏黄的灯光将站台照耀得一片土黄。

卢秋仍然躺在担架上，车站上几个接她下来的工作人员把她抬到车站员工休息室里，然后就各自忙去了。

雨还在紧一阵慢一阵下着，休息的门窗都没有关严，风雨不停地刮进屋子里来。卢秋的身上虽然盖着条棉被，但仍然感到一阵阵发冷。可是，过去半天了也没有人来，如果把她放在这儿过一宿，她觉得实在难以承受。而且，这会儿卢秋又饥又冷，但一个人也没有，喊又没人听，她只能闭上两眼忍耐着。

不知过了多久，卢秋迷迷糊糊地刚要睡着，隐约听到一阵皮鞋踏地的咔咔声，随后，一个男人走过来说，这是谁啊？咋睡在这儿呢？

卢秋急忙睁开眼睛，一看，身前站着一个个头高大的戴着大檐帽穿一身黑色警察服的男人。

没等卢秋开口，男人问，你是哪儿的？咋在这儿躺着啊？

卢秋简单地说了自己的情况，男人说，这天气，你躺在这儿也不行啊！站里现在特别忙，没有人手管你啊！男人说完，到门口往外面看了看，回过身来说，这样吧，等雨小一点儿，我开站里的电瓶车送你回家。对了，我是车站的警察，姓张，你叫我老张就行。

卢秋连说两声谢谢。

半个时辰后，雨果然小了许多，老边火车站警察老张把卢秋挪到一辆电瓶车上，用绳子将担架固定在电瓶车上，又拿了件挺厚的黑色胶皮雨衣盖到卢秋身上，从头到脚，捂了个严严实实，然后就开车出发了。

电瓶车开进卢四家的院子已经是午夜时分。卢四和老婆开门出来一看，吓坏了，忙问出了啥事。老张顾不上回答，将卢秋抱在怀里，疾步奔向屋里。卢四老婆前面引路，老张把卢秋放到东屋的炕头上。

卢四和老婆上前一看，此时卢秋两眼紧闭，脸色惨白如纸，嘴唇没有一丝血色。卢四老婆立刻就哭了。

老张喘着粗气说，伯父伯母，赶紧烧炕，再煮点儿姜汤，她受了风寒。缓过来后，给她弄点吃的，她可能从中午到现在，没吃也没喝。说完后，出了屋子，来到院子里，跨上电瓶车。

卢四急忙追了出来，说，这位警察老弟，你歇会啊，喝杯热茶暖暖身子。

老张说，不了，站里很忙，我得赶紧回去。说完，发动车子，出了院子，迅速地消失在雨雾和夜色中。

43．劫 狱

　　劫狱的里外准备工作都已经基本就绪，方七爷提议早日进行，免得夜长梦多。这天午后，大家齐聚方七爷、卢云入住的旅店。卢云在房间里给大家沏茶倒水，老树皮则在房间外和旅店大门外各派了两个弟兄监视旅店内外情况。

　　老树皮先介绍准备情况和劫狱的具体安排。老树皮说，我的弟兄一共来了三十二人，台安的我的一个拜把子兄弟带来四五十人，不敢说能征善战，但都有打仗经验。尤其是方七爷又给买了不少德制武器和手雷，短兵相接的话，我们的装备实力可以说不差。方七爷来了八人，但真刀真枪干的经验都不足，可以做些辅助工作。县大队答应来一个小队，也有近百人，但到现在还没有到位。田镇长带来镇武工队三十人。这是我们这次参与劫狱的所有人员。卢小姐用橡皮泥拓印的监狱里高团长和蔡警卫员监号，以及其他通道的门钥匙都配好了，已经交给了我的两位打进监狱做内应的弟兄手里，他们已经挨个做了检验，已无问题。而且他俩还联络十几个狱警，协助他俩将高团长和蔡警卫员带出来。老树皮停顿了一下，端起茶杯，喝了一大口茶，又咳了两声，接着说，劫狱的具体安排我想是这样的，我们行动时间是后天凌晨两点。冯监狱长带卢小姐像上次一样，在头天晚上把汪胖子骗到冯监狱长的别墅，尽可能地灌醉他。有可能他半夜时要回监狱，那也没关系，打起来的时候至少他是不太清醒的。他不回监狱更好，要回，一定要在半夜十二点前，就是说，让他在我们行动前睡得越死越好。第二，冯监狱长要安排好人，确保凌晨两点钟将监狱院门打开，门里边警卫室值班的狱警不要出来。我的弟兄们分成三组，凌晨两点钟埋伏到监狱院门两侧，听到院里枪响立刻打开监狱院门，就地卧倒，阻击敌人，保护高团长和蔡警卫员安全冲出监狱院门。第三，我的两个打进监狱的弟兄在狱警的配合下，打开牢门，悄悄地将人带出来，如遇阻拦，立即将其干掉。尽可能地不用枪，越晚暴露越好。我已经告诉监狱里我的那两个弟兄，一定要迅速地从监狱里冲出来，安全地抵达院子就成功了一半儿。怕就怕被堵在监狱监号里，即便我的外边的弟兄能冲进去，但高团长和蔡警卫员的安全就无法保障了。到了院子里，主要是防备大门两侧的岗楼，除了哨兵的冲锋枪外，他们还有机关枪，关键是他们居高临下。里边一旦打响，一组负责压制两个岗楼的火力，不让他们进行有效射击。第二、三组负责阻击监狱警卫队和宪兵队，尤其要封锁住宪兵队的营房，不让他们靠近院门。方七爷和苏大少爷的八个人负责在院门前接应，将高团长和蔡警卫员迅速转移。当高团长和蔡警卫员被安全转移出来后，我们的人全部从监狱撤出，这时，监狱警卫队和宪兵队一定会追击出来，田镇长指挥县大队的一个小队和镇武工队负责阻击追击出来的监狱警卫队和宪兵队，最好能将其挡在监狱大门里，这样，我们的人就会更加安全地撤出来。大概的想法就是这样。

方七爷看了大家一眼，然后两眼盯在了田镇长的脸上，过了一会儿，说，打仗的事儿我们都是外行，请田镇长说说。

田镇长掐灭烟头，又点了一支烟，向下歪头想了想，然后抬起头说，这个事儿，我想，恐怕不会这么简单。劫狱这种事情我第一次参与，没有经验，但打仗我是不陌生的。听了大当家的安排，我在思考，这件事的核心在高团长和蔡警卫员被从牢房解救出来后能否安全地冲出监狱大门。因为这个地带一是被监狱两个岗楼的火力所控制，二还有监狱警卫队和宪兵队出来堵截，三是一组负责压制两个岗楼，很难有效地阻止他们居高临下地向牢房和大门之间这个地带射击。我想象，到时候监狱院门前的那片空场会打得非常激烈，甚至打成一锅粥。子弹不长眼睛，也就是说，我们无法保证高团长和蔡警卫员能够安全地冲出监狱大门，如果不能保证高团长和蔡警卫员安全地撤出监狱大门，那么，这次劫狱的意义和价值就没有了。还有，你的弟兄能否顺利地把高团长和蔡警卫员从牢房弄出来，然后又顺利地带到牢房外与监狱大门之间的空地？一旦发生意外怎么办？有没有设想一个预案？比如，像你所担心的，汪胖子要是也在两点回到监狱怎么办？或者说，汪胖子要是那天有事不去怎么办？碰上巡逻队怎么办？等等，这类突发细节都要充分地考虑到。最要命的是，从枪响开始，如果不能在二十分钟内撤出战斗，沈阳方面的援兵一到，我们恐怕连脱身都不可能了。县大队的一个小队到现在还没有信儿，我怀疑他们还能不能来？即便是来了，它能阻击了敌人的增援部队吗？不能。所以，这就要求我们，所有的事情都要在二十分钟内结束。

众人的目光立刻转向老树皮。老树皮想了想，说，从牢房弄出来，然后带到监狱牢房外没问题，因为他们已经收买了几个门岗的看守。

方七爷就说，田镇长，你打仗经验丰富，而且是足智多谋，你有什么万全之策？

田镇长也端起茶杯喝了口茶，咂了咂嘴，说，这个，我也没想好，既然问到我了，我就想到哪说到哪，然后大家再议。这件事情现在是已经箭在弦上，不能不发了。考虑我们目前的武装人员、武器配备，以及进入监狱内部所开展的工作，对监狱主要人物的策反等所有因素，进而确定我们这次行动的指导思想，只能智取，不能硬拼。一是我们的兵力与火力都弱于监狱，尤其是驻守沈阳的国民党军的增援是我所顾虑的，监狱里面的行动如果不能迅速地完成，我们就有可能被增援来的国民党军包围，那将会前功尽弃，伤亡惨重。二是对营救高团长和蔡警卫员而言，一定要避免硬拼，我临时想到这么几点，大家看看行不行。第一点，将高团长和蔡警卫员从牢房解救出来后，立即将监狱所有电源破坏掉，而且不能让它在短时间内恢复，这样敌人就成了瞎子，就不敢乱开枪，而他们的位置是固定的，我们都清楚。如此，既可以减少我们的伤亡，也才有可能将高团长和蔡警卫员从监狱安全地带出来。第二点，将宪兵和狱警的宿舍封死，或者用锁头或钢丝，或者安排人用火力，坚持时间越长越好，确保劫狱人员不受，或少受火力攻击。第三点，大当家的安排挺好，就是提前将监狱大门的锁打开，那边电一断，外面立即有两组人员冲进大门，阻击两个岗楼上的火力，让它哑火最好，不能让它形成居高临下的压制性火力。第四点，也是最后一关，当我们的人都撤出后，用最强的火力阻击监狱冲出来的宪兵和狱警，确保高团长和蔡警卫员转移。之后全体人员扔掉重武器，化整为零，各自逃生，叫敌人找不到目标。田镇长说到这儿，就又点了一支烟，低着头抽了起来。

大家都静静地等着他接着说呢，可是半天他再没言语。方七爷就问，田镇长，你说完啦？

田镇长抬起头，说，是，说完啦！

方七爷就扭头问老树皮，大当家的，你看咋样？

老树皮道，田镇长不愧是军人出身，打仗的行家，他的担心和顾虑，以及这几条方案我看都可行，就按他说的办，我来负责重新调整。

方七爷说，好。这个事情呢，就由田镇长和大当家的统一指挥，大家服从他们的命令，现在就开始准备行动。

1947年仲秋，震惊辽沈的浑北大劫狱在凌晨两点打响。

几个小时前，确如田镇长所料，头天晚上汪胖子如约去了冯文的小别墅，但他仿佛有预感一般，喝酒的时候有些心神不宁，便不肯多喝，卢云和丁小姐怎么劝都没用。但不喝不喝也还是喝了一些，而且在性事上似乎也力不从心，不到九点钟就告辞回了监狱。冯文也不敢怠慢，随后也回了监狱。汪胖子回了监狱就睡觉去了，冯文则在监狱里转了一圈，跟参与劫狱的几个人碰了下情况，也回去睡觉去了。

凌晨两点整的时候，打进监狱的老树皮的一个弟兄带领四个狱警来到了关押政治犯的牢房，跟年轻的看守说，警备司令部来人了，冯监狱长让他们来提解6号监舍的两个共党。

年轻的看守问，怎么三更半夜地来提人？再一看老树皮弟兄和几个狱警，问道，咋是你们狱警来提人呢？宪兵队的人干吗去啦？

老树皮的弟兄说，你问我们，我们问谁去？是冯监狱长派我们来的。

年轻的看守摆了摆手说，不行，汪队长规定，本监舍的政治犯归宪兵队看管，要提人必须是宪兵队的人来提。

老树皮的弟兄说，这个我们也知道，可是，今晚冯监狱长派我们来的。

年轻的看守又问，那冯监狱长呢？

老树皮的弟兄说，陪警备司令部人喝茶呢！

年轻的看守道，那叫他打个电话来。

老树皮的弟兄不耐烦了，刚要发作，这时，又一个年龄大的看守走了过来，问道，咋回事？深更半夜的，吵啥吵？

老树皮的弟兄一看，忙叫道，是许哥啊！我们奉冯监狱长之命来提两个犯人，这位弟兄非要叫冯监狱长亲自来，你说这不是让我们弟兄犯难嘛！

年龄大的看守歪头瞅瞅年轻的看守，说，这是冯监狱长的表弟，你不认识咋地？你他娘的咋这么多话呢？回过头来问老树皮的弟兄，汪队长的钥匙带来了吗？

老树皮的弟兄抖了抖手里的钥匙，说，在这呢！

年龄大的看守接过钥匙看了看，说，这不就得了嘛！别的你别瞎操心，有了这个就放人，明白啦？说着，将钥匙往年轻的看守手里一塞，赶紧提人去吧，弄晚了回头又得挨骂不是！

年轻的看守把监舍大门打开，放老树皮的弟兄和四个狱警进来，然后领着他们朝6号监舍走去。打开监舍铁门，四个狱警进去，将高团长和蔡警卫员押了出来。高团长自己不能走路，由狱警在两边架着，走得很慢。走廊里的灯光惨白惨白的，静得有些可怕，他们走过长长的走廊时，虽然小心翼翼，但还是发出一些声音来，惊动了不少牢房里的犯人，发出各种各样的声音。走了一小段，小蔡一看高团长不行，便蹲下身来，两手一用力，将高团长背在身上，然后快步奔向狱舍大门。离狱舍大门还有十多米远的时候，断电了，狱舍走廊里突然一片漆黑。

老树皮的弟兄立刻朝狱舍大门跑去，一边跑一边喊，妈的，咋回事？咋他妈的停电了？

黑暗中，年龄大的看守也说，是啊，咋整的，停哪门子的电啊！

老树皮的弟兄这时已经到了大门前，回身对年轻的看守说，快点，把门打开，冯监狱长和警备司令部的那里等人呢！

年轻的看守紧走了两步，上前摸索着开门。

老树皮的弟兄说，你说你，就这么一会儿，你锁的啥门啊？也不嫌费事。

年轻的看守嘟囔道，这是我们的规矩，不管啥人，出入多久，这门是随后就锁。

小蔡背着高团长到门前了，可是门还没打开。

老树皮的弟兄就有点儿激了，叫道，你咋回事啊？快点啊！

年轻的看守说，这越急越出错，试了两把啦，都不对！

这时，年龄大的看守打开了手电筒，骂道，你他娘的没有手电吗？

年轻的看守说，这扯不扯，这一急把手电这家伙给忘啦！说完居然还嘿嘿地笑了笑。

年龄大的看守道，你赶紧开门啊！然后再笑也不迟。话音刚落，门打开了。

老树皮的弟兄前面开路，小蔡背着高团长，四个狱警紧随其后，又拐了两个弯儿，就冲到了监狱的大院里。

因为突然停电，院子里已经乱了营了，看院子大门的狱警，两边岗楼上的狱警，还有一队巡逻的狱警，都站在院门前挥着胳膊、抻着脖子叫骂。

夜空中挂着一轮半圆的月亮，没有云，清虚虚的月辉在空中弥漫，然后洒落在监狱大院的水泥地上。

老树皮的弟兄见院门前聚集了这么人，不由得一愣，紧张地伸开两只胳膊将大家拦住，回头说，情况不妙，大家看我眼色行事。现在咱们正常往大门走，谁都不要吱声，由我来应付他们。说完，摇晃着身体前面带路，众人跟在后面朝监狱大门走去。

正在院门前叫骂的巡逻队的安队长扭身发现了姓赵的老树皮的弟兄这伙人，就把手电筒照向了他们，看见他们还背着一个穿着囚犯服装的人，便一摆手，带着巡逻队的狱警赶过来拦住了他们。

安队长往高团长身上晃了晃手电筒，厉声问道，带的啥人？干吗去？

老树皮的弟兄说，哦，安队长啊！奉冯监狱长之命将这两犯人解往警备司令部。

安队长扭头看他一眼，伸出手，说，赵老弟，条子呢？

老树皮的弟兄愣了一下，马上挺了挺胸，扯着长音说，条子？冯监狱长没给我们啥条子啊！

安队长一边围着小蔡和高团长转，一边摘下大盖帽，左手挠着头皮，阴阳怪气地说，这是前些日子抓的那两个共军军官吧？没汪队长的条子咋能随便提这么重要的犯人呢？

姓赵的老树皮的弟兄转着身体，两眼紧紧盯着安队长，说，冯监狱长只给了我们汪队长的钥匙，难道这钥匙还不如啥条子？

安队长上下打量了一下老树皮的弟兄，说，姓赵的，才来几天啊，就人五人六的啦？

姓赵的老树皮的弟兄冷冷地一笑，说，安队长，兄弟有啥对不住的尽管直言，别拐弯抹角地念消声。

安队长用鼻子哼了一声，道，你们先把人带回狱舍，拿了汪队长的条子再提人。安队长脸上的表情已经掩饰不住怀疑了，回身朝监狱大门看了看，然后对手下的说，你们两个去警卫室，传我的命令，没有汪队长的条子，任何犯人都不能出监狱大门。

姓赵的老树皮的弟兄感觉事情不妙，转到安队长的身前说，安队长，冯监狱长和警备司令部的要的人，你要不放心的话，给冯监狱长打个电话。

安队长扭头扫了姓赵的老树皮的弟兄一眼，说，打电话？这深更半夜的，你让我给冯监狱长打电话？你他妈的是不是脑子有病啊？要打，我也得给汪队长打啊！说着，用手指点了两下姓赵的老树皮弟兄的脑门。

姓赵的老树皮弟兄刚要恼怒，这时，冯文突然在安队长的身后说话了，安队长，是谁跟你说的往外带犯人一定要有汪队长的条子啊？我这个监狱长咋不知道呢？

安队长闻声一愣，立马回身，只见冯监狱长带着接应的十来个狱警赶来了，立刻立正，向冯文敬了个礼，说，报告冯监狱长，这是汪队长两天前给我专门下的命令，不信你可以问汪队长。

冯文冷笑了两声，说，我谁也不问。不过这两个共军要犯是警备司令部胡长官刚才亲自给我打电话要的，汪队长当然也是知道的，不然怎么能把钥匙给我呢？所以，我命令你和巡逻队的弟兄们把路让开！

安队长习惯性地点头称是，然后却说，冯监狱长，这样吧，你别让兄弟我为难，我马上给汪队长打个电话，只要他同意，我这儿当然没说的。说完，回身对部下们高声叫道，弟兄们，你们先在这儿给我盯着，我给汪队长打个电话就回来。说完，安队长快步朝监狱大门警卫室跑去。

姓赵的老树皮的弟兄感觉不好，急切慌张地凑到冯文身前，耳语道，冯监狱长，咋办？

冯文哼了一声，两眼放出少有的凶光，悄声说，你派两个弟兄马上跟过去，当他拿起电话的时候，就干掉他。

姓赵的老树皮的弟兄说，好，转身就对身后的两个弟兄说，你俩跟上去，只要安队长打电话，就干掉他。

那两个弟兄拔腿要走，被冯文叫住，冯文说，注意，不到万不得已，不要开枪。

那两个弟兄下意识地摸了下腰上的短刀，应了声朝监狱大门口的警卫室跑去。

姓赵的老树皮的弟兄便冲身后一摆手，带领众人朝监狱大门走去。

巡逻队的人端着枪立刻横在了前面，其中一个叫道，都别动，等安队长回来再走不迟。

冯文激了，骂道，你们他妈的是不是狗眼看人低啊！巡逻队归监狱长管，还是归宪兵队长管？说着，掏出手枪，举起来指着那个阻拦的狱警，给老子闪开，不然一枪崩了你！

阻拦的狱警还想辩解，这时，警卫室里突然传出一阵杂乱的枪响。接着，警卫室的门被撞开了，几个狱警端着步枪朝冯文和姓赵的老树皮的弟兄这边一阵扫射。

姓赵的老树皮的弟兄大叫了一声，卧倒！便一个前扑趴到了地上。然后就是一阵扑通扑通扑向地面的杂乱声。小蔡也就地一滚，将高团长放到了地上。巡逻队的十几个人因为挡在姓赵的老树皮的弟兄和高团长他们的前面，立刻就有两三人应声倒地。其他的人便大叫，别冲我们开枪啊！一边叫着，一边向东边撒腿就跑。

突然，尖厉的警笛响起，有如一把锋利的短刀在深夜中的监狱院里和上空连续地划来划去，让所有人的心颤不已。随后，西头狱警和宪兵宿舍那边响起一阵砸门声音和叫骂声，监狱大门口两边的岗楼上的机关枪和冲锋枪也密集地响起，子弹将监狱门前空场的水泥地面打得砰砰地直冒火星。

趴在地上的冯文对姓赵的老树皮的弟兄说，情况不妙，估计是警卫室出了问题，被安队长控制了，现在要想办法赶紧把监狱大门打开，让大当家的和弟兄们冲进来，不然，一会儿宪兵队和狱警们都出来就走不了。

姓赵的老树皮的弟兄抬起头来往前看了看，立刻翻身跳了起来，冲趴在地上的狱警们喊道，弟兄们，快起来，跟我冲过去，把监狱大门打开！

姓赵的老树皮的弟兄带着二十来个狱警刚冲出去了几步，就被监狱大门两边的岗楼上的火力阻挡住了，他们不得不再次卧倒在地。

这时，巡逻队的七八个狱警和警卫室的几个狱警在安队长的指挥下也开始一齐向老树皮的弟兄们这边扫射。

姓赵的老树皮的弟兄和二十来个狱警已经是腹背受敌，尤其居高临下的东西两边的炮楼的火力威胁更大，情况万分危急。

冯文左右不停地看着，冲趴在他前面的姓赵的老树皮的弟兄说，大门打不开，外面的人就进不来，我们这点儿人支持不了多一会。兄弟，没有别的办法啦，只好听天由命，往大门口冲吧！

姓赵的老树皮的弟兄刚要下令带领大家往监狱大门口冲，突然间，监狱大门外发出一声巨响，接着闪出一大团火光，然后一片黑灰色的浓烟将监狱大门那里完全地遮掩了。

浓烟还没散去，姓赵的老树皮的弟兄看到黑色的大铁门下边露出一个一人来高的大窟窿，大当家的老树皮仰着脸从窟窿处钻了进来，后面接着一个一个地拥进十几个弟兄，他们先是对着警卫室前的安队长带领的警卫室的狱警一阵乱射，然后以猛烈的火力将巡逻队的十几个狱警压制住。随后，又从铁门的窟窿处拥进二三十几个弟兄，分头向两边的岗楼上开火。

姓赵的老树皮的弟兄一看，时机到了，便大叫了一声，弟兄们，保护好高团长，往外冲啊！

趴在水泥地上的狱警们呼啦一声，翻身站起，开着枪向监狱大门扑去。小蔡背起高团长，跟在他们身后，也向监狱大门跑去。

这时，西头狱警和宪兵宿舍那边的门已经被打开，三四十个宪兵和狱警冲了出来，边跑边向冲向监狱大门的姓赵的老树皮的弟兄带领的狱警们的身后射击。

冲在前边的老树皮招呼大家朝铁门被炸出的窟窿跑，然后转回身，指挥二三十个弟兄趴在门前的地上，冲着朝他们拥来的几十个狱警和宪兵一阵猛射。

由于找不到开监狱大门的钥匙，人都堵在门前。门上被炸开的那个窟窿虽然挺大，但锯齿儿狼牙的，过一个人也要小心谨慎，所以往外出的速度太慢。这时，西头狱警和宪兵宿舍那边又冲上来数十人，也是边跑边向监狱大门这边射击。东西两边的岗楼上的机枪又嗒嗒嗒地开火了，老树皮和姓赵的老树皮的弟兄所带领的狱警们的火力被完全压制了。

老树皮这时已经爬到了警卫室的门口，他半蹲着身子，一边向对面的黑压压的狱警和宪兵射击，一边扯着沙哑的嗓子大喊着，弟兄们，掩护小蔡，先把高团长弄出去。大家集中火力，顶住宪兵队的攻势。

突然，监狱门前又是轰隆一声巨响，接着大门缓慢地向外吱呀吱呀地叫着开了，堵在门前的人呼啦一下子向前一拥，大门哗地向两边飞速地展开，然后哐当一声，撞到两边的门柱上。

老树皮回头看了看，大声命令，弟兄们，掩护高团长，往外撤！三四十个弟兄闻声从地上跳起来转身就往监狱大门跑去。但是，就在他们跑出监狱大门的瞬间，有十多个弟兄中弹扑倒在门前的水泥地上，他们身后，宪兵和狱警蜂拥而来。

老树皮感觉已经不能再往前跑了，立即扑倒在地，掉过身来，向对面射击。跑在老树皮后边的十几个弟兄见老树皮倒地上了，以为他受伤了，纷纷扑倒在他身前，问他是不是受伤了。老树皮喘着粗气，说，没，没有，弟兄们，这样跑不行，等一下，等外面的台安来的弟兄们将狱警和宪兵挡一下我们再撤。

老树皮不知道，台安来的弟兄，以及一半的镇武工队队员已被田镇长安排去阻击沈阳来的国民党军援兵，监狱对面五十多米远的那片杂树林里只有田镇长和方七爷、卢云，还有方七爷找来的几个朋友，以及剩下的一半镇武工队队员。前面冲出监狱大门的老树皮的弟兄，在田镇长和方七爷的招呼下，冲到杂树林里，他们护卫着高团长、小蔡，爬上事前准备好的两辆马车，顺着浑河边向苏家屯方向急速奔跑而去。

这时，宪兵队和狱警一边端着枪扫射着一边朝老树皮他们扑了上来。

老树皮一翻身单腿跪在地上，两手平端起两把短枪，低声叫道，弟兄们，给我打！然而，只零星地响了几枪，就听几个人同时惊叫道，大当家的，没子弹啦！

二三十米外的宪兵队和狱警肯定是听到了他们的叫声，便有人高声喊叫，弟兄们，他们没子弹啦，抓活的，给我抓活的！枪声立刻就停止了，宪兵队和狱警们黑压压地拥了上来。

只寂静了片刻，突然，对面杂树林里枪响了，不过是七零八落的，从枪声中就能听出来，都是土造步枪。但在散乱的枪声里，却有一种枪声明显有些特殊，不仅声音格外清脆，射击是一个速度，不紧不慢，连续不断，前面的枪声还没消失，后面的枪声接着便响了。对面拥上来的黑压压一片的宪兵和狱警瞬间就倒下了五六个，宪兵和狱警一下子就惊呆了，随后纷纷卧倒在地，黑压压一片，如同秋后被收割的庄稼一样。

同样愣在那里的老树皮，这时听到身后卢云在大声叫喊，大当家的，赶紧撤啊！往树林里跑，快跑，快跑啊！

老树皮如梦方醒，叫了一声，弟兄们，撤，往对面的树林里撤！

趴在地上的十几人爬起来，回身向那片杨树林里跑去。

宪兵和狱警们似乎回过味来，立刻站起来，一边射击一边追了上来。

躲在一棵树后的卢云对身边的方七爷叫道，七爷，敌人又冲上来啦，快打！快打啊！

方七爷举着一支步枪，枪的前边架在树杈上，上边装有一个狙击用的瞄准镜。方七爷一边往枪膛里上子弹，一边说，三妹别慌，你帮我往弹夹里装子弹。说着，枪机向后一拉，开始射击。子弹连续地射出，对面冲上来的敌人又倒了五六个。方七爷将枪机再次向后一拉，又一组子弹上了膛，方七爷手里的步枪又连续地响了，敌人就又倒下了五六个。

卢云惊叫起来，七爷，你的枪法太准啦，已经打中二十来个啦！

往前冲锋的宪兵和狱警再次被吓止住了，成片地匍匐到地上，甚至连头都不敢抬。但是，他们的射击却没有停止，不顾头不顾腚地向前方不停地射击。

田镇长也端着一支步枪架在树的枝杈上，他一边瞄准射击，一边对方七爷赞叹道，没想到方七爷还有这一手，你这枪法比我可强多了。

方七爷继续不紧不慢地瞄准射击，嘴上却淡然地说，放在十年前这也就是个小把戏，久不摸枪，还以为会生分呢！不承想，一上手就找着感觉啦！方七爷说，可惜光线太暗，看得不是太清。

田镇长道，我的队伍里就缺你这样的狙击手，你要是在我手下就好了。

方七爷道，本来我是发誓不动枪啦，要不是眼下这情况逼的，我是不会出手的。

田镇长问，你用的这是什么枪啊？没见过，挺漂亮啊！

方七爷一边射击一边说道，这是德军用的98k狙击步枪，我十年前买的，特别喜欢。你看这枪身，全核桃木，价格不菲，它最大好处是上弹速度快，一次装弹十发，旋转后拉式枪机，后拉一下就可以完成上弹射击，每秒一发，可以不间断射击。另外，配有四至六倍瞄准镜，200米内可准确击中头部。

田镇长羡慕地连喷嘴，好东西，将来我也得弄一把玩玩。

这时，方七爷在瞄准镜里看到老树皮在人群中晃了晃栽倒了，不由得叫了声，不好！大当家的受伤啦！

方七爷的话音未落，田镇长从树杈上抽出步枪，冲身后一摆手，区武工队员，跟我冲上去，救出大当家的！

十几个区武工队员呼啦一下子，跟在田镇长身后，冲出树林子，向对面的敌人冲去。一边向前冲，一边向敌人开枪射击。

这时，趴在地上的老树皮的几个弟兄趁机架起受伤的老树皮，向田镇长身后的树林子跑去。

田镇长冲大家高声叫道，大家听我口令，打排枪。预备——打！啪啪啪，参差不齐的排枪打了出去。然后又是一组排枪响了。枪响之后，田镇长叫道，同志们，撤！

十几个武工队员转身就往回跑。这时，对面趴在地上的宪兵和狱警的枪声又响了，有几个武工队员应声栽倒下去。

田镇长叫道，大家不要回头，猫下腰，快跑！

这时，田镇长和武工队员身后宪兵和狱警已经从地上爬起来，向他们冲了过来。

方七爷手里的狙击步枪又连续地响了，眼看着冲在前面的五六个宪兵和狱警应声倒下，随后，又有五六个宪兵和狱警栽倒。

田镇长和十来个武工队员这时跑进了树林，回过身来，躲到树后，匆忙地在树杈上支起枪，向冲在前边的宪兵和狱警射击。

田镇长问方七爷，大当家的撤下去了吗？

方七爷仍然在瞄准射击，回道，撤走啦！

田镇长又问，沈阳那边有情况吗？

方七爷道，还没有。

方七爷话音未落，沈阳城方向响起了激烈的枪声，不一会儿，被派去阻击沈阳来的国民党军援兵的台安来的土匪，以及镇武工队队员一片散沙地撤退下来。

武工队队长向田镇长报告，田镇长，国民党军的机械化部队出动啦，火力太强，我们根本就没法抵抗,就撤啦!这会儿他们已经冲过来了。

田镇长环视了一下四周,大声说,听我的命令,大家不要慌,化整为零,不要聚堆,向不同的方向撤退!

从台安来的土匪们哗啦一下子就跑散了。

田镇长转身对方七爷道,方七爷,咱们也撤!

方七爷将枪从树的枝杈上撤下来,拎在手里,扭头招呼卢云,三妹,快走。

田镇长、方七爷和卢云,还有几个武工队队员一起向浑河边上跑去。

他们的身后,响起密集的枪声,其中还有小钢炮在杂树林一带嗵嗵地成片地炸响。

44. 迷 乱

　　杨少游走后,卢芳脱去外衣,在房间里走了一圈。这是一套两室一厅的老式住宅,两间卧室都向阳,客厅在中间,厨房、卫生间在北面。家具却不一般,清一色的明清风格,古董一般。这套房子确实是闲着,好久不曾有人住了,地板、家具都蒙着厚厚一层灰尘。出来一天了,卢芳感觉很累,但这样的环境让她无法接受,便去了卫生间,找了两块抹布擦拭房间。半个多时辰后,房间里才清爽起来,地板、家具露出油漆幽暗的光泽。

　　坐下来休息了一会后,卢芳来到窗前,拉开窗帘,打量起夜晚的沈阳。卢芳这是第一次来这座东北最大的都市,这么晚了,两边矗立着高楼的街道上却灯火辉煌,车水马龙,人流熙攘。尤其是女人们的穿着打扮,艳丽、时尚,不光是露着脖子,前胸和后背也都大敞着,看得卢芳心慌意乱。

　　看了一会儿,卢芳拉上窗帘,躺在床上,思绪翻转,睡意全无。卢芳想起方七爷,想起嫁到方家快两年的生活。方七爷对她关爱有加,没有啥对不起她的地方。方宅里的日子就镇海寺而言谓之天堂也不为过,吃穿无忧,要啥有啥。然而,在认识了苏大少爷后,尤其是在旅店与他喝酒、喝茶,听他谈天说地,就有了不同以往的变化。卢芳突然觉得,苏大少爷跟她说的话特别有道理,他说,方宅对她而言其实是个牢笼,虽然生活无忧,但那个天地实在是狭窄逼仄,囚禁的不光是人的身体,还有人的思想与精神和自由与情感。现在虽说是乱世,人民处在水深火热之中,但乱世出英雄豪杰,所以,走出牢笼,开始追求新的生活,才是年轻人的人生方向。苏大少爷说,作为方七爷的朋友,按说这样的话是不该说的,但站在卢芳的角度,不说又实在是于心不忍，心中不安。这样的回想让卢芳有些激动，她索性从床上起来，锁了房门，走到了街上。

　　街上的景致与楼上的俯看竟有些不同，楼上的俯看因灯光的笼罩，朦朦胧胧，有些像画，尤其是各种霓虹灯光所形成的氛围，像画的晕染，晕染后的景致更接近于梦幻，或者亦真亦幻。走在了街上，近距离地看那些景致与人物，就不那么尽然。卢芳低头打量了一下自己，白底蓝花的短衫，灰蓝色的纱绉披巾，灰色布裤，脚上一双黑色布鞋，踏在青石板的路面上，轻盈而又富于弹性。再看从对面擦肩而过的花枝招展、涂脂抹粉的女人，便觉得自己的穿着确实是土气。卢芳便在想象，自己也穿着旗袍，露着大腿，一只胳膊挎一小巧的拎包，另一只胳膊挽着苏大少爷的胳膊，像她们那样款款而行，似乎也差不到哪里去。想到这儿的时候，卢芳扑哧一声兀自地笑了。街上的店铺一家挨一家，五花八门，应有尽有，让卢芳真的开了眼了。但卢芳一家也没进，她只是有时往里瞥一眼，或者驻足在巨大的玻璃厨窗前，看里面摆设的精致的物品与穿着时尚服装的男女模特。卢芳尽情地在石板路上自在地走着，直到她发现把这条街走到了尽头，这才折了回来，然后回到杨先生的房中，才感觉到了疲倦，便上床睡了。

　　可能是昨天累着了，第二天上午卢芳起得很晚，窗帘一拉开，强烈的阳光就照射进屋子来，晃得她不自觉地闭上了眼睛，过了好一会儿才慢慢睁开。卢芳打开木窗，街上早已经是昨晚看到的车水马龙、人流熙攘的景象，只不过昨晚是在灯光的笼罩下，现在是在阳光的照耀中。卢芳回过身来，去了卫生间洗漱，都收拾妥当，才有了饥饿感，便想下楼，去昨晚看到的一家铺子吃小笼包，喝小米粥，就四川榨菜。

　　卢芳穿戴停当，走到门口，刚要拉门，外面传来敲门声。卢芳吓了一跳，连忙问谁？

　　门外却是苏大少爷的声音，卢小姐，是我。

　　卢芳一阵惊喜，急忙拉开门插，把门推开。

　　苏大少爷满面笑容地走进屋来，身后跟着杨少游。

　　苏大少爷对卢芳说，没想到你能来，欢迎啊！

　　杨少游已经站在了苏大少爷一边，扫了一眼房间，笑道，哟，这房间让你打扫得这么干净啊！半年没人住了，脏得不行啦！昨晚休息得好吗？

　　卢芳顾不上回苏大少爷话，急忙说，睡得挺好。房间只是匆忙地擦了擦灰尘，还没来得及细收拾。

　　杨少游又问，吃早点了吗？昨晚走得急，忘了告诉你街上各种早点多得很，想吃什么都有。

　　卢芳说，昨晚你走后，我就出去街上转了转，都看到了。不过，我一点都不饿，所以就没出去吃早饭。

苏大少爷哦了一声，看了眼手表，说，这都十点多啦，卢芳，咱们这就去街上吃饭，也算是给你接风。

卢芳答应了一声，好！

苏大少爷回头对杨少游，少游，找家清静点儿的馆子。

杨少游说，这条街上多的是。

来到街上，杨少游领着二人进一家名之"三味酒馆"的小店。酒馆面积不大，却是一股浓郁的书香气息，墙面上不少字画，一个三四米长的博古架上还摆了不少的瓶瓶罐罐。

苏大少爷粗略地扫了一眼，一副惊讶不已的表情已经堆满在脸上。苏大少爷问杨少游，这老板什么背景，把酒馆弄成了书画古董店？

杨少游笑道，没来过是吧？

苏大少爷嗯了一声，说，头一次。

杨少游说，我喜欢这儿，喜欢这种雅致与古韵，来朋友我就领到这儿，有时我自己也常来坐坐，喝点酒，或者喝点茶。

他们拣了一个挨窗的位置坐下来。一位穿着红色旗袍的年轻女服务员轻盈地走过来，递上菜谱，说，先生，用点什么？

杨少游没看菜谱，直接点了四道菜，两个围碟，一坛绍兴老酒。服务员又问，先生，用点儿什么茶？

杨少游说，明前龙井。

服务员离开后，苏大少爷说，"三味酒馆"，说的是哪"三味"呢？鲁迅先生青少年读书的私塾可是叫"三味书屋"。

杨少游道，这个啊他们酒馆的人都说不明白，不过，我还真的研究过。绍兴的"三味书屋"我去参观过，它的"三味"，据鲁迅的塾师寿镜吾的次子寿洙邻的解释，三味是以三种味道来形象地比喻读诗书、诸子百家等古籍的滋味。他幼时听父兄言，读经味如稻粱，读史味如肴馔，读诸子百家味如醯醢。这个醢，系肉或鱼剁的酱。但此典出于何处，至今我也没有查到。

服务员将泡好的茶端了上来，给他们分别斟上，再次离开。

杨少游一边喝茶一边接着道，后来有人探究到宋代李淑《邯郸书目》所言："诗书味之太羹，史为折俎，子为醯醢，是为三味。"我认为"三味"可能出自于此。鲁迅读书的"三味书屋"两旁屋柱上有一副抱对，上书"至乐无声唯孝悌，太羹有味是诗书"，可见"三味书屋"中的"三味"应该用的就是这个意思。但仍有不少人对此持质疑态度：像寿镜吾这样一位饱学秀才——鲁迅《从百草园到三味书屋》一文称之

"本城中极方正、质朴、博学的人",怎么会用"肴馔""肉酱"之类来形容读书呢?如果是饭馆或酒馆的匾还说得过去,用作书屋之匾,这解释似乎牵强了。

苏大少爷放下茶杯,给杨少游鼓了几下掌,说,少游学兄在东大读书时就是对学问究求甚解,这个脾气到现在还保持如初,叫我不能不敬佩啊!

杨少游笑道,我这一点还不是受你影响?

苏大少爷哈哈大笑起来,说,好汉不提当年勇,这几年,我早已经是业疏学废,于学问之事提都不敢提喽!

酒菜很快就上来了。苏大少爷端起酒杯,看了看一直静静地坐着的卢芳,说,欢迎卢芳小姐,镇海寺距沈阳虽然没多远,但一人风尘仆仆前来,还是让我颇感惊讶和敬佩。我跟少游略备薄酒,为你接风洗尘。头一杯我们干了!

三人碰了酒杯,然后就把酒都喝了下去。接下来,苏大少爷又提议喝了两杯,然后对杨少游说,卢芳小姐可是有酒量,在镇海寺我领教过,都把我喝到桌底下去了。说完哈哈大笑起来。

杨少游不无惊讶,说,还有这事儿?那我可要敬卢小姐,请你多喝几杯了。说着就端着杯伸向了卢芳。

卢芳笑道,苏大少爷夸张了,他们喝的时候我没喝,等人家喝差不多了,我这才敬了苏大少爷几杯,多少都有点儿乘人之危的嫌疑,喝完了我就后悔了。

杨少游说,不论怎么说,卢女士酒量还是有的,今天我们都没什么事儿,你又是刚刚来沈阳,我们就尽兴多喝几杯。来,卢小姐,我单独敬你一杯,先干为敬。说完,一扬脖,将杯里的酒干了下去。然后就端着酒杯看着卢芳。

卢芳端起酒杯,说,今生有幸能认识苏大少爷和杨先生是我的前世造化,你们是真正的文化人,这么抬举我,让我荣幸之至。说完,将酒杯送到唇边,一口将杯里的酒干了。

喝了一气之后,苏大少爷问卢芳到这儿来有什么打算。

卢芳愣了一下,看了一眼杨少游,略微有些迟疑,然后嗫嚅地说,我,我没什么打算,我就是从家里出来了,然后,我就不想回去了。

苏大少爷也愣了一下,问,那方七爷知道你到这儿来吗?

卢芳说,不知道,他没在家。

苏大少爷还是有些惊讶,道,不辞而别?

卢芳点了点头。

苏大少爷扭头看着杨少游,半天没说话。

卢芳见苏大少爷没回话,脸上便有些红涨,知道这事儿有些突兀,让他有些为难,一时间也不知道如何是好,便低了头,看手中的青花瓷酒杯。

这时，卢芳听到杨少游说话了，卢小姐，我突然想起来，有这样一个差事不知你愿意干不？

卢芳抬起来头来，看了杨少游一眼，重又低下头，说，杨先生，我现在是走投无路了，只要你们能收留我，干啥我都愿意。

杨少游说，是这样，这个事儿也没跟西坡商量，话说到这儿我突然想起来的。我跟西坡东大时的一个老师，现在在国民党沈阳政府任秘书长，在学校时对我和西坡挺欣赏的。前些日子一次聚会，听他说，因东北国共战事紧张，师母被他安排回了老家，在沈阳呢就剩下他一个人了，需要找个保姆照管一下家里的日常生活。不过说这话已经过了半个多月了，不知道他找到合适的人了没有。如果卢女士愿意接这个差事的话，我可以打电话问一下。

卢芳一时弄不准这个事儿是否可以干，就抬头看着苏大少爷。

苏大少爷在杨少游的话音未落时就明白了他把卢芳接到沈阳来的用意了，便眨了眨眼睛，说，这个嘛，要看卢小姐是否愿意，因为毕竟是去高官家伺候人，而卢小姐过去在家里没干过这类的活计，所以，这里有个心理上的转变，不知道能否适应。

出乎苏大少爷和杨少游意料的是，卢芳立刻就说，只要人家不嫌弃，我愿意。

杨少游似乎很兴奋，说，好，明天我就联系秘书长。当然，以卢小姐的条件，这个差事也只是暂时的，先安下身，有个落脚的地方，然后再慢慢研究将来。你说是不是，西坡？

苏大少爷看着卢芳，笑了笑，说，卢小姐愿意就好。那就让少游联系一下看，行，就先干着，不行，咱们再说，反正也不用太着急。请放心，你在沈阳的吃住是没问题的，帮你找个差事干是担心你一个人，时间长了会寂寞。

杨少游端起酒杯提议道，来，咱们为卢小姐开启新生活干杯！三个人碰了杯子，都一饮而尽。

酒后，卢芳心里面期待苏大少爷能跟她一块回到她住的杨少游的房间，但苏大少爷却说他跟杨少游还有事要办，让她回去休息，找时间再来看她。

分手时，苏大少爷掏出几块银元递给卢芳，说，身上没带多，你先用着，回头我再给送些。

卢芳连忙伸手拦住，说，不用的，从家出来时我带了不少钱。

苏大少爷笑道，你有是你的，这是我的一点儿心意，拿着。说完，塞到卢芳手里。

回到房间，卢芳若有所失，她感觉到苏大少爷对她有些冷淡，不像那次在镇海寺热情，想了半天也没想出原因来。

第二天下午，杨少游就跟秘书长联系好了，带卢芳去国民党沈阳市政府见秘书长。卢芳特意换了一套时尚一点儿的服装，但那只能是对乡村而言，城市里她这个年龄的青年女性就一眼看出她是来自乡村了。不过换个角度看，卢芳的那种古朴美仍然具有很大的诱惑力，这一点立刻在秘书长眼里体现出来了。秘书长是在他的办公室接见杨少游和卢芳的。秘书给杨少游和卢芳沏好茶，端给他们，然后就出去了。秘书长坐在沙发一头，杨少游和卢芳坐在斜对面。秘书长戴一副黑边眼镜，很斯文，也很严谨的学者模样，而且不苟言笑。可能是之前杨少游向他介绍了一些卢芳的情况，因此，他没有再问卢芳的自然情况，而是问卢芳读过什么书，在家里干些什么活儿，都去过什么地方，父母都是干什么的。然后就让杨少游晚上将卢芳送到他家，又说，工钱好说，你先干干看，咱们彼此适应一下。

秘书长家住在和平区南二经街上一栋二层的日本小白楼里。当天晚上，杨少游将卢芳送去，跟秘书长打声招呼，也没进屋，就走了。

秘书长对卢芳说，你先给我沏杯茶送到书房来，然后楼上楼下，会客厅、书房、卧室、厨房、卫生间、储藏室，挨个房间都看看。别的没什么，早餐时间是固定的，中午基本不回来，晚上是否回来吃饭我会提前告诉你。有三条你注意一下就行，一是我的东西放在哪儿不要随意换地方，保持房间和物品一尘不染。二是日常花销钱由你支配，只要把账目记清楚了就好。三是我没休息前你不能睡觉。别的没有了，你随意吧。秘书长说完就进了一楼东侧的书房。

卢芳先去洗手间洗了手，到她的房间换了身干净的衣服，然后在客厅里看到一个装茶酒的柜子，往里一看，各种茶很多，想了一下，选了正山小种，沏好，端进书房。

秘书长接过茶碗，打开碗盖，立刻闻到一股绵厚的幽香，抬头惊讶地看着卢芳，问，小卢，你怎么知道我想喝小种啊？

卢芳沉吟了一下，不好意思地回道，现在已经是深秋了，在北方，这个季节适合喝红茶的，因为它暖胃。绿茶适合在春夏时喝。忘了先征求一下您的想法，请原谅，下回我会注意的。

秘书长不再说话，继续埋头看文件，卢芳就悄悄地退了出来。

一连半个月之久，秘书长总是在晚上八九点钟回来，他换了衣服就去冲澡洗漱，卢芳这里给他将茶沏上。秘书长随后就到书房里看文件，读书或翻看各种报纸。一个小时后，便上楼睡觉。第二天早上，吃点儿点心，喝杯热奶，然后出门，有车在院外等着，上了车就去了市政府。剩下卢芳一人，便楼上楼下，挨个房间打扫卫生。秘书长似乎有一点儿洁癖，他要求书房和卧室必须一尘不染，这方面，他对卢芳还是很满意，嘴上没说，但表情上卢芳看得出来。不过，这半个月里，苏大少爷和杨少游都没来看卢芳，也没打电话，这让卢芳多少感到不快和郁闷。卢芳对沈阳不熟悉，也不敢自己出去，好在秘书长家里报纸多，书也多，闲暇的时间卢芳就看报读书。

这天下午，秘书长突然往家里打来电话，让卢芳准备几个菜，他晚上回来吃饭。卢芳撂下电话，陡然间有些紧张起来，这半个月里，她还没有给秘书长做过晚饭，早餐也非常简单，所以，一时间有些不知所措。卢芳在客厅里的沙发上坐了下来，让心平静一下，然后她便开始想在自己家里，在方七爷家里吃过和做过的菜，想了一会儿后，居然想出七八个来，然后就去了附近的一个菜市场，把要做的菜买了回来，立即打点准备。

秘书长是接近晚上五点半回来的，太阳已经不见了，街巷里的路灯也都一排排地亮起来。秘书长脸上的表情虽然跟以往没什么两样，但卢芳却看出一丝的焦虑，或者是忧愁。这一点在秘书长喝了一杯酒后得到了证明。

秘书长进了屋后仍然是换了衣服就去冲澡洗漱。从洗浴间出来后，秘书长问卢芳，小卢，饭好了吗？卢芳立刻回道，好了，随时可以吃。

秘书长说，那咱们吃饭。

秘书长走进餐厅，在长条桌前坐下，往桌上一看，一下子愣住了。桌上摆了四菜一汤，还有两个小冷碟：四个菜是油闷茭白、干炸小河虾、蒜香茄子煲、清水煮白蘚子，汤是鲫鱼小白菜豆腐汤，两个小碟是水煮花生米、蒜拌黄瓜。秘书长看完桌上的菜，抬头看卢芳，半天才说，小卢，你专门学过厨艺吗？

卢芳不无羞色地笑了，说，看秘书长说的，我这哪里能称得上厨艺？我就是回想一下我家里做过的，或者我吃过的，然后照猫画虎而已。在家时我也不常做，所以，好不好吃我自己心里都没数。

秘书长居然拍了一下桌子，说，我看着感觉就好。小卢，去酒柜拿瓶茅台来。你会喝酒不？陪我喝两杯。

卢芳想了一下说，能喝一点儿。说着，卢芳便走到酒柜前，打开门，拿出一瓶茅台酒来。

秘书长接过去，一边拧开酒瓶盖，一边说，拿两个酒杯，能喝多少喝多少，要的是一个情调，你说是不是？

卢芳不知如何回答，啊啊两声，拿了两个酒杯去厨房洗了洗，回到餐厅，先在秘书长面前放了一只，然后拿着另一只走到对面坐下。

秘书长从椅子上站起来，端着酒瓶，弯着身躯，伸着胳膊，给卢芳斟酒。

卢芳连忙站起来，伸手阻拦，说，秘书长，我给您斟，哪能让您给我斟酒呢？

秘书长说，唉，都一样，原来不熟悉，讲点儿礼节是可以的。现在熟悉啦，那些个繁文缛节就免了吧！啊，小卢，你说我说得对吗？

卢芳连忙点头称是。

秘书长给卢芳斟满了酒,又给自己也斟满了酒,说,来,小卢,你来我这里有半个多月了吧?我们也没有一起喝个酒,连饭也没正经地吃一顿,我向你表示歉意!在我这里可能有点儿枯燥,甚至孤独,希望你能慢慢地习惯,而且喜欢这里。来,咱们干一杯!秘书长说完,端过杯来,与卢芳碰了一下,仰头将杯里酒喝了下去。

卢芳见此,不由自主地也将杯里的酒喝了下去。

秘书长立刻叫了声好。

卢芳便拿过酒瓶,起身绕过桌子,过去给秘书长的杯里斟满了酒,然后回来又给自己的杯里斟满了酒,就站在那里,端着酒杯说,秘书长,我也敬您一杯,您这么大的官员,还能把我当作客人般地对待,让我陪你喝酒,我这辈子连想都不敢想。这杯酒祝您身体健康、事业顺利!说完,一扬脖,将杯里的酒干了。

秘书长本来情绪不错,可是卢芳这杯祝酒话说完,突然变脸了,已经端起来了的酒杯从半空里重重地往桌上一蹾,杯里的酒溅起老高,洒落到桌子上。卢芳刚把酒干了,见状一下子没反应上来怎么回事,端着空酒杯愣在了那里。

秘书长一看,感觉到了自己的失态,马上说,对不起,小卢,坐坐坐,你听我说。这一段啊,工作上很不顺利,情绪就不太好。不瞒你说,东北近来局势非常不好,本来国军要全面展开对北满共党和共军主力进攻,可是南满的军事活动非常频繁,直接威胁营口和葫芦岛两个港口,以及长大铁路,导致国军瞻前顾后,顾此失彼,进退失据。加之军内派系争斗,蒋委员长到处插手,弄得东北局势一塌糊涂。我们沈阳市政府也是三天两头挨骂,甚至连听谁的都弄不清楚。我是真想一走了之,仍回东大,教教书,做做学问,多好!所以,请你原谅我刚才的情绪失控,我向你赔礼道歉,而且自罚三杯,以示我的真诚。说完,秘书长拿过酒瓶,快速地给自己的酒杯斟满,端起来就干了,然后又连着斟了两杯,也是端起来就喝了下去。喝完后,说,小卢啊,你看我怎么样?真诚吧?

卢芳连忙说,真诚,非常真诚。只是,秘书长您喝得太急了,这样喝容易醉的。

秘书长笑道,没事儿,今晚我很高兴,喝得很痛快,好久没这么喝酒了。你看我天天在外应酬,也总喝酒,但喝的是什么酒啊!没一杯是真诚的。今天没事儿,咱俩就这样喝,一醉方休。

秘书长表面虽然很平静,其实内心还是很压抑,很郁闷,所以,当一瓶酒所剩不多时,他就脑袋趴桌子上不行了。

卢芳一看,不能再喝了,就搀扶着秘书长上了二楼卧室,把他弄到床上休息。下楼来赶紧把餐厅收拾干净了,然后也感觉到了头有些晕,便关好了门窗,进了一楼自己的卧室上床躺下,不一会儿就睡着了。也不知过了多久,更不知道是什么时间,卢芳感觉到身边有什么东西在触摸着自己的身体,一只手不自觉地往一边拨了一下,一下子就吓醒了，睁眼一看，窗外照进来的微弱的光亮中，一个人正趴在自己的身上。卢芳惊叫了一声，两手直接就用力向外推了出去。卢芳没想到，她没有推动，身上的男人的两只胳膊紧紧地环住了她的腰。

这时，身上的男人说，小卢，你别推我，我是真心喜欢你，从你来的第一天我就有了这样的感觉。但我一直压抑着自己，我没敢向你表达出来，我甚至连说话都不敢跟你说，因为我不敢面对面地看着你。今天我是借着酒劲，我实在是忍耐不住了。喝酒的时候其实我就有点控制不住自己的情绪了，但我还是没敢，还是不敢直接地面对你。

卢芳挣扎着还想往外推秘书长，但秘书长却死死地抱住不放，不一会儿，卢芳就没有了力气。卢芳感觉自己的睡衣睡裤都被扒掉了，秘书长也是脱光了衣服。这一瞬间，卢芳倒没有恐惧，也没有羞涩，她想到的是苏大少爷。虽然并没有明确的思想，但这次逃离方宅投奔苏大少爷的动力，卢芳自己对苏大少爷的钦佩和欣赏自不必说，更重要的是她感觉到的苏大少爷对自己的好感。卢芳倒没有期待苏大少爷将来对自己咋样，但她觉得起码苏大少爷是可信任与托付的。而此时，卢芳最希望身上的男人是苏大少爷。卢芳这里走神儿想象着苏大少爷的时候，秘书长已经进入了她的身体，卢芳这时想抗拒已经来不及了。

45. 养 伤

高团长被方七爷和田镇长、卢云、小蔡及几个武工队员带回宋屯卢四家里，这才知道，卢秋因风湿也被送回家来。大家将高团长安顿到刚刚收拾出来的东厢房，便都来到东屋看望卢秋。

卢秋躺在炕头，身上盖着蓝花布棉被，脸色仍然略显苍白和虚弱。

田镇长抢在前面，一脸愧疚地看着卢秋，说，卢秋，感觉怎么样？骨关节是不是特别疼？

卢秋没有应答，也没有看他。

田镇长脸不由得一阵红涨，说，卢秋，我向你道歉，都是我不好，不然也不会出这事儿。你放心，我来伺候你，一定很快将你的病治好。

卢云这时趴到卢秋身上，两手伸进棉被里，攥住卢秋的左手，说，二姐，没事儿的，放心，我们大家都会照顾你的。

卢秋露出浅浅的微笑，说，谢谢你们了！有两行泪水顺着脸颊悄然地流淌下来。卢云忙用手擦去卢秋脸上流淌下来的泪水。卢秋接着又说，镇上的大夫已经来看过了，药也开始吃上了，只不过这病治起来有些难，拖的时间会久些。家里外面都是用人的时候，我却只能躺在这里。

田镇长说，卢秋，不要想那么多，先安心治病要紧。

众人退出来后，又看了看高团长，田镇长和方七爷回了镇上，小蔡和卢芳留下来照顾高团长和卢秋。

第二天，方七爷请镇上王记诊所的王大夫给高团长做了检查。高团长伤在了大腿

45. 养伤

内侧骨头，还擦着了睾丸，由于延误了治疗，两处伤口都已经腐烂化脓，并伴随着低烧。王大夫先给高团长处理了伤口，又给他吃了消炎药，但大腿内侧腿骨骨折，还得去请海城的整骨大夫。方七爷便让王二拉着小蔡去海城请了苏氏整骨大夫来，就是上次给卢四治疗的那位。检查后确认是大腿内侧骨裂，需要复位固定，不到半个时辰就处理完了，医生嘱咐说，一定要静养，按时换药，保持清洁，千万不能再次感染。

一切都稳定下来后，高团长便命令小蔡去找部队，将自己目前的情况，还有劫狱的情况向上级汇报，自己也要尽快回归部队。小蔡似乎有点儿犹豫，不太放心，一是高团长的伤需要人照料，二是安全问题，担心国民党军或土匪武装袭扰。

卢云说，这里有我照顾，田镇长也会常来，小蔡你就放心去吧，快去快回。

小蔡走后，卢云便负责给高团长换药和擦身子。这卢云一上手，高团长立马感到了不对劲儿，他这伤是在大腿根，还连带着睾丸，这让一个女孩子来弄怎么可以？高团长拉住裤子说，小卢不用你动手，我自己能行。你就把药和毛巾弄好了放我这儿就行了，你还是照顾你姐姐去吧。

卢云一撇嘴说，团长，你这走南闯北的这么多年，咋还这么封建呢？我已经不是小孩子啦，我是东北民主联军战士。赶紧把裤子脱下来吧，你和我二姐我一起照顾。

高团长的裤子只剩下一条腿，受伤的左腿裤腿剪掉了，左腿就露在了外面。但高团长仍然抓住裤腰带不放，说，不行不行，你把这些个东西都放下，我自己弄。

卢云说，你连坐都坐不起来，而且换药需要将固定腿的石膏板拆下来，你能拆吗？别犟啦，都到这节骨眼上了还害羞起来了。

高团长想了想，觉得卢云说得对，不由得叹了口气，说，这，这事儿弄的！

卢云扑哧一声笑了，立刻动手将高团长的两手拽开，然后再把裤子脱了下去。

高团长两眼一闭，嘴一咧，脑袋歪到一边，一副豁出去，爱咋咋的样子。

卢云将高团长左腿上固定的石膏板拆下来，又把那多层纱布揭掉，然后用湿毛巾将大腿和睾丸上残留的药迹和化脓的脏物细致地擦干净，又换了盆清水再把整个的身体擦了一遍，这才重新上药。这一套忙乎下来，卢云弄得满脸是汗。接下来几天，卢云都是在傍晚的时候给高团长换药擦身子。高团长这个时候下不了地，卢云还要给高团长接屎接尿。

这天快中午的时候，田镇长来到卢四家，身后还跟着一位戴黑边眼镜的小个子男人，人中处留着一小撮黑胡子，肩上挎着黑色皮药箱。田镇长跟卢四和卢云打过招呼，就领着大夫进了东屋。卢秋仍然安静地躺在炕头，田镇长说，卢秋，我从鞍山请来一位日本大夫，他是治疗风湿类疾病的专家，保你病很快就好。

卢秋想欠身起来，但一下子没起来，被田镇长按住了，你别动，让大夫先给你诊断一下。

日本大夫将肩上的药箱放到炕上，挽起袖口，掀开卢秋身上的棉被，用手从上到下地将卢秋身上的各个骨关节按了两遍，然后用很熟练的汉语说，小姐得的是急性风湿关节炎，还没有真正地侵蚀到骨关节深处，目前的关节肿胀疼痛、发热和乏力等症状也只是一些浅表性的表现。我有专门配制的中药，吃上三个疗程就应该有根本性的好转。不过还有两点要特别重视，一是服药一个疗程后，要适当活动，不可长期卧床，以免造成关节废用性退化。二是饮食中应含有充足蛋白质和维生素，这会有助于病情的康复。如果下地活动的时候疼痛严重的话，可以适当服用止痛药。说完，从药箱里拿出三包药来，包装很精致，上面印着：祛风散大日本汉唐方药独家秘方研制。

田镇长和日本大夫从东屋出来后，卢云这里已经沏好了茶，便把田镇长和日本大夫让到八仙桌两边坐下喝茶。

田镇长对日本大夫说，和田君，您先喝茶，我过去看位朋友，马上就回来。说着就出堂屋，去了东厢房。田镇长上前握住高团长的手说，怎么样了，高团长，伤势见好吧？

高团长哈哈笑道，没啥了不起的，咱们这号的，枪林弹雨走南闯北，没那么娇贵。用不了几天我就回部队啦！

田镇长道，说是这么说，你毕竟也是伤着了骨头，还是彻底地养好了再研究回部队的事儿。

高团长扭头往门口瞥了一眼，说，田镇长，带烟了没有？给我来根，这几天憋坏我啦，卢云看着我，不让抽啊！

田镇长笑道，还有这事儿？这不让抽烟怎么能行？来来来，我给你点一支先过过瘾，然后，你把这盒烟藏起来，下回来我给你多带点儿。

高团长接过田镇长递给他的纸烟，连着狠狠地抽了几口，说，唉，真香啊！

田镇长自己也点着一支抽上，说，一会儿我跟卢云说一下，不能这么控制抽烟，伤养好了，又弄出别的病来了。

高团长说，你说得太对了，这两天我就感觉不太对劲，这心里面有些闹得慌，没着没落的。

田镇长说，可能你还是着急部队上的事。

高团长说，对了，我听卢云说你的镇长职务给撤啦？太好了，等小蔡联系上部队后，你跟我去吧！你天生就是个打仗的材料，在这地方当这个破镇长白瞎你这材料啦！你先给我当副手，副团长，回头我上报师部，看他们还有什么安排。怎么样？

田镇长笑了，说，谢谢你的好意，我啊，先把这个小生意做做看，能行的话，我就弃武从商了，做你们的后援。

高团长说，那太可惜啦！像你我这样的军人，一定要出现在前沿阵地上。至于经

45. 养伤

商做买卖，叫别人去干。

田镇长说，可不是吗，我嘴上不说，心里却是万分的焦急啊！现在东北战场的形势正在转换，咱们东北民主联军即将由守势转化为攻势，决定东北命运的大决战快要开始啦！可是，我却在这儿偏安一隅。

这时，卢云推门进来了。被屋里的浓烟呛得连咳了几声，连忙用手捂住嘴，把门打开，哎哟一声，指着田镇长说，田镇长，一定是你给团长烟抽，我这刚刚让团长把烟戒了几天，你这一下子就给死灰复燃了。

田镇长说，哎卢云，要不我还要找你呢，你这么弄，高团长会出事儿的！

卢云一愣，问，出事儿？让团长戒烟能出啥事儿？

田镇长笑道，这你就不懂了吧？这抽烟的人都有这经验，突然忌烟身体会不适应的，出什么事儿都是有可能的。

卢云扭头看高团长，问，团长，田镇长没骗我吧？

高团长一本正经地说，田镇长说得没错，这个忌烟的事儿要有个过程，不能一下子就戒了，严重的话会要命的。

卢云一听，转身出了西屋，不一会儿便将高团长的牛皮烟口袋拎回来，塞到高团长手里，说，团长，给你是给你，但不能像从前那样抽了。

高团长哈哈大笑起来。

田镇长说，哎哟，我把客人给忘一边了。高团长，你安心养伤，我会经常过来看你和卢秋。说完，就出去了。

田镇长嘱咐了卢秋几句，然后就领着日本大夫离开卢四家，回了镇上。

这天快中午的时候，方七爷拎着两瓶酒来到卢四家，车夫王二跟在后面，两手像拎水桶似的各拎着一个几层叠加的木制大餐盒。

卢四迎出来说，七爷，您来就是了，咋还带这么多吃的。

方七爷道，我是想看看高团长，再跟他喝几盅，所以特意让酒楼的大厨专门炒了几个菜。

没等卢四回答，田镇长从屋里走了出来，说，七爷，喝酒的好事怎么不找我呢？

方七爷笑道，不好意思，我脑子里只装着高团长了。

田镇长说，是因为他官儿比我大？

方七爷笑道，那倒不会，我想的是他受了伤，遭了那么多罪，应该慰劳慰劳。

田镇长说，不瞒七爷，今早起来我就发现镇政府院子里一群喜鹊叽叽喳喳地在槐树枝上叫个不停，我就想会有什么好事呢？想了一早上也没想出来，然后就到这儿来了。

方七爷捋了一下山羊胡子，连着道了几声好，说，还是你有口福啊！

田镇长便往屋里让方七爷，七爷请！

田镇长与方七爷前边进了屋，车夫王二随后将两个几层叠加的餐盒放到八仙桌上，就走了。

卢云从西屋出来，跟方七爷打了招呼，将餐盒一层层地打开，把菜摆到桌上。之后，卢云就到西屋将高团长搀了过来，田镇长则将卢秋扶了出来。卢云和田镇长将八仙桌抬到屋中央，然后将椅子和长条凳摆好，卢四坐了上席，其他几位则随意地四边坐了，卢云和卢秋也都上了桌。

卢云将方七爷拎来的两瓶酒打开，高团长两眼一亮，叫道，哈哈，茅台？好酒！好酒！今天我可要开开荤。

卢云眼睛一瞪，说，不行，团长你不能喝酒，这是医生特意嘱咐过的。

高团长大笑道，医生的话不能不听，但绝对不能全都听，他对病人是连打带吓唬。更何况我是啥人？枪林弹雨我都过来了，在战场上，胳膊腿受了伤，哪有什么医生，撕下一条衣服，往伤处一缠，继续冲锋。这会儿，又是医生又是药的，还有卢云的照顾，简直就是天堂一般。没事儿，来，先给我倒上一杯。我这都快要憋死啦！

卢云还要说什么，却被方七爷拦下了，方七爷说，三妹，这个我有经验，受伤后医治是一个方面，更重要的是调整心情，心情好，伤好得就快。我之所以今天带酒菜来跟高团长喝两杯，就是这个意思。你想，高团长在监狱里待了那么多天，这出来了又闷在屋子里这么多天，他一个习惯了战场厮杀的人哪里受得了？少喝两杯无大碍。再者说啦，酒是活血的，高团长一天到晚也不运动，喝几杯活活血。

田镇长也在一旁帮腔，说，七爷说得对，今天就不听医生的了，开怀痛痛快快地喝几杯，包括你们姊妹俩，都高高兴兴地喝点。

卢云有些无奈了，说，看来这不喝还不行了。

这时，站在一旁的卢四老婆突然问，卢芳今个咋没一块过来？大家这才意识到，是啊，卢芳怎么没跟方七爷一块回家来呢？

方七爷这时已经将酒瓶盖打开，一边给卢四斟酒一边说，我猜是离家出走啦！

卢四闻声不由得一惊，连忙问，离家出走，出啥事啦？

方七爷仍然是不紧不慢地一边给高团长和田镇长斟酒，一边说，具体我也说不清楚，大概是嫌我老啦！她那么年轻，一定会有自己的想法的。正常，我不埋怨她。

卢四老婆急了，说，那也得去找啊！咋能说走就走了呢？

田镇长问，七爷，知道她去了哪里吗？

方七爷勉强地笑了笑，说，差不多，但我不想去找，她啥时候想回来了，我照样接纳她。

田镇长说，七爷不愧游走江湖这么年，胸襟阔大，义薄云天，佩服！田某佩服！来，咱们喝酒吧！

　　方七爷这时已经给所有的杯子都斟满了酒，大家便端起酒杯。

　　田镇长瞅了卢四一眼说，咱们还是请卢老伯说几句吧！

　　大家便都附和说好。

　　卢四却说，还是请田镇长说吧，他年龄虽然不大，却是咱们的父母官，而且是少见的文武全才。

　　高团长也说，对，就田镇长说。

　　田镇长把大家扫了一眼，说，既如此，恭敬不如从命，我就冒昧地说两句。第一句我想说说这次浑北大劫狱。沈阳的，还有东北的许多报纸第二天都报道了，因为事件的扑朔迷离，至今还有报纸在不断地挖掘和还原事情真相。据说东北行辕主任陈诚得到报告后大为恼火，当即就把宪兵队汪队长枪毙了，沈阳警备区副司令也被撤职查办。问题是，国民党军到现在也没弄清楚是谁劫的狱，从哪来的这么大的军事力量，居然没被发现，而且在他们眼皮子底下干了一件这么大的不可思议的事情。他们当然想到了东北民主联军，但分析事件过程又不像。他们又怀疑到土匪，但土匪怎么可能会有这么大的能力，精心策划到滴水不漏？沈阳警备司令部为这件事儿伤透了脑筋，到现在还是一头的雾水。东北民主联军总部也在搜集这个事件的相关情报，但目前还没人将这个事情来龙去脉通过有关渠道上报总部，所以我们这边也是一团乱麻。本来我想把这个事情报告给县委，但是我被撤了职，没有义务去讨那个没趣。县大队当然知道这个事情，但来龙去脉我都没跟他们细说，他们也就一知半解，到现在也没人来追问我。总之，我认为，浑北劫狱获得了巨大的成功，成功的标准是将高团长和小蔡完好无损地解救出来，尤其是在国共两党在东北拉锯的关键时刻，对国民党军的士气是一个沉重的打击，我们既然能从守卫严密的国民党监狱中将我们的同志解救出来，那还有什么事情办不到呢？

　　田镇长停了一下，点了一支烟，抽了两口，接着说，再回头总结一下这次劫狱事件。我认为首功要算在方七爷身上，因为从头到尾，都是七爷策划联络各方力量，并成功地实施了这个大胆的计划。作为一个江湖人士，他的胆识与组织联络等能力，他的沉着行事，都让我由衷地敬佩。方七爷过去给我的印象不过就是谦恭大度，温文尔雅，友善乡邻，广结四方豪杰，且出手阔绰，就这次劫狱所花费巨款，也是我们无法想象的。因为平时做到了这些，才会有土匪老树皮的全力相助，没有老树皮的全力相助，这次劫狱几乎是不可能的。还有一点，是我，我想也包括在座的各位都难以想象的，看似弱不禁风的七爷居然也是行武之人，枪法是百步穿杨，弹不虚发，尤其是在敌人集中火力冲锋的时候，不慌不忙，非久经战阵难以为继。简直叫我惊讶不已，刮目相看。

方七爷打断田镇长的话，道，唉，田镇长，我这区区小事不值一提，换个话题。

田镇长冲方七爷笑了笑，道，到现在为止，我们还不知道老树皮伤势如何，是否有生命危险。这里也还包括监狱长冯文，不论怎样，没有他的支持，劫狱也是无法想象的。不过，据说冯文当场被打死了。总而言之，这次以营救高团长为主旨的浑北大劫狱创造了东北解放战争史中的一个奇迹，不可复制的奇迹。这第二句呢，哎哟，大家都举着杯子呢，那咱们还是先把这酒干了我再说吧。

众人都听呆了，田镇长提议先喝酒竟然让大家都是一愣，缓过神来便一齐给田镇长鼓掌，然后把杯里的酒都干了，等着听田镇长接着讲第二句。卢云则站起来绕桌给大家斟酒。

田镇长在讲第二句之前没忘了表扬茅台酒，他看了一眼端着的酒杯说，不愧是国酒啊，这味道，这力道，尤其是绵长的回味，舍不得这么干啊！这还得感谢七爷！

大家便都笑着看方七爷，方七爷瘦削的刀条脸上居然现出一片羞赧之色。

田镇长接着说，身处乱世是我们的不幸，但不幸中的万幸是我们这几个来自五湖四海的人能聚到一起，主要原因是卢氏三姊妹，是她们把我们聚拢到了一起。参加七爷的婚礼让我惊讶卢芳的优雅与美丽。本来师部留守处的那次伏击战后，我应该认识卢云，但是那时我沉浸在了胜利的喜悦之中，忽略了卢云。但是这次营救高团长，以及这些天她无微不至地照顾高团长，让我知道了她是一个多么专心致志地钟情和把自己奉献给心爱的人的一个女性，要知道，她才只有十九岁啊！

田镇长的话说得卢云两颊腾地红了起来，两眼中立刻充盈了晶莹的泪水，她瞥了高团长一眼，低下了头。

田镇长自顾自地说，还有卢秋，我是在镇政府的妇女骨干培训班上认识她的。开班的第一天我去做动员讲话，在十几个学员中，我一眼就看到了卢秋。卢秋的漂亮是不必说的，但她打动我的是气定神闲，一种女性特有的安静。她心中有数，有自己做人做事的理念，而且很有工作能力，在很短的时间里就把我们镇上的名牌土特产店经营得有声有色。我非常喜欢她，问题都出在我身上，我希望卢秋能原谅我，给我改正的机会，我一定会善待她，让她幸福。因此，我们这杯酒应该敬三姊妹和她们的父母，卢伯父、伯母，祝愿他们，也祝愿我们几位，身体健康，诸事顺遂！

大家一齐叫好，然后一齐将第二杯酒干了。

就在大家喝得兴高采烈的时候，一身农民便装的蔡警卫员风尘仆仆地进来了。蔡警卫员说，给我倒碗水喝，喝完了我再向团长汇报。

卢云赶紧起来给小蔡倒水，小蔡接过水碗一口气将水喝光，用衣袖抹了一下嘴，一边喘着一边说，团长，我在岫岩偏岭子镇找到了咱们独立团，把你的情况详细地跟楚团长做了汇报，他马上就请示了师部，师首长的意见是让你安心在这里养伤，因为现在正是我们东北民主联军夏秋季攻势的关键时刻，南北满很快就要连成一片，迫使国民党军向沈阳、长春、锦州等地龟缩。独立团的任务极其繁重，部队调动频繁，你伤没养好不适合回部队。至于何时归队，等待命令。

高团长说，我这伤好多了，这样下去用不了多久就行啦，哪里会给部队带来麻烦呢！

小蔡说，楚政委是希望你能赶快回部队，他说他一个人有点支撑不住了，哪怕是你躺在担架上也行啊，只要你在，他心里就有底儿了。

高团长道，你看看，是不是，政委说的这是实话，符合咱们团的实际情况。

小蔡说，可是师部首长不同意啊！

高团长道，得得得，你先坐下来吃饭，吃了饭咱们再研究。

卢云便去给小蔡打洗脸水。小蔡从肩上摘下一个破布包，挽起衣袖，端着脸盆去了院子里。

高团长回过头来说，来，各位，东北形势一片大好，咱们接着喝酒。

46．波　荡

十月末的辽南就要进入冬季了。这几天，天高气爽，没有风，太阳高高地挂在空中，金亮金亮的。水稻、高粱、玉米，都收割完了，剩下些秸秆还一堆堆地戳在田地里。毕竟到了节气，天气明显地寒冷了，路边和路边的沟里飘落了一层层的枯黄的杨树叶子，有风的时候，便在路边和田地里哗啦啦地滚动。

高团长的伤渐渐地好起来了，不光是生活上可以自理，行动自由了，还可以干点轻活，只是走路时受伤的左腿有点儿跛，但不注意是看不出来的。卢云没能阻止高团长的烟酒，隔三岔五地便拉着卢四喝上两杯。卢四的腰伤虽然早就好了，但阴天下雨的时候还是不舒服，似乎是肌肉深处的一种丝拉拉的疼，所以也乐得喝上一点儿，活活血。

卢云知道高团长急着回部队，她不想再错过与高团长的肌肤之亲，有一天午后，高团长与父亲喝了点酒后就回到东厢房休息，卢云随后就悄悄地跟了进去。高团长刚在木板搭的床上躺下，一扭头，看见卢云来到了床边，吓了一跳，连忙坐了起来。高团长说，你走路怎么一点儿声音没有？吓了我一跳。有事儿？

卢云有些羞涩地笑道，没事儿，就是想跟你坐一会儿。说着，就在高团长的身边坐下了。

高团长有点儿纳闷，但一看卢云脸上羞涩的表情，似乎就明白了。高团长心里一热，不免有些冲动，想将卢云搂到怀里，但他马上就制止了自己，让情绪平静一下，然后说，小卢啊，感谢你两个多月对我的细心照顾，尤其是你还是一个女孩子，让我好多时候都于心不忍。这些日子，面对你，我为啥这么冷静？你难道还不明白吗？

卢云一下子扑入高团长怀里，两只胳膊环住他的腰，失声痛哭。

高团长轻轻地搂住了卢云，两手不停地摩挲着她因痛哭而起伏着的后背。高团长似乎陷入了一种梦幻的情境，这在他三十几年的人生中是从未有过的。高团长说，十几年的当兵生涯，我是第一次拥有这样的闲暇时光，让我都不知道怎么面对。而且你就在我身边，既没有战斗，也没有战士们在身边，你说我能不想你吗？高团长停顿了一下，接着道，实话跟你说，我从第一眼见到你就喜欢上了你，我也没想到，仅仅两年之后，我们居然近在咫尺，却不能相爱。人生可能就是这样，没有理想的生活会让你觉得没有滋味；有了理想之后，现实又不断地给你制造坎坷，让你在实现理想的过程里不断地遭遇磨难与挫折。但我并不是一个害怕磨难与挫折的人，可以说，十几年的军旅生涯，把我摔打成了一个花岗岩一样的心脏，既硬，也粗糙得很。所以，在镇海寺见到你的一瞬间，我都怀疑我自己，我的心里居然立刻就翻起了波澜，全身的血都在向着头顶奔涌。在我勒住马缰绳，掉转马头的那一刻，我就想好了，不管你同意不同意，我这一生都要爱你。事后，当我冷静下来，我反复地问自己，我这是真的吗？问了几次后，我确认，这是真的。

一直在哭泣的卢云突然向前用力将高团长压倒，整个身体趴到了高团长身上，随后，她似乎没有丝毫的犹豫从高团长身上翻到床上，然后解开衣服的扣子，又往下褪掉裤子，将身体完全地裸露出来。

高团长并没有扭头看卢云，只凭感觉他就已经知道卢云此时是一种什么样子，他的内心一阵激荡，血液似乎像决堤的洪水一般从脚底直向头顶冲来。在那一时刻，他真的想一把将卢云抱进怀里，激烈地云雨一番，那会是多么的畅快淋漓与激情四射啊！然而，高团长却一动未动。又过了一会儿，高团长伸出右手，摸索着拉住卢云的左手，用力地攥了攥，平静地说，卢云，把衣服穿上吧，我心里知道啦！

高团长没想到，他的话音未落，卢云一翻身，从床上站了起来，弄得木板床发出吱吱嘎嘎的响声。卢云仿佛没听到一样，说，团长，我让你看看我，好好地、仔细地看看我！

高团长没有再躲躲闪闪，他翻身坐了起来，仰着脸，两眼直直地看着卢云。卢云的身后是东窗，午后柔和的阳光透过玻璃照进来，落到卢云的后背上，让身前的一切朦胧成罩着薄纱般的暗影。

卢云低下头问高团长，我好看吗？喜欢不？

高团长没答话，却闭上眼睛，重重地向后倒去。

卢云慌忙扑到了高团长身上，急切地问，团长，你没事儿吧？高团长仍然闭着眼睛，说，我没事儿，卢云，你走吧！

卢云默默地穿好了衣服，下了床，站在床前，沉思了一会儿，突然伸出手去，在高团长的脸上重重地扇了一个耳光,然后转身走出厢房。

高团长一动未动,甚至连眼睛也没睁开,但是,泪水却顺着眼尾的皱纹流淌出来。

傍晚的时候,火车站的警察老张来了。老张拎着一篮子苹果,进了院子正好看见卢秋从屋里出来。老张赶忙放下水果篮子,紧走几步,上前搀扶住卢秋的胳膊。老张有些拘谨地笑道,好多啦!

卢秋两眼看着远处,嗯了一声,并没有显示出应有的热情。

老张似乎也不介意,想要搀扶着卢秋往前继续走,但卢秋却说,你松手,不用扶,我自己能走。

老张这才略觉尴尬,慌张地松开手,回头将水果篮子拎起来,进了屋子。老张见卢四坐在八仙桌旁抽着烟袋,忙上前问好,并把水果篮子放到桌前的地上。

卢四起身让座,冲东屋喊卢云出来沏茶。

卢云低着头走出来,眼睛有点儿红肿,虽然跟老张打了招呼,但也有些漫不经心的样子。沏好茶,端到八仙桌上后,就悄悄地回了东屋。

老张喝了两杯茶,就问卢四,老伯,有啥活没有?

卢四说,没啥活,你就坐着喝茶,歇歇吧!

老张已经站了起来,说,闲着难受,我去菜地看看,白菜和萝卜都收完了吧?

卢四说,收了。前些日子,跟我做花生米的那些后生干的。

老张说,那我也去看看。说完就出了屋子。老张往院子里扫了一眼,没看见卢秋,便从屋墙边上的一个木制的农具架子上摘下一把铁锹扛到肩上,径直往院子南面的菜地走去。站在菜地西北角,老张看到的是一片光秃秃的景象,只剩下一些掉下来的白菜和萝卜叶子,还有一些杂乱的枯草。老张把肩上的铁锹拎到手上,开始整理菜地。

夕阳还没有落山,但天边有一片乌云慢慢地涌来,愈来愈厚,色泽也愈来愈浓,接着,一股秋风夹着冷飕飕的寒意向菜地袭来,地里的几片黄叶被卷起,在半空中杂乱无章地飞舞。老张停了下来,擦擦脸和脖子上的汗,朝天空看了看,自言自语道,这是要下雨,还是下雪啊!突然,老张想起,一直没发现卢秋啊,她上哪去了呢?要是下雨,那她还不挨浇吗?如果被雨浇了,那她的病会不会再犯啦呀?这么一想,老张着急了,原地转了一圈,猜测着卢秋会去哪里呢?想着想着,猛地扔下铁锹就往菜地南面的莲塘跑。

只几分钟,老张就来到了莲塘,果然看到穿着灰色布衫蓝色布裙的卢秋站在莲塘的岸边,面对着莲塘,向远方看着什么。莲塘的上空早已布满浓云,夕阳似乎压根就不曾有过,一片枯黄的莲被风卷得波浪般地在晶亮的水面上滚动。卢秋仿佛不知道已经变天，风急骤地掀动着她的衣裙，让她时不时地晃动摇摆几下。

老张再次看了看天，紧走几步到了卢秋的身后，叫道，卢秋，要变天啦，有可能下雨，赶紧回家吧！

卢秋似乎没听到，站在那里纹丝没动。

老张便大声地重复了一遍刚才的话。

卢秋还是没言语，但莲塘里突然卷起一股强劲的风，一下子便将卢秋吹了个趔趄，身体转了多半圈，然后向着左侧倒了下去。

老张大叫一声扑了过去，但差了一只胳膊的距离，卢秋像菜地里的枯叶似的旋转着飘落到地上。老张生硬地扑倒在地，他顾不上两膝和胳膊肘火辣辣的疼痛，紧爬了几下，蹲起身，两手搬过卢秋的肩膀，将她搂进了怀里。卢秋似乎在挣脱，嘴里不知说着什么，但瓢泼大雨从天而降。老张一点儿没犹豫，转过身来，将卢秋弄到背上，站起来顺着来路往回跑。地上瞬间就有溪水四处流淌，脚下泥泞起来，老张小心地背着卢秋小跑着。路过菜地的时候，老张脚下一滑，向着右侧的菜地里栽了下去。老张惊叫一声，一个仰八叉，摔倒在菜地里，翻身起来，抬头一看，卢秋被扔出两米多远，身体蜷缩在暴雨和泥水里。老张从泥水里站起来时感到了腰的疼痛，但他没理会，两腿一用力便站了起来，然后三步并作两步抢到卢秋身前，再次将卢秋弄到背上，出了菜地，在大雨中深一脚浅一脚朝家赶去。

老张背着卢秋闯进卢四的堂屋的时候，有如从泥坑里爬出来似的，刚在屋中间站下，地上便立刻聚集了一大摊泥水。

卢云最先从东屋迎了出来，见此情景，惊叫起来，哎哟，老张，咋弄成这个样子啦！刚说要老张把卢秋放椅子上，再一看，卢秋几乎成了裸体的了啦，浇透了的衣服半透明地贴在身上，便改口说，快快，把她放东屋炕上。

老张转身把卢秋背进东屋，然后小心地放到铺着苇席的炕上。老张从东屋出来，撞上高团长。高团长问，出了啥事？

老张抹了一下脸上的泥水，说，事倒没啥事，只是卢秋一个人去了莲塘，没想到突然变天了，被一股大风刮倒在地，正好我到了她身前，便把她往回背，不小心在菜地那里摔了一跤。

这时，卢云急匆匆地从屋里出来，手里端着一个黄铜盆，打开锅盖，舀了两水舀子热水，然后端进东屋。这时，卢四老婆也跟了进去。过了一会儿，卢云端着一盆黄水出来，泼到门外的雨水中。高团长上前刚要问话，但卢云白了他一眼，又舀了两水舀子热水端进屋去了。

卢四对老张说，小张，你也去洗洗，然后把我的衣裳换上，不然容易得病的。

高团长连忙说，对对对，老张，你上厢房，赶紧去洗洗，我泡点热茶，你马上回来喝，暖和暖和。

卢四回到西屋，取了一套自己的衣服递给老张，老张接过去，也弄了盆水，往头上扣了顶竹编斗笠，顶着大雨去了东面的厢房。

这时卢云从东屋走出来，对高团长说，团长，咋办？二姐病可能犯了，全身的骨关节都很疼，而且还有点发烧。高团长说，药还有吗？

卢云说，没啦。这一段她感觉挺好，所以就没有去找那个日本大夫再开。

高团长说，那就只好再去找田镇长，让他去找那个日本大夫。高团长往门外看了一眼，又说，可是现在雨下得这么大，天又这么黑，鞍山又那么远，怎么去呢？

卢云也说，是啊，这天没法儿去啊！

高团长想了想说，这样吧，我先去镇上，请王大夫打几针止疼药，缓解一下疼痛，明天天亮再研究去鞍山的事儿。

卢云说，也好，不过你的腿不行，还是我去镇上请王大夫。

这时，老张换好了衣服过来了，一听要去镇上请大夫，就说，还是我去吧！

高团长点点头说，那你就再辛苦一趟。顺便再去镇政府，跟田镇长说一下明天去鞍山找日本大夫买药的事儿。

老张披了蓑衣，戴上斗笠，一头扎进雨夜中。

卢四老婆在身后说，唉，也没让小张吃口饭，这么晚了。

当天晚上，镇上的王大夫便跟着老张赶到了卢四家，马上就给卢秋打了止疼针，又放下一盒止疼药。这一宿还好，止疼针发挥了作用，卢秋安静地睡了一大觉，但第二天天还没亮就不行了，药劲儿过了，卢秋全身又疼痛起来。只好吃王大夫留下的口服药，但不管用。卢秋痛苦地呻吟着，想翻身又翻不了，其状痛不欲生。卢云想再去请王大夫来打一针，但王大夫昨晚走时就说了，这止疼针不能连续打，容易产生副作用。大家只好看着卢秋硬挺着。

傍晚，雨停了，夕阳也出来了，但很快就落下山去。刚把电灯打开，田镇长坐着王二的马车到了卢家院前，全身湿透了的田镇长怀里抱着用塑料布紧紧包着的药快步进了院子，直奔堂屋。卢云一见，连忙接过去，立刻就去用开水冲泡，然后端到东屋。药喝下去半个多小时就见效了，折腾了一天的卢秋终于平静下来了。

47. 危 情

  1947年冬天，沈阳的第一场雪在十一月初的一天早晨悄然地飘落下来。雪花很大，但棉絮般柔软，没有风，天空整个昏暗着，却少有的不那么冷，甚至给人些许温暖的感觉。
  卢芳送走了秘书长，拿起笤帚，将房门前水泥台阶上的雪清扫一下，转身刚要拉开门进屋，一个高大的身影闪在了眼前。卢芳吓了一跳，扭头一看，来人穿一件黑色薄呢子大衣，脖子上围一条灰黄色夹杂的绒线长围巾，小半个脸被围巾遮掩着。卢芳身体向后一仰，几乎是惊叫一声，苏大少爷！
  来人抬手放在了嘴边，示意卢芳别声张，然后回身往四下里扫了一眼，三两步踏上台阶，轻声道，进屋说话。
  卢芳一边点头一边拉开房门，两人急忙地进了屋。苏大少爷还没站稳，卢芳就反身扑到了他的怀里，紧紧搂住了他的腰。卢芳哭诉道，你咋这么狠心，把我扔这儿就不管了，让我一个人没着没落，担惊受怕！说着，抽出手来在苏大少爷的胸前打了两拳。
  苏大少爷将卢芳搂在了怀里，连连说，卢芳，对不起，实在是对不起，我向你道歉！咱们坐下来慢慢说。
  卢芳擦了下脸上的泪水，抽泣着把苏大少爷拉到沙发上，然后就去给他沏茶。沏好了端过来，放到沙发前的茶几上，坐到他的身边，说，还有两天就两个月啦！你知道我是咋过来的吗？
  苏大少爷解下围巾放到沙发说，我知道你一个人不易，我再次向你道歉！有点儿原因，送你过来后我就去了长春，直到前几天才回来。少游也不在沈阳。

卢芳停止了哭泣，两眼直直地看着苏大少爷，问，啥事去那么久啊？

苏大少爷端起茶杯，喝了两口茶，说，找时间我会跟你细说，今天我来找你有个急事求你。

卢芳见苏大少爷一脸的严肃，便说，你说吧，你叫我干啥我都干，只是别把我给忘了。

苏大少爷放下茶杯，说，不会的，你放心。最近东北的局势非常紧张，经过东北民主联军的夏秋攻势，国共两军的形势已经反转，国民党军龟缩在沈阳、长春和锦州，国民党东北保安总司令陈诚在小半年里连吃败仗，惶惶不可终日，地位恐不保，据说卫立煌将取而代之，但谁来了也扭转不了东北的局势，用不了多久东北就会全部解放。

卢芳给苏大少爷又斟了杯茶，说，别急，你边喝边说。

苏大少爷端起茶杯，接着说，我们有内部消息称，国民党为了挽回败局，最近可能要有一系列行动，我们需要确切的情报。所以，希望你能注意观察一下秘书长带回家的文件，把有关军事行动的部署记录下来。这座房子北面的烟囱下面有两块砖活动了，你就把抄写的东西塞在那里面，我每天都会来一次。你不用担心，也不要焦急，只要发现，只管抄下来塞到那里就行。

听着苏大少爷的话，卢芳的脸色开始由红变白，虽然没有说话，但嘴唇却轻微地哆嗦起来。

苏大少爷显然发现了这一点，说，你不用紧张，我也不强迫你非要怎么样，你只是在有机会的时候顺便看看就行。苏大少爷停顿了一下，又说，现在我的身份你大概也明白了，你也不用细问，因为你知道的东西越少对你越好。总而言之，我，也包括你，我们是在为一个新的中国的建立，为一个属于人民的国家的建立而工作，而献身。这些你可能还不太理解，很快你就都会明白的。

卢芳说，可是，秘书长，他，我跟他……卢芳想跟苏大少爷说明她跟秘书长的关系，可是又不知怎样说好。

苏大少爷看了眼手表，打断了卢芳的话，说，卢芳，你不用说，我什么都清楚，都明白，你就按我说的做就行了。我没有时间了，还有事要办，必须马上走了。说着，放下茶杯，站起身来。

卢芳也跟着站起来，两眼中含着泪水，极其不舍。

苏大少爷伸手拍了一下卢芳的肩，说了声再见，转身离开客厅，快步出了屋子。

卢芳跟出来，站到门前台阶上的时候，已经不见了苏大少爷的身影。

这些日子秘书长每天回来得都很晚，甚至都不回家吃饭，回来后就一头扎进书房研究材料看文件。卢芳便泡好了茶给秘书长端进去，他只是冲卢芳点点头，也不说什么。卢芳能感觉到，秘书长的心情不太好。但秘书长是一个很有城府，又能够控制自己情绪的人，所以，虽然有时会皱着眉头唉声叹气，但却并不对卢芳多说什么。自从苏大少爷来给卢芳交代了让她注意一下秘书长每天带回来的文件后，卢芳每次进书房给秘书长送茶都留心观察，或者瞥上一眼。秘书长的公文包就随手放在红木写字台上，文件也都是随意地散放在写字台上，但秘书长在上楼睡觉的时候，他都会将文件整理好放进公文包，然后带到楼上的卧室里，第二天早上再拎下来，吃完早餐拎着上班。卢芳几乎是没有机会偷看到文件，为此，卢芳很着急，她一直想着，苏大少爷每天都要到房后来一趟，每天都是希望着而来，又失望着而归，这让她情绪有些失控。

这天晚上，秘书长回来的时候喝了酒，似乎没有喝多，但说话显得有点儿迟钝，脚下也有点趔趄，卢芳扶着他进了洗浴间。半个小时后，卢芳又扶着换了蓝色睡衣的秘书长去了书房，过了一会儿，把沏好的茶端了过去。卢芳在往书桌上放茶盘的时候，看到桌上散着几份文件，其中一份文件头上写着"关于一举歼灭盘踞海岫一带的共军辽南独立师的军事布署"的字样。从书房出来后，卢芳突然想起，三妹跟高团长不就是辽南独立师的独立团吗？这一下把卢芳吓出了一身冷汗，她立刻就想，得把这个文件的内容弄清楚，马上传递给苏大少爷。

卢芳感到脸上发热，心怦怦直跳，从书房出来，回头看了秘书长背影一眼，悄悄地走到房门口。门外，路灯照着院门前的柏油小路，路边有残留下来的积雪，灰秃秃的，很难看。远处的大街上虽有灯火，却并不通明，只有往来的汽车和行人给初冬的沈阳带来些微的生气。卢芳让心渐渐地平静下来，然后故意将毛衣的扣子打开，露出里面的粉色衬衣。在往书房走的时候，又将头发拽了几下，显得有些凌乱。

卢芳来到秘书长身后。秘书长靠在高靠背皮椅子上，一边喝着茶，一边看着文件。卢芳的身体贴在了椅背上，然后伸出两只胳膊，从后面轻轻地环住了秘书长的脖子。

秘书长端着的茶杯不由得哆嗦了一下。低头看了一下卢芳的手，嗔怪道，水，茶水，洒我身上啦！

卢芳嗲声嗲气地轻轻地说，还工作啊，多久啊？

秘书长反问，有事儿？

卢芳娇喘着说，我想要。

秘书长扑哧一声笑了，说，几天前不是刚刚做过吗？

卢芳嗯了一声，却说，那人家也想要。

秘书长说，好好好，你先松开手，我把茶杯放桌上。

卢芳欢快地笑道，太好啦！说着，松开环着秘书长脖子的两只胳膊，向前一跳，站到了秘书长的侧面。

　　秘书长把茶杯和文件放到了桌上，然后站起来，转过身来搂住卢芳。秘书长显然很高兴，卢芳主动地挑起性事对他无疑是一种刺激，他搂着卢芳上了二楼。这一次可能是喝了酒的缘故，秘书长坚持了很长时间，然后就疲惫不堪地仰面倒在床上，搂着卢芳呼呼地睡着了。

　　卢芳轻轻地挣脱了秘书长的两只胳膊，翻身下床，又给秘书长身上盖好被子，然后轻轻地下了楼，将那份文件的要点抄下来，收好了，重新回到楼上。秘书长仍然呼呼地睡着。

　　第二天早上，卢芳注意到秘书长在走进书房，一眼看到桌上散乱的文件的时候，立刻回头往书房外看了一眼，低头停顿了一下，立刻将文件收拾好塞进公文包。来到餐厅吃饭的时候，秘书长在卢芳的脸上盯着看了一会儿，然后说，小卢，我昨晚喝多了，有什么闪失没有？

　　卢芳低头腼腆地一笑，说，没有啊！昨晚你表现得太好啦！

　　秘书长也笑道，是吗？那以后我继续努力，你可不许厌烦哦！

　　卢芳瞪了秘书长一眼，说，我才不会呢！

　　秘书长吃完早餐拎起公文包出门走了。

　　卢芳看见他上了黑色的小轿车，回到客厅里，一屁股坐到沙发上，头靠到沙发背上，闭上两眼，长长地出了口气。半个小时后，卢芳披上大衣，四下里看了看，没有人，便悄悄走到屋后，将抄好的文件塞进了那两块活动的砖缝里。

　　过了三四天，上午的时候，突然来了两个自称是国民党东北保安司令部特务科的人，一个脸色偏黑，另一个有点儿瘦，说是例行调查，随便看看。他们先是楼上楼下看了一遍，然后才坐到客厅的沙发上。卢芳给他们沏了茶后，他们就让卢芳坐在他们对面，隔着茶几向卢芳问话。

　　脸色偏黑的特务一边悠闲地喝着茶，一边漫不经心地问，你跟秘书长是咋认识的？

　　卢芳没有准备，不知道怎么回答才好，想了一下，只能实话实说，通过我的一个朋友。

　　脸色偏黑的特务紧跟着问，叫啥名？在哪儿工作？

　　卢芳说，我不知道他叫啥名，只知道他姓苏，大家都称他苏大少爷。瘦子特务问，是东北大学的那个？

　　卢芳沉吟一下，没吱声。

　　脸色偏黑的特务扭头问瘦子特务，东北大学的谁呀？

　　瘦子特务问，东北大学的高才生，毕业后留校任教，在沈阳挺有号的。

脸色偏黑的特务哦了一声，道，你说的是秘书长的那个学生吧？家是苏家屯的，那我知道了。说着回过头来又问卢芳，你咋跟他认识的？

卢芳这时已经意识到了这里面隐藏着的危险，不能随便乱说，便道，是在镇子里吃饭时认识的。

脸色偏黑的特务问，哪个镇子？卢芳道，镇海寺。

脸色偏黑的特务问，这么老远，苏大少爷为啥给你介绍到这里来呢？

卢芳说，我是从家里逃出来的，我得找个工作，便求到苏大少爷，正好赶上秘书长家里用人，就把我介绍过来了。

瘦子特务问，苏大少爷经常到秘书长家来吗？

卢芳说，没见过他来。

瘦子特务问，他把你送来了就没再来看过你？

卢芳摇摇头，说，没有。

瘦子特务问，那秘书长家都什么人常来？

卢芳说，没人来，他每天回来得都很晚。

脸色偏黑的特务放下茶杯，站起来，说，好吧，咱们就聊到这。跟秘书长不用说我们来过的事儿。说完，跟瘦子特务一起走了。

晚上秘书长回来后，卢芳就把两个特务来家里的情况说了一遍，秘书长听了脸色就变了，骂道，浑蛋！一群混蛋！居然怀疑到我身上来了。说完，气冲冲地进了书房。

卢芳连忙沏茶，给秘书长送过去，看了一眼秘书长，问，出啥事儿了？

秘书长接过茶杯，欲言又止。喝了两口茶后说，没事，没事，你忙去吧。

卢芳从书房里退出来，刚要坐到客厅的沙发上，就听秘书长在叫她，连忙又走了回去。秘书长这时已经从椅子上站起来，手里还端着茶杯，虽然身体对着卢芳，眼睛却看着别处。秘书长似乎在思索着，过了好一会儿，突然扭过脸来对卢芳说，你马上去找一下西坡，就说我说的，他现在的处境很危险，让他立刻离开沈阳。

卢芳一下子紧张起来，咋回事？谁要危害他？

秘书长说，这个你不用细问，你按我说的办，事不宜迟。

卢芳着急地说，可是，我不知道他在哪儿？

秘书长说，你先去东北大学，如果不在，你就去少游的那处房子，找到少游就能找到西坡。你坐公交车去，我给你写个详细的去这两个地方的乘车路线。

卢芳换好了衣服，将秘书长写好的乘车路线揣进衣兜里，揣了一沓九省流通券，脖子上搭了条毛线围巾就匆匆地出了门。

苏大少爷没在东北大学，卢芳便去了杨少游的那处房子，门锁着。卢芳干着急，想不出别的办法，便坐在楼下的水泥楼梯上等。天虽然已经很晚了，但外面却是灯火明亮，感觉这冬天的夜晚似乎并不寒冷。大约半个时辰的样子，卢芳突然听到两个男人一边唱着什么歌，一边朝门洞走来。从歌声里卢芳感觉到这两个人肯定是喝酒了，歌唱得不整齐不说，歌词好像也记得不清楚，东一句西一句的，不时地还夹杂着哈哈的笑声。卢芳不由得警惕起来，她担心这两个醉鬼奔她这里来，便站了起来，往楼上一步步地退着走去。可是，卢芳担心的变成了现实，那两个人果真地进了这个门洞，好像是搂肩搭背地也一步步地朝楼上走来。吓得卢芳转过身去赶紧往上跑。刚跑了两步，卢芳突然觉得其中一个人像是苏大少爷，便立刻停下来，倾耳细听，果然是苏大少爷，便叫了一声，苏大少爷！是你吗？

楼下的人一惊，啊了一声，问，你是谁啊？卢芳说，我是卢芳啊！

楼下的人一听，三步并作两步地跑了上来。卢芳一看，果然是苏大少爷，便一下子扑了上去。

苏大少爷伸出双臂接住从上往下扑过来的卢芳，然后紧紧地搂住卢芳，惊喜地问，卢芳，你怎么上这儿来了？

身后的杨少游说，赶紧进屋，进屋里说话。说完，在前头开了门。苏大少爷随后拥着卢芳进了屋。

苏大少爷吩咐杨少游赶紧沏茶，然后让卢芳坐到红木椅子上。没等苏大少爷问，卢芳便着急地把秘书长的话说了一遍。说完，卢芳急着说道，咋办，你赶紧逃跑吧？

苏大少爷笑道，别急别急，先喝茶，让我想想。

杨少游将沏好的茶端到桌上来，苏大少爷递给卢芳一杯，自己端起一杯，一边喝着一边说，卢芳啊，你立了大功啦！四天前你的情报让驻扎在海城的辽南独立师躲过一劫，国民党第二十五军五十二师奉命奔袭我辽南独立师，企图一举将其围歼在海城。得到你的情报后，辽南独立师及土改工作队立即转移到东部山区，让敌人扑了个空。所以，刚刚接任陈诚的东北"剿匪"总司令卫立煌非常恼火，下令彻查泄密事件。

卢芳并没有为什么立了大功而高兴，而是劝苏大少爷赶紧逃跑。

杨少游也说，看来事情一定是很危急，不然老师也不会让卢小姐连夜来给你送信。我看，你马上就离开沈阳吧，以免夜长梦多。

苏大少爷说，可是去哪儿呢？苏家屯我是不能回的，他们真的要想抓我一定会去那里的。

杨少游想了想说，我看你去卢小姐家吧？因为她也不能再回老师家了，你正好带着她回她家躲一阵子再说。

苏大少爷看着卢芳，问，去你家能行吗？

卢芳迟疑了一下,说,其实,我逃出来就不想再回去的,但是你觉得只有这个办法的话,我就陪你回去。

杨少游说,那事不宜迟,我去找朋友给你们弄辆小汽车,你俩在这儿等我。说完,急匆匆地走了。

苏大少爷和卢芳乘坐杨少游找来的黑色小轿车赶到宋屯卢四家的时候,已经过了午夜。

第二天下午,方七爷知道卢芳回来了,便让管家吕先生来请大家去镇海寺大酒楼喝酒,一是为卢芳和苏大少爷接风,二来三姊妹相聚不容易,祝贺一下。但高团长说,现在正是东北局势进入最关键的时刻,情况比较复杂。另外,苏大少爷和卢芳刚从沈阳逃离出来,不宜在外露面,还是在家里办吧。

方七爷说,也好,那就让厨师做好了送过去。吕先生便去酒楼安排。傍晚的时候,王二拉着方七爷和酒楼做好的饭菜,还有两坛子腾鳌老窖,去了卢四家。

进了堂屋,方七爷一眼看到了卢芳,他冲卢芳笑了笑,但没有说话。

卢芳的脸立刻就红了,没敢正眼看方七爷,连忙低了头。

方七爷随后看到了卢芳身后的苏大少爷,便上前几步,握住他的手说,辛苦啦!苏大少爷!感谢你对卢芳的照顾,今个儿我陪你多喝几杯啊!

苏大少爷笑道,哪里哪里,七爷外道了,应该的,不值一提。倒是卢小姐机智果敢,临阵不慌,送出情报,解救我辽南独立师于危机之境,我们都要敬卢小姐几杯才是啊!而且在七爷的组织策动下,不久前刚刚完成的浑北大劫狱,成功地将高团长和蔡警卫员解救出来,震撼了整个沈阳和东北,我要向七爷和高团长祝贺啊!

方七爷连说,过奖,过奖,我也只是尽了自己的一份微薄之力而已。

卢四对卢云和卢芳说,赶紧把酒菜接过来,摆桌,一边喝酒一边说。

卢云和卢芳从王二手里接过酒菜。卢云扫了一眼满屋子的人,说,一个桌子不够用啊!

卢四说,你把厢房里的那个旧案子搬过来,擦干净了与八仙桌接上。

高团长说,我去搬。对啦,苏大少爷给我搭个手。

宴席很快就弄妥了。大家坐好后,田镇长还没到,方七爷说,也可能是有啥急事,但肯定能到。方七爷看了看卢四,然后对高团长说,请高团长给我们说几句,然后大家就开喝。

高团长说,还是七爷说,酒菜都是你带来的,所以,你是东家。

方七爷说,别介,我一介草民,哪里轮得上我说呢?

高团长哈哈一笑,说,那好,我来提议一下。眼下中国是多事之秋,不过,我看国共两党两军之争就要透亮了。不要低估了东北战局,它在某种程度上将决定中国未来。我这几个月不在部队,具体情况不清楚,咱们先喝两杯,然后请苏大少爷给我们讲一讲东北的局势。我们现在都成井底之蛙啦!但今天的主题还是如七爷所说,为卢芳和苏大少爷接风洗尘,尤其是他们的情报让辽南独立师躲过一劫,避免了重大伤亡,值得祝贺。来,大家一齐干一杯!

大家都站了起来,相互碰杯,然后喝了杯中酒。

重新斟满酒后,高团长提议,请苏大少爷讲一讲东北的局势。大家一齐鼓起掌来。

苏大少爷似乎有一点腼腆,他一边环视着大家,一边点点头,然后才说,在座的除了卢氏三姊妹都是我的前辈,按说是没有我说话的资格的,但高团长高看我,我就简单说几句,也只是我的感觉和印象而已。我这些年一直都在沈阳,东跑西颠的,也没干什么正事儿。苏大少爷顿了一下,接着说,据我所知道的情况,自今年春夏之交始,东北民主联军转入战略性反攻,在长春至沈阳段和沈阳至吉林段铁路两侧地区歼灭国民党军8万余人。进入八九月间,东北民主联军又集中9个纵队的兵力发动秋季攻势,歼灭国民党军近7万余人,攻克城市15座,从而掌握了东北战场的主动权。目前,国民党军主力主要集中在沈阳、长春和锦州,据说,东北民主联军正在积极准备冬季攻势作战,形势非常有利于我方,东北全境解放的时间已经指日可待了。我大概就知道这么多,讲得不一定对。

高团长带头鼓起掌来,说,讲得好,简单明了。我听了既受鼓舞,又十分着急,伤已经好差不多了,可是到现在也没有上级的命令,再晃悠半年,菜也凉了,就没我啥事儿啦!来,喝酒吧!

大家听了一齐笑了起来,都端起酒杯,大口地喝酒。

酒过三巡,田镇长来了。田镇长跟苏大少爷没见过,两人寒暄后,接着喝酒。这酒由于田镇长的到来,不断地掀起小高潮。

酒后回到东屋,卢秋和卢云便问卢芳怎么想起来要出逃到沈阳去,也不回家跟爸妈说一声,让家里人为她担惊受怕。

卢芳便说,也是一时兴起,就是想换一种活法,所以就趁着七爷不在家,去苏家屯找苏大少爷。卢芳接着又把这小半年在沈阳的情况说了一遍,让卢秋和卢云唏嘘不已。

48. 错 位

  1948年春节居然不太冷,这在辽南是少有的。腊月二十九下了一场雪,不太大,之后就一直是艳阳天,那点积雪没几天就所剩无几了。
  这样的天气让卢秋感觉很舒服,不但行动自如,而且干点杂活什么的,包括帮着母亲做饭都没问题,心情也随之大好。刚患病的时候,卢秋是打心里恨田镇长,无论他咋解释,她就是不能原谅他,她无法理解自己已经明确跟他了,他咋还能跟另一个女人发生关系,既然都能做那事儿,怎么能说是喝多了呢?这又让卢秋想起大家传说的关于田镇长在部队上所犯错误方面的事儿,看来并非谣传。可是他那一脸无辜的样子又让卢秋难以置信,在小半年的日子里,关于这件事情,卢秋就是在一会儿相信,一会儿否定中度过的。但卢秋听卢云说,入冬的时候,有人在镇上看见过于委员,她确实是挺着个大肚子,脸上长满了雀斑,而且很黑。卢秋对这话不置可否,她不愿意在心里面确认它,让它就像耳边风一样迅即飘散。
  卢云倒是对田镇长有好感,她对卢秋说,管它有没有那事呢,只要他对你好,对你一片真心,你就跟他。田镇长多潇洒啊,文武双全。老张就一工人,太老实了,就知道干活,连话也不会说。
  卢秋却始终不吐这个口。
  田镇长一如既往地过来看望卢秋,对于委员大有听而不闻、视而不见的意思。虽然田镇长主要在"天道匠心"工作,人员也增加了好几个,但偶尔他还是要去镇政府的,所以,田镇长和于委员也是见过几回面的。两个人谁也不跟谁说话,甚至连招呼也不打。于委员不再像从前那样低三下四的,而是高昂着头,在肚子有形了之后,还特意地将肚子向前腆起来给田镇长看。田镇长到卢家也不都是跟卢秋说话，经常是跟卢四、卢四老婆闲聊。高团长来了之后，田镇长就更多地跟高团长喝点酒，谈谈东北局势什么的。

老张偶尔也来，但老张基本上不跟卢秋说话，有限的几句也是跟卢四搭讪，他就是弯下腰来找活干，仿佛不干活在卢家就待不下去。他跟田镇长碰上过几次，也只是打个招呼，然后就埋头干自己的活。

苏大少爷和卢芳在腊月二十二，也就是小年前一天被杨少游接回沈阳了。那天，杨少游坐着送苏大少爷和卢芳来宋庄的那辆黑色轿车，一脸的兴高采烈。杨少游说，国民党军现在完全地收缩在沈阳城里，不敢轻举妄动，沈阳城已经不是国民党的天下了。所以，组织上命令苏大少爷立刻回沈阳接受新的任务。卢芳提出要跟苏大少爷一起回沈阳，苏大少爷虽然知道卢芳是铁了心要离开方七爷，而且自从回到宋庄也没有再去方七爷家，但他还是有点儿说不清楚的顾虑。上次去沈阳，卢芳毕竟是自己逃离去的，但这次跟他走等于是他把卢芳带走的，这让苏大少爷犹豫不定。

在苏大少爷和卢芳相持不下的时候，高团长说话了，这个事儿，我看尊重卢芳本人的意见吧！她这么年轻，中国的解放事业正迅猛地向前发展，正是她这样的年轻人投身其中建功立业的时候，窝在家里当姨太太有啥出息呢？而且七爷的态度也很明确，不干涉卢芳的选择。就这样，卢芳坐上那辆黑色轿车跟着苏大少爷回了沈阳。

正月十五前两天，田镇长拎着两瓶镇海寺老烧锅、一只烧鸡来了。田镇长进了堂屋就跟卢秋和卢云说，弄几个菜，庆贺庆贺。

卢云问，庆贺啥？你是官复原职，还是又高升啦？

田镇长笑了笑，你说的沾点边儿。一会儿喝酒的时候告诉你。高团长呢？

卢云道，跟小蔡在厢房研究地图呢。

田镇长愣了一下，研究地图？想打仗？他也没有兵，打哪儿的仗啊！

卢云笑道，我也是这样说的。这小蔡也不知从哪儿弄来一张东北地图，这几天，团长是天天趴在地图上，画来画去的，口中还振振有词儿，好像他是林总似的。

田镇长也哈哈地大笑起来，然后出了堂屋奔了厢房。果然，高团长趴在那张旧案子上，聚精会神地研究着一张黑白地图。田镇长凑过去，说，高团长，这么下功夫研究，有何高见啊？

高团长扭头一看，哦，老田呀！然后直起腰来，叹口气道，我这是真正的纸上谈兵，当游戏玩呢！

田镇长掏出一盒纸烟来，抽出两支，递给高团长一支，小蔡拿起案子上的一盒火柴，上前给高团长和田镇长点着了。

田镇长一边抽着烟，一边说，你研究的这些虽然不见得能用上，不过也不白研究，能沾上边儿。

高团长有些懵懂，问，沾什么边儿啊？

田镇长道，你老兄总算是熬出头了，而我不知道还要等到什么时候啊！

高团长说，咱俩还不是都一样！这东北的形势已经基本明了，国民党军大势已去，我看离决战的时刻也不远啦！所以啊，咱俩恐怕是都赶不上啦！

田镇长道，那你也是比我强啊！说着，从衣服的下兜里掏出一张纸递给高团长。

高团长打开一看，是辽南省委和辽南军分区联合下发的一份干部任免名单，其中有一条是任命原辽南独立团团长高岘山为鞍山市公安局局长，免去辽南独立团团长职务。高团长咕噜了一句，鞍山市公安局，还局长？那是管理社会治安的，我哪懂那个呀！这不是张冠李戴吗？

田镇长道，所以我说沾边嘛。走，喝酒去，庆贺一下。

几个人到堂屋坐了一小会儿，菜就弄好了。坐到桌上后，田镇长便向大家公布了这个任命。

卢云听后，立刻从凳子上跳了起来，说，团长当了局长，那我和小蔡呢？怎么没有咱俩的事儿呢？

田镇长说，你俩不够级啊，哪里上得了这个文件啊？

卢云就扭头问高团长，团长，我们俩咋办？

高团长笑道，这还用问，我是局长，我说了算啊，你俩就跟着我走呗！还能没事儿干？

卢云和小蔡以及其他人都笑了起来。

第二天一早，天还没亮，方七爷让王二驾着马车送高团长、卢云和小蔡去鞍山，天刚擦黑就到了。

此时鞍山市委还没有正式建立，辽南一地委的组织部长在临时政府办公楼接待了高团长一行。部长简单地向高团长介绍了鞍山的情况，以及当前的任务：鞍山是1948年2月19日解放的，这也是鞍山的第三次解放，真正意义上的解放。鞍钢是东北最大的，也是全国最大的钢铁工业基地，钢产量占全国的百分之九十多，恢复鞍钢生产成为中共东北局工作的重中之重，也是决定解放战争胜败之关键因素。回头我安排人带你去鞍钢转转，熟悉一下情况。总体来讲，现在的鞍钢可以说是满目疮痍，七零八落，残破不堪。日本投降的时候就留下预言，鞍钢只能种高粱了。国民党接收鞍钢后，生产不但没有恢复，反而被国民党接收大员、土匪、社会闲杂人员等弄走了大量器材。现在有一些鞍钢工人自发的护厂队在日夜不停地看护着鞍钢，但力量还是很薄弱。另外，市区东部的矿山问题很多，也很急迫，日本人投降时破坏就很严重，现在，国民党残余、土匪和当地恶霸活动猖獗，直接影响了矿山的恢复生产，需要采取措施，确保矿山迅速修复和恢复生产。市区的社会治安也很成问题，国民党残余、土匪等在市区及周边活动频繁，绑架、打黑枪的案件时有发生。公安队伍我们是临时凑了些部队人员和旧有的政府警察，需要下大力整顿和训练，所以，你的压力还是不小的。不过，我们会全力支持你，人力、物力，包括武器装备，你需要什么就给我提。

高团长三人当晚被安排在东山脚下被称为"台町"的一片日本建的小白楼别墅里。这一段时间，全国各地驰援鞍钢恢复建设的干部和技术人员大都被安排住在这里。

第二天一早，高团长带着卢云和小蔡，在公安局政治部主任陪同下，乘坐一辆从国民党手中缴获的破旧美军吉普先去了鞍钢，与鞍钢领导见了面，又与工人护厂队的负责人聊了聊，然后在厂区各处转了转。吃过午饭后，他们又接着把市区大致地转了一遍，太阳即将落到鞍钢后面去了的时候回到公安局的一栋红砖小楼。

两天后的上午，高团长与公安局各部门负责人进行谈话，下午召开干部大会，听取了大家对目前工作的看法和建议，制订了一个近期工作的方案，将工作全面展开。之后，高团长与部队联系，要来大批武器装备，为公安人员全部配备了武器，又将鞍钢工人护厂队改建为民兵，也是全部配备了武器，加强鞍钢的专门防卫和社区武装巡逻，对社会不法人员进行有效管理和打击，社会治安迅速好转。让高团长不满意的是矿山治安，因为矿山面积太大，各个矿又比较分散，派去警察发挥不了什么大的作用，还经常受到国民党残余、土匪和当地恶霸袭扰。

高团长已经转身成为高局长了，他把小蔡安排到治安科当了副科长，卢云则到了秘书处，负责文件转发和领导们的日常工作协调等杂务。

1948年9月，东北野战军发起辽沈战役，向龟缩在长春、沈阳、锦州等地负隅顽抗的国民党军展开全面进攻，辽南独立师等地方部队也都调往锦州参加会战。

这天傍晚，高局长把卢云和小蔡找到家中喝酒。现在，高局长是自己住了那栋他们刚来时住的二层小楼的一半，有个保姆打理他的日常生活。卢云和小蔡在来鞍山不久后就都住到单身职工宿舍去了。

卢云进门还没看见高局长就一边换拖鞋一边喊，局长，啥喜事啊，请我们喝酒？

高局长哈哈笑着迎出来，说，不急，等喝酒的时候再公布。

卢云进了客厅，扫了一眼，怎么，小蔡还没到？太没有组织观念了，团长，这你可得批评批评他，不然就翘尾巴啦！

高局长一边沏茶一边说，卢云同志，你是不是对蔡副科长有意见啊？

卢云说，我就是对他有意见。原来对我是客客气气的，自从当了副科长，见我一副爱答不理的样子，气死我了。

高局长给卢云倒了杯茶，说，还有这事儿？那今晚他来了我可得批评批评。

卢云接过茶杯，说，对，狠狠地批，替我出出气。

高局长正色道，哎，我可不单是为你出气啊，我这是为了工作。

卢云捂着嘴咯咯地笑起来，团长，只要你批评他，为了啥都行。

卢云话音刚落，小蔡就进来了。小蔡手里拎着用纸绳捆着的四瓶"辽阳老白干"，笑呵呵地跟高局长打招呼，局长好！我来晚了，不过有原因，说着将手里拎着的白酒往前提了提，我绕了个弯买酒去了。

卢云一拍大腿，感叹道，团长，我明白啦，小蔡为啥提拔得快，他比我会拍领导马屁啊！

高局长连连喷声道，说说就下道了，这咋能说是拍领导马屁呢？这说明人家蔡副科长工作细心，想得周全。

卢云嘴一撇，道，团长，我发现你自从当了局长后变了，原来是直来直去，现在拐弯带抹角，说话越来越艺术了，越来越像领导了。

小蔡道，卢云你这就不对了，有意见直接提嘛，怎么能讽刺挖苦领导呢？

卢云两眼瞪了起来，说，蔡副科长，越说你还越来劲了是不？我就是对你有意见，自从当了副科长后，架子就大了，见了我都一副爱答不理的样子，好像我给你丢人似的！

小蔡立刻严肃起来，道，什么时候啊？什么时候我见了你爱答不理的？过分啦啊！

他俩这边拌嘴，高局长坐一边喝茶，一直没吱声，这时，保姆过来跟高局长说，局长，菜都做好了。

高局长说，好好，端上来，咱们一边喝酒一边说话，有啥不满意的都可以提。说完，高局长起身往餐厅走去，小蔡跟在后边，卢云则转身去了厨房，帮保姆端菜。

长条形餐桌上摆了四菜一汤，两瓶"西凤"酒。高局长招呼两人坐下，然后打开一瓶"西凤"，对小蔡说，这个比你带的好，咱们喝好的。

小蔡说，那是，八大名酒之一啊！说着，接过酒瓶，先给高局长斟上，然后给卢云和自己斟上。

高局长端起酒杯，说，你们俩都是我的老部下，跟着我出生入死，所以，我们今天的胜利是来之不易，值得我们共同珍惜。这第一杯酒，就为我们的生死之交，干啦！怎么样？

小蔡和卢云齐声叫好。三个人一齐干了杯里的酒。小蔡连忙起身斟第二杯。

高局长再次端起酒杯，说，因为第一个原因，所以，你们必须精诚团结，互相帮助，工作上、生活上，都要做到这一点。这是我提议的第二杯，来，干啦！

小蔡第三次起身斟酒的时候，卢云说话了，团长，我刚才是随便说着玩的，不是真的对小蔡有意见。

高局长没理会卢云的话,而是说,先吃点菜,然后我提议第三杯,这杯最重要。说着,带头吃起来。一边吃一边说,刘嫂这菜做得还可以吧?

卢云和小蔡挨个尝了一遍,齐声说,啊,不错,真的不错!

吃了一会儿,高局长又端起了酒杯,说,我知道的,你们之间的感情跟我是一样的,所以,这第三杯我提议,你们两个近日结婚。

高局长这个提议如同一声炸雷,在餐厅里,或者应该说是在卢云和小蔡的心中和头上炸响,两人端着的酒杯僵在了胸前。小蔡微微扭头瞥了左边的卢云一眼,卢云则是两眼直直地看着高局长。餐厅里似乎一下子空寂了,没有了人的生息。

高局长将卢云和小蔡挨个看了看,说,怎么,感觉惊讶?这样吧,先把这杯酒喝了,然后我再细说此事。说完,将杯里的酒倒进了嘴里。放下酒杯,一看,卢云和小蔡都端着酒杯僵在那儿,谁也没喝。高局长道,怎么回事?喝呀!

卢云这时将酒杯往餐桌上用力一蹾,酒溅了一桌子。卢云仿佛没看到,不管不顾地说,团长,你也太霸道了吧!小蔡咋回事我不管,跟我没关系,但我的婚姻我说了算,你咋能既没跟我商量,也没征求我的意见,就擅自安排我的婚姻呢?

高局长说,这个事情不是有个前因后果吗?所以我要为你们负责。

卢云反问道,啥前因后果?你对我负责啥?

高局长道,我们俩的事情小蔡从头至尾都知道,我就不多说了。当初我是喜欢你的,也想将来能娶了你。可是现在,我的身体出了问题,我没办法再娶你了。把你交付给谁呢?只有交付给小蔡,也只有交付给小蔡我才放心。

卢云说,团长,婚姻不是打仗,打仗的时候我们都要服从你,但婚姻之事我自己说了算。你不能把我交付给谁,这事儿我自己说了算。

高局长一拍桌子,叫道,放肆!虽然我不是你的团长了,但我还是你的局长。你为我牺牲了那么多,我能不为你负责吗?

卢云嚼了一下嘴,端起酒杯,将剩下的酒一口喝了,端着空酒杯指着高局长也叫道,团长,你听好了,以后我不会再说了,我爱的是高岘山,不是小蔡,蔡副科长。听清楚了吗?说完,站起来,拿过酒瓶,给愣在那里的高局长斟满了,说,团长,你乱点鸳鸯谱,罚你三杯,但不让你自己喝,我陪你喝。说完,给自己的杯里也斟满了酒。

高局长被卢云这一通抢白弄得有点发愣,不由自主地端起酒杯,说,好好好,咱们先喝三杯再说。不过,这事儿你们必须听我的。

卢云站在高局长身边,说,喝酒,三杯。高局长与卢云连干了三杯。

喝完了酒,卢云回到座位上,两眼发直地往窗外看着。窗外是几棵光秃秃的槐树，再远处是掩映在树木中的一栋挨一栋的一个样子的日本洋房。突然，卢云一头扑到桌子上，大声地哭泣起来，肩膀和后背激烈地抽搐着。

高局长看了小蔡一眼，一时间有点儿手足无措。小蔡更是咧着嘴不知如何是好。高局长站起来，在桌前走了几步，对小蔡说，你打电话，跟局里要辆车，把卢云送回宿舍吧。

话音未落，卢云却一下子抬起头来，说，我不走，我要喝酒，我要一醉方休！

那天晚上，高局长和小蔡都拦不住卢云喝酒，卢云真的喝醉了，就睡在了高局长家，第二天上午太阳老高了才醒。醒来之后，卢云趴在床上接着哭。

两个月后，卢云和小蔡结婚了。卢云甚至没有告诉家里人，她和小蔡摆了一桌酒席，只请了十几位公安局里的同事，高局长主持了他们的婚礼。两人住进了高局长为他们要的八卦沟一带的日本人建的二层白楼中的两小间，不到二十平方米，两家合用一个厨房、一个卫生间。

49. 逃 逸

　　田镇长不屈不挠地一再坚持，还是起了很大作用，卢秋虽然没有明确吐口，但对田镇长的态度却是有了显然不同，不但说话了，有时还开些玩笑。可是让他们没想到的是，去年年底，于委员生了一个女孩，谁看了都说长得像田镇长，白净秀气，与母亲实在是大相径庭。这下子炸了锅了，田镇长甚至连卢家都不敢去了。

　　春暖花开的时候，这天上午，于委员抱着女儿来到"天道匠心"。于委员对田镇长说，不管咋说，你是孩子的父亲，我得让你看看孩子。

　　因为屋子里还有两个员工，田镇长被弄得满脸通红，又不能发火，而且孩子已经被于委员塞进他的怀里了，只好硬着头皮接过来。孩子已经快半岁月了，白净净，胖嘟嘟的，小嘴，直鼻梁，一看就是个美人坯子。一瞬间，田镇长就喜欢上这孩子了，不由得哈哈大笑起来，连说，哎哟，漂亮啊！真漂亮啊！叫什么名字啊？

　　于委员很得意，说，小名叫甜甜，大名等你给起呢！

　　田镇长连忙推托，说，唉，唉，这个不行，我哪里有资格给孩子起名字？

　　于委员两眼盯着田镇长的脸，说，你是孩子的爸爸，你最有资格给孩子起名啦！

　　田镇长立刻语塞，一时间不知如何应答。恰好，这时孩子哭了，田镇长连忙将孩子还给于委员。

　　于委员接过孩子，说，名字起好了告我一声。说完，抱着孩子兴高采烈地走了。

　　田镇长一屁股坐到椅子上，掏出烟来，点着抽上，然后让陈姐给他沏壶茶。陈姐沏好了茶，给田镇长端到桌上来，笑着说，田镇长，真有福气，这孩子多俊啊！

　　田镇长浓浓地吐出一口烟，抬起头看着陈姐，生硬地说，好，你抱回去？

陈姐一愣，马上笑道，真的？你舍得？

田镇长喝了口茶，说，我舍得有什么用？那得于委员舍得才行。

陈姐一听，田镇长没好气了，连忙闭了嘴。

卢秋似乎是有意要与田镇长作对，或者跟田镇长置气，在听说于委员生了一个漂亮女孩后，突然宣布跟老张结婚了。新房就是卢家东屋三姊妹的闺房，也就是说，倒插门，老张入赘到了卢家。

田镇长被逼上了绝路，连着几天，闷在店里，一个人，一边抽烟，一边喝闷酒，跟谁都没话。窗户开着，阳光直接照在窗前的长条木桌上。田镇长就坐在长条木桌前，桌上摆着三个镇海寺的土特产，一罐镇海寺的小烧锅。田镇长自斟自饮，连筷子都不用，用手捏着吃。

陈姐，还有两个年轻一点的员工，一个小伙，一个姑娘，谁也不敢上前，都只能是回避，或者躲出去办些杂事。

上级对田镇长的工作始终没有安排，卢秋和于委员两下里夹攻，田镇长本来就像他的名字一样，智勇双全，这些日子却是脑袋里一片混沌，没有头绪，不知如何是好。于委员抱来的女孩确实打动了田镇长，就那一瞬间，与她的对视，田镇长的心一下子狂跳起来，他完全没有过这样一种经验或想象，一个幼小的，跟自己的身体关联着的生命突然地出现在了自己面前，尤其是她那两只眼睛，小巧的嘴和鼻子，不知道什么地方真的与自己有些相像。当时他就想低头去亲这孩子，但他控制住了自己的情绪，他不想于委员面前暴露自己真实的内心与情感。田镇长当然会想卢秋，他不想责备卢秋，因为他没有资格，他只能是悔恨自己的得意忘形，应了那句古话，一失足成千古恨。田镇长明白，后悔只不过是一种此时喝酒的下酒菜，但咀嚼不尽的却是人生，或者命运的苦涩。

连着喝了三天酒后，田镇长一早再次走进"天道匠心"，把陈姐叫到身边，说，我要出趟门儿，有两件事请你帮我办一下。这封信你下午的时候到镇政府交给李主任。这个袋子里是我近些年积攒的钱，有大洋，还有一些九省流通券，把它交给于委员。

陈姐有些不解，问，我对于委员咋说？

田镇长说，什么也不用说。

陈姐似乎感到了一丝的不祥，紧张地问，田镇长，你这是要上哪去？你不是要离开咱们这里吧？

田镇长掏出烟来，点着了，一边抽着一边不无沉重地说，你什么都别问了，将来你都会知道的。田镇长原地转了一圈，又说，这个店办起来不容易，现在已经在周边乡镇和几个城市有了一点影响，你们要坚持下去，过个三年五载的，一定会搞出名堂的。烟抽完了，田镇长冲陈姐摆了摆手，再见啦！然后转身走了出去。

陈姐先是愣在了那里，突然明白过来，快步追出屋去。陈姐看到的是田镇长大步流星向东街走去的背影，那个略显单薄的背影，在太阳的逆光中暗淡无光。

田镇长当天上午乘火车到了鞍山，很容易便找到了高局长。

田镇长的到来让高局长颇感意外，但听了他的情况后立刻便说，你就留在这儿吧，我正好缺一个你这样的干部。高局长接着说，鞍钢正在加紧恢复生产，而矿山的恢复生产是首要工作，没有矿石就等于无米之炊。但矿山的恢复工作极其艰难，不光是需要大批的技术和管理干部，还需要安全祥和的环境。矿山周围的土匪和国民党军残余势力活动仍然猖獗，加强公安和武装力量已经刻不容缓。前一段我们派了一些警察进入矿山，效果不佳，所以，我正在组建一支二百人的公安武装力量进入矿山。保卫矿山、保卫当地人民生活安定成为我们目前最重要的任务之一。我马上报告市委，任命你为这支公安武装大队的队长，你看如何？

田镇长非常高兴，说，老高，你知道我的，我就愿意带兵，而且我不怕什么环境恶劣，别说是区区的杂毛土匪和国民党军残余势力，就是日本鬼子，正规的国民党军，我见得多了。你放心，给我个半年一载的时间，我要不把矿山安全环境治理得妥妥的，你就拿我人头是问。

高局长大喜过望，用力地拍了下田镇长的肩膀，说，老田，我相信你！

当天晚上，高局长在家设宴，为田镇长接风，并找来卢云和小蔡作陪。酒过三巡，田镇长敬酒祝贺卢云和小蔡喜结连理。

话音未落，卢云却突然说，田镇长，这杯酒就免了吧，你再换个意思。

田镇长一愣，已经送到嘴边的酒杯僵在了胸前，一时不知说什么，便扭头看高局长。

高局长也是一脸茫然，不知发生了什么事。

这时卢云却说，这样吧，我给你出个意思，你就提议祝贺我俩离婚吧！结婚你没赶上，离婚让你赶上了。

高局长放下酒杯，一拍桌子，厉声道，小卢，小蔡，这是咋回事？搞的啥名堂？

小蔡低着头，不吱声。

高局长指着卢云说，小卢你说。

卢云扭过头去，看着高局长，眯着两眼，平静地说，当时我就不同意，是你硬逼着我跟他结婚的。我说过，我不爱他，我爱的是你。卢云停了一下，把端在手里的酒杯里的酒一饮而尽，然后说，我们俩谁都不能适应谁，包括做那事也是，我就不跟你细说了。今天正式向你报告，明天就向局里正式交离婚申请。

这一番话说得高局长和田镇长目瞪口呆，都没了话说。

卢云这时给自己斟满了酒，然后端起来对田镇长说，田镇长，哦，应该改口称田大队长，我敬你一杯，但请你答应我一个请求。

田镇长就像抓到了救命稻草，连忙说，你说，我能办到的，肯定没问题。

卢云道，我申请加入你的矿山公安武装大队，跟你一块儿进矿山。

田镇长又愣住了，这个……一时间不知如何是好，就又扭头看高局长。高局长没吱声，田镇长转而哈哈地笑起来，道，这事儿咱们回头再议，因为我还没上任呢，现在没有资格谈论这个问题。不过酒是要喝的，我也感谢你对我的信任。说着，举起酒杯，跟卢云碰了一下，一口将酒干了。

那天晚上几个人喝了不少酒，但喝得却都不高兴。高局长面对卢云的任性很恼火，却又很无奈。

三天后，市委批准了高局长的报告，田镇长的身份改为了田大队长，在高局长和军区的支持下，很快就组建起了二百余人的矿山公安武装大队，然后六辆军用卡车拉着所有人员和生活物质开进矿山——鞍山城东四十里外的绵延起伏的群山之中。高局长经受不住卢云的胡搅蛮缠，批准了她跟随田队长一同进了矿山。

卢芳跟随苏大少爷回了沈阳便被苏大少爷安排到一家货栈，在柜台前招呼顾客，人则一直住在杨少游的那间闲着的房子里。

这时候沈阳的形势已经完全反转，固守在沈阳城里的卫立煌和国军已成惊弓之鸟，惶惶不可终日，完全失去了统治的感觉和信念。苏大少爷和杨少游他们的活动几乎已经公开，不再是从前那样神神秘秘、躲躲藏藏。

这天傍晚的时候，卢芳刚回到住处，一脚门里一脚门外的瞬间，苏大少爷却站在了身后，吓了她一跳。卢芳一边往屋里走，一边问，啥时候来的？

苏大少爷说，我看着你上的楼啊！

卢芳笑道，我一点声音都没听到。

苏大少爷说，那就对啦！进到屋里，苏大少爷把手里拎着的酒菜放到桌上，说，今晚咱们好好喝一顿。

卢芳脱掉外衣，到洗手间收拾了一番，出来问，今天是啥日子啊？

苏大少爷说，一边喝一边说，你看，这菜都还冒热气呢。说着话，酒菜在桌上摆好了。

卢芳说，天有点儿冷，我把酒烫一下吧？

苏大少爷说，也好，热乎着喝舒服。

卢芳拿来一只小铝盆，从暖瓶里倒了开水，将白瓷小酒壶放入开水中。过了两分钟，拿出来，给苏大少爷和自己的杯斟满酒，然后两眼看着苏大少爷，等他开口说话。

苏大少爷端起酒杯,说,卢小姐,如果从第一次见面算起,咱们相识三年头了,为我们的相识,先干一杯。

卢芳略微沉思一下,然后哦了声,说,你要不说我都没意识到。卢芳颇为感慨,长长地出了口气,便将杯里的酒喝了。

苏大少爷拿过酒壶,给卢芳和自己的杯斟满酒,又说,咱们虽然很少见面,但不影响我对你的信任与好感。尤其是这次你为东北的解放做出了出乎我们意料的贡献,让我对你又有了新的认识,甚至可以说是刮目相看。这一杯啊,报告你一个好消息,我跟少游给东北局打了一个报告,介绍你正式加入隶属于东北局的内务部,成为一名工作人员,具体工作待批复下来后就会安排。

卢芳听了有些激动,因为她成了共产党的一个部门的人了,但她不知道这内务部是干什么的,便问,啥叫内务部?不会是继续当保姆吧?

苏大少爷立即大笑起来,想了想,说,这内务部就是中国共产党的特工部门,也有管理特工的功能,是一个综合性的秘密机构。你去了之后,要注意,处处都要保密。

卢芳脸上现出一丝紧张,说,还是给我换个地方吧?我有点儿害怕。

苏大少爷说,没事的,根据需要,到时候会送你去接受一些基本训练。内务部里有很多部门,不一定让你真的去做特工工作。来吧,咱们再干一杯!两人又是一饮而尽。

第二杯酒喝完后,苏大少爷说,近两天我可能要随东北野战军行动,辽沈战役将要打响,有很多工作要做。所以,这第三杯呢,说是告别酒也可以。

卢芳闻言立刻叫出声来,啊!你走了我咋办?

苏大少爷说,不要紧,少游会关照你的,而且他有可能调到中共沈阳市委工作,不会离开沈阳。

卢芳急切地说,不,我不用他关照,我要跟你走,你上哪儿我就跟到哪儿!

苏大少爷哈哈地笑了起来,说,你马上就要成为组织上的人了,我们的行动都要听从组织上的安排,自己说了不算。来,不说这个,难得今天这样清闲,静心,咱们喝酒。

卢芳端着酒杯,却没有喝,而是绕过桌子走到苏大少爷身边。她的身体慵懒地依靠在苏大少爷身体的右侧,左手轻轻地揽住苏大少爷的左肩,泪水顺着两颊瞬间流淌下来,滴落在苏大少爷的脸上。苏大少爷站了起来,转身面对着卢芳。卢芳仰着头,两眼发红,直盯着苏大少爷。

苏大少爷也颇为伤感,却强作笑颜地说,卢芳,不要这样,我又不是不回来了,我只不过是去执行一项重要任务而已。来，咱们继续喝酒。

卢芳没说什么，举起酒杯，跟苏大少爷碰了一下，慢慢地将酒喝干，然后回到自己的座位上，重新给自己斟满酒，又一口喝干了。

苏大少爷连忙走过去，抓住卢芳拿着酒壶的手，说，卢芳，咱们能不能高兴一些，这么喝酒很快就会醉的。

卢芳似乎没听到苏大少爷的话，两眼呆直，拿着酒壶的手往外挣脱着，说，你不要拦着我，我想喝酒。

苏大少爷两只胳膊从身后环腰抱住了卢芳，然后用力将卢芳拉起来，再扭转过去，搂进了怀里，随后，两手捧住卢芳的脸，拼命地吻住卢芳的嘴。卢芳开始没反应，过了片刻，便用力地从苏大少爷怀里挣脱出来。

卢芳冷冷地说道，苏大少爷，你这是咋啦？你可是方七爷的朋友，有道是朋友之妻不可欺，你这样做，若被七爷知道了，你知道后果会咋样吗？

苏大少爷似乎有些惊讶，他一下没弄明白卢芳怎么突然转变了态度。

卢芳两眼盯着自己手里的酒杯，接着又说，还有一点你可能还不知道，秘书长要了我，而且不止一次。也许你早就想到了，只不过是装作不知道。在你眼里，我没有文化啊，身份低贱啊，等等，这些先不说，最起码，我是一个不洁的女人。所以，你从来就没想碰过我，更不可能考虑其他，你们只不过是在利用我，如此而已。可是呢，我愿意这样，愿意被你们利用，只要能待在你身边，能常常地看到你，我就心满意足了。

卢芳还要继续说，却被苏大少爷再次搂进怀里，然后热烈地吻住。卢芳还想挣扎，但苏大少爷两手将她的头拢住，两人的脸紧紧地贴着，动不了。卢芳放弃了挣扎，任凭苏大少爷热烈地亲昵。苏大少爷的细腻与雅致让卢芳认识到了什么叫文人，他的舌头不断地转换着地方，时而坚挺，时而柔软，有如一条粗壮的泥鳅，在卢芳的嘴里自由潇洒地游走。卢芳不一会儿就感到全身酥软无力，有些站立不住，便紧紧地抱住苏大少爷的腰，以免身体滑向地面。卢芳感觉到了苏大少爷下身的东西硬硬地顶在自己的小腹上，瞬间无法自持了，身体向下坠去。苏大少爷将卢芳一下子抱了起来，一步步地走向那张大床。

被撂在床边后，卢芳又清醒了过来，看着正在脱衣服的苏大少爷说，你不是可怜我吧？

苏大少爷稍微有点儿喘，苦笑地说，我想跟你做爱，但不是今晚，而是第二次见到你的时候。那天我之所以喝多了，就是想有机会跟你做爱，但那天你却走了。第二天我就清醒了，我确实是想到了方七爷。自从你来到沈阳，我的内心就一直矛盾着，我不知道怎样做才对，或者不对。感情这东西，或者说对美的本能的追求是伦理道德很难阻止得了的，所以，现在我不想继续欺骗自己了。

卢芳矜持不住了，从床沿站了起来，两只胳膊搂住苏大少爷的脖子，将嘴伸向苏大少爷。苏大少爷低头再次吻住卢芳，并把卢芳拥到床上，两人搂抱着在床上一阵狂吻。苏大少爷一边吻着，一边抚摸着她，在卢芳的呻吟中，苏大少爷将卢芳和自己的衣服脱去。

云雨之后，两人躺在床上，卢芳内心知道，自己已经离不开苏大少爷了。但第三天，苏大少爷就离开沈阳，去了锦州。

50. 畸 变

田大队长带着卢云和二百多人的全副武装的公安武装大队进入了矿山，负责起清剿土匪及国民党军残余，保卫矿山人民安全，恢复生产的任务。

鞍山市的东部三十里外是长白山的余脉，连绵的群山一直向南有数百里之遥，大量的铁矿石就埋藏在这群山之中。著名的千山就在这里，不过那时是归辽阳管辖。经过几天的了解情况、实地勘察后，田大队长将公安武装大队分成五个小队，又将矿工组织起来，组建了一个有一百多名矿工参加的护矿队，分成十个小组，其中有五个小组配备给公安武装大队的五个小队，因为他们熟悉矿山情况，对公安武装大队的行动起到至关重要的作用。田大队长除了留下一个小队保卫矿部机关，并作机动外，其余四个小队对重要地点、设施进行布控防御，并加强流动巡逻。田大队长还学习古代设立烽火台的方法，将分散的五个重要防御点都建了个烽火台，一有敌情，就点燃烽火，其他小队马上出动增援，减少了重大损失。在田大队长指挥下，多次粉碎土匪及国民党军残余的骚扰，并端掉了两个较大的匪窝，确保了矿区的安全，加快了矿山恢复生产的步伐。寂静残破的矿山迅速地恢复了活力，几个大的矿井的生产正在有序地恢复中。卢云也发挥了很大作用，让田大队长不得不刮目相看。卢云将矿上的妇女组织起来，为矿工们送饭送开水，修补衣帽和工具，为矿工们节约了大量时间，提高了工效。五个重要矿点都建立了矿工食堂和幼儿园，小学校也恢复了上课，矿山逐渐地热闹起来，鞍钢和市里领导对田大队长的工作非常满意。

1948年9月12日，辽沈战役正式打响。东北野战军按照中共中央军委的战略部署，集中了12个纵队和1个炮兵纵队，连同各独立师共53个师，70余万人，发起辽沈战役。首先进行的是攻锦作战，蒋介石急忙调集华北、山东一部分兵力组成东进兵团，并以沈阳主要兵力组成西进兵团，增援锦州。东北野战军在塔山、虹螺蚬一线对敌东进兵团进行英勇阻击，敌西进兵团也被东北野战军顽强阻击于黑山、大虎山北地区。10月14日，东北野战军对锦州发起总攻，经过31个小时的激战，全歼守敌近9万人，生浮国民党东北"剿总"副总司令范汉杰。锦州的解放促使长春守敌一部分起义，其余全部投降。东北国民党军向关内的退路已被切断。蒋介石严令廖耀湘率领西进兵团夺回锦州。东北野战军南北两翼合围国民党军精锐主力新一军和新六军在内的廖兵团，经过两日一夜激战，全歼其十万人，生俘廖耀湘。11月2日东北野战军攻入沈阳、营口，东北全境随之解放。辽沈战役历时52天，歼敌47.2万人。人民解放军从此在数量上也对国民党军有了优势，使中国革命形势发展到一个新的转折点。

1949年春节还有几天就到了，这天中午，高局长代表市委、市政府，带了两卡车的鱼肉蛋和其他食品专程到矿山视察慰问。田大队长带着卢云和一个小队的武装公安人员前往离矿区四五里外的杨家峪迎接。这是田队长和卢云进入矿山以来第一次与高局长见面，既高兴又激动。

卢云抱住高局长的腰就失声痛哭起来，然后抡起拳头在高局长的胸前连砸了几下，哭着道，你咋才来看我们呀！快半年了，想死我啦！

高局长的眼睛也有些发红，他拍了拍卢云的头和后背，安慰道，知道你们不容易，吃了很多苦，遭了很多罪，而且冒着生命危险几次与土匪和国民党军残余面对面地搏杀。市委和鞍钢领导非常感谢你们，你们没有辜负领导的期望，也给我们公安局争得了荣誉。不瞒大家说，我们在市里的工作也不轻松，所以，希望我们能够相互理解，相互支持，尽快让鞍钢和矿山恢复生产，让党中央和毛主席满意、放心。

短暂的寒暄后，田大队长便引领着慰问团赶往矿部，矿山的领导都在院外迎接，矿山的领导向高局长做了简短汇报后，大家便一起去矿工食堂吃午饭，然后没顾上休息，高局长在矿山领导和田大队长陪同下，下到矿井慰问一线矿工，直到午后四点多，太阳已经落山了才回到矿部。

晚上，矿山的领导要安排酒宴，被高局长谢绝。高局长说，你们忙你们的，晚上我跟田大队长他们小聚一下，半年没见了，好好聊一聊。然后，高局长便跟着田大队长和卢云去了他们的住处。

田大队长早已经安排人备好酒菜，进了屋，卢云便招呼高局长洗手洗脸，然后就在一张旧木桌前坐下喝酒。

高局长在桌前坐下后，突然又站了起来，他四下里将屋子认真地看看，对田队长说，我说老田，这屋子是你住的吗？

田队长正在斟酒，闻言停下来，抬头看着高局长，有点儿惊愕地回道，是我住啊，怎么啦？

高局长说，你住是你住，但好像不是你一个人住吧？你屋子里咋有女人的东西呢？而且收拾得这么立整。哦，我明白啦，你是不是又娶了媳妇啊？

没等田队长回答，卢云在门口咯咯地笑起来，随后说，团长观察得真细，连田大队长屋里有女人的东西都发现了。团长，没机会向你汇报，两个月前，我跟田大队长就同居啦！

田大队长当着高局长的面还不免有点尴尬，但卢云却丝毫不掩饰，而且问高局长，你不反对吧？

这倒是有点儿出乎高局长意料，但高局长反问道，我反对啥？这是你们的自由，只要你们感觉幸福就好。停顿了一下，高局长又说，正好我来了，给你们办个婚礼，正式把婚结了吧！

田大队长道，这什么都没准备啊！

高局长说，准备啥？你们还想请个八抬大轿、一伙吹喇叭的，再摆个十桌八桌的，闹个洞房啥的？有你两个人在，还有酒菜，加上我，这还不够吗？

卢云立刻跑过来，抱住田大队长的胳膊，叫道，我同意，让团长给咱们当证婚人。

高局长说，这事这么办，你派人去矿部，把矿上的几位领导请来，然后我来给你主持。

田大队长叫了声好，马上派人去请矿上领导，这边又让厨师赶做几个菜。

很快，矿上领导就都来了。矿长说，本来晚上我们就想宴请高局长，结果被田大队长给截家来了，不但宴席照旧，还不用我们出钱出力。虽然捡了便宜，但我们并不领情，田大队长，一会儿可要罚你三杯啊！

一番话说得大家哄堂大笑，只有田大队长咧咧嘴，涨红了脸，连说，认罚，认罚。

这个婚礼并没有什么仪式，只是高局长代表市公安局讲了一番祝福的话，然后，宴席就开始了。

喝酒的时候，高局长问身边的卢云，你是不是决定要跟田大队长来矿山的时候就想到要嫁给他啦？

卢云说，是啊，当时我就想啦！像田大队长这样优秀的男人，谁不喜欢啊？二姐真傻，送到怀里了不要，硬是往外推。好在是推给了她妹妹，要是推给了别人，那可就亏大了。

说得一桌子人都大笑起来。

高局长慨叹道，真是人小鬼大，老田，别看你又是智啊又是勇的，面对我们三小姐的时候，你可得小心从事啊！

田大队长绷起脸道，请高局长放心，古希腊哲人说过，人不能两次踏进同一条河，所以，田某也不会犯一样的错误。

矿上的领导虽然不明就里，但都又大笑起来。

这天傍晚，卢芳吃过饭后，刚沏上一杯茶，杨少游来了。卢芳又给杨少游沏上一杯，说，今天够冷的，赶紧喝茶暖暖身子。

杨少游一边搓着两手，一边说，可不是吗，清明都过了，天还这么冷。说着端起茶杯，小口地喝着茶水。杨少游一边喝着茶，一边原地转动着身体，将屋子四处看了看，说，再好的房子也得有女人住，这屋子让卢小姐一住，马上就跟你本人一样，光鲜亮丽、赏心悦目起来。

卢芳道，看杨先生说的，跟你们不一样，我一个女人，又没啥事儿，这屋子再不收拾收拾，那还像话吗？

杨少游立刻摆手道，不一样，不一样，就有那样的女人，她就认可坐着，或者出去溜达，也不收拾屋子，她仿佛看不见那些灰尘一般，怡然自得。

卢芳似乎还有点不信，说，是吗？我可是不行，见不得一点儿灰尘。

杨少游在窗前的一把椅子上坐下，往窗外的街道上看了看，回过头来说，告诉你一个不好的消息，我跟西坡打给东北局的报告没有批准，他们批示给沈阳市委，让他们来具体安排你的工作。所以，我特意来征求一下你个人的意见。

卢芳愣了一下，随后笑道，哎哟，不用那么认真啊，我本来就是个农民，大不了我回老家去，咋都能养活自己。有苏大少爷的信吗？东北都解放三个月了，他咋还不回来呢？

杨少游说，西坡在辽沈战役结束后就跟随东北野战军去了天津，参加平津战役去了。

卢芳说，可是，天津和北平都解放啦啊，他咋还没有音信啊！

杨少游说，干我们这行的都是与组织单线联系，但我也侧面地打听了一下，没得到准确的消息。

卢芳的情绪显然有些焦虑不安。

杨少游想了想，又接着上面的话说，哪能让你回老家呢，既然都出来了，就要一直向前走，何况你为东北解放战争做出了贡献，怎么说也要给你安排一个合适的工作。

卢芳其实并不清楚这内务部的工作是否适合她，但上级没批准她去让她觉得是对她的不信任，或者是看不起她。卢芳感到自己的脸一阵发热，肯定也红了。想了一会儿，卢芳说，就不麻烦你了，也不用组织上安排我，我等苏大少爷，我要跟他在一起，一直陪伴在他身边。

杨少游说，你不用着急，先在货栈干着，工作的事儿我替你想办法。我马上要调沈阳市委去了，等我去了之后，再帮你研究一个地方就更方便了。

卢芳却说，不用了，只是我一直住在这里方便吗？

杨少游愣了一下，说，没什么不方便的，你只管住好了。喝了口茶，杨少游微微一笑，道，卢小姐，你心中是不是只有西坡啊？

卢芳扭头看着杨少游，好像不认识了一般，一时不知说什么好。怔了一会儿，扑哧一声笑了，反问道，奇怪吗？

杨少游连忙摇头，不奇怪，不奇怪，因为我也很敬佩他。

那天晚上杨少游和卢芳待了很久，他们聊了很多，很杂。卢芳隐隐地觉得，杨少游似乎有点儿留恋，不想走。

群山泛绿了，间或点缀着一块块黄色粉色和白绿，那是迎春花、桃花和梨花、杏花。偶尔就会看到一两只苍鹰在山峦间盘旋。

这天中午的时候，卢云从矿部出来，在院门外，略微仰着头眺望着远处的山峦。这一晃，卢云从家出来已经一年多了，她有点儿想家了，不知道父母和二姐身体怎么样。现在，矿山安全形势不错，原来活跃在周边的土匪和国民党军残余基本被肃清，卢云还当上了矿山总部的女工部部长。所以，卢云想请几天假回老家看看。正想着怎么跟矿上领导请假呢，这时，一辆矿山的卡车从山下上来，停在了卢云身前。

驾驶室里下来一位妇女，妇女又回过身去拎下一个兰花布包袱，放下包袱，又抱下一个两岁大小的女孩。妇女跟司机道了谢，关了车门，卡车便开走了。

卢云看看妇女，不是矿上的，便上前笑着问道，这位大嫂，从哪儿来？来矿上找谁啊？

妇女看了卢云一眼，说，我从镇海寺来，是找孩子她爸的。卢云一下子愣住了，继续问道，孩子爸爸叫啥名字啊？

妇女说，叫田智勇，原来在镇海寺当镇长。

卢云的脸就有点儿白了，心也狂跳起来。她仔细地打量一下女孩，可不咋的，真像田大队长。卢云让自己平静下来，然后看着妇女说，你就是镇上的于委员吧？我叫卢云，咱们是一个镇子的。我现在是田智勇的夫人。这样吧，我带你先到家休息，然后我把田大队长找回来。

妇女答应一声，似乎并不感到吃惊，说，知道啦，你是卢秋的妹妹，长得比姐姐还漂亮啊！于委员一再感谢卢云的热情与好意，然后就跟着卢云去了卢云和田大队长的屋子。卢云打来洗脸水，让于委员和孩子洗一洗灰尘，然后沏了壶茶，又给孩子拿来糖块和饼干。这一切忙完了，就出门找田大队长去了。卢云来到田大队长的办公室，说于委员带着女儿来矿山了，她把她们安排到了家里休息。

　　这个消息显然出乎田大队长意料，面对卢云不能不感到些许尴尬。他让卢云一块儿跟他回家，但卢云却让他自己先回去吧，她去买些菜，回去好做午饭。临走，卢云还逗田大队长，我稍晚一点回去，给你们多留点时间。田大队长朝卢云瞪了瞪眼睛，就自己回了家。

　　田大队长进了屋子，于委员指着田大队长，让女儿叫爸爸。女儿开始直往于委员身后躲，但过了一会儿就不再胆怯，仰着头，好奇地看着田大队长。在于委员又一次引导下，女儿终于又甜又脆地叫了两声爸爸。田大队长被动地应了声后，蹲下身去，仔细地打量着孩子，她的两只眼睛和小嘴、鼻子，还有什么地方，越来越像自己了。田大队长将女儿抱起，又在她的脸蛋上亲了亲。

　　于委员说，我知道你已经跟卢云结了婚，你们过你们的，我在这儿伺候你们，只要不赶我们走就行。女儿想爸爸，她不能没有爸爸。

　　田大队长说，你们在这儿怎么生活啊？不适合啊！而且我们的工作也进入了尾声，下一步干什么，到哪去还不清楚。

　　于委员说，没关系，你上哪儿我们就跟你到哪儿。

　　田大队长无语了。放下孩子给自己倒了杯茶，然后掏出纸烟来，一边抽烟一边喝茶。

　　孩子对包着五颜六色的糖块很是喜欢，爱不释手，似乎舍不得剥开吃，攥在手里。另一只手则拿着饼干，吃得津津有味儿。孩子在屋里跑来跑去，玩得很高兴。田队长看得心里却不是滋味。

　　卢云买了一兜子菜回来了，很快就做了四个菜。吃完饭后，田大队长对卢云说，我下午有个会，你联系一下矿上的招待所，先安顿她们住下，别的事儿回头再说。

　　天黑了田大队长才回到家。卢云说，我安排招待所了，这些日子让于委员和孩子在招待所吃住，回头我去给她们结算。

　　田大队长说，问题是她说她不走了，我到哪儿她和孩子就跟到哪儿。

　　卢云感到有些意外，说，这招待所也就是住几天还行，总不能成年累月地住啊！再说了，我们俩就这点儿工资，时间长了也养活不起她们啊！

　　田大队长说，明天一早我去招待所再跟她谈谈，让她们住几天就回去。

　　卢云说，可能吗？她大老远地来了，一定是想了很久了，咋可能轻易地就回去呢？

　　田大队长想了想，说，可也是。那怎么办呢？

卢云说，先别急，让她们住些日子再说。

于委员带着女儿在矿山招待所待了两周，这天早上，突然来到田大队长的办公室，对正在打电话的田队长说，我要走啦！

田队长只是冲于委员点了点头，坚持把电话打完，撂下电话，对于委员说，你刚才说啥？要走？这么急，多待几天吗！

于委员说，我只请了十天假，已经超了。

田队长哦哦了两声，从桌子上拿起一盒烟，抽出一支点着，说，孩子玩得挺开心，就再多待几天吧！

于委员说，我一个人走，孩子留下。

田队长一惊，脱口道，孩子留下，那怎么行，我这么忙，而且一个大男人，怎么带得了？

于委员冷着脸，两眼看着窗外，过了一会儿才说，我可以没有男人，但女儿不能没有爸。

田队长为难地说，你看我这里的情况，一天忙到晚不说，还不太平，孩子哪能放在这里养呢！

于委员说，本来我这次来找你是想让你回镇海寺去，我可以上县委，做自我检讨，为你挽回声誉，请组织上考虑恢复你的职务。可是，你既然已经娶了卢云，那我就死了心了。别的我也没啥好说的了，你把女儿带好，培养好就行啦！也不枉我对你真情相爱一场。说到这儿，于委员宽大的脸上泪水就流了下来。

田队长心里面似乎有了一丝的怜悯与愧疚，看了看于委员，但还是说，孩子还是跟着母亲好，你还是把她带回去，我会给你寄钱，有时间了也会回去看她。

田队长又点了一支烟，还要接着说下去，被于委员阻止了，说，你现在就帮我联系一辆车，送我到鞍山火车站。

半个小时后，于委员坐上吉普车，毅然地扔下女儿离开矿山，回了镇海寺。

51. 困 顿

解放了，人民当家做主了。改天换地，移风易俗，实行新政，连货币也改用了中国人民银行发行的人民币。冬去春来，万物复苏，千疮百孔，百废待兴，东北大地一派欣欣向荣、紧张繁忙的景象。

镇海寺也不例外，刚过了正月十五，到处都是忙碌着的人和各种车辆，尤其是镇中心的街道上，所有的店铺都大开着门窗，里出外进的男女老少的脸上，洋溢着掩饰不住的幸福与安宁。

这天上午，镇海寺政府的于委员带着两位年轻的工作人员来到方宅，吕先生将他们接进去，让到东厢房的书房，周妈刚将茶水沏好，方七爷便迈着方步进来了。

于委员连忙从黑檀椅子上站起来，叫了声，方先生。

方七爷冲着于委员一抱拳，说，于委员好。

站在一边的一个年轻工作人员纠正方七爷，现在不是于委员了，是于镇长。

方七爷噢了一声，笑道，于镇长请坐。说完，自己坐在了于镇长的对面，又接着说，于镇长喝茶。

于镇长笑了笑，点点头，说，方先生，现在是新社会了，党和政府提倡一夫一妻，您有三房姨太太，这个不允许了，只能保留一房，您看这事儿……

没等于镇长话说完，方七爷就说，我现在只有两房，三姨太卢芳离家出走，去了沈阳。

站在一边的那个年轻工作人员立刻说，两房也不允许，你只能保留一房，送走一房。

方七爷说，我两房都不要了。

政府的工作人员愣了一下，看了一眼于镇长说，那就是你自己的事了，我们不管。

方七爷说，明白了，我遵命。

于镇长这时又说，这个事儿就这么办了。还有，你家的长工也不能用了，新社会不允许剥削农民和工人。

方七爷说，按于镇长说的办，我都辞掉。

没费多少话，想办的事都办妥了，这多少出乎于镇长的意料，她本来还准备了不少话，包括政府的相关条文，因此，茶也没喝，带着两位年轻的工作人员高高兴兴地走了。出了方宅门外，于镇长对一边一个的年轻的工作人员说，看着没？不一样吧？我在镇政府就跟大家讲过，那些社会各界人士，只要你把党和政府的政策方针讲清楚，他们都会拥护和支持的，他们的工作有时甚至比一般的老百姓还容易做，因为他们见的世面多，经历的也多，一说就透。

两位年轻的工作人员立刻点头称是，说跟着于镇长出来长了不少见识。

于镇长他们走后，方七爷便将两个姨太太叫到书房，他低头喝着茶，手把玩着茶壶，说，政府的人来啦，说新社会不让养姨太太啦，所以，你俩收拾收拾东西，过两天就走吧。

两个姨太太一听这话立刻叫了起来，说，凭啥把我们打发了？我们招惹谁啦？这是我们自己家的事儿，跟政府挨得着吗？

方七爷说，一个朝代有一个朝代的治理法，这共产党呢，讲究的是一夫一妻，三妻六妾的时代过去啦！不光咱们镇海寺这样，全国都这样。

两个姨太太还是不干，说，不是可以留一个吗？那我们姐俩总可以留一个啊！或者你选一个，或者我们两个抓阄留一个。

方七爷一听乐了，说，我还头一次听说娶媳妇可以抓阄。

大姨太说，都是跟你学的，我们姐俩儿也赌一把。

方七爷说，这个不能赌，政府现在不让啊！而且，我这体格留你们已经不合适了，所以，你们就都走吧！钱我回头让吕先生给你们准备好，每人两千大洋，再找个过日子的人家，好好过日子吧！

方七爷说的这些道理，两个姨太太其实都明白，跟方七爷也就是这么一说，面上要表现出舍不得，但毕竟夫妻一场，也不能说一点感情没有。就这样，择吉日，两个姨太太哭天抹泪地坐着王二的马车回各自的娘家去了。

打发走了两个姨太太后，方七爷又将几个长工，还有吕先生，一并就都辞退了，只留周妈为他打理家里杂事和一日三餐。

赌博被取缔，戏院也没了演出，方七爷弄得无所事事，也没有了可去之处。方七爷开始关起门喝茶，一边喝茶一边读父亲留下来的那些书，还有字画什么的，一卷一卷地打开，一遍遍地看。无聊时就去菜地里逛逛。菜地只给留了不到两亩地，其他都被政府分给了他人。因为过去有长工侍弄，他基本上没伸过手，所以不会干。周妈的活儿太多，也没工夫去菜地，蔬菜长得就不好。好在就两个人吃饭，有点菜就够了。菜园子里的菜成了摆设，或者当作了并不靓丽的风景看。

苏大少爷走后，卢芳一直住在杨少游那套闲置的房子里，她在等待苏大少爷的归来。可是马上就要春暖花开了，连街道上的积雪也都化得差不多了，还是不见苏大少爷的身影，卢芳就不想在沈阳再等下去了。

此前，杨少游来过几次看望卢芳，安慰她耐心地等待，说西坡是不会有事的，他聪明机智，又有一身的武艺。卢芳也是这么想，但一个人静下来的时候顾虑就陡然地多了起来，尤其是年前的时候，她的右眼皮一劲儿地跳，脑海里便有不祥的感觉闪烁。卢芳跟杨少游说她想回宋屯去，一个人在这呆得吃不好睡不好，精神要崩溃了。但杨少游不让她走，说，他正在给她联系工作，已经有了眉目，让她再坚持一下。

这天傍晚，杨少游又来看卢芳了，还带来了不少酒菜。

卢芳看了看杨少游，从他手里接过酒菜，一一地摆放到方桌上，又拿来两个酒杯，然后坐到椅子上，低头看着桌上的酒杯。

杨少游也坐到了对面的椅子上，拿起青花瓷瓶的"老龙口"，将木塞拧出来，给两只酒杯里斟满了酒，半天却没说话。

卢芳终于坚持不住了，抬起头来，盯着杨少游的眼睛说，你咋不说话呢？是不是苏大少爷出事儿了？没事儿，你说吧，不管出了啥事儿，我都能挺住。

杨少游长长地吸了口气，然后故作轻松地说，没什么大不了的，先喝一口，然后再说。说着，端起酒杯，往卢芳手里的酒杯碰了一下，送到嘴边，猛地喝了一大口，咽下去后，啧啧嘴，说，十五年的，这酒不错。

卢芳淡淡地笑了笑，然后端起酒杯，送到唇边，抿了一小口，过了会儿，说，是不错，比我们镇海寺的小烧锅好喝，醇厚，不烈。

杨少游抬起头来，看着卢芳，说，卢小姐不光是有酒量，品酒的水平也是不简单。

卢芳说，我哪里谈得上品酒，就像走路一样，多喝几回，自然能分出上下高低。杨先生，你说是不是？

杨少游连忙点头称是，说，你要是读过大学，一定是国家的栋梁之材。

卢芳哼哼了一下，说，你可别挑好听的哄我啦！我是国家的栋梁之材？那国家还不完蛋啦！说吧，苏大少爷怎么啦？

杨少游自己端起酒杯，又喝了一大口，放下酒杯，说，据我们地下人员的可靠消息，西坡在我军解放天津前，因叛徒告密，被国民党军统特务逮捕，并被押往重庆，目前生死未卜。

让杨少游惊讶的是，卢芳听到这个消息，不但没哭，甚至脸上的表情也很平静。但杨少游还是安慰说，毛主席说，要革命就有牺牲，死人的事是经常发生的；但有的人的死重于泰山，有的人的死却轻于鸿毛。西坡无论生死，当然都属于前者，就是重于泰山。所以，我们也不必太难过，我们要化悲痛为力量，为新中国建设而努力奋斗。我现在已经任沈阳市委宣传部副部长，我想把你安排到宣传部的办公室，工作一段后再把你安排到基层单位，那样就可以进步更快。

卢芳低着头，看着自己的两手转着酒杯，过了很久才说，杨部长，你不用安慰我，我能想明白，我也知道你们共产党为革命是不怕死的，更何况，我也不算苏大少爷的啥人，我只是喜欢他，他那么有学问，为人也仗义，长得还帅气，他要是真的死了就太可惜了。说完，端起酒杯来喝了一大口酒，又说，至于你说要安排我到市委宣传部，那是不合适的。我就是一个农村的普通妇女，也没有文化，我上宣传部工作那还不让人笑话？

杨少游说，不能这么讲，怎么说你都是为革命立过功的，而且西坡离开沈阳前我们俩专门谈过你的事情，一定要想办法给你安排一个好的工作。现在西坡不在，我就要负起责任来，把你的事情办好。

卢芳说，杨部长，真的不用费心了，既然苏大少爷被敌人抓走，也不知道啥时候，或者能不能回来，那我就不等他了，明天就回镇海寺去。

杨少游说，那哪能呢，你到宣传部这事儿我已经跟部长谈完了，就等着在部务会上通过一下。这几天你准备一下，一有消息，我马上就来接你。说完，端起酒杯从椅子上站了起来，绕过方桌，走到卢芳身前，攥住卢芳的手，将卢芳拉了起来。

卢芳愣了一下，既没反抗，也什么没说，就那么平静地看着杨少游。俩人面对面地站着，身体几乎都挨上了，卢芳不仅感受到了杨少游渐渐加重的呼吸，连咚咚的心跳似乎都听到了。

杨少游右手端着酒杯，左手环住了卢芳的腰，咽了口唾沫，两眼直视着卢芳，然后气喘着说，卢芳，你还记得前年夏天我们在苏家屯第一次相遇吗？你走进西坡家的一瞬间，我感到眼前突然一亮，就像黎明时太阳突然那么往上一跳，刚刚还昏黑着的天空一下子就被照亮了。杨少游停顿了一下，接着说，我知道你是奔西坡来的，我也知道你喜欢他，但我还是没能抑制住自己在那一刻里喜欢上了你，当时我就想，若能娶到这个女子，那该是这一生多大的幸福啊！但是，但是我只能将自己对你的喜爱之情压到心底，不让它有丝毫的显露。现在不同了，根据组织上的说法，西坡可谓凶多吉少，而你只身一人在沈阳，特别需要有人安慰和帮助，所以，今天，我把自己埋藏心底两年多了的感情坦白给你，希望能得到你的理解，并接受我的这一份真挚的感情。说到这里，杨少游也不等卢芳回答，便将多半杯酒一口喝光。然后撂下酒杯，两只胳膊紧紧地搂住卢芳的肩和腰，并伸过嘴来吻卢芳。

卢芳既没有躲闪，也没有迎合，僵硬地站着，任凭杨少游的激情狂吻。随后，杨少游将卢芳一下子抱了起来，几步到了床边，将她放到床上，然后跪在床边，一边喘着粗气，一边解她的衣服。

卢芳仍然没有反抗，但她说话了。卢芳说，你想要我？

杨少游啊啊了两声，说，是，是，我实在是忍不住了。

卢芳说，我可以答应你，但你听我把话说完，然后你想咋样我都依你。

杨少游停下手，就那么跪着，一边喘着一边听卢芳说。

卢芳淡淡地苦涩地一笑，沉吟了一下，说，你可能还不了解我，我想，苏大少爷也不咋了解我。事情既然到了这个地步，我不想隐瞒你，不希望你将来后悔。我曾是方七爷的第三房姨太太，准确点儿，现在也还是，这个你知道。到沈阳后，你们把我推到了秘书长的身边。苏大少爷临去天津前的晚上，他也和我好了。说到这儿，卢芳停顿了一下，两眼盯住杨少游的脸，反问道，你还愿意娶我吗？

这一番话确实让杨少游吃惊不小，胸前的两只手似乎不知应该放哪儿了，嘴唇动了动，却什么话也没说出来。

卢芳笑了笑，从床上坐了起来，屁股往前一挪，下了床，身子站到地上，然后走到方桌前，在椅子上坐下，端起酒杯，轻轻地抿了两口酒。

杨少游被尴尬地晾在了床边，自嘲地摇了摇头，说，不论怎么样，我们总还是要生活，而且还要生活得更美好，这才是我们革命的目的。

卢芳不想让杨少游过于难堪，接过话说，我知道你说得肯定对，可是我就是一个普通的农村妇女，经历了这么多事情后，这些东西都不能打动我了。我想回宋屯，回到我二十一岁前的生活，我向往那样的一种状态，一种只有乡村才有的恬静，不用担惊受怕，也不用为别人操心劳神。

杨少游这时已经从床上下来，他又恢复了他的自信和洒脱，说，现在完全不同，新中国是中国几千年来的一个全新的社会，她将创造出人类从未有过的生活，所以，我们要在中国共产党的领导下，去努力工作和奋斗，为建设这样的生活贡献一份我们自己的力量。

卢芳没再接杨少游的话，而是两眼看着窗外，看着窗外闪烁的五彩缤纷的霓虹灯辉映成的世界。

卢芳忘记了杨少游是什么时候走的,只记得他走到门口时说了一句,秘书长在东北野战军解放沈阳时被抓进了监狱,前两天在监狱自杀了。

卢芳仍然没有吱声,脸上也没什么表情。

第二天一早,卢芳背着两年前她从家里逃出来时那个包袱乘火车先到了营口,从营口坐汽车到了镇海寺,然后走着回了宋屯。推开院门,卢芳看到头上缠着白毛巾的母亲正弯着腰在柴禾垛前掏柴禾,夕阳橘红的光辉将她弯着的身体轮廓涂抹得金亮金亮。卢芳腿一软,一屁股坐在了院门里的青石铺的甬路上,泪水瞬间里流淌下来。

于委员将女儿扔下一人回了镇海寺完全出乎田队长意料,但是他又不愿于委员跟孩子一块长期地住在矿山,因为不少人都在背后议论他,他又没法去解释,而且让卢云也很难堪。所以,虽然于委员没将女儿带走,但仍然让田队长心里放松了许多。

卢云的想法跟田大队长差不多,虽然她并不是天天都跟于委员和她女儿见面,但她们在矿山的存在本身就让她不舒服,她甚至觉得人们看她的眼光和表情与从前都不太一样,有了太多的无法猜测的意味。所以,当田大队长打电话告诉她,于委员扔下女儿回了镇海寺,并让她晚上下班后去招待所接回孩子时,先是惊讶,然后就问,孩子她不要啦?

田大队长说,要不要我也不知道,你先把孩子接回家再说。

甜甜似乎知道妈妈的离去,她没有如其他的女孩那样哭喊着找妈妈,而是瞪着两只清澈的大眼睛看着来接她的卢云,有点儿陌生和胆怯,但看见卢云向她伸出手去的时候,立刻就将右手伸了过去,拉住了卢云的手。这一瞬间让卢云五味杂陈,泪水差点儿流淌下来。卢云立刻蹲下身,用力地将甜甜抱在了怀里。

卢云抱着甜甜没有直接回家,而是去了矿上的小百货商店,给她买了一大袋子吃的。甜甜自然是非常高兴,欢天喜地的一般。卢云伸过脸去,说,亲一下。甜甜立刻搂住卢云的脖子,用力地亲了两下。卢云高兴地连着拍了几下她的屁股。

回到家里,田大队长还没回来,卢云让甜甜坐到桌前吃刚买的各种小食品,她则去厨房炒了两个菜,拿出一瓶腾鳌老窖,摆好了两个酒杯。

天黑不一会儿,田大队长就回来了。没等卢云打招呼,甜甜就撂下手里正在吃的小食品,看着田大队长叫了声爸爸。这一叫多少有些出乎田大队长的意料,这些天田大队长虽然也去看过两次女儿,但却想不到她居然对自己这样的亲近。田大队长应了声,三步并两步走过去,将甜甜抱到怀里,伸过嘴去用力地亲起来,他的胡子扎得甜甜向后直躲,惹得田队长一阵大笑。

田大队长抱着甜甜坐到凳子上,看一眼桌上的酒菜,笑道,怎么这么高兴?

卢云也笑道,于委员把这么招人喜欢的孩子送给了咱们,你说能不高兴吗?来,今晚我陪你喝几杯。

田大队长说，这一段情况不太好，还有两股残匪在垂死挣扎，我可能要带人去围剿，不知道几天能回来，你一个人带孩子会很辛苦。

卢云说，没事儿，你放心吧，这孩子特懂事，聪明，会哄人，尤其是善于察言观色，审时度势，不像才两岁多点儿的孩子，这一点像你。

田大队长带领两个小队的公安武装进山剿匪去了，卢云便一个带着甜甜，早上把她送到矿里的幼儿园，晚上下班再接回来。卢云变着法儿给甜甜做吃的，还找人给做了两套新衣服，日子过得有滋有味，内容比先前丰富了许多。孩子高兴，卢云也觉得甜美幸福，她还悄悄地让甜甜管她叫二妈。

田大队长进山后的第五天，在一个废弃的矿井包围了一伙土匪，而且人数不少。但土匪拒不投降，还不时地往井口放冷枪，扔手雷，伤了好几个战士。这伙土匪中还有六七个不在矿井里，当时土匪被围时这几个弄吃的去了，不在矿井里。这几个土匪时不时就过来骚扰一下，打几枪就跑。田大队长安排二小队在外围警戒，一小队昼夜守住井口，不投降就将他们困死在矿井里。

三天后的一个傍晚，矿井北面的一个土坡后突然冒出六七个端着枪的土匪，冲警戒守护的公安战士大声喊话，说，解放军公安听着，你们田大队长的女儿叫我们绑票啦，限你们半个小时内撤退，放了被你们围在井里的弟兄，不然，我们就撕票。说完，他们将甜甜从身后推到前面来。

警戒守护的公安战士有见过甜甜的，不由大惊，对二小队长说，是田大队长的女儿。

二小队长说，赶紧向田大队长报告。

田大队长不一会儿就赶了过来，没等他说话呢，对面的甜甜就冲他哭叫起来，连声地喊着爸爸。

田大队长立刻掏出手枪，指着土匪叫道，你们不要胡来啊，有话说。

一个土匪扯着沙哑的嗓子高声说，你就是田大队长吧？我认识你。事儿呢，很简单，你把我井里的弟兄们放了，我把你女儿放了，就这个，咋样？

田大队长说，你以为我会答应你们吗？我们是共产党，解放军。

土匪仍然扯着沙哑的嗓子高声说，这个我知道，但咋说你们也是人，你们不会见死不救吧？何况这孩子还是你女儿呢！是不是？说着，土匪在甜甜的脸上掐了一把，甜甜哇的一声大哭起来。

田大队长马上叫道，住手，不许动孩子。

土匪道，那你同意啦？

田大队长说，我没说同意，我的意思是这样，我拿我替换孩子。

土匪笑道，我们要你干啥？当爷供着？废话少说，我最后问你一句，放人不放人？不放，我们就撕票，而且是当你的面。说着，手枪的枪口指向了甜甜的脑袋。

一旁的二小队长着急地说，田大队长，赶紧答应吧，先把孩子救下来再说，至于那些土匪，早晚会收拾掉他们。

田大队长两眼盯着对面的土匪，但还在犹豫着。

太阳正在落山，血红的余晖也在迅速地暗淡着，山里面开始迅速地昏暗下来。

土匪似乎不耐烦了，叫道，田大队长，咋像个娘们似的，换还是不换，给个痛快的！天马上就黑啦，看不见你们人影的时候，我们就撕票。

田大队长冲他们摆了摆手，说，我同意啦！

土匪道，那好，你命令围井的人马上撤离，让我井里的弟兄全部出来，然后我就把这孩子放啦！

田大队长对身边的一个战士说，告诉一小队长，放人。然后回过身去，又对与他谈判的土匪说，你是不是过去冲井里喊话啊，不然他们敢出来吗？

土匪对身边一个小土匪，你去，跟大当家的说我们绑了田大队长的女儿，我们用她的女儿换大当家的和弟兄们，让他们放心地出来。

小土匪拎着短枪小跑地过来了，跟在一个战士身后朝被围的矿井走去。十多分钟后，三十多个土匪一个挨一个走出矿井，昏暗中，一个个贼眉鼠眼，黑不溜秋，一边端着枪，一边眼睛瞄着公安武装战士，快步朝土坡上的那几个土匪走去。

在两伙土匪即将汇合的时候，甜甜被放了，她一边叫着爸爸一边跑向田大队长。田大队长急走了两步，半蹲下身子，伸出两只胳膊，迎接女儿。突然，一声枪响了，接着又是一声枪响，在昏暗的群山里，枪声格外的清脆响亮，而且引起连续的回响与回荡。虽然光线已经昏暗，但田队长还是清晰地看见了子弹将奔跑着的甜甜脚下打得尘土飞扬，甜甜随后似乎是被什么东西踔了一下，向地上扑去。

田大队长大叫一声，举起手枪朝土匪连发数枪，然后纵身一跃，扑向了趴在了地上的甜甜。公安武装战士与土匪几乎同时向对方开火了，一时间，子弹、手榴弹响成一片，火光将黑暗了的山坡前照得火红金亮。

52. 逝 水

卢云发现甜甜不在屋子里的时候她已经将饭菜做好了，一边往桌上摆，一边叫道，甜甜，饭好了，咱们吃饭啦！连说了两遍，没听到甜甜的应声。卢云四下里一看，不见甜甜的身影。转身向门，见门开着，知道甜甜自己开门出了屋子。门外天已经黑了，远处虽然有灯光，但门前的空地还是很昏暗。卢云急忙跨出屋外，四下里扫了一眼，还是不见甜甜的身影。这下卢云急了，立刻大声呼喊甜甜的名字，矿山的山谷里，只有卢云呼喊甜甜的名字的回声，却没有甜甜的应答。卢云住的这间房子原来是个堆放水泥的仓库，周围没有邻居，离矿部和小镇还有两里路。情急中，卢云却冷静下来，原地转了一圈后，立即跑回屋子，从背包里掏出手枪拎在手中，然后再次冲出屋子，一路向矿部跑去。卢云一边跑，一边看着路的两边，嘴里喊叫着甜甜。

卢云闯进矿部，正遇上公安武装三小队队长，卢云伸手拽住他的胳膊，一边呼呼地喘着，一边叫道，孙队长，快叫些人来，甜甜不见啦！

孙队长连忙问，多长时间啦？

卢云说，就十分钟吧！

孙队长说，嫂子，你别急，我马上就去叫人，一个小孩儿，十分钟走不远。

不一会儿，三小队的二十多个战士就到齐了，大家打着手电筒，小跑着沿着几条大路寻找下去。

还没下班的矿办马主任知道了这件事，立即通知机关工作人员和在家的矿工，分头从许多小路下去寻找。

晚上十点多了，下去寻找的各路人陆续地回到了矿部，都没发现甜甜的踪影。

孙队长向卢云详细问了一下甜甜失踪时的情况,说,我怀疑是不是叫土匪给劫走了?

马主任一愣,说,土匪胆子这么大?现在还敢到我们这儿来?

孙队长接着说,你看啊,第一,天这么黑,两岁多一点的女孩子不可能自己往远处了跑。第二,田大队长前几天带了两个小队进山围剿土匪,土匪是不是急啦,这才出此损招儿。

马主任一听,说,有道理,我马上报告矿长,采取紧急措施,不然甜甜会有危险的。

孙队长看了一眼眼睛已经哭得红肿的卢云,说,卢云同志,我看就按马主任说的办吧!

这时的卢云似乎已经没了主意,冲孙队长点了点头。

第二天天刚蒙蒙亮,孙队长便带领公安武装三小队和二十几个年轻矿工进山寻找田队长去了。

第三天下午,太阳快要落山的时候,孙队长的三小队和二十几个年轻矿工及一、二小队的战士,赶着三辆马车,车上拉着田大队长和四个战士的尸体,还有负伤的三名战士回到了矿部。

卢云在看到田大队长的尸体的一瞬间便精神失常了。

高局长接到报告后,立即调蔡科长接替田大队长任队长,并增派了十名枪法好的警察,命令蔡科长,务必在一个月内全歼两股残匪,不接受投降。高局长还亲自前往矿山,为田大队长和牺牲的四个战士主持了追悼会,并就地埋藏,立了石碑。之后,高局长将卢云和甜甜接回自己家中。甜甜并没有受伤,她只是在土匪向她开枪时脚下被石头绊了一下,然后向前仆倒。随后田大队长扑到了她的身上,连中了土匪三枪。

高局长工作很忙,没有时间照顾卢云和甜甜,便想将她俩送回镇海寺。但卢云的精神并不是天天都不好,好的时候似乎跟正常人一样,她不回镇海寺,也不让甜甜走。

于镇长不久就知道了田队长牺牲了的事,便赶到鞍山,要把女儿接走。卢云不让,说,是你自己把甜甜送给我们的,现在后悔了,想要回去,不行。

于镇长说,当初我是把女儿送给她爸的,她爸牺牲了,我把她接回去,这再自然不过了。

卢云说,我说不行就是不行。

于镇长说,孩子是我生的,我是她妈。

卢云说,是你生的不假,但是你不要她了,你送给我们啦!

于镇长的脸有些不是色了,说,你咋不讲理呢?你还是共产党的干部不?

卢云说，这事儿跟是不是共产党的干部没关，我现在是甜甜的二妈。

于镇长把脸扭向高局长，说，高局长，你给评评理。

高局长坐在椅子上一边抽烟，一边听俩人争论，于镇长突然让他说话，不由愣了一下，说，要不这样吧，你问甜甜，她愿意肯跟谁就跟谁。

于镇长立刻拉住甜甜的手，说，甜甜，爸爸不在啦，跟妈回老家去，好吗？

让于镇长惊讶不已的是，甜甜居然用力将手从她的手中挣脱出来，然后跑到卢云的身后，紧紧地抱住卢云的腿，说，我不回老家去，我跟二妈在一起。

卢云笑了，但卢云笑得有些诡异，于镇长看了心里一阵颤栗，扭头便走。

卢云的病时好时坏，犯病的时候就跳舞，而且还要裸体，高局长必须当观众。让高局长惊奇的是，卢云并没学过舞蹈，但她跳得却非常好，有点近似现在的现代舞，完全是即兴发挥，所以，每次跳的都不一样。

卢芳回到宋屯母亲家里，父亲和母亲还是那个样子，不过父亲的头发几乎全白了，腰弯得也更厉害了。卢芳叹息了一下，父亲只有五十二岁呀！母亲还好，她的头疼病没再犯，但头上仍然系着白头巾。卢秋的身体终究没能彻底康复，那个日本医生已经回国，没有好的药方医治，时好时坏，经常卧床，家务活基本指望不上，好在老张身体不错，家里外头全都承担下来，并任劳任怨地伺候她。

方七爷知道卢芳回来后，便来了卢家，并带了酒菜，说给卢芳接风。知道卢芳不想走了，便请卢芳再回方宅。卢芳起初不肯，方七爷说，他已经别无所求，只是偌大的宅院，只有两人，跟周嫂也没话可聊，实在是孤单。另外，他觉得自己的身体也大不如前，不知啥时候就两腿一蹬，总得有个人把这家产承接着。可能是喝了酒的缘故，方七爷说这话时，不觉间泪水从瘦削的两颊流了下来。方七爷走后，卢四便劝卢芳，老大，你就去吧，七爷对咱们家不薄。卢芳却犹豫不决。

盛夏到来的时候，一天午后，卢芳正在莲塘闲逛。刚刚挺出水面的嫩绿的莲叶青涩地摇曳着绰约的身姿，燥热的风不时地摺过水面，吹皱了一塘碧水。卢芳什么都不去想，她让思绪洒落在莲叶与碧水上，这一刻让她重回过往的旧时光。但她却不能做到心如止水，前些日子，于镇长来家里，找她和卢秋，说，社会主义建设下如火如荼，希望她们能走出家门，为镇上多做些工作。卢秋以身体不好直接拒绝了，卢芳则说自己需要在家照顾父母，也给拒绝了。但于镇长很大度，说，不要紧，你们好生地休养，什么时候觉得方便，就什么时候到镇上找她，她随时都恭候她们。于镇长来后没几天，杨少游居然开着车来到家里，说，工作已经给卢芳安排好了，让她到沈阳市图书管当办公室主任。卢芳当时就谢绝了。杨少游又说，他想了好多天，终于想好了，他要……卢芳没让他把话说出来，说，我不要。最后，杨少游喝了两杯茶讪讪地离开了，但走到院门口时回过身来对卢芳说，希望卢芳再想想，他是真心的。杨少游走后，卢芳便自己去了方宅。

1950年10月，朝鲜战争爆发了。中国人民志愿军跨过鸭绿江，与兄弟的朝鲜人民军共同抗击以美国为首的"联合国军"，抗美援朝的热浪在全国掀起。于镇长带领镇海寺三十多名男女青年支前去了朝鲜前线。

1951年，镇反运动有如暴风骤雨般在全国铺开，给国民党潜伏势力和派遣特务以毁灭性打击，尤其是对曾经迫害过共产党人的人和地方恶霸给予严厉惩处，使得建国初期的社会治安和国家安全得到了有效的治理。

这天早上，方七爷突然被盘山县公安局带走了，罪名是勾结土匪，私藏枪支，混迹江湖，尤其是赌博成性，危害社会，是地地道道的反革命分子，必须严惩。卢芳当然想不通，方七爷江湖中人，以赌博为业不假，但怎么着跟反革命也挨不上啊！卢芳便去县城替方七爷申冤。卢芳说，他没有反过革命，不但没反过，还多次帮助过革命。比如，他只身去芦苇荡，花了两千大洋，从土匪手中救出八路军的警卫员小蔡和前去当八路军的卢云。还比如，身负重伤的八路军高团长和警卫员小蔡被抓进国民党的沈阳浑北监狱，是方七爷花了巨资找的土匪老树皮和他的弟兄，买通监狱长，死伤多人，将高团长和警卫员小蔡救出，制造了轰动东北的浑北大劫狱。所以，不说方七爷对革命有功也就罢了，咋的也不能把他弄成反革命呀！县公安局没人听卢芳申诉，没办法，她只好去鞍山找高局长。高局长当然要替方七爷说话，便写了一份当年劫狱的有关证明，卢云也写了一份当年方七爷只身去芦荡营救她和蔡警卫员的经过。盘山县公安局认为他们这是编造故事，不予采纳。不久，方七爷被投进监狱，半年后死于狱中。偌大的方宅，充公成为了镇文化馆，包括方七爷祖上留下来的那些书画与古籍也一并充了公，做了馆藏品。卢芳则被安排当了文化馆的管理员，吃住工作都还在这个宅子里。

镇上田镇长在时搞的土特产品店"天道匠心"已经关闭，家里原来经营的花生米也不让卖了，塘里也不让打鱼了，卢四便每天拎把锄头去菜园子，有活没活地走上一圈。再没事的时候，卢四便将那几柜子线装书掏出来，一边在院子里晒晒，一边翻几页读读。不像年轻时那样读得进去，读着读着就睡着了，更像是在晒自己。每当这时，卢芳都要从屋出来几次，掏出手绢，给父亲擦擦嘴角流出的口水，再披上件他的看不出什么颜色了的外衣。

不知道什么原因，卢云的病突然地好了。高局长就娶了卢云，卢云的精神居然也渐渐地正常了。

甜甜经常跟卢云回宋屯，偶尔也让她在那里待上些日子。卢四便给她讲古，聊斋、资治通鉴、说岳、水浒、杨家将，等等。甜甜居然非常喜欢听，有时还会纠正卢四，姥爷，你上回讲的咋跟这次讲的不一样啊？卢四就一愣，说，不会吧？甜甜说，就是不一样！卢四哈哈一阵大笑，嘴里又流出了口水。甜甜咯咯地笑起来，大声叫道，姥姥，姥姥，姥爷又流口水啦！甜甜一边用手指抹着自己的脸蛋，一边冲着卢四说，姥爷羞羞羞！说完，扑到卢四的怀里，用衣袖给卢四擦去口水。转身倒在了卢四的怀里。

卷后诗

在昏黄的影中,安抚着光波
在逝水中羞涩地打着朵儿
繁华落尽,却在另外的眼中
复活!一万把花伞收拢,同时
也收起鼓噪、苦雨、说三道四的姿色

在暑热未消的傍晚,在夏的不安中
残花败叶,残花败叶啊
横七竖八地爱着那片池塘
如我,爱着污泥浊水中
莲的生活

——宋晓杰《残荷》

2020年8月30日初稿,9月25日二稿于鞍山;
2021年2月17日夜三稿,5月29日部分章节修改于鞍山/北京/鞍山